贵州新文学大系 1990—2019

长篇小说卷 第二卷 2004—2011

贵州省作家协会 / 编

贵州出版集团
贵州人民出版社

图书在版编目（CIP）数据

贵州新文学大系. 1990—2019. 长篇小说卷. 第二卷, 2004—2011 / 贵州省作家协会编. -- 贵阳：贵州人民出版社, 2022.12

ISBN 978-7-221-17572-4

Ⅰ.①贵… Ⅱ.①贵… Ⅲ.①中国文学－当代文学－作品综合集－贵州②长篇小说－小说集－中国－当代 Ⅳ.①I218.73

中国版本图书馆CIP数据核字(2022)第250651号

书　　名	贵州新文学大系1990—2019·长篇小说卷·第二卷（2004—2011）	
丛 书 名	贵州新文学大系1990—2019	
编　　者	贵州省作家协会	

出 版 人	朱文迅	
统　　筹	黄　冰	
责任编辑	张　晥	
装帧设计	王丹丽	
出版发行	贵州出版集团　贵州人民出版社	
社　　址	贵州省贵阳市观山湖区中天会展城会展东路SOHO办公区贵州出版集团大楼（邮编：550081）	
印　　刷	深圳市新联美术印刷有限公司	
开　　本	787 mm×1092 mm　1/16	
字　　数	610千字	
印　　张	30.75	
版　　次	2022年12月第1版	
印　　次	2022年12月第1次印刷	
书　　号	ISBN 978-7-221-17572-4	
定　　价	65.00元	

版权所有　翻印必究

本书获2019年贵州省出版传媒事业发展专项资金资助

贵州新文学大系编委会

编委会主任： 欧阳黔森　何长锁

编委会副主任： 高　宏　颜同林　杜国景　谢廷秋

编委会成员（以姓氏笔画为序）

井绪东　孔海蓉　孙向阳　李　俊　李大勇

陈祖君　赵　旭　郑　瞳　颜水生　戴　冰

概　述

一

中国新文学已走过了百年历程，贵州新文学的脚步也亦步亦趋，漫长的一个世纪的确需要回眸和展望。前辈已经编辑出版了《贵州新文学大系》（1919—1989）。本书是1990至2019年贵州新文学长篇小说的巡礼，是贵州长篇小说三十年的回眸。《贵州新文学大系1990—2019·长篇小说卷》选编的基本原则是作品在国内核心刊物上发表或获得省级以上奖项，并且具有较高的质量和一定影响力，能够代表贵州三十年来的长篇小说创作成就。根据这个选编原则，《贵州新文学大系1990—2019·长篇小说卷》分为三卷：1990—2003年为第一卷，2004—2011年为第二卷，2012—2019年为第三卷。

从20世纪90年代初开始，当代文学发展出现不同于80年代的若干面相。长篇小说数量的激增就是一个突出例子。1949年以后，长篇小说的发展经历过三次高潮：第一次是在1956年到1964年【整个"十七年时期"（1949—1966），当代长篇小说的总产量共有325部】；第二次为1980年到1988年；第三次则始于1993年。1993年之后，长篇小说迅速发展，根据中国作家协会和出版部门的统计：1994年上半年，30家文艺类出版社报给管理部门的长篇小说选题共有600多种，占整个文学类选题的18%，比1993年增加10%以上。到1995年，长篇小说的年产量就已经达到790部，是"十七年时期"总量的两倍多。自此以后，这个数字每年都在刷新，增长速度惊人。白烨主编的年度《中国文情报告》说："2006年，以图书形式出版的各类长篇小说作品，数量约1200部"，2010年为3000部以上，2013年则达到了4790多部。这些数据均来自新闻出版署条码中心。

2016年后，这个数字已接近每年1万部。每年数千部长篇小说，听起来不少，但用接近14亿的人口总数一除就不能算多了。1995年，著名作家王蒙在英国谈到中国长篇小说的年产量已达到五六百部时，英国人没有表现出丝毫的惊奇。在他们看来这个数字并不多。英国人口不过五六千万，而长篇小说的年产量当时就已经达到了一千部。可见在中国，即使长篇小说超过前所未有的数量，似乎也未达到饱和状态，在相当长一段时期内，"长篇热"仍将是一种常态现象。

正是在这样的背景下，20世纪90年代以来贵州的长篇小说创作也进入到一个新阶段。不过在此之前的几十年间，贵州的长篇小说创作一直乏善可陈，直到1976年8月，贵州才出现第一部长篇《英雄的乡土》，作者为晋庆玉。20世纪90年代初，据贵州省作协编的《贵州新文学大系》（1919—1989）统计，长篇小说在1978—1989年间共为34部。这一阶段的确是贵州长篇小说的创始时期。按中国作家协会创研部雷达的说法，此时中国长篇小说的第二个高潮已经来临，贵州作家虽然只有34部作品，但贵州的长篇小说总算是正式登场了，且一出场就有每年近三部的产量，也算说得过去。这一阶段的代表作主要有叶辛的《蹉跎岁月》，何士光的《似水流年》，王剑的《纵深地带》《生活的法典》，顾汶光、顾朴光兄弟的《天国恨》，顾汶光的《大渡魂》，滕树嵩的《风满木楼》等，在省内外均产生过一定反响。

二

从1990年到2019年，这30年间，贵州有170多位写作者，创作出版了300多部长篇小说。这个数字，是根据贵州省作家协会创研部的资料统计出来的，也是贵州民族大学文学院2012、2013、2014级部分中国现当代文学、中国少数民族文学、文艺学等专业的研究生，根据贵州省作家协会提供的本省中国作协会员名录及省级作协会员名录，在省内外图书馆、实体书店、网络书店以及网络搜索，采用分组包干的形式，经过数月时间搜集和统计得来的。但即使如此，仍不敢说没有缺漏。长篇小说数据统计是一项基础性的工作，将来还需要进一步更新和完善。

1990年以来170余位作家的300多部作品，大致可分作三个历史阶段来描述。第一阶段1990—1999，整整10年。第二阶段2000—2006，大致是7年。第三阶段2007—2019，大体是13年。第一阶段的10年，刚好是20世纪的终结。这一阶段，贵州长篇小说的主创力量，基本上还是20世纪50年代出生的那一代人。只有个别作者出生年龄早于或晚于这个时期。这些作家均是在中华人民共和国成立后或改革开放后的新时期走上创作道路的，但其中仅石果、叶辛、王剑在80年代初即致力于长篇创作。石果的长篇是《沧桑三部曲》（80年代初出版，90年代又再版、重版），叶辛在80年代的长篇是《岩鹰》《峡谷峰烟》《绿荫晨曦》《蹉跎岁月》等，王剑的是《纵深地带》《强者》等；另外，在80年代，贵州的长篇小说还有李宽定、袁浪、罗大胜各2部，弋良俊、何士光、余未人、雨煤、涂尘野、戴明贤、滕树嵩、顾汶光、顾朴光各一部。进入90年代后，贵州长篇小说主要有邢立斌的《舞台序曲》，吴恩泽的《伤寒》，王鸿儒的《盛唐遗恨》《大唐歌妓》，苏晓星的《末代土司》，龙志毅的《政界》，郑君华的《芙蓉风》三部曲，金永福的《半边户》，何伊经的《乒乓小勇士》，龙潜的《黑瓦房》等。

2000—2006年，贵州长篇小说的作家队伍开始悄然发生变化。此前在中短篇小说创作领域成名的部分作家，此时开始致力于长篇创作；此前即耕耘长篇的，此时则仍有新作问世，如苏晓星的《金银山》《无敌头帕》，徐成淼的《爱海情潮》，李宽定的《漂亮女孩》，吴恩泽的《平民世纪》，袁仁琮的《难得头顶一片天》《太阳底下》，龙志毅的《王国末日》《岁岁年年》，胡维汉的《小城故事》，谭良洲的《侗乡》，金永福的《挂职》《山晕》，陈廷俊（陈谷一）的《芳年》《沉雷》，龙潜的《铁荆棘》等。同时，这一时期长篇小说创作亦开始出现一些新人新作，如李钢音的《远天远地》，潘年英的《故乡信札》《木楼人家》，石新民的《太阳石》，罗勇的《我是差生》《擦亮阳光》，宋渤（宋立福）的《车坠安江》，赵朝龙的《乌江上的太阳》《而立之年》，姜东霞的《无水之泳》《崖上花》，赵雪峰的《警察的风采》《爱的代价》《都市流寇》，许雯丽的《夜郎素女》，汪洋的《暗香》《走向彼岸》，冯飞的《大清血地》，喻莉娟的《卉卉》等。

2000—2006年这一阶段，长篇小说创作比较突出的是欧阳黔森、赵剑平、王华、谢挺。他们有的起步于20世纪80年代，有的在世纪之交崭露头角。欧阳黔森的《非爱时间》2004年发表于大型文学期刊《红岩》头条，后被收入中国社科院文学研究所研究员孟繁华主编的长篇小说丛书。北京大学教授陈晓明称这部作品是"对当代精神困局的透视"。白烨主编的《中国文情报告》（2004—2005）也指出：《非爱时间》等一批长篇小说作为丛书出版后，"受到了陈忠实等作家的热情推荐"[①]。2006年，欧阳黔森的《雄关漫道》发表于国内最权威的大型文学期刊《当代》长篇版第5期头条，贵州人民出版社同年出版，根据这部长篇小说改编的同名电视连续剧《雄关漫道》则作为纪念红军长征胜利70周年的献礼片，在中央电视一台黄金时段播出，并在当时的文坛引起一场震动和热烈反响。中国作协和贵州省委宣传部、《当代》杂志在北京召开作品研讨会，数十位全国著名的理论家和批评家参加会议，《人民日报》《光明日报》《文艺报》等用整版或重点篇幅进行了报道，对部分发言做了摘录发表。此后在2007—2008年，长篇小说《雄关漫道》获中宣部第十届"全国五个一工程奖"，电视连续剧《雄关漫道》获中宣部第

---

① 白烨主编：《中国文情报告》（2004—2005），社会科学文献出版社，2005，第5页。

十届"全国五个一工程奖"、第二十六届中国电视"飞天奖"、第二十四届中国电视"金鹰奖"、全军文艺"金星奖"。王华2000年后开始陆续发表一些中短篇小说,2005年后,她的长篇小说《桥溪庄》和《傩赐》次第发表在《当代》上,引起了文坛的普遍关注。赵剑平的创作在20世纪80年代中后期比较活跃,他的长篇《困豹》2006年由人民文学出版社出版,并在北京召开研讨会,数十位著名理论家和批评家出席,《文艺报》等做了宣传报道。谢挺的《爱别离》2004年列入作家出版社"中国作家文库"并在当年的北京图书博览会上重点推出。这就是说,从2004年到2006年,欧阳黔森、王华、赵剑平、谢挺的长篇新作,接连在国内重要期刊上发表,并成为文学界热议的话题,这是过去很少有过的现象。这也正是要把2000—2006年贵州的长篇小说单独划分为一个历史阶段的原因。确切地说,在2000—2006年,尤其是2004—2006年,一股来自贵州的冲击波,汇入了当代长篇小说创作的热潮。这样的冲击在贵州文学的历史上还是第一次。如果说1990年至1999年,贵州长篇小说主要是靠老一代作家在呼应主流文坛,那么,在21世纪的最初7年,新一代的作家开始成为贵州长篇小说创作的主力。

2007—2019年,贵州的长篇小说创作进入第三阶段。在这一阶段,贵州长篇小说创作阵营中的新生力量进一步得到加强。老一代作家当中,已鲜有长篇新作问世。而进入21世纪后,正是由于新生力量的加入,贵州长篇小说的年产量才开始呈逐年上升的趋势。1990—1999这10年,贵州长篇小说的总产量仅60多部,年均约6部。2000年以后,长篇小说的年产量即在10部以上,而且主力阵容明显在年轻化。除第二阶段提到的那些中青年作家,第三阶段加入到长篇创作队伍中来的,还有冉正万、唐玉林、肖江虹、肖勤、张国华、龚晓虹、田永红、汪洋、吴勇、胡巧玲、曹永、李晁等。

仍以白烨主编的年度《中国文情报告》(始于2003年)为例,2007年以前在小说方面被提及的贵州作家,仅欧阳黔森、赵剑平两人。2007年以后则增加了冉正万、肖勤、王华。白烨主编的这套丛书,属于中国当代文学的年度报告,课题组由中国社会科学院文学研究所当代文学研究室及中国作家协会的部分专业人士组成,这些人基本都是活跃在文学批评前沿阵地的中青年专家学者。2011年,这个"年度文学文情报告"被纳入"十二五"国家重点图书出版规划项目,又称文学蓝皮书,能够进入这份年度报告的视野,应当说作品是有影响的。

三

从题材看,1990—2019年的贵州长篇小说,有相当一部分属于历史题材。这或者是由文体本身的特性决定的。长篇小说容量较大,人们对长篇小说的期待,往往是为了从中了解历史。以文学的形式叙说历史,这是长篇小说由来已久的文化功能。在历史题材的选择上，贵州作家比较关注本土，又是一种必然选择：在自己熟悉的土地上耕耘，不仅能给作品增色，而且也得心应手。

20世纪80年代，顾汶光、顾朴光兄弟就写过太平天国题材的长篇小说《天国恨》，不久，顾汶光又独立完成了讲述石达开兵败故事的《大渡魂》。进入90年代后，贵州仍有好几部长篇小说以这段历史为背景。冯飞的长篇小说《大清血地》2003年即由四川文艺出版社出版，不久又被《十月》长篇版选载。贵州建省是在明永乐十一年（1413年），由于这一缘故，贵州长篇小说的历史选择，较多地集中于明清时期，如袁仁琮的《王阳明》，欧阳黔森的《奢香夫人》，许雯丽的《城门》，杨书光的《乌蒙演义》等。王阳明与贵州的关系，主要是被贬谪的那两三年。时间虽短，但王阳明的"龙场悟道"，无论对个人、对贵州，抑或是对中国哲学，对中国文化历史，都堪称意义重大。袁仁琮的长篇《王阳明》着眼于这一历史，但又不局限于贵州，而是几乎写了王阳明的一生。这是作者的第一部长篇，此后袁仁琮又有6部长篇问世，属于历史题材的还有《庄周》。

在贵州历史题材文学创作中，奢香夫人备受关注。奢香（1358—1396）是彝族历史上杰出的女性政治家，生活于元末明初。她是四川永宁宣抚司、彝族恒部扯勒君亨奢氏之女，后嫁给彝族土司、贵州宣慰使陇赞·蔼翠为妻。蔼翠早逝，因儿子年幼，年仅23岁的奢香担起重任，摄理贵州宣慰使一职。奢香的事迹，主要是胸襟博大，视野宽广，时时把民族团结、地区和谐放在首位。她平内患，通九驿，化解矛盾，加强中央与边疆，内地与西南的联系，促进彝族水西地区与贵州经济文化的发展。正因为如此，奢香得到后人的尊重。明清两代即有不少歌咏她的诗词，此后同类题材的创作更绵绵不绝，仅中华人民共和国成立后数十年间的文艺作品，即有黔剧、电影、电视、小说、话剧等。相比其他同类题材创作，欧阳黔森的长篇《奢香夫人》具有集大成的特点。小说头绪纷繁，情节复杂，冲突激烈，奢香的形象塑造得非常丰满。另一部同名之作出自毕节作家吴勇之手，另外，他还写有《柔远夫人》与《国之宝桢》两部长篇。相比而言，他的《水西悲歌》更好一些。《水西悲歌》主要描写吴三桂做西南总督时，悍然对水西彝族发动征剿，激起彝族首领安坤率众反抗，但惨遭杀戮的悲剧故事。《柔远夫人》在时间上紧承《水西悲歌》，讲述安坤遗孀禄天香协力朝廷削藩，与吴三桂的国恨家仇终于有一个了断的故事；《国之宝桢》则主要以清代四川总督、洋务重臣丁宝桢的生平为题材，属传记体小说。

贵州长篇历史小说，也有并不囿于地域，而转为关注宏大历史的。这方面较突出的是王鸿儒。他的作品主要是"大唐系列"的《盛唐遗恨》（1991）、《大唐歌妓》（1993）、《日落长安》（1997）和"唐风晚唱系列"的《风尘豪门女》《风雪陵园妾》《风流女道士》（均为1994年出版）。2002年，王鸿儒还有一部长篇《张居正：悬崖之舞》。当代文学史上，历史题材创作曾出现过一种倾向：帝王将相和才子佳人不是被弱化、虚化就是被丑化。从20世纪80年代徐兴业的《金瓯缺》、凌力的《少年天子》等开始,到90年代唐浩明的《曾国藩》,二月河的"清帝系列"《康熙大帝》《雍正皇帝》《乾隆皇帝》(均为多卷本)等出来后,这一倾向才有所改变。王鸿儒的这些长篇显然也有这个特点,但也不乏自己的开掘。从他的第一部长篇《盛唐遗恨》到《日落长安》《张居正:悬崖之舞》等,王鸿儒的历史题材创作渐趋成熟。《日落长安》对宦官专权、晚唐朝不保夕、"最是君王不自由"的描写,即是小说最生动也最让人触目惊心的部分。王鸿儒对历史盛衰原因的揭示,对人物命运的悲剧性理解,对人性内涵的悖论性发现,包括他的结构艺术、语言感觉等,都有自己的特色。

四

除中国古代历史外,20世纪中国社会的历史风云与现实变革,如红军长征、抗日战争、解放战争、解放后三十年、改革开放四十年等,也是贵州长篇小说重点关注和描写的领域。欧阳黔森的《雄关漫道》,石果的《沧桑曲》,苏晓星的《末代土司》,胡维汉的《小城故事》,吴恩泽的《伤寒》,郑君华的《芙蓉风》,龙志毅的《王国末日》《岁岁年年》,曹雨煤的《原情》,袁仁琮的《血雨》与《破荒》三部曲,唐玉林的"沧桑武陵三部曲",张国华的《铜鼓密码》《二十四道拐》,田永红的《盐号》,龚晓虹的《鸽子花开》,陈谷一的"乡村土地三部曲",王亚光的《野猫冲旧事》,谭良洲的《歌师》,罗建明、李东升的《乌蒙磅礴》,石新民的《太阳石》,斯力的《军饷》《大后方》,罗松的《永康堡》,等等,都是这样的作品。

石果的长篇《沧桑曲》共3部,1981年由贵州刚创刊的大型文学刊物《创作》首次刊出10余万字,1988年再由重庆出版社以"沧桑三部曲"第一部《拂晓时节》的形式出版。2002年和2004年,"沧桑三部曲"由三联书店贵阳联谊会和贵州人民出版社出齐。《末代土司》是苏晓星20世纪90年代的代表作。小说的主人公龙源海虽然靠世袭制成为土司,但这是一个开明人物,早在抗战胜利前后,他就在自己的领地发起变革,虽然触动汉、彝等民族的保守势力,但矢志不渝,最终成为一位民主人士。胡维汉的《小城故事》背景与《末代土司》相似,但主要着眼于小城的家族争斗,从家族兴衰角度来阐释社会变革。这是胡维汉的第一部长篇,后来他还有一部《黑色碉堡》。《地债》的作者陈谷一也是一位老作家,这部作品有非常质感的农村生活。吴恩泽和郑君华是同龄人,但《伤寒》与《芙蓉风》的历史叙述迥然有别。《伤寒》着眼于大跨度的地域化民族历史,明显有将历史寓言化、传奇化的倾向。"化外川"的地名,鸟、万、武、胡四大姓的恩怨情仇,还有"伤寒"对民族命运的隐喻等,都是作家对历史的一种理解,寓言化、传奇化是他特有的历史观与表达方式。在吴恩泽的另一部长篇《平民世纪》中,寓言、传奇有所消解,但那种冷静客观的叙述却一如既往,正如故事仍发生于"化外"之地一样。与《伤寒》不同,《芙蓉风》的现实感要强很多,农村历史变革所激起的波澜,以及当代农民的坎坷命运,也要真切很多。

欧阳黔森的《雄关漫道》、唐玉林的"沧桑武陵三部曲"、龚晓虹的《鸽子花开》、张国华的《铜鼓密码》、罗松的《永康堡》等,是描写20世纪的历史风云与现实变革的长篇小说。这几位作家分别来自黔东、黔北、黔西南,这些地区或是土地革命时期创建的革命根据地,或是红军长征经过的地方,或是民国著名军政人物的家乡。在这批作家中,欧阳黔森的英雄情结、英雄叙事特别引人注目。由于长征题材过去较多集中在中央红军的转战方面,对红二、六军团的这一段历史有所忽略,因而《雄关漫道》颇具填补空白的意义。小说展现这一历史,为丰富长征文学的形象画廊做出了新的贡献。欧阳黔森很早就想写这部小说,他明确地把自己内在的情感冲动定性为英雄情结。《奢香夫人》《绝地逢生》《非爱时间》都有这个特点。倘若把奢香夫人的高尚情操看作英雄理想主义,那么《绝地逢生》的英雄情结则来自"反贫困"主题。在欧阳黔森看来,真正的"绝地"不是石漠化的生态环境,而是人的精神荒漠。在严酷的生存环境面前,最可怕的,是心灵的封闭、狭窄和委顿,而愈是严峻的现实,愈能体现坚忍不拔精神的难能可贵。他的另一部小说《非爱时间》讲述当年的老知青在市场经济时代来临时,对友情、爱情的深刻怀念。所幸物欲横流的现实非但没有让这一代人陷落,反而让他们得以从精神的日益委顿中挣脱出来,懂得了什么是珍贵。陆武柒身患绝症之后对婚姻的处理方式,其实就是拯救灵魂的一次壮举,其悲剧性颇具震撼力。欧阳黔森的所有作品几乎都有这种英雄主义的激情萌动,他也从不忌讳这个定性。

唐玉林的"沧桑武陵三部曲"、龚晓虹的《鸽子花开》、田永红的《盐号》等,虽然都取材于黔东或黔北的地域历史文化,但都对故事做了某种传奇化、通俗化、民间化处理。"沧桑武陵三部曲"包括《中南门》《清浪街》《龙井巷》,其中《清浪街》人物众多,故事也最有吸引力。大大小小的民国乱象、地域传奇环环相扣,一波三折,并且头绪繁多,悬念丛生,在英雄豪杰、夫人小姐及官、民、警、匪、兵之间,演绎出黔东大地沧桑历史。与此相似,《鸽子花开》也都是黔东人物的传奇故事,也是试图以民间化的视角展示的另一种叙述。《鸽子花开》中,小到斗蛐蛐,大到战场拼杀,都有许多民间智慧的参与,而正是这些章节,给这部作品带来了独特的艺术效果。田永红的《盐号》选材新颖,龚家盐号所牵动的,不仅仅是几个人物的悲欢离合。在盐号兴衰史后面,揭示的是地区政治史、经济史、军事史、文化史,是整个民族的历史命运。

罗松50多万字的长篇小说《永康堡》,从20世纪初贵州第一任督军刘显世家族利用抗击广西会党起义获得成功,在下午屯重修刘氏庄园,并取名为"永康堡"写起,至何应钦日本学成归国,王文华、袁祖铭遇刺止,时间跨度虽只有二三十年,但这正是中国近现代历史的拐点,亦是贵州"兴义系"军阀由盛转衰的时期,并且关系着贵州和西南政局的风云变幻。选择这样的切入点是有匠心的。小说在"永康堡"庄园日常生活起居等细节方面的描写尤其生动细致。作为兴义刘氏庄园及何应钦、王文华、王伯群故居管理部门的负责人,作家罗松对这一段历史相当熟悉,讲述起来亦如数家珍。

五

贵州长篇小说在题材的开掘及虚实处理、叙事策略等方面,走的大体是现实主义路子,但在旨趣、意蕴及成就方面,却仍有不同的追求。龙志毅的《政界》是严格的现实题材,写法也很传统,思想却颇具穿透力。对这部作品,有评论把它归作反腐小说或官场小说一类,其实《政界》的命意似乎并不在此。反腐小说、官场小说大多着眼于权与法、权与钱、权与色的博弈,激浊扬清,呼唤清明政治,呼唤公正廉洁,其中的黑幕情节尤其有吸引力。宋渤的《车坠安江——一个目击者的手记》、吴昉的《封疆小吏》、张国华的《长天秋水》就是这样的作品。在宋渤的作品中,腐败分子是东安市建筑公司总经理曲果,他借改革之名,以权谋利,以利结党,肆无忌惮地侵吞国有资产,最后发展到杀人灭口的地步。小说中的报社副总编安思危则是正义的代表,他与曲果的较量虽然一波三折,最终当然是正义战胜邪恶。相比而言,《政界》虽然也写官场,但它的历史感和历史意识要深厚很多。它不在正义与邪恶之间展开矛盾冲突,也不靠官场黑幕引人入胜,它的艺术感染力来自对历史的深层忧患,且叙述更显内敛和节制,含蕴也更深广、饱满和有力。如果把这部小说中省一级领导干部的思维方式、心理过程、性格气质,高级干部考察任用的组织程序、运作过程的细节描写以及高级干部的心理刻画等看作严格意义的写实,那么,其历史感、忧患意识等,就是写实后面的某种旨趣,且为一般的反腐小说或官场小说所不具备。里面的人物,无论是赵一浩、周剑非、陈一弘,还是钱林、丁奉、冯唐,都不能简单地用正直、邪恶,甚至用好与坏去定义,那是真正的"圆形人物",每个人都有责任感、使命感,而缺陷、弱点都远远谈不上大奸大恶,顶多也就是一点虚荣,一点人情世故、礼尚往来而已。然而愈是这样,故事的推进愈充满悬念,结尾所留下的遗憾,即所谓干部任用中的平衡,愈让人久久难以释怀。那是悲凉?是无奈?都是,又都不尽然,这就是艺术的力量,它来自作家的良知,名之为"政界"亦可谓见微知著,谓之为忧患意识恰如其分。联系作家后来的《王国末日》,这种忧患感更为强烈。《王国末日》属于革命历史题材,它回到历史的大转折时代,描写云南在抗战胜利后对历史道路的选择,这正是"政界"的历史纵深,是政治合法性的由来,而不应仅仅看作少数民族历史道路的选择。甚至后来的《岁岁年年》,好像是要回到情感路线的样子,但实际上最打动人的仍是作家的历史感与政治情怀。

冉正万的《纸房》《洗骨记》《进城》《八匹马》，肖勤的《水土》《守卫者长诗》，金永福的《挂职》，张贤春的《青龙坝》，袁仁琮的《梦城》《穷乡》《破荒》三部曲等，现实感也都很强，但各有不同的主题意向。《挂职》在对贵州山区的扶贫描写中，穿插了不少地域历史文化片断。《水土》取材于黔北乡土，出现在肖勤笔下的，是一群成天与农民、与土地打交道的乡镇干部形象。作品虽然对乡镇基层干部选拔中的一些问题有所鞭挞，对农村乡镇的干群关系有所思考，但重心显然更在转型时期乡土社会的历史变迁上。肖勤那种带着泥土气味的冷暖苦乐因此而特别真切，特别有现场感。批评家看重她的正是现实关怀精神，所以说从肖勤的作品中能看到爱，看到温暖和力量，而不是颓废和绝望。《守卫者长诗》的主人公被人冒名顶替上大学而耽误终身的故事虽沉重，但班主任对他的守望，也是人物一生的温暖。《破荒》写的是侗乡从20世纪40年代末到改革开放的社会变迁，可看作那一代少数民族作家特殊的精神史与心灵史。

王华的《傩赐》《桥溪庄》《家园》《花河》《花村》《花城》，冉正万的《银鱼来》《天眼》，曹永的《无主之地》，肖江虹的《向日葵》等，属于从历史落笔，多少却指向现实的那一类小说。在这些作品中，历史或者仅是一种镜像，过往之事仅是现实乃至未来的规约、借鉴和暗喻。而无论历史还是现实，都具有浓郁的地域文化氛围，作家试图用现代性的烛照，去透视人性的幽暗和吊诡，从而对现实，对历史，对地域，包括对现代性本身，形成有力的思考。从2012年到2016年，这几位作家与他们的长篇新作，同样受到了读者与主流批评家、主流媒体的关注。

至2019年，冉正万已经写了6部长篇，较早的《洗骨记》有对大山封闭和贫困青春的刻骨铭心记忆，作品显然更在意对人生疼痛感的表达。而发表在《人民文学》上的《银鱼来》，则是2012年令人瞩目的作品。《银鱼来》的故事发生在远离中原文化的"化外之地"，宗法制或宗法社会的矛盾，并不是《银鱼来》中家族恩怨的根源。《银鱼来》有自己对历史的独特理解，其阐释角度也与众不同。在小说中，如果没有红军长征路经黔北，没有日本人进逼黔南、觊觎大西南，没有当年红军的凯旋，黔北大山的日子将一如既往，一切所将遵循的，将仍是民间风俗统治，而不是宗法意志。如果说《银鱼来》以一种新锐的姿态介入了时下的文化建构，那么这种建构主要是来自多民族文化的碰撞与融合。冉正万是个很有历史感和思考意识的作家，《银鱼来》是一部优秀的小说。

从《花河》《花村》《花城》开始，王华长篇小说的地名、人名都与花有关。那是一种家园隐喻，也是一种蕴含深厚、韵味悠长的女性修辞格。"花河"三部曲中，《花河》写的是历史，《花村》和《花城》写的是《花河》中主要人物的下一代的命运，主要人物同样是女性。她们的命运有如写在花瓣上的家园故事：鲜艳但太柔弱，精致但易衰败。小说讲述白芍与妹妹红杏的人生故事，时间从民国一直写到改革开放。王华是第一次在这么大的跨度里来描写社会沧桑与人性善恶，总体驾驭是比较流畅的，结构也更为娴熟。尤其语言的感觉,充满灵性、变化莫测而又完全没有雕琢的痕迹。也正因为如此,"花河"三部曲中的人物也与作家前一阶段的长篇《桥溪庄》《傩赐》《家园》一样,给人留下了深刻的印象。白芍是一个成功的艺术形象,她功利、务实、精于算计。这是王华到目前为止写得最成功的一个人物,进入当代文学女性艺术形象画廊当之无愧。

曹永和李晁是近几年贵州的小说新秀。两人都是从中短篇转到长篇创作上来的,不仅文字功底扎实,"讲故事"也各有所长。李晁的《傻时光》和《迷宫中的少女》分别讲述少男少女的成长故事。"傻"其实只是懵懂、稚拙,只是成长的烦恼,阴暗、争斗也与人性幽深无关。后者的所谓"迷宫",也不过就是少女的精神困境。相比之下,曹永的《无主之地》似乎要稍厚重一些。这是作者的第一部长篇,用起点高来评价应不为过。吴秉杰说曹永不是靠读书和模仿,而是靠天赋敏感,靠自己特殊的生活环境,靠观察和体验,以及一定方向的想象力来写作,谢挺亦说这样的作家不能培养,只能发现。小说取材于民国黔西北乌蒙山区的地域传奇,涉及近代中国社会极为敏感的土匪问题。贵州在当时也是重灾区,轰动全国的匪患绝不止一两起。土匪的存在,催生了一个新职业:镖师。《无主之地》的四个主要人物——张腊八、黑狗、葫芦、茴香正是在镖局成长的,所有的恩怨情仇、人世沧桑都跟走镖、保镖、抢镖、赎镖有关。张腊八是小说塑造得最好的人物,他忠厚正直、行侠仗义、一身正气。要命的是他爱茴香,而茴香爱的却是又好色、心术又不正的黑狗,正所谓男人不坏女人不爱,她只愿意把张腊八当兄长。屡屡付出真情,屡屡被真情出卖,张腊八最后选择了落草为寇。好在草寇也好,土匪也罢,其实首先是人,在忠义情仇等问题上,镖师和土匪并非决然对立。小说实际是把民国土匪当成一种社会现象来写的,并显然对其中所蕴含的人情世态及人性内涵更为在意。有意思的是,小说用一个超现实的人物"小祖宗"来织入咸同年间发生在这里的一段苗族起义历史。历史是真实的,但在小说中却只是一个隐喻,一个意象,一个既代表意义又代表形式的能指。尽管"小祖宗"在中间的情节推动中远不如出场与结局那样精彩,但这个形象的存在,仍大大拓宽了叙事空间,不仅地域传奇的神秘色彩有所加重,而且也使得张腊八、黑狗、葫芦、茴香的情感纠葛与命运坎坷陡增文化蕴含。

肖江虹是这几年受评论界关注的一个作家,《向日葵》是他的第一部长篇,与他的中短篇相比,《向日葵》的蕴含具有不可替代的历史和地域魅力。如果说《向日葵》对弱者的温馨体恤无出其中短篇之右,那么它要以世外桃源来超越现实苦难的努力,就更具有理想主义的意味。而乌托邦世界的最终瓦解,也就把作家的历史反思与社会批判,推到了相当醒目的位置。

六

20世纪90年代以来,尤其是进入21世纪以后,网络文学的影响力不容轻视。在这一方面,贵州也有不少成功的例子。不少非主流的长篇小说即来自网络。朱双艺(网名墨绿青苔)、陆显钊(网名南无袈裟)、郑飞飞(网名寿比南山)、潘涛(网名凝望)写悬疑、推理、灵异,段存东(网名晴了)写历史,何庆丰(网名滚开)写魔道,杨晶(网名言清秋)写都市情感,都可谓各有千秋,各有所获。其中朱双艺的《连环罪》系列、《赎心者》《刑警队长:假面告白》,褐蜘蛛的《男人制造》,张贤春的《猪朝前拱》,张笑寒的《神欲轮回》,段存东的《千夫斩》,曹伟的《三国猛将赵云传》等,都是先有网络人气、先有点击率,然后才与出版社签约出版的。与多数这样的作品一样,《男人制造》出版时,也改名为《我的红尘女友——男人制造》。小说主要围绕情感和性欲,讲述一个青春期男子与三位女子的纠葛,有些描写比较敏感,有点露骨甚至狎亵,但绝非游戏文字。热热闹闹之中,其实都事关人情冷暖、世态炎凉,都是严肃的人生悲喜故事。《猪朝前拱》出版时的书名是《青龙坝》,它讲述的故事发生在当代农村,无论是青龙坝乡场的熙熙攘攘,还是各家各户的婚丧嫁娶、儿女生计,均有着乌江中下游浓郁的乡土气息。一些农村基层干部和知识分子的灰色人生,如颜仲江的成长与堕落,晋成刚的好色与贪腐等,对乡村道德造成极大破坏。张笑寒的《神欲轮回》属网络玄幻小说,四部写了近百万字,出版后,有罗雨、钟艺兵、小凤等为其写书评,并登载在报刊上。网络小说本身有很明显的类型化趋势,但现实感、影响力不容轻视。

总体来看,在文学创作的各个门类中,长篇小说的分量不能低估,不少人甚至把长篇小说当作一个时代、一个民族、一个地区文学成就最重要的标志。如前所述,贵州长篇小说在30年里的确有了极大的发展,相对此前的数十年肯定是一个巨大的跨越。但坦率地说,在中国当代文学争奇斗艳的整体格局面前,贵州长篇小说的世纪跨越还谈不上特别令人瞩目,突出问题是数量与质量的矛盾。至少到目前为止,贵州长篇小说在全国有重大影响的作品还少,一些优秀之作尚未能进入更多理论批评家的视野,没有得到更多的关注和评价。在当代文学批评"过度阐释"喧嚣四起的时刻,贵州的一些长篇作品恰恰缺少阐释,这跟作品本身是有密切关系的。300多部作品中,有的甚至还缺乏可读性,这已经是对长篇小说的最低要求,如果连这个条件都不能满足,就更谈不到成功了。缺少基本的语言、结构、形象可感性等文学要素,或过于猎奇,过于个人化,就可能导致作品的失败。

贵州长篇小说创作下一步的发展,应当是在精品的创造上有所突破。这需要练好内功,也需要加强对作家和作品的宣传推介。对此,贵州的文艺理论批评责无旁贷,应加强对本省文学创作的关注,加强理论批评与创作间的沟通和交流。不可否认的是,在贵州长篇小说的世纪跨越中,已经涌现了不少的优秀作品,但缺少扛鼎之作、缺少精品仍然是短板,有高原但缺少高峰的现象仍然未改变。21世纪以来,20世纪60年代出生的作家欧阳黔森、冉正万、王华、谢挺笔耕不辍,仍是主力军,七八十年代后出生的肖江虹、肖勤、曹永、李晁等新生代力量正奋力争先,贵州长篇小说更上一层楼的未来,也值得我们期待。

(执笔人:杜国景)

目录

2004

001 爱别离（节选）/ 谢挺

022 非爱时间（节选）/ 欧阳黔森

040 女囚门（节选）/ 姜东霞

063 小城故事（节选）/ 胡维汉

078 皇天后土（节选）/ 赵雪峰

2005

096 桥溪庄（节选）/ 王华

117 卉卉（节选）/ 喻莉娟

136 岁岁年年（节选）/ 龙志毅

2006

154 野猫冲旧事（节选）/ 王亚光

170 傩赐（节选）/ 王华

190 玉兰（节选）/ 林吟

209 困豹（节选）/ 赵剑平

229 在疼痛中奔跑（节选）/ 汪洋

250 雄关漫道（节选）/ 欧阳黔森

275 太阳底下（节选）/ 袁仁琮

2008

296 猪朝前拱（节选）/ 张贤春

313 洗骨记（节选）/ 冉正万

327 家园（节选）/ 王华

344 绝地逢生（节选）/ 欧阳黔森

2009

362 长天秋水（缩写）/ 张国华

385 歌师（节选）/ 谭良洲

2010

396 乌蒙磅礴（节选）/ 罗建明、李东升

2011

409 奢香夫人（节选）/ 欧阳黔森

433 鸽子花开（节选）/ 龚晓虹

448 庄周（节选）/ 袁仁琮

460 向日葵（节选）/ 肖江虹

2004年

谢 挺

爱别离（节选）

第一章

一开始就很幸福

我父亲很年轻的时候就来到我们这座城市，那时候他刚刚犯下一个严重的错误，接着因为这个错误他又犯下了第二个错误。如果第一个错误仅仅让父亲降职，从团长变成了营长，那么第二个错误却足以让他抱撼终生，因为那个年代以及父亲的寿命都没有再给他时间和机会来纠正这个错误了——你可能已经猜到，我说的错误其实都和女人有关系，这是父亲的弱点，父亲这一生都没能处理好和女人的关系，他为此吃尽了苦头。

第一个错误我后面还会提到，现在我想先说说第二个错误，那就是父亲的婚姻。用我母亲的话来说，她和父亲本来不应该走到一起的，因为父亲属马，她属牛，而在民间自古以来就有白马不配青牛的说法。当时母亲家里并不赞同这桩婚姻，除了父亲是解放军外，另一条说得出口的理由就是白马不配青牛。

当然真正妨碍他们婚姻的还是母亲的出身，准确地说是她的家庭背景。母亲是个国民党少将军长的女儿，她的父亲，也就是我外公，曾经是傅作义的左膀右臂，这么说你大概就能理解了，在那个年代这才是最大的禁忌，他们门不当户不对，更何况父亲还是一位解放军干部，虽然有些小毛病，但前途一片光明，这样一位同志怎么能和一个走在末路的军阀的女儿在一起呢？为此父亲的首长们积极干预，他们希望程仲昌同志能够三思,能够主动放弃这段没有原则的所谓爱情。

父亲因为他的婚事遭受到了空前的压力,我觉得正是这种压力才激发起父亲和母亲走到一起的决心,那时候他年轻,盲目而冲动,他的斗志正是最终导致这段婚姻的理由,这个理由甚至超过了父亲对母亲的痴迷。

事后来看,父亲显然没有三思,他执迷不悟,既不肯为革命着想,也不为组织考虑,当然更不会去相信什么白马青牛这样无稽的谈论,最后,他决定退伍转业了,在部队和我母亲之间,父亲选择了后者。而且父亲走得更加彻底,他决定更换一座城市,也许在他的想象中,只有这样他们才能和过去、和历史一刀两断,也只有在一个崭新而陌生的世界里,他们那段伟大而浪漫的爱情才能自由地飞扬。应当是1958年,他们离开了成都,选择我们这座城市作为他们新生活的开始。

那时候我父母亲无疑成了世界上最快乐的人,他们俩终于脱胎换骨了,过上他们自己想要的那种生活,这是他们自己选择的,并为此付出了代价。很长一段时间他们都被一种巨大的幸福感淹没着,这个过程就像飞机缓缓降临地面,但还需要一段时间,到那时候他们的魂魄才会悠然地落回肉身,他们也才能把对方的面目看清楚。

也是那一年,姐姐降生了。姐姐是我父母亲的第一个孩子,是他们的爱情结晶,可以说姐姐就像一个见证出现在他们的生活里。这样的孩子总是最幸福的,因为父母快乐的同时也送给了她一个完整、幸福的童年,这将是姐姐一生中最大的财富,值得她一辈子去牢记,而这段快乐时光出现在我生命中的只是短短的一瞬,我只是赶上了个尾声。

对一次争吵的记忆

父亲是个富有情趣的人,风流而浪漫,用现在的话说,他很会享受生活。我记事的时候他已经成了一家公私合营的玻璃厂的党委书记兼厂长,他的生活和工作总是紧张而忙碌的,但在父亲的调度下,这两样东西其实一直都井井有条,就像两个驯良的动物一样服帖。

我记得那时候每个周末的星期六都是我们的节日,因为每到这一天父亲总是决定不在家里吃饭了,他带着我们去东兴餐厅下馆子、吃炒菜,第二天一家人去公园也是雷打不动。因为这我们也成了河西路29号最引人注意的人家,我们是所有羡慕或嫉妒的中心——我们一起欢天喜地地从楼上下来了,跺得楼板噔噔直响,父亲牵着我或者姐姐,我们姐弟俩穿得焕然一新,总是得意地宣布我们要去干什么。楼下的钟伯伯遇到了,点着头和父亲打招呼:"出去啊,程书记?""去逛一下,这两个馋猫非要去吃馆子!"或者是一楼正在洗衣服的梅阿姨:"程叔又带娃儿玩?"父亲说:"我们去公园看看,听说那儿的菊花开啦。"

爱别离（节选） 谢 挺

我注意更多的是我们楼里那些和我们一样大的孩子——高老三、钟老二、邱家的四个丫头，他们这时候肯定都把头伸到窗口，然后舔着手指头，用最羡慕的目光望着我们——这些事情我当然还能记得，与姐姐不同的是，我的记忆总是从这些事情上滑过去，也许那时候太过平凡了吧，没有那么多尖锐的东西逼迫你去记忆，也许和战争相比，和平永远是不值一提的东西。

我不知道双亲争吵是从什么时候开始的，又是由什么原因开始，但有一点我很确定，它们越来越频繁地出现在他们中间，而且正朝着琐屑的细节蔓延开来，到后来他们好像都在为小事争吵着，他们只对争吵本身感兴趣。可以肯定我父母亲的感情已经发生了蜕变，从前那段让他们心旌摇荡的激情就像刮过的一次猛烈的台风，而他们也像挥霍一空的暴发户一样，开始需要面临困窘"尴尬"，这也让他们变得粗俗甚至野蛮，时间不仅夺去了他们的耐心，也正在夺去他们对彼此的兴趣。

我说过那时候父亲管理着一个越来越庞大的工厂，但回到家，他还要替我们做饭，替我们洗衣，因为大小姐出身的母亲不仅不会做饭，同样不会洗衣，甚至她第二天要吃的午饭都是父亲提前替她预备的。母亲是个享过大福的人，早年她在成都上女中时，都是勤务兵背着枪把她送过去，回来时家里的佣人们已经在等候三小姐的差遣。但这并不等于说母亲就是什么大家闺秀，她毕竟是个军人的女儿，有个在枪林弹雨中出生入死的父亲，她继承的也是军人的血性和豪迈，从本质上来说，母亲就像一个男人一样，对任何事情她都理直气壮，敢做敢当。

有一天，就是对我来说那种像节日一样的周末，他们又一次争吵起来。起因是一双皮鞋。那天原本非常愉快，我们在东兴餐厅吃完饭，然后又到喷水池一带逛街。父亲那天显得特别高兴，就在商场里给母亲花了三十多块钱买了一双新皮鞋。那时候的三十块钱可不是小数目，是母亲一个月的工资，父亲一个月工资的三分之一。父亲让母亲立即把新皮鞋穿上了，但新皮鞋有些夹脚，母亲提着一双旧鞋，一边别着脚走路，一边开始抱怨。母亲是心疼钱呢，还是真因为鞋子夹脚，不得而知。那天父亲领着我和姐姐走在前面，起初他还不时回过头劝母亲，新鞋总是夹脚的，走走就好了。谁知不劝还好，一劝母亲的抱怨也变本加厉，她说她的脚骨本来就是突的，长了个拐拐，磨得好痛——怎么走嘛。新皮鞋不仅没让母亲高兴，反而成了她的负担。母亲抱怨起来没完没了，父亲已经不吭声了，他已经不再高兴，从他粗重的呼吸中我就能感觉到。一个平稳幸福的周末就要被母亲的喋喋不休毁掉了。

走到大十字时，母亲终于停下来，她想找个地方把新鞋换下来，再套上她的旧鞋。父亲的火一下子上来了，他的忍耐同样到了极限。父亲甩开我的手，朝母亲冲过去："你脱，你脱！脱——"父亲抢过母亲手里的新鞋就朝她扔过去，第一只没打中，第二只打在母亲的肩上。"妈个×，给你买双鞋还这么麻烦……"母亲也火了，回敬他："程仲昌，你弄双小鞋给我穿,想害死我?!"

那个热闹的地盘上立即有无数的人围拢上来,父亲本来还想打母亲的,却被一个老人拉住了。我听到有人问:"什么事什么事?""听说是新皮鞋夹脚……"两口子吵架都见过的,可为了双新鞋他们还闻所未闻,后来的人不停地朝里面挤着,这件事对他们来说够新鲜的了,都想看个究竟。父亲气呼呼地从人群里挤出来,拉着我朝家里走,我不停地回头。我看到母亲正在人缝里找她的新鞋。后来她也没穿那双新鞋,连旧鞋也没穿,她一只手提着新鞋,一只手提着旧鞋,光着两只脚在地上走着。还有人跟着我们,他们不想也不相信这件事就这么结束了。

这肯定不是父亲和母亲第一次争吵,只是他们无数次争吵中给我留下印象的一次,那个光脚提鞋的也可能是别的女人,只是不巧被错安到母亲的头上。有一点可以肯定,父亲已经在反思他的婚姻生活了,这个只有付出没有回报、不能滋润他的婚姻,此刻一定在引起他内心深处的懊悔。父亲要去寻找属于他的那部分滋润、回报,他和一些女人的传闻好像就是从这个时候开始多了起来。

成都外婆

我四岁那年,外婆从成都过来了。接外婆应该是父亲的主意,因为那时候他和母亲都太忙了,几乎抽不出时间来照顾我。

我们家总共三个孩子,姐姐、哥哥和我。哥哥三岁那年被父亲送到了陕西老家,一个原因就是他们的精力无暇顾及,而轮到我时他们已经找不到可以托付的地方了,也许他们的无奈我应该觉得幸运,否则姐姐过她的好日子时,我还得在哪座荒山上放羊。

一开始父亲是把我交给后院一个叫陆阿姨的老女人,到了晚上,他和母亲下班后再把我领回去。可不久有人告诉他们,我们家留给我的牛奶、饼干其实都被陆阿姨喂了自己的孩子,每天我能吃到的只是一点稀饭和只加盐的萝卜汤。看到我的人都把我形容成一只饿得奄奄一息的小病猫,靠在窗口那儿可怜巴巴地舔着一把汤勺。当然让父亲最不能忍受的还不是这些,有一次父亲中途回家,发现陆阿姨其实一直背着他们把我拴在桌子脚,而她自己倒是优哉游哉地到外面和别人聊闲天去了。

这样父亲才决定把我带到他的工厂,但这对一个三四岁的孩子也不是什么好办法。除了每天天刚亮就必须起床外,我们还必须花很长一段时间走一段很长的路,常常走着走着,我就揪着父亲的袖口像牛马一样在行进中睡着了。关键是父亲很快就发现在他的工厂,实际上也很难找到一个安置我的地方,厂里的臭水塘、煤渣堆几乎一下子都变成了我的游乐场,当然也可能是陷阱,稍不小心,父亲就要像捉迷藏一样在那些木头、砖头的缝隙里发疯似的四处寻找。有一次我不小心在一个角落里睡着了,醒来后我才发现父亲正领着几个工人用竹竿在厂边那个臭水塘里打捞，父亲急得满头大汗，他大概以为我已经掉到水里淹死了——父亲一定觉得把我留在厂里是件危险的事，所以他想出一个稳妥的办法，向母亲建议，准备把外婆从成都接过来。

对母亲一家来说，很长一段时间父亲其实都在扮演一种叫恩人的角色。之前父亲和母亲结了婚，如果这也可以叫施恩的话，那么接下来不久父亲做的事可以说是大恩大德了，他把母亲两个就要被遣返农村的弟弟接来了，并用他的关系，把他们安排在一位老战友的单位里。父亲应当算得上一个负责任的男人，他对母亲家也是尽职尽责，他有着一个男人所有的优点，当然也包括那些毛病。那时候外公应当刚刚离开了军管会，他的问题已经查清，因为傅作义的关系，他是作为起义部队被接管的，但去政协当文史干部前，外公还必须为了生计在成都街头拉两年板车，而这两年恰恰也是外公外婆最困难的时候。也许在父亲的计划中，他正打算一步步改变他这些亲人的处境，外婆的到来尽管是为了照顾我，但未尝不是这些改变中的一部分。

那一天我就在家里看见了外婆，那时候的外婆是个老太太了，迈着一双粽子似的小脚出现在我们面前。她穿着一件自己做的阴丹蓝大襟衫，头发朝后梳成发髻，可能因为是回族吧，外婆给我的印象也永远是干净清爽的，后来哪怕我再淘气，也从没在她身上看到过饭粒和菜渍。她叫我："小——小——，我是外婆啊。"这是她对我说的第一句话，据说当时我并没有理睬。起初我真没把这个形象和马军长夫人联系起来，因为电影里的国民党太太几乎全是妖冶、刁蛮的，而外婆的相貌，我敢肯定即使回到三四十年前也不可能美丽。她只是个普通的老太太，和街上任何一个小脚老太太没什么两样。

这应当是外婆第一次来到我们这座城市，从事后来看，这也是外婆这一生中最后一次迁徙。如果我没记错的话，外婆在我们家住得最长的两段时间，也正好是我们家最困难的时候，这一次是因为我，第二次是因为父亲。外婆带大了我和姐姐、哥哥，之后又是两个舅舅的孩子，是我们不断地降生，不断地需要面临和克服的困难使外婆无法再回到成都，而等她终于可以成行时，又没这个必要了，因为那时候外公已经死了，成都那边已经没有一个亲人了。

应该是1972年，我见到了外公。那时候外公或许已经知道自己不行了，他从成都过来和外婆商量他的后事，顺便也看一眼他从未谋面的孙辈们。见到外公之前我想起的是《南征北战》里那段著名的台词："张军长，看在党国的分上，拉兄弟一把吧！"因为平时我们都在这么学，所以我怀疑对着外公我也会脱口而出的。但没有，可能是血缘吧，一看到外公，我就有种难以割舍的亲近。那一年外公已经衰老得厉害，只是他挺直的脊背还可以找到从前当军人的影子。我注意到他的右手，从前他开枪的那只手一直在不可自抑地颤动，他甚至还在一家清真馆里和一些师傅边聊天边替我拂去耳朵边的一块泥点，用的就是这只颤抖而仁爱的右手。

父亲的问题

应当说，外婆的到来改变了我们家从前的生活秩序，父亲终于可以腾出手，专心致志地干他的革命工作了。那也是玻璃厂变化最大的时期，我记得很清楚，我第一次去父亲那儿，工厂里还只有两间烂茅棚，工人们用坩埚钳把发红的原料从炉膛里取出，再用嘴在模子里吹各种器皿；仅仅一年后，玻璃厂就修了两大间厂房，工人也无须再用嘴去和液体玻璃打交道了，他们只需用手压几下，皮囊里的气就会把玻璃变成他们需要的样子。过年时父亲还派厂里的汽车从湖南拉回一车板油，每个工人都分得了五斤。父亲这么做，似乎还引起不小的争议，但父亲说厂里效益好了，工人们就应该享受实惠。玻璃厂几乎一下子变成了我们这座城市最热门的单位，有很多人都找出一些拐弯抹角的关系，希望去那里工作。当然，除了工作之外，父亲还会腾出手来干一些愉悦身心的事情。

这是外婆来之后不久发生的一件事，那一天母亲早早地就从单位回来了。

在我印象中母亲从来就没回来这么早过，因为他们单位时常要下工地，有时候连中饭母亲都要装在饭盒里带过去。但那天街上的雾气都还没有完全散尽，母亲就气汹汹地出现了，这段时间大概只够她从家到单位打一个来回，所以看到母亲时外婆和我都很吃惊。

母亲不说话，她一口气冲进了里屋，然后一屁股坐到床上。母亲的脸上洋溢着一种杀气腾腾的东西，这让她看上去白净了许多。外婆问她出了什么事，母亲却没吭声，她拿起桌上我吃剩的一个馒头啃起来，等她嘴里塞着一大团馒头，母亲才说："程仲昌在外面搞女人，别人都告诉我啦！……他这么乱来，这个家肯定完蛋！"那一团馒头让母亲的整张脸都变了形，也让她的声音模糊不清。母亲很可能气坏了，但她还在不停地往嘴里塞着馒头，那架势已经不像在吃馒头，倒像在拼命撕咬着什么。"我这就去玻璃厂找他算账！"母亲说到做到，她这么说着就站了起来。

外婆显得忧心忡忡："妮——这样好不好噢，他怎么都是个干部，你去闹，他面子怎么……"

"我管他——他这是狗改不了吃屎！在部队他就把人家女护士的肚子搞大，我以为他转业了会改，屁！上回和团市委的刘秀珍就没说他……连小萍的班主任都不放过……"

"妮——你就等他回来，好好跟他讲嘛……"但母亲没听下去，她也听不进去，喝了口水咽下嘴里那口馒头，母亲就乘着这股气势杀出了门。

现在我就来说说父亲年轻时犯下的那个大错误——我相信母亲说的都是真的，刘秀珍或者姐姐的班主任肯定都实有其事。用母亲的话，父亲其实这辈子都没管好他那根惹事的鸡巴。尽管工作上，无论什么工作，父亲都是一把好手，但却屡屡在作风上出问题。

父亲最早出问题应该还是在部队，那是在父亲认识母亲前发生的，父亲还当团长的时候，有一次把他们部队里最漂亮的一个女护士给睡了。糟糕的是父亲和那名护士在树

爱别离（节选） 谢 挺

丛里办事时被正在巡逻的警卫连发现，他们以为抓到了潜伏的特务，结果站起来的却是光着屁股的父亲。父亲的上司——一位姓胡的司令大发雷霆，一怒之下几乎就要把父亲送交军事法庭，因为那个女护士同样也是他最喜欢的一名护士，但他最终没这么做，因为父亲也是他最赏识的部下。最终的处理结果或许超出了所有人的想象，父亲在禁闭室捆了一夜后被降职使用，由原来的团长变成了营长；倒是那位漂亮的女护士，她被遣返回原籍，转业后做她的老百姓去了。据我所知，这件事最终不仅使父亲下决心离开部队，也加速了他的婚姻进程，那也成了他的第二个大错误。

母亲那天据说抢在中午下班前赶到了玻璃厂，碰巧玻璃厂正在召开全厂职工大会，母亲雄赳赳地出现时正赶上会议的尾声，父亲还在主席台上作总结发言。父亲的声音通过高音喇叭在会场上回荡着，他下面是几百名屏住呼吸、凝神端坐的玻璃工人。"……所以说，我们要——认真工作，要像爱护眼睛一样爱护我们的工厂……"母亲站在大门口，她的手朝主席台上一指："程仲昌，你给我出来！"这个突然插入的声音就像晴天霹雳，甚至穿透了高音喇叭，所有人都听到了，他们齐刷刷地朝母亲转过身来。

父亲也肯定看到了母亲，看到她脸上盛怒、不可理喻的表情。他原本并不想让会议停下来，他只需要五分钟就能把会议顺利结束，所以他请厂办王秘书先接待一下，安抚一下。但母亲却连这个机会也不肯给，她继续说："程仲昌，你下不下来，要不要让我把你的丑事都抖出来？！"母亲这么说，父亲就不得不从台上下来了，他当然怕母亲真的把什么丑事抖出来，但他更害怕的还是母亲自己出丑，那时候他们是一体的，马用华出丑就等于程仲昌出丑，没什么两样。所以父亲站了起来，他动作尽量慢，显得从容，借着整理讲稿的过程他也把自己战斗的心情调整出来。之后他们俩就一前一后去了办公室，但他们的争吵在进办公室前就开场了。

后来我和姐姐都先后进了玻璃厂，一些年纪大的工人还会和我们谈起那场著名的战役，只是他们明显地站在父亲一边，而且碍于情面，他们还会委婉地说，你们家老妈好凶的，我们都没想到程厂长的爱人会这么厉害！

父亲和母亲的争吵主要集中在一个人身上，她就是玻璃厂团支部书记王桂花，母亲说："前天你们俩去朝阳电影院干啥去啦？！没有？你不要以为我是憨的啊，人家都告诉我了……"对母亲的指控父亲当然不会承认的，他请马用华同志动动脑筋，不要听别人挑拨离间！但母亲说："几个人都看见了，你还敢说是挑拨离间，你是什么人你自己还不清楚？！……"那场架吵得不可开交，王秘书站在楼梯口拦着那些好奇心重的玻璃工人，他不停地用滑稽的语调说："程书记在工作，在工作，你们不要过来！"但办公室里书记和书记夫人的声音他拦不住，尤其书记夫人的大嗓门几乎就像高音喇叭一样清楚明白。

我不知道这件事情在父亲心目中留下了什么样的印记，反正那天晚上父亲没有回来，而且从此父亲也很少回家了，他回家只是拿两件换洗的衣服，这个家对他来说就像不存在了，也不再重要。他告诉我和姐姐他现在很忙，所以他必须住在厂里。

空虚的胜利

那应当是父亲第一次在外面过夜，而且毫无理由。母亲在家里折腾了一晚上，她乱发脾气，而且看谁都不顺眼。第二天天还蒙蒙亮时，母亲就早早地把我喊起来，就像从前要领着我去上班一样。起初我也以为母亲会带着我去单位，但很快我就发现我们去的其实是个不相干的地方。在一个公共汽车站母亲停了下来，这时候是上班时间，车站上站满了翘首等车的大人们。母亲不是在等车，因为她的眼睛一直就没对进出站的汽车发生过兴趣，而且她拖着我的那只手的掌心，也一直在不停地冒着汗水。

不久，我就知道母亲来干什么了，因为母亲的目标已经出现，她就是父亲工厂里那位漂亮活泼的团支部书记王桂花。那一年王桂花也许刚刚二十一二岁，我记得她有一排洁白的牙齿，一双笑起来像弯月的眼睛，我去玻璃厂那段时间，她曾在父亲的办公室里教我折过小船。王桂花身上的花露水气息也是我对女人最原始的记忆。

那一天对王桂花来说无疑是残忍的，她对即将到来的危险还无知无觉。那天她穿着一件藏青蓝外套，她和周围那些灰蓝色唯一的区别就是她的辫梢上扎着两朵粉红色的蝴蝶结。王桂花手里已拿着一根油条，那是她的早餐，她就这么边走边嚼着油条，然后慢慢地融进等车人的行列。王桂花先看到了我们，在母亲找到她前实际上王桂花就已经发现我们了，这个发现立即让她惊慌起来，她的眼睛已经在四下打量寻找退路，这样一来也让她一下子从那一片沉闷的人群中跳了出来。母亲也看到她了，仇恨的女人总是有着良好的辨识力，她虽然只见过一面，却不会让王桂花这么轻易地溜掉。母亲拖着我一下冲过去，同时她大喊了一声："站住，王桂花！"

王桂花听命地站住了，她可怜巴巴的眼睛绝望地看着我们走近。王桂花这时候一定还心存幻想，也许她希望母亲喊是因为别的事，和父亲无关的事。母亲把我朝她推过去，就像我是一个可以致命的武器，她就这么把我一把推到王桂花的面前："你好好看清楚，这就是你们程厂长的儿，都这么大了——你要不要脸，去勾引他！"王桂花却毫无战斗力，还没有交锋就已经溃不成军了，她开始不住地求饶，声音也小得像一只蚊子："马姐马姐，我没有，真的没有……"母亲不许她还嘴，指着王桂花对周围的人说："你们看，就是这个人不要脸勾引他家爸爸，破鞋！"母亲说到这儿又一次把我狠狠地推向了王桂花。我记得当时在我和王桂花中间还隔着一个小水沟，如果不是王桂花伸手扶我一把，我肯定就会很痛快地踩进去，母亲显然已经顾及不到这些了。

王桂花开始蹲在地上嘤嘤地哭，她无法躲避，因为她的路已经被围观的人堵死了，那时候的人就这么善良，他们见不惯"破鞋"，也不许"破鞋"离开，所以王桂花只能拼命用眼泪来洗刷当了"破鞋"的屈辱。

后来我才知道，接下来的一个星期，甚至更长一段时间，母亲每天早晨都会赶到那个前往玻璃厂的汽车站，她要去堵王桂花，她要去消灭出现在她生活里的"破鞋"，她要为"破鞋"而战，这已经成为母亲生活中最重要的一件事情。母亲见到王桂花一次就臭骂一次，"狐狸精""扫帚星""破鞋"……直骂得王桂花不敢再上班，无地自容，最后再乖乖地调离玻璃厂。

母亲胜利了，这场"反破鞋之战"以母亲的胜利而告终。但这也是一次虚无的胜利，因为父亲都已经被逼走了。正常发展下去，我父母亲就应当离婚了，因性格不合而分道扬镳，但那是1966年，很多事情都应当比他们离婚更重要，也来得更快。

后来我们家还会谈起这件事。父亲在外面有女人是真的，除了前面的王桂花，应该还有其他人。那时候父亲有职务有权势，春风得意，家里还有个与他为难的老婆，因此总会有人来滋润他安慰他的，她们只是不停地冒出来，直到父亲去世她们还像喷泉一样不停地冒出来。

有一次父亲带着我和姐姐正在街上玩，这时一个穿裙子的女人迎面朝我们走来。今天我还记得她那两条粗长及腰的大辫子，就在大马路上她和父亲忽然吵了起来。怎么开的头，我记不得了，但我敢肯定，绝不会是因为父亲踩了她一脚，碰了她一下。因为她说："我不会放过你的！"她不会放过父亲的，长辫女人甚至拉住父亲的袖口。父亲眼看脱不了身，一边骂，一边对我和姐姐说："你们去把二楼的钟老大喊来！"说这句话时父亲很明显朝我挤了挤一只眼睛。

我还算是个机灵的孩子，我猜出父亲其实根本就不是想让我们去喊什么钟老大，他只是想吓唬吓唬那个女人，顺便把我们支走。果然，我和姐姐在贯珠桥边站了一会儿，就看到父亲从那边慢悠悠地过来了。父亲脸上是一种心满意足的表情，事情显然获得圆满的解决。那天父亲甚至请我们姐弟俩喝了冰果露，他是想让我们替他保守秘密？但我问姐姐，她却记不得有这么回事儿了，她记得冰果露，却根本不记得前面还有场奇怪的争吵。姐姐应当还生活在她的童年里，她就像一只午后爬上岸的贝壳，还在贪婪地享受着那短暂而快活的阳光，别的东西还渗透不进去；而我呢，前面说了，我只是赶了个尾声。我只是看到了我能看到的东西。

砖头瓦块都有翻身的时候

母亲没料到这场轰轰烈烈的战争，到最后竟然一点值得称道的荣耀都没让她得到，唯一的成果就是父亲从此再也不回家了，因此这个结果与其说胜利，还不如说是对她的惩罚——她赶走了"破鞋"，同时也赶走了父亲，这自然不是她事先能够预料和期望的。

但母亲的优点是她从来都不会后悔的,她永远都不会低头也不会屈服,她无法原谅父亲的背叛和他那些风流脏事,但她也只能在那场空虚的胜利中傲然也是孤独地挺立着。

母亲和父亲的一段漫长的冷战就这么开始了。很快,这场战争就有了新变化,不到月底母亲的工资就提前用完了,我们弹尽粮绝,母亲却不愿意去玻璃厂找父亲。我不知道这是父亲的疏忽,还是别的原因,很长一段时间父亲都没有给过我们生活费。也许父亲期望的就是母亲能去向他要钱,母亲伸手的话,那等于说他们之间的问题可以用另一种方式解决。但母亲不会屈服的,她坚定地说:"我不会去找他的,就是饿死也不去找他!"

我们当然不能饿死,外婆也不会让我和姐姐饿死。那时候街道上有个规定,家境困难的人家可以从那儿领两包面粉,外婆就以家庭困难的名义从那儿申请了面粉,她准备到街上卖馒头,她要用卖馒头赚的钱来养活我们。不过这样一来,外婆就得过一种起早贪黑的日子,每天后半夜她就要起来和面了,四五点她还要再起一次,把馒头放进笼屉中蒸。当然事情并没有结束,天刚蒙蒙亮时外婆又要出门了,她抬上一张小方桌和一笼屉馒头到路口摆小摊,去等候那些来不及吃早点就去上班的工人们。每天上午八九点钟,要等到最后一名工人都吃到了她做的馒头,外婆才会拖着疲倦的身体回到家来。

外婆在街上卖馒头的那段时间通常我还在熟睡,但也有外婆回来晚了而我又提前醒来的时候,那时我就会想办法从门上那眼气窗里爬出去。记得我第一次跑出去找外婆时还真把她吓了一跳,所以到最后外婆干脆也把我带到街上。她用的陆阿姨的方法,在她卖馒头时,外婆就用绳子把我拴在她的腰上,这样她就不用担心我在车来车往的马路上跑来跑去了,她可以边和我说话,边招呼她的客人。

那段时间应当说外婆想尽了一切方法替家里省钱,因为卖馒头赚不了几个钱,所以有时候外婆还会带我去莲花坡那个回族商店,从前外婆吃的牛羊肉都是从这儿买回来的,但这时候我们只是来拣一些不要钱的菜叶。那个商店边是一个屠宰场,拣完菜叶,外婆又领着我走过那条被血水染黑的黄泥小路,去向屠宰场里那些师傅们要些不要钱的牛心肺。那时候我们这儿没人吃这些东西,牛心用筒筒辣椒爆炒,牛肺用来打汤都是不错的美味。那些外相凶蛮的屠宰师傅们对外婆很不错,可能因为外婆看上去还算干净体面吧,所以他们送我们心肺时,还会把一些带有肉屑的股骨送给我们。这种经历在父亲过世后又重复过一次,也许印象太深刻了,直到今天我每次经过莲花坡时,都会想起某个位置曾经有一张带血的牛皮,半空中悬挂着一个还在淌眼泪的羊头,甚至我还模糊地闻到一股刺鼻的血腥味,那是从屠宰师傅掌心里散发出来的。

我记得,应该就是那段时间,外婆还跟我们讲了无数个故事,她自己的故事、外公的故事。外婆根本就不用去现想什么故事,因为她的经历本身就是一部怎么说都说不完的传奇。下面是第一个故事,这个故事的听众有母亲、姐姐和我,显然外婆看出她宝贝的三女儿其实外强中干,她就快撑不下去了,外婆要我们在这个故事里振作起来。

爱别离（节选） 谢 挺

那是成都刚刚解放不久发生的事，几乎就在一夜之间，外婆与外公所有的联系都中断了，外公失踪了，整整两年多时间外公都音讯杳无，生死未卜。当然后来外婆知道外公其实一直是关在解放军的军管会里。外婆说那两年她是战战兢兢、度日如年般熬过来的，她也不知道进入了新社会，在前面等待他们的会是什么。有一次，外婆说家里没米了，她就约了邻院的黄太一起买米。

黄太是外婆的一位牌友，她的丈夫也是一位国民党少将军长，这时候也和外公一样下落不明。和外婆不同的是黄太自己没有孩子，所以她养了一大群波斯猫，来弥补没有孩子的那部分遗憾。和外婆家相同的是黄太家的佣人也跑光了，所以黄太也必须自己去买米，这也是黄太第一次去外面买米。她们一起出现在米市上，站到那条长长的队伍中，但很快这个队伍就骚动起来，人们疯狂地朝前拥挤，因为有人说米铺的米就要卖完了——当然最后外婆和黄太还是每人都买到了一小口袋米，唯一的代价是黄太的一只鞋子被人踩丢了。回去的路上还好好的，黄太还自嘲地说自己快成佣人了，她甚至举起手，闻了闻腋下的汗酸气。但回到家，她就不行了。黄太给自己好好地做了一顿饭，饱饱地吃了一顿，又把她的那些漂亮的猫孩子们喂饱，然后黄太就把自己最喜欢的那件旗袍找出来换上，她坐在桌子边哭哭啼啼闹了大半夜，后半夜黄太就把自己挂在了房梁上——"就因为去买了回米，她就受不了了。"外婆接着说，"所以啊，人要熬得起，看着看着熬不下去了，但过了那道坎就好了，砖头瓦块都有翻身的时候。"

那天外婆讲完这个故事后，姐姐和母亲都没有吭声。我忽然问："她不喜欢吃米饭，为什么不吃馒头呢？"我记得我的话让母亲噗的一声笑了。

北上

我父亲搬回家几乎是两年后的事情。那一年哥哥八岁，父亲说，小文也该回来上学了。

父亲说这番话是在一个闷热的下午，那天下午久不露面的父亲终于出现在我们面前。我记得那天的父亲和我记忆中的父亲不太一样，父亲从前总是光光的下巴上，现在长着一圈茂密的胡须，他离家的时间应当远远超过那圈胡须的长度。我已经想不起父亲有多长时间没有回家来了，那两年里，父亲回家来看我们或者取他换洗的衣服的次数其实屈指可数，有时候我甚至都无法完整地想起他的模样，而且父亲每次都是来去匆匆，他总是随便看看我们的作业，一吃完饭他总会很自觉地站起来，然后又一次行色匆匆地消失在来路上。

但那一天显然是个让母亲高兴的日子，我们都很高兴，因为吃完晚饭父亲没有像往常那样着急回玻璃厂，最后他甚至还在家里留下来。父亲告诉母亲有件事要同她商量商量。我看得出母亲很激动，除了因为父亲留在家里，还因为他说话时的语气，那是种温和的语气，也就是说是一种母亲已经十分生疏的语气，它一定让母亲想起什么久远的事情。显然母亲已经忘记父亲住在厂里的原因，忘记了这之前发生在他们中间的种种不快，只要父亲能回家她都可以把这些东西通通丢到脑后，不去计较的。实际上那一天也是父亲正式回家的日子，他又回到我们中间，从那以后父亲直到去世都是和我们一起度过的，父亲把他最后的时间留给了我们。

父亲回来就是想和母亲商量哥哥的事，父亲说："我还是回去一趟，把小文接回来吧。"

我说过我还有个哥哥，他比我大一岁，比姐姐小两岁。三岁时他就被父亲送到老家。哥哥应当远没有我和姐姐幸运，听说他刚生下来时就小灾小病不断。一开始是不停地拉肚子，拉得直抽风；两岁时头上又奇怪地长了一头癞疮，不停地流脓，有一回上药竟发觉疮盖下还长了蛆。母亲说带哥哥可费了精神，只有一点，哥哥很少哭闹，就是用镊子在伤口里掏那些蛆时，哥哥早已痛得龇牙咧嘴，满地打滚，却硬是没有哭出声来。母亲说她几乎从来就没有看见过程文的眼泪。哥哥是颗煞星，也是父亲的克星。父亲过世后母亲不止一次偷偷地去东山找那个有名的陈瞎子算命，陈瞎子就说哥哥是颗煞星，他说我们这儿塘子小了，喂不了这么大的鱼。如果真是这样，当初哥哥不回来就好了。大姑的表侄，也是父亲的一个远亲，几年后就要成为兰州军区政委，如果哥哥不回来，早晚也会像他的父亲、他的外公一样成为一名军人的，他周身流的都是军人的血液，在部队那个大塘子里，还容不下哥哥这条大鱼？但哥哥还是回来了。

那一年父亲北上还有一个秘密目的，他先去了趟北京。这应当才是父亲北上的真实原因，接哥哥显然只是父亲挂在嘴边的理由。据说父亲是去北京告"御状"的，父亲想找当时轻工部的领导汇报一下他被整的经过。那时候实际上父亲已经不吃香了，在那个小小的玻璃厂，父亲也快要成为靠边站的人物。父亲一定想不通，他曾经那么用心、刻苦地挽救了一个濒临关门的工厂，看着它从一个小作坊变成一个像模像样的企业，从衰败走向兴旺，而且他从不拿公家一针一线，却被打成了"走资派"，父亲实在咽不下这口气。父亲的北京之行一直是个谜，之后他才转车去老家，把在那儿当放羊娃的哥哥接了回来。

哥哥却不认识父亲了，这也很自然，他送老家时毕竟才三岁。父亲到时，哥哥还在山上放羊，有人报信说你大来了，哥哥这才疯了一样从山上下来，然后他扒着门框，用农村孩子才会有的好奇的表情打量着父亲。有人说："狗娃，这是你大。"哥哥也只是喘着粗气，憨憨地笑着。这时候哥哥已经长成个大孩子了，虽然脏了些，穿得破旧，却依稀看得出父亲的模样。老家人都说哥哥的样子就像是比着父亲造出来的。老家的水土滋养人，哥哥也落地生根，他虽然只比我大一岁，个子却比我高出半个头，而且他头顶上父亲还记得的那一圈生蛆虫的癞疮，没医没药就自己好了。这时候刚好开饭了，院子

爱别离（节选） 谢 挺

里哥哥的几个叔伯的孩子发疯地抢着瓦盆里才出炉的玉米饼，哥哥立即也加入进去，和他们抢成一团。父亲可能有些伤心，他想，父子之情难道还敌不过那几块玉米饼？而且很长一段时间哥哥都没有叫过他，临走时，哥哥又突然间改变了主意，他抱着院门框，死活不肯跟父亲走，他说这才是他的家，大姑是他妈。最后一扇院门连着半堵院墙都被哥哥拉扯下来。

他们终于上了那趟要命的火车。对哥哥来说，一切都是新鲜的，刚刚还是北方平缓的小山坡，转眼就变成了南方的崇山峻岭，布满了羊爱吃的绿油油的草。哥哥看呆了，这么多山这么多草，应该放多少只羊？他盯着远处山头上的一株小树，比较着眼前一晃而过的大树，不知道哪个更大。他正这么想时，眼前一片漆黑，火车开进了隧道，在山肚子里走着。他们那趟车上坐满了来自全国各地的下乡知青，这些人坐满了车厢、过道，有的还睡在行李架上，连厕所都站满了人，他们不停地聊天，或者突然间，就像有谁发出命令，又统一精神饱满地唱起歌来。父亲他们就这么淹没在绿色的海洋里，哥哥还要好些，毕竟是第一次见到，凡事都觉得新鲜、合理，但父亲在那两天两夜的旅途中却吃尽了嘈杂的苦头，连动弹一下的空间都没有，最要命的还是上厕所，他两天两夜都没有上过厕所，他只能让自己少吃少喝，甚至不喝水，但无济于事，等到下车时，父亲还是发现他的两条腿都肿了起来。父亲只是觉得自己老了，坐这么一段火车都会把脚坐肿，他根本就没想到这实际上是他生命就要终结的症象。母亲说，父亲的尿毒症就是那时候种下的。

"兵嘣"

很小的时候，我就隐隐约约地知道我还有个哥哥在北方老家。这当然让我也有了一份牵挂，那时候我就盼望他能够回来，早些回来。邻居钟伯伯家钟老二比我大不了几岁，就有个在电池厂上班的哥哥，虽然他们不是一个妈生的，也长得不像，但他哥哥来看他老子时，总会给他带些小东西，有时候是一只上牛皮筋的弹弓，有时候也会给他钱。平时我总是跟姐姐玩，院里的女孩更多，跟她们跳房子、跳皮筋、玩掷子也没多大意思，而院外的孩子，父亲也不让我跟他们来往。所以我常想要是哥哥来就好了，我们可以去后院爬槐树，去北校场挖弹壳，总之都是一些我想做还来不及做的事情。

因此看到哥哥时，我还是有些失望，应该说蔑视和嘲笑的成分更多。哥哥说的那口陕西土话，我是"恶"，馒头叫"馍"，肚子饿了是"兔子恶呢"——哥哥每一次开口几乎都能引起我们的大笑，我和姐姐不停地学他说话，然后很没良心很没目的地嘲弄着他，搞得哥哥总是满脸通红，又气又恼。他也从不喊父亲母亲，还认大姑是他的娘，三天两头吵着要回家。他刚到时，父亲怕他的头发里有虱子，替他推了个光头。我和姐姐一起叫他"光（音guàng）波"，又叫他"马屎蛋"，他也气恼得不行。

哥哥就是顶着这个光头去上学的。他虽然比我大，但却比我低一年级，我们俩在一所学校，但上学时一出家门我和哥哥就各走各的，在学校我们也互不理睬——不过几天后我就发现他的价值了。哥哥的同学少不了对他的口音和光头感兴趣，他们给他起外号——也是"光波"，但只叫了一天就没人敢再叫下去了，因为第二天哥哥就为了他的"光波"打了一架。他的身材倒不是最主要的，哥哥天生就是块打架的料，他天不怕地不怕，谁叫他"光波"就打谁，打完这个再去追另一个。那时候哥哥虽然还不太会打架，但他拼起命来，两只手舞动得就像两只飞转的车轮，谁碰上都得弹开。上学才一天哥哥就在学校出了名，回家时他的衣服袖口都被别人撕成一条条的。叫我奇怪的还是哥哥的作业，你见过这样的人吗？他写的拼音d全是b，p是q，而且上下不分，左右不分。后来我儿子也是这样，他好像更厉害，连笔画都是倒的。因为有哥哥的先例，我也见怪不怪，我对老师说，这是我们家的传统，以后就好了。

哥哥却是父亲打好的。记得父亲每看一次他的作业，就在他的光头上用铅笔敲一下，父亲说："这也叫字，这也是人写的字？"但对我来说，可是太神奇了，我立即和哥哥讲和了，我不光偷偷带着哥哥去河里游泳，还让他看我藏在床脚的一只秘密箱子。那时候我和姐姐好像都有一只这样的箱子，我的箱子里藏着各种各样的吸铁石、小画书，有我小时候玩坏的几辆小汽车，还有就是"兵嘣"。我不知道你玩过没有——它是玻璃做的，准确地说是用玻璃吹出来的，细柄的空心玻棒，下面是一个大肚子半球，球底的玻璃最薄，一受力就朝外凸，同时发出"兵"的一声，接着复原，又发出"嘣"的一声。小时候常见街上有人推着卖，都是我父亲的玻璃厂生产的，一个"兵嘣"五分钱。我记得还有过一首儿歌，唱的就是"兵嘣"：

兵嘣兵嘣，拿钱来送，
上面吹气，下面在动。

父亲曾经在他的工厂里替我吹过一个大号的"兵嘣"，足有一只军号那么大，是父亲亲手为我做的，那大概也是我们家唯一一件来自玻璃厂的玻璃制品。后来这只大号"兵嘣"被哥哥弄坏了，我也没有怪他。

水的诱惑

我还想说说我和哥哥第一次去游泳发生的事。哥哥不会游泳，他在老家也没见过河，所以他对河新鲜得要命，那天我说去游泳吧，哥哥就同意了。他那么肯定，几乎就

爱别离（节选）谢 挺

像我问他去不去看电影，所以我当时并不知道他还不会游泳。

以前我下河都是背着家里背着父母去的，有时候是院里钟老二同父异母的哥哥带着去，当然没有什么游泳裤，全都光着屁股跳进河里。我们游泳的地方是一处拦水坝，水比较缓，也比较深，游起来很痛快。我和哥哥去的时候已经是秋天了，水已经凉了，但还是有几个和我们差不多大的孩子泡在水里。

我把衣服脱下来，团着放在岸边一块石板上，我让哥哥也把衣服放在一起，免得别人偷，而且旁边尽是晚上从水坝上过路的大人们拉的条状的大便，也得小心。就这样，我捂着小肚子在水坝上跑起来，伴随着一声尖叫，我跳起来，然后像一只秤砣一样"咕咚"一声落进水里。河水是冰冷压抑的，这给我一种力量，让我从水底带着一串气泡冲出来，这时候我就看到哥哥也和我一样从拦水坝上跑起来，然后腾空而起，也是一声痛快的尖叫，也是一声"咕咚"。水花溅放的河面许久都没有平静，那些翻涌的气泡被波浪吞噬干净，哥哥还没有蹿上来，我踩着水等着哥哥浮出水面，水里又飘起很多的气泡，接着才是哥哥的手。哥哥的两只手像两支疯狂的枝条，它们开始拍打水面，溅起更大的浪花，接着哥哥的头出来了，只是冒了一下又很不情愿地落下去。哥哥喝水了，肮脏的河水呛进他的喉咙里。这时候我才反应过来，哥哥还不会游泳，也许哥哥一开始就弄错了，他把游泳当成吃饭走路这些生来就会的事情了。

我慌忙朝哥哥靠过去，我的手立即被哥哥抓住了，接着他像一株藤蔓一样攀上了我的脖子，我们成为一体开始往下沉。因为哥哥，我在水里的世界不再像往常那样灵便自如了，我和哥哥一起变成了石头，慌忙中我呛了第一口水。我不清楚的是就在我们俩不停地翻腾挣扎的时候，我们俩正随着水流靠近拦水坝，有一次我还蹬到那滑腻的坝基。谢天谢地，就在我无数徒劳的抓挠中，我还能一下子抓住了水坝上的一道缝隙，我不知道它最初是建筑者的有心无意，还是水坝年深月久自然形成的，但这时候它成了我们兄弟俩的救星，靠着这条缝隙，我从水坝上爬了上来，我背上还驮着哥哥。从水面出来的那一刹那，声音便从四面八方朝我涌来，我感觉它们好像从来就没有这么洪大过。那几个在另一边玩水的白沙巷的孩子还在落日下尽情地戏水，他们并没有注意到我和哥哥刚刚从死亡边缘逃了出来，没人注意到。这世上的一切都是原模原样的，按部就班进行着，连河岸边街道工厂里咚咚的冲床声都那么有力量。当然它们一下子就过去了，一切又恢复常态。

哥哥坐在水坝上，神情沮丧，脸色苍白，他正对着那轮落日在水面碎金般的倒影陷入沉思。他抱着双肩，因为河面上刮过的秋风出奇地寒冷，哥哥发乌的嘴唇打着抖。就这样，他蜷着身体坐着，样子很像后来我看到的那个正在思考的雕塑，哥哥的额头上甚至还挂着一片水草，水草吹干了，很快就随着秋风摇荡起来。我一遍又一遍地从哥哥面前游过去，我逗他，让他再下来。哥哥便一次又一次坚决地摇头。

河里有个美丽的死孩子

等我从水里爬上岸,天已经差不多快黑了,河里的时间比陆地上过得快——总是这样子,每一次偷偷游泳都是这个结果,天快黑时我才会想起快点离开。这时候河面上倒映着天空中暗红的浮云,我在河边飞快地穿着衣服。哥哥蹲在水坝那处缺口上,那地方水流湍急,但水表却是平静的,你只能看见打着旋的水草和垃圾。就在我们准备离开的时候,哥哥发现了异样,他指着一团泡沫大声说,那有一个死人!白沙巷那几个小孩还没有走,听到哥哥的话也跑了过来。

果然,在河水漩涡中央有一个白色的尸首,最初你会以为那是一头死猪或者一条死狗,但细看你就会知道它绝对是个死人。那时候拦水坝那儿经常能看到尸体,有人想不通了,或者别的原因,落进水里,它就会顺着河水漂,一直漂到拦水坝这儿才会停下来。那天我们看到的其实是个死婴,一个很小的男孩。他应当是才被人扔到河里的,还没有泡涨也没有发臭。哥哥在岸上找来一根铁丝,把它扳弯,就成了一个钩子,我听到噗的一声,那个刚才还在水里打转的孩子就被哥哥钩了上来。

应当是个漂亮孩子,除了他的右眼被河里的鱼啄空,其他部分几乎都是完整的,连他的小鸡都在。小男孩仰躺在水坝上,慢慢滴干身上的水迹,他就这么双手双脚朝空中举着,双手握拳,那只消失的眼睛就像睁开了,显出一种比眼睛更深邃的疑问。

我对哥哥说,要是我们把它带回去,还不把"大凉粉""小凉粉"尿包都吓破,晚上她们都不敢下楼厕尿!大小凉粉是住在我们隔壁的一对双胞胎,两姐妹鼻子下常年都挂着一对发绿的鼻涕,所以才有了这一对名号。我的话让那几个白沙巷的小孩听到了,没等我说完,其中那个头发稀黄的立即抓起男婴背上的铁钩爬起身就跑,哥哥愣了一下,预备去追。我赶紧说:"算了,我是说着好玩,带回去,爸爸还不打我们!"另几个小孩一哄而散,在桥上越跑越远,他们簇拥着那个提死婴的,而那个家伙就像一个英雄,偏着身子,脚步倾斜地走着,死婴就像是他们的猎物。我看着他们的背影,虽然是个死孩子,但那种遗憾想忘记还真不容易。回到家后,吃饭的时候我就忍不住说了出来,我是当作一件特大新闻来说的——河里今天有个死娃儿,眼睛都被鱼吃了!小时候我就这副德性,一有什么事就急不可耐地说出来,不说出来不痛快,非憋死不可。

饭桌上立即"当"地响起一记重重的搁碗的声音,我就知道不妙了。我忘记了,父亲最怕的就是我们偷偷地背着他下河,而他最恨的又是他说过禁止的事情我们还要去做。我只顾想念那个美丽的死孩子,却忘记了父亲的禁令。父亲用他能做到的最快速度抓起我的手,用指甲在肩膀上划了一道,证据昭然,铁证如山,然后父亲就用他那只有名的断掌,抡起来,在我的脸上盖了下来。我只看到眼前飞来一道黑影,接着啪地一响,然后属于哥哥的那记声响也传了过来。

爱别离（节选）　谢　挺

这两巴掌其实打得迅猛至极，啪啪的两记响声听起来就像是连在一起。我们几乎来不及反应，手里的饭碗都被打翻了，出于习惯还被我和哥哥捧着。父亲说："滚！滚到外头去——现在不跟你们说，到外头拿搓衣板跪起，去！——不准哭！"

父亲狠命地打我们，这应当是头一次。他的怒火来得那么突然，那么猛烈，可能连母亲和姐姐都没有想到，她们也被吓住了，不敢吭声。那天都发生了什么事？下午左伯伯来的时候，父亲还是好好的，他还高高兴兴。我和哥哥来到门外，找到那块该死的洗衣板，尽管不是新的了，但洗衣板凸的地方同样的尖硬，它不可能像一块平整的木板，更不可能像松软的棉被。那些齿印开始深深地陷进我们的肉里，而且越来越深。我和哥哥跪在上面。我开始哭，小声而委屈地哭着，我哭是因为不知道父亲为什么会突然间翻脸，他从前的慈爱呢？我可是过过好日子的，我不理解，所以哭。哥哥没哭，对他来说，违反了禁忌就要受罚，这很自然。

我们跪在走廊的暗影里，那天晚上我多么盼望家里能来个客人，如果来个客人的话，我们的处罚自然就免除了。那天中央也没有什么新闻大事，否则二楼的钟伯伯早就该在院子里喊起来："程书记、程厂长，把你们家的收音机带下来！"我们家有院子里唯一一台红灯牌收音机，这可是了不起的事。如果有什么重要新闻，我们两兄弟也可以借着父亲搬机子下楼的混乱，偷偷地站起来，但都没有，既没有客人也没有重大新闻。父亲在里屋把收音机打开了，先是一段电流声，接着郭建光开始唱："要学那——泰山顶上啊啊——啊，一青松哦啊，哦哦——啊。"然后是阿庆嫂："提起七星照，痛苦阳三江，巴来巴先桌，招待十六方——"往年过年时，父亲总要逗我为他唱京剧，唱杨子荣，唱打虎上山，但我不会唱了，我想到时候就是你们求我我也不唱了。我开始捅哥哥的软肋，他咯吱咯吱地笑，接着我也被哥哥捅了，我已经疼得弯下了腰，双手撑在地上，但还是忘不了胡闹。父亲听到动静走出来，他手里提着一根晾衣服的竹竿，竹竿抽着我们的屁股，我往前一让，竹竿多数都落到哥哥身上。父亲边抽边骂："妈个×，都这个样子了，还他妈乱来——尤其你，跪好，直起腰！"父亲是说我，有一次竹竿抽到我的手指上，那种钻心的疼痛就像火烧灼一样，我又一次哭了起来。"不准出声音！不准有眼泪！！不准哭！！！"

事后我们当然知道了，因为父亲去北京告状，他在玻璃厂的日子更难过了，厂里正准备为他造牛棚，准备开他的批斗会。第二天，就在他打我们的第二天，他也要被"造反派"痛打一顿。父亲就要肿着脸回来了，他就要愤怒地开始休病假，都说他的病是气出来的，也是休病假休出来的，就像一台高速运转的机器突然间停滞，父亲的病症也将完整地显示出来。但他还有段日子，他会拿我们兄弟俩开刀。你想想他那股抓革命促生产的劲头，全力以赴的劲头，打国民党反动派的劲头，现在都要被他用在家里，用在我们两兄弟身上，他要改造我们，就像他当初改造资本家的工棚那样来改造我们，我们身上布满了他见不惯的乖张和顽劣,我们像仇人一样势不两立。这一页我真想快速地翻过去,可它还是以迅雷不及掩耳之势来了,无法躲避,甚至无法忘记!

嗜睡的早晨我走在大街上

我还能记住那些黑暗的临街的屋顶,凌晨四五点钟,清亮的露水附着在瓦楞上,折射出远处街底一盏路灯腥黄的反光;有时候是一弯下弦月,青蓝色的光泽在街上拉出一条长长的影子,它们是安静的,甚至可以说安详,在我出门前就摆放在那里了,给我下面要走的路做着提示。

我已经忘记有多少个这样的早晨,这种安静、引人嗜睡的早晨,很像一幅剪影,却归属我的记忆。城市还处于熟睡之中,活动的东西几乎都没有开始活动,当然并不是只有我,这种孤单的早晨也并不是由我来宣布它的降临。有时候我会遇到一个扫大街的,他(她)的竹扫帚正好从我面前的大街上挥舞过去,竹条在地面上发出唰唰的声响,连绵不断又有节奏,这样就不必注意我的鞋子在街上发出空洞的回声。有时候是一个卖碗耳糕的,通常看不到人,此刻他可能正提一只小竹筐走在另一条街上,但他的喊声传了过来:碗——耳——糕,热——碗——耳——糕。声音随着他的步点颤抖着。出现这种声音的早晨总是有些凄凉,好在它的主人也清楚这一点,所以那些声音发出来,总显得犹犹豫豫,它似乎想告诉人们——其实你不用理睬我,你只管睡,听不到也没关系。

就在我们那个路口的正对面是一家汤圆店,灶台下黑乎乎的地方其实睡着三五个乞丐,我们这儿也叫作"拿抓",现在他们也在熟睡,直到七点钟商店开门,才会有人催促他们走开,所以现在他们还可以放心地熟睡两三个小时。灶台的火是封好的,但火眼里已经可以看到蹿出的发蓝的火苗,一共有三朵这样的火苗。等我上了大路,我就可以闭上眼睛了,即使这样我也可以知道自己走到了什么位置上。在宽敞的马路上,我闭着眼睛,摇摇晃晃、东倒西歪地走着,没有汽车或马车,过了大十字、小十字,再上一道斜坡,就能看到一座带圆拱的大门。那就是父亲所在的医院。此刻,那里也是安静的,只有急诊室里能看到一点蓝莹莹的灯光,同样没有人。旁边就是挂号处的窗口,有一级台阶,我捡来两块碎砖垫在脚底下,把手铺在窗台上,那个小圆洞里可以搁得下我的头,我就把头枕在手臂上,很快我就能听到自己的鼾声。

这就是我念小学时发生的一幕,我已经不记得有多少个早晨是这样度过的。有一段时间,叫醒我的总是那个老人。差不多几个月都是我排第一,他排第二,排第三的偶尔是那个头发花白的老太太。挂号处的窗子打开时,那声响动已经不能惊醒我,因为这时候四周已经十分嘈杂,我的身后排起了长队,生病的人都跑来医院。多半都是那个老人用他发亮的、像蒙了一层油皮的枯手在我的肩头拍一下,把我叫醒。这时候

爱别离（节选）谢 挺

我朦朦胧胧地听到身后两个老人一起感叹，他们总是摇头说，造孽啊，这么小的娃娃——我在他们的注视下，用五分钱挂上号，再在更多人的注视下，第一个冲进门诊部。我听到他们这时候还在议论我，他们说每一次来都看见我站在第一个，说无论来多早，这小娃娃都在窗口那儿睡着——父亲来时，我又一次在中医科门外的长椅上睡着了。父亲两条腿都浮肿了，用不上劲儿，一双布鞋被他像拖鞋一样趿拉着，但他一步一步却走得很坚实。他给我带来了书包和一根包在报纸里的油条或者馒头，我到厕所的水龙头那儿冲一下脸，就可以去上学，而这时候医生刚刚把门打开，朝外面喊号。第一号总是属于我父亲。

比黄世仁还要狠的毒打

　　我母亲和姐姐回忆时都说，那段时间小武辛苦得要命，天不亮就要爬起来，但就是这样，他老子还是要死命地打他，不晓得为哪样。母亲说："你们记得不，那一次他打小文，我去拉他，他说，你让开，要不连你也打！炉子上还坐着药，他提起来就要砸过来。"姐姐说："他那时候也是心情不好，又遭整，又生病，一天闷在家里，还要给我们做吃的，怎么能高兴得起来？"姐姐说到这儿眼圈就红了，她一定是想起她苦命的父亲，还有她可怜的弟弟了。的确，那时候母亲都帮不了我们，只有姐姐的眼泪还有效，只要她一哭，父亲很少不停下来。母亲把这归结到命，她说父亲和哥哥的八字相克，她怕我们不信，又说："要不怎么小文一回来，咱们家的事情就多起来？"说到这儿，母亲的声音神秘地低下去，"真的，你们想想看，小文属鼠，你老子也是鼠年死的，就这么巧？还有小文呢，你老子打他，怎么都不哭、不喊，随他打。"我说："小文遭打是比我多。"姐姐也有同感："你要滑头点，小文就是这个脾气，打死他都不会松口。"我们统一了看法，换在旧社会，哥哥应该是个很好的地下党的材料，因为他骨头硬，经打，换成我还不立即招了？

　　父亲的火气似乎任何一点小事都能引发出来：洗碗池边打碎一只碗，往暖瓶里冲开水洒了出来。谁也说不清他会在什么时候不高兴，又为什么不高兴，反正他在你身边，你就不知道巴掌会在什么时候落到你头上。这时候你浑身的虚劲都得提着，有时父亲仅仅抬起手，拂去脸上一根弄得他发痒的头发，我也会下意识地护一下头。就是这样，我一点都不夸张，我已经变得越来越害怕父亲，很遗憾的是我无法去问父亲，他是不是希望我们变成这样子。

　　我记得总是这样，在学校时我们还快活自在，但一放学，一进那道院门，那种诚惶诚恐的感觉就出来了，就像背上布满了爬虫。父亲在钟伯伯家看完了当天的《参考消息》，背着手走上楼，他对我们说："小文、小武，去打斤酱油来。"打醋打酱油对我们就像学校里忽然遇到停课放羊一样，所以如果父亲只喊哥哥的话，我也要赖着一起去，出了院门，我们的精神也上来了。那一次我们照例在路上疯着，哥哥突然从背后推我一把，我为了躲闪，急忙朝旁边一让，结果油瓶子从我手里飞出去，我赶紧手忙脚乱地去抓那只眼看就要落地的油瓶，油瓶没打碎，但我一直捏在手里的已经沾满汗水的五分钱，却飞了出去，它在街上滚着，一直不停地滚，最后，抢在我们就要抓住它之前刚好落进路边的水沟里。

不管现在我有多少个五分钱，但当时却是唯一的。我和哥哥都傻眼了，排水沟上还盖着铁盖，我和哥哥都从铁盖的条缝里伸手去捞，起初我们都能看到它，银光闪闪地睡在黑泥面上，后来我们用树枝去掏，才把它捅进泥浆里。我们只好抱着空瓶子回来了，我们告诉父亲，钱丢了，丢在排水沟里，不信可以去看。

父亲不相信。他让我们跪在搓衣板上，要我们说实话。他拿着那根磨得发黄的晾衣竿，说一句就抽一下我们的屁股。起初他还是一副好说话的样子："只要说实话，买糖吃了就是买糖吃了。"但我们说："丢了，真的丢了，不相信你可以去看。"那根竹条才变得凶猛起来，它一下下结结实实地落在我和哥哥的身上："说不说，为什么要骗人——吃啦就是吃啦！"我承认吃了，买糖吃了——既然承认可以不挨打，既然"买糖吃了"就是实话，答案就在眼前，就看你伸不伸手。果然我立即得到父亲的宽大："好，你站起来！"父亲把我立为不说谎的典型。但哥哥还是不承认吃了，因为他的确没吃，那五分钱也确确实实落进了水沟里。

哥哥认死理，我记得他刚来时得知在钟表商店上班的钟伯伯姓钟、一楼的烟酒大王姓唐时，脸上竟然冒出一种恍然大悟的表情。我曾取笑他，那么一楼的梅阿姨就是卖杨梅的，我们家就应该姓玻啦。虽然哥哥最终还是明白过来，但从这件事也可以看出他这个人认死理。由于哥哥拒不承认吃了糖，事情的性质发生了转变，现在不单纯是五分钱的问题了，它已经升华了，变成了欺骗与反欺骗。前面我已经说过父亲最痛恨的就是别人对他的欺骗，欺骗的一层含义是隐瞒真相，另一层含义是不把你当回事儿。父亲痛恨这种感觉，他使出围歼国民党反动派余孽的劲头，使出改造玻璃厂的劲头。在这个问题上，他可能看得更严重，因为对象只是他的儿子，一个孩子，一个孩子怎么可以把他弄得束手无策？父亲用尽全身力气，专心致志抽打着哥哥，他气急败坏，用自己气喘吁吁的生命在跟哥哥较量，因此显得更加无情。

我看见哥哥的手在头顶、在身上不停地挥舞着，他只是要保护自己，但父亲挥舞的竹竿却总能打在他最无防备的地方，尤其他的后背。那应该是个秋天吧，哥哥的衣服上已经渗出了血痕，但因为他还是不承认吃了糖，所以父亲还在不停地打下去。

母亲说的应该就是这一次。她跑上去拉父亲，她说："程仲昌，他可是你的亲儿子，你要把他打死啊？！"但父亲一把把她推开，然后对她说："滚开，要不然连你一起打！"

爱别离（节选）　谢　挺

父亲打得兴起，已经欲罢不能了。他就像一个闲极无聊的人忽然间发现了终于可以让他感兴趣的事情，所以我猜想父亲这时候是快乐的，他为我们每一个值得动手的错误而快乐。姐姐这时候也在旁边哭开了，她多半扮演的都是这种角色。"爸爸，爸爸，不要打了，你看小文都出血啦！"二楼的钟伯伯还有一楼的吴伯伯赶来，才把早已气喘吁吁的父亲拉开。

事后父亲可能也有点后怕，因为我们揭开哥哥粘在背上的衬衣，看到的比我们预料的还要惊心。哥哥的后背上已经看不到一块好肉了，甚至那件衬衣揭开时，哥哥都在忍不住打抖。那是我有生以来看到的最可怕的脊背，有些乌青的地方已经裂开，发白的创口甚至打起了卷，渗出一层黄色的植物一样的汁液。我记得父亲让我在一只空酒瓶里撒了泡尿，逼哥哥喝下去。当然，后来我明白，这是让哥哥活血，童子尿在民间其实一直是一味药，但当时我真的于心不忍，我想，好毒啊，打了别人还要让人喝尿，黄世仁也不会这么毒！

吃完饭，父亲让我扶着哥哥在街上走走，这当然也是想让他活络一下血脉，但当时哥哥那副样子又能走出多远呢，哥哥艰难地挪着脚步，几乎走几米就要停下来。我不知道哥哥是不是在记恨我，毕竟是我承认吃糖在先的，如果我没有承认，大概父亲也不会仇恨哥哥的"欺骗"，至少他不会这么势单力孤，至少我可以替他分担属于我的那一部分——问题是为什么父亲非要把吃糖当成真话？后来，为了惩罚父亲，有几次我一高兴真的就把打酱油的钱拿去买了糖果，五分钱，两颗花生糖。吃完了我才告诉父亲我买了糖，按道理，父亲是不会打我的，因为我按要求说了实话——结果父亲也真的没打。

哥哥走到我们读的河东路小学时，实在走不动了，那时候学校是不锁校门的，我和哥哥走进去。哥哥浑身痛得厉害，他不能坐，只能趴在课桌上，我也在旁边的一张课桌上躺了下来。哥哥忽然说："我要走了。"我吃了一惊，忽然意识到哥哥可能会出事。那时候常常会听到谁谁自杀了，我们旁边院子里有一个老师，突然一天夜里爬起来把自己挂在窗口上，早晨他们院里一个孩子看见了，就告诉她妈妈，刘老师正在墙头上打秋千。但哥哥说，他要回老家去，他决定回老家去找他的大姑。我听到后才松了口气，我既怕哥哥想不通，又怕哥哥会恨我。其实，哥哥是个厚道人，怎么可能恨我呢，他比我可厚道得多，他既不会恨我，也不会恨父亲的，更何况他可能都没明白我承认吃糖就意味着他说谎这么一个绕弯弯的道理。既然我担心的问题都不对，倦意也立即上来了，那一天发生了那么多事，我们说着话，不知不觉地就睡着了。

（节选自《爱别离》，作家出版社，2004年1月；获第三届贵州省政府文艺奖）

欧阳黔森

非爱时间（节选）

第一章

窗户开了。棉花白的浓雾瀑布般泻了进来，喷了黑松一脸。黑松伸了伸腿，弯了弯腰，眨了眨眼，尽管眸子被雾气黏得稠稠的，不过他觉得这没有什么不好的，反而感觉清新满目。

每天进了办公室，他做的第一件事总是把窗户打开。在这座春天一样的城市里，即使是冬季他也不会开空调，何况此时正是春天。

电话铃响起来的时候，他站在窗前正准备用手抚摸那悬挂着晶莹剔透的露珠的嫩绿嫩绿的树叶片。

电话一阵刺耳的声响，他的手下意识地停了一下，还是执着地伸手握住了大树伸到窗沿的枝叶。

清晨的第一个电话不能不接，这是一天的开始，是好是坏你都应该面对它。

黑松三步并两步到了办公桌前，欲拿起听筒时，才发现手里多了一样湿漉漉的东西，他意识到那是一片绿叶。

在电话铃再响了一次的时间里，他已把绿叶小心地放在了桌子的一角。

他拿起听筒，对方说，呵！黑总在呀！我送份电报来。

他很讨厌打电话来的这个门卫，说话总喜欢呵呵呵的，夸张得让人受不了。说他见到领导们才这样吗？也不对。黑松好几次见到他与员工打招呼也是这样：呵！小王吃了吗，呵！老张吃了吗。他当时就想一个门卫一天有什么高兴的，见到人就抒情。后来才知道这是门卫的口头禅，口头禅并没有什么实际意思，不过黑松咋个听起来咋个别扭。

放下电话，黑松一下子不平静了，电报，电报？谁还会拍电报，真是久违了。如果是传真，或者是电子邮件，他是不会有这时的心情的。

是的，多年不用的东西，突然来了，总让人莫名地兴奋。这样一种普通得差点让人遗忘的通信方式，使他强烈地认识到这封电报一定与久远了的往事有关。

有些往事会随着时间长河的奔流而被淡忘，但有些往事它不但不会被忘却，反而会永存在心海，像酿酒一样，存放的时间越长，其味就越醇厚越芬芳。黑松此时的兴奋点在于他不知是哪一份芬芳来了。

人一兴奋就不能平静，黑松也不例外。不能平静，大脑就异常活跃。黑松在短短几分钟等电报的时间里，已经把他所能猜想的猜了一遍，甚至在这猜想中的空隙间还想到了那片在桌子角静静放着的绿叶。每一片都是我的，至少我拥有它们一个春天加一个夏天，为什么我要摘一片下来呢？一会儿秘书来收拾桌子，一定会把它丢进废纸筐里，它就不是我的了。想到这里，黑松甚至在考虑，自己是不是要把那片绿叶夹进一本什么书里。

电报没有能给他太多的时间想象。十分钟后，电报放在了他的桌子上。电报上的字不多，却让他大吃一惊："只有你能救十八块地速来枫木坪村唐。"

这个唐万才又搞什么名堂。黑松拿起电话，才想起电话没法打，枫木坪村还未通电话。枫木坪村只有一家姓唐，能识几个字并拍得出这份电报，也只有上过小学的唐万才了。

唐万才是个老实人，是黑松在十八块地农场下乡，接受贫下中农再教育的那几年里最好的朋友。唐万才的老实在枫木坪方圆几十里是闻名的，套用一句老话，他就是一个说老实话办老实事的人。

这种人没有什么不好的，在那年月更是可贵。批判"地富反坏右"的时候，人人争先恐后，轮到唐万才了，他控诉了半天的血泪仇，也仅仅是讲他放羊时羊丢了，地主骂得他狗血淋头要他赔羊。本来，也可以算控诉地主的罪状了，没想到临到结尾，他说他爹打得他三天起不了床。村里人当然都知道他讲的是事实，可那时候是在斗地主，又没有叫他控诉他三代红透顶的贫农爹。

黑松第一次遇见唐万才是在晒谷场上看电影。当时唐万才有一条可以坐两人的凳子，知青黑松不远"十"里从十八块地农场赶来枫木坪看电影，自然是可以被邀请坐下的。坐下了两人免不了要认识一下，认识后本来就该各自看电影。那时候电影多不容易看到呀！何况那天又放的是早已如雷贯耳的影片《看不见的战线》。黑松本想好好看看，要命的是唐万才一直在他耳边叽里咕噜不停。

电影一开始是乌云滚滚，唐万才就告诉他，根据这个情况判断，一定是抓特务的片子。一会儿出来一个人，他讲是坏人，一会儿又出来一个人，他说是好人。

黑松坐了人家的凳子，不好不听人家的，又不好讲，你讲的我都知道，何况人家唐万才又讲得正确。

要黑松在一边如饥似渴地看电影，一边短时间想出让唐万才闭嘴的办法，的确是一件强人所难的事。因而黑松只好强忍着。

最后电影散场，本来双方打声招呼说再见就行了，可唐万才非要揪住黑松去他家吃烧土豆，理由是城里来的人娇嫩，跑了那么远还要跑回去一定饿不住。

黑松一边用力想挣脱唐万才的手一边说我不饿。

唐万才说，怕丑是不是？饿了就饿了，不饿是装的。说完不由黑松再说话，一手提凳子，一手拉起黑松飞奔，似乎不跑就不显得他唐万才心甘情愿。

从此黑松与唐万才成了朋友。

这是黑松接到的唐万才的第二封电报。第一封电报是十年前，内容也似这封电报一样吓人："快来吧救救枫木坪唐。"

吓得黑松连忙打电话给战友陆伍柒，陆伍柒那时刚从工厂下海开饭店，正忙着准备开业，他说，那里能有什么大事，要不你先去看看，有事我随后邀战友们来。没容陆伍柒再说什么，黑松一阵暴风扫落叶似的狂怒，把陆伍柒骂得像《红岩》里出卖江姐的甫志高一样。陆伍柒只好说，你说咋办就咋办。结果两人开了辆吉普车一路连夜狂奔，心里只有一个想法：快到枫木坪。

到了村前的山坡上已是黄昏，那条"大炼钢铁"时草草修建的小公路已破旧杂乱无章，短短二十公里的路程走了一个半小时。眼看就要下险恶的盘山公路，陆伍柒停下车说要撒尿。听到路旁的小树上沙沙的尿尿声，黑松也感觉一阵尿急。

两人撒完尿，说是抽支烟，一屁股坐在青石头上，一边抽烟一边望着峡谷里的村庄。虽已近黄昏，但村里依然清晰，隐隐约约还能看见三三两两的人在青石板铺就的路上走，显得悠闲自然，不像有什么灾难临头的样子。两人猜了猜路上走的是谁，没十分把握也就不争论了。反正一会儿下去谁都见得到。

夕阳早没了光辉，却红得像树上熟透了的柿子跌落得稀巴烂，染得天边七零八碎地红。村头那儿十棵参天的百年大棍树似采尽了太阳的红，红得好像燃烧的火，撩拨起黑松的心。黑松摔了烟头踩了一脚后说，走吧！

陆伍柒说，你开下去，我走下去。

黑松瞪了陆伍柒一眼。

陆伍柒说，别借你米还你糠似的，你前几年还来过，我可是自从离开就没来过。我走小路下去，你我哪个先到还不见得呢。你让我先重温一下、怀念一下原来的老路好不

非爱时间（节选） 欧阳黔森

好。说完也不等黑松答复朝小路走了，嘴里还哼着当年战天斗地的歌曲：五七指示闪金光、闪金光……

黑松冲着岩坎下喊，你狗日养了二奶怕死了是不是，有本事说明白了再走。听听歌声远了，黑松只好自己开车。这坡叫十八弯，弯急路窄坡陡，当年不知翻了多少辆东方红牌拖拉机。黑松上车挂上前加力挡，四轮驱动要稳妥得多。

黑松两目圆瞪咬着牙，暂时忘了心惊肉跳，悲壮地开着车。五公里他用了二十分钟。有了这二十分钟，足以让村子里的人听见、看见吉普车在山崖上盘旋蜗行。等车到村头时，枫树林下早已站满了人。

一条狗从车一下山坡就竖着脖毛又追又叫，到了村头变成了二十几条狗围着吉普车又叫又跳的。看看离枫林还有五十米远，又见唐万才与一群人迎了过来，黑松想开快点，无奈狗们追咬着轮胎跑，他怕把狗压死一条就不好了。真是狗咬汽车不懂科学，他喃喃自语地一脚踏了刹车。

人们围上来时，狗们就跑开了。这时候陆伍柒不知从哪儿钻了进来说，乡亲们还有我伍柒哪！村里人当然记得起他们的名字，甚至那些他们走后才出生的小伙子大姑娘们也知道。他们都热情地围上来你一句叔他一句伯的，让黑松和陆伍柒两嘴没得闲地应答着。

特别是陆伍柒是第一次回来，激动得脸红脖子粗。他的眼睛晶晶亮，让人感觉他的泪水欲滴。有几个原来与陆伍柒关系好的乡亲几乎是一人捧起他的一只手，手脚慢一点的也抓住了他的衣角。这样的亲热场面真是感人啊！陆伍柒那欲滴的泪终于忍不住，哗啦啦地流了一脸。

亲热过后，黑松才想起什么事，一把抓过唐万才说，大家好好的救哪样？唐万才又是眨眼睛又是努嘴巴，拉起黑松往他家走。黑松被他拖了十几米才有机会扭头想找陆伍柒。陆伍柒早被人拉得不见了踪迹。

进了唐万才家的院子，唐万才把尾随而来的小孩子们关在外面说，小崽们回家去回家去吧。小崽们只好一哄而散。

看着小崽们遗憾而走，黑松说，他们喜欢热闹你赶走不好吧。

唐万才不说话，神秘兮兮地把黑松带进堂屋。坐下后，他感觉坐的椅子离黑松远了点，还不够近，挪到紧靠着黑松才罢手。

黑松接过唐万才老婆倒来的茶，递了一支中华烟给唐万才。唐万才左手接烟右手遮风把嘴凑上去，对着黑松的耳朵，正想发声时，被黑松的肩一顶，他上牙碰下牙差点咬了舌头。黑松说，万才，你狗日恶不恶心嘛，这是你的家，就是有见不得人的事，也用不着说悄悄话嘛。

唐万才吐了一泡口水，还低头看了看，又用手抹了抹嘴角的口水沫，把手举在眼前看了看，确定没有出血才说，村头那片百年枫树，是我们村的风水树，砍不得哟，那是我们的命根子，砍了我们村气数就尽了，灾难就要临头的。我爹说"大炼钢铁"时，山上的树砍得没有了，公社书记急了，要砍树，我爹抱着树不让砍，公社书记说我爹是"反革命"，正要民兵连长抓我爹时，一个姓黑的老革命，听说是什么县级干部，幸好那天路过，救了我爹也救了那片树。现在又有人想砍树，我一想，找哪个来救呢？我认识最大的"官"就是你了，你与我们县长一样大，肯定有办法。细心一想，你也姓黑，巧了，我爹说，说不定姓黑的是我们村的保护神。我这才拍了封电报给你。

黑松听说是树的事，心里一块石头落了地。刚才他一直逗唐万才显得很轻松的样子，是怕唐万才真的说出什么大事来，他黑松再一脸沉重的话，还不把唐万才这个老实得要命的家伙吓昏过去。

见没什么了不得的事，黑松说，我不是县长，是县处级。

唐万才说，哪样叫县处什么级，总管些什么事嘛。

黑松说，我管矿产资源。

唐万才说，我知道矿石，前些年地质队的来了几帮人，有几个还住在我家，里头还有个女的叫好（郝）鸽子，长得水灵灵好好看哟。石头你都要管，树子更管得了。

黑松说，我管不了，树子属林业部门管。

唐万才听黑松说管不了，起身面对着黑松"扑通"跪了下去说，黑县级黑处级你也吃了几年枫木坪的米，喝了几年枫木坪的水，你咋个也得管一管。

黑松见唐万才一跪，又听他声音有些呜咽的味道，知道这家伙当真急了，他说，慌哪样慌哪样，拜年还早，要拜也是你儿子的事，你拜个哪样。起来起来，你总得把事情前后讲清楚是不是。再说先搞饭来吃嘛，饿死人了。

唐万才说，鸡早炖好了的，还煮了你最喜欢吃的腊肉。

黑松一拍唐万才的肩说，你摆好饭菜，叫你崽跟我去车里搬酒来，刚才你猴急猴急的，没来得及拿。今天我们两兄弟好好喝一顿。你放心，这事没什么大不了的，喝他个痛快再说。

的确没什么大不了的事，这当然只能相对黑松而言。新上任的年轻村支书与广东一个商人谈好了购买枫树一事，对于村民来讲，不愿意却没有好办法阻挡是很急的事。况且村支书的决定也取得了一些人的支持。田地早都分到户了，唯有这片百年枫木林是大家的。要卖的理由在支书嘴里也有理，他说，难得人家老远来，找到我们的大树，价格又出得高，这钱可以用来发展我们村的经济建设。

一些人支持支书，一些人反对支书。两种意见形成了两派，反对的一派显然是以唐万才家爹为首的，但一直处于弱势，没得办法，他们只好求救兵，搬来他们认识的、知道的最大的"官"——黑松。

非爱时间（节选）**欧阳黔森**

黑松当然没有让他们失望，黑松先到乡里县里，后又到市林业局反映情况。又找市里报社记者，又是采访又是拍照。

后来树自然是砍不成了的。再后来县长把乡长找去发了一顿脾气，批评乡长太没政策水平。

乡长把支书找去骂了两次。第一次骂他不好好学习政策，给乡里惹了麻烦；第二次骂他穷疯了也不能偷偷摸摸卖百年老树。支书第一次被骂不吱声，他知道哼声也白哼。第二次骂，乡长是当着记者和黑松的面骂的。支书委屈得受不了了！说他是给乡长汇报了的。乡长说，你只说要卖树子，我一天那么忙，全乡几十个村都汇报这样那样的，我不说日理万机，起码也要日理百机，我咋个知道你要卖的是百年老树。

乡长这样一说，支书泪汪汪讲不出话了，埋头半天哼不了一句声。乡长最后语重心长地批评说，同志，你的出发点是好的，但是，却是个错误，今后要好好学习有关政策精神。是的，我们乡地处山区，发展经济的条件不好，但我们也不能靠砍百年老树来搞经济建设嘛。

这都是十年前的事了。这十年黑松忙这忙那的，再未去过枫木坪。其间过年过节的，唐万才寄点自己种的花生或腊肉来。黑松也寄点烟酒什么的，总算没断了友谊。今天唐万才又来一封电报，又是救救什么的，不知底细的还以为出了什么了不得的大事了。这事是什么样的事？有多大的事？电文上也是可以讲清楚的。唐万才的电报与十年前一样，不讲事情是什么，只充满悬念地告诉收电人，快来吧救救我们吧！这是一种非让你来不可的架势，这是典型的农民式的机智，这种笨拙的机智往往能达到目的。

十年前，第一封电报的效果就非常成功。使黑松和陆伍柒急急忙忙来了一次千里大奔袭。黑松有了前一次的经验，收到电文后，并没有像第一次收到电文后那样慌张。第一次是马上打电话给战友们以最快的方式去救，这一次黑松的第一个反应是打电话给唐万才，想问清楚是什么事。当他意识到枫木坪村没有电话时，才想是不是该打电话给战友们，要打的话首先是陆伍柒。

最后，黑松决定暂时不通知谁，他想放上几天再说。唐万才的事没那么急的，如真出了什么大事，他会来一封讲清楚是什么事的电报。再说他讲的是救十八块地，十八块地是废弃了的知青农场。救什么呢？当年开垦的土地早已荒芜，谁要，搬不走移不动的。救什么东西呢？黑松一时无法想到。想不到就不想了，他身子软陷在沙发里，懒洋洋地点一支烟，吸上几口，休息一下脑壳。

"叮叮叮——"电话不断地响，黑松正舒服着，根本不想接。可电话似乎与他作对，他不接它还不停呢。

是哪个不知趣的家伙，疯了是不是。黑松奋力弹起身子，拿起电话正想吼一声。对方却先他之口吼了起来。当然这吼并不是吼，只不过声音略大一点而已。这对于黑松的妻子郝鸽子来讲是少见的。

鸽子吼：你永垂不朽了？

黑松一听是鸽子的声音，他想吼的那一声只能往肚子里吞。

想吼句什么而生硬硬吞了下去，对于谁都会不顺气好一会儿的。不过这吼今天总要吼出口，黑松是不会让它憋得太久的。等鸽子吼完，他只需跨出总经理室，就可以把这吼发泄到那些早该批评的员工们身上。谁都可以，只要谁先出现在他的视线里。不过这时他只能轻声细语地回答：没有、没有。口气还有点像做错了什么事而心虚似的。

鸽子的声音大，也就是她把平时一贯的温馨吴语变成了硬实的贵州话。鸽子虽然生在贵州，却从带她长大的外婆那里学得一口流利的老家话。

鸽子在与别人讲话时，是能够讲一口标准贵州话的。可只要与黑松讲话，就是一口江南水乡软软的吴语。老家话自然是家话，家话当然只讲给家里人听。鸽子对黑松一讲贵州话就是生气了。她气恼的是，黑松明明在办公室却总不接电话。刚开始她以为黑松有事出去了，打手机，手机是关起的。再打电话到公司秘书办问讯。秘书说，黑总进了办公室未见他出来过。本来鸽子可以让秘书叫一下的，可她想夫妻之间通话要秘书叫不好。拨电话，黑松不接。她就不断地重拨，直到把自己拨生气，生了气，她的倔强气上来了，今天就是不叫别人喊，非拨死你不可。电话响了十余次，才听到黑松提电话。鸽子一串又快又硬的贵州话过去，黑松只能赔笑。

鸽子说，哦，还没永垂不朽啊。那就十万火急，过来吧。黑松继续赔笑道，好的好的。

黑松，姓黑而名松，是有一点永垂不朽的味道。鸽子第一次见到黑松就开玩笑说，久闻大名，永垂不朽同志。

三年后，黑松向鸽子求婚时说，鸽子，你是一只能识别方向的信鸽，绝不是一只不认路只能让人杀来吃的菜鸽。我是天空任你飞翔，我是一棵大树，你飞累了来落脚吧。

那时候黑松是面对着青山求婚的，讲完准备了很久的像诗一样的话，黑松依然面对青山。过了好一会儿，见鸽子没应，他只好勇敢地侧头看了看鸽子，又说，与我一起永垂不朽吧！鸽子。

鸽子这才笑了起来说，我还以为你讲不出这句话，为你着急呢。我这人就是怪，我喜欢我未来的丈夫求婚时讲得出我们第一次见面时最有趣的一句话，因为，往往看似平常的一句话，只要有缘的人，双方都不会忘记，甚至刻骨铭心才对。至于你那些什么天空啦，信鸽啦！我不喜欢，我又不是小姑娘。不要你这么费心思地哄我。

黑松说，我想了好久才想出的。

非爱时间（节选） 欧阳黔森

第二章

鸽子与黑松结婚已二十一年了，两人感情一直很好。有专家研究说，结婚十年左右是夫妻间最容易出现危机的时候。所谓摸着老婆的手犹如左手摸右手的理论，正是来自于这十年的阶段。不过这个理论不适合鸽子与黑松。他们整整把这普遍于夫妻间的理论推迟了十年。

前十年，鸽子一直在野外工作，每年最少有半年时间是在崇山峻岭中搞区域地质调查。鸽子是学这个专业的，学这个专业的女性少得可怜，一届也就几个人。当然学这种专业的女性一般都不出野外第一线。因为区域地质调查野外组是最苦最累的，是地质行业中的尖兵，其特点是流动性太大。身背一把地质锤、一个指南针、一把放大镜和一张一比五万的地形图，满山跑，构成了一个地质队员给人们的普遍印象。

区域地质调查野外组就像军队里的侦察兵一样，不适合女人。可鸽子谢绝了队部绘图室的工作。生女儿小甜甜后，组织上又安排她到总工办当资料员，她还是回绝了。

女儿才半岁就送回老家苏州交给了外婆带。她又出野外搞一个课题。黑松对于鸽子的倔强是无法左右的，所以结婚十年，他们在一起的时间不会超过三年。所谓小别似新婚，何况他们是大别，一分开就是半年。

所幸那年月地质队队部都不在城市里，地质队像军队一样，自成体系。近两千人的职工队伍，有家属近万人。这就是一个小社会，一个与地方联系不多的群体。

鸽子从小就生长在地质队里，对于地质人习惯的分别之苦是有天生的免疫力的。黑松也是生长在地质队，同样具有鸽子所有的免疫力。所以他们的婚姻在前十年，牢不可破。

当然，后十年里也不能说他们的感情出现了危机。后十年，鸽子从她所在的地质队调到了黑松所在的地质队，又一起调到省地质局。鸽子在地质科研所科技情报室当主任，黑松本来是调来任宣传部副部长的，在与局长谈话时，无意中谈了一些对时局的看法，却被领导认为是个商业人才，而被任命为筹备地矿开发总公司的副总经理。局长说，局里不考虑派个正总经理来，希望黑松干出成绩来，什么时间副总升正总全看黑松自己。

鸽子的名字不是来源于会飞翔的鸽子，是来源一种几乎要灭绝的珍稀植物。据说全世界仅存于武陵山脉主峰脚下的黑湾河。每到春天，巨大的树枝丫上长满了白如云、洁如雪的花儿，这花儿盛开时像一只美丽洁白的鸽子栖息在枝头，因而这花就有了一个美好祥和的名——鸽子花。

鸽子的父亲郝学仕就是在开满了鸽子花的树下不行了的。那时鸽子的父亲风华正茂，是唱着那首充满理想充满朝气的歌子——《勘探队员之歌》，从地质大学毕业分配到地质队而走进那片原始森林的。鸽子每每呈深情状谈起她父亲，总是肯定父亲一定很浪漫。虽然她没有在浪漫前加一个"革命"和在浪漫后加一个"主义"，但她那神态就是让人感觉到她父亲在那个年月，是一个洋溢着革命浪漫主义的人。

时至我们现在的岁月，不管是说话还是写文章或是评价一个人，可能不再出现革命浪漫主义这个词组，即便有人有时用一用这个词组，也许总带有一点调侃的味道。

这是我们本身心虚用不起这个词组，还是我们的浅薄认识到这个词组是我们肩负不起的担子？也许这正是调侃的根源。

可鸽子一谈起她父亲，这个词绝对没有了调侃的味儿，除非你要与鸽子断交。和鸽子在一起就不能不与她谈起她父亲，因为贵州一出门就是山，是唯一没有平原的省份。一看见山，鸽子就兴奋。一兴奋，她就要谈她的父亲。虽然她从未见过她的父亲。

鸽子来到人世间的时候，正是她父亲离开她的时候。那时候她父亲胸骨跌碎了，口里冒着血泡沫。他的同事们抬着他在原始森林里狂奔了很久，还是未走出一个叫黑湾河的峡谷。这峡谷遮天蔽日的参天大树太茂盛了，让整个河谷阴森森地阻碍了他们前进的脚步。

鸽子的父亲的确浪漫，浪漫到骨子里去了，这使鸽子父亲当年的同事们嘘唏不已几十年忘不了。

那忘不了的一天，天近黄昏。鸽子父亲的同事们把她父亲抬到了峡谷口，那时候，鸽子的父亲挣扎着打手势，要他的同学萧华宇停下来，萧华宇就把他放在开满了鸽子花的大树下。萧华宇俯身去听鸽子父亲想说什么。尽管他知道那冒着血泡沫的口是讲不出一句完整的话的，但最终萧华宇是听明白了的。他们毕竟同窗四年，毕竟一起书生意气指点江山激扬文字畅谈理想。他同学的最后一次激情，他如何不知。尽管这时，他的泪水和汗水混杂在一起，使他的声带嘶哑，他还是满足了同学最后的愿望。他带头唱起了那首让他们报考了地质院校而又投身地质找矿事业的歌子——《勘探队员之歌》。虽然这歌子唱到一半时，被闻讯赶来迎接的分队长一声断喝而打住，但萧华宇直到头发花白时还认为那首歌是应该唱完的。

萧华宇带头唱起来的时候，鸽子的父亲口里不断涌着血泡。萧华宇知道每一个血泡都是同学努力想吐出那一句句滚烫的歌词。当鸽子父亲那微微扑动的手指不再动时，萧华宇知道自己的声音应该更嘹亮些，他要在这嘹亮中把歌唱完。

分队长赶到时，正见萧华宇和三个同事围着鸽子的父亲唱歌。当时就急了，喝道，妈那个巴子的，还唱个卵，抬起快走呀！分队长一急骂起了老家的土话。

萧华宇他们知道分队长急了才骂人，虽不觉刺耳，也觉得他不问清楚就骂人不对。他们可是抬了十几里地，这时又累又饿又急。后来知道分队长手里有一封关于生了鸽子的电报时，他们才后悔了，开始七嘴八舌埋怨不应该停下来，这样就可能在鸽子父亲落气之前，让鸽子的父亲知道他的女儿鸽子降生了。

非爱时间（节选）欧阳黔森

这事让鸽子遗憾终身，因为她父亲不知道她叫鸽子，不知道鸽子是他的女儿。

鸽子是在地质队里长大的，那时候地质队的队部都是设在山野上，离城市还很远很远。

在队部的幼儿园里，鸽子的童年是快乐而美丽的。这个幼儿园和城市里的幼儿园区别很大。城市里的很漂亮的幼儿园，只不过是人造的玩具多些，一座院子是小朋友们的全部世界。而地质队的幼儿园就不一样了，他们拥有的是朴素而美丽的大自然。

最好的城市幼儿园，顶多是有鲁迅先生的三味书屋和百草园。而这一点对于在地质队幼儿园里长大的儿童来讲，是无需羡慕的，因为他们的儿时记忆更加其乐无穷。

鸽子小时候长得非常漂亮，是小朋友们的白雪公主。白雪公主的名字是苏联专家给起的。苏联专家是一个有着高鼻梁深蓝色眼睛的大个子，来幼儿园时，他不是首先抱起他的一双儿女，而是伸出毛茸茸的大手举起鸽子在空中摇晃，红黄红黄的粗胡子扎得鸽子直叫唤。

两个苏联小朋友虽然很忌妒，却仍然对鸽子很友善。因为他们的妈妈说鸽子是白雪公主。白雪公主的故事太美了，小朋友们都听了几十遍还想听。鸽子给两个苏联小朋友留下的不仅是白雪公主这个美好的名字，还留下了可能是他们双方一生也难以忘怀的记忆。

那个不可磨灭的记忆发生在1958年的春天。两个苏联小朋友和他们的白雪公主跑到了一个钻探岩心的房子里玩，那些岩心很漂亮，它们是由钻机钻到很深很深的地下从钻头里取出来的。

岩心浑圆浑圆一节一节，手感非常好。岩心石上还偶尔能找到鲜红无比、晶莹剔透的呈六棱状或呈方块状的结晶体。这些红得透明的晶体生长在石头的空隙缝里，周围还长满一些六棱角透明无瑕的东西，这东西是宝石，名叫水晶。红似血的晶体和白无瑕的晶体生长在一起，红白相映成趣。这大自然的旷世绝作，在他们的童趣中是那样平凡而自然。这些美丽的东西，当时她们不知道是什么，只觉得好看又好玩。

很多年后，鸽子家搬到了城郊，那时她都快高中毕业了，才从书上知道，原来她家住在汞矿区，那时候地质队在那儿搞找汞矿大会战。再后来国务院批准在那儿建立了共和国第一个经济特区，并被誉为世界汞都。汞矿可冶炼成水银，是国家重要的战略物资。用来炼水银的汞矿石，一般是一些生长在石头中呈浸染状不成晶体状的红色物体，而这种红色物体一旦结晶就成了国宝——辰砂晶体。

《汉书·地理志》记载这里出丹砂，宋代《蛮溪丛笑》一书说，万山一带水银出于丹砂，丹砂俗称朱砂。朱砂一般为红色浸染状、六棱状、方块状，多为不透明结晶，一旦结晶就成了国宝，它比红宝石更加鲜艳夺目。矿物学名辰砂，辰砂来名于古辰州，这一带古时属楚地辰州管辖。小时候玩耍的那种石头缝里长的红晶体，原来是国宝辰砂，这让鸽子在上地质学院后，后悔得常常睡不着，梦里常常出现小时候与苏联小朋友拿着国宝玩而不知其贵重的情景。

辰砂一直是国家领导人作为国宾礼品送给外国元首及外交家的。世界各地也有汞矿产地，不过都是呈浸染状的红色石头，一般不会结晶成形。而鸽子家那儿是世界上独一无二可以形成晶莹透明、鲜艳夺目的晶体的地方。

这晶体很贵重，并不是鸽子记住它的唯一缘由。她在那天闯了大祸才是她不可磨灭的记忆。当时她只有五岁。苏联小哥哥带着妹妹离他们喜欢的白雪公主约三米远，问白雪公主是否找到了那好看的石头。白雪公主说找到了，随手抛了一块过去，那飞过去的岩心石正好砸在苏联小哥哥的脑门上。再坚实的头也会血流如注。苏联小妹妹吓得大喊大叫，夺门而出，一溜烟跑着叫大人去了。只剩下苏联小哥哥在那儿发呆，以及白雪公主傻乎乎地看着他血流如注的脑门。

鸽子成人后回忆起这事，怎么也记不起，她闯了那么大的祸，那祸是怎样结束的，她真的想不起来了。只是苏联小哥哥那一脑门的血令她终生难忘。苏联小哥哥那一双有泪却没有哭的蓝眼睛是愤怒还是怨恨的，她不知道，她只知道从此她再也没有见到像天空一样蓝得像宝石的眼睛。

几天后，苏联小哥哥头上扎着绷带，依然与她玩得开心。那是在一小座开满了花的小山岗上，她采集了很多很多的野花儿，扎成一束送给了苏联小哥哥。

苏联小哥哥接过那五颜六色的花，脸上笑开了花，用很地道的中国话说，谢谢，我的头很好，我很勇敢的。苏联小哥哥一派男子汉剽悍的样子，让白雪公主觉得小哥哥好高大。

不久苏联专家全家回国了。鸽子不知道他们一家好好的，为什么要离开这里。鸽子问过苏联小哥哥喜不喜欢这里。

苏联小哥哥手捧着鸽子为他送行而采撷的野花说，我很爱这里，长大后我还要回来的。

鸽子说，我那时候在这儿等你。

于是他们愉快地开始唱着他们彼此教会对方并熟悉的歌曲。他们先唱苏联小哥哥教的《喀秋莎》《山楂树》《红莓花儿开》《灯光》。再唱鸽子教的《勘探队员之歌》《中国人民志愿军战歌》《台湾同胞，我的骨肉兄弟》……

第三章

黑松从鸽子的办公室出来直奔陆伍柒的月光娱乐城。进了娱乐城大厅，一位笑容可

非爱时间（节选） 欧阳黔森

掬的迎宾小姐问，先生需要什么服务？

黑松黑着个脸说，叫你们管事的来。

小姐一看这架势，还以为是公安又来找麻烦了。小姐也没怎么害怕，她见得多了。小姐继续笑容可掬并显得特别尊敬的样子说，请稍待。说完很从容很优雅像模特一样转身找人去了。

另一个迎宾小姐端了一杯矿泉水来请黑松坐，黑松不吭气，打着手势使小姐知道他不想坐。

小姐还是笑容可掬地对着黑松，然后迈着猫步把水放在了离黑松五米远的茶几上。

大堂经理小跑着来到大堂时，黑松正看着大堂正壁上那一巨幅油画。那画当空一钩弯月，弯月下有一棵参天大树，其颀长的绿枝丫像一双双渴望着什么的手，曲曲弯弯地向弯月伸去，树下有着几个半裸的美女，半明半阴地依偎着，像是在笑又不是；画的左上角竖写着两行行草——你是一个月亮，我是一个月亮，合起来就是一个朋字。作者的落款不是很清楚，字小而模糊，严重与画的巨大不成正常的比例。黑松想，是他妈的哪个三流书画家卖了字画还想把名字躲藏，老子就是要看清楚。

他正眯起眼想看清楚时，一张笑得可爱的脸出现在他的面前，使黑松的眼睛不得不离开那幅画。大堂经理同样笑容可掬，甚至比迎宾小姐笑得更加专业。他身子微微向前倾斜，这样使人感觉特别受尊敬。他说，请问先生有什么需要我服务？

黑松说，叫陆伍柒来。

大堂经理收了收前倾的身子，依然微笑着说，这里由我负责，陆总在集团公司。您有什么需要服务的，请直接吩咐我。

黑松说，少给我来这一套，我和陆伍柒是战友，叫他来或带我去。

大堂经理还是笑容可掬地说，对不起先生，这个要求超出了我的权力，不过，我有一个建议，您一定有陆总的手机，您亲自打电话给他，我想这个问题就解决了，请谅解我的难处，先生。

黑松说，我懒得打，我今天就不打电话了，莫非就真的见不到陆伍柒？

大堂经理还是笑容可掬地说，如果您要找陆总，请到集团公司，如果您需要服务，请您吩咐。

黑松盯着大堂经理的眼睛，心想我看你能笑多久。不想黑松的眼睛都盯得眨呀眨的了，那大堂经理还面带微笑。黑松那口被鸽子惹得憋胸的气，也就不好再发泄到大堂经理身上。黑松想，什么叫和气生财，这就是和气生财。回去得叫公司的人向陆伍柒的手下学习。黑松说，好，你不错，我会在陆伍柒那里赞扬你的。

大堂经理依然微笑着说，请多关照。

黑松拨了陆伍柒的号。接通后，他对着电话大吼，陆伍柒，我在你娱乐城大厅里，限你三分钟出现在我的面前，否则我就自杀。喊完，以不容谁再讲什么的气势，猛地一下关了手机，并怪笑着斜视大堂经理。

大堂经理这时已不笑了，黑松正想，他为什么不笑了？不好玩，这么开不得玩笑。突然两只手掌被人握住了。黑松左右一看是两个保安，黑松手一用劲想把两个保安捏得个痛弯腰。黑松对自己的力量是很自负的，当年在知青农场他是农场力气最大的。工作后在地质队除了个别大力士钻机工比他力大外，他罕遇敌手。他想只要他缓缓一用力，这两个保安就会慢慢地痛得弯腰的。那样多舒畅。结果他已把力用到了十成也不见那两个保安皱眉头。这时他才感觉到这两个保安也不是省油的灯，双方的握力相差无几，自然是没有手痛的感觉，两个保安也自然不会痛得弯腰了。

大堂经理见他们仨那样，知道他们在较劲，又见黑松仍然从容，明白了他的两个大力士今天遇上了硬手。他又保持着始终如一的笑容对黑松说，对不起先生，这儿不是闹着玩的地方，您如果累了，他们可以扶您出去。说完对两个保安挥手。

两个保安贴近身架住黑松准备往外走。

黑松开始下意识挣扎了一下就不挣扎了。虽然他可以用自己的力量证明只要他不走这两个保安是无法架他出去的，但是他这会儿想让他们架着走。他全身尽量放松，以免让人看出他是被强架着出去的。他装模作样扭身回头叫唤，陆伍柒，老子为你出生入死，你不能这样对我，不能这样对我。

黑松表演得相当成功，那样子像真的受了多大的委屈，说不能这样对我的时候，满脸的悲愤，惹得那两个迎宾小姐也忍不住笑了起来。

大堂经理也明白过来这是开玩笑，但却忘了喊住保安。

最后当然是陆伍柒没让他再演下去。陆伍柒闻声出来看见黑松被两个保安架着往外走，他本想喝住保安，但转念一想，黑松肯定是感觉到了他的存在，要不然以黑松的脾气早大吵大闹起来了，如果此时仅仅是喊住保安，黑松肯定不肯善罢甘休。陆伍柒知道这时只有给足黑松面子才行，否则一会儿他非骂死人不可。陆伍柒赶紧三步并两步追上他们，亲自分开两个保安并亲热地说，你狗日的老黑哥疯哪样，一点都不好玩。

两个战友又是拍肩又是捶背，又是骂又是笑地往楼上办公区走去。搞得大堂经理在大堂中间傻站了好一会儿，才自言自语地说，莫非当过知青的人都受了刺激？

两个保安见大堂经理说话，还以为有什么吩咐，于是笑得满脸灿烂地走到大堂经理面前说，经理有吩咐吗？

大堂经理这才回过神来，忙挥手说，没说什么，没说什么。

黑松想不到陆伍柒的办公室这么豪华，没来之前还以为自己的办公室条件够好的了，与这儿一比，真是一个天上一个地下。

黑松用力往红木沙发上一坐，显得非常有力。如果还有点微弱的声音，一定是屁股和木头的撞击声。屁股能与实木撞出一点声音来，这是值得一个近五十岁男人自豪的事，至少证明他的屁股还没有肥硕到像一堆沉甸甸的肥肉。一个发了福、体形已不成样子的人，他的屁股不管碰上什么坚硬的东西都会没有任何声音的，如果要自嘲的话，只有一个词用上来有点搞笑，那就是——以柔克刚。

当一个男子汉只能靠已肥胖了的肌肉以柔克刚时，这个男人便没有了锐气，便没有了刚强和自信。黑松当然不是这样的男人，他依然健壮如牛，牛气冲天。

说黑松英俊，应该没有人会怀疑。正是因为这一点，黑松身边便不缺女人。身边有女人，并不能证明他会从感情上背叛鸽子。这么多年来，他从未对鸽子产生过背叛的念头。

鸽子也是四十多岁的女人了，看起来她依然很有活力。鸽子不是那种靠整容或者美容保持活力的女人。鸽子靠的是似乎永远健康的心态和良好的生活习惯，这使鸽子的容颜比实际年纪小了十岁。

黑松与鸽子结婚二十年来一直感情很好，他们彼此都可以问心无愧地面对自己对对方的忠诚。正因为这样，他们无话不说，哪怕是自己感情上曾经的一点一滴的东西，他们都未隐瞒过。

也正因为这样，今天，当鸽子说她的一个外国朋友要来北京开国际地质大会，并说他将来看望她时，黑松心里像吞了铅块一样沉重了起来。他想起了鸽子说的小时候的朋友——苏联小哥哥维·库兰诺夫。

当然黑松的沉重并不是怕什么，因为鸽子那时才六岁。六岁的孩子就有爱情那是不可能的。但鸽子保留至今舍不得丢下的那张发黄的照片，却是黑松一直想说"你那么珍惜干什么"又不好意思说出来而憋了二十年的心病。

不要看黑松与鸽子的感情说得上久经考验，可认真想起来，在这种和平年代，他们并无法用什么事来证明他们感情真正意义上的牢不可破。他们二十年来彼此的确证明了他们在和平条件下的牢不可破，可这牢不可破的条件是在没有突发性灾难的前提下。

比如鸽子会想，突发战争，黑松会不会用生命来保护她。她还会想，如果有一个坏人持刀对准他们，黑松是转身逃命还是挺身而出。再要想，就是她得了病留下残疾，黑松是不是能依然呵护她。是的，那时候是最能考验一个男人的。可是这些不可能出现，他们从未遇见类似的灾难。关于灾难的种种猜测只是她偶尔闲暇无事懵神发呆时冒出来的怪想，这怪想常常会被猛然的回神搞得烟消云散。回神后便觉可笑，自己怎么会想到这些，难道自己老了？难道自己没信心了？可往往是这个问题还没有自问清楚，她又开始想那些幻想中的灾难了。她想因病留下残疾比战争的灾难似乎可能性要大一点，但这种可能性也只是想想而已，鸽子是不会为了考验黑松而自残的。

反过来黑松也会想，战争来了我该献身就献身了，你鸽子因此而得生我便无怨无悔了。如果坏人持刀而来，在我挺身而出时，你却一溜烟跑了，也无趣。我黑松也幻想，有我挺身而出的刚强，也要有你鸽子拉住我衣角的信任。这才是真正的感情。可是他们谁也无法证明，这个和平年代没有给他们亮出感情底牌的机会。

这看似一个近似无理的幻想，却是他们没有最后洞察出双方本质的底牌。谁都有底牌，早亮出来，谁都会口头相信，甚至心里也相信。但他们谁都想该亮底牌的时候才亮底牌最好。对两个二十年感情没有动摇的人来讲，这也许是他们最想知道的，但他们又不能为了想知道而人为制造灾难来考验对方使其亮出底牌。

是呀！二十年的感情，对任何人来讲都是想坚守的，也许正是因为坚守得太久，反而让他们恐惧，这恐惧就是他们的心谁也承受不了失去。

二十年实在太长了，长得已让人不能失去。感情这东西就是怪，早一点失去，谁都有勇气有信心面对，甚至还会庆幸自己涉足不深。如果太晚了才失去，谁都会恐惧不敢面对。其实他们恐惧的不是再也找不到感情了，而是他们因感情坚守得太久，就算是他们感情的新鲜感已到了左手摸右手的程度，也是恐惧失去的。原因很简单，那就是他们共同度过了人生阶段中最美好的年月，他们彼此都把自己最美好的时光献给了对方。

今天鸽子说将要见到儿时的伙伴时，黑松并没有认为感情的灾难来了。但当鸽子高兴地拿出她的苏联小哥哥维·库兰诺夫那封炽热的信来时，黑松真的高兴不起来。他虽然坚信这不会影响他们之间的感情，但妻子为了一个如今已成熟的男人而兴高采烈，这毕竟不是一件能让他与之一起兴奋不已的事情。特别是看到苏联小哥哥，不，现在应该是老哥哥写道："为了找到你，我的白雪公主，我历经千辛万苦，终于打听到了你的地址。我没有忘记承诺，我要回来，我要回到那美丽的小山岗，我们一起去找那承诺好吗……"

这家伙居然能写出一封流利的汉语信，黑松强烈地意识到，那个维·库兰诺夫为了找到他的白雪公主是何等地用心良苦。于是几句得罪鸽子的话他忍不住就脱口而出。黑松说，噫，想不到他还真为了你把汉语学得如此精通，我看比中文系的学生还熟练汉语的运用。

鸽子闻声只横了黑松一眼并未生气，她以为黑松开玩笑。黑松紧接着说出一句话后，她才真生气了。黑松那时候根本没注意鸽子横了他一眼，他只顾自己嘴巴痛快，他紧接着说，难怪你的俄语也学得这么好，原来都有准备了啊！

鸽子本来是坐着的，听了后一下子站了起来，以她在家里从未说过的贵州方言说，黑松，你太令我失望了，你、你这算什么，你、你、你，你亵渎人与人之间的纯真感情。由于愤怒，鸽子涨红了脸。鸽子涨红了脸就涨红了脸，黑松如果不再吭气了，也许他们不会生那么大的气，要命的是黑松不知咋个搞的又脱口来了一句愚蠢的话，他说，是的，我不怀疑纯真的感情，可你红什么脸嘛。

这是黑松强词夺理了，因为鸽子不是怕什么或是被揭穿了什么而红脸，而是因为对黑松的愤怒。鸽子听了黑松的无理，气得说不出话，现在不要说她在家说的那温柔无比的吴语了，就是硬实的贵州方言她也无法出口。当然最后鸽子还是憋出了一句，你走，走远点，我不想看到你，你最好去找到你的卢竹儿妹妹，这样我们就扯平了。

　　黑松这时才感觉自己太失态了，他赶紧道歉，可是晚了。鸽子那时已听不进他道歉的话。这是他们夫妻二十年来第一次真正意义上的生气。

　　黑松知道不走，鸽子会更生气。他只好走一走，找个人消一消气。哪个人最适合，当然只有找陆伍柒。

　　陆伍柒前天打过电话给黑松，说是最近要给黑松一个巨大惊喜。当时黑松根本没有把陆伍柒的话当回事，陆伍柒所谓的那些惊喜对于黑松来讲一点也不惊，就比如之前陆伍柒送来的两次惊喜———一次是他开了个海鲜城请黑松去吃大龙虾，一次是搞了一个女模特大奖赛要黑松看。

　　前一个惊喜对内陆城市的人来讲，算是一个"喜"也说得过去，在这之前这座城市是没有海鲜酒店的。后一个惊喜是陆伍柒的自"喜"，他赞助的这个女模特大奖赛在本城引起了轰动，本城市民为第一次这样的大赛倾注了极大热情，门票的价格在黑市上翻了一倍，这超出了主办者的预料。根据这个情况，陆伍柒以为黑松正发愁买不到票，于是送了两张票给黑松，说是给黑松一个惊喜。黑松对这两个送来的惊喜，的确没有达到惊喜的程度，高兴是肯定的，因为老战友有好事毕竟想起他来。

　　前天，陆伍柒说要给他一个巨大的惊喜，黑松不在意，今天被鸽子这一气，他还真动了心思，想知道陆伍柒到底有什么不得了的惊喜。黑松现在的心情，是需要有喜来冲冲的。

　　早知道陆伍柒搞了个夜总会，陆伍柒也一直邀请他去走一走。听说是夜总会他还真没动心思去一次。虽然他已当了半年的公司老总，不免有人请他上娱乐场所，但他是每次都推掉的。

　　陆伍柒见黑松一坐下就黑着个脸，还以为是刚才手下的人得罪了黑松。陆伍柒给黑松端了一杯茶说，别黑着个脸好不好，一点也不好玩，要不我叫他们上来，你一个给他们一巴掌好不好。

　　黑松说，开什么玩笑，我开够了，现在不想开了。

　　陆伍柒说，说吧，你老兄无事不登门的。

　　黑松说，唐万才又来电报了。

　　陆伍柒说，要多少钱，开个数。

　　黑松说，别他妈的钱、钱、钱的，你狗日的有多少钱。

　　陆伍柒说，钱是个好东西，我挣的也是血汗钱，拼出来的钱，我也不想白给谁，除了二奶谁也别想多拿我的钱,不过,对枫木坪、十八块地这里的人例外,谁叫我们与他们共同度过了人生最美好的青春。这些年我也看透了红尘的无情,我的心肠早坚硬如冰了,现在不这样不行啊!要说这心里还有一点心太软,就只有对那一方水土的人了。

黑松说,不知道又出了什么事,你知道唐万才那家伙是喜欢发卫星的,一点小事说得吓死人,这回来电报说救救十八块地。这回他不讲清楚就不理他。

陆伍柒说,救救十八块地?是救我们十八块地农场,还是救十八块地那几户人家?嗯,我看这里面有问题,枫木坪隔十八块地还有十多里路程,唐万才咋个知道出什么事,他都知道出了什么事就肯定有什么事。要不,我们还是去看一下。我刚换了一辆三菱吉普,正好试试车。

黑松说,还是等他第二封电报吧,总得讲清楚再去吧,我们也好知道要准备些什么。

陆伍柒说,还等什么等,我看还是去,我也正想投点资把枫木坪中学好好修整一下,三百多公里,三菱吉普大半天就到了。

黑松说,你挣的黑心钱的确该搞点慈善事业了。要不你去一下,这次我就不去了。

陆伍柒说,怪了,每次都是你积极,这次搞哪样了?那地方,你比我还多一层关系,是你的老家。

黑松说,反正我不去。

陆伍柒说,不去也得去。再说,我想这次顺便把鲁娟娟的墓重新修整一下。鲁娟娟生前与你关系不错,你不去,说不过去嘛。

黑松说,走,现在就走。

陆伍柒说,你有病呀!今天晚了,明天走也不迟。

黑松站起来,你走不走,你不走我走了。

陆伍柒说,我说你有病你还真有病了啊!总得准备一下,明天清早走。你狗日的是被什么刺激了是不是,行为怪怪的。说说看,老战友了嘛,我给你解愁。说完陆伍柒要给下面打电话,他问,喝XO还是人头马?

黑松说,还是茅台酒吧!

陆伍柒说,这里又不是酒店,没有茅台。

黑松,你狗日不是集团老总吗,一瓶茅台酒还要我告诉你怎样得到呀!

陆伍柒说,好好好,茅台就茅台。

陆伍柒在那里耀武扬威地指示部下搞茅台的时候,黑松抬头看见了萧美文穿军装的照片,心里很生气。这是战友萧美文生前留下的唯一的一张照片,原来只有他有一张,三年前陆伍柒过四十岁生日时,找到黑松说,我快要老了。

黑松看着陆伍柒笑了说,六十岁的人才开始怀旧,你才四十岁装什么深沉嘛!

非爱时间（节选）欧阳黔森

陆伍柒说，怕来不及了，现在就开始怀念。

黑松见陆伍柒一脸认真样，调侃他说，你这么好的身体，怕哪样来不及了，是不是干坏事太多，心里不踏实。以后少干坏事就行了。

陆伍柒说，我不和你开玩笑，真的，这些日子怪了，我天天梦见美文，你知道那时候我最崇拜她。那时候她却不在乎我，我很生气，这气一生就是十多年。说实话，这些年我喜欢过不少女人，真的，我记不住有多少次的喜欢，每次女人总是问我喜不喜欢她们，我都说喜欢。但时至今日我真正最刻骨铭心喜欢的还是美文那不在乎的喜欢。说完陆伍柒拍了拍黑松的肩膀满怀希望地又说，我知道你有她照片，你借我翻拍一张如何？

黑松本来不想给陆伍柒的，因为黑松知道，在十八块地农场时，萧美文从来没喜欢过陆伍柒。萧美文曾不止一次与黑松谈起过陆伍柒，一次是在农场的时候，萧美文说，伍柒是个胸无大志的人，一天就只知道为了他那张嘴。第二次是她从云南前线寄来这张穿军装的照片，在信中再次提到陆伍柒，她说，顺便问一句伍柒是不是进了食品厂工作，并代问伍柒好。

萧美文的最后一封信，虽然提到了陆伍柒，却颇有讽刺的味道。从这看来，黑松是没有理由拿照片给陆伍柒翻拍的，不过最后黑松还是决定给了陆伍柒。

黑松的这个决定是感动于陆伍柒的一句话。陆伍柒见自己的满怀希望还不能让黑松感动时，他真诚地说，老黑哥，我们十八块地农场的好朋友、好战友，如今也只有我们两人在一起了。你不能视我的感情而不顾吧。这样悲叹的话从向来乐哈哈的陆伍柒口中说出，黑松是不能不决定给他的。

给他了，他却把她挂在这娱乐场所的办公室里，而且很显眼，来人一抬头就能看见萧美文的英姿勃勃。

见陆伍柒打完了电话，黑松不满地说，你怎么把美文的像挂在这里。

陆伍柒当然听出了黑松的责备之意。他扭头呈深情状地说，老黑哥，你不要嫉妒我对美文的感情嘛！她是我们共同的战友对不对，再说，你敢说你对她的感情有我深？她的照片，你放在哪里，你是锁在办公室的箱子里。我呢？我是把她放大了，挂起来天天可以看见。

黑松说，看你狗日的说些哪样，我说的是挂在这里不合适。陆伍柒正想争辩，服务员敲门说酒来了。

（节选自《非爱时间》，贵州人民出版社，2004年5月）

2004年

姜东霞

女囚门（节选）

第四章　灰黄的岔道

吴菲一直睁着眼看着窗外那团云，她很想睡上一会儿，结果她发现自己满脑子全是那条遥远灰黄的道路。

那条道路到底有多长多远，在吴菲的记忆中已经变得模糊，那简直就是一条铺满黄金的道路。

不知是谁突发奇想，在那荒郊野外的一条岔路上，筑起了一座座客栈似的小旅馆，接纳了无数南来北往的烟毒贩子。

那时吴菲也只是一个靠挣烟毒贩子的住宿费为生的生意人。毒贩子们将自己腰包里的钱哗啦啦地掏出来，毫不吝惜地从一叠崭新的钞票中抽出几张或更多，摇晃在眼前，那种弥漫着油香的纯净味扑面而来，让人感到一阵战栗的悸动。她知道这些人是在提着脑袋玩耍，钞票虽然充满了吴菲无法抵挡的诱惑，但她认为那种拿脑袋开路的钱还是赚不得。

想到这里吴菲的嘴上就浮现出不知是对自己还是对金钱的轻蔑。她好像笑了起来。后来怎样了，自己简直就是金钱和那个虚幻爱情操纵下的一条丧家之狗，没有节制也没有权利选择节制。不过现在的结果也许已经不能谈节制了。第一次贩毒得手之后想过收手吗？想过。但隔了一段日子便又奋不顾身地卷了进去，那是自己找上门去的，明知是死路，却硬要往里钻。当时的心理是豁出去了，反正不过就是一死，头掉下来碗大个疤，细想来也没什么大不了的，逮不住就是赚了。

虽然同样是亦步亦趋地靠近死亡，但对死亡的各种惧怕惊慌，却被大把的钞票散发着的沁人心脾的油香味冲淡了。坐在一堆崭新的钞票前，心里那种踏实满足在短时间里完全抵消了对死亡的恐怖心理。

现在坐在看守所里，远离了令万众生生死死奋斗不止的钞票的油香味，整个世界只给自己一个昏暗的窗口，死亡这个词便有了具体真实的意义。

死亡首先是一种光芒，在吴菲睁开眼的瞬间闪耀，然后停留在脑子里，即使在疯狂折磨新犯人的过程中也挥之不去。而在类似于07被带走那天的每一个清晨，从通道里回荡过来的铁镣清脆的声音，更加重了那道光芒的沉重色彩，变成一种纯粹的颜色和声音。

清脆和沉闷的声音就是死亡。清脆的声音是金属之声，而沉闷的声音就是枪声。

过去很多时候吴菲站在灰黄的道路上，她纵目远望，看到的是荒芜的山峦和夏天里风过之后撩起的尘沙。她第一次得手后，站在那条道路上曾经有过这样的念头：这是一条通往黄泉的道路。这样想的时候她手里正提着一只木桶，她要到对面洼地的泉眼里取水。

那天吴菲在泉水边不知道坐了多久，她看见太阳在远处的一个坡顶沉下去，那地方显出一片血红来。这种颜色一直缠绕在她的视线里，使她在相当一段时间，不愿问及任何与毒有关的事。

她常想，人被枪毙时会不会也映出这样的颜色。

吴菲觉得那种留在心里的感觉变成现实的原因，几乎是自己对自己的一种暗咒。

毒贩子从边界或者邻国款款走向那条灰黄的道路时，在吴菲的记忆中同样浸着太阳血红的颜色。每当何子木踏着尘土离开破烂不堪的吉普车，出现在吴菲面前时，夕阳的光芒从他身后映照过来，他的后脑以及脖子就完全变成了血红色。

无数次当她扑向他的时候，她心里就充满了那种血红带来的绝望。她常常被"最后一次"这个想法弄得筋疲力尽。她想叫他洗手不干了，然后飞到一个陌生的城市过一种有钱而安静的生活。至少，她不会再干了。

吴菲内心的恐惧很快就被何子木宽大的手掌掩盖了。她需要这个男人的爱抚，她知道一旦自己真正不干了，她就会永远地失去何子木，她惧怕这一点跟想象中的死亡差不多。

吴菲觉得何子木与自己身体的绞缠方式，是这个世界上最独到的，最能将一个女人或一个男人全部的热情表达得淋漓尽致。三十岁的吴菲有过几次丈夫以外的性经历，只有何子木让她感到最本质最彻底。

无数个流淌着人民币清香的黄昏，何子木来到吴菲身边，他将大叠的钞票送到吴菲手中之后，他们就会越过洼地里那口泉眼，顺着一条窄窄的可以说是河、也可以说是水沟的堤岸朝上游走。太阳落下去的光芒返照在河面上，两个暗红色的影子映在水里，晃动的时候有一种凝滞的碎裂感。

在一块杂草丛生的空地上，傍晚的风软软地穿过他们的身体。

"我喜欢野合。"何子木说。

吴菲就将洁净的身体压在地上的野花上，那种毛茸茸的柔软感加重了她对何子木身体的渴望。何子木的手滑到她的颈部之后，迟疑不决地停在某个地方不动了。吴菲就睁开眼，满目的灰暗、窒息般的灰暗使她觉得无法喘息。她发现自己已经在何子木的手温下像一条死鱼样僵硬。

"何子木你这个不要脸的男人，我早晚得死在你的手上。"吴菲说。

何子木虽然知道这是女人渴望自己、接受自己的一种表达，心里还是有了不愉快。他觉得这话里有自己引诱她走上一条死亡之路的含义。他的手不再移动，他有些郁郁地看着吴菲。

吴菲在湍流激荡的等待中又一次睁开眼，她转过脸去看着何子木。何子木的眼底有一丛阴云样的东西在移动，她知道自己说错了话。这个时候只有立即改变话题，才能结束这种死灰样的不愉快。干这一行的绝对不能说这类话。

她翻动身体，使自己能与何子木面对面，她抚摸着何子木的身体，她的手柔曼地停留在被称为男人命脉的部位。随着她手指的移动，她重新感到了何子木一如既往的坚实，笼罩在他们中间的阴云渐渐散去了。

他的双手流云般停留在吴菲的腰和小腹上。吴菲发出的声音飞溅在草地上，粘着被他们身体碾碎的花香和泥土的味道，弥漫在傍晚空旷的大地上。

何子木用身体示意吴菲朝前移动。吴菲缓慢地挪动双脚，这个动作给他们带来了如履薄冰的飘浮感。他们体内的所有防线坍塌下来。他们试图用声音掩蔽那种毁灭似的巨大冲击。他们用欲念包裹了黑暗。

第五章　没有回头路

小河的上游在山脚下，河面不宽。在春天，由于雨水充沛却能显出它的深不见底。然而到了夏天枯水季节，河水清澈明净，人站在水里还能看到成群结队的鱼，盲目莽撞地蹿到腿上。

鱼不仅会撞在腿上，还会浅游到吴菲与何子木绞缠在一起的器官上。两个人站在水中一动不动地享受着水的波动、鱼的撞击带来的巨大快感。

这时候吴菲感觉自己像是死了一样，漾动着的那个柔软得跟水一样的情感正在远离身躯，消融在太阳最后的血红里。他们缓缓移动身体，向着水的深处或浅处迈进，水的波动总会将他们推向破灭般的高潮。

对于性的把握，何子木简直就是专家级的。很多时候吴菲都在想，自己对他的爱，也许完全是对他性技能的依附和崇拜。他们的结合几乎是性和金钱的全部反映。

但有时候，吴菲又觉得这样判定他们的关系有点不公平。何子木认识她的时候，也只是个普通的毒贩子，半年以后才发迹为可以称作毒枭的人物。他用性、金钱还有女人贪求的信以为真的感情，牵引着吴菲一步一步坚忍不拔地走在灰黄的死亡道路上。

一个雨天，何子木阴沉着脸来到了吴菲的饭店。吴菲收拾了一下就示意何子木出去。何子木用一种近于麻木的表情看着吴菲。

吴菲问："你不是一直等待下雨天野合的机会吗？为什么不动了？"

何子木说："你难道是个只懂得性交的女人吗？"

吴菲被这突如其来的伤害击蒙了。很长一段时间她站在那里没有动，越来越粗的气息通过她半张着的嘴呼出来，扑打在何子木的脸上。后来他们就针锋相对地吵了起来。他们把世界上最恶毒的话都扔给了对方。

"枪打死你个流氓贩毒犯。"

"你也跑不了，不信看谁先死！"

"我跟你前世有仇啊，你来引我往死路上走。"

吴菲嘤嘤地哭了起来。

何子木点了烟平静地抽着，他脸上的肌肉随着烟雾的袅袅飘散而松弛下来。他觉得吵架是没有意义的。这次大批的货失手，抓的抓、逃的逃，找这个女人吵架是毫无结果的。眼下他要做的事，是让这个女人愿意勾引并杀掉出卖这次行动的人。凡是怀疑的通通干掉，一个也不能放过。

当何子木说出这个打算时，自然是先对吴菲进行了性技能表演之后，不过这次他们是在床上，野合惯了的他们反而觉得在床上也很成功。在吴菲仍然陷在身体的沉醉之中时，何子木便说出了他的全部计划。

那些萦绕在吴菲身上的虚无缥缈的快感很快就消失了。她被恐惧的阴影抛向一片干裂的土地，有一种无助的挣扎感。

吴菲试探地说："我们挣的钱已经够花了，我们能不能不干了？"

何子木穿上衣服又去抽烟。

"你认为这条道有回头路吗？同样，你不干别人就要把你干掉。你以为这世上还有我们的藏身之地吗？自首？按法律规定我们有十个脑袋也不够敲。"

屋子里全是烟雾，在吴菲的记忆中，何子木从此再没有去过她的饭馆。在何子木的精心策划下，她杀人得手后，越来越疏淡的见面都是在何子木指定的地方。何子木简直就是一只惊弓之鸟，一点意外的响动都会促使他对下一次见面的拖延。

后来他们的见面几乎就与干掉某个人紧紧地连在一起。

第二十六章　女子监狱

米兰被判处死缓，接到判决后，于春节前夕送往S省女监。

离开看守所时，天下着雨。米兰爬上囚车就感到两腿酸软不听使唤。丁素在后面揉了她一下，接着锁上了一道铁门。囚车快速地驶过石拱桥，来到城市的公路上。米兰闭上眼睛，耳朵里全是警报器刺耳的响声。

囚车离开城市之后停止鸣叫，然后丁素和男干警开始吹牛。丁素的笑声回荡在寒风中，很快就被抛在了车后。米兰看着窗外陌生的土地，心中一片漠然。

道路越走越烂，车身在道路中央晃来晃去。寒风从窗缝门缝灌进车内，车里的人都感到了寒冷。男干警点燃了一支烟递给司机，自己接着也抽起烟来。他们不再说话，都望着窗外一闪而过的土地和一些矮树丛。

天快黑的时候，囚车在一堵高高的大墙外面停了下来。司机把车头正对着一扇紧闭着的大铁门。铁门的两边分别写着：

S省女监育新学校第三分校
S省第十二劳改支队七大队

灰底黑字，虽不够醒目，却也清晰好辨。

丁素拿着米兰入监的有关材料进了大铁门。接着从门里出来了两个女警官，一胖一瘦。胖的姓宋，是个医生。瘦的叫秦枫，是入监队的内勤干事。宋医生和秦枫站在铁门边，肩靠肩地看米兰的判决书。

丁素上车打开米兰的手铐叫她下车。米兰抖擞着下到地上，她唯一抱在手上的东西，只有一床叶青送给她的毯子。米兰木头木脑地站着。宋医生喊了米兰的名字，米兰正呆呆地看着监墙。

宋医生说：" 米兰！以后听见干部叫要立即答应。"

米兰跟在两个干警后面，进了监狱的大门。她边走边回过头去看站在铁门外的丁素，看那辆她并不熟悉的囚车。她突然觉得丁素和囚车都很亲切，跟村庄和奶奶那样令她有了类似于怅惘的感情。

入监队办公室里，秦枫拿出入监登记本在上面写着，宋医生边说话边把米兰浑身上下搜了一遍。

宋医生说："有没有现金？监房不准有现金知道吗？"

宋医生叫米兰把手上的破毯子放在地上自己抖开。一切例行公事的手续完了之后，宋医生叫米兰收拾好东西，坐到一张凳子上。米兰惴惴地坐下低头看着自己的脚，心想监狱的干部比看守所的厉害。

秦枫说："不管你服不服判，现在你必须无条件地接受改造。你的权利是可以继续上诉。"

秦枫的目光像闪亮的流水那样滑过米兰的脸。然后她拿出一张入监登记表，开始逐一填写。

米兰在判决书上找到主要犯罪事实并抄到了表格里。

×年12月，米兰被人贩子二水卖给芜市大放区泗山乡东泥庄下肢残废的刘二。×年冬天，米兰上山打柴时遇见了长期独居在山林中的柚。随后两人发生通奸关系。

柚在男女问题上无能为力。后来柚经常用自己饲养的蛇在她身上爬行，致使米兰身心受到严重折磨和损伤，不堪忍受的米兰于×年6月13日下午，在柚睡去之后，用事先准备好的一根红布带子勒死了柚。

事后米兰逃离现场，连夜返回家乡。

米兰被宋医生叫进医务检查室。宋医生穿上白大褂，两只眼睛里扑闪着医生特有的目光。她对米兰进行了一系列的程序检查之后，在另一张表上填上"健康"，签上自己的名字。宋医生拿着填写好的表走到铁门边，与丁素交换表格签字，然后握手告别。

米兰跟着秦枫走进监房的内铁门。铁门两边分别写着：告别昨天，走向新岸。

监内已经亮起了灯。监舍里的三栋楼全是新修的，呈长方形状。室与室之间统一以各楼梯走道为主，用铁栏杆隔断，各个小铁门里的人就为一组。这样各分队各组之间的分界，站在铁门外就能一目了然。每个楼道的前面都有两个大花池，种着适宜在冬天开花的植物。中间一块水泥大坝子，两个篮球场一边一个。正对着铁门的是升旗台，五星红旗在寒风中高高飘扬，台子上摆了几盆松树。靠大门的两边墙上是几块黑板，上面红红绿绿的图案，已经被雨水洇得模糊不清。这是米兰平生见到的最好的居住环境。

入监队的宿舍在楼房的后面，这是一座用来晾晒东西的大房子，因为犯人突然增多，临时启用为监房。房内全是上下铺，整齐地摆成三行，一律白色的床单，被子叠成一块块豆腐干似的。中间是能够走人的过道，红色的水桶和绿色的暖水瓶，分别摆放在正对着大门的墙边。

新犯围坐在一起学习监规队纪，所有的新收押犯，都要在这里统一接受入监教育，三个月后再分到各中队去接受劳动改造。

米兰惴惴地走进去，屋子里坐满了身着绛紫色囚服的人，一律的短发，乍一看去整个屋子里全是滚圆的人头，嗡嗡地晃动在灯光下。而在米兰进屋的一瞬间，那些如蝇的声音戛然而止。仿佛在时间的黑洞中，豁然留出了大片的空白来，深埋在眼睛里那些暗淡的光芒一齐聚合在大片的空白上。日子似乎也就变得既没有头也不会有尾，全都堵在了那片空白上。

秦枫在习以为常的那片空白里喊了郑大芬的名字。那些死水样的目光这才从那片空白里开始移动。郑大芬从人堆里站起来弄出的声音和她应着"有"一样响亮。

郑大芬看见米兰的那一瞬，她的眼睛闪动了一下，那道浑浊的光芒碰着米兰的目光时，有了些得意。米兰像被什么东西撞击了一下，她迅速调转眼睛看着别处。

秦枫对着米兰说："她是组长。"

随着秦枫消失，屋子里那阵嗡嗡声又响起。米兰跟着郑大芬来到靠窗子的一张铺前。

郑大芬用手指了一下那铺说："这位子专门为你留着呢。前面那个死鬼已经走了，你慢慢待着吧。"

小黑鸭和叶青在人堆里昂着头看米兰。看见米兰把手里的毯子放到床上，小黑鸭急着喊："米兰别睡那，那刚死个人。"

郑大芬说："放你妈的屁，不睡那儿睡哪儿？你出来跟她换个位子。"

小黑鸭悄无声息地躲进那些嗡嗡诵读监规的声音里。郑大芬的声音就飞扬在那个嗡嗡声之外。米兰站在灯光的黑影里，她觉得双脚沉重头颅沉重，而肚子却格外地空。

第二十七章　破破烂烂的钟声

窗外的雨声滴答了一整夜，天刚刚放亮，铁门外那口破钟便响了。

敲钟的人用一块石头有一下没一下地敲着，声音传出来时已经显得破破烂烂。钟声引起一阵嘹亮的鸡鸣，冬天的早晨被吵闹得沸沸扬扬。

屋里似乎沉寂了一会儿。几个组长说话的声音引起一阵骚乱。她们边穿衣服边喊着："起了，起了，又不是猪。"

骂声比钟声管用，屋子里睡醒的和没睡醒的人，都一下子翻起来穿衣服，唉声叹气地说着天太冷了，不要起这么早。

女囚门（节选） 姜东霞

米兰一夜未能入睡，脑子里全是进屋时那片密密麻麻的人头。她没有在那片骚乱里坐起来。这会儿她闭着眼躺在那里有了些睡意。郑大芬走到她身边用手在她的被子上揉了几下说："哼，你这条母狗死赖着不起，你以为劳改就是睡大觉吗？"

郑大芬骂着就掀开了米兰的被子，又朝米兰的屁股上揉了几下。接着她脱掉一只鞋，露出一只花色繁杂的尼龙袜。她呼地踩在米兰的铺上，一只手抓住铺沿，另一只手去揪上铺睡觉的人，她的声音飞扬在寒冷的早晨，像打石场上飞往四处的乱石块那样跌落下来，把个早晨弄得闹哄哄的。

米兰看着她摇晃在眼前的那堆子肉，不知是哪来了那么一股子劲，她不假思索一脚就将郑大芬踢下了床。郑大芬咋咋呼呼地摔下之后，屋子里就热闹起来了。

郑大芬从地上爬起来，因为这一切来得有点突然，她站起来时眼里的惊慌尚未消散。她向热闹的人群看了一眼，这时她被一种羞辱淹没了。她没有想到米兰居然敢在监狱，在干警任命自己为组长的地方先下手为强。她朝后退了一步，她朝后退一步是为了蓄积力量。她的确是愤怒了，她骂人的声音都变成了咆哮。与此同时米兰便在那咆哮声里被郑大芬揪到了地上。

两个人在铺与铺之间的窄窄的过道里撕打成团。

两个人打了一阵就有人过来拉架，她们拉住米兰，郑大芬就骑在了米兰的身上。

郑大芬骂道："你居然敢动手打老子。老子让你在这里死无葬身之地，让你死不见路，活不见门。你给老子一辈子死在劳改队吧。"

监外那口钟又破破烂烂地响了起来。吃早饭的时候到了，新犯们都跑到床底下拿出自己的碗。有人把郑大芬从米兰身上拉开，从地上爬起来的米兰同时被几个人拉着。

还有人说："再打，老子就去报告干部了。郑组长要带队去打饭，过了打饭的时间众人不把你活剥了吃才怪。"

郑大芬坐在铺上故意拖延集合排队打饭的时间，直到新犯们都等不及了，有人去求她，她才悻悻地走到屋子中间叫众人集合。米兰被小黑鸭和叶青拉着站到了队伍里。叶青给了米兰一个碗，郑大芬走过去夺出那碗说："监内不许犯人之间有物品上的往来，叶青你是想故意违反监规是不是？"

叶青说："她用什么盛饭？"

郑大芬说："她用什么盛饭关你屁事。"

这时打饭的队伍已经走了出去。食堂在教学楼的后面，这个时候监内的人群都集中到了这里。到处是声音和饭菜的香味。打饭的那个窗口很高，打饭时就得爬上几级石梯，才能接住里面送出来的饭菜。米兰空着手跟随鱼贯而进的人群缓缓挪动着步子。她觉得这个过程太长了，长得使人很快就忘掉了之前或者之后的事情。这似乎是一个需要人用一辈子的时间来贯穿完成的行为。时间和杂乱的人群糅合在一起推搡着，分不出谁是谁。站在窗外的人把碗送进去，然后就是等待，一个接着一个地等待，没完没了，中午完了还有下午，然后还有明天再明天。

米兰终于站在了那个等待的窗口前，她面对着里面那个牛高马大的女人。女人迅速挥舞勺子将饭菜送了出来。她的手抖动了一下，险些把手里的饭菜倒在窗台上。女人油红的嘴哗啦亮开一道雪白的口子，那个像扎着玻璃的声音就是从那道口子里泄漏出来的。她把手里的饭菜扔进面前那两口大白盆里说："你个疯母驴，就是走亲戚吃酒席，也得带张手绢嘛，我把饭菜打在你手掌里？"

米兰的目光聚集在女人脸上的雀斑上，女人的声音扎破了米兰的耳膜，她的眼里就只剩下了眼白。

米兰伸手去抓住那只舀饭的勺子，对面的女人就有些发虚说："你碗都没有，饭菜往哪装呀？"

米兰的身后传来一阵哄笑。米兰伸出手抓住那只舀菜的瓢，打饭的女犯立即按住那瓢，嘴里嚷着："你要干什么？"

有人把米兰推推搡搡地拖到队伍里。红唇白齿的女犯不依不饶地骂道："操你妈的，哪里来的疯母狗，跑这里来发疯，就是不打饭给你吃，饿死你，让你当饿死鬼。"

第五十四章　黑暗中的举报者

何清芳从秦枫的办公室出来后很沮丧。她想起一句话叫官官相护。当然并不是秦枫有什么权利对狱侦干事进行呵护，而是秦枫的态度和言语，让何清芳更为失落。她从秦枫的话中听出别人对这事是不敢相信的。完了秦枫叮嘱何清芳不准到处乱说，恶意攻击干部影响改造。而且秦枫还说了，没有哪个干部会知法犯法。

秦枫的态度中包藏着恼火。何清芳就暗自想着，在这监狱是不是每个人都使了这种手段，秦枫她们都彼此彼此，大哥不要说二哥，大家都差不多，所以都相互掩着。何清芳这样愤愤地想了半个月。

半个月后的一天下午，何清芳正在午睡，突然听到内值班的叫喊。她悻悻地爬起来，连脸都没有洗，戴上眼镜便应声而出。内值班的犯人站在铁门边，见何清芳昏昏糊糊地出来，便补充了一句："干事找，大队楼上。"

何清芳一路小跑着出了铁门。她远远地看见大队长站在外铁门通往值班室的一个坎子上看着自己，她的脚步便突然慢了下来，心脏也比先前跳动的速度快了起来。她不知道干部叫自己有什么事，她本能地预感到了事情的不妙。大队长仍然站在那里，两

女囚门（节选） 姜东霞

只眼睛一眨不眨地看着何清芳。大队长的眼睛似乎比平时大了两倍，里面忽闪着的清光幽幽暗暗，极像是一些投射在墙上的暗影，落在何清芳苍白的脸上，显出许多斑驳的暗点来。

何清芳在大队长面前站了一会儿。大队长就那么看着她，大队长在转过背进屋时，朝大队楼上看了看说："区检察院的人在楼上等你。"

何清芳证实了自己的预感后，在尚未明了的事情面前，突然有了清晰的认识。她的耳朵里顿时响起一串类似于金属与金属挤压之后发出的声音。她甚至不知这种声音的出处，朝四处看了看。当她明白这种声音只是刚才大队长的声音在耳朵里的回音时，她已经上了大队办公楼。

何清芳的心跳将她震得面红耳赤，她站在楼梯的拐角处喘息着。两只麻雀在楼的后山上叽叽喳喳地飞过，乱草丛中有一种植物开着暗红色的花，火焰般映衬着石头和荒草。何清芳上完最后一道梯子，走在长长的通道上，显得更慌了。她的耳朵里几乎一直回响着扑哧扑哧的声音。通过玻璃她看见了坐在大会议室里的几个陌生人，他们正说着话。

何清芳站在门口迟疑了片刻，大队教导员从沙发上朝她走过来，他边走边朝何清芳说着话，坐着的人都看着她。

教导员说："区检察院的干部找你了解情况。"

何清芳木痴痴地看着教导员，然而她并没有从教导员的脸上看出什么。她一摇一晃地走过去，她的脚落在地上的声音格外地响。她放慢脚步，使脚着地时尽量减轻与地面的撞击。她停下来时并不敢坐下，检察院的一个干部示意她坐下，她仍不敢坐下。她不知道这突然的有如天外来客的人，与自己的命运有着怎么样的联系。她在短时间里迅速地平定着自己，她想自己的案子一直由省里面办，这些毫不搭界的区检察院的人又跑来干什么？是不是自己的儿子出了什么岔子？想到这里何清芳的头上便渗出了汗珠子。

检察院的人示意何清芳坐下。何清芳惴惴地坐了下去，她不敢抬头，她的双手在双膝间不停地哆嗦。她不知道自己如此慌张的真正原因。检察院的三个干部都看着何清芳，他们的眼光露出职业的锋芒。

三个中最年轻的一个说："你就是何清芳？"

他手里拿着一封信，他问这话时目光从何清芳脸上回到信上，他似乎又认真地看了一遍信。何清芳说"是"的时候仍然不敢抬头，她能感到另外两个人的目光冰冷地落在自己的脸上，几乎要扒掉一层面皮。

年轻的检察官说："你给我们写的检举信，我们已经收到了。"

这时何清芳才从万里云团中钻了出来，心里的大石头咯噔一下落了，尽管她仍然没有弄明白发生了什么，但她平静下来。她抬起头来，她的目光与三道锋利如剑的目光碰在了一起。这次何清芳没有了畏惧感,检察官说的话令她感到意外和吃惊。

何清芳说:"我没有。"

检察官说:"是不是有干部收了你一万元钱?"

何清芳这才完全明白过来,她心里的第一个反应是好个卑鄙的米兰。紧接着她立刻想到了自己,她不能顺着检察官的话回答问题,否则自己便构成了行贿罪,罪上加罪,岂不是活活送了一条老命。所以检察官看着自己的时候,她表现得十分平静,尽管她能感到头上暴胀起来的血管突突地跳着。

何清芳说:"不是,我是存在干事那里。"

检察官变了脸色:"既然是存钱,为什么要举报干部?"

何清芳说:"我没有。"

检察官说:"难道你不知道你的行为要负法律责任?"

何清芳说:"知道。我没有举报干部。"

检察官说:"你是不是找这个干部要过钱?"

何清芳停顿了很久,她不知道说"是"还是"不是"。她的目光僵在自己的脚尖上,手又开始了颤抖。她摸不清检察院的干部是要追查自己,还是追查收钱的干事。所以何清芳非常紧张。她怕自己稍微的疏忽,就会招致杀身之祸。

检察官问:"到底是不是?"

何清芳说:"是。"

后来何清芳把那天给米兰说的话,在检察官面前重新说了一遍,她始终隐瞒了自己以存钱为由,实则行贿这一真相。讯问完之后,何清芳昏昏沉沉地回到监室,她不知道到底发生了什么,还将发生什么。她只想蒙头睡一觉,谁也别见到,尤其是米兰。

何清芳这一觉睡到了天黑。她不知道在自己沉沉入睡的时间里,监墙外面发生了翻江倒海的变化。何清芳离开办公室后,检察院的人对所有可能知道情况的干警以及犯人进行了轮番轰炸。直到天色完全沉下来,他们才开着车离开监区。

何清芳睁开眼,五脏六腑被掏空了似的,她似乎什么也记不起来了。她努力地回忆了一下睡前的情景,除了晕沉沉的不祥之感外,所有的神经都处在麻木状态。她看见廖芳娇进来找小黑鸭,不一会儿便走了。她想廖芳娇自从关了禁闭,跟换了个人似的,很少听见她咋咋呼呼的声音。先前留在脸上的骄横被一种灰暗褪去了。但她突然怎么就跟小黑鸭有了来往呢?

何清芳想到这里便又闭上了眼睛。她觉得自己很无聊,眼前的麻烦还没有理清楚,怎么就会想到别人的事。这样她便又昏沉沉地睡去了。

第二天何清芳醒来时,监内非常安静。远处有一声没一声地传来扫地的声音。何清芳觉得自己没有不起床的理由,待会干部来查监如果看见自己仍睡着,对自己非常不

女囚门（节选） 姜东霞

利，更何况昨天的事还没有个眉目，谁知关红会怎样处理自己。如果检察院的人仅仅是例行公事，那么自己的后半生真是无望了。何清芳绝望地叹了口气，她在心里愤愤地骂起米兰来。这个无耻的米兰，怎么一出手就要置人于死地呢？自己怎么就轻信了她？这难道真是报应吗？她想起看守所，想起阴魂不散的吴菲。她就真信了因果报应。

何清芳刚刚梳理完，正拿出各中队的劳动记录，窗外便传来内值班的叫喊。何清芳的心脏剧烈地跳动，几乎使她产生了晕厥的感觉。她从枕头下面拿出"心得安"，服了两粒，便应声朝外走。喊叫得不耐烦的内值班已经走进监来站在花池边上。

内值班说："大队长在大门口等着你。"

何清芳应着却放慢了朝前跑的步子。她不知道又要发生什么事，更不知道等待自己的是什么。她在跨出内大铁门的时候，看见了关红幽幽地从教学楼走下来。关红在看见何清芳时，镜片后面的眼光已经失去了先前的锋利，暗淡成一缕阴云浮在镜片上。何清芳埋了头快步朝外大铁门跑去。

大队长依然站在昨天的那道石坎上，用了同样的目光看着何清芳。何清芳屁颠屁颠地跑过去，她不敢迎着大队长的眼光，支支吾吾地喊着"报告"。

大队长什么话也没说，径直朝办公楼走去。何清芳就灰溜溜地跟在后面。上了楼，大队长朝办公室里的人说了声"她来了"，便走进了另一间办公室。何清芳朝着她昨天见过的检察院的三个干警喊了声"报告"，走到昨天的那张沙发上坐下，惴惴不安地看着三个干警翻阅材料。何清芳眼看着，心里却十分明白，这事大了，是非追查到底不可了。检察院的人把能问的人都问过了，现在又在进一步核实事情真相。

何清芳从办公室走出来，天已经黑了，她走进外铁门，身后传来检察院的车开离监区的声音。何清芳几次都试图回过头去，但脖子僵硬着，不知是心里动不了，还是脖子真的动不了。她回到监室，屋里的人都参加学习去了。她就坐在床沿上发愣，脑子里什么也没有，跟块硬铁皮似的。

何清芳呆愣愣地坐着，她听见窗外的球场上传来突踏踏的脚步声，那声音是从鞋底上斜钉的铁掌上传出来的。走路的人下脚既快又重，整个球场上就回荡着这种响亮而沉闷的声音，这声音令何清芳莫名地不安。她趴在玻璃上，她想看个究竟，不想身后却发出了声音："何清芳，你是不是叫何清芳？"

何清芳哆嗦着回过头来，站在身后的是狱政科的苟科长。苟科长脸上所有的表情，都集中在那双黑幽幽的三角眼里。平日里逢着开大会，何清芳也见过这双令人不寒而栗的眼里充斥着笑的波纹，一浪又一浪，让人觉得这个苟科长，既有锋利可畏的一面，又有亲近和善的另一面。而眼前这双眼，除了幽暗寒冷逼人，已不见了往日的和善。

何清芳颤颤巍巍地说："苟科长，我是。"

何清芳的话音刚落，她的脸就在仓促间接受了苟科长闪电般迅速的巴掌。

苟科长说:"好你个狗娘操的,你竟然把手伸到了干部头上,老子看你不想活了。"

苟科长的山东话放连珠炮似的,噼里啪啦碰得牙根咯咯响。何清芳被这突如其来的耳光打得眼冒金光、头晕耳鸣。她朝后退了一步,整个背正好顶住了窗子。苟科长又朝她走了一步,他用两只小眼睛看着何清芳,他想用逼视将何清芳击垮。

苟科长道:"说,是谁指使你告干部的?快给老子说。"

何清芳说:"没有。我真的没有告干部呀。"

何清芳委屈地哭了起来。

苟科长说:"那么干部收你的钱是不是事实?"

何清芳说:"是。不是……"

苟科长说:"到底是不是?"

何清芳说:"是我存在干部那里的。"

苟科长道:"好呀?分明是故意陷害干部。再不老实,老子关你禁闭。"

何清芳说:"我真的没有告干部呀?我只将此事告诉过米兰,这事肯定是米兰搞的。"

苟科长狠狠地看了一眼何清芳,转身朝教学楼走去。当时米兰正在教研室看书,苟科长一脚将门踢开。

他说:"米兰,你给老子跪下。"

苟科长的声音里弥漫着刚刚燃过的火药味。米兰仓皇地抬起头来,她知道这两天发生的事,监房里跟开锅似的议论这件事。而米兰也感到了一种莫名的畏惧和惊慌。她天天避着何清芳,尽管她也在检察院的干部面前,将自己清洗得一干二净。此时她感到了意料之外的厄运终于来了。她站起来却不肯跪下。苟科长照着她的膝盖骨踢了一脚,米兰一个趔趄跪下了。米兰跪到地上却不敢爬起来。

苟科长道:"狗娘养你个婊子,你敢诬告干部索贿。"

米兰说:"苟科长,这件事真不是我干的。"

苟科长怒道:"那你说谁叫你干的?"

米兰说:"我没有干。"

苟科长更火了,他从腰间拔出枪,嗖地顶在米兰的太阳穴上,牙咬得咯咯响。

苟科长恶狠狠道:"信不信,老子毙了你。快说这事还有谁知道,你告诉过哪个干部?"

米兰说:"我没告诉过谁,是何清芳自己说要告秦干事。"

苟科长在收枪时解恨似的使了一下劲,米兰便一下被搡到地上。她瘫软如泥,她回想起自己被捕时的情景,心如死灰。她伏在地上久久地不肯动一下,直到苟科长的脚步声完全消失。

叶青趴在窗子上偷偷地看着米兰，只有她心里最明白事情的全部真相。她被深深的恐惧和快感包裹着。她不知道这是一箭几雕，但她觉得这种滋味挺好的。尽管她自己也慌乱得两天没敢见人，生怕检察院传讯，生怕有人知道这事是自己干的。两天过去了，她也就平息下来。现在她站在黑暗里，她心里的恐惧感被一种踏实的快意慢慢淹没了。

苟科长再次从何清芳那里证明秦枫知道此事时，他便判定事情肯定是秦枫所为无疑。那么何清芳就不必留在这个大队继续改造。他当即决定将何清芳调离，送往六大队服刑。他电话通知六大队开车过来，将何清芳连夜转走。何清芳转队服刑是情理中的正常工作行为。

第五十五章　平静的战斗

第二天，太阳偏西的时候，收工的犯人看见检察院的人将关红带上了车。

第三天下午，关红又重新回到大队。

整个监狱从外到内，都知道秦枫想将狱侦干事关红送进大牢。关红虽然回来了，却是因为苟科长和大队长出面保她。她如今是取保候审，停职反省。这个消息封锁得很紧，但还是被传了出来。这说明了世上没有不透风的墙。

关红虽然几乎不再站在监房的大门口，但她似乎仍然在工作。一年两度的减刑释放的前期工作已经开始，关红天天坐在办公室里，填写罪犯劳积、记功审批表和提请减刑意见书。按理有很多工作是该秦枫干的，比如审批表的填写，关红把着这事，就是要让秦枫看看自己会不会被整倒，看看谁的权力大，看看最后谁倒霉。

相反，秦枫显得很难堪。这时候的秦枫已经身怀有孕，检察院的人找她了解情况时，她才在楼梯拐角处呕吐完。她脸色苍白神情恍惚。检察院的人也只是草草地在本子上记些东西。秦枫简单地将何清芳找自己的事复述了一遍。她始终认为这事与己无关。检察院的人也从没提过检举信是谁写的。是谁写的对检察院的人来说并不重要，重要的是查清事实，尽快结案。

只有苟科长最在意是谁写的举报信。检察院的人办案离开后，所有的人都听见他开着边三轮摩托车，风驰电掣地往来于六、七两个大队之间。他到了七大队，就非得停下来，站在监房门口朝里看，然后再走进各个办公室，大声地说着什么，骂着什么，然后扬长而去。

大家都知道苟科长的火是从哪来的，平时与秦枫关系友好的干警，都替秦枫捏着一把汗，同时也都悄悄地谨慎回避与她往来。大家都认为秦枫告了关红，而只有秦枫不知道。她似乎隐隐地感到众人态度的冷漠，但她不能完全明白其中原因。她难堪是怕关红怀疑自己告了她，这样的事又不好主动去解释，所以秦枫反而像是犯了什么错，能不出门她就尽量不出门。她想事情过了，误会就会消除。她哪里知道，所有的人已经认定自己是个阴险的小人。

事情也不像秦枫想象的那么简单，想回避就能回避得了。这天，秦枫刚刚从教学楼出来，教导员就通知她开大队管教会议。秦枫走进会议室，所有管改造的中队长内勤干事都坐在里面。秦枫从众人轻视的眼光中穿过，她坐在一盆绿色的龟贝竹盆景边上，她需要在一种灰暗的气氛中感受绿色，逃离不正常的蔑视。

各中队在汇报狱内情况时，几乎都提到了郑大芬。干警对郑大芬在监内行骗非常头痛，因为很多情况都是别的犯人心甘情愿的。关红在作总结汇报时，话里就明显地夹着骂秦枫的意思。开始秦枫并不是十分在意，后来关红居然把话说到非常露骨的地步，秦枫若再不接话，自然就陷进关红话语的陷阱，就完全被说成是个卑鄙无耻钻头觅缝陷害他人的恶人。

关红说："郑大芬说她送了几千块钱给别人，如果得不到减刑或取保外医，她就要找这个人把钱要出来。"

秦枫就冷静地看着大家，谁也不说话，整个会场像是特意将空隙留出来让关红说话。

秦枫说："那好呀，大不了再来个何清芳。"

关红说："你这个破烂货，做贼心虚什么？"

秦枫说："你还有脸这么理直气壮，你钻地缝里去吧。"

关红说："整嘛，没有谁是干净的，看谁整死谁。"

秦枫说："告诉你，不关我的事，你若要硬往我头上套，我会奉陪到底。"

这时大家都站起身来朝外走。关红走在前面，她一边走嘴里一边骂着乌七八糟的脏话。秦枫火了，她朝前抢了两步，她试图抓住关红给她几个耳光。走在秦枫旁边的干警拉住了她。可关红却来劲了，她猛然回过头来，举起的手已经落在秦枫的脸上。几个干警夹在中间。秦枫奋力扑向关红。她的手被别人握在手里，有人悄声说，你肚子里有孩子，你不要命啦。

秦枫一下愣了，她没想到关红居然敢动手打人。她嘴里骂着"犯罪分子"，身子扑向凉台，她端起一盆花举到半空，却被几只手夺了下来。大队长见再闹下去，万一秦枫流产什么的，就不能收场了。到那时不仅保不住关红，连自己也会受牵累。

大队长道："关红，你是不是要胡来？"

这一声有着不同凡响的震慑力，不仅关红从怒火燃烧的冲动中解脱出来，在场的所有人都明白了这话的分量。几个干警人墙似的站在关红和秦枫的中间。无论是出于对关红的同情,还是出于对一个孕妇的保护,她们都表现出了义不容辞的责任。

这场争斗最后是怎样结束的,人们似乎已经记不太清楚。后来人们就看见秦枫在日渐笨拙的行动中,昂扬着肚子和头,孤单地走在各种道路上。秦枫开始反复解释这事与己无关,冲突后她认为自己的解释跟此地无银三百两没有区别。她坚信邪不压正,因此在苟科长三番五次扬言要换掉她大队教育干事的工作时,她显示出了一个女人少有的不屈不挠。

没有人敢接近秦枫,平时关系比较好的同事见了她老远就躲开了。秦枫除了感到内心凄凉和世事沧桑外,更多出一份宽容。她只是不明白,在这个事件中自己反而变成了最邪恶的。就算自己告了关红也是她有犯罪事实啊!事情到头来竟成了做贼的心不虚,抓贼的反而心虚气短。秦枫当时就是抱死这个不信邪的态度,真正踏上了不搞倒苟科长和关红誓不罢休的道路。

对于外面干警的斗争,监内自然是不会完全清楚的。她们看到的仍然是风平浪静。

转眼几个月过去了,人们对这件事的热衷程度自然而然地下降了。所有的工作依然得按计划进行,直到有一天传来苟科长被收审的消息。

苟科长被收审那天,已经是第二年的三月,狱方正忙着筹办一张报纸的全部工作。张道一给几个人安排了油印报纸的任务。要办报纸,首先得有名字,经过几昼夜的思考,最后定名为《绿岛》。也就是在这个时候,苟科长被收审的消息在监狱内跟炸弹似的四处飞散。

至于他被收审的原因,更是传得五花八门。有人说他从事改造工作几十年,收受贿赂太多,也有说他一个拿工资吃饭的,竟公然买辆车给儿子开着到处跑。总之,他是被收审了,收审的原因肯定与钱有关,所以怎么传都错不了。重要的是,这个道貌岸然的苟科长,在决定改变别人命运的任何场合出现,都是那样遥远,那样高高在上。怎么一下子就跌入与这伙人同样的命运呢?这一点是令人愉快又难以置信的。

只有米兰非常紧张,她看着张道一将《绿岛》编委会名单中苟科长的名字划去,就像在心里划了个长长的抛物线,仿佛将身体置于某个高度,失去平衡之后慢慢下降。她想起苟科长顶在自己脑门上的那支枪,她哆嗦了一下。对于苟科长今天的结果,米兰有个直觉,她知道那是秦枫干的,当然只能是秦枫干的。关红的事出了之后,苟科长那样气急,不就是惧怕今天的结果吗?他弄巧成拙了。

曾经有个时期,米兰根本不敢见秦枫,她明白秦枫之所以成为众矢之的,原因在于自己出卖了她。很多次她看着秦枫孤单的背影,反复对自己说,我真的不是有意要害你,我是不得已啊,而且你还有与他们斗争的能力,而我……那些日子米兰天天跟叶青待在一起,她怕独处,她怕突然飞来横祸,她认为这个过程太痛苦。

秦枫站在内铁门口,她很久没有站在这里朝监内看了。里面的人先是对这个几乎忘掉的习惯吃惊，继而很快回忆起留在心中的恐慌。她们跟从前一样各自溜回监室，但她们的心里多了层疑惑。她们希望干警之间你死我活地战斗，希望有干警从此消失。她们痛恨秦枫的同时，又惧怕真有那么一天消失的是她而不是别人。对大多数人而言，秦枫几乎是她们劳改中的希望。

灯光下秦枫的肚子挺得很高，她看着监内跑动的人。

米兰从教学楼下来，这时夜间学习的钟敲响了。她走到秦枫身边，她胆怯地叫了声："秦干事。"

秦枫转过头来，她的目光落在米兰脸上那一瞬，米兰哆嗦了一下。米兰知道自己是做贼心虚。她似乎在秦枫面前站立了片刻，离开时身子朝前倾了一下，她不知道秦枫是否看穿了自己的举动。秦枫的目光落在米兰的后背上，使米兰感到一种冷酷的撕剥。

到了秋天，秦枫生下了一个女儿。这个时候她被一种幸福笼罩着。虽然外面的斗争依然显得很平静，但是对于之后的结果，她是十分清楚的。她躺在床上，她的孩子就在她的身边，紧紧地依在她的腋下。这小东西来自她的生命，还未出生就经历那么重大的冲击。这种冲击来得太突然太猛烈，以至于令她措手不及。

秦枫在整个斗争过程中，除了理直气壮地昂着头之外，她没有像现在这般难受过。她的心软软的酸酸的，眼泪吧嗒吧嗒地直往下掉。她恨那些强迫这个生命在母体里就饱尝人世间恶的冲击，跟随她的母亲经历情感裂变的人。她太小，她怎么能经受得住呢？

秦枫抚摸着女儿的头，心里有了前所未有的惧怕感。她明白自己已经不再像从前。从前单枪匹马，没必要怕谁，没必要低眉垂眼忍气吞声。而今，她是腋下这个生命的全部依附。她开始后悔自己是不是太冲动，太轻视这个世界了。苟科长虽然被查了，关红虽然也会有结果，但他们的影子似乎仍在。他们虽然不会像苟科长那么张牙舞爪，那么自以为是，但他们更可怕。他们为什么对关红事件如此紧张，他们为什么会将黑白分明的事件弄得昏天黑地？道理很简单，他们不能让别人突然明白这世界上还有法律存在。如果这样，很可能是一个紧接着一个，甚至比关红还惨。所以他们必须得保护关红，保护关红是为了更好地保护自己。

想到这里，秦枫突然觉得自己是这个世上最蠢最幼稚的人。她先前只看到事件最真实的一面，却未能想通最本质的另一面。但是她转念又想，就算当时自己明白这些，能吞下那口欺人太甚的气吗？只要自己还是人，就不会吞下这口气。既然如此就没有必要自责了。当然秦枫也不愿背上个尖头嘴怪置人于死地的名声。她重重地叹息了一声，然后她昏昏沉沉地睡了。

整个九月一直在下雨。秋天的萧瑟已经笼罩在窗外。秦枫站在窗前，眼睛里是光秃秃的山，几个孩子披着蓑衣在细雨里放牛。秦枫心里有一种苍凉感。她抱着孩子打上一把伞出门了。她很久很久没有见人了。出了门她却又无处可去，只好往监房里走。当然她可以抱着孩子到教研室里去，让里面的犯人逗逗孩子。可是她却只是抱着孩子站在铁门口。

雨停了。天却阴沉得很。这个时候关红的事处理下来了。检察院的人到队里宣布处理结果时，大队长有针对性地叫了几个干警，算是对关红一案开庭宣判。大队长当然不会通知秦枫。宣布结果时关红坐在沙发上，用一把指甲刀漫不经心地剪着指甲，检察长觉得这样有损法律的严肃性，影响不好，严肃地叫关红站起来接裁决书。关红站起来接了裁决书，面对众人站着，她偷看了一下大队长，大队长正看着自己受过伤的一只手陷入沉思。

检察长说："关红，你对免予起诉的结果，如有不服，十五日内仍然可以上诉。"

关红心里比谁都清楚，这个事件本来是可以按索贿罪论处的，但检察院最后按贪污罪论处，已经是网开一面了。性质都不一样，还有什么不服的。也不知为什么，那一刻她的手卷着衣服的一个角，居然声泪俱下。

事后有人将这一幕告诉秦枫，秦枫心里也怪难受的。

…………

第五十六章　惊慌逃窜

米兰看着秦枫风风火火地上下班，心里非常难过。她知道一切都因为自己。

米兰又像先前那样龟缩在屋子里，她对秦枫冷若冰霜的目光惧怕到了无以复加的地步，一连好几天没有出大铁门。

小黑鸭跑来看米兰。米兰感到很奇怪，自从何清芳调离后，小黑鸭几乎没有再在这个屋里露面，有一次也只是站在门口，拿了东西转身便走。

小黑鸭将两块香皂和一个桶搁在米兰面前。

米兰说："桶我不要，香皂多少钱？不过我也只买得起一块。"

小黑鸭显得十分沉静，她先是低着头不说话，过了一会儿又仰起头看着天花板。

米兰说："你有点反常。"

小黑鸭咧了咧嘴说："我不要钱，送给你。"

小黑鸭见米兰用不解和惊奇的眼光看着自己，她又咧了咧嘴。

小黑鸭说："真的。"

小黑鸭的两只腿不停地跷动。米兰仍然看着她。这不是小黑鸭。小黑鸭视钱如命，怎么一下子变得如此大方？她是不是要加害于我，偷了别人的东西到时候说是我偷的？

米兰这样一想，便生起气来。

米兰说："我不要，也不买你的，走吧。"

小黑鸭说："我好心送你东西，你反倒要这样气粗。"

小黑鸭生起气来，两片鸭子似的嘴忽哒忽哒地闭合着。米兰见她真是生气了，有了几分歉意，但她仍然不会相信小黑鸭竟会如此大方。哪有平白无故送人东西的道理。她不想继续说这件事，便转了话题。

米兰说："你现在整天跟廖芳娇混在一起，你不是她的对手。"

小黑鸭说："你又是冷白冰、西瓜皮的对手？"

米兰说："她们跟她不一样。"

小黑鸭说："都是劳改犯，有什么不一样的？她们想做男人，可还是少了男人的东西。"

米兰说："你怎么把话说得这样难听。"

小黑鸭说："有的人做的比说的还难听。"

米兰站起来，她在枕头边找了几本书抱在怀里，然后她拉下一张脸对着小黑鸭说："我要去备课，你得走了。"

小黑鸭也站起来，她比米兰更生气。因为她这是来给米兰告别，她站在走廊里的黑影下，看着米兰跨过铁门的背影，心里想着明天就会脱离这个地方，不禁有些紧张和激动。她噔噔噔跑上楼去推开门，廖芳娇正在翻相书。廖芳娇抬起头来看见小黑鸭，心里腾起一股怒火。

廖芳娇说："不是叫你这几天离我远点吗？"

小黑鸭说："我紧张，万一跑不成抓回来还得加刑。"

廖芳娇说："你他妈闭嘴，现在后悔晚了。老子给你讲，这样犹犹豫豫是最忌讳的。死到临头也不要眨眼，听清楚没有。"

小黑鸭低垂着头，她第一次表现出十分忧伤的样子，哀怜似的看着廖芳娇。廖芳娇继续翻着相书，过了好一会儿她才发现小黑鸭仍然站在那里。

廖芳娇说："你怎么还不走，让别人看见怀疑我们，我跟你说这事要露馅儿，比逃跑的结果还要糟。你不跑也没你好日子过，你好好想想吧。"

小黑鸭说："道理我都知道，可我心里七上八下的没一点底。"

廖芳娇说："跟着我没错，我不会拿自己开玩笑，快走吧。明天早上看我的信号。如果不出差错，咱们就永远离开这该死的监狱了。"

小黑鸭惴惴地走了。其实这事已经策划了好几天了，按照廖芳娇的步骤应该会是天衣无缝的。可是她对出大门之后，如何摆脱黄小琼以及看管黄小琼的那老太婆，的确一点把握也没有。她廖芳娇说得轻巧，趁分散积肥这个监控漏洞，彻底摆脱黄小琼和老太

女囚门（节选） 姜东霞

婆，可那老太婆跟夜贼一般警觉，摆脱她并不如想象的那般容易。

小黑鸭越想越没底。她想这不是明摆着让廖芳娇白白给害了吗？可是现在反悔的确已经晚了。昨天她跟着上山积肥时，把脱逃之后要换的衣服已经弄出去藏了起来。万一廖芳娇反咬一口，结果的确比逃了抓回来好不了多少。再说，不逃也难逃出廖芳娇的恶掌。

第二天出工时，小黑鸭一直磨磨蹭蹭，她怕往廖芳娇住的楼上看，生怕那个预定的按计划进行的目标——一只放着红衣服的盆，突然飞奔下来，砸在操场中央发出巨响，然后泄露出所有的秘密。但是当小黑鸭将瘦小的身子跨出大门时，她还是忍不住朝那个地方看了一眼。信号没有出现，这么说她又可安全地过上一天了。

小黑鸭当然不明白廖芳娇没有发信号的真正原因。廖芳娇天天都在研究相书，然后找来皇历之类的手印册子，找人按照规律推算，接连两次算出的都是凶。这使她非常焦躁和不甘心。她将纸撕成无数绺儿，在其中的两张上，分别画上钩和叉的符号。抽到钩的符号表示吉利，抽到叉的符号表示不吉利。她连续抽了几次，最后终于在那堆废纸里抽出一张纸，打开来上面画着×的符号。

她的心就怦怦乱跳。她信这种预兆。但她实在不甘心这种结局。自从出独居室后，她就没安心再在监狱待下去了，管他刑期长短，先给干警们来个下马威，看她们以后还敢不敢治她。特别要治的是那个让自己关禁闭的秦枫，让她一波尚未平息，另一波又兴起。让她带着孩子去受追捕的折磨，想到这些，她心里充满着极大的泄恨之后的快乐。

廖芳娇在山上劳动时，她很注意小黑鸭。小黑鸭远远地挑着粪担子走过廖芳娇劳动的工地，小黑鸭不敢停下歇息，她知道自己内心的惊慌会被廖芳娇一眼看穿。本来小黑鸭完全可以在监狱里安安逸逸地打扫卫生，直到身体强壮起来。可经过廖芳娇这么一引诱，也不想在里面白白浪费时间，永远看着别人减刑。她便在每天扫完地之后，上山积肥拿表现。

她知道廖芳娇一直在看着自己。廖芳娇的眼光毒辣辣的没有半点遮蔽，直看着小黑鸭一歪一扭地越过土坎，然后她把目光收回来，暗自把藏衣服的地点想了一遍。她觉得离小黑鸭劳动的地方太近。这个狗日的小黑鸭总显出惊惊慌慌的样子，弄不好要坏事。明天无论如何得按计划行动。是死是活全凭天意了。

这时廖芳娇看见天上飞过几只乌鸦。它们扑打着翅膀像是叫了几声，便朝着对面的山坡飞去。它们盘旋在一个山洞上，然后返身又往回飞，飞过廖芳娇藏衣服的草丛附近时，突然发出一阵惊叫，朝着更远的地方飞去。廖芳娇的心脏已经被扯到嗓子眼上了，她咽了口唾沫，却发现自己舌干口苦，心脏撞得怦怦响。她朝小黑鸭劳动的方向看去，发现小黑鸭正看着天空。她知道小黑鸭同样预感到了这凶多吉少的征兆了。但怎么又能让快要成功的事白白断送掉呢？

廖芳娇是个不见棺材不掉泪的人，凡事她都要做出个结果。然而这次她经历一阵灰暗的覆盖之后，心里突然亮出一道光亮。这道光亮由微到强，明晃晃地照耀在她心里。她几乎要支撑不住了，失口喊道："我的妈呀，为什么早没有想到。"

廖芳娇伺机取回了藏在石缝里的衣服，翻过土坎时她摔了一跤，她再次看见那群乌鸦，乌鸦就盘旋在头顶，它们不叫，只扑腾扑腾地飞着。廖芳娇使劲地咽了口唾沫惊叫道："我的妈呀，谢天谢地了。"

当天夜里，廖芳娇并没有立即去干部那里报告小黑鸭要逃脱一事。她几乎一夜没有合眼，她想这真是天赐良机呀，没想到这几十年的牢狱生活中，居然还会有她廖芳娇立功的机会，立了功就会立即得奖励，就会立即减刑的。立竿见影真让她不敢相信。

要想将一切做得滴水不漏、天衣无缝，就得造成小黑鸭脱逃没有得逞的全部过程。于是她有点犯难了。如果直接去报告，小黑鸭一供认就会把自己牵连进去，如果去约定见面地点抓她，她立即就会交代事实真相，真是太难了。廖芳娇第一次感觉到了做"人"的难处。

这一夜真是太长了，明明看见玻璃上有曙光，就是不见天大亮。廖芳娇觉得头痛得不得了。虽然经过一夜的思索，方案基本形成，但能否取得信任达到目的，仍然是廖芳娇不敢确定的，一切都还是听天由命吧。

天亮时，廖芳娇就把准备好的盆和一块红布放到了凉台上。她有点紧张，她朝坝子里看了一眼，心想着小黑鸭正傻愣愣地看着这只盆呢。清新的空气中缭绕着一层雾气，坝子里没有一个人。廖芳娇朝小黑鸭住的地方看了一眼，她突然不安起来。如果小黑鸭同样改变了主意，昨天就把东西拿了回来，那该怎么办呢？那才叫偷鸡不成倒蚀一把米嘞。

于是她又将盆端了回去。

出工的钟声使得廖芳娇不得不下定决心死马当活马医了。她再次将盆放到凉台上，她像电影里接头的特务那样四处看了一遍，没有感到有什么与往日不同的。既然毫无异常，那么自己的担忧也许是多余的。她转身回屋时突然趴在床上喊肚子痛，让人告诉记录她生病了，晚上交假条。

她躺在床上听着人群离去的声音，有了一种空落的宽阔感。这种感觉来自于即将得到减刑的向往，或是对事件的恐惧，她不得而知。她觉得这监房太空了，从来就没有这样空过，空得跟所有的人都死了似的。廖芳娇当然不会明白死寂的含义和分量。

廖芳娇听见坝子里传来扫地的声音，起起落落，没完没了。这种声音掀起的空洞感，让她烦躁并无法忍耐。只有这种声音彻底消失的时候，小黑鸭才会上山积肥。这个时候的小黑鸭一定看到了凉台上的信号。小黑鸭一定会在扫地时，露出心急火燎的样子来。但廖芳娇立刻又认为自己错了。因为那扫地的声音实在是平静得很，根本不像是有急事要去做的样子。

廖芳娇几乎是绝望地看着天花板时，扫地的声音消失了。坝子回荡着黄小琼高声骂着谁的声音和铁门被撞响的声音。

小黑鸭来到山上，无数次她把脸转向廖芳娇的工地。但她却没能看见廖芳娇。她想这该死的廖芳娇是不是已经溜掉了。想到这里她就异常紧张，而且有点按捺不住地激动。廖芳娇躺在监室里，她估摸着这时小黑鸭也该行动了。她知道如果小黑鸭没有来得及离开劳动工地，也就没有造成逃跑这一事实，就会造成前功尽弃的局面。她朝窗外看了看，太阳将树的阴影投射进来，形成一种浓重而难以化解的征兆，在时间里摇荡，令廖芳娇居然有焦虑万分的情绪。她再也无法安静地躺在床上等待，她的心脏跟被人灼伤了似的，火燎燎地痛得难以忍耐。

廖芳娇在屋子里窜来窜去，她认为这是平生第一次经受的折磨。她问自己，立功到底有多重要？既然这么重要，那么多年干什么去了？她开始辱骂自己，辱骂别人，辱骂所有她能够想到的人和事。

太阳的阴影终于从玻璃上移开。她想这时大概已接近十一点了。这个时间是她和小黑鸭预计在躲藏地点会面的时间。她已经无法再思前想后，管他妈的，是死是活全凭天意了。再说也根本不存在前面设想的前功尽弃，这样缩头缩尾哪还是廖芳娇啊。

廖芳娇已经顾不得许多了，她噔噔跑到大门口，咿呀咿呀地报告值班干部，要求见大队长教导员。值班干部觉得她跟神经病似的，把手一挥让她回监房去。廖芳娇急了，停顿了几秒钟，然后她理直气壮地瞪大了眼睛。

廖芳娇说："我要去报告，有人要逃跑。"

值班干部说："我看是你要逃跑。"

廖芳娇就更急，急得连话都说不清楚了。她想万一小黑鸭在约定地点等不到自己就单独跑掉了，岂不是白白让她跑掉了吗？这一切都是自己精心策划的，岂能让她坐享其成。外面现在什么样呀？外面一定变得连路都难以辨别了。廖芳娇几乎要哭起来，她一字一句认真给值班干部解释。

值班干部说："让你回去就回去，少乌七八糟地扯，分明是想找个借口出大门。鬼知道你想干什么！"

廖芳娇急得妈呀妈呀地直跳，然后她蹲到地上。

廖芳娇说："哎呀，你要我咋解释你才会相信？我说的是真话。"

值班干部见廖芳娇那模样，也不像先前那样扯谎想溜出大门，万一真有事呢？想到这里，值班干部叫来内值班，将廖芳娇送到大队办公楼上。当时办公室里只有关红，关红得知这一消息后，首先没有在判断事件的真实性上浪费时间。她用对讲机呼叫了山上的干警。

追捕小黑鸭的行动就拉开了。

小黑鸭躲在约定地点,是左看也不见廖芳娇,右看连她的影子也没有。她就灵机一动,干脆来个一不做二不休,好不容易离开了那群人,再回去已经不可能,不管廖芳娇是否会来,自己先跑了再说。于是小黑鸭朝着自己并不清楚的方向狂奔而去。

小黑鸭在黑夜里摸索了一个晚上。她经历了一生中从来没有经历过的、对自然界深不可测的神秘的恐惧。她有肝胆碎裂的感受。但她不能停下来,天一亮她知道自己还得找地方躲起来。她边跑边哭,叽里呱啦的声音回荡在山谷里,吓得她魂飞魄散。

天蒙蒙亮时,她上了一条道路。她想总算又上路了,到时随便拦上一辆什么车,再也不要受黑夜的惊吓。那滋味比死还难受一千倍。

天比先前更亮了,她看到了一口井,那是一口生活用水井,她趴下去喝了个肚饱气胀。她想就凭这一肚子的水,好歹也能撑到下午或者明天。小黑鸭又继续往前走,再往前走她就看见了监狱的高墙。

眼前的一切令小黑鸭目瞪口呆。她绝望地意识到自己奔跑了一夜,又转回来了,她已经无力再往前迈动半步。她趔趄了一下便倒在了地上。不一会儿她就听见了摩托车的声音。

(节选自《女囚门》,中国文联出版社,2004年10月;获第二届贵州省政府文艺奖)

2004年

胡维汉

小城故事（节选）

1

南门城墙边有座山，山上矗立着座白塔。洪元天天都能望见这白塔，可被白塔引起注意却甚晚。那年他十岁。

这城因塔而得名，叫塔城。它周围全是山，东南西北山形各异。东面的孤峰拔地而起有如石林，南面的巉岩嶙峋不长树木，西面的雄浑高峻重叠幽深，北面的坡度平缓透迤连绵，老人们能从地理堪舆上说出许多学问。城内有山不足奇，城内有山，还挺高，这就稀罕了。山上又有这座白塔，雄踞千万门户之上，从远处行来还未见着城墙，这塔就先闯进眼里。洪元没有爬过这座山，没有爬过这座塔。山下有个偌大的圆通寺，围墙将山团团围住，只有一道后门通山。这门常年锁着，逢年节才开放，让城里人登高望远。洪元的妈妈余淑贞从不带他登山，怕她的独苗苗跌跤。现在洪元注意到这白塔了，它七级，石头砌成，每级边缘长了稀疏的草，枯黄枯黄的，一副老相。

引起他对白塔注意的，是他的三舅余三林，他是西城大饭店打杂的幺师，常年同洪元摆龙门阵，有一回没什么可摆的了，洪元缠着，他就叫他望白塔，说这是妖怪变的，现在还会变。不信你就悄悄看，变着时辰看。晴天看，它就像被番兵围困的薛仁贵；雾天看，它就像吊在山崖上的薛丁山；月亮天看，它就像端坐金銮殿的唐二主。余三林是乡下的屯堡人，屯堡人兴"跳神"，又叫跳地戏，他脑袋里装了许多地戏的人物，给洪元摆的也尽是这些人物的故事。洪元听他说得稀奇，有空就对着白塔看，几天下来，白塔还是白塔。他将观察结果告知三舅，余三林一摊手："完了，你这娃儿不是屯堡人的种，缺点灵气！"

洪元不服气，告诉妈妈，余淑贞说："你听他瞎扯！老辈人说的，太祖朱皇帝修这座城时就修了这座塔，他老人家小时候当过和尚，得了天下，先想到的就是安顿和尚。"洪元没耐心听妈妈摆古，追问这塔到底像什么，余淑贞的脸红了，反问他："你是不是听你的三叔说流话（脏话）了？"

三叔洪仲祥是爱说流话，但白塔同说流话有什么相干？他跑到北街的棉纱铺问当老板的三叔，洪仲祥好奇怪，对老婆金兰香眨眨眼，笑扯扯地说："像什么？像男人胯下的那根东西……"金兰香甩了他背上一巴掌，骂道："不要脸！跟娃儿说这种话。"洪元回到家里脱了裤子看胯下，那里夹的是个小鸡鸡。不像，一点也不像。他觉得受了骗。

洪元不甘心，最后跑到洪公馆向大伯洪仲伯请教。他在甘肃当过县长，现在是本县参议员，在洪元心中是学问最高的。他正在烟榻上吞云吐雾，见了洪元，先抓几根红头灯芯糕让他塞住嘴，吐完最后一口烟，才听洪元讲话。听完他的精神来了，说："这塔嘛，元朝修的，是土塔，后来才包了石头，那是清朝嘉庆年间，府台大人姓……呵，你问像什么？让我想想，像山西的应塔，陕西的大雁塔……"在窗前喝茶的大伯娘沈碧君不耐烦了："好大的娃儿，在他面前抖学问！"

洪元好奇怪，就一座白塔，怎么各说各的，多少年后他才懂得：膏药是一张，各人的熬炼不同；白塔是一座，各人的想象有异。天下事就是这样，不然怎会有那么多是是非非、恩恩怨怨。洪元是三男小的四年级学生，有时候挨先生打手心打屁股，会顽皮，不会想象。

白塔不管人怎么想，孤零零地兀立在山上，沐风雨，披雪凌，迎朝晖，送夕阳，日复一日，月复一月，年复一年。人不会永远年轻，它却永远那样老。

洪元的爹叫洪仲启，早就得痨病死了，那年洪元七岁。爹是什么样，洪元在一张旧照片上见过，瘦得皮包骨，眼睛半睁半闭，瞌睡才醒的样子。人说儿子像爹，洪元左看右看，在他脸上找不到自己半点影子。余淑贞白白净净，一笑眼睛就像豌豆角，牙齿就像嫩苞谷米。三舅余三林说妈当年是屯堡最标致的姑娘，赛过方圆几十里，不然的话，城里大户人家的洪二少爷会娶她？人说弟像姐，余三林也不像，可能是长得好密的络腮胡将脸盘子遮住了，而眼睛是遮不着的，睁大了就圆彤彤的，透着一股子煞气。三婶金兰香曾对洪元说过："你那舅呀，当过兵的，谁晓得他杀了多少人。"当兵就要杀人？洪元倒是见过三舅在大饭店砍大块猪肉，像劈南瓜般快捷。杀人是不是这样杀法？他问过妈，余淑贞说："天！现在杀人哪会用刀砍？是用枪打了。不怕他们说，只怕他们不信，我家里摆个兵大爷，看他们还敢欺我们不？"

洪元最接近的就是这些人。他们都是他的亲人。他们彼此也是亲人。为什么他们表面一团和气，背过身来就互相指指戳戳说小话？其中好像还含得有一股怨气。数妈

小城故事（节选） 胡维汉

妈余淑贞怨气最大，常常向儿子诉说他们孤儿寡母的苦恼，骂洪元早死的爹撇下他们受气。

受的什么气？洪元最记得的是两件事。

一件是房子的事。爷爷传下的是斜阳巷的一所大宅院，还有东街一个店铺。爷爷死了，祖母将房产分为三份。大宅院有四进，算两份；东街的店铺算一份。祖母将东街的店铺分给了最疼爱的幺儿洪仲祥，将大宅院分给洪仲伯和洪仲启。前两进分给洪仲伯，后两进分给洪仲启，说大儿子当官，应酬多，住前面方便，实际上是她讨厌那个自以为大家闺秀的大儿媳妇沈碧君。她同二儿子住后两进，那里是老太爷原来的住处，又有花厅，又有花园。实际上是她喜欢又老实又勤快的二儿媳妇余淑贞。祖母死了，爹也死了，大伯娘沈碧君编出了好多理由，用乡下的二十亩良田和她买下的离巷口不远的一所平房小院，将后两进换归己有了。余淑贞当时觉得占了便宜，老老实实搬到平房住下。孤儿寡母需要的是进项，房子再好再大也生不出钱来。这事遭到跑生意归来的洪仲祥的坚决反对，骂余淑贞是"大憨包"，说这房子值再加一倍的钱也不让。可惜天下没有后悔药卖，卖契已经签字画押了。洪仲伯从甘肃辞官回家，两兄弟为这事大吵了一架，洪仲祥一拳打在洪仲伯脸上。一个被大烟掏空了身子的人，哪里经得起这气饱力壮的一击，顿时跌倒在地。洪仲伯气得摆了两桌酒席，请来族中长辈评理，宣布同洪仲祥断绝兄弟关系。余淑贞对洪元说："断绝个屁，还不是照常往来！"

一件是钱的事。洪仲启死后留下一千块大洋，洪仲祥对余淑贞左说右说，终于让她入了他的"源盛祥"棉纱店的股；后来余淑贞又经不住他左说右说，将乡下的大部田产卖了一千大洋，也入了他的股。每年收取红利四百块钱。余淑贞当时又觉得占了便宜。两千块放在家里不会生崽，放在洪仲祥那里一年就收回两成，还不占便宜？这回是洪仲伯骂她"大憨包"了。钱放在家里不会生崽，田放在乡下可会生崽，连老二留下的钱都该买田，稳稳当当收租，放钱给洪仲祥那败家子算是肉包子打狗了。事情好像真是这样，余淑贞曾经放出口风，说要将那入股的钱收回买田，洪仲祥就耍赖皮了："二嫂，我的钱都变成了货，货变成钱又马上变成货，你抽股可以，但要赔偿我的损失！"

余淑贞诉苦诉了很多回，洪元到底没有明白这"气"受在哪里。他觉得，不管大伯三叔，大伯娘三婶，都没有让他受过气。

有什么办法呢？他才十岁。

一天，余淑贞突然从屯堡带了个小姑娘回来，说是来帮忙做事的，不走了。

她叫秋妹。

2

秋妹扎一条辫子，不长，头发发黄，还有点干枯，身穿的蓝布长袍，系黑腰带，是常见的屯堡姑娘的装束。她个子矮，圆脸，余淑贞说她是个蛮头粗脑的"大脚妹"。照洪元看来，她不"蛮"，倒是憨，喊做什么才做什么，不喊她她就抄起手呆站着。她不爱说话，好像总在想心事；而一旦说起话来，洪元就笑得肚子疼。她说话时嘴里就像含了一颗圆珠糖，嘟儿嘟儿的，譬如"今天"她偏要说"今儿天"，"明天"她偏要说"明儿天"。三舅不准洪元笑，说："你笑哪样？这叫官话。你当我们屯堡人是乡巴佬？才不哩，太祖朱皇帝的时候，我们从大地方来的，那大地方叫江南。说不定，你家才是真正的乡巴佬哩。"洪元不知道江南是什么地方，不过，他也不再笑了，因为听多了他就习惯了。

他很喜欢秋妹，她对城里的事情懂得太少，而洪元当学生当久了便很想过先生瘾，就指手画脚指点她。慢慢地，洪元发现秋妹实际上很活泼，很调皮，一点也不"憨"。有些事，她反过来考洪元。

在大伯洪仲伯公馆侧院，她见到木碓和石碓窝，就惊喳喳地问："这是哪样呀？元哥！"洪元毫不迟疑地回答："打糍粑的。"秋妹嗤嗤一阵笑，又指着石磨盘问："这是哪样呀，元哥？"洪元又毫不迟疑地回答："推豆腐的。"秋妹又是嗤嗤一阵笑。洪元觉得蹊跷，便问她："那你说是哪样？"秋妹翻着她的一双大眼睛，忍住笑说："学生哥，学问差，见到碓窝说糍粑；学生哥，好糊涂，见到磨盘说豆腐……"还没有说完就咕咕笑着跑开了。洪元这才明白她在戏弄他，好生气恼，跺着脚说："死秋妹，看我不捶扁你！"秋妹远远地站着说："你捶嘛，捶扁了我，鬼灯哥陪你去吃'过街调'！"所谓吃"过街调"，是这古城里的一种说法，意思就是沿着街巷吃个痛快。这古城是西南一带鸦片烟的重要集散地，抽大烟的人特别多，抽大烟者嘴馋，讲究吃喝，又吃得很少，所以许多精致的小吃应运而生，这就连带贪吃的小孩也沾了光，自幼就饱享口福。洪元特别喜欢吃"过街调"，跟三舅去逛街，余三林也好吃，当然，得他荷包里有钱。但洪元还是更喜欢让秋妹牵着手去吃，虽然要洪元掏钱，虽然吃不起贵东西，但洪元高兴，能体味到一种做大人的自由潇洒。秋妹用这吓他，他就像大人般两手叉腰，吼道："你敢！"

秋妹的实际地位是丫头，但余淑贞从不这样说，对人都讲是余官屯亲戚家的姑娘来帮忙。她对秋妹确实不像对丫头，让她上桌子吃饭，让她代替洪元陪她去走亲戚，不许洪元叫"秋妹"而要叫"秋姐"。她的丫头地位主要是由余三林来确定的，他似乎不大乐意她进入这个家庭，对洪元说："你偏喊她秋妹，五十块钱买来的丫头，还'姐'得起来哩！"他对秋妹吆一喝二，一会叫她搓洗脸帕，一会叫她递小茶壶。大伯和大伯娘,三叔和三婶,也都天然合理地认为秋妹是丫头,说:"老二家的尽哭穷,真穷还能买个大脚妹来当丫头?"他们见了秋妹,那眼光就把她贬低了一等。洪仲伯有一次在他的烟榻面前,让秋妹转过来,转过去,看她的胸,看她的臀,甚至还用手扳开秋妹的嘴巴看她的牙齿,这时大伯娘沈碧君便斜着眼睛看秋妹,不耐烦地说:"又不是赶场买牲口,兴这种看法!看半天还不就是一个乡下来的大脚妹!"三婶金兰香见了秋妹则说:"哟,你们都说二嫂老实,看她买的这个大脚妹,现在蛮头粗脑的,再长两年就是个妖精,起码卖翻倍的钱!"这些都是洪元看见听见的,他告诉了余三林,余三林气得跳了起来,骂道:"狗日的,把老子们屯堡人不当人!"这时他又维护起秋妹来了。

余淑贞给了秋妹爹五十块小洋。她姓方,是洪元家的佃户方玉先的大女儿,同洪元的妈妈和三舅都是余官屯的人。方玉先来过洪元家,那都是在过年之前,他从余官屯挑着一挑新鲜的白菜、山药、慈姑,还有新米、腊肉、香肠,前来给主人家拜年,到大饭店同余三林挤着睡一夜,第二天就回去了。他三十多岁,身材修长,五官端正,很斯文的样子,不像盘泥巴的庄稼人,倒像个教书先生。他沉默寡言,很少笑,不过一笑起来,就慈眉善目的。洪元很喜欢这位称作"玉先叔"的屯堡人,妈妈也喜欢,不然怎么用那样多的东西招待他呢?连平常舍不得给洪元吃的云南猪儿牌火腿罐头也打开了给他吃。只有三舅好像不喜欢他来。看起来他们很熟,但三舅一开口,总是夹枪带棒,一会说他是"脓包",一会说他不像"汉子人"。秋妹当然喜欢她的老爹,照理他把她卖给主人家当丫头,她应该恨他,但她不恨。她说:"不卖我爹咋个办?放账的人家逼账逼得太凶呀!我妈又得了痨病,弟弟又小,千斤重担把我爹的背都压驼喽!"

谁喜欢她谁不喜欢她都由他去,洪元在家里有了个伴。她比他大四岁,但洪元不觉得。

秋妹到洪元家三个月,头发变黑了,脸变红润了,也要过年了。

3

过年,是塔城最盛大、最热闹的节日,起起落落要玩一个月。

最盼望过年的是孩子,最早营造节日气氛的也是孩子。孩子那无比亢奋的脸色,会提醒着忘了过年、无心过年或怕过年的大人们。今年,余淑贞就属于无心过年那一类。青年守寡的余淑贞,照她常说的话是:"独脚站地"。经常处于"受夹磨"的生存状态,特别是她又长得细皮白肉、水灵水秀,有形和无形的"夹磨"更是数不胜数防不胜防。但她生性又极刚强,从来不对任何的"夹磨"屈服,这又使她平添无尽无休的大大小小的烦恼。最近的"夹磨"来自她的小叔子洪仲祥,他竟向二嫂宣称,他今年卯运不好,跑几趟柳州把生意做蚀了,股东的红利只得一半,也就是二百块钱。余淑贞一年的开销，就靠这点红利，这真是要命的事。你无法相信洪三爷的话，也无法不相信洪三爷的话，他可以将一摞账本摆在你面前，请你去查，而且不惜赌血淋淋的咒，逼得你胆战心惊，差点会用手去蒙他的嘴。洪三爷拖欠红利不止一回，但都是过后两三个月就补齐了的。他拍着胸膛自夸："汉子人做事嘛！"这回他却不充"汉子人"了，也不说补齐了，干干脆脆说只得一半。余淑贞识得不少字，会念经会唱佛歌，就是不懂生意不懂账。她隐隐感到洪仲祥不是真正蚀了本，而是故意要她余淑贞知道他洪三爷的厉害。一个月前发生的一件见不得天日的事情，让洪三爷衔恨于心。这件事无论如何不能挑明了说，余淑贞只能像吞黄连般吞下了自己的怀疑，而要实实在在承受的，却是年节前后需要打发的紧巴巴的日子。

洪元经常听见妈妈哭穷，但并未真正品尝过穷的滋味，学校的先生和同学都把他看作大户人家的子弟，妈妈对他从来也是有求必应，独儿嘛，母亲迁就疼爱自是常理。因此，腊月二十三送灶王爷上天的日子还未到，洪元就逐渐进入了一种炽热的兴奋状态，与秋妹在一起盘算他要到哪些人家去拜年，会得到多少压岁钱，然后哪天乘坐马车到观音洞去"游百病"，哪天到圆通寺去爬塔山，哪天去药王庙去烧香；再就是痛痛快快地去吃"过街调"，即使家里三十夜做的丰盛菜肴要吃到年初四，这"过街调"却是非吃不可的，因为那吃起来特别有味道；再就是三十夜守年夜时秋妹要陪他掷骰子，并且要论输赢，秋妹没有本钱他可以借给她……

只有一点，掷骰子不准三舅参加，秋妹还没有来的时候，三十夜只有三舅同他掷骰子，他那骨节很大、青筋暴露的手好像是神仙手，一掷不是满堂红就是六六大顺，把妈妈给洪元的"赌本"全部赢了去，虽然第二天又会当作压岁钱还给洪元，但当输家洪元心里就是不舒服。

不觉到了腊月二十三，祭灶的日子。这天晚上灶王爷就要上天向玉皇大帝禀报人间的是非善恶。一年到头，哪家没有几件见不得天日的事呀，所以祭品中有一种"枣子糖"，糯米加麦芽糖做的，雪白雪白，不过形似枣子而已，吃了既粘牙齿又糊嘴巴，人们相信灶王爷吃了就说不出话，好事说不出，坏事也说不出。所以每年这天，四乡会熬糖的屯堡人便挑着篾箩进城来卖枣子糖，生意红火得很。洪元这天早早地向余淑贞要了钱，等秋妹抹了桌子扫了地，将蒸饭的砂锅放上灶，便拉了她一起上街。

这个高原古城方方正正，被风化了的石砖城墙紧箍着，密如蛛网的大街小巷纵横交错，从容不迫地逶迤开去。高墙回护的深宅大院，尽量展露自己的窄小店铺，雕花栏下的石桥，缓缓流淌的散发着臭味的河流，都蒙着看不见的岁月风尘，都藏着摸不透的生存深邃。在这年节将至的时候，它忽然活泼起来了，最活泼的是商业中心的大十字和小十字。大十字以古老堂皇的钟鼓楼为轴心，绸缎铺、百货店、酒楼围了一圈，出入的都是衣着整齐的人物；小十字则是个摊贩的世界，屯堡人装枣子糖的篾箩多半摆设在这

小城故事（节选） 胡维汉

里。洪元和秋妹来到此处时，卖枣子糖的倒是有了，但却都是城里人摆的摊子。洪元见了直摇头，拉着秋妹到处乱跑。

秋妹急了，说："元哥，你到底买不买，我灶上的甑脚水都要熬干了！"

洪元说："我不买这些二贩手的，又摆的尽是枣子糖，老实跟你讲，我最讨厌吃枣子糖，又难咬又粘牙齿，我最爱吃的是窝丝糖和豆面糖，又好玩又好吃。那窝丝糖的丝，可以抽得比你的辫子长。"

秋妹奇怪了："是敬灶王菩萨呀，又不是敬你！"

洪元说："枣子糖敬灶王菩萨，窝丝糖、豆面糖敬我！"

秋妹说："你心不诚，灶王菩萨要奏你的本的。"

洪元说："我不怕，先生说的，那都是迷信。"

秋妹说："哪样叫做迷信？"

洪元叹息说："完了，连迷信都不懂，亏你长得比我高。走走走，我们到东门边去等，东门乡下来卖糖的多。"

秋妹说："你又不早说爱吃窝丝糖、豆面糖，我爹做得最好了，早说了叫他带了来。"

洪元说："真的哩，今年咋还不见玉先叔来，他送来的山药韭黄我最爱吃了。"

秋妹说："我早就盼他来接我回屯去过年哩，几个月没有见到我妈了。我们屯里过年最热闹，又是跳神，又是跳花灯。"

洪元听了心里一动，说："那我同你一起去。"

秋妹愣了一下，说："不行的，我们乡下苦得很，贞孃不会放你去的。"

洪元踮起脚，在秋妹耳朵边嘀咕，秋妹逃开说："我不敢，我不敢……"二人闹着追逐到东门的城楼下，城门洞又高又长又阴森，来往的人像影子在活动，洪元不喜欢这阴森，拉了秋妹回身走。

不料这一回身却看见了城门边上站了一个面向城墙的人，背后摆着两只篾箩，翻过来的篾箩盖子上摆着雪白的枣子糖，还有黄色的窝丝糖和豆面糖。洪元叫起来："秋妹，你看这不是……这不是……"

还未说完秋妹却失声大叫："爹，你咋……你咋……"

那人迟疑地回过身来，正是方玉先。只见他瘦削的脸上冻得发青，单薄的蓝布补疤长衫被冷风吹得裹住修长的身躯，那身躯似乎在瑟瑟抖动。他装作才看见洪元他们的样子，勉强一笑："哟，是元哥呀，来来来，抓点枣子糖去吃。"

洪元也不接糖，说："玉先叔，你为哪样不到我家去？"

方玉先两边嘴角扯了扯，苦笑说："我要去的呀！明天，明天去。"

洪元不依，拉了方玉先的衣襟说："不，这下就去，烤烤火，热点饭吃，再来卖糖。"

方玉先动也不动,露出十分为难的脸色,支吾了半晌便拉开洪元的手,把秋妹叫到城墙脚,父女俩咕咕哝哝,只见秋妹用袖子去揩眼泪。忽然,秋妹扭身朝洪元跑过来,对着洪元的耳朵说:"今年庄稼遭水淹,菜园子也盘不好,我爹没有钱办年货,不好空起手去你家,今天卖糖赚了钱,明天办了年货才去。"

洪元听先生说过农夫的辛苦,也从三舅那里得知水旱对庄稼人的危害,见方玉先那瘦得皮包骨头的样子,顿生怜悯之心,说:"玉先叔,你今年就不要送年货了,城里有的我们自己不会买呀,走走走,先到我家去。"

方玉先握着洪元的手,露出很欣慰的样子,说:"好个懂事的元哥!只是你要晓得贞孃的脾气呀,她也不是不贤惠,每年我来她都要给好多钱,她是要面子,要规矩。"

秋妹帮腔说:"我也晓得的,贞孃的规矩大得很,那天去大老爷家就要我拎了两封点心跟着去。"

洪元心想也是的,过七月半的时候他在祖宗牌前少磕一个头都要补磕,还遭狠狠揪了一下耳朵。他忽然灵机一动,在学生服的四个兜里摸索出了几张钞票,还有两个银毫子和一些铜板,塞给方玉先说:"这是前几天大伯和三婶给我的,还有这是妈给我买枣子糖的,你都拿去办年货,只是有一条,你要来我家吃午饭。"说完也不等方玉先回过神来,自己蹦蹦跳跳地走了。

秋妹也随后赶了来,不过手里拎了两包东西,一包是枣子糖,一包是窝丝糖和豆面糖。

4

塔城的北街是棉纱和盐巴店铺的集中地,在四条大街中数这条北街最窄。靠近钟鼓楼一边,开的几乎都是棉纱铺,那棉纱一捆又一捆,雪白雪白的,摆满了柜台内的货架。靠近北城门的一边,开的几乎都是盐巴店,那一坨又一坨从四川运来的井盐,灰黑灰黑,在柜台内堆积如山,柜台上则只摆一只竹簸箕,上置几坨盐和钉锤、钻子,零售用的。卖的货单一,使这条窄窄的长街显得素朴清静,不像另几条大街那般嘈杂喧嚣。就在北街中段,有一家不大不小的棉纱店铺,"源盛祥"的黑底黄字招牌直伸出屋檐之上,一个穿长袍马褂的先生和一个只穿长袍不穿马褂的小徒弟悠闲地坐在柜台后面看街。他们难得这般悠闲,因为经常坐镇铺内的老板娘在后院待客。

老板娘金兰香,就是洪元的三婶,她的名字充满馥郁芬芳和祥瑞之气,人可生就一副寡骨脸,三角眼,弯钩鼻,包谷嘴,皮肤又黑又粗糙,还有几颗麻子,洪元背地就叫她"麻三婶"。照余三林的说法,屯堡跳神时请她去演丑鬼杨凡也不用戴"脸子"(面具)

小城故事（节选） 胡维汉

了。洪仲祥眉是眉眼是眼一表人才，怎么就娶了这样一位使人望而生畏的婆娘？秘密就在这爿棉纱店和后面的院落。在洪仲样被一个川剧班的女戏子迷得把一份家产差点败光的时候，是这位早已执掌"源盛祥"掌柜大权的老姑娘接纳了他，而且把他调教得精明了，尽想占便宜不想吃亏。现今她在后院堂屋里接待的客人不是别人，正是洪元的妈妈余淑贞。

"小和尚！"金兰香从堂屋走出，在院子里吆唤，"来，到大十字'一品香'买肉饼。"

店铺里的徒弟闻声一跃而起，跑到院里，从金兰香手里接过瓷盘子和一些铜板。金兰香又吆唤："跑快点，要才炸好的，冷了我撕你的皮！"

余淑贞从堂屋走出说："三婶，我又不是客，你就不要客气了，我是等三叔有要紧事。"

金兰香上台阶拉着她的手说："二嫂，我们姐妹客哪样气，新开张的'一品香'肉饼又酥肉又多，我让你尝个鲜。"说着同进堂屋坐下，继续说："洪老三是只三脚猫，成天跳来跳去，二嫂有哪样事尽管对我说，我叫他办就是。"

"三婶，你不晓得，我是来向三叔给他的寡崽侄子讨一条活路。你想呀三婶，我们一年到头指望的就是三叔这里的一点点红利，他说今年只给一半，这就让我们年都过不成了，可是直到今天都不见一个铜板的影子，我不来找他又去找哪个？"余淑贞说着掏出手帕揩眼泪。

金兰香惊得睁大眼："不会吧？二嫂，别人可以得罪，股东怎么敢得罪呀？况且你是哪样人？内己人嘛！跟你说实话，这个背时的今年跑洪江贩桐油是亏了点，只不过也还没有倾家荡产。你就放心了，他一回来我叫他立马把钱给你家送去，都腊月二十三了嘛，难道真要让你家年都过不成？"

金兰香亲切无比，余淑贞心里阵阵熨帖。是的呀，金兰香厉害是很厉害，但这些年抖根抖底细算，对"内己人"也还是内外有别。余淑贞真诚地说："那就多谢三婶了！三婶，你是晓得的，自从你二哥死后，我盘这个家真难呀！要不是有个洪元，我就回余官屯娘家盘泥巴去了。不瞒三婶，这一年到头的开销……"

金兰香不爱听人诉苦叫穷，便打断她的话说："你也不要说得那般可怜，我们洪家是城里的大户，二哥走了，也不光是留下田产，那黄货、白货、黑货多少总是有的，有多少也都是你的。不过话又说回来，至亲归至亲，股东归股东，你就放心，那红利今天不送到你家，明天也会送到你家……"

余淑贞说："这话是你三婶说的呢还是三叔说的？三婶说的哩我信，三叔说的哩我就不信，他哄人的话我从年轻时就听够了，譬如……"

金兰香不高兴了："你又不是不晓得，只要我不哄你他就不敢哄你，他就是去哄别个也不准哄你，试想嘛，别说是嫡亲的侄子和嫂子了，就是别家孤儿寡妇，我也不忍的。"

余淑贞如释重负地叹了口气说："有你三婶这句话，我就一夜睡到大天亮了！三叔是遭你降服得可以了的。记得你们办喜事的第二天，北街上的赌二赖盐巴就把他拉走了，上门来的亲友又多，你硬是把他揪了回来，我看他的耳朵被揪得通红通红的。"

金兰香笑得眯起她那双细细的眼睛，简直成了两条线："你诬赖我，我哪会揪他的耳朵呀，大庭广众的，别的不顾，面子还是要顾一顾。你也不要说我，听说二伯抽洋烟掏空了身子，你不准他上床，他跪踏凳跪到三更天。"

余淑贞脸上绯红了："三婶你这张嘴呀，洪元都这样大了，说这些叫人不好意思。"

金兰香哈哈哈地一串笑，说："二嫂你长得好呀，说怪也怪，乡下的屯堡大概是山也清来水也秀，一个个大脚妹都长得人见人爱。"

余淑贞说："听老辈子说屯堡人的老祖宗是从江南来的，江南人都长得秀气，你看西街上开糖果铺的杨盛清，婆娘就是江南苏州人，不看正面光看背影也是好苗条的……"

两个女人好像忘记了方才的严肃话题，长麻线细马尾地扯起了海阔天空的姨妈话。这时名唤"小和尚"的徒弟端着一盘子肉饼喘吁吁地走进了院子，后面紧跟比他矮半个头的洪元。一见洪元，金兰香的小眼睛放出光来叫道："哟，我们家的乖娃儿来了，都长这样高了，还像个没有断奶的娃儿，片刻不离娘。我说二嫂，我们洪家还是数你的福气好。大伯家算得上有钱又有势，就是沈碧君不争气，只生了个女娃儿；我家哩，也不晓得哪炷香没得烧好，我肚子里一直没有消息。说不定，我们三家就只有洪元这根独苗苗哩。"

余淑贞见她真有点伤心的样子，便劝道："你看你说到哪边天去了哟！你才多少岁数呀，三十才出头的人说这种话。洪元，还不快叫三婶！"

洪元规规矩矩地叫了声"三婶"，眼睛却盯着小和尚手里端的肉饼，他一早就上街买枣子糖，这时已经饿了。金兰香眼睛尖，对小和尚吃喝道："你傻站在那里干哪样，还不放下站柜台去！"一边就抓了个肉饼塞在洪元手里，叫道："么儿，快趁热吃，三婶就是喜欢你这个洪家的独丁丁！"

洪元边吃肉饼边拉扯余淑贞的衣服下摆说："妈，妈，走，走，回家，回家……"余淑贞说："乖，懂事，妈要在这里等三叔回来，你先回家，叫秋妹加点甑脚水，别把饭蒸煳了……"

洪元插嘴道："三叔在东门桥看鸡打架。"

金兰香不相信："不会呀，他一早就到南关厢催账去了。"

洪元为了证实自己的话，停止了咬肉饼，近前一步说："三婶，我亲眼见的，三叔还用钱打赌,我喊他他都不答应……"

金兰香骂道:"这个挨千刀的!"又高声吆唤:"小和尚,小和尚,快点去东门桥把老板撑回来,就说二太太在等他……"见小和尚跑出来,她又提高嗓门重说一遍,小和尚一溜烟地跑了,她才叹息着说:"怕是小元的眼睛看花了,他昨晚上还赌了咒,再也不赌钱的。"

余淑贞刚要说"他赌的咒只有哄鬼",却又从嘴边咽了回去。正好这时洪元又在催她:"走,走,回家去,家里有人等……"她便立起身说:"三婶,也不要去撑三叔了,男子汉大丈夫的,一年忙忙碌碌,让他逍遥自在几天也不打紧。我信得过三婶的话,这就先回家,就请三叔他只当接济我们母子一回了。"

金兰香想了想说:"也好,不出两天,不管多少,我要他把钱送到二嫂手里。"

余淑贞挽着洪元到了街上,还听见金兰香在身后喊:"小元,年初二来拜年!"

5

在余淑贞家里等待的不是别人,是方玉先。他是被洪元强拉着回家吃午饭的,担着他尚未卖完的一挑枣子糖、豆面糖和窝丝糖。余淑贞和洪元回家时,方玉先正在堂屋的小煤灶旁烤糍粑蘸引子糖吃,看样子吃得并不香,只见他腮帮骨在慢慢蠕动,却久久没有吞咽下去。火旁坐的还有余三林。他是来向姐姐打招呼,他明天就要到省城去,有朋友邀他去过年。这时他手指里拿着一只卷成喇叭形的丝烟,边吐烟雾边数落方玉先:"看你大男子汉的,经点事就愁眉苦脸,唉声叹气,一副脓包相!老婆病了怎么办?找钱医呀!没得钱怎么办?想办法找呀!找不着怎么办?向人开口呀!余官屯的人就是死绝了,还有我们这些城里人呀!像我余三林,一百八十拿不出,十块八块也难不倒我……"

方玉先头也不抬低声反驳:"我家就是死了人,也不忍心向三林你开口。你的钱……"

余三林将纸裹的黄丝烟往火里一砸,顿时腾起一股烈焰:"咋个?我的钱难道不是钱……"

方玉先吞下嘴里的糍粑,抬起头,眼里闪着泪光:"三林老弟,你的钱是辛苦钱,是血汗钱,在那个大饭店,受人家吆一喝二,还是受气钱。再说今年大林哥那几块田遭了虫,你们是亲兄弟……"

余三林听到这话气就来了,眼睛鼓得圆圆的:"请你不要提他余大林,他只认钱不认弟,他霸占了老爹留下的房子,打烂仗的时候去住几天,他就想方设法撑我走,就像我是个土匪,要去抢他那些破家什……"

跨进堂屋的余淑贞接过了话头："三舅，你说这些话好气人，再不好也是骨肉同胞嘛，一个人的记仇心还是不要太重，屯堡人从来讲的是仁义二字。"说着她看了一眼方玉先，混杂着怜悯和埋怨，说："玉先哥也是的，你当洪家的佃户也不是三年两年，有难处可以明说，也没有哪个稀罕你那点山药韭黄，怎么就躲得老将不会面呢？"

她的口气有点严厉，方玉先不由低下头，嗫嚅着说："实在是对不住你家，实在是对不住你家……"

余淑贞叹口气说："我真看不惯你这种人！"回头又朝厨房喊："秋妹，饭熟了没有？我来炒菜。"说着又看了方玉先一眼，进厨房去了。

洪元跑过去依偎着方玉先，伸手去灶火上拿糍粑，方玉先说："小心烫手！"先从灶上拿起一小块，在手里抛来抛去，嘴里还"嘘、嘘"地吹着，然后就放在装引子白糖的瓦钵里让洪元蘸糖吃。

余三林见了笑着叹气说："玉先哥呀玉先哥，看你待小元就像待自家的崽！也是怪你的命不好，还要怪你没出息，到手的鸭子又飞了，结果找了个病壳壳。"

洪元却对着方玉先的耳朵说："玉先叔，不要忘记说接我去余官屯。"

方玉先忙答应："记得着，记得着。"

秋妹从厨房里端出饭甑，然后拉出神案下的桌子，又拿出碗筷一副一副地摆上。快活的神情从她那圆圆的脸蛋上消失了，水灵灵的眼睛也红红的。洪元去帮她摆碗筷，也被她一把推开。洪元不服推，就用手拐子去拐她，秋妹便不耐烦地扭身子。方玉先见状忙吆喝秋妹："这个小蹄子，你连元哥都不肯让一让！"

余三林却笑着说："别管他们，两个好得就像亲姐弟。"

这是一餐相当丰盛的午饭，有糍粑辣椒炒的红油闪亮的回锅肉，有红、白、黑分明的腊肉蒸血豆腐，有腊肉丝炒折耳根，有豆腐干炒韭黄，有酸菜烩四季豆汤，有油炸黄豆，还有一个大白瓷壶装的米酒。也亏余淑贞手脚麻利，一会工夫就弄出这些屯堡人最爱吃的菜肴。

余三林一见就叫起来："看我这姐子，简直是把你方玉先当贵客了，我来她家，除开逢年过节，还没有得到过这样的好待承哩。来来来，玉先哥，我们先喝一碗酒。"说着就提壶斟酒。

方玉先忙用手将碗蒙上说："三林你又不是不晓得，我是沾不得酒的。"

这时余淑贞用围腰揩着手出来了，说："谎话谎话，你就放宽心，秋妹家妈的病我们一起来想办法。"

这时洪元却把站在桌边的秋妹拉坐下，要同她赌吃油炸黄豆，只准"骑马"（只能用筷夹），不准"坐轿"（不能用筷抬），看谁吃得快吃得多。

方玉先不安了，忙喊："秋妹，还不站起来添饭。"

小城故事（节选）　胡维汉

余淑贞说："坐下，都坐下，我们家不兴这些规矩，只是不准赌吃炒豆，洪元你就爱吃煎炒的东西，肚里怕是有蛔虫。"

方玉先忙说："不要紧，不要紧，等我下次从乡下给他捡一味草药来，灵得很。"

余淑贞解下围腰，从衣袋里摸出几张钞票，放在方玉先面前说："这几块钱先拿去请医生买药，说起来不好意思，今年分的红利还没有到手……"

方玉先忙站起来，哽咽着说："贞孃，我哪能用你家的钱呀！你们……我……我……"说着竟泣不成声，秋妹在一旁也呜呜地哭起来。这时却有人在敲大门了，洪元忙跑到院子里开门，进来的是一位戴博士帽、穿长袍马褂、拄文明棍的绅士，他摸了摸洪元的头，洪元亲热地叫："大伯，你来了！"来人是洪仲伯，他身体瘦弱，面容清癯白皙，走起路来文明棍一甩一甩的，显得很有派头。他走进堂屋见大家正在吃饭，就高声说："吃饭吃饭，都别管我，我是去看看新到的女戏子云燕霞，回来顺便走走。你们别看我们这是小地方，还真有招凤引鸾的好风水哩。这位云燕霞在汉口灌过唱片的，可了不得！……"边说边发现板壁上贴了红纸对联，便取下墨镜来观看："这是哪位先生的手笔呀？我猜不是别人，定是洪元这娃娃，已经学写对联了，很好嘛很好嘛，只是笔锋嫩，还得练还得练，改天到大伯那边来，我教你如何运笔……"说着觉得有点累了，便转身在一把椅子上坐下，这才发现饭桌上有生人，便问："这是……这是……呵，想起来了，是方玉先，好好好，很好很好。送年货来不是？你佃的是我二老爷家的上好水田，二老爷不在了，你可要上心点！"

方玉先忙站起来赔笑道："大老爷，你家放心，你家放心……"

洪仲伯用手点着方玉先："坐下，坐下，吃饭，吃饭。你养的这个秋妹不错，蛮粗粗（粗野、不秀气）的，有点福相。呵，二弟妹……"说着他转向余淑贞："这就提到正事了，今年过年我那边人客多，只怪我在王县长面前漏了嘴，说年初三是我四十二贱寿，他就闹着要来给我祝寿。唉，当年我在甘肃当县长，他是西北军的一个连长，他瞧得起我，我有什么法？我刚才去找云燕霞，就是请她来唱一台堂会。因此呀，我要秋妹去帮两天忙，家里只两个丫头，忙不过来。"

洪元听说唱戏就高兴，跑过来嚷："我也要去，我也要去！"

洪仲伯笑着将洪元揽在怀里说："还少得了我们洪家的小少爷呀！去，去，都去，鱼翅海参全鸡全鸭的酒席……"他眼光瞟过所有的人，包括余三林，余三林却横了他一眼。

余淑贞犹豫地说："大伯，秋妹怕不能去哩，他妈病倒了，我正想让她回余官屯去照护……"

洪仲伯遗憾地"呵"了一声，看了看红着眼的秋妹说："那是该回去照护，身体发肤，受之父母，母病焉有不归之理。算了算了，我另找人吧。"

洪元缠住他，摸他的衣袋说："大伯，你出点钱嘛，看病吃药都要用钱，我妈刚才都出了钱了……"

洪仲伯摸着洪元的头说："好娃儿，从小就有恻隐之心。方玉先，你到我公馆李管事那里支十块钱，不算我的，算小元的。"

方玉先噙着眼泪喊："秋妹，还不快给大老爷磕头！"

秋妹离开饭桌，过来"咚"地跪下，朝洪仲伯磕了一个头，洪仲伯忙扶起，说："不兴这些了。我曾给县长说过，县里该成立个救济委员会，大家凑点钱，穷苦人就有救了……"

"那洪大老爷就是活菩萨了，可惜穷苦人太多，像叫花子头上的虱子，一抓一把，你救得完？"余三林冷冷地插话。

"余三林，不不，应该跟着小元叫你三舅，你这话不对，一个人救不完，人人都有这意思，不就救得完了吗？鳏寡孤独废疾者皆有所养，我们的老祖宗早就有这意思了，国父孙中山的'三民主义'，还是这意思，民族、民权、民生嘛。天下为公，世界大同，这是我们老祖宗的理想，也是我们今天的理想……"洪仲伯如在参议会发表演讲，侃侃而谈。

可惜他侃错了对象，在座的人没一个能听懂他在说什么。余三林听得不耐烦，叫道："秋妹，来来来，"边将秋妹领到洪仲伯面前，"再给洪大老爷磕三个头，说不定洪大老爷再救济你十块钱……"

秋妹真跪下又要磕头，洪仲伯忙去拉，尴尬地说："这算什么，这算什么……"

正热闹时，朝门又"吱嘎"一声响了，进来的正是这几天躲得"老将不会面"的洪仲祥，他一只手里握着一摞白晃晃的大洋，故意弄得"哗哗"响，见洪仲伯拉跪着的秋妹，就阴阳怪气地说："咦呀，这样早就拜年呀？看来我们大老爷是要破财了。"

洪仲伯那细眯着的眼睛朝他老弟射出一道敌意的光："好，三老爷来了，我们三老爷发了财了，看那满把的光大洋哗哗哗地想往外溜。秋妹，来，给三老爷磕个头，三老爷欢喜了会把这些大洋都送给你……"

洪仲祥生怕抢他的钱似的，伸出一只手挡着："别……别……我这几天躲债都躲不赢，怎敢在你大老爷面前摆阔。"说着将那一摞银元往饭桌上一放，那银元就很听话似的整整齐齐站在那里，这是功夫。又从衣袋里掏出两摞棉纸包的朝余淑贞说："二嫂呀，汉子人说话是算数的，说给一半我就会给一半，而且给的现大洋，你又何必去告我的状！那个恶鸡婆，就像我花钱去外面养小老婆了，硬逼我今天来你这里扯回销。二嫂，数一数，数一数。"

余淑贞见洪仲祥真的送钱来了，心想我这一状真告得灵，要不然我到哪里去找你的尸骨？口里却说："三叔呀，真难为你了，只是这一半钱叫我们怎么过日子，你能不能……"

还不待她说完，洪仲祥就用双手一挡："没有了，真的，没有了，哄你二嫂我不得好死！剩下的一半我也不是不给，等生意好做一点我就给你送来，你信不过，先打张欠条也行……"

一直冷冷地看着他的洪仲伯插话了："不对吧？老三，听说你今年上了一趟云南，下了一趟柳州，大大地捞了一把嘛！"

洪仲祥的眼睁得如牛眼大："哪个舅子造的谣？捞？怕是要逮我去坐牢哩！"

洪仲伯打了个哈欠，光景是烟瘾发了，掏出怀表看了看，拄着他的文明棍站起来："老三，话说明白，国有国法，家有家规，我可不准你欺孤儿寡母！"

洪仲祥双脚一跳说："哪个欺孤儿寡母了？她入的股我哪年少送了红利？不像有的人，把人家孤儿寡母的房子都占了，还要充善人！"

洪仲伯气得脸都青了，骂道："你呀你呀，睁起眼睛说瞎话，我是那样的人吗？我是那样的人吗？……"

两兄弟就这样吵了起来。论吵架洪仲伯是吵不赢洪仲祥的，因为洪仲祥没一点涵养，吵架尽带渣滓，洪仲伯却要保持绅士和长者风度，只能喃喃地骂："你们看这个孽障……你们看这个孽障……"

旁的人都上前劝架，余三林不劝，洪元也不劝，他奇怪：伯伯和叔叔是怎么了？就像那过年的电光炮，一点就炸得人耳朵聋、眼睛花。

（节选自《小城故事》，贵州人民出版社，2004年12月）

赵雪峰

皇天后土（节选）

第三章　皇天在上

6. 马老笨不笨

要说这马老笨的一言一行可谓令人讨厌透顶，他的所作所为千夫所指。然而往往坏透顶的人也聪明透顶，当活生生的事实摆在人们面前后，他对科学家的崇拜便显得有些五体投地了。可他还是有想法，说科学家还是偏心，就偏爱刘根、翠花、梅子他们，对自己不管不问，看来科学家也是人，人就有私心，有爱憎。

夜深人静的时候，科学家和蒋队长正在商量下步的重点扶持对象，蒋队长说："梅子家劳力少，荒山荒坡也多，又是你的岳父岳母，我看下步让我出面宣布这个事，重点以她们家为主进行开发，由我来具体组织。"

科学家说："不行，正因为那是我家，就得先让，共产党人无论何时何地都要把利益留给别人，把困难留给自己，先他人忧而忧，后他人乐而乐，我既是党员又是科学家，应该有这点精神、心胸和气量，你应该理解。"

蒋队长沉默片刻道："说来也是，先搞后搞都一样，可群众就是有看法，搞不好就有厚此薄彼之嫌。"

"其实我们也没必要挨家逐户地搞，可以来个全体动员，大家一起上，现在大家的激情高涨，谁都想上，就让他们谁都上。"

皇天后土（节选） 赵雪峰

"可劳力分散忙不过来，有些活很重，单家独户是完成不了的，更何况上面的投入也有限，靠农民自身力量，比如风钻机、炸药、爆破等问题都难以解决，让他们各自为政，难以解决这些问题，同时还怕出问题。像马达祥那样弄出人命关天的事，我们又要受牵连，特别是牵连你啊！"蒋队长语重心长地说。

科学家想了想说："群众的积极性好不容易被我们发动起来了，这就不容易，目前要珍惜和利用群众这股热情，抓紧时间干，这是前提，一切问题都要围绕它来进行，不可挫伤群众的积极性，至于人、财、物力问题可以想办法，什么事都是人解决的，我看咱们合计一下，总会想出好办法来。"

"你先拿出个主意吧。"蒋队长知道科学家决定的事情就会坚决走下去，十头牛也拉不转，只好同意。

科学家说："我们可以这样，你看如何？"

"怎么样，你说。"蒋队长答道。

"先集中力量搞炸石造地造田，这是最重的活，技术性也较强，以男同志为主，妇女们就各自搞自家的经济作物种植。我们通过炸石造田造地取得更多的经验和技术后再各自为政，有程序有步骤地逐步放开。"

蒋队长听后说："这倒是个办法，既集中又分散，既体现互帮互助精神，又鼓励他们独立自主。不过，在帮刘根家干的时候，几乎都是党员及他们的亲戚，其他群众大部分没参加，他们只知道结果，而不知道过程，许多技术和施工中值得注意的问题，一无所知。"蒋队长有些担忧。

"这我也想到了，我看咱们先搞个培训，磨刀不误砍柴工嘛。"科学家说罢又想了想说，"这里面还有一个大问题，我们需要认真商量，搞个规划。"

"什么规划？"蒋队长惊奇地问。

"咱们小寨的荒山荒坡那么多，不可能都搞清一色，要有区别地种植，不能重复，针对土壤情况，对种植品种做一些适当调整，一方面可提高产量，另一方面可避免互相竞争，互相挤压，影响产品价格，避免因此造成浪费，同时对咱们小寨的生态平衡也大有好处。"

蒋队长一听，科学家到底是科学家，考虑问题就是站得更高看得更远，而且一听就是把自己归为小寨的一员，都称"咱们小寨"了。蒋队长很感动，打心眼里把科学家作为小寨未来唯一的希望。这个1949年就当起生产队长的老共产党员，见过的风浪也不算少了，经历了初级社带来的美好的理想，经历了"大跃进"的狂热，经历了互助组的实践，也经历了"文革"。而今天，听了科学家的一席话，他确实感觉百姓的出头之日到了，这才是干实事的党的好干部，这才是山村的未来和希望，跟着他干哪有不富裕的道理。蒋队长由衷地说："科学家啊，我当了几十年的队长，见过的大官小官若干,可从来就没有谁像你一样和我们好好商谈,找一条发展的好路子。有的只是大话连篇,说一通吃一顿喝一瓶,我们把这样的干部称为'三好生',即说得好、吃得好、喝得好。也有人称他们为'三个一'干部,完成了'三个一',酒足饭饱就赶路,走的时候还要歪三倒四拍拍你的肩膀说'好好干,我会支持你,今后我还会来看你',却一去不再来,时间长了名字和单位都忘记了,一点印象都没有,而你却叫我们世世代代都永远记住你。我已想好了,今后我们要组织大家给你立块碑,上书:'我们的引路人科学家,是他带领我们走出贫困,走向富裕,世世代代要永远记住他,把他刻入石头,刻入心中。'"

科学家止住他的话说:"队长啊,这些都是小事,有啥意思,金杯银杯石碑都不如老百姓的口碑,真正为人民谋了利益,人民就会永远记住他,想抹也抹不去。我做这些都不是为了那块什么碑,我只是想人生一世就得做点有意义的事。"说罢,他话锋一转,"我们都不要再说这些无意义的话了,我俩合计一下,下步如何规划这些荒山荒坡,这些荒山的土质、面积你比我熟悉,咱们现在就商量两件事。一是如何划片,如何按片种植,分门别类,按照市场规律,科学调整,避免重复种植,搞自相残杀;二是炸石造田造地下一家先从谁家开始更适合,或者看先搞哪几家。"

蒋队长想了想说:"划片的问题坐在家中如隔山买猫,还是胸中无数,建议明天我俩实地察看一下再实地定夺。只是下一步的炸石造田造地从谁家开始更适合,我看还是从梅子家。一来,梅子一家一开始就支持我们工作,态度一直很积极,理当鼓励,要不然会伤了人家的心;二来,你现在是他们家的人,理应做出表率才是。"

科学家知道队长这句话有些抛砖引玉,便说:"要说态度积极,你的态度最积极,要没有你当时对我的支持,万事开头难,我是无法开好这个头的,又哪来的石山变梯田梯地,石旮旯又哪来的经济作物。要说做出表率,你是一队之长,你更应该做出表率。可是队长啊,你我都是带头人,要说带头吃苦、带头富裕都应该,但这是带头要国家的投资,带头要劳动力,发展自己,这我们都得谦让别人才是。至于典型,我们不是已经抓出了刘根家吗,大家也是有目共睹的,这就是我们的典型。"

蒋队长听科学家这么一说,反倒有些窘迫起来,用手有意识地搔了一下头,不是很自在地说:"我也无所谓,你又不是不知道我的性格,是那种见好就收的人嘛,只是老婆子天天嚷着,别人都干得轰轰烈烈,自家还冷火熏烟,整天都在给别人忙,不是滋味。"

"我看,这就是一个共产党人和他人的根本区别,你要把住这道关,不要被自私所左右,共产党人要有我们共产党人的主见和立场,要有共产党人的胸襟和气量。在外是共产党人,在家也要有共产党人的立场和观点。"科学家有些严厉道。

"是啊,是啊,应该,应该,我明白了,记住了,今后,你要多提醒我才是。"本身就有些不自在的蒋队长听科学家这么一说，也意识到自己的不妥，立马做了让步。

科学家说："这倒没什么，你蒋队长平时的表现是令我非常钦佩的，今后我的工作你还得大力支持呢。"

"你说到哪里去了，你的工作，其实是我们的工作，你一个外乡人，帮我们发展，到这贫乡僻壤受苦受累受委屈，还把家都安在这里了。要说感谢，我们应该首先感谢你，要说支持帮助，首先是你支持帮助我们。"蒋队长由衷地说。

"好了好了，这样说来，都是自家人，都是一个目标，都是为了小寨脱贫奔富，我们都不必太客套，握起手来好好干呗，不为名不为利，只为小寨的发展去苦斗就够了。言归正传吧，我看下步的重点扶持对象就是马老笨。"

蒋队长一听大吃一惊，并立即反对："你忘了此人是如何与我们作对的，忘了此人是如何整我们的，忘了此人是如何弄得我们下不了台、收不了场，去四处借钱摆平他家丧事的，忘了你现在的工作证、工资手续还押在卫生院？人死账未了，你还在为别人着想呀。这些事都是他马老笨干出来的，还到处告了我们的状，说我们违规施工，草菅人命，不管人民的死活，如何如何，给我们戴了许多黑帽子；把他叔叔的尸体抬到你的住处，逼着你拿钱；还在调查组面前说你和梅子如何如何真有其事，告的黑材料；处处和我们唱反调，扇阴风，点鬼火，坏我们的大计，你千万不要好了伤疤忘了疼啊。再说，马老笨是个出了名的懒汉，我们请人家干，怕人家还不愿干呢！不要拿热脸去贴冷屁股了。"蒋队长数落一通，坚决反对。

科学家听了蒋队长一席话，的确也很气愤，可他还是平静下来，耐心地对蒋队长说："还是那句话，我们共产党人要有党员的胸襟和气量，不要因为一点小事和人家一辈子纠缠不清。冤家宜解不宜结，冤冤相报何时了？任何新事物的开始都是有阻力的，不可能一帆风顺，一帆风顺反而就不正常了。俗话说好事多磨，不磨就不是好事，有人反对只会让我们更谨慎、更成熟，要正确对待曾经反对过我们的人。记得有首诗叫作《凡事感激》，内容大概是：'感激伤害你的人，因为他磨炼了你的心智。感激绊倒你的人，因为他强化了你的双脚。感激欺骗你的人，因为他增进了你的智慧。感激蔑视你的人，因为他觉醒了你的自尊。感激遗弃你的人，因为他教会了你学会孤独。凡事感激，学会感激，感激一切使你成长的人。'我看我们就应该感激他。没有他的反对，我们没有那么大的决心和毅力；没有他的反对，我们就害怕别人看笑话；没有他的反对，我们就不知道干一桩事情原来会那么复杂，那么艰辛。解决了这些问题，我们就成熟了一大步，前进了一大步，这对我们难道不是一件好事吗？更何况，通过我们的成功实践，马老笨也在被感化，他的态度也有所改变，这几次活动他还是参加的，态度也是积极的，最起码不和我们唱对台戏扰乱人心了。尤其是像马老笨这样的顽固分子，我们能把他争取过来，才是我们的本事，我们要以实际行动去感化他，以实际工作去征服他，这样的人一旦改过来，对我们未来的工作会产生事半功倍举一反三的效果。真正的骑手在于驯服烈马。真正的骏马首先是烈马，野性十足的马。"

蒋队长一听，无可奈何地答应了："只担心……就怕群众有意见，都说马老笨是一颗耗子屎坏了一锅汤，差点为了他马家毁了咱们的大事，就怕乡亲们不肯帮忙，毕竟独木难成林啊。"

正说话间，一个人突然撞了进来，科学家抬头一看，正是马老笨，蒋队长一惊，莫非这小子又要来要头次的丧账，便说："马老笨，有事明天再说吧，我和科学家正在商量事情。"

科学家赶紧说："蒋队长怎么能这样呢，人家无事不登三宝殿嘛，怎么能叫人家走呢？马老笨找我们还会有啥事？"

科学家毕竟知道说话的分寸，本来是"会有啥好事"，赶紧改为"会有啥事"，他继续说："有哪样事，趁我和队长都在，我们可以商量着给你解决。"显然，蒋队长包括科学家对马老笨仍有成见，他想，马老笨找我们绝没什么好事。说罢，又若有所思地补充道："我和蒋队长也正谈到你呢，真是说曹操曹操到，你来得正好，看来我们有缘分，既然如此，你就说吧，我们也正想找你谈谈呢。"

马老笨是个名笨而实不笨的人，揪准这句话就问："你们打算找我谈哪样嘛？"

"我们暂且不说，让你先说，我们听听。"科学家说。

马老笨求人心切，先说就先说："科学家、队长，我错了，你们要原谅我。"

队长说："我们早就原谅你了，否则你还能和我们说上话？"队长显然还有些情绪。

科学家赶紧打圆场："大家都没错，都各有各的难处，可以理解，你说吧，究竟哪样事？"

马老笨沉默了几秒钟突然说："科学家、队长，我也要搞工程。"

科学家一听高兴了。"不谋而合，不谋而合呀。"科学家兴奋得站起身来，"我刚和蒋队长也正商量下步工程重点就放在你家，你看说曹操，曹操就到了，而且是来要工程的，好啊，好啊！原来，我赶着你们干你们还不干，现在最犟的人成了最积极的人，好啊，好啊，太好了！说实话，你是第一个主动来要工程的，你来了，我高兴啊！"说罢又看着蒋队长道："队长啊，怎么样，人是会变的嘛，变了就是好人，是吧。"队长也只好勉强点点头。

"好吧，好吧，你既然背鼓上门找我们敲，我们就合计合计，看这鼓咋个敲法，咱们一道推敲推敲，哈哈哈哈。"科学家边说边笑，比任何时候都笑得灿烂、爽朗、开心、甜蜜。是啊，当一个人彻头彻尾全心全意地征服了他的死对头，那是一桩多么愉快的事。科学家这样的笑是从未有过的，他递了一支红中烟给马老笨，然后给他点上说道："这样吧，你先说一下你的打算，我和蒋队长再和你一道斟酌，以你的意见为主，有什

皇天后土（节选） 赵雪峰

么困难就解决什么困难，怎么样？"科学家对他的事如此支持，不打折扣，而且还带着十分尊重的口吻说话，没有因旧怨而讥讽、藐视、仇视他，这是马老笨没有想到的。马老笨原想先听一通臭骂，再给他们道歉、认错，只要他们答应帮助自己，自己就什么委屈都能受，哪知科学家的态度竟如此积极而宽容，以心换心，他羞愧得无地自容。这也使马老笨深受感动，想想当时抬着叔叔的尸体为难人家的情景，再想想当时极力反对炸石造田并四处扇阴风点鬼火的情形，再想想自己在背后……他惭愧得低头不语，只知叹气。人都说"以眼还眼，以牙还牙"，他怎就不以怨报怨呢，而且还对我那么好。马老笨想着，他反而不理解了，有些不可思议了，甚至怀疑这里面是否有什么不可告人的目的。科学家看出了他的难言之隐，开导说："过去的事就让它过去吧，我们都不计较了，冤冤相报何时了呢，要敢于化干戈为玉帛嘛。国共两党打得那么厉害，都还要进行三次合作嘛，何况我们这点小事，又不是什么大不了的矛盾，更谈不上敌我矛盾，无非是点小误会嘛，你还在想那些陈芝麻烂谷子的事干啥。"说罢倒过一杯水："来来来，边喝水边聊，不要有哪样顾虑，你尽情地谈，我们会尽最大努力地支持你。你富裕了，我们小寨又多了一个典型，那是大家的光荣呀。大家的共同富裕是我到小寨来的目的，更是我的责任和使命，我有责任帮助你呀。看到你们转变了，富裕了，我比什么都高兴，今天，你来了，是我最高兴的事情啊。"科学家一通话情真真，意切切。

正说着，马老笨"呜"的一声就哭了起来，边哭边诉："科学家啊，你那些黑材料都是别人指使我花了三十块钱在镇上请人编的啊，要不然，上面是不知道的，我对不起你啊。"

科学家一听大吃一惊，我可没得罪过人，是谁会指使马老笨干这种背后捅黑刀子的事？这可不是小事，但回头一想，人一天不干正事，不把心思用来琢磨事，就想着在背后琢磨人，哪有那么多精力，把时间浪费在这些无益的争斗上多可惜。想罢，他便对马老笨说："事情都过去了，无非就是个黑材料而已，我也没掉一块肉，就算了吧，冤冤相报何时了呢？宽容些，大度些，不就过去了吗？你不理他，他就理解你了，时间长了，他就无趣了。你也不要告诉我他是谁，这会增加我对这人的仇恨，知道了就有仇必报，我不想这样，就让他永远成为一个谜吧。我可能还会少一个仇人，少一份负担，少一份烦恼，说不定还会因此感化他，而使他良心发现，重做新人，我们还会因此成为好朋友，就像你马老笨一样不是变了吗？人的心都是肉不是石头，我相信血肉之躯是可以感化的。"

马老笨原本在模棱两可之间徘徊，处于告诉他还是不告诉他的两难境地。告诉吧，又惧怕那人；不告诉吧，又觉得对不起科学家，且失去了科学家的信任。听科学家这么一说便又重重地低下了头，"唉唉唉"地只知道重重地叹气，泪水也就止不住地流。蒋队长反背着手在屋里踱着步，口里不停地骂："日他妈的个×，是哪个狗日的太坏了，使老子们这种绊子,老子今天就不信这个邪,非把这狗日的弄出来整死不可!"

科学家站起身,拍了拍蒋队长的肩膀。"队长啊,过去的事就让它过去吧,连我都不说了,我都忍了,你还有哪样不能忍呢。"队长还想说点什么,立即被他打断了,"我们现在是要集中精力干事,而不是集中精力干人,我们巴不得少些牵绊,少些麻烦,少些纠缠,集中精力,把我们自家的事情办好。小平同志不是说'发展才是硬道理'吗,除非发生大规模的战争,否则我们都要集中精力搞建设,小平同志说得多好,在处理这些问题时也应该学学小平同志的眼光。你这样不正好中了人家计?别人巴不得逗起我们闹,让我们干不成事。"

"问题是老让别人在后面捅刀子,我们无法集中精力做事啊!科学家啊科学家,你就是太善良,这害人之心不可有,防人之心也不可无啊,搞清楚是谁,我们好防着点嘛。"蒋队长说罢,无可奈何地狠狠拍着土砖砌的墙仰天长叹,"老天爷啊,给我们点心思干事吧,为哪样要造出这些畜生来算计我们呀。"然后他又怒目圆睁地盯着马老笨,喝道:"马老笨,你这畜生,你告诉我,究竟是哪个狗杂种指使你干的,我操他妈,老子非把他宰了不可。"

马老笨颤抖着双腿,口里打颤:"是,是,是……"正欲说出来,被科学家一下止住了:"马老笨,不能说,我不想知道,也不想让别人知道,这样会乱事的。"

马老笨悔恨交加,"咚"的一声就是一个响头跪在科学家和蒋队长面前:"队长,科学家,我知道我错了,我被别人利用了、当枪使了,我以后一定改正,重新做人,听你们的话,好好为人,好好做事。"

科学家看到马老笨大男八汉(堂堂一个男子汉)的跪在自家一个小年轻面前,几多不自在,赶紧把他扶起来,语重心长地说:"老笨啊老笨,其实你并不笨啊,你把你的心思都用来做正事该多好呢。你也不要再自责了,我们原谅你了,以后一定要正大光明地为人,堂堂正正地做事。好吧,你先回去吧,今晚大家心里都不平静,等大家都冷静一下,我看明晚再商量你们家那片荒山的改造问题。你先思考一下,针对你家那片荒山的情况,拿出个改造方案,我们一起研究。"说罢,三人便散了。

此时,夜已很深,阴风呼号,蛐蛐在叽叽喳喳叫个不停,猫头鹰阴一声阳一声地不知在喊谁的名字,不一会鸡鸣犬吠嘈成一片,小寨一个不平静的夜晚还未过去。天亮不知是否好个秋。

三人度过了一个不眠之夜。第二天,大家各自去干自己该干的事。

晚上碰头的时候,马老笨果然拿出了改造方案,他像个不大不小的领导给上面下来的大领导汇报工作一样,学着蒋队长讲话前干咳两声,清了清嗓子,用高八度的音调道:"尊敬的科学家、蒋队长等各位领导同志,我马老笨认真按照昨晚两位领导的安排,回去后考虑了一个通宵,今天又考虑了一整天,终于拿出了我家荒山耕地的初步改造方

皇天后土（节选） 赵雪峰

案，现在给二位领导同志汇报如下。"科学家一听，差点笑出声来，这马老笨真是没过过作报告的瘾，还真像个不大不小的领导作工作汇报，看他那筋络暴绽、摇头晃脑的样子，科学家几次都差点笑出声来，但看着马老笨那一本正经的模样，又觉得不好笑，只好和蒋队长你看看我，我看看你，抿着嘴互相强打着精神听马老笨的汇报："我家三口人，我爹我妈还有我，共一亩耕地，一亩荒山，耕地人均三分三多一点点，荒地人均也是三分三多一点点，耕地和荒山总共才两亩，人均也只六分六多点，人少地少，劳力缺乏，父母年老不能耕种，就靠我一个劳动。由于我又懒惰，又不懂得如何经营土地，觉得这块土地贫瘠，不出种，真是'一种种了几大坡，一收收得几颗颗'，实在没有干法，所以三天打鱼两天晒网，游手好闲，不务正业，赌博成性，好吃懒做，对这块土地失去了希望。年年差吃的，青黄不接的时候就东家借一点，西家借一点，借一斗苞谷第二年就还人家两斗谷子，包袱越背越重。人家不借了，我们就掰嫩苞谷当顿吃，吃一顿嫩苞谷要当三顿苞谷饭，越吃越亏，家贫如洗，吃不像吃，穿不像穿，住不像住，我都三十七八的人了，也没有哪个肯嫁我，都是由于穷。科学家来了，带领我们炸石造田造地，发展经济作物，用活生生的事实让我看到这些屙屎不生蛆的土地还是有搞头，我下了决心也要好好把这块土地改造一番。"科学家和蒋队长大气都脱了，又不好打断他，怕刺伤他的自尊心，挫伤他的积极性，就听他说下去，他话锋开始转了："其实，我马老笨不笨啊，就是想致富无门路，是科学家给了我们这个好方子好路子，才让我看到了这块土地的希望，致富的希望。针对我家的实际情况，我想，那些荒地都是石山，也才一亩，造田也造不了几块，造地也造不了几块，不如把它用来全种花椒，然后再用花椒钱去买大米或苞谷。刘根家种的花椒出来后，我算了一下账，真是不算不知道，一算吓一跳，一亩花椒的收入价值可以换五亩苞谷三亩大米，我想这一亩土石山就全种花椒了，相当于我种了五亩苞谷三亩水稻。"科学家和蒋队长连连点头，觉得这账算得好，这家伙名叫老笨，实际不笨。他继续说道："至于改田改地我想在现有耕地上搞，一半地改成田，一半地砌石拉坎改成梯地，提高田地质量，增加土壤肥力。再在田边地角依山靠水修大大小小的蓄水池作灌溉用，这样吃粮问题就基本可以自给了。"

科学家一听兴奋起来了："马老笨啊马老笨，你笨哪样，你太精明了，你比我聪明，你真是举一反三啊，不仅想到改造利用荒山，还想到改造现有耕地，而且还有配套措施，一五一十说得头头是道，思路清晰，办法可行，我非常赞同。"

蒋队长也说："处了几十年，怎么就没看出你老笨原来也不笨，还是个十分精明的猴子？看来我这队长下一步还得让你做继承人呢。"

马老笨从来没听到过如此高的评价，而且是队长和科学家的肯定，感动得面红筋胀。马老笨毕竟是个精明的人，一阵激动后，也没被表扬冲昏头脑，镇静片刻，他搔了搔头，有些不自在地说："只是有两个问题，需要请示两位领导。"马老笨确实是个精明人，不仅把基本情况给领导介绍了，而且还不忘提出需要请示解决的问题，程序是懂的，思路是清楚的。

蒋队长眯笑着说："说吧，啥问题，有什么困难我们就给你解决什么困难。"

"不要有什么顾虑，尽管说，说错了我们也会理解的。说吧，有什么困难我会全力解决。"经科学家这么一鼓励，马老笨就大着胆子提问题了："第一，由于我平时好吃懒做，没有和人家换得有活路，别人做活的时候我不帮忙，怕自家干活的时候没有人帮忙；第二，改造耕地所需要的雷管炸药等物资无钱购买。"

"还有什么吗？"科学家问。

"没有了。"马老笨回答。

"那好，我立马回答你，第一，劳力问题，我和蒋队长负责帮你组织。第二，雷管炸药我找支农部门从支农物资指标中解决，可以了吧？"

马老笨高兴得跳起来，赶紧问："从哪个时候开始搞呢？"

"明天。"

"明天？快了点吧。"

"快哪样，咱们分头行动，明天你到我那儿拿花椒种，由蒋队长负责出面给你组织劳力栽种，我明天就到有关支农部门领取炸药雷管，不就可以了吗？"科学家回答说。

马老笨一激动脸就红，他脸红脖子粗地站起来，在科学家和蒋队长面前深深地鞠了一躬："谢谢各位领导，谢谢各位领导的支持，我马老笨的翻身之日到了。"

科学家和蒋队长相视笑笑："去吧去吧，回去准备一下吧，明天就要开火了呢！"

马老笨高兴地应声出门，消失在茫茫夜色中。这时天边已经露出鱼肚白，雄鸡唱过三遍，新的一天就要来到了。科学家又和蒋队长合计了一下，最后肯定地说了一句"世上没有顽固不化的人"，便各自回去休息去了。马老笨由于激动彻夜难眠，还在考虑这事怎么来得如此突然，一点思想准备都没有，还有那片荒石山该从哪儿开始施工，到哪儿结束呢？还得想象花椒成熟时的模样，够感人的。蒋队长呢，要考虑明天组织哪些劳力，心中得有个数，明天哨子一吹，点到名的就得跟他上。科学家得考虑明天到镇上找哪位分管领导，人家在不在，不在咋办？农推站长那老同学有没有难处，不管有无难处，第一，咱们是老同学，赖也要赖他。第二，自己有尚方宝剑，自己是省社科院下来做科技扶贫实践的专家，是全省知名的最年轻的专家。下来时，分管农业的刘副省长曾语重心长地对他说："你下去吧，用科学去武装一方人，改造一方人，致富一方人，由省政府开个证明给你，有什么问题，这是尚方宝剑，地方政府和部门要无条件地支持你！"想到这里，他又把省政府的证明拿出来看了又看，再想想惜别时省长的谆谆告诫，心中充满了无穷的力量和希望。

第二天，天气格外晴朗，天刚朦胧，曙色已在天际跳跃，小村趴在曙色下，蔚蓝蔚蓝的，不一会便传来鸡的呼唤和狗的呐喊，人们知道新的一天又到了，小村便开始了新一天的骚动和不安，村民们在呵欠中盘算着一天的来来去去，然而今天却由不得他们。按照头天晚上的安排，蒋队长走家串户，不一会便组织了上百人的施工队伍向马老笨家荒山进发了。都是些马老笨从来就没和人家换过活的乡亲，马老笨一看感动得声泪俱下，站在路口一个一个地作揖："感谢乡亲们，感谢乡亲们，我马老笨从此以后一定重新做人，不辜负乡亲们对我的帮助和厚爱。"

刘根问："马老笨，何时学起说人话了？"

"是科学家教我的。"

"哈哈哈哈哈哈，说句人话都要科学家教，你是三岁娃儿呀。"翠花嫂子嘻嘻笑着说。

"不不不，不是不是。"马老笨又急忙否定。

"你看你看，这不是又翻脸不认人了吗，刚刚还说是科学家教他的，立马又说不是，马老笨呀马老笨，你真是个阴阳人，要不是科学家和蒋队长，你算老几，哪个会帮你。"刘根气愤地说。

"是的，是的，是的。"马老笨又急忙肯定。

翠花在一旁哈哈大笑："马老笨呀马老笨，你今天是咋啦，只会说'是'和'不是'，'不是'又'是'，你是不是神经出了毛病？"

"是的是的，我神经出了毛病，我的神经从来就没有像今天这样不正常过。"

蒋队长捋着胡须一边指挥大家干活，一边抿着嘴笑得无比甜，他在思考一个问题：这科学不仅仅可以改变贫穷，而且可以改变人性，多伟人的科学，多了不起的科学家！想到这里，他就想起当年"以粮为纲，毁林开荒"和"大跃进""大炼钢铁"带来的生态失衡和浮夸风，想起那些大大小小的干部下来就要杀鸡宰鸭喝得天昏地暗，什么事都不干，一顿闷酒一灌，走的时候还要拍拍肩膀说"你好好干"。他们编了个顺口溜叫作"晚上睡起算，清早起来看，坐起车子转，隔着玻璃看，中午干顿饭，一顿闷酒灌，围着裙子转，拍拍肩膀你好好干"，便扬长而去。想起这些，他就忍不住要骂那句脏话："我操，我操，我操！"又不知哪根神经抽了风，他站在山头就振臂高呼："科学家万岁！科学家万岁！"大家听到蒋队长这么一呼，也跟着高呼："科学家万岁！科学家万岁！"马老笨被这种气氛深深地感动了，却又不知如何表达自己的心情，就骂了一句粗话："科学家都不万岁，哪个狗日的敢万岁！"

这一天的功劳可大了，太阳渐渐偏西的时候，他们也收工了，整整一亩花椒种植十分规范，坑的深度、土层的厚度、间隔距离都很合格，蒋队长和梅子做了认真检查，一一通过，随后凯旋。那夕阳在每一个庄稼人脸上跳来跳去，像一朵朵待放的花蕾，缀在一户户曾经从板壁到瓦片都愁眉苦脸的人家。

就在这天晚上,科学家带着爆破技术员,人背马驮把雷管、炸药送到了马老笨的工地上,整个小寨又一次充满了火药味,新的战斗又要打响了。

马老笨家仅存的一亩耕地改造,按计划顺利推进,没过多久,一块块方方正正的大田,一块块正正方方的地块,一口口大大小小的水窖,便依次呈现在人们眼前,大家兴奋激动,都渴望着自家也能改造出如此宽大的好田好地。科学家知道,一场轰轰烈烈的造田造地造经济林的运动即将到来,而他的任务更重了,更艰巨了,毕竟上面的支持是有限的呀,还得逐步培养大家自力更生的精神才是长久之计。而正在此时,一场新饲料养猪、养禽的畜禽养殖改革又在小寨掀起,这是科学家的又一次改革。小寨的速成猪、速成鸡、速成蛋使开始缓过一口气的小寨人狠狠地又赚了一把,那"鸡屁股银行"和"猪屁股银行"拉出的都是票子,小寨人从未见过生得那么快的蛋,下蛋下得那么快的鸡,长得那么快的猪,都为科学家的科学所折服。

这年,马老笨家丰收了,丰收的马老笨雄起了,到处提亲找老婆。要说这马老笨都人过中年了,就因为穷,一直娶不起老婆,也没有谁愿意嫁他。他把这事告诉了科学家,他已经和科学家成为最知心的朋友了,科学家说:"这事就交给梅子办吧,她是个高手,她一定会给你办妥。"

梅子在一旁笑着说:"试试吧。"其实梅子心中早就有了底,自家大姐高不成低不就,也是个大龄青年,和马老笨年龄正相当。大姐平时常到他们家,请梅子有恰当的适合的就给她物色一个,只要梅子点得着的,她毫不反对。有了这个底,梅子还愁这桩"生意"做不成?

果不出所料,梅子第一次做媒婆给大姐上门提亲,待她把马老笨的近况介绍后,大姐二话不说就满口答应了。

结婚那天,马老笨披红挂彩,满脸笑容,满面红光。按当地的规矩,第一个程序是请先生念咒祈求平安吉利;第二项是新郎出门背新娘进大堂;第三项是拜天拜地、拜祖宗、拜高堂;第四项程序才是入洞房。这马老笨全乱套了,全改了,全移风易俗了。那天的婚礼由他这个新郎官亲自主持,他没要程序,也没要先生。他说:"谁是先生,科学家才是最高明的先生,才是为我们带来福音、带来吉利、带来富裕的大先生。"他首先向众乡亲众亲朋陈述了自己由一个游手好闲、好吃懒做的浪子穷光棍洗心革面、重新做人、勤劳致富的经历。他说他从来就没想到今天会这么风光,这么幸福,是科学家解决了自己的生产生活问题,还和梅子商量解决了自己的终身大事,给自己找到了美丽的新娘,给了他一个家。马老笨说着说着情不自禁,喊出了"科学家就是我的再生父母,科学家万岁"的口号。然后他接着说:"今天我也不请先生念咒了,那咒念了千百遍也不见灵验,咱们也还这穷样,科学家的'咒'才是真经,现在我要请科学家把他的'咒'念给众乡亲、念给众亲朋听听。"

科学家借此机会上了一堂别开生面的生动活泼的科技兴农课,开了一次别开生面的生动活泼的科技兴农群众大会,没想到把这喜事办成了会议,把这婚宴办成了会议伙食。这都是马老笨一手导演的,你说这马老笨笨不笨?我看不笨。科学家讲完话后,马老笨说:"今天,天地我不拜,祖宗我不拜,我只拜父母和科学家,是父母生育了我,是科学家让我摆脱贫穷,走向富裕,重新做人!"说罢一头跪在科学家面前,泣不成声:"今天我向科学家下跪,向科学下跪,是你们拯救了我,从此以后,我马老笨也是人了!"

7. 控告

由于上面指标有限,财力有限,国家也不可能老是无偿地给炸药、雷管、优良品种及各种改地补助,把农村变成一个无底洞,这极易养成群众"等靠要"的懒惰心理。科学家召开群众大会,号召大家采取"国家拿一点,自己出一点"的办法,有钱出钱,有力出力,炸石造田造地造经济林,谁投得越多国家就给得越多,这大大地刺激了广大农民的投资热情和投劳积极性,整个小寨炮声隆隆,干劲冲天。科学家终于把小寨搅得河翻水涨,轰轰烈烈,使小寨迅速脱贫致富,成为全镇、全县、全州、全省的致富典型,成为大家参观学习取经的热闹场所。科学家的名字也不胫而走,被人们传为佳话,一个省社科院的知名年轻专家,扎根山村,安居山村,使小寨迅速脱贫奔富,他的先进材料被报社记者、各级党政办公室秘书写得越来越长、越来越精彩。此事传到了省社科院,又传到刘副省长那里,刘副省长又专门安排省社科院和省报的同志深入小寨搞一份调研材料。不久,省报头版头条登载了以《闪光的青春——青年科学家扎根山村挖穷根》为题记写的知名青年科学家不恋城市恋农村,扎根山村挖穷根,安居山村找富路,带领小寨人民脱贫致富的先进事迹的长篇报告文学。该文被许多媒体转载,引起强烈反响,引起了省委、省政府的高度重视,决定在全省掀起一场向知名青年科学家学习的热潮,并决定将科学家提拔为小寨所在的平安县的科技副县长。决定还未下达,控告像雪片似的飞到各级组织、纪检、监察部门办公室和领导的案桌上,罗列了科学家的六大罪状:一是为名为利,巧施苦肉计。意思是说科学家扎根山村,这是他的一场苦肉计,意在贪图个人私利,达到不可告人的政治目的,政治野心昭然若揭。二是草菅人命。是说马老笨的叔叔马达祥之死科学家负有不可推卸的责任,然而时日已久,科学家却逍遥法外,出现了如此人命关天的大事,非但不处置,反而要提拔重用,还要号召大家学习,真乃草菅人命。三是见色起意,不顾地位和名誉。是说科学家勾引良家妇女梅子,与之勾搭成奸,使之怀孕,在其父母的威逼下不得不与梅子结婚,却美其名曰"扎根农村,安居山村",其实是不得已而为之,是一场上骗组织、下骗人民的骗局。四是假公济私,贪图政绩。是说他用公家的钱物做面子,为自己垒筑政绩。五是浑水摸鱼,中饱私囊。是说科学家借炸石造田造地发展经济林木之机,骗取国家钱财,从中截留,据为己有,贪污公款,中饱私囊。六是自比皇上,口呼万岁。是说科学家自比皇帝,要群众喊他"万岁",喊他"万岁"的就得补助,不喊"万岁"的就不得,只要喊他"万岁",不仅给补助,还给老婆,还说"我科学家都不万岁,哪个狗日的敢万岁"。如马老笨,直到结婚的大喜日子还高呼:"科学家万岁!万岁!万万岁!"这是个严重的政治问题。对于一个有严重经济问题、政治问题和生活作风问题的人,上级理应明镜高悬,明察秋毫,秉公办事,严肃查处,以正党纪政纪法纪。如要号召全省上下向他学习且还要提拔重用,真是滑天下之大稽,要被天下人笑掉大牙,还会有损党的形象。

  这封信引起了上级的高度重视,以此人有争议为由临时动议,决定取消头次的议定内容,提拔暂搁,号召学习暂停,待把问题调查清楚再做决定。这是组织为了慎重起见做的临时决定,情有可原。

  这些事情,是事关个人声誉和升降沉浮的大事,组织十分慎重,也十分保密,所以不漏风声,科学家作为当事人更不可能知道。

  上面派来了人,专门调查处理这桩事。此时,科学家正在召开群众大会研究下一步要进一步调整农业产业结构的问题。他总结了几个历史性的变化,他说:"从全寨目前的情况来看,吃粮已经不成问题,改石造田造地已经告一个段落,小寨人民结束了石山区不能造田不能产水稻的历史,走上了单靠吃大米都能过好日子的道路,这是小寨石山区一个了不起的历史性变化。现在那些金灿灿的苞谷都用来养猪烤酒,你们不是说现在猪吃的都比原来人吃的好吗,而原来猪吃的野菜大家反而喜欢吃了,这又是一个历史性的变化——人畜饮食倒置的变化。再看看原来那些光秃秃的'秃头山'不见了,取而代之的是'葡萄山''花椒山''金银花山'等等,它们的头发茂盛了,四处一片葱绿,一派生机勃勃的景象,这又是一个历史性的变化。过去你们是一种种了几大坡,一收收得几颗颗,现在实施科学种田种地,改良品种和耕作方法,倒过来了,一种种了几颗颗,一收收得几箩箩,这又是一个历史性的变化。过去是养牛为耕田,养猪为过年,养鸡养鸭为了盐巴辣子钱,现在我们推进了畜禽品种改良,实行新饲料饲养,已由'养猪不赚钱,肥了一块田,零钱凑埂钱',转变为'养猪不过年,只为赚大钱',这又是一个历史性的变化。过去是山上是石头,山下是石头,青黄不接就逃荒,现在是山上是银行,山下是粮仓,肚子饱,衣兜胀,心不慌,这是不是又是一个历史性的变化?……"科学家总结得头头是道,大家觉得就那么回事,掌声此起彼伏,连连称"对对对",科学家越说越起劲:"乡亲们,这只是万里长征走完了第一步,或者说,万里长征只是个开始,以后的路程更长,事情更多、更复杂、更艰苦,也更精彩。我要带着你们打更多的粮食,挣更多的票子,使你们更富裕、更光彩,把'小寨'建设成二十世纪五六十年代的'大寨'一样出名，一样光荣，一样辉煌。"下面又是一阵掌声。他双手做出下压的姿势，让大家停止鼓掌，然后继续说："要实现这个目标，我们还要做更大的努力，因此，我打算，第一……"他刚伸出一个指头，话音一落便一头栽倒在地……

　　调查组正在镇里了解情况，当然，上面来人一般都是找一把手即该镇兴安镇的党委书记马达鹏，马书记向调查组汇报了科学家的情况，他说："科学家自从来到我镇小寨村以后，不辞辛劳，调查研究，理论结合实际，积极进行土地改造，炸石造田造地，种植经济作物，进行畜禽改造，使小寨迅速脱贫致富，成为全省依靠科技兴农的好典型，为我镇争了荣誉争了光，做出了巨大贡献，全镇广大干部职工和人民群众有目共睹有口皆碑，镇党委政府对他是肯定的，人民群众也是不会忘记他的。"

　　调查组说："人无完人嘛，此人有些什么问题没有，群众还有些什么反映没有？"

　　马达鹏想了想，然后递过一支烟给调查人员点上，自己也点了一支，深深吸了一口，漫不经心地说："是啊，人无完人，金无足赤，谁没个三长两短，看人关键要看主流嘛。"

　　调查组的人说："正是主流问题，你是党委书记，应该把知道的情况如实向组织反映。"

　　"我不知道什么情况。"马达鹏坚持说。

　　调查组的同志十分严肃地说："你作为一个镇党委书记，不可能不清楚情况，因为这桩事情反响很大，你说你不知道，除非两种情况。要么你欺骗组织，包庇纵容；要么你官僚主义，不体察实情。你可要知道包庇也是犯罪哟。"

　　调查组显然是不相信他，马达鹏被调查组这一吓，只好说："作为一个共产党员，我当然要讲党性，要对组织负责。"说罢极不情愿地打开抽屉，在里面翻了半天，翻出两封控告信说："我这里有两封信，当时也没引起我的重视，这是我政治敏感性不够强造成的，我向组织作自我批评。"

　　调查组接过控告信一看，都盖有手印，而且时间相差两年多，便严肃地批评马达鹏："此事如果第一次控告的时候就引起你们镇党委的高度重视，也不会发展到如此严重的地步！"

　　"是，是，是，我接受批评，当时也是想让他在这里安心干事，为我们地方百姓做点好事，加之他又是省里面派来的，就没认真。哪知会出这么多事，这我们地方党委政府有一定的责任，特别是我作为一个镇党委书记，视而不见，是不对的，要负一定责任。"马达鹏说罢头也不敢抬。

　　调查组从马书记那里取到了有人签名盖章的调查材料，便回到了纪委。

　　不久，纪委的处分决定下来了，上面大概是说，科学家在小寨进行科学实践期间不加强政治学习，不注意思想改造，出了一些政治、经济和生活问题，但鉴于科学家对小寨的脱贫致富有功，故从轻处理：第一，行政记大过处分；第二，停止一切科研活动，调回社科院安排工作；第三，三年内不得评职称和提拔重用；第四，所有的学习号召和宣传立即停止。纪委的同志在镇党委书记马达鹏的带领下来到小寨宣布对科学家的这个处分决定。可是找不到科学家，科学家自那天在群众大会上昏倒以后便被送到医院治疗检查去了。医生说，这是他太疲劳所致，但在仪器的作用下却发现了许多惊人的问题，这除了梅子知道，谁也不知道。而科学家是个聪明人，这些天医生和家属的状态让他早已敏锐地察觉到病情不是很轻，但那是医生的职业道德，正如科学家也有科学家的职业道德，人家不能说就不要勉强。医生又送药来了，发现他又在和蒋队长商量下一步小寨的发展问题，医生板着面孔极其严肃地提醒道："病人需要休息，你现在不能再用脑，你的任务是休息，知道吗？"说罢，又对着蒋队长说："你是家属，要会护理病人，这个时候要让他少想些事，轻轻松松地养病，配合好医院的治疗。"说罢换好药，有些不满意地转身走了。

　　科学家笑着说："队长啊，你不知道，现在流行一句话叫作'公安无事抓鸡婆，交警无事撵摩托，城管无事抢秤砣'，而这个医生呢无事就对着病人乱说。"说罢，两人都笑了起来，科学家说："我看，不要听他们的，我们继续商量我们的正事。"

　　队长说："不不，医生的话还是要听的，还是休息吧，养养神。"

　　梅子在一旁也说："你啊你，你就是不听，你这样下去会急死人的。"

　　科学家一听，知道这话中有话，比如"焦急""担忧""恐惧"等等，而科学家毕竟是科学家，思想是科学武装起来的，心态也是科学武装起来的，他对着队长和梅子说："病魔像弹簧，你弱它就强，你不怕它，它就怕你，我看咱转移一下注意力，别把它当回事，它就无可奈何了，说不定还是一种治病的方法呢！"

　　蒋队长一听觉得有道理，也拗不过他，只好说："好喽好喽，都是你有理，你说吧。"

　　科学家接着说："这就对了，你不陪我说话谁陪我说话，我看下步小寨的发展要有一个统一的规划，哪片荒山发展什么，哪片土地最适宜种什么，要有一个详细的规划，要形成规模，提高效率，避免零敲碎打，自我竞争，自相残杀。然后关键要做好市场调查，要根据市场的需求去发展，真正以市场为导向，认真研究市场，把握市场，否则，时间长了必将陷入盲目发展，供过于求，造成损失。这是个大事，不能忽视。这些天，我在医院反复琢磨这个问题，我看，这样办，第一……"正说话间，镇里的马书记陪着纪委的同志进来了，马书记一见科学家就握着他的手，激动得有些不能自已，眼中噙满了泪花："科学家，我们没有保护好你呀，让你身心受到那么大的刺激。"马书记说罢拼命地握着他的手，痛苦地摇着头。接着纪委的同志便郑重地宣布处分决定。科学家一听，犹如晴天霹雳，五雷轰顶，他做梦都没有想到上面已经把他的材料都搞好了，而且

皇天后土（节选） 赵雪峰

还做出了处分决定，速度惊人。这提不提拔、评不评职称都无所谓，关键是要他离开这"用武之地"，离开他的战场，回到社科院去，作为一个立志为科学献身、立志在这片广阔天地创业的人，作为一辆一直在阵地冲锋不止的坦克，这不是要让他锈死吗？眼看小寨新的发展又要到了，他的宏图战略即将实施，却要他打马回城，他该咋办？看着头上挂着的输液瓶，他知道完了，再也没有时间了。梅子在一旁哭泣，他说："哭什么，大不了我们一家回省城还不好吗？"说罢自家的泪水也流了出来，他知道他的病情，不知是否还能回省城。梅子知道他的病情，听他这么一说，便哭得更伤心。蒋队长在一旁垂着脑壳，翘着嘴，鼓着眼睛一句话不说。气氛一片死寂。突然一声："我操你们的老祖宗！"蒋队长暴跳如雷，一把夺过处分决定撕得粉碎。然后上气不接下气地说："狗日的，你们知道他在这里是咋个干过来的吗，白天同我们劳动，晚上同我们研究问题，气候不适，饮食不适，疲劳过度，你们看他现在都瘦成什么样了，全身都是病，你们忍心吗？你们良心遭狗吃了！"说罢冲上前去扯住纪委同志的衣领："老子揍扁你这只咬人狗！"啪啪就是两耳光。

科学家拔了针头一把拉住蒋队长："队长啊队长，你怎就那么糊涂，你怎么去打人？有什么话好好说嘛。"

蒋队长喘着粗气说："你就是哪样都好好说好好说，当时我就提醒你，害人之心不可有，防人之心不可无，你就是不信，今天不就让这帮狗日的搞倒了。"

梅子在一旁呜呜地哭，纪委的同志大叫："土霸王打人，土霸王打人！我要上告，我要上告！"叫罢，一手指着科学家说："农民都遭你带坏了，你该死！"马书记在一旁一边劝这个一边劝那个，忙得不可开交。医院一片混乱，惊动了医院的医生和院长，一大群迎前跟后的医生护送着院长来察看此事。院长一看这情景，大怒："这是医院，不是乌合之众打架吵闹的场所，你们都给我滚出去！"

"你怎么能这么说话？"科学家有些莫名其妙地看着院长说。

"我是一院之长，我说了算，叫你们滚就滚！"院长再次强调。

大家一下被这个颇有"魄力"的院长震住了。这时科学家说："院长，我是你的病人，我想向院长提点要求行吗？"

院长把眼睛一鼓："可以！"

"我想让大家都出去，只留我和蒋队长在，我想单独和他说两句话行吗？"科学家请求道。

"准！"院长摇头摆尾，踱着方步出去了，大家也跟着出去了。

科学家拉过蒋队长坐在床沿，语重心长地说："队长，我们都是党员，要听党的话，党也有错的时候，但我们要相信党，从革命战争年代到和平建设时期，党都犯过不少错误，但最后都是党自己解决了自身问题，这是我们党的伟大。我作为一个党员，受这点小委屈算得了什么，要相信党、相信上级组织一定会为我们做主，澄清事实真相。这是第一。第二，今后遇事要冷静，不要鲁莽，鲁莽只能乱上加乱。要有礼有节，心平气和地对待每一件事，不管出现什么事，要努力向组织反映，争取组织支持。第三，我走以后，你要抓紧组建小寨村的班子，这是我下步准备着手做的。没有时间了，如果班子建不起来，靠你一个人村支书、村长、队长一肩挑难以支撑，更何况后继无人，以后谁来带这个头？我的意见是，首先发展党员，培养马老笨、梅子、刘根、翠花他们入党。马老笨年轻，点子也多，进步很快，让马老笨、刘根任副村长和副队长做你的助手，带几年；翠花和梅子抓妇女工作和年轻人的工作，有她们协助你，力量会大些，否则我走了，你独木难撑呀！"说着双双抱着哭成一团。然后科学家擦了擦眼泪，继续说道："第四，下步的发展思路，按我前几天说的统一规划，因地制宜、因市场制宜去进行调整。粮食品种要预防老化，注意适时更换；经济作物要根据市场需求进行调整，以免泛滥，终至成灾。总之，具体情况要具体分析，灵活掌握。也许现在我们抓起来的东西，以后就不适宜发展了，要根据市场的变化而变化，要千万记住市场是只无形的手，它指你往哪就往哪，不要和它对着干，和市场背道而驰是要吃亏的。市场这两个字太重要了，要千万千万记住，随市而行，不能盲目发展，更不能因循守旧。"科学家说完已是满头大汗。

蒋队长一边给他擦汗，一边流泪："都这个时候了，你还想那么多，小寨人民来世给你当牛做马都值了。"

"哦！"科学家突然想起一件事，"我的工作证、医疗证还继续扣在医院的，等马老笨家叔马达祥的抢救费医疗费扣完后，你给我取出来。"蒋队长重重地垂下头，又想骂人，被科学家止住了，声音十分微弱地说："你这脾气要改，这样不能团结同志一道共事。我走以后，你还是这种脾气是不行的，我放心不下。"

队长听罢，惭愧地垂头保证："我一定改，一定改，你放心吧。"此时，窗外细雨霏霏，阴云密布，雷声好像一个男人沉重的叹息，由天际传来，震颤着人心。来看望科学家的群众已在外面聚集了一大堆，这些天来，来看望科学家的群众络绎不绝，只是今天，由于不准任何人进来，外面便聚了一团团。他们有的提着几个鸡蛋，有的抱着一只老母鸡，有的提着水果，有的拿着几把豌豆菜、几把面条，焦急地等在那里引颈眺望。突然，电闪雷鸣，大雨滂沱，里面响起蒋队长声嘶力竭的哭喊："科学家！科学家！救人啊，救人啊！医生！"等医生和群众冲进病房的时候，科学家已经到他幻想着的那很美很美的地方去了，那地方是他带领群众要建设的一种境界，它只有一个唯一的名字，叫天堂。医生摸了摸脉搏，长叹一声。"由于长期水土不适、生活不适，并且积劳成疾，他全身是病。告诉你们吧，他是胃癌晚期，并伴有心脏病，早就出现了症状，他是在你们面前硬撑到今天。由于今天急火攻心，体弱难撑，才早一步走了。

皇天后土（节选） 赵雪峰

要不然，凭他的意志，他还可以坚持一段时间的。"说罢又长叹一声，"这是无法挽回的，安排后事吧。"医生说罢走了。蒋队长和群众方才如梦初醒一下明白过来，科学家真的走了，带着他们走路的人真的走了，带着他们寻找"天堂"的人走了，独自去了"天堂"，去了那个美丽的没有人琢磨人的地方，是带着最后的处分走的。蒋队长和乡亲们齐刷刷地跪在他面前，仰天长呼："苍天啊，还我们好人，还我们好人啊！苍天啊，为哪样让他走得这样早啊？苍天啊，你睁眼看看啊，我们全都给你跪下了，求你还我们的好人啊，他还要带着我们干好多事啊！"马老笨夫妇闯了进来，一看这场面，一下伏到科学家身上号啕大哭，边哭边诉："我的恩人啊，我的恩人，你为什么不让我替你上路啊，没有你又哪有我马老笨的今天啊，来世就让我给你当牛做马，替你受苦受累啊！"说罢脱下身上的白衬衫撕了作孝帕包在自己头上，又撕了一块包在妻子头上，两夫妇就在那里边哭边诉，边诉边哭。梅子带着幼小的科梅边哭边用头部撞墙，吓得幼小的科梅哇哇啼哭，梅子看见孩子，又不忍心丢下孩子，一把把科梅抱在怀里："儿啊，你的命好苦啊，小小年纪就没了爹啊！儿啊，妈的命好苦啊，儿啊，我们孤儿寡母的以后咋过呀？儿啊，你爹死得好冤啊，谁来洗清他的罪名啊，谁来洗清他的罪名啊？"梅子悲痛欲绝，哭着哭着就有些奄奄一息的要昏了过去，蒋队长一看这阵仗，赶紧叫翠花抱住梅子，自己向医院要了担架抬着科学家一路哀号一路撒纸钱回到小寨。全寨一片哭声，惊天动地，大人孩子披麻戴孝为科学家守灵七天七夜。送科学家上山那天，天空下着雨，乡亲们抬着他像负起一片沉重的祝愿，他终归于那片他深爱着的土地，离开了他深爱着的乡亲，回归那片他希望及早摆脱贫困的土地。他不负于皇天，他终归于厚土。乡亲们把他葬在他亲手种下的花椒树下，让他保佑乡亲们永远幸福。临别的时候，乡亲们围着他的"新家"跪成一圈号啕大哭，久久不肯离去。马老笨双手刨着科学家的墓土，边喊边哭，手指甲都刨翻了盖，鲜血染红了墓土。梅子哭得死去活来。蒋队长哭着说："乡亲们，科学家走了，让他入土为安吧，我们不要再打搅他了。他太累了，让他好好休息，我们回家吧，我们回家吧，让他在家好好休息吧，我们走吧！"乡亲们一步一回头喊着科学家的名字放声大哭，哭声摇荡苍山，将山谷震得无比凄凉。沿途撒满了招魂的纸幡。皇天挥泪，厚土默哀。

（节选自《皇天后土》，作家出版社，2004年）

王 华

桥溪庄（节选）

第一章

雪豆

黎明无风。茫茫雪野在朦胧中沉睡。

但，桥溪庄无雪。一片茫茫雪野中，桥溪庄，一个方圆不过一里的庄子，仍然固执地坚守着它那种灰头土脸的样子，坚守着它那份坚硬的憔悴。

桥溪庄，像茫茫雪野上的一块癣巴。

庄上，李作民的女人正在生他们的第二个孩子。女人痛得全身是水，咬紧牙根。接生婆在一边瞪着对铜铃眼，一张瘪嘴尽最大努力地打开。快使劲！她喊，快使劲啦！你想想你怀了五次，好不容易才把这畜生怀上，你定要把这畜生生下来，不能让这畜生要了你的命啦！她看见女人的一只脚已经朝着死亡迈进，她要把她拉回来。她成功了。女人朝着冰冷的黎明尖利地"啊"出一声，孩子就降生了。

孩子的名字是早起好了的，叫雪豆。不管是男是女都叫雪豆。孩子的名字里带个"雪"字，是从六年前开始的。六年前，桥溪庄开始了它下不下雪的历史。桥溪庄人看着雪花在自己眼睛前飘啊飘啊，却总不飘到桥溪庄来。也就是从那时起，桥溪庄的雨也渐渐少了，开始还下些小雨，后来连小雨也少了。桥溪庄人常常只有观雨的份儿。大雨小雨都是别人的事，桥溪庄人只有站在灰扑扑的桥溪庄观看近在咫尺的如注的大雨的份

桥溪庄（节选） 王 华

儿。也就是从那年起，桥溪庄上的女人肚子不爱发芽了，好不容易发了棵芽，却又是夭折的多。桥溪庄人把这些个现象归罪于桥溪庄冬天不下雪，他们想雪是上天赐给地上生灵万物的最圣洁的礼物，上天要是不给桥溪庄雪了，就说明上天是要抛弃桥溪庄了。他们不希望被上天抛弃，因此，他们的孩子生下来，名字里都要带个"雪"字，以此而示他们的诚心祈盼。

雪豆是个女娃。

雪豆生下来时不哭。接生婆倒提着她打她的脚心，打一下，她喊出了两个音符。接生婆听不清她喊的啥，把李作民叫进屋，她说，这畜生不哭，倒好像是在说话，你听听她说的是啥。说着，接生婆又在她的脚心来了一下，雪豆就又喊了一下。接生婆停了手，问李作民，她说的啥？李作民不知道自己刚才是不是真听清楚了，他听到雪豆喊的好像是"完了"。但雪豆一个刚生下来的孩子，怎么能喊出这样的话呢，李作民就叫接生婆再打她一次。接生婆打了，雪豆也喊了，还是喊的"完了"。接生婆把眼睛瞪得都要掉出来了，问李作民，听清了？李作民没作声。他其实知道接生婆也听清了，但他知道接生婆和自己一样都不愿相信自己的耳朵。接生婆或许是想听得更清楚一些，挥起她的干巴掌在雪豆的脚心一阵猛抽，雪豆就跟着她抽打的节奏喊出一串"完了"来。

接生婆和李作民都不愿说出自己听到了什么，他们都感觉到了一种来自于冥冥中的不祥。这时候，他们都想起了女人。原来女人生下孩子以后就昏过去了。李作民在接生婆的指导下灌了女人一碗热开水，女人活了过来。

接生婆把裹在襁褓中的雪豆放到女人身边，看着雪豆发了半天呆，一句话也没说，走了。

李作民想送送接生婆，但他把正准备迈出去的脚收了回来。他把雪豆抱起来，在雪豆的屁股上不重不轻地来了一下，但雪豆仍然不哭。雪豆闭着眼，一副不愿看到这个世界的样子。李作民本想再听雪豆喊一次"完了"，但雪豆却再也不喊了。李作民把她的襁褓解开，打她的脚心，她也不喊了。一时间，李作民怀疑自己刚才是听错了，他倒回去把刚才的记忆重新阅读了一遍，却又觉得是那么清楚真实。那时候，天已经大亮了，李作民站在自家屋前，环视四周白茫茫的雪野，把一种隐隐的恐惧嚼碎了吞进肚子里。

自那以后，雪豆三岁才开始说话。但在她两岁多的时候，桥溪庄上的人个个都听说她刚生下时喊过几声"完了"。是接生婆跟大家说的。本来接生婆是想守住天机的，但从雪豆生下以后，桥溪庄的女人就怀不上血胎了，只怀气。明明是鼓鼓的一个大肚子，里面也还有模有样地胎动，可辛辛苦苦几个月，女人一阵屁一放，什么都没了。一个这样不奇怪，个个都这样，年年都这样，接生婆就说，看来上天真是要灭桥溪庄了。她说，雪豆刚生下来时就告诉我们了。于是都听说李作民的小女儿雪豆生下来时喊过几声"完了"。光听接生婆说还不大相信，都跑到李作民家来问。李作民说，哪有这事，我们雪豆到现在都还不能说话哩,要是她真是生下来就能喊话,那她为什么都快三岁了还爸呀妈呀都不会叫?来人问,那接生婆说的是假的?李作民说,是接生婆听错了,她把雪豆的哭声错听成喊话了。来人想了想说,你在说谎,她肯定喊了。接生婆说你和她都听得真真切切的。

李作民说,我是听得真真切切的,但我听到的是雪豆的哭声,并没有听到她喊什么"完了"。你要不信,你现在就叫雪豆喊,看她能不能喊。

雪豆真的不能喊,雪豆连爸和妈都不会叫。

来人走了,李作民搂过雪豆,轻声问她,你是不是真说过"完了"?你现在告诉我究竟是什么完了?真是桥溪庄要完了吗?雪豆看着她的作民爸,用手摸着她作民爸脸上的胡茬子,哧哧直笑。雪豆没有回答她作民爸的这些问题。

雪果

数九的日子,天空变得很窄。灰头土脸的桥溪庄没有雪和雨的滋润,只能由着风把一种坚硬的寒冷挥劈。

七岁的雪果拉着雪豆在街上奔跑,雪果感觉有一把刀子在刮他的脸。

雪果不停下。雪果对妹妹说,快,我们去把作民爸叫回来,妈要死了。

妈要死了。是妈这样对他说的。妈今年入冬后就天天咳嗽,花了好些钱了,没见病好,倒见着人老了,一张脸上堆了三张脸的皱纹,由雪果的妈变得像他们的作民爸的妈了。今天,从早上起来,妈就不停地咳嗽,咳嗽声都要挤破屋子了。后来,妈就叫雪果赶快去叫他们的作民爸回来,她说她要死了。

李作民在厂食堂里做饭,吃在厂里,还有工资。桥溪庄上的壮劳力不管是男还是女,都在厂里干活。但除了李作民,他们都是干粗活,被自己弄出来的灰尘包裹着,喘粗气,流大汗。原来雪果的妈也在厂子里干,她干的是粉球籽儿。但她从今年入冬起就没干了。她干不了了。她一到那个灰尘的世界里就喘不过气来。

从家里跑到厂里,雪果只需要不到五分钟的时间。可雪豆不让他跑。雪豆拽着他的胳膊说,哥,看,雪。雪豆才刚会说话,只能一个字一个字地吐。雪果说,有什么好看的,再看也是别人家的。我们快去叫爸,妈要死了。雪豆说,妈,不,死。雪果不停下。雪果说,你一个小孩子知道什么,妈都说她要死了。雪豆还是说,妈,不,死。

雪果带着雪豆喷吐着白气来到厂食堂的时候,李作民正在一团香喷喷的雾气间挥舞着勺。雪果吞吐间把李作民弄出的香喷喷的雾气吸进了他的胃,一时间就把来这里的目的给忘了。他拉着雪豆,四只圆溜溜的眼睛被伸长了的脖子举在雾气上空,贪婪地看着锅里。李作民像赶猪仔一样赶他们,去去!走开,来这里干啥?李作民从来不让孩子们

桥溪庄（节选） 王　华

到他这里来，他觉得那样不好。雪果这才想起了自己此行的目的。他不容分说，上去就抓住李作民的胳膊往外拉，嘴里还不住地说，妈要死了，妈要死了！李作民手中的勺掉进锅里，哐当一声。李作民问雪果，谁说的妈要死了？雪果说，妈说的。雪豆却说，妈不死。李作民和雪果都吓了一下，呆了几秒钟。雪豆又说，妈不会死。雪果说，作民爸，雪豆会说话了。李作民却说，雪果，带着妹妹先回去，我后面来。雪果说，你快点，妈都要死了。李作民说，不会，你妈不会死。不知从什么时候起，李作民有些迷信雪豆的话，雪豆说他女人不会死，他就想他女人肯定死不了。雪果还想说话，李作民大着声音朝他喊，还不快回去！雪果拉着妹妹雪豆转身走了，他心里还在咯噔，雪豆今天怎么一下子就能说好话了，像有神在帮她似的？

雪果带着妹妹出了食堂，对妹妹说，作民爸应该让我们尝一口，我们家里从来没吃过那么香的菜。

雪果说，那菜里肯定有肉。

雪果说，作民爸在家里弄不出这么香的菜来。

从厂里出来往庄上走，一开始就要上坡。李作民赶上来拉着两个孩子往家里奔，没几步就都喘上了。好在坡不长，上了坡，桥溪街也就油条那么长，没多大工夫，他们都听到了屋里剧烈的咳嗽声。那咳嗽声虽然听起来扯心扯肺，但它带来的毕竟是生命的信息。由李作民带头，三个人都停下来稍作了会儿休息，把心放到心窝里才进了屋。

他们在一团乱七八糟的咳嗽声中看到了女人。她头上裹着顶线帽子，上半身裹着棉衣，下半身裹着被子，像一根被折断了的死树耷拉在床上，被咳嗽扯得全身乱抽。他们进来了，她好像也没有知觉。她的头像个瓜悬在床沿，接连不断的咳嗽使它不得不连续不断地点。看起来很像她在向地许诺什么。地上，是血，是一些死去的和正在死去的血。

李作民倒一缸开水，往里面放一撮盐，再放上一撮白糖，搅上几搅，把女人扶起来，要她喝下去。女人一脸糊里糊涂的水，嘴上还有血。她闭着眼，把所有的痛苦都挤压在眉眼间，皱纹被扭成一团打架的蚯蚓。李作民把开水碗举到女人的嘴边，想偷她歇气的空隙喂她水，可女人一串咳嗽把水吹得到处都是。李作民急得朝女人喊，快喝水，你死不了。女人还真就有了一秒钟没有咳嗽的时间，李作民赶紧朝那干渴的喉咙里喂进一些盐糖开水，被滋润过的喉咙再咳嗽起来声音也柔和多了。女人这才有气无力地打开了她的眼睛。

李作民朝着这双无神的眼睛笑笑说，喝了这碗水，我去给你熬姜汤。随后，李作民叫一直呆站在一边的雪果洗姜。雪果一直站在一边看着妈的痛苦表现，妈的样子使他全身的肌肉都拧紧了，好像他原本跟妈是串连在一根电线上的灯泡，妈的每一根神经的牵动都会影响到他，让他也饱尝了痛苦。这时候，妈好一点了，他也好一点了。他说，作民爸,还是不给妈喝姜汤了。李作民奇怪地瞪着他,他说,喝姜汤喝不好,不如让妈死了,死了就不难受了。李作民啪地就给了雪果一巴掌,妈的咳嗽声和作民爸的巴掌声同时响起,妈像垂死的鱼一样看着雪果,作民爸像疯牛一样瞪着雪果。雪果张开大嘴,哭着喊道,人死了就不知道痛了呀!李作民大声呵斥雪果,还不快去!

雪果便拉着雪豆去了。

妈妈喝过很多回姜汤了,每回都是他洗姜。他很愿意做这件事,因为他也想为妈妈做点什么。但他做了很多回这事都不见妈妈好起来,他就想不如让妈死了还好点。他看到过死人,死人睡得很安静,死人显得一点都不痛苦。

耳边总响着妈妈的咳嗽声,雪果就洗得很专心。妹妹在一边掺和,他突然就想起妹妹今天奇迹般能把话说成句的事了。他眼睛不住地盯着妹妹,想在妹妹的脸上看出点端倪。

可盯了半天,不但没盯出答案来,反倒把自己盯傻了。

雪豆见他傻着,打了他一下说,雪果哥。

雪果醒来,刚才脑子里的全忘了。

神女

滋润后的喉咙有时会留给女人一分钟或两分钟的时间,让她闭上眼休息一会儿。李作民要雪果把姜洗好,熬上,他说他去把厂里的饭弄完就回来。

陈大懂和他侄子陈小路来了。陈小路哭丧着脸,陈大懂则是一副操碎了心的样子。两个人裹挟着一团冷气进来,李作民不禁打了个冷战。陈小路说,我孩子没了。李作民一惊,孩子没了?陈大懂叹气说,跟那些一样,他媳妇把怀了七个月的孩子当屁放了。李作民也叹气说,都那样,又能怎么办?李作民这样说,陈小路就哭开了。陈小路说,都说你能帮大家。李作民说,我怎么帮?陈大懂抢过去说,是这样的,大家的意思是,把你家雪豆拿到各家香案上,我们当神仙把她供上两天……李作民急得打断陈大懂,问他为什么要这样做。陈大懂说,你家雪豆刚生下来就喊"完了",要不是她这样喊,我们这庄上咋就从有了她以后就再没有过别的孩子生下来?我们这庄上的女人咋就怀不上血胎,只怀气?

李作民急得脸都红了,却不知道该对这两个人说什么。因为女人的咳嗽声不断地响起,陈大懂和陈小路后来就尽量把声音压着,虽然脸色不好看,但李作民也不好发作。

雪果和雪豆洗完了姜,端过来给李作民。李作民才说,我女人都吐血了。陈大懂稍微和缓了一下脸色说,其实我们是要把雪豆当神供哩,我们想雪豆出生的时候能喊出那种话来,身上肯定附着神灵,我们想雪豆说那种话的时候是在下雪的时候,肯定只有在

桥溪庄（节选）　王　华

四周都下着雪的时候神才让雪豆变成一个神女，我们想趁这几天四周都下着雪，让神灵附身的神女雪豆再跟我们说一次话，我们要她救我们哩。

李作民觉得这样做有些荒唐，他很想笑一下，但他的笑刚从鼻子里出来，就在脸上变成几条干干的皱纹，在脸上扭了几下就算了。

李作民说，那你们把雪豆带去吧。

雪豆说，作民爸，我要吃饭。

陈大懂说，不能吃饭的，吃过饭就不行的。

李作民说，我们雪豆要是神，她妈也不会咳嗽得跟个碎石机一样了。

但陈大懂还是把雪豆带走了。

陈小路把雪豆放到自家的香案上，要她盘腿坐下。雪豆不知道这是要她干什么，心里好奇，很听陈小路的话。来了很多看热闹的，好多是小孩，一些没上工的大人也来了。他们都不作声，只盯着雪豆看。大人们不说话，是他们自觉的。小孩不说话，是大人们不让他说。雪豆看见雪朵了，她喊，雪朵。雪朵朝她眨眨眼，嘟一下嘴。雪朵又看见雪山了，她喊，雪山。雪山去看他爸，他爸陈大懂给他头上一巴掌，要他一边去。

雪豆的两边插满了香火，雪豆要去摘香火棍，遭到了陈大懂的呵斥。后来陈大懂可能觉得这样对雪豆不好，又突然弄出一张笑脸来给雪豆看。而这时候，雪豆已被两边的香火熏得直想流泪。她坐不住了，她想站起来。她觉得这样并不好玩。她朝着一大堆人中喊雪果。哥，她喊。你哥不在。雪山告诉她。雪山刚说完就挨了他爸一下，雪山就再不说。雪豆想站起来，她想就是哥不在她也要站起来，她要回家去。但这个时候她的面前跪下了好多大人，陈小路两口子跪在前面，另外几个跪在后面。雪豆暂时不想起来了，她想看这些人跪下来做啥。她使劲抹着眼，想看清楚地上跪着的那些人正在做啥，却发现他们闭着眼，什么也不做。她想，这也没意思，还是起来吧，这烟都让我睁不开眼睛了。雪豆要收腿了，却收不动。她抬屁股，也抬不动。她像是给钉在香案上了。她不相信自己给钉香案上了。她屁股上又没钉子，坐的时候也是她自己坐的，并没有人拿钉子钉她呀。她想可能是她的腿睡着了。她打了腿几下，她对腿说，我要起来了，你不能睡着了。但腿还是不醒。她又打屁股，她想，你腿要睡是吧？我让屁股起来了，看你们还睡。但屁股也不听她的。它们都不知道她的眼睛睁不开了，不知道她好难受啊。雪豆哭起来了。先是轻轻的，后来就大声嚎。但不管她怎样嚎，跪着的人还是跪着，闭着的眼还是闭着。没有跪下的，是那些孩子，但他们又不敢去管她。雪豆就只有不停地哭了。

后来，雪豆意识到她的作民爸和哥都不在，她哭也没用，也就不哭了。哭是很累人的活儿，一个没吃饭的人哭起来就更累了。雪豆不哭了，她想睡一觉。她就睡了。

雪豆从来没有坐着睡过觉,但她还是坐着睡了。她的腿睡了,屁股也睡了,她只能这样坐着睡。

陈大懂告诉跪着的人们,看来对了,心要诚啊。

跪着的人们听不见雪豆闹,脸上就更加虔诚起来。

他们想,雪豆身上的神灵就要说话了。

所有在场的人都守着自己的喉咙,连呼吸也怕大声了。孩子们紧张地盯着睡着了的雪豆,他们也等着雪豆开口说神话哩。

雪果本来早就想来看人们怎么把他的妹妹当神敬了,但作民爸要他给妈熬姜汤,熬好了还要喂妈喝。作民爸去为妈接医生去了,走时嘱咐雪果一定要办好这两件事。

雪果是跑着来的,来到大家面前时不住地喘。由于大家都沉默着,雪果的喘息声就显得很响。陈大懂急忙把雪果推出屋,小声喝他回去。陈大懂说,回去,雪豆现在是神,不是你妹了,回去,别来这里搅。雪果不回去,他伸长了脖子看着睡着了的妹妹说,让我也看看神女。陈大懂说,你不能看。雪果说,为什么?陈大懂说,亲人在她身边不行的。雪果想了想,再看看在那里坐得真跟神一样的妹妹,觉得陈大懂说得对,只好站在门外伸着脖子看。他也想听妹妹说神话。

李作民把医生请来替女人看了病,又把厂食堂的下午饭做好了,才来看雪豆。

这时候雪豆实在是不想睡了。她本来有几次都想醒过来的,她很饿,饿了的肚子不想睡,叽哩咕噜吵着也不让她睡。吵着她还不醒,肚子就让她感觉到痛。痛可不比吵那么容易对付,肚子一痛她就不得不醒来了。醒过来的雪豆悄悄看一眼面前,没发现作民爸,也没发现哥,只有一片不作声地跪在面前的身体和几个挤在旁边不敢作声的脏孩子。雪豆想,醒来又有什么用啊,还不如睡着好。于是她再一次让自己回到睡眠,回到她那白得像一张纸的梦里去。可是没多久,她又不得不再一次醒过来,因为她的肚子又在吵又在痛,看样子是铁了心不让她睡了。这一次,她刚睁开眼就看见了作民爸正朝着她这里走来。于是她叫了一声,作民爸。这个声音很稚嫩,但还是把在场的人们都吓了一跳。李作民走进屋来,看看地上跪着的人们,再看看香案上的小女儿,哭笑不得。雪豆伸出双手要他抱她回家。一些跪着的人听到雪豆那一声平凡得不能再平凡的叫声,心里有些泄气,站了起来。陈小路也站起来了,他很不高兴,他怪李作民来搅乱了这件事。陈大懂和陈小路都拦着不让李作民抱雪豆。他们说,还没完哩,谁叫你来搅了?李作民鼻子里叹出一口长气说,雪豆都一天没吃饭了。陈大懂低了声音说,这种情况是不能让她吃饭的。李作民生气了,他大了声音说,你们总不能让雪豆饿死吧?雪豆这边见作民爸动静大了,又听到说要把她饿死,就嚎开了。

李作民不管在场的人们是不是高兴,把雪豆从香案上抱了下来。他对陈大懂说,要

桥溪庄（节选） 王 华

拜你们也该拜观音才对。雪豆于是跟着说，拜观音，拜观音。

在场的人突然眼睛一亮，雪豆终于指示他们了，不，是附在雪豆身上的神灵指示他们了。

陈大懂说，对，拜观音。

于是，在陈小路的带动下，刚才从地上站起来的人们又跪下了。这一次，他们没有朝着香案，他们这回是朝着雪豆和李作民。

陈大懂和他女人

陈大懂把庄上当家的都喊到一起，他说，我们这个地方邪门了好几年了，我们准备修个观音庙来压压邪气，给菩萨建房不等于给我们自己建房，是很讲究的。我们自己不能修，只有请人来修。这样可能就得多花些钱。但这钱是用在菩萨身上，菩萨是知道的。我们要给菩萨修庙就是要她从今以后保佑我们，保佑我们多子多福，保佑我们没灾没难，保佑我们跟其他地方的人一样冬天下雪夏天下雨。所以，我们不能怕花钱。想来这样的事也用不着我多说，各家看着出。我定个底数，一家先出五十吧。只可多不可少。修庙时我们要建一块碑，把大家出的钱刻在碑上，让谁都知道。

收钱的事就交给陈小路。陈小路看着陈大懂说，叔你先带个头吧。陈大懂说，行，我带头，但钱你得找你婶拿，叔身上生来不带钱的。

于是，陈小路第一个找陈大懂的女人。

婶，叔没在哩？

上工去哩，他今天轮白班。

婶，叔他说的一家凑五十块钱修观音庙哩。

钱吧我手里还没那么多，等我卖两篮子炭灰来再给你。

炭灰能卖钱，而且还能卖大价钱，只有桥溪庄了。陈大懂的女人专门干这行。原因是桥溪庄是巴在省道上的。桥溪庄本来就是冲这条省道生的。有了这条省道，桥溪厂又落根在这里以后，后面山上就陆续下来了很多人，他们把房子建在省道两边，和厂紧靠着，慢慢地就成了一个几十户人家的庄子。省道便是他们的街。这省道是从对面坡上曲里拐弯落到桥溪河，再往桥溪庄这边爬的。从桥溪河爬到厂还不算陡，从厂到桥溪庄就突地陡起来。陡坡难爬，汽车得使劲儿，使劲多了，这一截路就给车们糟蹋得不成样子了。遇上雨天，这截路是司机们最头大的地方了。滑，车上不去。司机找庄上的人要过两回炭灰撒路，庄上人顿生灵感，他妈的，卖炭灰！就这么简单。

陈大懂家住在街口，陈大懂的女人就专门捡起了这笔生意。不下雨就没生意不是？

桥溪庄的这截路就永远都湿着。桥溪庄都几年没下过透雨了，庄上人用水还是从桥溪河里抽哩，但那个地方就是永远都湿着。一开始，一篮子炭灰卖两块钱，后来涨到五块，再后来就涨到十块。

政府派人来修过这截路，专门用水泥浇了一遍。之后，那截路上不光有干不透的水，还有很多的黄泥。黄泥和了水，水泥路面就更是跟个泥鳅的背一样滑。没办法，没本事爬过这地方的司机们还是躲不过掏钱买灰。

司机们骂陈大懂的女人是土匪。女人说，我是做好事哩，咋成土匪了？庄上有人叫女人趁车少的时候把刚铺上的炭灰扫了，车来了又卖。她不。她想那样才是土匪哩。她铺上去的灰，能管一天管一天，能管两天管两天。她只负责让路上永远都有水，偶尔悄悄撒点黄泥。

她也不像其他卖东西的，站着，等着，或者吆喝着。她在家里干着自己的家务，有人会来喊她的。都是别人来找着她做买卖。有一些脾气犟的司机，在轮子上套了铁链，凭着一股犟劲，硬就冲上来了。这样的人，她没看见就当是没有他们。

昨儿个不是下了场雪吗？虽然桥溪庄没有雪，但桥溪庄的眼皮底下有雪啊。车是要从那里上来的呀，车们从下面上来时带了满屁股的泥，到了这儿哪有不滑的？前天铺上的炭灰早被车轮子们刨光了，你看它滑不滑？

陈大懂的女人想今天生意肯定不错。

来了。

陈大懂的女人听到了汽车使劲的声音。她听得出是一个大家伙。她想最好是这家伙一使劲就横在那了，这样，她就能多卖些灰了。

汽车还在使劲，弄出很没教养的暴吼声。

女人还做她的家务事，只支个耳朵，有意无意地听着。

汽车吼到后来不吼了。女人等着有人来叫她。果然一个粗粝粝的骂这截路的声音响起来了，接着，司机也来到了她的门口。司机刚骂过路，脸还红着，眼睛还瞪着。一张嘴，嘴里吐出的白气硬得打人。

提两篮子炭灰去把那截狗日的路铺一下！他喊。像是女人欠了他的炭灰一样。女人不慌不忙，把因为长时间没打开而变得不太有弹性的嘴抿抿，再用舌头湿润一下嘴唇，才说，二十。司机眼珠子瞪得像乒乓球似的，吼道，又不是不给！女人想，你就是把眼珠子瞪得跟个篮球一样也得先给钱。她不是无缘无故不信任人，只是以前她上过当的。

那司机也说铺好了再给钱，可她刚把路铺好，司机就开车逃了。这司机也不知道哪来的那么多火，见女人不去拿灰，头发里都生烟了。他把唾沫星子冰坨子似的砸在女人脸上，你们他妈的这是抢人！你们比他妈的土匪还恶心！女人抹掉脸上的臭唾沫星子，嘴

桥溪庄（节选） 王 华

角扯两下，把一个讥笑向司机迎面打过去。司机无奈，掏出二十元，给死人撒钱似的向女人的头顶撒去。钞票在女人的头顶上停了一会儿，又张开翅膀往地上飞。中途被女人抓住了。女人揣上钞票，脸上扯了两下，像是笑，又像是皮肤痉挛。女人提了两篮子炭灰跟上司机出了门。

女人出门没几步就把灰泼出去了。炭灰并没用到要害处。这回这司机气得真想揍她了。他骂，我日你妈老子出钱买的灰，你不往我轮子下撒，你往哪里泼了？！女人不急，骂也不急，她这样做是因为看到后面已经堵上了好几辆车，这种时候司机们凑钱多买些灰是有可能的。她不温不火地说，骂人做啥？我把灰放你轮子底下，你过了那儿，这儿不一样过不去？后面那么多司机等着，你叫他们也凑些钱，我多卖几篮子炭灰给你们，你们不便便宜宜就过去了？这样的事情她经历得多了，车子越堵越多，下去的可以不管，可上来的要上来不是？那就得凑钱买灰。买多少灰，每个人凑多少，那是司机们的事，由他们自己商量着办。她，等着卖灰就行了。

女人跟这个恨不得咬她两口的司机说，我碰到过一些司机，自己的车开不上去了，也不像你这样发火。他们上不了就暂时不上，歇下来，等后面的车，等上几个车了，他们再凑份子钱来买灰铺路。司机被女人弄得咬着牙直晃头。面对这么个女人，他显然有点不知所措。他说，你他妈在骂我憨？但说不过还是说不过，他对这个女人是一点办法也没有。

无奈的他只好去跟后面的司机玩无赖。我已经出了二十了，但看来今天这二十块钱还过不了这截路，剩下的就该你们来出了。他对后面那些司机们说。这下他完全没了刚才的血气方刚。他一脸的无可奈何，还加上些许自嘲。

有人不服，大概认为自己能上去，就呜嘟呜嘟猛冲一阵，又退下来了。这下和横在那的大东风嘴对嘴亲密接触上了。这回是上不去也下不来了。不到二十分钟，上上下下拉了好长一串。喇叭催命似的哇哇乱叫。

就像是看到自己导演的戏成功上演，女人的心里叮咚有声，那心真想飞上天空唱一首歌。

司机们都下车来了。上面的，下面的，都朝横着的两辆车这里聚。但谁都不接凑钱的话，装没听见。

女人不急，回到屋里，找个活儿在手里干着，耐心地等。

大东风车司机手里扬着一把看样子是大家凑来的零钱，他嘴里还是骂骂咧咧。女人不管他骂不骂，接了钱，提灰去铺路。刚出门，司机连忙吼，这回可不能乱撒啊，我叫你撒哪儿你就撒哪儿啊。

女人这回真听司机的，司机说，你往我那车轮子下撒，她就往他的车轮子下撒。司机上车,对女人说,你看着,我把车发动起来,你看哪儿需要灰就往哪儿撒,一点不能浪费,听见没有?女人说,听见了。司机把车启动了,车呜呜吼。其他的司机也陆续回到了车上,准备着开路。大东风吼着,车轮子把地上的泥呀炭灰呀刨飞起来,打在女人的身上。女人泼了些灰在轮子底下。这一次她真的很节约。但可能是她太节约,泼出去的炭灰不够轮子转两下子,就刨得不见影了。泼了等于没泼。然而,女人还是耐心地泼。炭灰泼出去,好多都又回到她身上了,还有的跑进她的鼻子里,被她吸进了肺。后来,可能是老爬不上,东风车也不耐烦了,就把女人拉到了轮子底下。这样,女人就代替了炭灰,铺到了大东风的车轮子下面。原来在路边站着一些人的,他们多是些过路的和闲着没事干的小孩子。他们一直关注着大东风的轮子,大东风老是爬不动,他们也在旁边暗暗地给它使劲哩。他们突然就发现女人成了一张饼。他们一时间很奇怪,怎么搞的,刚才她还囫囵站着,现在却到车轮子下面去了?又怎样成了一张饼了?但他们又一下子反应了过来,哦!你压死人了,你把她压死了!他们朝司机喊。

喊声响过,人们也围过来了。司机却迟迟不下车来。他不相信。但后来他明白不相信可能不行,他就下来了。立刻,人们给他闪开一条路,让他看到了女人,看到了那张血糊糊的肉饼。

女人的头和大东风的轮子如胶似漆地合二为一,身体——那块血糊糊的肉饼,朝着轮子五体投地地匍匐着。那样子很像是一个长着大轮子脑袋的皮影人在朝拜这个大铁家伙。血,鲜红的血,带着一股很有侵略性的腥味醒目地占领了一大块地方。

有人说,我看着她好像是被车轮子抓过去的。大东风司机回头瞪那人一眼,吼道,车轮子没手,怎么抓?!

有人又说,可能是她的辫子给轮子绞上了。

陈大懂的女人死的时候,陈大懂还在厂里上工。他和他的工友们一起,被好大一团雾蒙蒙的灰尘裹着,耳朵里塞满了机器的吼声。他们的儿子——雪山,不知道玩到哪去了。

陈大懂刚把女人的丧事办完,侄子陈小路就来收钱。

陈大懂问,什么钱?

陈小路说,还能是什么钱,不就是修观音庙的钱?

陈大懂跳起来说,我看那东西用不着修了。

陈小路说,是叔你喊修的。

陈大懂说,我原来说要修你们听,我现在说不修了你们就不听了?

陈小路把眉头压下来,把声音掖到舌根下说,这样不好的。

陈大懂说,怎么不好?我女人为了凑钱来修观音庙,连命都丢了,还死得那样惨,我看观音也不是个什么好东西！你们要修你们修去，反正我不凑钱！

陈小路这回做出一副被辣椒辣得不可开交的样子说，叔，都交齐了，就剩你了，你叫我怎么去跟大伙说？

陈大懂突然变成一只发怒的狮子，朝着陈小路断喝，你爱怎么说怎么说去！

第二章

李作民

陈小路去找李作民。

叔不交钱。全都交了，就他不交。他跟李作民说。

李作民说，他不交就算了，他连女人都没了，你们还要他怎样？

陈小路说，我是怕大家不依。这观音庙修起来是全庄人都得益，哪能不凑钱呢？再说，这事本身就是他发起的，这下他不入份子了，这件事谁来牵头？……

李作民听不得陈小路唠叨，在口袋里摸。他把所有的口袋都翻了个遍，从身上搜出三块钱。他很不好意思。他把这几块钱摊在陈小路面前，很羞愧地说，我也不能替他垫这份子，我没钱。陈小路脸上突然飞起一片红晕，他说，作民叔，算了，我去跟大伙说去。李作民朝着陈小路的背影说，牵头的人，叫大家选一个吧。

陈小路叫齐庄上人，怂恿大家选李作民做牵头修观音庙的人。他说，作民叔是一个有头脑有见识的人，而且也只有他才比较有时间，我们把这件事交给他还有一个原因，是因为他们家的雪豆。雪豆刚生下来时就会说话，而且说了那样的话，这是大家都知道的。这件事说明雪豆不是凡人，而且，指点我们修观音庙的还是雪豆和作民叔，所以我认为这件事交给作民叔是最恰当的了。大家觉得陈小路说得有道理，他们的确没时间来管这个事儿，能有个人把事情做好了，大家只管受益当然是好事。这样，钱凑齐了，修观音庙的事就交给李作民了。李作民不想干。一是因为他女人卧床不起，家里家外都得他忙，他没精力。二是他认为修观音庙是搞迷信，他不相信迷信。大家说，不是你叫我们修观音庙的吗？你不牵头谁牵头？再说，除了你，我们也选不出人啦。

李作民只好应承了下来。

观音庙这个工程不算小，李作民每天把时间分成几块：给厂里两块，拾掇中晚餐；给观音一块，料理工程所需的材料；其余的给家里，管两个孩子和躺在病床上的女人。有时候，事情会故意捉弄他一下，迫使他把计划打乱，弄得他方寸大乱。

女人会偷出不咳嗽的时间骂他，说他逞能，自己的事情都忙不好，还要多管闲事。李作民自嘲地说，怎么是多管闲事呢，是建观音庙哩，建好观音庙，观音就来这里保佑我们哩。女人说，观音要真是有那本事有那诚心，你现在正在忙给她修庙的事，那她怎么不保佑我药到病除？她要是真能让我这病好了，能干活了，我给她烧高香，不管她的庙有多远，我都去给她烧。李作民笑出一丝丝苦笑来说，你可要少说点观音的坏话，不然大家听到了要撵你出庄的啊。女人还要跟他理论，他就阴了脸看着女人，用冷冷的眼光把女人的话堵回去。女人把话憋回去，咳嗽就开始了。李作民收回只有零度的目光，走了。

他给管理这间厂的几个浙江人煮饭，这几个浙江人自从听说李作民的女人生了病就有些不满意李作民了，不是因为李作民本身，是因为他女人生的那病。浙江人说的是夹生的普通话，李作民听着那话里的嫌弃成分就很浓。浙江人说，你女人那病有可能是肺结核，那是很传染人的。浙江人不光说，还让他从眼睛里看到他们的怕。他们怕他李作民从他女人那里把病传染来再传染给他们，他们要求李作民开餐之前必须把餐具煮一遍，他们要亲自从沸水里把餐具捞起来才肯吃饭。浙江人的这些行为很刺伤李作民的心，但李作民不能计较，他能做的就是忍气吞声，尽量把在厂里做饭的日子往长里走。可是尽管他十分小心，浙江人还是能找出对他的不满意。有时是菜的问题，有时是开饭时间的问题，反正总是要说点什么，好像不说点李作民的什么他们就吃不下饭，他们把说李作民一点什么当下饭菜了。这样的一种情况下，李作民还被乡亲们拖入一种忙乱中，结果是可以想象的了。这天，一个浙江人居然在一阵不满意后说出了"不想好好干就走人"的话。关于这些，李作民也不能跟老婆说，更不能跟别人说。他只有在没有人的时候一口一口叹气，权当是倾诉了。

李作民托人请来了几个外地工匠，按照大家的意思请人选了个黄道吉日，开工了。李作民常去监工。虽然工程上的事情他一点都不懂，但庄上人要他负责管这个事儿，他也只好常常抽一些时间到这里来走走，和工匠们拉拉家常，把一些希望说给他们听。平时，他在这里待的时间不过是一支烟的工夫。他说他很忙。但这天，他连着给工匠们撒了好几根烟都还不走。工匠们说，兄弟忙去，工程的事儿，你放心，我们保证让大家满意。到时候要不满意你们不给工钱行不？可李作民说，我不忙，和大伙聊聊。今天不忙？为什么今天不忙？你哪有不忙的？工匠们也都知道李作民的家里有个病老婆，还知道他每天都得到厂里的食堂去煮饭。李作民虚弱地笑笑说，我从今天开始就不在厂食堂干了。不干了？为什么？那里不好？李作民朝着远处用力吐了一口口水，大了声音说，他妈的厂不要我做了。为什么？李作民看着那问为什么的工匠说，他们说我老婆是肺结核，我再去那儿替他们做饭就会对他们的身体造成威胁。工匠们不说话了，手上也不动了。后来不知是谁咕哝了一句，他妈的！又过了好一阵，谁说，其实，你女人的病跟

桥溪庄（节选） 王　华

这个厂有很大的关系。是啊，谁接过去说，他妈的这厂一天要弄出多少的灰尘啊，看你们这地方，连片韭菜叶子上都上着一寸厚的灰，人每天要吸多少灰尘到肚子里啊？不生病才怪呢，你们说是不是？李作民说，这个我们也知道，但我们找不着其他厂，因为是我们自己要来的。我们搬到这里来就是冲这地方有个厂，能找到钱。

李作民这天和这些工匠们拉了半天的家常，回去后就去了趟三石场。女人的病要医，一家四口要吃饭，他不能停了找钱。

女人也要回厂去干。李作民不让。女人说，我这病一天两天也医不好，你一个人苦来也不够。李作民说，你要是再回去，那你这病就不用医了。女人天真地问，为啥？李作民说，再医也没用。女人就伤感起来，她说，那怎么办？要不，我们也像兰香那样摆个小摊儿，卖点盐啦酱啦什么的？李作民说，你得了传染病，谁会来买你的东西？女人说，庄上的人不买，其他人来买呀。李作民说，你就待在家里养病吧。

兰香

工匠是六个，全是些生猛汉子。他们在庄上搭个布棚，白天在棚里吃饭，晚上在棚里睡觉。观音庙建在桥溪庄后面的坡上。那地是阴阳先生看的。阴阳先生说那里是桥溪庄的主脉，观音在那里才能镇住庄上的邪气。白天，总有人跑到工地上去。男人们去了，谁递上支烟，就有一句没一句地唠上一会儿。女人去了，站一边，工匠们一边干着活，眼睛却偷时间在她们身上忙活。嘴上说不定哪时候俏皮话就冒出来了，女人也不急，俏皮话回过去，还站着不走。当然，庄上的男人闲工夫不多，身子骨强的女人的闲工夫也不多。他们都在厂里上着工哩。往工地上去得勤的也就是庄上的孩子和陈小路的女人。

陈小路的女人不是身子骨不行，她才二十三岁，身子骨好着哩。但陈小路不要她去厂里上工，从去年她怀上孩子陈小路就不让她去了。虽然后来她只生了一长串的屁，但听说这回又怀上了。所以，陈小路还是不要她去上工。对于耕地太少的桥溪庄人来说，不到厂里上工就会多出很多闲工夫。这些闲工夫里，陈小路的女人就往修观音庙的工地上跑。女人喜欢看生猛男人，一个喜欢看，两个也喜欢看，六个也还是喜欢看。这是天生的，女人的眼睛生来要是不喜欢看男人，那就不能算是女人的眼睛，不能怪谁的。但女人说，她是想看看他们怎么修观音庙。她又不是工匠，她也不准备当工匠，别人怎么修关她什么事，她又能看出个啥？女人养着只猪仔，她每天都要替这只猪仔打猪草。男人陈小路上工了，她就背着个背篓出门了。原来是要到后面的坡上去割猪草的，没想到腿却把她带到工匠们那儿去了。

工匠们都听说过庄上怀孩子怀成气的事情，他们问她，听说妹子去年怀了个孩子，怀到后来是一肚子气，是不是真的？她说，谁说不是真的？要不也不请你们来修观音庙了。谁问她，你叫啥名儿？她说，我叫张兰香。谁啧啧称赞，好名儿。谁说，过来，我们闻闻你香不香。兰香说，要闻的就过来，我过来怕给你们熏着，瞧你们那一身汗，多臭。但并没人过来。他们继续着手里的活，嘴上不停。兰香咋闲着，为啥不去上工？兰香说，我从去年怀上孩子就没去上工了。现在呢，又怀上了？兰香脸红透了，像个醉红了的太阳。你就不怕又怀的是一肚子气？兰香说，嘴臭，关你啥事儿？妹子不能这样说，我们来替你们修观音庙也就是为了以后你们这里不出这种怪事，哪能说不关我们的事儿？兰香不作声。谁又说，其实，我们能保证你怀上个真孩子。兰香天真地问，真的？你们还会作法？那边哗啦啦笑出一片来，那个接着说，真的，晚上，我们约个地方，我替你作法。于是那边又是一片笑声。兰香从他们的笑和那坏坏的表情觉出了话中的俏皮，她心里轰地一热说，我倒不怕，就怕你没那个胆！

走了好久兰香心里还热烘烘的。刚才说俏皮话的是六个工匠中最年轻的一个，黝黑的脸，一对大黑眼。那对大黑眼老是在兰香心里扑闪着，兰香的心就总是热烘烘的，好像那儿装着个太阳。

第二天，兰香带上一壶茶水。

桥溪庄的天气，只要天上悬着太阳，春天跟别处的夏天一样，燥热。

兰香说，师傅们渴不？我带了一壶茶水，喝不喝？

喝喝喝！哪有妹子的水都不喝的。

妹子你真好，知道我们想喝水，就带水来了，以后这观音可是要多保佑你才行的。

兰香笑。把茶水倒在碗里，一个一个地送上。谁说，妹子你脸上的酒窝都能装茶水了，你用它装水给我们喝吧。兰香说，我脸上的酒窝可轮不到你啃。那轮得到我吗？又是那个长大黑眼的在说话。兰香回头递一碗水上去说，也轮不上你。说时自己的眼睛碰上那对大黑眼了。啪！她心里什么地方被电击了一下，电光闪闪。一时间她的心狂跑起来，像是要逃出她的胸膛。她不能让她的心逃出她的胸膛，她找回她自己的眼睛，去给另一个师傅倒茶水。但她还是装作不经意地问，你叫啥名儿？大黑眼说，我叫大树。兰香一听他说话，心里又跳一下，不禁回头，却又忙把自己的眼睛藏起来。她不敢和这个叫作大树的人把眼睛绞在一起，她怕这样自己有被烧伤的可能。为啥叫大树？她装作不经意地问。不为啥，爸妈起名时想到了大树，我就叫大树了。兰香就笑。

大树说，兰香，我跟你说，我见过你们那种怪现象。

什么怪现象？兰香问。

就是你们怀气那种怪现象。

兰香显出不好意思了。兰香也不知道自己怎么突然就显得不好意思了，她发现自己的心里有了点变化了。

桥溪庄（节选） 王　华

大树说，你们这种胎叫做"淘气胎"。

兰香问，啥叫"淘气胎"？

大树笑着说，对，你们怀的不是人，是气。

兰香痴了脸，想让自己的脑袋把"淘气胎"想个明白。

大树说，这个不关你们女人的事。

兰香问，那关谁的事？

大树小声告诉她说，关男人的事，是男人有毛病。

兰香嗤笑说，瞎说。

大树就大声笑起来，把话说得在场的都听见了。他说，你不相信你和我试试，我保证你怀上个货真价实的人种。你们这庄上的男人啊，那根管子里装的都是气，不像我们，管子里可有货真价实的种子。兰香看他又变得吊儿郎当，有点气，又有点羞。于是，她也把声音扬起来说，试就试，你不怕你的腿给打断我也不怕。大树说，那我们现在就去你家里。兰香说，瞧你还真是胆大哩，我男人在家里睡觉哩。

那边谁说，大树，她是叫你晚上去哩。晚上她男人不在，她男人这几天是轮夜班哩。

哈哈哈！男人们粗粝的笑声将燥热的空气劈得乱七八糟。

石匠

孩子们都是哪里有稀奇去哪里，哪里有热闹去哪里。在这块癣巴样的桥溪庄上，每天除了能多看几回汽车，就是去厂里看他们的爸妈干活。而那些，他们早看腻了。比较起来，修观音庙就算得上很稀奇了。没上学的，什么时候想来了就来；上着学的，放了学来。他们总是三五个在一起，围在师傅们旁边，痴痴地看着他们干活。有时候，他们也聚在一起干一些他们认为有趣的事，但他们不走开。师傅们爱逗他们，要他们朝着天空叫爸。他们说叫得越大声，他们的肚子越疼。遇着像雪豆这种不知事儿的，就真叫，师傅们就捂着肚子大叫：哎哟！别叫了，我肚子痛啊！看着一群大人捂着肚皮叫痛那是很有趣的事，于是孩子们全叫起来。几张透红的圆脸冲着天空，乱七八糟喊成一片：爸——爸——

师傅们也叫成一片：哎哟——哎哟——我的肚子痛啊——

后来，大人孩子就笑成稀里糊涂的一片。

大一些的孩子，像雪山雪果雪朵这样的，他们上过这种当，他们是有见识的。他们知道这是师傅们变着方儿骗他们叫自己爸。猪才上重复的当哩。但他们仍然喜欢这些师傅。他们的爸妈除了睡觉就是上工，没时间和他们亲密，再说他们的爸妈好像也没这帮师傅容易亲密。他们就和这帮师傅亲密上了。亲密间，孩子们都能唤出每个师傅的名来，当然，他们在名字的后面还加了个叔或伯。他们问，你叫啥名儿？被问的说，叫我石匠伯。他们想，他叫石匠，于是就记住了，以后就叫他石匠伯了。他们不知道石匠伯之所以叫石匠是因为他干的是石匠活儿。他们又问另一个，你叫啥呢？那一个说，叫我泥匠叔。他们想，哦，他叫泥匠哩。

这天，石匠伯突然就叫起肚子痛来。孩子们说，我们也没叫爸，石匠伯你怎么肚子痛了？石匠伯听了发笑，但笑得有点苦。不多一会儿，石匠伯就不能干活了，手按着肚子，嘴里不停地吸气，额上汗珠子豌豆大。大家都停了手里的活看着他，脸上都担着心。谁问孩子们，你们这里有医生没有？孩子们说，没有，在对面坡上才有医生，他又能医人又能医猪娃还能医牛哩。但雪朵说，石匠伯你得"羊毛痧"了，我妈会挑"羊毛痧"。于是孩子们七嘴八舌地叫起来，对对对，雪朵妈能挑"羊毛痧"，石匠伯你肯定是得了"羊毛痧"，那病就是肚子痛，我妈都得过的，是雪朵妈给挑好的。

雪朵妈轮晚班，在家里给猪娃剁猪草。雪朵和她妈孤儿寡母，所以雪朵妈除了在厂里上工，还养着一头猪娃。雪朵妈每天都比别人累，所以雪朵妈每天都比别人没有精神。一群孩子七嘴八舌把她耳朵都吵炸了，她才把眼睛睁大了一点。这一睁，她的好看就暴露出一些来了。虽然石匠当时肚子正痛得要命，但他还是看出了雪朵妈疲惫下面的姿色。他想这是一块能打磨得很好看的石坯。

雪朵妈先用手沾了水在石匠的胸口拧，像对石匠有深仇大恨一样使劲拧。石匠眼睛瞪着雪朵妈，嘴里哇呀哇呀乱叫：妈呀，你是把我当冤家呀！雪朵妈不管，像听不见。只一会儿，石匠的胸口就起了一个青紫色的血包。雪朵妈就拿一根缝衣针在这个血包上挑拨。这下，石匠不叫了，眉拧成疙瘩，嘴里直吸冷气。雪朵妈说，忍着点，把几根毛丁挑出来就好了。石匠说，行不行啦？雪朵妈说，你不相信又来找我做啥？孩子们叫起来，行的行的石匠伯。说话间，雪朵妈已从石匠的胸口挑拨出几根牛毛样的东西来。那东西像琴弦一样并排在石匠的肚皮下面，被雪朵妈用针挑起来，成了几根抛物线。雪朵妈用嘴咬断了这几根抛物线。石匠不痛了。石匠在雪朵妈埋下头咬住他胸口里的那几根弦的时候就不痛了。雪朵妈把咬下来的几根毛丁交到石匠手里说，完了，还痛吗？石匠忙说，不痛了不痛了。说完石匠还坐着，雪朵妈想了想，就给他倒了一碗开水说，我们这儿的水都是从河里抽上来的，河里什么没有啊？不能喝生水的，你要是嫌烫，就等冷了再喝。接着，雪朵妈就去剁自己的猪草了。天快黑了，快到她上工的时间了。

石匠真想等水冷了再喝，可他又觉得这样干坐着怪不自在的。于是，他端起开水，一边吹一边喝，喝得全身汗水直淌。

石匠喝完了水，冲着雪朵妈的背说，谢谢你了。

桥溪庄（节选） 王 华

雪朵妈回头还给他一个疲惫的笑。

石匠多看了两眼在一边玩着的雪朵，说，我走了。

雪朵妈说，过去也不要急着干活，歇会儿。

石匠说，谢谢你了。

几个孩子送他出门，他走了。

第二天，几个孩子再去，他们手里就意外地得到了两颗糖果。是石匠伯给的。雪朵的是五颗，其他孩子的是两颗。雪朵从手里的糖果数量上懂得了点什么，久久地待在石匠伯旁边，还比别人多给石匠伯几个笑。石匠伯悄声问她，雪朵，你妈叫啥名儿？雪朵说，叫凤美。石匠伯笑，想来是想记住这个名字吧，他把雪朵妈的名字重复一遍。他还想问点什么，但雪朵已经走开了。因为雪豆和她作民爸一起来了，雪朵跑去跟雪豆打招呼去了。

大树

今天轮到大树做饭，他得提前回去为大伙准备晌午饭。春天的燥热里，他感觉到一种晕眩。他知道这种晕眩来自哪里。刚才兰香又去了工地。

春天里的女人就像春日下飞来飞去的蝶儿，让人无法阻挡那份要去捕捉的渴望。

大树把自己剥得只剩下裤衩，端一盆凉水从头浇下。他想浇灭自己身体里的那团燃烧得让他眩晕的火焰。不过他没得逞，他感觉水到他头上时他的头发里在滋滋冒着烟。好像他浇的不是水，而是油，这油让他心里的火更加旺了。他心里的那双眼睛告诉他，兰香站在他的背后。

兰香来到他背后时他正往自己头上浇水，哗哗的水声遮住了兰香走来的声响。他把凉水浇了一头一身以后身体里的火焰却燃上了头顶，他就知道兰香站在他身后了。他回转身，兰香果然站在他的面前。兰香是打酱油回来，碰上大树光着身子浇自己冷水就情不自禁地站下了。她是被大树的光身子磁住了。大树的光身子硬邦邦的，太阳光下闪着釉光。这个浑身都充满着阳刚气质的身子在女人阴柔的胸怀里种下了许多的怀想。一个个让人心跳的思想蝴蝶般在兰香的脑子里翻飞，使得兰香在大树转过身来以后仍然回不过神来。大树见兰香的眼神磁在自己身上，心神突地一阵慌乱，忙叫，打酱油啦？兰香经这一叫醒过神来，两片红云跃然脸上，神色迷乱，嘴里喃喃地问，你叫什么？大树说，我叫大树啊，你忘了？哦，叫大树，你叫大树。兰香埋下眼皮，想藏住自己的思想，但脸上的红晕还暴露着她，她急忙抽身走开。

大树跟着来了。大树说，我想借几个干辣椒。大树说着话，眼睛却胡乱看。兰香知道大树不是真来借辣椒，兰香是个女人，春天的女人尤其灵慧。兰香用不着眼睛，仅凭女人那份灵敏的直觉就知道大树不是来借辣椒的。兰香说，他今天上白班。兰香也不知道自己怎么就说出了这句话，刚说出来她就后悔了。她想补救点什么，但大树没容她补救。大树把她抱住了。两个胸膛贴在一起，两颗心就打起了拳击……

兰香不去工地上了。兰香的胸怀里满满地装着那种叫作幸福的东西。这样的女人很安静。兰香一个人坐在家里，守着个冷清得不能再冷清的小卖摊，嘴里嗑着瓜子，心思却在春日下翩翩乱飞。那个叫大树的工匠，那个年轻的身体，充实着她的整个心怀。她什么也不需要，她只需要静静地坐着，静静地怀想就行了。

大树却不像兰香那么安静。大树一会儿来了，一会儿又来了，一会儿是买烟，一会儿是买打火机。来了买了却不想走，看看旁边没人就捏一下兰香的手或者脸蛋。兰香又怕又羞，脸儿红红的，说一声你要干活的，又说一声别累坏了身子。觉得不够，又抓一包烟塞进大树的怀里，却又叮嘱，别抽太多的烟。大树不想要烟，他说，我想要你。兰香脸上两片红霞突地厚了，娇声嗔怪道，大白天的，快去上工吧！大树说，我不去，我要了你再去。兰香说，快走，要不我不理你了。身子却喘起来，眼睛渴渴的，嘴唇也渴渴的。大树说，我不走，我想你了，我受不了了，你看。兰香咬了嘴瞟一眼他的裤裆，慌慌地看看四周，见没有眼睛瞧着这边，忙拉大树进屋，关了门。

他们以为他们做得神不知鬼不觉。但这天石匠却悄悄对大树说，你偷人家媳妇就不怕遭人揍？大树愣怔了半秒钟，脸红了，却不作声。石匠说，你准备把兰香带走？大树看着石匠问，行吗？石匠说，怎么不行？只要她愿跟你走就行。大树扑闪着大黑眼说，兰香她愿的，肯定愿的。石匠说，可你们不能在观音庙还没修完之前就暴露了。大树说，我把持不住自己。石匠说，明天你就开始塑像吧。大树忙点头，高兴得恨不能立刻一巴掌拍出个观音来，立马就带着兰香远走高飞。石匠说，塑观音像这几天你不能去沾兰香。大树有些不情愿，但还是答应了。石匠说，你叫兰香到雪朵妈面前说说我吧。大树的大眼睛睁得像灯笼，差点叫出声来。石匠说，雪朵妈为我挑过羊毛疹，她的嘴里咬过我的肉。大树实在是个聪明的小伙，只听到这儿，就什么都明白了。他在石匠面前把头点得鸡啄米似的。

再跟兰香打过仗后，大树就跟兰香说，石匠大哥知道我们俩在干这事儿。兰香吓一跳，大树却说，吓什么吓？他也想干。兰香不明白。大树说，他想跟雪朵妈，那个叫凤美的女人干。又说，他要你去她面前说说他的好话，让她对他有个印象。兰香明白了。兰香说，你说我帮不帮他去说呢？大树说，怎么不帮呢？我都答应他了。兰香说，那你得奖励我一回。大树说，我明天开始塑观音了，不能碰你了，等我完成了这工程，我把你带回老家，每分钟都把你挂在我的身上。兰香扭着白晃晃的身体说，那是那，这是这。大树看着这个充满渴望的身体，却心有余而力不足。

大树专心塑泥像。

桥溪庄（节选）　王　华

塑坯。

刻画。

涂彩。

大树塑了三个泥像。

一个观音，两个童子。

走

有了庙有了像之后得把神灵请进庙里来，李作民请来法师，摆开大排场请神灵。法师是三个，一个专门念经，一个舞着宝剑作法，一个带着庄上几个年轻男人沿着省道插香火。香火沿着省道前后插了一公里远，一炷挨一炷，像迎接神灵到来的路灯。插完了道上的，再插庙宇周围的。也是一炷挨一炷，在离庙宇五十米的地方，沿着庙宇插满一圈。新庙宇竣工，各路神灵都要来的，得有庞大的香火队伍，以示人的虔诚。

全庄的人都来到这里。这天厂里被迫停产半天，香火味袅绕的桥溪庄显得分外安静。除了庄上的人，一些过路的也站下了，厂的几个管理人员也来了，一些车也停下来了。

舞宝剑的法师满头大汗，他一直看着茫茫的虚空，可他却指挥着地上的人。他高喊，神仙们来了！插香火的法师急忙叫庄上的大人孩子到庙宇前那片麦地里跪下。麦子已成熟，丰满得像一个个临产的孕妇。人跪伏在她们身上，她们发出一片绝望而又愤怒的叫喊，可是人们听不见。因为这时候鞭炮已经响起来了，鞭炮是万响一盘的，共有二十盘哩。这二十盘就是二十万响哩，二十万得响多长时间啊。鞭炮响完了，人们的耳朵里还要响大半天哩。好像刚才那些响声全挤到耳朵里藏了起来，这时候见外面没动静了才争着往外面逃哩。有这些声音堵在耳朵里，舞宝剑的法师喊"神仙进门了，挂红！"他们都没听见。后来耳朵里没有响声了，一些人就悄悄抬起了头。头老是支着，脖子很酸，再说，总得关心一下神仙们是不是来了吧。仰起头，看到了头顶大红的菩萨。菩萨正一脸慈笑地看着自己哩。心里一撞，菩萨来了，菩萨来桥溪庄了。于是再不敢看着菩萨了，勾下头，看地，看被自己糟蹋了的麦子。

陈小路在抬头间突然觉得这观音好像他的女人兰香。这个想法把他自己吓了一跳，他急忙埋下头，生怕自己这个想法一不小心冒出去，被别人看到了。可后来居然有人喊了起来，嗨！你们看，这个观音像不像兰香？那是在法师说"都起来吧，观音已经住下了，其他神仙已经回去了"的时候，这个声音喊过后，就都仔细去看观音像，于是都说，嗨，真像兰香。谁就东张西望地叫，兰香，兰香呢？陈小路急忙告诉大家，兰香说身子不舒服，到城里看病去了。还说去的时候兰香许下愿了，说看病回来就来给菩萨烧香，说她到时候要给菩萨烧一大把香，还要给菩萨磕一个小时的头。大伙就说，哎呀！等她回来，让她来看看，真是像她，像惨了。接着又有人叫起来，嗨！看这童子，看起来也有些面熟哩。哎呀，像那个小工匠哩是不是？这么大声地说来说去的人都是些不大懂事的女人。她们的叽叽喳喳把男人们惹火了，他们呵斥她们，吵啥呢吵！也不知道个严肃，是在菩萨面前哩，也能乱说话？可她们还是忍不住要叽叽咕咕，她们说那童子就是像修这个观音庙的小工匠嘛。

当晚，兰香没有回来，陈小路没等到天亮就找她去了。

陈小路第三天回到庄上，他的身边没有兰香。

陈小路去了观音庙。他没有烧香，也没有磕头。他直直地站在这个和他女人很是相像的泥像面前，硬硬地看了它半天。后来，他举起面前的香炉，朝那张酷似他女人的泥脸砸去。轰然一声，泥脸缺了半边，不像他女人了。他又举起香炉，朝着那个很像小工匠大树的泥童子砸去。然后，他朝着青愣愣的庙顶，把一个撕破了的吼声喊了出去。

陈小路砸烂了观音像，大伙都很愤怒。都认为女人跑了又不关观音的事，说他砸观音像是要挨天杀的。说这些话的时候他们心里真想天能杀了陈小路，他们说，陈小路你必须去请个和尚来念七七四十九天的经，同时请个工匠来把观音像修好，才能免遭天杀。

陈小路不怕天杀，女人没了，他什么也不怕了。

他走了。

去哪里，他谁也没告诉。

（原载《当代》2005年第1期；
中国电影出版社2007年4月出版时更名为《雪豆》；
获第九届全国少数民族文学创作骏马奖、首届乌江文学奖、第二届贵州省政府文艺奖）

2005年

喻莉娟

卉 卉（节选）

二十二、爸爸们的"五七"干校

爸爸从农村中心工作组调回来，集中到"五七"干校劳动改造。

一次，爸爸从"五七"干校回来，对我们说，是不是去他们那里玩，他说，要过年了，他们那里很好玩，有山有水，有吃有住，有好多家的孩子都去那里玩，我们去了也有伙伴。我们当然是想去，那么好玩的地方我们还能不去？

爸爸说我们不能一下子都去，这样去了找不到住的地方。凡是带孩子去的都是跟爸爸妈妈睡，我们要去也就只有小弟跟爸爸去，他是男娃娃，可以跟爸爸睡。

哥哥不可能去，他还正在忙他的上山下乡，现在全国都在响应号召，"知识青年到农村去，接受贫下中农的再教育"，"农村是一个广阔的天地，在那里是可以大有作为的"。下去的都是初、高中的学生，哥哥小学毕业才两年，但他读书很晚，所以尽管刚小学毕业，晚了两年，也有十七岁了。他认为现在又没有书读，在家里待着，做小工又不好找活路，见大家都在上山下乡，插队当农民，他也想去。于是他就一天在外面到处去打听，小学毕业可不可以去下乡。

我和小妹都想去"五七"干校，央求爸爸带我们去。爸爸说我们去了没有地方住，干校的人都是睡大房间，七八个人一间，我们去了只有去找一个阿姨挤着睡，会影响别人的休息，不好。最后，我想出了一个办法说服了爸爸：我们带着被窝去，我和小妹自己铺床睡，小弟跟爸爸睡。睡觉的问题解决以后，什么都好办。爸爸终于同意了。

妈妈回来了，爸爸给她说这个事。妈妈说："你把他们都带到那里去，有什么好处？

那里以前是一个劳改农场,就不是什么好地方。现在那里都是些有问题的人,也要劳动改造,把这些娃娃带到那里影响不好。再说,你一个人一下就带三个小孩去,带队的领导那里怎么办?他们会不会干涉?"

"那里以前是劳改农场,现在是'五七'干校,全部重新整理过一遍。现在在里面劳动改造的人,其实都是些很好的人。大家除了劳动以外,都在学一些手艺,基本上是每人都学一门手艺。学木工、漆工、医学、采药,学得认真得很,如果你去看了,你也会觉得那里是一个大学校。在那里能学到很多东西。不过大家学这些手艺是在为今后做准备,都在想我们以后怎么办,我们这些人,多数都是一些肩不能挑手不能提的人,今后用什么来养活自己,还是要早做打算。带孩子们去那里,也能让他们学点东西,一天在家到处乱跑,还不如去那里看看。至于那里监督管理我们的人,过去都是同志,除一两个以外,都跟我们关系比较好,也在和我们一起学手艺。牛司令刚开始的时候还来一下,现在很少去。王家才在干校的时间比较多,他手下有几个人是很讨厌的。但在那里的小孩子也不少,大家都习惯了,这些孩子也成了我们的一员。只要不生事,他们也只好默认了。不过没有人一下就带三个孩子去的,好在卉卉他们也懂事,只要把住的地方找好,吃饭交伙食费,就没有什么。"听爸爸这样一说,我更想去了,巴不得马上就走。

妈妈听了,没再表示什么意见,对爸爸说:"小海说要去参加上山下乡,这几天天天在外面跑,可管理的人认为没有小学毕业就去上山下乡的,他还没有资格。其实他的年龄倒是不小,他一个人下去没有一个伴也不行。我想,要不让他下到我的老家南县去,那里有外婆、舅舅,一寨子的人都是亲戚,他们也会照顾他。现在又没有书读,一天到处晃也不行。我还想,不知道我们今后会怎么样,让他先去有一个窝,我们今后不管怎么样也有一个后路。"

"这是可以的,他要是就在凤县下乡,就一个人,我们都不放心。回南县就不一样,那里也不算远,一天的路就到南县县城,再走半天就到外婆家。一年去看个一两次,一举两得。我也认为最重要的还是给自己留条后路,不然到时候一家老小怎么办?我把卉卉他们三个带到干校,这一段时间,你就和小海回去看看,先把那边的事情搞好,再来这边办,应该没有问题。"爸爸说。

我想这就是我家最大的事了,它决定了哥哥今后的发展,暗示了我们的最后出路。我还没有去过南县,这两年过年都是妈妈回去看外婆,每次都要带一些腊肉来。听妈妈说农村那边的条件比凤县好。

记得最清楚的是,今年上半年,舅舅看到妈妈写的信,知道我得了贫血,从南县乡下找了一个玻璃瓶给我寄了一瓶猪油来,妈妈每天要我用来拌饭吃,这是对我的特殊照顾。饭刚做好,热腾腾的舀一碗,放点猪油加点盐,那是好香好香。就我有这个特权,小弟小妹就不能,要吃可以,那就只能是酱油拌饭,不可以放猪油。小弟不满意地说:

卉卉（节选）喻莉娟

"得个贫血有什么了不起的，不就是可以吃猪油拌饭吗，我还要得更老火（严重）的病，那时候我就要天天吃红烧肉，我是不会给你们吃的。"小弟说这话的时候，那双眼睛一直看着我的碗，每当小弟那双眼睛看到我吃的时候，我就要把油拌饭赶一半给他吃，开始他不要，因为妈妈说过："这瓶猪油就是卉卉的，由她一个人吃，一个人保管，谁也不能吃她的！卉卉生病了，我们大家都要关心她。"

小弟故意夸张地说："毛主席教导我们，'我们的干部要关心每一个战士，一切革命队伍的人都要互相关心，互相爱护，互相帮助'。'毛主席的书我最爱读，千遍那个万遍哟下功夫，深刻的道理我细心领会，只觉得心里头热乎乎。'"说着说着他又唱了起来。

妈妈知道小弟的不满，就对他说："特别是你，要学会关心别人。不要什么都是你先，搞惯了！"

不过小弟还是很听话的，他很想吃油拌饭，却从来不自己去拌一碗，站在那里看着我吃，我赶半碗给他，也是悄悄地，他总是叫我少给他一点。

那一瓶猪油可能有二斤，我吃了半年。不过我们都还惦记着那油拌饭，要是哥哥下乡到南县，我们就有油拌饭吃了。

爸爸妈妈最后决定，我们三姐弟跟爸爸到干校，就在那里过年。哥哥和妈妈去南县商谈插队的事，过完年才回来。

我们收拾行装，和爸爸一起到了三凤"五七"干校。

我特意带了一个笔记本，红壳的，跟毛主席语录本一样大小，上面也是烫金的几个字："笔记簿"。这还是前年做"三好"学生时学校发的奖品，我一直没有用。我在上面摘录了一些警句："刀不磨要生锈，人不劳动要变朽。""镜子越擦越亮，脑子越用越灵。""对同志要像春天般温暖，对敌人要像秋风扫落叶一样残酷。"还特意在图书室借了两本书带去看。当然还带了本毛主席语录。

到干校才发现，这里的人实际上好多我都认识。有的虽然叫不出名字，也是经常看到的。印象最深的要算杨晓扶、万富宏，他们被揪斗的情景还历历在目，他们当然不认识我。爸爸带着我们一一介绍，当走到一个白发老人面前的时候，爸爸告诉我们："这是洪伯伯！"

"'一朵鲜花冒出来！'你看，又冒出来了。"看见我，那个洪伯伯笑了，对我说。我也笑了，这就是在福泉边上教我们唱山歌、别人叫他"老县长"的人。

"你们认识？"爸爸奇怪了。

"怎么样，你收集的民间文学？"洪伯伯问我。

"她知道什么民间文学，你的题目出得太大了！"爸爸说。

"这你就不知道了，你不要小看他们，以为他们什么都不知道，其实不然，就要从小给他们要求,给他们题目,让他们去想、去做!"

"那也要切合实际!"

"我不切合实际,那我们就长着眼睛看,看看谁的正确!小姑娘,不要听你爸爸的,要听我的,听到没有?"洪伯伯说。

"好的。我听洪伯伯的!"其实他说的什么我也没有听懂,不过看到他是那样慈祥,出于礼貌我这样回答。

爸爸很快把我们的吃住安排好,我和小妹与王阿姨、李阿姨住在一间房里,在这里劳动的阿姨不多,我们住得还算宽敞。我们一进门,她们就帮我们收拾、铺床。爸爸把我们拜托给她们照看就出去了。王阿姨就开始打毛线,李阿姨钩花。这是当时很时兴的技术。我早就想学钩花,现在有了好机会,可以跟李阿姨学了。

第二天一大早,我就听到有动静,欠着身子向窗外望,有人在活动。王阿姨说:"是去冬泳的人。""冬泳是做什么?"小妹问。我也不知道冬泳是做什么。"冬泳就是在这样的天气里去浮澡。"王阿姨给我们解释。

"走,我们去看他们冬泳去。"王阿姨带我们两个跑了出去。

天还没有大亮,就有好多叔叔、伯伯已经站在河边。这条河离我们住的地方很近。河面很宽,水很平。冷风吹得我直打哆嗦。冬泳的叔叔阿姨们在做准备活动。他们没有统一的标准,也没有人指挥,每个人做的动作都不一样,但都做得很认真。最认真的要算杨晓扶,他是个北方人,个子很高大,在那里弯腰、扩胸,一板一眼的,做得很到位。万富宏已经脱了衣服,在用火酒擦身子,只见他双手在头上身上到处擦,身上的皮肤看着看着就变红了。他精神得很,对杨晓扶说:"来'五七'干校真好,可以免去批斗,还能锻炼身体。你看我现在的身体比以前好多了,功劳就是冬泳。"

"对我们来讲,可能主要还是能免去批斗吧!"杨晓扶说。

"还是多方面的,多方面的。现在就比以前的精神压力小得多。"

"那是,那是!"杨晓扶笑说。

爸爸带着小弟走过来。看见他们两个,爸爸对他们说:"早,凤县最大的头号、二号'走资派'!"

"老张,带着儿子来了?好,过来,'胖子'!来,伯伯教你喝酒,喝完我们下去游泳!"万富宏对小弟说。

"他还不行,今天第一次来,还要慢慢来!"爸爸把小弟拉到河边,要他先在里面洗脸,自己则去做准备活动,要下水。这时候已经有好几个人下水了。这么冷的天,他们好像一点也没有感觉到,没有一个人像我们这样缩着脖子、耸着肩的,一下就扑到水里,在那里游得很欢,好像并不冷。

我和小妹也学着王阿姨,把外衣脱了在那里洗脸。爸爸还在做准备活动,我走过去

卉卉（节选） 喻莉娟

对爸爸说："爸，我也要下去冬泳！"

爸爸看了看我说："下去是很冷的，不要看着别人吃豆腐牙齿快！"

这两年学校不上课，一个夏天多数时间都在河里，游泳我早就会了，但冬泳却没有尝试过，我非要试一盘。

"你衣服也没有，怎么游？"爸爸见我态度坚决，口气软下来。

"我们平常浮澡都是穿短裤、褂褂，现在还不就是这样！"

"那好，你多做一会儿准备活动，我等着你一起下去！"

我过来给王阿姨、小妹打了个招呼，就开始做准备活动，王阿姨说："卉卉，冬泳要慢慢来，哪里能像你这个样子，一来就下去的？"

"这个没有什么，我经常做小工，身体遭得住，还有这么多的叔叔伯伯，他们都不怕，我也不怕，不就是冷一点。"我对王阿姨说，实际上也是在对我自己说。

小妹说："不怕！卉卉，我要是会浮澡，我也下去了。毛主席要我们到大风大浪中去锻炼自己，这里最多就是冷，又没有风浪。你去，我帮你服务！"

我脱了衣服，河风吹得我直打哆嗦。我加紧做操，想赶快把身上做发热。

爸爸说："脱了衣服，做操一直要做到发热才能下水，下水就加紧游，游两圈就赶快上来，不要一下在水里待太长时间，要慢慢来。"

我按照爸爸说的方法，一下进入水里，天啦！全身都冰木了！我闭着眼，紧张得全身都僵了，赶紧使劲地划水。这时，我听见爸爸在身旁说："不要闭着眼睛，眼睛要看前方，放松，用力。"过了一两分钟，身上开始暖和，手脚这时候才是自己的。爸爸却说："游回去了！"我跟着爸爸，很快就游到了岸边。王阿姨、小妹就像救护队一样，赶忙把我包起来。

我完成了第一次冬泳！体会了那刺骨的水、寒冷的风，特别是穿的那湿褂褂，就像一副冰冷的盔甲，死巴在皮肤上，风一吹，就有受刑的感觉。爸爸说，穿游泳衣就好多了。游泳衣？是什么样子，我听都没听说过，也没有见过，更不要说穿了。李阿姨和小妹帮我穿好衣服，不一会儿，全身都在发热。

我很高兴，也很兴奋，叔叔阿姨看到都说："张卉不错！"他们都给予称赞的目光。这一天，我都处在这种兴奋与幸福之中。

第二天，我和爸爸他们冬泳的人一起，进行了又一次的锻炼，又有了一点进步。

游完了泳，就是两个小时的学习时间。十点钟开饭。吃完饭，就开始了他们每天的劳动。爸爸他们十多个人属于县里较大的"走资派"，今天安排的是到二十里地以外的崖窝背炭。天冷了，这里的取暖问题要他们自己解决。

他们早就派人到崖窝去烧木炭，那地方人迹罕至，森林很大，在那里砍柴烧炭是最好的。那边烧好，再派人去背。那里没有公路，全靠人背。

他们各人按照自己的任务去准备工具。爸爸准备了扁担和绳子，他说："挑，比背篼拿得多，又好走。"我对爸爸说，我要和他们一块去背炭，爸爸答应了。小弟小妹走不了那么远的路，爸爸就不让他们去，让他们跟王阿姨、李阿姨她们在一块，在食堂帮忙做饭。

爸爸给我找了一个背篼，我认为太小，背不了多少，爸爸说："你不要认为这个背篼背不了多少，你只要把这来回四十里的山路走下来就不错了，竟然还嫌背篼小？"

我背着爸爸给我准备的小背篼跟着这十多位叔叔伯伯上了路。他们这些人中年纪最大的就是老县长洪伯伯，虽然才五十多岁，不过他的头发好多都白了，看起来是很老。小的要算秦叔叔，才二十多岁。他被作为"反革命"批斗了很长一段时间，后来没人管他了，"五七"干校建立以后就把他放到了这里。他现在最大的特点就是不说话，每天基本上见不到他说一句话。要他做什么事都可以，你就是听不到他说话。他在干校年龄最小，做事最多。其余的人都和爸爸的年纪差不多，三十多四十岁。

我们走了两个多小时才到那里，烧炭的几个叔叔出来迎接我们："你们再不来我们都变成野人了！""野人好啊，野人没人管啦，哪像我们！"万县长说。

大家走到后，都找一个位置准备席地而坐，洪伯伯忙说："都不要忙坐，站着歇一会，这是走山路的规矩。"大家也很听话，都站了起来。万县长站起来，走到水井边，正要捧水喝，洪伯伯就喊道："哎！不要忙，不要忙，喝生水前先吃瓣蒜，我保你们不会拉肚子！"

"我说你洪老者名堂多，哪来你那么多讲究！"万县长说完接过蒜在那里嚼来吃。

洪伯伯每人发了一瓣蒜，也给了我一瓣，对我说："小姑娘，一定要吃，不要怕辣！"他听到万伯伯的话就说："在'家里'大小事我听你的，出了门，路上的事你就要听我的了。"

"现在哪个听我的，只有我听人家的。你看到了这里我还要听你的！你说现在我们这些人还有什么用。"

爸爸走过来："什么用？能吃饭就有用。来，把给他们带的口粮拿出来！"

爸爸说完，从背篼里拿出我们给烧炭的叔叔们带来的粮油盐菜，把它们提到了小屋："给你们吃的，管事的要我告诉你们，再烧两窑就不烧了。怎么样，近段还好吧？有什么好吃的找点出来。"

"好吃的有，还给你们留着呢！前几天我们在山上放的夹子，夹住了一只山羊。肉我们切成块炕着呢，蒸一下就可以吃！"烧炭叔叔指着他们临时厨房上的一些黑红半干的山羊肉说。

爸爸走过去看了看说："来不及了，我们这一队老的老，小的小，还要赶快回去，

卉卉（节选）喻莉娟

现在天又黑得早。留着吧，留着我们下次来吃吧，可能过个十天半月我们又要来了。"

"来得及，来得及！你们把炭装好，我这里就蒸好了！"说着烧炭叔叔就动起手来。

我很想吃，好久没有吃过肉了，还是在国庆节的时候每人供应一斤肉，我们自己做了一顿红烧肉、一顿回锅肉吃，吃得好实在。这种山羊肉还没吃过，不过只要是肉都好吃。听爸爸说野味更香。烧炭叔叔在忙着做，我依稀觉得有香味，就走了过去。"想吃了吧！卉卉。"烧炭叔叔对我说。"你怎么知道我叫卉卉？""我和你爸爸是老关系了，怎么不知道呢？山羊肉你吃过吗？""没有！""那你马上就可以吃了！你来看我的这些东西。"说着他走到旁边的一个架子前，拿出叮叮当当的好多东西，都是山羊身上的。一对羊角、羊头骨、羊的四只蹄子、穿好的一串羊的牙齿，每一样都洗得很干净，剔得很干净，雕得很光滑。我从来不知道能把这些兽骨做得这么好看。最好看的是那四只小蹄子，油绿色，光滑均匀，娇小玲珑。那串牙齿也很好，一颗颗洗得很白，大大小小交错成一串。没有两颗一样的，最好看的是那小尖牙，那样锋利，像活羊的一样。

"你如果喜欢就选一样吧，做一个纪念。"烧炭叔叔说。

我在那里不知道选什么，最后还是拿起一个蹄子向他示意。"你喜欢这个小蹄子？那好！你是属什么的？""属鸡。""好，我把它雕成一只鸡，下次他们来带给你。"

说话间，爸爸在外面喊："炭装好喽，大家准备走！"烧炭叔叔赶快把他蒸的山羊肉拿出来，按我们的人数切为十多块拿出去。站在路口边，每个人给一块。他给了我两块说："你一个小姑娘来这么艰难的地方应该多给一块。"大家拿着这热烫烫的山羊肉，没有一个人吃，都在手上焐着，天很冷，拿在手上又热又香，不时闻一闻。我们上了路，还是我忍不住最先开始吃。一大块全是瘦肉，我一丝一丝地吃。这可真是人间美味，可能再没有这样好吃的东西了。吃了一点我舍不得吃完，把它放在荷包里。

走着走着，就觉得背上背的东西越来越重，我双手托着背篼底，托了托，似乎肩上轻了一点。

这时候，这一大队人马没有一个人说话，只有喘粗气的声音。大家都在与面前的坡做斗争，想要尽快爬上去。爸爸走在前面，他从小是在农村长大的，农民的"十八般武艺"他样样会，练得一身好力气、一副好身板。他会说好多农民的段子，为了缓和气氛，他开始吼起来了。

"有力不和坡打斗！喔！"

"哎！仰仰坡，慢慢拖！"

爸爸拉长了嗓子喊，一副老农民的声音。大家开始有了一点动静，有的也想跟着爸爸吼两句，但一时又找不到合适的词。

洪伯伯把背篼靠在一个高坎上，长长地嘘了口气，吼一声："哎……越走越陡，哎……上去就好走！"

洪伯伯是新中国成立前的大学生，不过这么多年来他长期搞农村工作，乡下的这些话他记得很多。他不是要我们收集民间文学吗？这些农民的话，可能就是民间文学吧！

爸爸一直走在我的后面，突然快走了几步，超到我的前面，他要我坚持，说这是锻炼意志的好机会，只要坚持就能走上去。其实，我已经走不动了，背上的炭压得我喘不过气来，一双脚已经开始不听使唤。爸爸这么一说，我心里只想到坚持，好像又有了许多力气，走起来也轻松了一点。

爸爸走到洪伯伯面前说："洪老者，你多歇一下，慢慢来，我上去以后下来接你。"说完他一连超过他前面的几个人。他是挑高挑，也就是筐和扁担一样高，这样上坡下坎方便，走起来又利索。他一会就爬到了坡顶。他在上面大声地喊："喔……平阳大路，甩开脚步！"

"哎！快了快了，富子都到顶了！"万伯伯说。他们都叫爸爸为富子。杨晓扶伯伯不说话，埋头爬坡，这样的坡对他这个北方南下的干部是很艰难的。他一个大个子，爸爸他们在给他装炭的时候就装得很少，特意照顾他。开始他不同意，要和大家一样多，爸爸对他说："不是你不愿意背，而是你不能背，背不了。愿不愿意背是态度问题，能不能背是能力问题。毛主席说，'一个人能力有大小，但只要有这点精神，就是一个高尚的人，一个纯粹的人，一个有道德的人，一个脱离了低级趣味的人，一个有益于人民的人'。就背这么多了，你只要能把这点背回去就不得了，不要'灶门前试担子——轻得很'，还要走二十里山路呢。"现在他相信了，还好没有按他自己的要求背那么多，要不然就背不动了。

爸爸从前面倒回来，把洪伯伯的背着就走。当爸爸要把我的也背上时，我坚决不同意："我能背得动，不要你背。"说完我急急地走了两步，走到了前面。爸爸说："能行就好，坚持就是胜利。"

我们终于翻到了坡顶，大家坐下来休息。现在可以吃那块山羊肉了。我最先摸出来吃，吃了两口，觉得现在最想的还是喝水。正好洪伯伯在那边喊："要喝水的到这里来，这里有水井。不要忘记吃一瓣蒜，我放在这里了。"说完他坐在了井边，监督每一个喝水的人是不是都吃蒜了。我走过去，喝了水坐到了洪伯伯的旁边。

看着远处的山，洪伯伯问我："你知道这里为什么叫崖窝吗？不知道吧？你看我们站在这高处看，就可以看到一点情形。你看那个方向，有几个深坑。它不是一般的坑，而是宽大幽深的，有多深从来就没有人知道，更没有人下去过。它是一种天坑，当地的老百姓就把这叫做'崖窝'。不叫'天坑'叫'崖窝'，这是群众的智慧，人民群众的语言是很丰富的。你想如果叫'天坑'，这个名字多吓人，多难听。它叫'崖窝'，这个'窝'字，就很温暖，很人性化。"

卉卉（节选）　喻莉娟

洪伯伯说了很多，我没听懂多少，就知道"崖窝"好听，"天坑"不好听，人民群众是真正的英雄。

我们又开始上路了，出发前大家发现秦叔叔不见了，他是个不说话的人，去哪里也不打个招呼。大家喊了一阵，万伯伯说："刚才我看到他在这条路上转，也许他已经走了。"爸爸说："问题不大，他一个年轻人，不会有什么问题的，我们赶路要紧，走到前面要不见他，我再回来接他。"

大家一上路就是下坡。下坡刚开始还好，好像要轻松一些，没有上坡那么费力。但下了一会，就不行了，一脚踩下去，脚在发抖，还没有站稳，又要迈另一只脚去发抖了。双脚就这样交替运行，实在是比上坡还难。爸爸在坡顶就给杨晓扶和我各准备了一根棍子，有了它，这时候好像就多了一只脚，稳当多了，得力多了。我回过头一看，看到洪伯伯也有一根拿在手里。洪伯伯说："它是好东西，上坡下坡可以帮把力，天热的时候可以用它打蛇，路过人家户还可以打狗。在农村出门，什么时候手里都要拿根棍子，就是这个道理。"

我们还没走多久，就看到小秦叔叔返回来了，他空着手，他是把炭背到了前面放着，返回来接我们。大家都在问他为什么没有说一声，还以为他不见了。他什么都不说，一直走到洪伯伯那里，把洪伯伯的背筐接过来，背着就走。洪伯伯还来不及说什么，他已经走远了。

我们下完了坡，走到了河边，见小秦叔叔坐在那里看着河水出神。现在只要过了这条河就到干校了，大家也轻松了很多，都在河边坐下来。但现在大家看起来可以轻松了，很快就能走到自己的家门口。实际上还有一个大麻烦，那就是过河。这条河面上是一排石墩，我们都叫它"跳墩"，走一步又要跳一步。这是人们想出的在一些水不深的地方过河的好方式，它不用修桥就解决过河的问题。

现在我们面前的这条河，不大也不小，但水流很急，每一步跳墩的距离很大，跳墩很高。大家不知道这种过河方式的难处。去的时候是另外一条路，回来走这条路，图的是要近得多。我们每一个人想的是，只要过了河就到了，现在应该多歇一下，把一身的疲惫都歇尽。爸爸这时候对大家说："我们准备过河了，先不要背炭，上去走一下，看看是不是走得过去，走不过去就不要勉强！"

"富子，你认为我们走不过去？"万县长说。

"那不一定！不要以为你是县长就走得上去，你要上去走才知道！"爸爸说。

"那好，我就先上去走！"万县长走上去了，开始几步还可以，快到河中间的时候就不行了，他双脚颤巍巍的，不敢向前迈，看着河水直发昏。"我不行了！我不行了！"他一双手到处抓，想抓到一个什么能够扶他一把。眼看就要下去了，这时候他的面前出现了一只手，是小秦叔叔，他看见这个情况，一下跳到水里，水的寒冷对他好像没什么作用，也许是坚持冬泳的结果。小秦叔叔在水里站着牵他走了两步，走过艰难的那两步，他很快走过了河。

小秦叔叔还站在河中间，这时爸爸叫大家赶快过跳墩河，他在头上牵着一个一个地走上去，小秦叔叔在水中间，每个人牵着走两步，最后是万县长接应。很快我们都过去了，洪伯伯走得还比较轻松。他说他在乡下经常走这样的跳墩，只是都没有这么险。最后还有杨伯伯没有过来，他在对岸着急，他不敢走，就是第一步也不敢走。爸爸最后只有采取革命行动，一下背着他就走。小秦叔叔还在水里面，在最艰难的那两步他要拉爸爸一把，可爸爸双手要背杨伯伯，只见爸爸摇了摇头，稳稳几步，很快上了岸。大家都非常高兴终于都过来了，都围过来看着小秦叔叔，他的裤子全是湿的，也不知道怎么办，天是那样冷。爸爸脱下他外面的裤子递给小秦叔叔："来！穿一条干的比穿湿的好！"说完，不容分说地塞给了他。

这时，大家突然发现杨伯伯蹲在那里哭，边哭边说他没有用，一个大男人，这一点都走不过来，丢人，的确应该接受批判什么的。大家对他一阵安慰。

"富子又过去了！"不知是谁喊了一声，大家才回过神来，我们现在是人都过来了，背的炭还全在河对面。只见爸爸一边肩膀背一背篼，飞也似的从跳墩上过，他这样来回跑了几趟，那边的一背背炭就转到了这边。"富子真是好力气！""他完全就是一个英雄！""今天如果没有他，我们这些人怎么办？"大家说。我也觉得爸爸就像一个英雄，在他的召集下，我们这一路人完成了背炭的任务。小秦叔叔也是一个英雄。我觉得我也不错，能坚持把炭背回来，跳墩也是我自己过来的，比杨伯伯光荣。不过爸爸说不能这样去比，杨伯伯只不过是没走过这样的山路水路而已，并不能说明什么问题，不要认为自己就比杨伯伯行，没有这样的事。回来以后我第一件事就是把另一块山羊肉给小妹，爸爸的那一块没有吃，留给了小弟，他们当然是非常欢喜。

有我们背来的炭，干校的人又可以烧一阵子了。

准备过年了。在这里劳动改造的人，家里有事的，经批准回家去了。留在这里的也还有几十人，过一个革命化的春节也还是好办的。但大家总要吃饭，要吃饭就要想办法搞一点好的来吃，特别是像爸爸这种会做吃的人，在吃的问题上，他们是肯下功夫的。在干校能有什么呢？也就只有那两头猪，是自己喂的，现在正是肥的时候。以前喂的时候就是准备过春节的时候杀，现在强调要过革命化的春节，就谁也不敢提杀猪的事，怕与毛主席的要求相背离。

一天早上，我们搞完冬泳开始政治学习，我也坐在李阿姨的旁边，因为我觉得参加学习也是很有意思的，学习毛主席语录、中共中央文件，听他们的发言，能学到很多知识。大家也把我看成他们的一员，让我坐在那里，只不过我不发言，就是听他们联系自

卉卉（节选） 喻莉娟

己的情况谈改造思想。那天学习的主要内容是一篇《人民日报》社论，关于怎样过一个革命化春节的问题。组织学习的是王家才，自从"五七"干校建立以来，他就在这里当领导，管理几十号人。大家对他很了解，现在虽然不像以前那样可以随便打人，但他是会经常想些绝招来让这些人加强锻炼。比如烧炭背炭，就是他的主意。这里的人对他的安排不敢说一个不字。

王家才指着小秦叔叔说："坐那么远干什么！坐这里，读这篇社论！"

他和小秦叔叔是同班同学，小秦叔叔出事，实际就是因为他。这时候，小秦叔叔一字一句小心地读着，害怕读错一个字，招来大祸。

读完以后，王家才说："大家看看，我们今天就联系实际情况，看我们应该怎样过一个革命化的春节，以实际行动来体现我们的思想改造。"大家都不说话，都不知道对这个问题应该怎样说。过了几分钟，还是没有声音。

"对这个问题大家也要认识到它是一个革命与不革命的问题，不能是不说话就算了，不说话是过不了关的！"王家才与他旁边的一个人商量了一下对大家说道。大家还是不说话。

"张兴富，你先谈谈！"他见没人说就开始点名说。

爸爸放下手上的报纸，清了清喉咙说："我认为过革命化的春节是非常好的，我们国家地大物博，人口众多，我们的生活是'芝麻开花——节节高'，但'世界上还有三分之二的人处在水深火热之中，需要我们去解放'。所以，我们要过革命化的春节，我以实际行动来体现我对这一问题的认识，我们无论吃什么都比旧社会好之千倍，我们要感谢党、感谢毛主席，为我们带来幸福生活。为了过一个革命化的春节，我把小孩也带来了，主要是让他们在革命的大家庭里得到锻炼，同时通过劳动磨炼他们的意志，这样来达到过一个革命化春节的目的。我说完了。"

"说得不错！接着讲。"王家才说。

"我来发个言，我觉得革命化的春节就是要唱革命歌曲，吃忆苦饭，这样才能称得上革命化的春节，要不跟以前的春节有什么区别。"李阿姨提出。

她的话刚说完，王家才就说："这个建议好，我们就是要这样做，才能真正体现革命化的春节。那我在这里就落实了，从明天开始，政治学习之前由李平教唱革命歌曲，我们要把革命歌曲唱起来，激发我们的斗志。忆苦饭的事由食堂——张兴富你们管，我们在大年三十晚上吃的年夜饭就是忆苦饭。大家接着谈，还有什么想法，主要是要谈自己。"

"我是有个想法，也不知道能不能说？"万富宏一直在那里抱着手闭着眼睛，现在他站起来，活动活动了双脚，在那里不紧不慢地说。"你说，我们又没有说什么是不能说的，只要不是反党反社会主义的言论。"王家才旁边的那个人说。

"我要说的是，我们吃忆苦饭的目的是什么？就是说为什么要吃忆苦饭？"

"有话你就说，还卖什么关子！'忆苦'当然是'思甜'了！还有什么好说的！"王家才有些不耐烦地说。

"那我就要问，我们怎样思甜呢？"万富宏真是当县长的，一下就说到了他的主题。

"对这个问题我们要好好讨论一下，当然也是我们食堂的事，大家有什么意见就拿出来。"爸爸在说话。

"我的意见是杀猪！"是哪位叔叔说的我没听见，他说得很急促，声音也很小，不过大家听得很清楚。

"杀猪可以呀！我们也希望听到这样的意见！"王家才旁边的人说。

"那好！这当然是我们食堂的来做！"爸爸说。

王家才见讨论得差不多了，就说："那就这样，大年三十那天晚上，再增加一个项目，一边是忆苦饭，一边是思甜饭。把猪杀了！"这时候大家都有些激动，最想听到的就是这句话。

第二天一大早，我们冬泳回来，就看见院坝的旁边挖了两个大坑，上面放着两口锅，小秦叔叔在那里忙着生火烧水，爸爸说那是在准备烧水杀猪。

李阿姨已经在喊了，要大家赶快去唱歌。冬泳的、跑步的、做操的从不同的方向走到学习室，李阿姨已经开始教歌了，我们在那里唱了一会，爸爸对王家才说："我们食堂的今天能不能请个假，要不完不成任务。""不要都去，需要几个就去几个！"王家才说。

爸爸他们出去了五个，杀猪的。他们五个没有一个杀过猪。爸爸从小在农村，十七八岁参加工作才出来，他也没有杀过猪。不过他说他在家的时候杀过羊子，大家就推荐要他来杀，说是杀猪杀羊差不多。爸爸在乡下还是经常看见别人家杀猪，过年过节，谁家有红白喜事，凡需要帮忙的时候，总有他在场，自然知道怎么样杀猪，就是没有亲自操过刀。爸爸和大家一起做好了准备工作，对每一个人在杀猪时做什么作了安排。两大锅水就要开了。

爸爸喊："好，把猪赶出来！"

他们把猪赶了出来，猪在院子里漫步。他们一齐冲了上去，笨猪还没有反应过来就被两个人抬前腿、两个人抬后腿，一下就抬到了杀猪凳上。猪哇哇地叫个不停，这声音里就蕴涵着节日的气氛。那边唱歌的声音小了。爸爸这边拿刀对准猪的喉部一刀下去，猪的吼声这下才是声嘶力竭，四脚拼命地乱蹬。一下，它挣脱了按它的四双手，跳了起来。鲜血从它的脖子汩汩往下流。爸爸杀下去的那一刀深度不够，气管也没割断，猪在满地跑，一院坝都是血。唱歌的人全都跑了出来，大家看着这一情景，在那里笑成一团，到处都是主意，四方都有叫声。爸爸喊："来来来，大家来，我们把它抬上去，再给它补一刀。"那猪这时候是在尽它最后的一点力气挣扎，被几个人再一次抬上凳子的时候已经没有多少气了，爸爸又给它补了一刀，完结了它的生命。

卉卉（节选）喻莉娟

接下来，爸爸在他的后腿下割了个口，用一根细长的钢钎穿进去后，对准那个口用力吹气，一个人拿着棍子在猪身上打，那气就顺着往前走。一会，整个猪就像吹涨了的气球，毛一根根地竖起来了，就像要从皮子上飞出来。这下才把猪抬到烧开的那锅水里，开水一浇上去，一把专门的刨刀，两下三下，一个黑毛猪儿就变成白皮猪儿，白净净、壮鼓鼓的。它四只脚朝天撑着，一副任人宰割的模样。爸爸和那几个叔叔把它抬到杀猪的凳子上，又在它的身上刮一遍，刮出许多黑毛，抬了两桶水冲洗干净，猪现在变得更白了。爸爸用一根绳子捆住猪的一条腿，倒挂在树干上，吼了一声："水开没有？""开了开了！"小秦叔叔在那边回答，平时不说话的小秦叔叔声音是那样大，那样好听。"我要开膛了！"爸爸一边说一边把锋利的刀伸向猪的胸膛，哗的一下，猪胸膛打开了，里面一股热气直冒。小秦叔叔抬着个盆过来。爸爸开膛后，在打开的猪胸膛里割了几块肉，鲜嫩嫩的、热腾腾的，好像那肉还在跳动；又割了猪肝、猪心、猪腰子，小秦叔叔飞快地把它们切成小块，倒进那锅翻滚的开水里，加了两瓢盐，那肉块在汤里翻滚，很是惹人喜爱。

唱歌的人不知什么时候已把碗盏、钵子拿来在那里等候。爸爸舀了一点汤尝了尝，细细地品味，他眯了眯眼，那其味无穷的样子，让我们羡慕。"小秦，可以把血旺倒进去了！"小秦叔叔把已经煮过一下的小半盆猪血抬过来，那血看起来是熟的，已经变成深红色，小秦叔叔一下把它倒进锅里。爸爸在锅里搅了两下，大声地喊道："吃刨汤肉喽！"拿碗的队伍又向锅边挪动了一下。

"小秦，去报告，我们开始吃刨汤肉了！"爸爸对小秦叔叔说。

小秦叔叔不用走远，王家才就在人后头。"报告，我们要开始吃刨汤肉了！"小秦叔叔把爸爸的话重复一遍。"开始！老规矩。"他的老规矩是，凡是吃好的，先把他们几个管教干部的留出来，其他的每人一瓢。爸爸他们是早就训练出来了，每次做的菜是按人头每人一瓢，刚好够分，不会不够，也不会剩得太多。不够分当然是不行的，有剩的也是不行的，这就意味着你食堂的人有多吃的。要做到不多不少，这也是一门技术。

爸爸得到可以开始吃的指令，很快把那一锅刨汤肉分给了每一个人。大家美美地享受这热热的、鲜美的刨锅汤。我们可是从来没有吃过这种汤，只是听说过，在乡下，过年要杀猪，要吃刨汤肉、刨锅汤。今天是知道了什么是刨汤肉，它就是要在杀猪的现场做来吃，非常鲜，拿回厨房做，就完全没有那个味了。

大家吃得正香，突然来了两个人，十分紧张的样子，不知道在给爸爸他们大人说些什么，大家抬着的碗一下都不动了，在那里傻傻地站着。这时候只听到一个凄惨的叫声，吓得我不知道要做什么。"妈呀！为什么会这样？！"

这时候我才听到是李阿姨的声音，只见她一下就倒了过去，几个阿姨把她扶住，她已经是闭着眼睛不省人事。大家叫了她一阵,才把她叫醒,她没有哭,目光呆滞地看着大家。"把她扶回去休息,留两个人照顾她。小王,你跟她一个寝室,你负责!小吴你和卉卉她们两姊妹换一下,你到她们那个寝室去住,好照顾小李。一定要把她照看好,快去吧!这边的事我们来管!"万县长指挥着大家,还是一县之长的模样。

这时候我才弄清楚,进来的两个人就是前几天我们去背炭那里的两位叔叔,就是没看见答应给我做山羊脚小饰品的"烧炭叔叔",他们在讲述着今天早上发生的事情。

"我们不是还要烧一窑炭就回来吗?这两天我们已经砍了一些炭柴,今天早上,我们准备再砍一点来添着就可以架窑烧了。我们俩都认为就在附近林子里随便砍一点就可以了,小汪说要到前面深坑处去砍,说是那边有好多漂亮的炭柴,清一色的米青钢,铁实,是最好的炭柴。我们说不过他,就跟他一块去了。大家都知道深坑就是个无底坑,从来没有人知道下面有多深,我们说好就在边上砍一点就够了,他也答应了。我和他在坑边砍,那实际上就是悬崖,小车在上面拖。我们砍着砍着,只觉得脚下的泥巴有一点松动,干树叶也在跟着下梭(滑),我们正要准备上去,脚下滑动了,哗!我们俩一齐往下滑,根本来不及反应应该怎么做,只是想今天完了,一点希望都没有了。突然,我的脚不再动了,我慢慢缓过神来,我踩在一个很窄的岩石上停住了,我知道我这是得救了。我赶快就叫小汪,这时候什么声音也没有,天空一片安宁,我知道出大事了,在那里撕着嗓子喊,只有山谷的回声。小车在上面吓得不知怎么办,听到我叫小汪的声音,在上面喊道:'老刘啊!你还在吗?'那声音带着哭腔,也带着一点欣喜。我听到他的声音,就想到,这声音不远,我还有救。小汪怎么办?怕是上不来了。我又在那里喊一阵,直到确定完全没有希望了,小车从上面丢一根绳子下来,我才慢慢地爬上来。上来后,我是走不动了,吓得全身就像一团泥,在那里坐了好一阵才回过神来。我们就赶快回来报信。"

听完他的述说,大家就知道小汪肯定是没有命了,不过大家的意见还是要去再找找,万一又有一个什么树桩、岩石把他卡住了,开始他只是昏过去了呢?还是再去找找,好让人安心。

王家才的看法不一样:"还有什么好找的,这样的情况是百分之百的没命,老刘那就是万幸了,哪里还有那么好的事,还在什么地方等着你们?那是白徒劳!"

"不管怎么样我们也要去再找找,这才对得起我们的同志,对得起他的家属!"万县长说。

"万富宏,你要组织人去,你就要负责,这可不是开玩笑的,不要以为你还是以前的县长,你现在是靠边站的,你有什么权利召集人去做这件事?要去!你立下字据,一切后果由你负责!"王家才气势汹汹地说。

"这个可以!"万县长摸出笔,拿出学习笔记本,飞舞着写了几个字,撕下来交给

卉卉（节选）喻莉娟

王家才。"来五个人跟我走，大家是自愿的，没人强求。我们还是要去再找找，这心里才踏实。"万县长说完，就有好多叔叔表示愿意去，都站了出来。万县长挑选了五个人跟他去，其中有爸爸和小秦叔叔。"大家赶快准备绳索、工具，老刘你带路！""我也要去带路！"小车叔叔见没有点到他的名字赶紧说。"那好，你也算一个，我们准备走！"万县长很果断，他们很快就出发了。其他的人都抬着那碗还没吃完的刨锅汤回去了，没人再吃一口。

万县长、爸爸他们去找"烧炭叔叔"小汪去了，在家的所有人都是什么事也不做，王家才今天安排大家的劳动就是打扫卫生，要以一个新的面貌迎接新年，大家也似动非动地在那里做。不时听到李阿姨的哭喊声。我不敢去看李阿姨，害怕看到她的那个样子，早上还在兴致勃勃地教大家唱歌，一下就变成这样，真是祸从天降。我来这里后，是今天才知道"烧炭叔叔"就是李阿姨的丈夫，他们两个都长得那么漂亮，真是般配。"烧炭叔叔"不在了，李阿姨该怎么办，我很担心。"烧炭叔叔"答应给我做的山羊脚小饰物，这下是没有了，这倒是没有什么，只是"烧炭叔叔"人很好，背炭那天就那一会，我就觉得他是我见过的最好的人，对每一个人都那样好，那天如果没有他赶着给大家蒸的那一块山羊肉，我们那么晚才回来，肯定挨饿，特别是年纪大的那几个伯伯，他们是吃不消的。现在见不到他了，大家都非常难过。真是像有的大人所说的那样，好人命不长吗？

想着想着，我心里很难过，也就找了把扫帚和叔叔们一起打扫院坝。院坝里刚才杀猪时的那种热闹、欢喜的气氛没有了，有的是一片寂静，偶尔有几声扫帚扫地的声音。我们在那里扫了一会，我觉得这个氛围让人透不过气来，就约弟弟妹妹一块去河边玩。

我们在河边玩了好久，也不知道在做些什么。一直到下午也没有人听到吃饭的哨子声，我们好像也不饿。还是小弟在说："我们的刨汤肉还没吃完呢，我想吃！"小弟这样一说我就觉得很饿了，便说道："走，我们回去吃吧！"

我们回来后，看到厨房里也没人做饭，冷冰冰的。还有几个来干校玩的小朋友也跑来看，见什么也没有转身就跑。我们抬出没吃完的刨汤肉，正准备吃，洪伯伯看到了，他在那里紧张地说："哎！不能吃，不能吃！这样吃了肚子要痛的！来，抬过来，抬过来！我们热一下吃，好吃多了！"我们抬着走了过去。洪伯伯把我们三人没吃完的刨汤肉倒在一个小锑盆里，放在烤火的炭火上，又架了几块炭在旁边，正好把小锑盆放稳。洪伯伯见我在仔细地看他的小锑盆，就向我解释说："你不要看我的这个盆是我用来洗脸洗脚的，我洗干净了，又先在火上烧了一下，高温消毒，干净得很。"我笑了笑说："没有，我是看这个盆好看！""你要喜欢，洪伯伯就送你！""不！洪伯伯，送我了，你没有用的！""送你，送你，你们小姑娘家，热个水什么的方便。"

汤热开以后，洪伯伯硬是要把这个小锑盆送我，叫我们抬着汤回去吃。我把汤抬回来，平均分成三碗，小弟先拿，小妹第二，剩下的一碗就是我的。我们三个吃什么东西都这样，很平均，不过每次我都要悄悄地把我的再分一点给小弟。我们吃完热热的半碗刨汤肉，全身舒服，热乎乎的。

　　天快黑的时候，万县长、爸爸他们回来了，没找到"烧炭叔叔"的人，也没有找到尸。大家都是一脸的沮丧。刘伯伯走过来告诉大家，他们用绳子拴着下到半崖，什么也没有找到。看到一根树桩上挂着小汪的东西，再往下看就是万丈深渊，没有什么东西能够挡住小汪。小汪是下去了，没有人能够把他找回来，下面有多深没人知道。万县长、爸爸他们都不说话。这时候刘伯伯拿着一个用一根麻绳穿着的东西走到我的面前说："这是你的，小汪叔叔前几天就在雕这个东西，他说是答应给你做的，我们在半山悬崖边的树桩上就发现了这个，给你！"我接过那个用山羊脚雕的小公鸡，多么好看的小东西，我想哭，现在就连向"烧炭叔叔"说声谢谢的机会都没有了。我把那小东西挂在脖子上。大家在那里站了一会，都各自回去了。

　　"烧炭叔叔"不见了，这两天大家都沉浸在悲哀之中。一个人说不见了就不见了。不见了也没有什么办法，也不开个什么会悼念。说是现在不兴搞这些，王家才他们说："你们找到一例，我们也就开。他当然也算是死在工作岗位上。"万县长他们提出家属的抚恤问题，得到的回答是"那是他原单位的问题，与我们没有关系，我们也解决不了"。小汪叔叔以前是检察院的，现在公检法早就被砸烂了，根本就不存在，去找谁？这个事情也就这样算了。李阿姨不吃不喝了两三天，在大家的劝导下，也开始恢复过来。"死了的就死了，活着的还要继续活下去。"在李阿姨那里这两天听到的最多的话就是这一句。第三天早上她开始和冬泳的人一起到河边走走，只是回去以后，她不再教大家唱革命歌曲。早上学习的时候由王家才起一个头，大家一起唱，不管好坏，还是能完整地唱完两首，革命化春节的一个项目还是能够进行。不过我总是不明白，毛主席在"老三篇"、《为人民服务》里都说得很明白，"村上的人死了，开个追悼会，寄托我们的哀思"，为什么就不可以给"烧炭叔叔"开追悼会？

　　"烧炭叔叔"的事也就这样完结了，也没人再去管它。大年三十是说到就到。按照早就准备好的革命化春节的安排，要做"忆苦""思甜"的饭。这下最忙的就是爸爸他们食堂的几个人。要说忙，关键是要做两种饭，就比以前过节要多一倍的工作量。杨晓扶、万富宏、洪老县长他们被派来帮厨，我也跟着爸爸他们在厨房转，帮助择择菜、跑跑腿，做得很高兴。其实主要是能随时看到锅里面煮的那一锅肉，闻到那种香味，随时都处于一种兴奋状态。不过我们不敢偷吃一点，有专门派来监厨的管理人员，他们是随时随地都在岗位上的。

　　"忆苦饭"是用糠壳加红苕做的，先把红苕煮熟，再和糠壳揉在一起，做成一个个的粑粑。糠壳还是筛得很细的，爸爸说："粗了吃不下去，就算吃下去也拉不出来。"王

卉卉（节选）喻莉娟

家才当然属于监厨者之一，他看了这个忆苦饭很不满意，说是还不够苦，要求再加点野菜。爸爸说："这地冻天寒的，走什么地方去找野菜。那留到开春有野菜以后再做那种忆苦饭吧。"

王家才说："我就不相信一点野菜也找不到，你们几个看着点，我出去转转！"他对另外几个监厨的人说，说完他出去了。

不一会他回来了，手里拿了一把草，递给爸爸："这个能吃吗？"爸爸接过来说："这是苦蒿，能倒是能吃，就是太苦，做出来大家恐怕是一点也吃不下去。"

"这叫忆苦，又不是让你们来享受的，就是要知道以前的苦，才懂得今天的甜！做做做！赶快做进去！"王家才不容分辩地说。

杨晓扶一边做着糠粑一边说："那个东西，饿饭的时候我吃过，很少一点就苦得很，吃不下去！"

"吃得下去还叫什么忆苦！快做，废话少说！"一个监厨的人在一边说。

万富宏走过来说："我看这样，现在要把苦蒿加到糠粑里去，恐怕来不及了，都基本上做完了。我建议，把这些苦蒿用来做一锅汤，汤下糠粑正合适。"

大家都认为这个办法好，就这样做了。忆苦饭很快做好了，看着那一锅汤，清清的，苦菜在里面漂着，就像鱼缸里的鱼草一样漂浮着，很是漂亮。一颗油都没有，汤面上晶莹透亮，就像他们说的那样，是一锅玻璃汤。

"思甜饭"好做，只要有肉，怎么做都是"甜"。按安排每人半斤肉下锅，煮到半熟捞起来，炒回锅肉，煮肉的汤就用来炖萝卜。

终于在安排开饭了，大家要先吃完"忆苦饭"才能去吃"思甜饭"。监厨的人站在打"忆苦饭"那里，每个人两个糠粑、一瓢苦菜汤，要把汤喝完，才能去打"思甜饭"。这个汤可真是苦，比我生病的时候吃的中药还要苦得多，我先尝了一口，实在难喝，抬头看到那几个监厨的人好像都在看着我，就有意捏着鼻子一口喝下去，这下好像也不怎么苦。小弟、小妹喝了一口就再也喝不下去了。我叫他们背过人去，悄悄地倒进棉衣里面。他们转过身来，还好一点破绽都没有。我们高兴地拿着碗，啃着糠粑去吃"思甜饭"，不过还好，糠粑还不算难吃，慢慢吃还有点香。

"思甜饭"是每人一份回锅肉、一份炖萝卜，家属呢，不管你有多少也是一样一份。我们三姐弟也就只能是这样的一样一份。不过我们觉得我们的这一份回锅肉里面肉很多。打菜那里专门站得有一个监厨的，爸爸在那里掌勺，到我们的时候，爸爸把勺递给了在旁边监厨的那个人，是他给我们打的。我们这一勺里，大片大片的肥肉的确特别多。我专门数了一下，共有十五片，我们每人分得五片，剩下的辣椒、葱蒜我们也分来拌饭吃了。

爸爸那里的菜也打完了，不多不少，刚好打完。监厨的人都有些不相信，不可能有这么巧的事。但一切都是在他们的监督之下进行的。可能他们还指望能够有剩余，可以多得一点，现在是完全不行了。他们认为是爸爸他们在这里面做了手脚。

王家才一直都在这里走来走去的，见到是这样的结局，一脸的不满意，对厨房的人说："明天还是像今天一样吃回锅肉，一样的肉下锅。做好以后，由我来掌勺打，一人一瓢，我就不相信就一点也不会剩。"爸爸说："这当然好，不过，你要把我们食堂几个人的先打出来！""先给你们打出来就是了，我还不是按规矩打！"王家才说。

大家听说明天还有这么多肉吃，都非常高兴，本来想把今天的肉留一点明天吃的人，想着明天还有，也就把它全吃完了。明天还有肉吃，大家又在盼望着。

第二天，爸爸他们食堂的几个人，还是在监厨的管理人的监督下，把回锅肉做好。王家才在开饭之前，就按昨天定的规矩，把爸爸他们厨房几个人的回锅肉先打了出来，然后宣布开饭。大家一进来，看到今天掌勺的换人了，有些奇怪。有的说："耶，今天换人了！"有的说："废什么话，你只管打你的菜，吃你的就行，有你什么事！"

打好菜的人抬着走出来，有人在小声地说："今天的好像要比昨天的少。""是要少点！""算了不要说这些，有吃的就行。"杨晓扶赶紧劝阻道，又对他们说，"到那边去打馒头！今天的馒头做得特别好。富子还会做'白案'，以前都认为他只是会做'红案'，会做肉食，不知道他还会做馒头。走，我们去看，那蒸好的一个个馒头像小猪，可爱得很。"他们走过去打馒头。到"五七"干校以后今天是第一次吃面食，大家都纷纷赞叹爸爸做馒头的技术，说他天生就是一个好厨师，从来没见他做过，竟会做得这样好。其实爸爸在家的时候就经常给我们做麦粑、蒸馒头，还要做出各种花样，小猪、小鱼、小兔子什么的，都好看极了。

这边的馒头打完了。打菜的那边突然有些喧哗，有几个人在和王家才说什么。到"五七"干校以后，大家不像以前那样怕他。他是一个管教干部的领导，他不能打人。大家也不去惹他，他安排什么事大家去做就行了。大家都认为，惹不起还躲不起吗？不过今天为什么会和他吵起来呢？是因为他的菜到后来是越打越少了。大家都知道，今天和昨天是一样多的肉下锅的，怎么会出现这样的情况？还有这么多的人在监厨，肉会飞不成？那几个叔叔把打好的回锅肉放到桌子上，要大家来评评理。王家才也一肚子火地说："评什么理？你就看到你的碗里少了，就不知道我们几个干部还一点都没有？！"

"那就奇怪了，是谁偷来吃了？"万富宏见人围在这里，也赶过来插嘴说道。

"这么多双眼睛看着，谁偷来吃？"杨晓扶还抬着碗，在那里用筷子挑着碗里的肉说道。

我们几个小孩跑来跑去地看热闹，我们的早就打来吃了，也没管它是多是少。现在看着他们吵起来，几个管教干部最后是没有吃的了。我暗暗地庆幸我们先就把它打了，要不可能就是我们没有了。这时候，只见王家才几个人在那里摔锅砸碗的。王家才说："你们就会说。我们没有吃的，谁来管我们？"

卉卉（节选） 喻莉娟

爸爸走过来说："小王，今天这事，可是你亲自一样样看着做的。肉是你称的，勺是你掌的，与我们食堂的人没有任何的关系。要不这样，我们食堂几个人的都还没有吃，把它分一点给你们吃？"

"吃，吃个屁！"王家才说着把手上的瓢一甩，"走！"几个来监厨的干部跟在他的后面走了。

这时候食堂里面才真正是像过节的样子，大家敲着碗，哼着调。最好玩的是万县长，他走到大家的中间，拍着爸爸的肩，用《智取威虎山》郭剑光称赞杨子荣的话说："老杨，英雄啊！"

爸爸对大家说："哎，空话少说，来来来，我们准备吃饭！把菜倒进锅里热一下吃，把你们的菜也倒进来热一下，一起吃！"爸爸对最后来打菜的那几个人说。他们也就把碗里的肉倒进了锅里一起热。爸爸对小秦叔叔说："小秦我们好像还有一点酒，去拿来，今天是过节，大家喝一点！"

小秦叔叔去把酒拿来了，大半瓶苞谷酒，十几个人每人倒了一点，围在桌前。洪伯伯首先发话："今天的事，太戏剧性了，真是神了！来！大家为此喝一口！"

大家举着杯要喝，杨晓扶突然说道："不要忙喝，今天的事到底怎么回事，我还没搞清楚。一样的肉下锅，他打给每一个人的肉都没有昨天的多，为什么最后还不够，这是为什么？再是神仙也有一个说法？"

"老杨，先喝，先喝了再说！"万富宏说完，先喝了一口。

洪伯伯说："我看今天这事，'解铃还需系铃人'。富子你就给大家指点迷津吧！"

"富子，你说说，你是用什么办法，把今天的事做得这么漂亮！"万富宏说。

爸爸端起酒碗，对大家说："来！喝一口！""好，喝一口！"大家都喝了一口。"其实今天这事很简单，我不过就是在炒肉的时候，在锅里多炒了几转。不要小看这几转，肥肉的油都出来了。昨天的肥肉都是一块块雄雄地立着，它不就占地方吗？没几片就是一瓢。今天的因为多炒了几转，肥肉的油出来了，每一片肥肉都变小了，一瓢就要好多肉来装。所以不管他怎么样打，到最后还是不够。我早就给他算好的，所以我要他先把我们的打出来，要不现在我们就没有吃的了。厨房的事，不怕他会监厨！老话说得好，'干不死的高粱，饿不死的厨房！'这里面学问多了。"

"富子，真有你的，想不到厨房里的学问大呢！"洪伯伯又一次赞叹。

大家一边议论一边吃，今天是吃得最香的。万富宏说："这叫你会算，我会干！来，大家来，为了我们的胜利！"

从这以后，管教干部再也不来监厨了。

（节选自《卉卉》，大众文艺出版社，2005年10月）

龙志毅

岁岁年年（节选）

一

他们终于动身去省城了。说"终于"是因为行期几经改变，都是杨小曼之故。她父亲在县城开了一间杂货店，又是县商会的会长，在这小小的县城里也算得上是头面人物了，能量自然是不小的。他听到路途不宁，便说服三个大学生和女儿同行，而且一定要等那位八竿子也打不着的表舅沿途"护驾"，出发的时间因此一再拖延下来。

表舅是地方军队中的一个少校。他似乎并没带过兵更没打过仗，只在部队做过文书、参谋一类的事，该归为失意军人一类吧。但无论如何，人家总归是有身份有阅历的，而且腰间还有一支从不离身的"二十响"，在小曼父母的眼里自然便是最可依赖和最可依托的人了。其实杨小曼已经是高中三年级学生，并不是第一次上省城。前几次是她父亲亲自送到专署所在地B市，在那里找好汽车（搭人的载货卡车）送她上车为止。这次因为生意上的事扯皮分不开身，更因为听说沿途不宁，思之再三才采取了所能采取的保险措施。

好在三个大学生和他们的家长都通情达理，同意一再推迟行期以等待杨小曼的那位"护驾"表舅——地方部队的少校军官李忠臣。他们心里明白，出落得如花似玉的独生女杨小曼，是她父母的掌上明珠和命根子，此情此心，作为左邻右舍的父辈和同是省城先后同窗又多次同行的好友，是完全可以理解的。特别是三个大学生中的张浩，他和杨小曼的关系又岂止是一般的同窗好友。等几天就等几天吧，屈指一算，好在还有时间。

正如杨小曼父亲所说的：在这兵荒马乱的时候，多一个人多一个伴，有利无害。

岁岁年年（节选） 龙志毅

他们终于成行，在20世纪40年代的最后一年，1949年的初春。在这样的边远小县城自然还没有汽车可乘，可供选择的交通方式是：坐滑竿、骑马或两条腿走路。他们选择的是骑马，马帮的马。马帮主要是驮运货物，有时为利益所驱动也出租坐骑。他们五人中的两人——杨小曼和她那位军官表舅租的是"全骑"，其余是半骑，也就是一匹马既驮货物又载人。乘者歪起身子坐在货物上，两腿并着伸向马脖子。张浩家本可雇"全骑"，但他不，他说坐半骑舒服自在，实则是想在杨小曼面前显示显示。

十二匹马，五个骑者：何宁、吕洁、张浩三个大学生和高中三年级学生杨小曼，"护驾者"杨小曼的表舅李忠臣。还有三个"马锅头"。他们由西门经东门穿城而过。有人为嘲弄这座县城之小曾编有四句顺口溜："好个靖边县，衙门像猪圈；大堂打板子，四城都听见。"在如此的小县城里，十二匹马八个人的队伍穿城而过岂能不引起震动。人们从各自的窗口引颈而望，有羡慕的眼光，有妒忌的眼光，更多的人是看热闹、好奇。这便自然而然地组成了一支夹道欢送的隐形队伍。人们的兴趣不在于那拥有十二匹马的马帮，山城虽小，马帮却是常来常往，别说十二匹，二十四也是见惯了的，人们的兴趣在于那几个骑马的学生。引颈而望之后，他们洗了脸，过了早，打开了自家的小杂货店、面店、酒馆、理发店、油炸粑摊摊，悠闲地坐在小木凳上，靠着门守着摊，等候顾客。顾客照例是凤毛麟角，店主们摊主们于是有了闲谈的时间。街道又是那么狭窄，对门对户谈话用不着提高嗓门，也就有了足够的空间。

"看见了吧？大学生们今天一大早就上省城去喽。"

"看见喽，好神气！"

"哎，还有一个军官，听说是杨家小姐的表舅，她家爹专门请他来护送姑娘的。你怕不晓得，路上乱糟糟的，前几天有几个跑单帮的遭棒老二（土匪）抢，有一个连命都出脱（没了，完蛋）喽，做父母的咋个不担心嘛！"

"害怕不是，又是一个独姑娘，做父母的怎么放心得下？"

"嘿，说起杨家小姐呀，你们看见没有？叉起两条腿骑在马上，也不穿一条长裤子，那大腿上白生生的嫩肉完全露在外边喽，怎么做得出来嘛！"

"哈哈哈……"

"嘿，现在的洋学生呀！"

"洋学生也不都像她那样，大人也不管一管，太放肆了嘛！"

"是喽，洋学生也有顾脸面的，你看人家吕洁骑在马上，上身棉衣下身长裤，紧紧束束的。"

"这你就不懂喽，杨小姐雇的是全骑，吕家姑娘是半骑，她当然只好并起双腿喽！"

可见这几个学生是全城的新闻人物，是明星。他们的一举一动都是全城市民口中的热点。

这也难怪。自从有了"新学堂",几十年来全县进入省城大学的只有何宁、吕洁和张浩三人;进入省城高级中学的虽然不止杨小曼一人,但也屈指可数。理所当然,当三位大学生金榜题名的消息传到县城之后,着实震动了一番,也着实热闹了一番。先是羡慕性的议论,也无非是"养子当如何宁、张浩"之类的称颂,并对自己的子女不才无学发出几声感叹、几声责骂。接下来是"高明之士"的考证,说这个县自有科举以来,只出过一个贡生,还因为高兴过度,听到喜讯便中风而死。再接下来也就自然地扯到风水上去了。颇为流行的说法是:这个县城的坐落是很有讲究的,当年建县时不知哪位高明人士选中了这块地方,它的背后也就是北门外面,五座高矮不一的山峰相连而立,很像人手上的五个指头,县城便建立在掌心之中。人们通常叫五座山峰为五指峰,也叫佛指峰,那是后来的事了。传闻也就是因这"佛指峰"而起的。据说,县城坐落在佛祖的掌上,本当主贵,只因县民们愚昧不识,糊糊涂涂过了一百多年而不觉悟。六十多年前一位叫智能的高僧云游路过此地,他点醒人们:县城坐落在佛祖的手心上,只要人们虔心信佛,六十年后必当有贵人出现。有人做过精确的推算,自云游高僧的指点到何宁、吕洁考上大学,整整是六十年,张浩晚一年六十一年,说明六十年之后不断有贵人出现。于是一些相关的说法又相继而生了。比如说,是张浩的祖父听了云游高僧的点醒,首先倡导在五指峰的主峰建起了一座佛祖庙,张浩的父亲当了县参议会长之后,又继承父愿,倡导和组织扩大了佛祖庙的规模,因此而应在张浩身上。至于何、吕两家,人们说何宁和吕洁的祖父都是私塾先生。那佛祖庙三个字是何宁祖父写的,庙门上的对联"峰高常见月,谷静独闻钟",则出自吕洁祖父之手,因而两家的子孙也沾了光,如此等等。从此,那佛祖庙的香火更旺了,多数是为祈求子孙大富大贵的来者。

大学生们一行穿城而过,出了东门转了个弯向东南而去。弯弯曲曲的小路并没有直上五指峰,而是沿着一条峡谷走向东南。

时令已近阳历三月,大地开始复苏了。早开的红杏在阳光下显得特别艳丽,满坡遍野的枯草已被翠绿的新芽所代替。空气清新,令人欲醉。

三个马锅头中,一个四十来岁,从穿着打扮和气派都可以看出,他也许是马帮的老板,至少是老板雇用的马帮头目。一切行止的命令都由他发出。另一人五十来岁,像个诚朴老实的乡下人,不用问,他是十足的雇工了。第三位是一个二十出头的小伙子,穿着和言谈举止介乎头目和雇工之间,很难确定他的真实身份。他们都不是本县城的人,而是从大陵河那边来的过客。恰好有两匹马驮的货物在县城卸下了,才使杨小曼和他那位军官表舅有了雇全骑的机会。

进入峡谷后,在春意融融的气氛中一行人马便都兴奋起来了。特别是小马锅头,他是杨小曼坐骑的专职马夫。杨小曼的父母为了安全加了钱,要他们三人中有一人专门照顾女儿,马帮头目本想指定那位姓赵的长者,但他事多脱不了身,年轻人也争着干,头

岁岁年年（节选） 龙志毅

目懂得他的心事，也就顺水推舟地同意了。进了峡谷后小伙子更加活跃起来，他拉着马抬头看看天又回头咧着嘴，说："好天气哟，小姐，还是你们有福气，你看，头两日还在过冬天哩！"

杨小曼也咧嘴一笑，不置可否。她瞄了小马锅头一眼，只见他穿一身蓝土布短衫，同样的蓝土布裤子，短衫外套一件皮马甲。这种皮马甲似乎成了马锅头们的制服，不仅成了标志性的衣着，而且有一种特别的风味。小马锅头和其他马锅头一样，头上缠着很厚实的黑色"帕子"（头巾），是丝绸的。说明他属于马锅头中阔气的一类，而且有一种独特的潇洒味道。

他看着杨小曼笑笑，像是很关切地问："还骑得惯吧，小姐？"

"行。"杨小曼不冷不热地回答。

"这垫褥还软和吧？"

说着他伸手摸了摸铺在马鞍上的花布垫褥，也就自然地接触了一下骑者柔软的大腿。像故意的又像是不经意似的，两人却都有一种触电的感觉。杨小曼本能地缩了缩大腿，其实那只手早已缩回去了，只是那馋猫似的眼光始终在杨小曼那双诱人的大腿上晃来晃去。

杨小曼只当没看见，有什么办法哩，再说这小伙子也没有更多的无礼之举啊！

小马锅头大约是再也按捺不住心头奔涌的激情了，他牵着马抬头看看正在高升的红日，忽然咳了一声，清清嗓子，便高声地唱了起来：

路边芹菜起红苔哟，
时时把妹记在怀。
脚在走路心在想呀，
睡在梦中惊醒来！

歌声悠悠，在山谷中回荡。

小伙子兴意正浓，不等别人特别是杨小曼有什么反应，他便又拉开嗓子唱开了：

路边芹菜起红缨哟，
时时把妹记在心。
脚在走路心在想呀，
睡在梦中得一惊！

有反应了！首先是那位四十来岁的马帮头目，他和小伙子一样，一身青蓝色短打，外套一件质地很好的皮马甲,黑丝绸的帕子也不知缠了多少圈,高高地顶在头上,右耳边垂下一缕丝帕的青丝,显得很潇洒。此时他正和那匹系着铜铃的带头马并排而行。听了小马锅头的歌声,他回转身退后几步,十分严肃地说:"小杂毛,你给老子老实一点哟!惹出祸事来你承担得起?"

他边吆喝边拿眼光瞅马上的杨小曼,看她有什么反应。也许她会?

杨小曼的反应出乎他的意料,她先是骑在马上聚精会神地听,听完之后忽然哈哈大笑,回头对身后的张浩说:"哎,听到没有?多美呀,那意境那情调!你这个学文学的大学生能写得出来?"

张浩也正聚精会神地听,而且细心品味。他明白这是小马锅头专门为杨小曼唱的,不算调情至少也是挑逗。但见杨小曼不仅不生气反而这么感兴趣,便也挑逗地回敬道:"喜欢呀?等着吧,我保证能给你几首有刺激味的!"

杨小曼听了笑道:

"来呀,我听着!怎么哑巴哪?学曹植七步为诗嘛,我给你数:一、二、三……七,怎么哪,出不来?"

张浩被弄得挺尴尬。听了杨小曼的挑逗,他当然想马上拿出一两首比小马锅头的山歌更富有刺激性的"阳春白雪"来。不仅有刺激性而且高雅、含蓄,一切全在意境之中。然而他不像古人那么文思敏捷,莫说七步为诗,七十步也未必出得来,出得来也未必那么如意,他还是有点自知之明的。作为中文系的大学生,他也曾写过一些诗。他不喜欢新诗,写的都是旧体诗。他觉得写诗很吃力,平仄、韵脚、对仗都不成问题,但写出来的诗连自己也感动不了,像一篇压缩了的论文。有人说他的诗太"直"。大概如此吧。但也不能举起双手投降呀!于是他做出一副居高临下的样子,提高了音调:"你等着吧,我会给你更刺激的,一首两首都行!"

杨小曼哈哈大笑,依然是挑逗的口气:"该认输就认输嘛,何必鸭子死了嘴壳硬!"

马帮头目本来是怕小伙子惹事的,看到雇主特别是那位被挑逗的杨小姐不但没有发怒,反而那么高兴,原来是自己判断有误呀!便不再吭声地向前面走去。

但有人吭声了,是杨小曼的表舅,那位失意军人。他是受家长委托,负有保护杨小曼职责的。他并不是什么迂夫子,就他个人来说,这算得了什么,更野一些才好,越野越开心!然而现在毕竟身份不同啊!于是他叫住了那位擦着马头而过的马帮头,说:

"换一个人招呼杨小姐好不好?"

马帮头放慢了脚步,与少校的坐骑并排而行,为难地说:

"没有人换呀,长官!"

"换那个老头不行?"

少校指指前面那个一副农民样的马锅头。

岁岁年年（节选） 龙志毅

"不行，不行，长官！他的事情多得很，你看他一路上都在鞍前马后地跑，随时察看每匹马的动静，保证不要出事嘞！还有每天的起程歇店、烧水煮饭、拴马喂马的事，全在他身上。他不可能把心思完全放在小姐身上，长官！"

少校无可奈何却又不甘心放弃自己的意见，便不无幽默地说："小伙子可是将全部心思都放在小姐身上喽！你都听见了吧，出了事怎么办？"

他的声音很高，前后都听到了，自然也就带来了不同的反应。

先是那个马帮头，他退后两步至少校的马前，说："长官放心，我刚才管教他哪，年轻人就是调皮点，他不敢乱来的。"

吕洁的坐骑位于少校和小曼的坐骑之间，发生的一切早已看在眼里。听了少校和马帮头的对话，便笑道："管他哩，表舅，唱唱笑笑走在这大山里头才不寂寞嘛，小伙子挺潇洒的！"

吕洁和杨小曼平时接触不多，但在杨小曼眼里这位大姐是一位挺严肃的人。听见她如此表态不由得哈哈地笑了，边笑边冲着少校说："就是嘛，还是大姐说得对，这么遥远艰苦的路程，不轻松一点这日子怎么打发？欢迎表舅也来几首呀！"

表舅李忠臣本来就不是一个严肃的人，要是他一个人上路，别说唱几曲轻佻的小曲，寻花问柳的事多着哩。只因为在青年们面前身份不同，又有杨小曼父母的委托，假作正经而已。既然大家都是这么个态度，便也来个顺水推舟，笑道："你们都不怕，我还怕哪样？哎，小伙子还有没有呀，再来两首！"

小马锅头受了头目的斥责，由原先的得意转为憋气，现在听大家这么一说，又由一肚子的气转为满心高兴和得意了，便嘿嘿地笑着瞅了杨小曼一眼，红着脸对少校说："不敢唱了，长官！再唱呀——"他用手轻轻往前一指，"说不定我的饭碗都要丢嘞！"

大家都是寻开心，谁也不会认真要他唱的，这么一闹倒是替张浩解了围，杨小曼也不再逼着他七步成诗了。

整个"事件"过程中只有一个人没有卷入，那便是"老大哥"何宁。他的坐骑排在少校的前面，是他们一行人的排头兵。听到少校的"宏论"后，他回头笑笑，只说了一句："赶路吧！"

其实大家并没有停下来，都在走，只因谈得有兴趣便自然地放慢了脚步。听何宁这么一说却都不约而同地表示确实应该快一点了，今天的路程是七十里，而且都是山路，是最难走的一天。现在太阳都快当顶了，走了还不到三十里。

何宁在一行人中，特别是在几个学生中是"自然领袖"。他平时不爱说话，却是说一句算一句。张浩对他最崇拜，他曾经对别人说，何宁不开口则已，一开口呀，如实记下来就是一篇报纸的社论。这话当然夸张了。其实何宁也不是绝对地少说话，要看什么场合。他是大学的学生自治会主席，还是省城全市学联的副主席。那年头学生自治会几乎等于罢课委员会。每当罢课和游行的时候,你去听听他那慷慨激昂的演说吧。

何宁的这种个性同他的经历有关。他是在专区所在地的B市读的中学,高中毕业后因家境不好,回到家乡教了好几年书才去省城报考大学,现在依然边念书边在一个中学兼任历史课教员,前两年还在当家庭教师。这一年多来因为社会活动多,把家庭教师辞了。因此,他比同一个年级不同系的吕洁大五岁,比张浩特别是杨小曼就大得更多。

他不仅年龄大而且学识超群,在学校里很受人尊敬,学生自治会选举时他几乎得了百分之九十的票。在这几个同乡学友中的威信就更不用说了。大家都叫他"何大哥",张浩同他来往最密切,开玩笑时也叫他一声何主席。当下他们听了他的提示,竟然都好像士兵接受了长官的命令,各自催促着马锅头扬鞭赶路。

越往前走山越高谷越深,虽不是黑压压的一片森林,但满坡是刺蓬和灌木。一行人马艰难地爬到山顶,但见红日当空,脚下却又是云海茫茫。他们可以说都是这条路上的常客,但对如此多姿多彩的奇景还是百看不厌,觉得很开心。

去专区所在地B市的旅程第一天算是最艰苦的了,全程七十里都是上了山又下山,下了山再上坡,最后来到一个叫木冲沟的乡镇投宿。

小镇大约两三百户人家,是通向B市的必经之路,也是周围几十百把里内唯一的货物集散地,有旅馆、马店和商店,显出山区里少见的繁荣。都听说这里常有"棒老二"出入,但他们之中却没有一个人遇到过,因此也就不放在心上了。

二

木冲沟这地名也不知是什么人、什么年代取的,虽然一般化或者直说是"俗气",但却贴切。两山高耸入云连绵延伸,黑压压地覆盖着杉树杂木。两山之间一冲横卧,顺山势而蜿蜒。一条溪流将山冲一分为二,水源于两旁的原始森林潺潺而流,清澈见底。时值初春,两岸田野油菜花事正浓,一片金黄中夹杂着点点初绽的红杏,景色宜人。不到深山,不知深山之美啊。

他们住宿的是木冲镇东头的一家小旅店,是何宁提议后一致同意的。他们每次路过都住这里,可以说是小店的常客了。店主是一对四十出头的夫妇,两个儿子中大的已二十来岁,在店里帮着父母打杂,小的十余岁,在镇上的"国民小学"念书。他们之所以选择这家小店落脚,一是服务态度好,店主夫妇和气对人;二是清洁、卫生,卧室、床单、被子以及桌子板凳都洗刷得干干净净,一进门就给人一种舒畅的感觉。"面无笑容休开店",店主夫妇二人的笑容的确是经常挂在脸上的。店主人姓何,也不知是去年或是前年同何宁攀上了"家门",故而见他们一来便显得特别亲切。嘴上说着"家门来哪,快请坐",便抢着去帮他们拿行李。

岁岁年年（节选） 龙志毅

马帮另去住马店，将他们的行李卸下便走了，说好明天早上一早过来接他们。在店主老何的引导下他们熟门熟路地上了二楼，三个男的住一间，两个女的住一间，只隔着一层板壁。别说谈话，就是轻声地咳一下，对方也听得一清二楚的。少校开玩笑说："这样好呀，我们两个屋子的人可以躺在床上冲壳子（谈天）又不犯忌！"五个人中只有他是第一次住这个小店，也许委屈了但他却没有表现出来，还显得很有兴趣的样子，和大家争着拿行李铺床。床是木架子加上一层稻草，上面再加一床棉絮，倒也很软和。

铺好床他们便先后下楼来准备晚饭。这一带地方的小旅店只给客人无偿提供炊事用具（锅、灶、瓢、勺）自己做饭而不提供现成的饭菜。也就是说可以向店方买米油盐，有时还可以有偿地获得蔬菜，要吃肉就得自己到街上的肉摊上去买。无论是否赶场天，镇上至少都有一个肉摊在营业，大概就是适应这种住店方式而产生的吧。

当天小店里只有他们这一伙人投宿，用锅借火用不着排队等候。只要他们几个人同行，做饭的事不用推选便自然落在何宁和吕洁身上。等到那位少校和杨小曼、张浩先后下楼时，何宁已经向店主买了米，正在灶上挽起袖子淘米。吕洁蹲在灶前烧火，用的是木柴，灶里火光熊熊，吕洁原本就红光满面，在火光下更显得光彩照人了。后下楼的三人中只有少校悠然自得，并不想要插手帮忙。他在门边的一条长凳上落座，漫无目标地观看着山野小镇的街景。杨小曼和张浩则不然，眼见两位大哥大姐已经动手做饭，他们便负疚地趋前帮忙。何宁摆摆手说："休息去吧，越帮越忙！"

张浩见无处插手只好走开。杨小曼则手持一纸包走到正忙着的二人面前，说："我带了腊肉哩，妈妈专门给我们路上吃的。"

说着将纸包打开，一大块腊肉呈现在何宁和吕洁面前，看样子至少有两三斤。吕洁有些犹豫，何宁却笑道："好呀，我们今晚上有腊肉吃了。我看这样吧小曼，你不是要帮忙吗，把腊肉在火上烧一烧，洗一洗，然后我来切了蒸！"

吕洁说："我来我来。"

她从杨小曼手中接过腊肉用铁火钳夹了往那火焰上伸去，只听一阵吱吱声，随即一股白烟冒出来弥漫全屋，人们闻到了浓烈焦气中的香味。

晚饭很快便做出来了。除了蒸腊肉还有一盘炒鸡蛋、一盘炒豆腐、一大碗白菜汤，当然还有一碟少不了的辣椒水。大家吃得很香，真像是打了一次牙祭。

山区里天黑得早，还没吃完饭已到了掌灯时分。店主拿过一盏菜油灯放在桌子中央，吃过晚饭，几个人在一灯如豆的堂屋里闲扯了一阵便烧水洗脚，准备上床睡觉。

正在这时忽听小镇东头响起几声枪响，那枪声在深山夜里显得特别清脆。怎么回事？屋里的人包括店主在内都吓了一跳。店主正欲开门察看，他那个今天晚上一直没有露面的儿子忽然一头钻进屋来，喘着粗气说："糟喽，糟喽，棒老二进街喽！"

大家都清楚，"棒老二"就是土匪。屋里的人被突如其来的消息震惊了，这消息无疑是真实的，枪声就是证明。"棒老二来了"意味着什么？意味着暴力、抢劫、绑架乃至白刀子进红刀子出！小旅店的堂屋里顿时笼罩在一片恐慌之中。何宁算是比较镇静的一个，他反复问店主和跑回来报信的少东家，放枪的人是不是真正的土匪？他的伙伴们明白他问的意思，在政府的词汇里，"土匪"这一名词含义很广，往往并不是真正意义上那类打家劫寨的"棒老二"。他的问题是向店主提出来的，店主理解他的意思，但却十分明确地回答说："还有假的？一年总有那么一两次，就是那个狗日的麻老三，祖传的'棒老二'头子！"

既然真是土匪就得采取对策。少校和吕洁主张赶快带上行李往森林里躲，何宁征询店主的意见，店主倒还镇静，他沉思片刻说："躲一躲也好，万一出了事我这个小店也脱不了干系！"

何宁听店主话中有话便追问其真实意思，"万一出事"就是说出事的可能性只有万分之一，可明明白白土匪已经来到眼前哪！

店主说出了一个简单的意思：土匪是有内线的，有了"肥肉"才来割，并不是下山来见人就抢见店就劫的。听枪声今晚上他们已经有"对头"喽。不过他又一次强调还是躲一躲好，不怕一万只怕万一嘛！他瞄瞄少校，嘿嘿一笑："特别是这个长官，穿军衣又没有带随行卫队，万一碰上了……"

他没有说下去，大家都明白他的意思，也没有谁去多问，只商量着如何逃命。正说话间枪声又起，何宁遂当机立断地大声宣布："不要多说了，赶快上楼收拾行李上路！"

这一行人的领袖似乎应当是少校，何宁也许当学生自治会主席当惯了，不征得少校的同意便发号施令。少校似乎并不介意，倒是店主刚才的几句话使他耿耿于怀，"又没有随行卫队"？明明是讽刺人嘛！话又说回来，讽刺又怎么样，你李忠臣有过随从吗？更何况卫队了！事实如此，无可奈何。于是他也大声宣布："何宁同学说得对，大家赶快上楼收拾行李，五分钟后下来，否则就来不及了！"

店主听了两个"领袖"的宣布，连忙插话："用不着把所有的东西都带走，长官，只把最值钱的带走就行，那铺盖行头他们是不要的。"

果然不到五分钟一行五人都下楼来了。遵照店主的建议每个人都只带了一个小包，除此之外少校还提着一支二十响手枪。除了那身军装，这支手枪也许是体现他军官身份和军官价值的唯一佐证了。现在少校把它握在手中，子弹自然都已经上了膛，既壮了自己的威风也壮了一行人的胆量。

店主夫妇照例是不逃难的，"兔子不吃窝边草"，这乡场上大小数十家马店旅馆和店摊，店主人从未被麻老三一伙打劫过，也有一两次，那是因为店主人得罪了他们。

店主叫儿子何老大引导客人上山躲藏，据说乡场背后有一个山洞，离场镇很近，每次有"棒老二"光临，客人们乃至场上胆小怕事的居民都是去那里躲的。

岁岁年年（节选）龙志毅

在何老大的指引下，他们出旅店后门，踏着小路爬坡，周围全是黑压压的杉林。走了不到半里路便来到森林中一处崖脚的洞口。洞口四周长满了灌木丛，如果不是熟门熟路的人，洞口是很难被发现的，理所当然是一处避险的好去处。他们到达时已经有许多人进入洞中，还有一些人正接近洞口。

何宁是一个细心人，行至离洞口大约十来米时，他边走边观察周围那些蜂拥进洞的人群，忽然向自己的几个同伴发出停止前进的命令。然后将少校拉到一边耳语，只见少校连连点头，何宁于是下达命令："我们不进洞了，到山上去。"

同伴们不解其意，但在这特殊的情况下，谁也没有多说一句话，唯一的举动就是服从。他们已经将何宁当作不选自成的领导者了。何宁于是向何老大下达命令，要他引大家去一处可以隐蔽又可以观察四周，也就是看得远一点的地方。

何老大是个聪明人，他立即便明白了何宁的意思，说："好办，附近就有。"说着便引导大家从山洞的左侧往坡上爬。

离开了洞口，连"毛狗小路"也没有了，整个是在森林和灌木丛中穿行，有时刺蓬拦路，还得将它扒开，否则便要划破衣服和皮肉。幸好何老大手握一根木棍走在前面。每遇有刺丛，便用木棍将它扒开，让大家过去之后，他再趋前引路。杨小曼穿的是旗袍，行走很不方便，吕洁回头看见她很吃力便想去帮她，却被张浩抢了先。杨小曼也不拒绝张浩的扶助，她用右手挽住张浩的胳膊，并将半个身子靠在他的肩上吃力地行走。他们本来是同学，张浩比小曼高两级。在高中时互相都认识，还在一起演过《日出》。杨小曼演陈白露，张浩演潘经理，几经接触，双方至少是乐于交往的。后来张浩高中毕业上了大学，彼此来往稀疏了，但母校校庆时老校友返校，一个学期内也总有次把同乡聚会，他们还是经常见面的。特别是近一两年，每逢节假日小曼总要约张浩在他们学校附近的"静园"闲聊。因此，现在面临危难之际，互相帮助也就顺理成章了，至于彼此内心的活动那是另外一回事。

他们的行程并不长，在何老大的引导下到达目的地时，离那个山洞也不过百十来米。但除开何老大，每一个人都已经汗流浃背了。杨小曼喘着气，一下子坐到地上，连声叫唤着"妈哟、妈哟！"

这里的环境很好，是在林中的一处高地上，可以眼观四方却又有茂密的森林和灌木丛隐蔽自己。大家都称赞何老大选的地方不错，是一个好向导。

等待大家喘过气之后，何宁才说出为什么不进洞："棒老二既然有内线，他们就不会不知道有这么个山洞，也当然会知道整个乡场上的旅客和一些居民带着他们的金银财宝进洞了。大家想想看，那不等于是集中全镇上的财富在洞里等着棒老二来一网打尽，不费吹灰之力哩！"

大家都觉得何宁考虑得很周到，还真是这个道理。那些进洞的人怎么就想不到哩？

唯一例外的是何老大，他笑笑说："棒老二是有线子的，他们只牵'肥猪'，不宰'鸡鸭'！洞里头还是安全的。"

大家对何老大的说法都不以为然，并再一次赞扬了何宁的紧急措施。少校说："不防一万只防万一嘛。"何老大是个机灵的小伙子，见大家不同意他的看法，便也来了个九十度大转弯，说不进洞还是对的，好多年前他还小时棒老二进过一回洞，还杀了四个人又绑架了三个人。他还将当年的情况叙述了一番。

何老大的话还没讲完，杨小曼忽然惊叫了一声，说她的钱包忘了带出来，说着便急得哭了。发生了这样的事，大家也就无心去听何老大的故事了。

"不是叫把贵重物品带走吗？"少校问。他显得有些生气，作为受家长委托的监护人，他首先感到有压力，但他认为责任不在自己而在于小曼。叫把贵重的物品都带走，你带了什么？连钱都没带出来？

其余的人没有责备杨小曼，只关切地问她怎么会忘了带钱，放在什么地方的？张浩发现她手中的皮包，以为她是被吓糊涂了，便连忙提醒她。杨小曼解释说，皮包里有钱，那是路费和零用的一部分。学费和本学期的伙食费和零用钱，她妈妈怕她带在身上丢了，为了保险用一块布包好缝好，放在箱里的衣服下面。在旅店里上楼拿贵重物品时，由于时间紧又心慌，她急急忙忙拿起皮包就走，竟忘了这件大事。

几个人一边安慰急得直哭的杨小曼一边研究对策，七嘴八舌，莫衷一是。有的主张马上回去取，有的反对。主张马上回去取的是张浩，还有吕洁。张浩自告奋勇叫小曼给他开箱的钥匙，他愿为她效劳。何老大也自告奋勇陪张浩跑一趟。他本想说自己一个人回去取来就行了，但年轻人心细，他想自己一个人去开人家的箱子行吗？万一说什么贵重的东西丢了，自己有口也难辩哩！因此，他只表态愿陪张浩去。

"反对派"的为首者是少校。他自有自己的想法。如果要派人回去替杨小曼取钱，论年纪论身份都应该是自己去。但有必要去冒这个险吗？万一遇上土匪，自己又穿这么一身黄军服！单枪匹马呀，吓老百姓还可以，土匪可不买你这个账喽。于是他说："不要去冒这个险了吧？大家的行李不是都没有拿出来？棒老二要是光顾何家旅店我们都成了光棍一条，无非这身边还有几个钱就是喽。如果他们不光顾，大家的行李保住了，你小曼的钱不也就保住了？"

说到这里少校李忠臣没有忘记应该以长辈的身份教训教训她。

"小曼呀，不是我这个做表舅的要说你几句，你也太大意了嘛。只差半年高中就毕业了呀，还这么毛毛躁躁的。古人教训我们要'处变不惊'，你倒好，才听到几声枪响，就把该拿起的东西也忘了，要是上了战场哩？"

小曼不服气，反驳说："是你们要人家五分钟就下楼嘛，像催命鬼似的，现在又来埋怨人！我没有上过战场，今后也不会上战场。表舅既然身经百战，为何又那样惊慌呢？"

岁岁年年（节选） 龙志毅

这一下可把李忠臣将住了，是呀，听说土匪进了镇，你不是也吓得脸色苍白吗？至于说到什么身经百战，分明就是讽刺。他李忠臣是否算是真的打过仗，也只有他自己心里明白，她杨小曼也未必清楚，也许是冲口而出的，并非有意讽刺，就不要去计较了，何必自己抓屎往脸上擦呢？但作为长辈好心相教，她不但不服竟然顶撞起来了，不再说她几句，这脸面朝哪儿搁？他说："说五分钟是为了快一点，为了争取时间。难道要慢吞吞等土匪来到面前才走？所谓处变不惊不是说不要躲避，而是说不要慌慌张张丢三落四。明明白白地说了嘛，五分钟内带走贵重物品，你有好多金银财宝要拿走？无非就是钱嘛，顶多还有一块手表什么的，开个箱子拿走一个钱包，五分钟还不够？是你父母委托了我，我才多嘴哩！"

杨小曼不服还要顶嘴，被张浩拦阻了，他回头对李忠臣说：

"表舅，"他不自觉地跟着杨小曼叫李忠臣作表舅，自己也觉得莫名其妙，但话已经出口也就由它了，"表舅，事情既然已经发生，就不要再埋怨小曼了。她已经很难过，再埋怨又有什么用？现在的问题是怎么样补救，正像你说的可能平安无事，但也要以防万一呀，我去跑一趟。"

他一转身对着小曼伸出手去："小曼，把钥匙给我！"

杨小曼没有给张浩钥匙，却向他投去了一个意味深长的眼光，说："我们一起去，张浩。"

一直没有说话的何宁开口了："你去？我看算了吧。我同意李先生的意见（他没有叫表舅），犯不着去冒这个险，不去可能平安无事，去了反而可能出问题。如果碰上土匪绑了你们的票怎么办？"

杨小曼不以为然地说："绑票，绑我们这些穷学生有哪样用？"

"嗨！"何宁说，"你小看自己了，土匪那个山寨上呀，正缺你这样的姑娘哩！"

何宁自己没有笑，却将大家逗笑了，连何老大也边笑边拿眼光瞄着杨小曼，直瞄得她脸红。她还想再说什么，却听何宁继续说：

"如果真有必要去就应该是我去，除了李先生数我最大，李先生就凭他那身装束是去不得的。我们既然一起出门就是一个团体，一个人的事就是大家的事。各人只顾自己，岂不还是一盘散沙，劣根性不变！我只是觉得没有必要。小曼，你看，如果你认为非去不可，大家都不必争了，我去！"

何宁的这番话使几个人深受感动，既有助人的诚意和勇气，又有深明事理的眼光，在一个团体里这种人自然地会成为主心骨，成为团体里不用推选的自然领袖，一举一动大家都会听他的。当下杨小曼便立即表态，不再坚持自己的意见了，张浩自然也是听从何宁的，但他对李忠臣有些看不惯，受了人家父母的委托，出了事却往旁边站，还尽说风凉话。他本想给他一点难堪，他不能回旅馆替杨小曼取钱的理由不是就因为那身黄皮子吗？他想开个玩笑，建议自己和少校换换衣服。但何宁的那番话感动了他，于是也紧跟杨小曼表态："听何宁大哥的，真出了事再说吧，没有过不去的鬼门关！"

正谈话间忽然又听到几声枪声从乡场那边传过来。枪声给大家带来了新的惊恐和猜想：看来凶多吉少，如果只有两三个目标，这么搞一阵也早该结束了。难道今天晚上土匪扩大了抢劫范围？何老大却不以为然，他说："这种枪声经常是棒老二们做完活路要'收工'了，打几声告别枪。等我去看看。"

他说着便消失在密林中，过了约摸一顿饭的工夫就回来了。一见众人便笑着报喜，说是隐藏在下面山洞里的人都回家了，大家走吧。大家喜出望外正待要走，少校李忠臣却突然发话了，他说："且慢，等一等再说，等山洞那些人走完了我们再走。万一这是土匪的策略，到时忽然来个回马枪怎么办？"

大家都不以为然，认为他是神经过敏。出众人意料的是何宁支持他。他说少校的意见不无道理，还是那句话，不怕一万只怕万一，凡事以谨慎为好。

李忠臣见何宁支持他便觉得很高兴，他自认在这一行人里，无论年龄身份他都应是主心骨。然而一天的行程中似乎恰好相反，有那个张浩处处同他作对，现在好了，自己的主意总算是全体接受，他便有了一种统领欲望得到了实现的满足感。

一行人在林中等了一顿饭的工夫，见山下无动静，才慢慢地走出林子回到了何家小旅馆。

老板给他们开了门，主客相见分外亲热，不免相互祝福一番。老板说吉人自有天相，你们都是有福气的人，只得了一场虚惊。张浩看见桌上的油灯，忽然想起读过的一篇古文：一个官员一行人赶夜路经过一处老虎出没之处，凝视路旁的石头以为是虎，吓得魂飞魄散。是者数次，才终于到达滁州，在灯下感叹"有如再生者"，今晚的遭遇岂不相似？但他没有将自己的感受说出来，便跟着大家上楼睡觉去了。

第二天一早起来才从老板口中听说，昨晚被宰的"肥猪"是一伙运大烟（鸦片）的马帮，有武装押运的，结果是死了一个人，绑走了一个人，烟土自然是照单全收了。听了这个消息，一行人便想到自己的马帮，他们无事吧？正说话间马帮来了，人马完整无恙。小马锅头特别瞄了杨小曼一眼，咧着嘴问："小姐，昨天晚上受惊了吧？"

主客互相额手称庆一番之后，各自上马出发。早春二月尚有寒意，大家都加了衣服。

出了小镇，马路依然蜿蜒在大山之间，今天的路程依然是七十里，一半是山路一半是丘陵，但比昨天的路程好多了。湛蓝的天空万里无云，柳枝吐翠，处处鸟鸣，万物开始复苏。这样的环境易于使人精神亢奋，但他们依然沉浸在昨晚的险情之中。何宁正在同马帮头谈论，他问马帮头："土匪（他惯于称土匪而不叫棒老二）没去你们住的马店？"

马帮头笑笑，笑得意味深长，然后慢吞吞地回答："我们住的马店离街子半里路，

岁岁年年（节选） 龙志毅

从来就没棒老二光顾过。"

"哦！"何宁听了觉得稀奇，看表情很想进一步探寻究里，却又不便直说。马帮头是个精明人，他看出何宁想问什么了，于是坦然地作了回答："你想想，这碗饭是好端的？没有防蛇咬的本事，敢去窜草丛？在这条路上跑十年喽，十年平安无事，没有被棒老二动过一根毫毛！"

回答神秘也甩出了一串悬念，不仅引起了何宁的兴趣，而且引起了一行人的兴趣。杨小曼本来正和她身后的张浩在说笑话，被何宁和马帮头的对话所吸引，便也停止了说话，聚精会神地洗耳恭听。走在何宁前面的吕洁也蛮有兴趣地不时回过身来。只有最前面的军人李忠臣例外，他也许对他们的话题不感兴趣，也许离得较远没听到他们的谈话，一个人骑在马上只顾观山景、吸香烟。

其实所谓悬念主要是两条，一条用马帮头的话来说，就是"防蛇咬的本事"是什么？一条是他们为什么不住街上的马店要住到离街子半里之外，那个马店怎么能不受土匪的光顾？当然了，这样的问题是不便于直接提出来的，必须转弯抹角而又十分自然，否则会弄巧成拙。大家都知道何宁有这方面的本事，便都不插话，只尖起耳朵听。果然，何宁不负众望，在他的启发诱导下，马帮头谈出了内中的秘诀。其实很简单，但也不那么简单：他们"防蛇咬"的本事就是从来不运大烟只运砖盐，偶尔也运布匹什么的，都是棒老二看不上眼的货色。砖盐在这一带地方很贵重，有"斗米斤盐"之说，但那么笨重，棒老二要它干什么？至于街外的那家马店为什么保险，马帮头只说了一句话："兔子不吃窝边草。"这又给他的听众留下了悬念，留下了无穷的想象空间，但无论如何却是不便再谈下去了，你又不是在审案！

昨夜险情的话题到此为止，何宁同马帮头还在闲扯，但谈些什么也引不起别人的注意了。张浩忽然产生了一种冲动，想同前面的小曼并骑而行便于密谈。脚下的路依然在大山之中，但较为宽敞，要是对面不来马帮他们的两匹马并行是不成问题的。但他的座位却不允许，他租的是"半骑"，也就是说坐骑还驮有货物，他歪起半边身子坐在货物上，要和小曼并行左右都不方便。加之，那个小马锅头今天一反常态，变得对杨小曼十分驯服，左右不离她的身边，真可谓效力于鞍前马后而无微不至。也许是受到他们的头目的指教吧，今天连山歌也不唱了。一双眼睛紧盯住杨小曼，似乎生怕她掉下马来，又似乎……

前进一步既不可能，张浩依旧让坐骑走在杨小曼身后，下意识地品味着她那苗条诱人的体形和一双半裸的大腿，神情恍惚，如醉如痴。从小在一个县城里长大，那县城又是这么小，早不见晚见，也应该算是"青梅竹马"了吧。后来又先后上了一所小学，先后赴省城进了同一所中学，他比她长三岁始终高两班。一直到他进了大学才算正式分开，其实也并未分开。他和小曼的个别接触也是常有的，特别是那一次特殊的机遇，余味无穷，至今难忘。但他不清楚，对方的自我感觉如何？他至今没有问，也不便问。

那是高中三年级上学期，杨小曼是高中一年级。他们学校的高中部到一个县里去旅行，主要去看离县城二十里的一个溶洞。据说那洞里是个水晶世界，五光十色，美不胜收。但在那样的年代是不可能也没人拿出钱来专门为溶洞修筑二十里公路的，要去探胜只能徒步。

学校经过讨论，师生一致要求去溶洞探胜。在年轻人脚下，二十里路算得了什么？何况要在那溶洞附近的小镇上住一夜。也就是当天乘火车到县城，下午步行去小镇住宿，第二天上午参观，下午步行回县城。在青年们眼里，这是一个很轻松的日程。学校当时决定体弱的学生可以不参加，教师自由参加，高三年级快高考了也可以自由参加。张浩见杨小曼参加，他也"自由"地参加了。

他们只听说县城至溶洞总共二十里路程，其中有七八里山坡。但他们完全没有想到坡有多陡，更没有想到当天上午下了一场大雨，路有多滑。三个班近两百个师生来到坡前，面对泥泞不堪的陡坡成了过河卒子，后悔已经来不及了。他们只好各显其能，拼搏向前。第一批身强力壮的男女师生，包括张浩在内是连跑带滑下去的。虽然有的人中途摔了跤，但马上便爬起来继续前进，只不过弄污了一身衣服。这一批人不多，大约五十来人。第二批就惨了，用他们自己的话来说是连滚带爬下来的，一个个浑身是黄泥，有的还伤了手扭了脚，狼狈不堪，但总算是下来了。这批人最多，一百多个。还有第三批呢？谁也不清楚有无第三批，有，又是多少，都是什么人？下来了的师生们正挤在那暂时借住的"保国民学校"破旧的教室里，听候安排，额手称庆。人群中忽然响起了训育主任的声音。他是此次行动的领队者，说有十多个女同学困在半山坡上下不来了，希望身强力壮的男同学自告奋勇去扶她们一把，愿意发扬团结友爱精神的同学到前面来报名。

这无疑是一个使人震惊的消息。首先被震惊的是张浩。他注意到了第一、二批下山来的师生中都没有杨小曼的踪影，毫无疑问她是被困在山上了。因此，训育主任的话音刚落，他便第一个大声报名："我去！"并且不等抢救队伍组建完成，第一个向山上奔去，似乎生怕别人抢了先，把杨小曼从他手中抢走。但别人并没有这种感觉，都认为他张浩见义勇为，好样的！许多人还为之深受感动而鼓了掌。

张浩喘着粗气冲到女生被困处已是挥汗如雨了，只见十多个女生有的坐在黄泥路旁的石头上，有的背靠小树而立，有的干脆就坐在泥泞的地上。那种狼狈相张浩只有在电影的战争场面中看见过，而且也似乎没有这么凄惨。被困者们发现山下奔来了一群抢救者，像是有人发出命令似的顿时便传出来一片哭声，令人心碎。

张浩一眼便看见杨小曼靠着一棵青冈树，鞋袜上衣服上特别是臀部糊满了泥浆。她显然是摔了跤，他便直接向小曼奔去。

杨小曼一下子扑在张浩的怀里放声大哭，抽抽噎噎地说："张浩，我要死了！"张

岁岁年年（节选） 龙志毅

浩连忙安慰她说："你不要乱想，我不是来了嘛，来，我背你下山！"杨小曼拒绝张浩背她，于是张浩便扶着她一步一滑地往山下走。这时救援的二三十个男同学全都上来了，大家都有用武之地，有的两人扶持一人，有的一人扶持一人。有个高二年级的男生走过来要帮助张浩扶持杨小曼，被张浩拒绝了。他要他去帮助其他的人。

一步一滑，杨小曼难以动步，她便将整个身子倾倒在张浩身上，不算背也算半背半抱吧。杨小曼身上的热度以及压在他身上软绵绵的身躯，使张浩产生了一种异样的感觉。这是他有生以来第一次如此毫无保留地接触异性，也是第一次产生如此异样的感觉，神情便异常地亢奋起来。但他毕竟是循规蹈矩的青年，岂能乘人之危？在整个行程中他做到了非礼莫言、非礼莫行，步履维艰地扶持着她终于来到了山脚，来到了那破旧的"保国民学校"——他们的住宿地。

看见所有被困的女生都已到达宿营地，虽然狼狈却也安全，并没有人受伤（小伤是有的，没有大伤），训育主任十分高兴。在众人围观中大大地表扬了上山救援的男生们，说他们今晚上的行动是一次伟大的壮举，是见义勇为的英雄行为，等等。表扬过后便发布命令开晚饭。其实早已过了开饭时间，只因为一部分人困在山上，一部分人见义勇为地上山去接，作为带队的训育主任便命令推迟开饭时间。现在山上的人终于都下来了，而且一个不少，训育主任高兴地大声宣布："现在开饭！"杨小曼对张浩说，她累得要死，还吃什么饭？她要去女生居住的地方洗洗换换就睡觉。张浩劝她还是吃一点，要不一个晚上是受不了的。小曼的态度很坚决，张浩感到肚子很饿，蹲在地上一吃就是三碗，还想再吃，甑子却已经空了，许多男生敲着碗大叫没吃饱。再叫也无法，只好将就。

张浩自己也觉得很累，他勉强撑着和几个同学一起在学校旁边一条小沟里洗了脚，便回到作为他们临时卧室的大教室内倒头便睡，不仅很快睡着而且开始做梦。他梦见自己仍在山上抢救，他正扶着杨小曼一步一滑地下山，忽听身后哗啦啦一阵巨响，一股山洪冲来将杨小曼卷走。只见杨小曼从洪流中伸出半个头来大声叫着他的名字，他也急得大声回应："小曼不要怕，赶快拉着树枝，我就来救你。"一棵大树被洪水冲倒，树枝打在他的臂上，他忽然醒了，原来是一个同班的同学在用手摇他。看样子他刚从室外进来还没有睡下。见他醒了，便说："杨小曼在外面叫你，快去看看。"

他忽然联想到刚才的梦，也不知发生了什么事，便一翻身爬起来，披上衣服就往外跑。见杨小曼站在门外四五米的地方，黑夜里他看不清她的表情，便连忙关切地问："小曼，发生什么事？"

"张浩，我好饿！心慌得很，站起脚都在抖！"岂止是脚发抖，声音也在发抖哩。

"不要急，小曼，想办法！"他安慰地说，"你去过厨房没有？"

"去看过了，人家说什么都没有了，刚才开饭时大家还不够吃哩！"

岂不是吗？张浩想到晚饭时抢饭的情景，说："不要紧，想办法。"

他有什么办法可想呢，在这荒野小镇上。末了他说："我到街上看看去，也许还能买到点什么哩！"

杨小曼听了如获大赦，说："我们一起去！"

"不，"他说，"你还走得动？我看这样，你先回去躺下，我买东西来再叫你。"

"我不！"杨小曼说，"大家都睡了，你怎么好进去叫我呀！"

也是哩，怎么好深更半夜地摸进女生住的地方去叫人呀？他左右看看便说："这样吧，那边不是有个篮球架吗，你去坐在篮球架下等我，害怕不？"

"不怕！"小曼说，"你快去快来。"

"当然！"张浩说，"如果有什么事你就大声喊叫，我们在卧室的人会听到的。"

有事就大声喊叫！本来是安心的话，反而使杨小曼产生了恐惧，好像真要发生什么事似的，但也无可奈何，她有生以来第一次尝到了饥饿难当的滋味。她现在明白，要同张浩一起上街是万万不行的了，只好硬撑住说："不要紧的，我等你，快去快回！"

张浩找到这小街上唯二的两家小面馆。一家回答说只在赶街子时营业，今天连火都没烧。另一家听说他是省城来的学校旅行团，以为是大宗买卖来了很感兴趣。听说顶多只有碗把两碗面的交易，而且煮好了还要送去，便连连摇头说火已经封了，实在对不起。张浩再三要求买点冷饭什么的都行，店主依然摇头说你跑遍全街也是白跑的，还不如买点可以生吃的东西嘛！一句话提醒了张浩，可以生吃的？水果？店主还算是个好心人，开导说：

"红薯嘛，刚出土的。隔壁家可能就有，你去看看。"

张浩敲开了隔壁家的门，果然买得了几个红薯，他就着主人家的水洗净后，连皮也顾不上削，抱起就往学校跑。

杨小曼依旧坐在篮球架下，背靠架杆，一副难以支撑的样子。她喜出望外地接过红薯，一连吃了三个才算恢复了精神，以十分感激的心情却是开玩笑的口气说："张浩，你这一饭之恩我会永远记住的，二天（以后）一定报答！"

张浩听了心头热乎乎的，也用开玩笑的语气回答："你是落难的韩信？准备二天怎么报答我哩？"

小曼站起身来搓搓手，在夜色中瞄了他一眼，是感谢也是挑逗："你想要什么报酬？回省城后请你看一场电影，行不？"

这已经是将近三年前的事了。回到省城后他们互相都没有提到看电影的事，一句玩笑话嘛，哪能认真。

第二年夏天张浩高中毕业，考入中西大学中文系，杨小曼依然念高中，如今也是三年级下学期。他们依然时有往来，也都是"君子之交"，关系并没有进一步发展，可用"若即若离"四个字来形容。

岁岁年年（节选） 龙志毅

但在这一行人中，他们的关系到底是与众不同的。比如对何宁与吕洁，好似兄弟姐妹之间的互相尊敬。至于少校军人李忠臣，他既是杨小曼的长辈，大家就以长辈相待，敬而远之了。只有张浩和小曼是一种什么关系？彼此都说不清或者不能明白无误地说清楚，总想在一起就是了。特别是张浩，多年来他的态度一直是这样：能与小曼接近时则尽量接近。在一起侃天说地乃至开玩笑，他觉得是人生的快事。但在接触中他却依然保持着非礼勿言、非言勿行的"君子"风度，始终未敢越雷池一步。再就是他一如既往，愿意为杨小曼效劳，其忠诚可说是到了"赴汤蹈火，在所不辞"的程度。高中旅行的那次经历，他至今难忘，始终将它当作"珍迹"永藏于心中。昨天晚上的遇险，又几乎给他造成了一次效劳的机会，可惜没有实现，心中未免感到遗憾，像是失落了什么。

几年来之所以总是处于这种徘徊不前的态度，恐怕同张浩的心理素质有关。他缺乏大胆突破、勇往直前的气概。宁愿守住现实，保持若即若离的关系，将希望寄托在那渺茫的未来，"水到渠自成"的未来。如果冒失了，连现在的若即若离也保不住，那才是他无法接受的。从这个角度来说，他满足于现状。这大概也是二十世纪某些青年的一种痴恋形态吧？至于杨小曼，公平地说还是"落花有意"的，但主动权在张浩那里，她不能太主动了呀！于是他们的关系就这样拖下来了。反正都还年轻，拖就拖吧，谁也没有急着要结婚生孩子！

张浩和杨小曼一前一后地骑在马上，只能大声交谈。虽然觉得别扭，但双方都乐意。张浩由昨天晚上的惊险又联系到高中时的那次旅行，大声地对前面的小曼说："哎，小曼，你还记得那年旅行的事吗？"

杨小曼回头嫣然一笑："没有忘记呀，怎么能忘记呢？特别是阁下的恩德！"她本来说的是阁下的恩情，话到嘴边又将"情"改为"德"了。

张浩自然没有注意和发现这一微妙的更改，只当她要说出"报恩"一类的话，便连忙打断了她的话说："什么恩不恩，扯得上吗？我是说昨天晚上的惊险和那次旅行有相同之处哩！"杨小曼立即反驳："才不像哩，那次是伤筋动骨，昨晚上是惊心动魄，或者干脆就两个字——惊魂。"

张浩乐了，笑道："总结得好，还是小曼高明！"

杨小曼若有所悟，连忙说："刚才我说得也不全面，其实也有相同之处，你说呢？"

张浩不解地望着她："什么相同之处？"

杨小曼又是嫣然一笑："你！"

张浩顿然领悟，既不便于反驳更不便于承认，心头却是乐滋滋的。

（节选自《岁岁年年》，作家出版社，2005年12月）

王亚光

野猫冲旧事（节选）

第一章

一

清晨，大雾笼罩野猫冲。

好大的雾啊，一两丈远便什么都看不见。往常那如诗如画的远山近树，层层叠叠的梯田梯土，那依山傍水自然错落的农家房舍，还有那房前屋后的竹丛果木，全都淹没在一片白茫茫的雾霭中，像涌动的云海，像飘曳的柔纱。

太阳出来了，浓雾渐渐消散。先是南面大坡上那一坡的灌木丛和稀疏的小松树露了出来。那儿曾是一坡密密匝匝的参天大树，曾经是野猫冲人家结庐依傍的后龙风水。"大跃进"那年全都砍去炼了钢铁。几十年过去，尽管生产队一次次植树，却再也恢复不起元气。再往后，绿树掩隐的房脊屋角出现了。后龙山被破坏了，野猫冲人家依然十分重视环境，房前屋后见缝插针栽种了不少果木和绿竹。渐渐地，雾霭散尽，寨脚的小溪、阡陌交通的水田旱地全都显现出来。此刻，在田间小道上依稀可见一堆堆柴草在移动，勤劳的人们啊，许是天不亮就出门砍柴割草，这会儿柴草捆得太多，竟连背负柴草的人影都看不见。田土承包到户后，有谁还像以往生产队那样太阳晒屁股了才出门呢？

"放牛啰！"一声略带童稚的吆喝引起了一连串槛门板摘下的噼啪声。不一会儿，十几头大大小小的水牛黄牛从寨门口鱼贯涌出。田土划到户，耕牛也作价分给了大家。

野猫冲旧事（节选） 王亚光

为节省劳力，还是沿袭生产队放伙牛的习惯。刘二叔家小碧不再读书了，每天一早一晚给各家各户放伙牛。大牛一年一挑谷子，小牛减半。小小年纪，小碧已经替爹爹挑起半边家了。

炊烟升起来了。一会儿，寨子里弥漫了饭菜的清香。人们又恢复了旧时的习惯，早早吃了饭开始一天的劳作，天擦黑了才落屋。至于晌午那一顿，要么随便揣几个红苕或洋芋，要么包上几个饭团，到了田边地角，胡乱割些柴草烧成火炭煨熟了填填肚子。以往几十、几百年，老人们不都是这样？

周淑花胡乱往洞里添了一把柴草，灶上铁锅里的豆浆很快便沸腾了。她抓起洗净的青菜几下扭断扔进锅里，随即把灶台上的一瓢酸汤倒了下去，操起铁勺搅了几下，一锅香喷喷的渣豆腐便做好了。

她舀了一碗热气腾腾的渣豆腐走出屋来，冲着天麻麻亮就一直在院子里砍削犁头的丈夫道："喂，辣椒水是现成的，你自己舀了吃。我给四奶送碗去！"

秦福头也不抬，瓮声瓮气地说："我不饿，等你回来吃。"

"我不转（回）来了，月亮大田今天划线，拈到阄阄的那几家人请我去做中。"

"就你能干，快撒秧了秧地还没整。哼，自家稀饭不吹，只晓得吹人家点心！"秦福头不抬手不闲抱怨说。

周淑花眼一瞪："你咋这样话多？那升把谷种的秧地我一只手叉在腰杆上半天就整完了，你只管在家养伤，用不着你瞎操心！"

"嫌我话多？再多你会听进半句？"秦福小声嘟哝说。他悄悄抬起头，周淑花已经走了。

秦福扔下斧子，一屁股坐在石墩上，伤脚被别了一下，疼得他一抽搐。他慢慢伸直伤腿，生起闷气来。

也难怪秦老憨生气，这些天哪个不是在坡上在田头忙得两脚像羊叉，自己大男八汉（一个大男人）的却窝在家里养伤，而这烂脚杆偏偏作怪，你越心急，它好得越慢！他更恼火的是生产队划地承包，自己出不了门，千叮咛万嘱咐叫淑花咬实要榜子上那一坡望天田。在他看来，那十多亩干田土质瘦，好的年成一亩才打两三挑，顶不了寨脚水田的一半。分给谁谁都不会要。而他秦老憨有憨主意，宁可少要甚至不要好田也要把它要下来，亩积至少可以多得一两倍。反正坡上有的是秧青，拼着一身牛力气，壅都要把它壅肥！再挖条拦山沟，把几匹大坡上的山水引下来，还怕它不泡酥泡烂？那时候四个人的田成了人家八九口的，再添个把娃儿就不愁口粮啰。可是万万没想到人家看来明明白白的憨事这鬼婆娘居然没办成！成天疯疯扯扯，比生产队出集体工还积极，哪家的事她都要管，好像野猫冲离了她周淑花天就要垮！

不过，生气归生气，秦福却拿周淑花没办法。成家十多年了，家中的大务小事哪一桩他秦老憨能做得了主？哪回不是婆娘说了算？就是有不同意见把她惹急了，她也会眼一瞪："要提意见去厕所提！"

既然生气也没用，这会儿秦福只好蔫蔫巴巴地捡起斧头继续砍削犁头。

这是杨槐树疙蔸砍削成的一张笨重的木犁。这家伙天生好材料，犁弯与犁盘生在一起，既粗大又结实，不说入地五寸，就是一尺也拉不断。而生产队分下来的旧木犁，犁弯与犁盘是两截松树棒棒砍削拼接的，犁脚太浅，稍稍调深一寸犁头就会拉断。好在以往犁田犁土，只晓得把牛追得飞快，铧口入地不过三四寸，是嘛，生产队的活路有谁认真呢？

现在不同了，田土承包到户，人哄地皮，地哄肚皮，犁脚浅了，庄稼能好到哪去？秋收时候谁会倒贴你几斗几升？

秦福认真地砍削着，越往后越小心，好像在侍弄一件什么宝贝。

忽然，寨脚月亮大田传来一阵喧闹，其中就有周淑花的嚷嚷声。

秦福一斧头砍在旁边的木头桩桩上，气恼却又无奈地骂了句："哎，这个'叫山雀'！"

二

果然，月亮大田这会儿闹闹嚷嚷吵成了一片。

这块称之为月亮的大田有二十来亩吧，方方正正，平平整整，形态上怎么也和月亮联系不到一块。其实，早先这块田并没有这么宽这么大，也没有现在这样方正，不过是顺着河沟弯曲的一溜形似弯弯月亮的水田。"农业学大寨"那年到处兴起改天换地。野猫冲南北两面山峦起伏，一条河沟自东向西潺潺流过，大多稻田便沿着这条长长的河沟阡陌交错，本没有必要改变什么。但公社革委会硬要生产队组织社员奋战一个冬春，把靠着寨脚的这一坝高低错落的稻田填平补齐，搞什么人造小平原。最初起名叫大寨田，后来觉得拗口，且容易叫人产生地名误解，大家一嚷嚷，索性还叫月亮田，只是在"田"字前加了个"大"字。

月亮大田一来太大，二来紧靠寨脚，下雪下雨少不了肥水流进去，土质肥沃，争的人家多。生产队只好把它划成小块让大家拈阄。自然便有的拈着，有的拈不着。拈着的高兴，没拈着的人家不依了。可不，今天的吵闹便是没拈着的人家阻拦放线。只是谁也没料到挑头闹事的竟是平素掉片树叶都怕砸破头的寡妇小茅妹！

"你们要重新拈阄也好，不想重来也好，反正这溜田我要定了！"茅妹一屁股坐在刺蓬边耍起横来。

"你……你……"这溜田正好被刘二叔家拈得，气得他弓着腰指着茅妹哆嗦半天说

野猫冲旧事（节选） 王亚光

不出话来。

周淑花眼盯着撒泼的茅妹，蒙住了：这婆娘平常温温顺顺，见谁都是低眉顺眼，今天是咋啦？吃错药啦？她顾不上多想，上前斥责说："小茅妹，你这人咋这样不讲理？这回划地承包，好好孬孬全都是拈阄，这溜田是人家刘二叔拈到的，与你啥相干？你家拈的是塝子上那几块，要怪，怪你自家运气不好，凭啥跑到这儿打横炮？"

一番话说得茅妹眼泪汪汪："是怪我运气不好，连老天爷都报应我！那几块干塝田，屙屎都不生蛆，我一个孤寡女子咋去种嘛！"

旁边有人劝说："虽说承包到户了，犁田打耙寨邻公伙还是要相帮的，你请到谁，谁会不去？"

茅妹哽咽说："话是这么说，但长年累月隔山隔水的，人家也不方便哪。"

周淑花无意中看见罗老幺蹲在旁边田坎上埋着头，耳根通红。她愣了一愣，忍不住噗嗤笑出声来。她把刘二叔拉到一边："二叔，小茅妹不是冲着你来的，你看旁边那一溜田是罗老幺拈得的，她是想和老幺搭伙。"

"她要和老幺搭伙？"刘二叔更是糊涂了。

待周淑花把茅妹的心事告诉他后，这位生性敦厚善良的老者踌躇了。

周淑花说："二叔，你老就当修阴功，促成这桩好事，要得不？"

刘二叔吞吞吐吐说："我……我劳力弱，那塝干……干田……"

"这好办！"周淑花爽快地说，"那塝干田调给我家。你去种我家拈到的簸箕湾那块。你老种庄稼是老手，那块田坐水，土质也肥，又不与哪家搅和，面积不比这块少。"

刘二叔疑惑地问了句："你家秦福会干？"

"他呀，巴不得！这一段就为得不到那塝子上的田和我怄气。他打的是憨主意，不求好只求多。再说了，我一句话落地，他想踩也踩不烂。"

"也是，也是。"刘二叔连声应答说。他不再犹豫了，答应下来。

听说刘二叔答应调田，小茅妹的眼泪扑簌簌掉了下来：

"二叔，我给你烧高香了！"说着，两腿一弯就要跪下。慌得刘二叔要扶不是，不扶也不是。是嘛，年轻小寡妇的，你一个老辈子咋好动手动脚呢？

周淑花扶起茅妹，笑说："高香倒不用了，到时候喜酒多敬两杯就行了。"

"淑花姐！"茅妹一张脸顿时臊得通红。

既然挑头人不闹，其他人就不好出头了。本来嘛，拈阄全靠运气，你自家运气不好，怪谁呢？能抓石头打天？

三

茅妹回到家中，胸口咚咚咚咚狂跳不止。平常见到人多的地方躲都躲不赢，今天咋有这样的胆子、这样的泼辣劲？虽说闹出了结果，但事后想来还真有些后怕哩。是嘛，那块田本来就是人家刘二叔拈到的，天经地义就该是人家的，你凭啥去争去闹？他真要不让你，你能咬人家几口？亏得淑花姐从中说和，更亏得刘二叔他老人家心好，要不，你能换得来？茅妹扪着急促起伏的胸口心想：茅妹呀茅妹，以后再有天大的事也不能像今天这样不讲道理、不顾脸皮了。

茅妹是山那边的女子，虽说离野猫冲不远，也就百十里地，但那儿一眼望去全是石旮旯，不说水田，连正儿八经的旱地也没有几块。一升苞谷种要撒半匹坡。年成好时能收回几颗，遇到天干连种也收不回来。人们不知道沙漠是啥样，但要见识见识石漠大概就是这儿了。前些时候省城来了一些环保、地质方面的专家，看到这番景象一个个瞪大了眼，回去后写了一篇题目叫什么《西部山区石漠化的危机》的文章，据说在京城学术界引起了轰动，还得到了中央领导的重视。如此恶劣的生态条件自然留不住人，姑娘们小小年纪就外出寻婆家。只要能有一碗饱饭吃，最好是白米饭，男人年纪大些、条件差些都可将就。茅妹便是在十七岁那年经一位远房姨妈做媒嫁到野猫冲的。男人大她二十几岁，且又病恹恹的，茅妹心里一百个不愿意，但当她端起香喷喷的白米饭，天啦，长这么大，这样香的米饭可是第一次尝到啊，她噙着眼泪答应留下。

第二天男人拿着生产大队开出的证明去镇上割了一斤肉，打了半斤苞干酒，茅妹在家推了一锅渣豆腐，办了几桌酒席招待寨邻公伙，便算是结婚了。是啊，日子艰难，能讲究几多哟。

当天晚上，男人剥光她的衣裳，一双粗糙的大手摩挲得她一身细嫩的皮肤生疼，也摩挲得她一身燥热。但任凭他在她身上爬上爬下，百般努力，却无济于事。一连十多天都是如此，以后男人渐渐安分了，虽说同床却很少再碰她。几年以后，男人死了，留下一间茅屋空空荡荡。

茅妹曾想过再嫁，也有人上门问过。但一听说她结婚几年从没怀过，以为她不会生养。这在乡下人眼里可是了不得的事。她呢，自然不能向别人解释，这种床笫之间的隐私咋好启齿呢？茅妹难于出口的还有一件心事：她爱上了隔壁罗家小幺叔。丈夫身子羸弱，挑挑抬抬少不了请隔壁罗家小幺叔搭搭手。而她呢，也常常过去帮他浆浆洗洗。丈夫去世后，为避免闲话，便不再过去了。罗老幺虽说还常来帮忙，但总是慌慌张张来慌慌张张去，像有鬼在追他。两人似乎心中都有数，又似乎什么都不知道。日子便这样一天天过去。

得知生产队要联产承包的消息，茅妹慌了，什么联产承包，不就是分田单干？以往

野猫冲旧事（节选） 王亚光

那种一把锄头一张镰便可以挣工分的撒脱日子不再有了，犁田打耙栽秧割谷一手一脚都得自己操心自己去做。自己一个女人家，往后的日子怎么过？

既然生产队靠不住，她好歹总得寻个依靠吧。她想到了罗老幺。虽然他家境况也不好，但人憨厚诚实，且有一副好身子骨。那一使劲便肌肉隆起的光膀子不止一次惹得她怦然心动。那晚，她把替他重新浆洗又细心缝补的衣裳托淑花姐交给他后，他俩之间那种朦朦胧胧的感觉更强烈了。昨天，罗老幺便吞吞吐吐地给她出了换田这样一个主意。要不，就是借她十个胆子，她也不敢像今天这样丢人现眼，这样撒泼。

茅妹盘算起来：这一下月亮大田的两溜田就可以合成一块，省下中间那道田坎，总共有四五厘地，至少要打一箩谷子吧。还有两家屋背后的菜园子也可以并在一起，挖掉中间隔栏的刺蓬，又可以多栽几窝菜。他家猪栏要宽些仍旧养猪，自己的猪栏稍稍收拾下便可以改做鸡栏。至于牛栏嘛，过几年日子好过了，兜里有了钱买了牛再打主意。这会儿叫茅妹拿不定主意的却是住房，要说规整，自家这间要好些，但叫老幺过来住，他会不会愿意？想到这，茅妹的脸唰地红了，人家是不是打这主意都还不清楚，你倒先把啥事都安排妥当了！羞不羞？她捂住发烫的脸颊，心里却甜丝丝的，暗自嗔道：这个大憨包，事情已经明明白白了，你还装啥傻？瓜熟蒂落了，你咋就不会弯一弯腰？茅妹心想，罢了罢了，自家又不是黄花闺女，要这些皮做啥哟，他既然一伸一缩，我干脆就把这层膜膜挑穿！

茅妹感到浑身燥热，胸脯和脊背汗津津的，便打了桶水提进房间里，脱了衣裳抹洗起来。

因为没有生育，一对乳房酥软却还饱满，茅妹揉搓着坚挺殷红的乳头，一阵战栗传遍全身，忍不住把自己抱得紧紧，闭上了眼睛。

身后窸窸窣窣，像是有人进来。喔，罗老幺这鬼人摸进屋来了。不等她反应过来，便被来人从背后紧紧抱住，一双手疯狂地抓捏她的乳房。

"要不得，要不得！酒都没办，你慌啥子哟！"茅妹一阵晕眩，嘴里呢喃着，身子却不由自主地往后偎去。

她被粗暴地摔在床上，随即被重重地压住。天啦，不是罗老幺，是生产队会计莫元坤！

茅妹愤怒了，她又抓又咬，拼死抵抗。

莫元坤喘着粗气，使劲按住光溜溜的茅妹，涨得通红的脸狰狞可怖。突然，他惨叫一声松开了茅妹，捂住下身一颠一瘸地窜走了。

"你这个挨千刀、豺狗扛大猫拖的野杂种！"茅妹随即追上去，刚到门口一激灵，赶紧退回房间，自己竟还光着身子哩！唉，就算穿着衣裳，这种丑事你一个单身的年轻小寡妇能说得清？茅妹抚住抓痕累累的胸脯忍不住呜呜哭起来。

哭了好一会儿，茅妹回过神来，不行，再不能羞羞答答了，今晚上一定要把话给老幺说明！

四

月亮大田这会儿正忙得不可开交，拈到阄的十几户人家老老小小都聚在田边。因为既要拉绳测量，又要糊垒田坎，大家都有明确的分工。几十年的集体出工习惯了，现在虽说承包到了户，人们还是习惯打伙做活路，是嘛，人多嘴多有说有笑的，一点也不觉得累。

罗老幺和邹贵家女人三嫂子负责拉草绳。三嫂子使劲拉了拉绳子，大声吆喝说："咳，老幺，你那头拉抻（拉直）点嘛！"

与行为醒龊下作的男人不一样，"三只手"刘富荣的婆娘小腊妹却是一个口无遮拦、荤素不忌的开朗婆娘，她接过三嫂子的话茬打趣说："老幺，三嫂子叫你把你的那头拉抻点！"

话没说错，但意思却再明确不过了，惹得众人哄地笑起来。周淑花嗔骂道："你这婆娘一张嘴比坡上的红辣椒还辣燥！"

"咋不？"三嫂子也不示弱，"她呀，巴到辣，巴到哪个都喊遭不住！"

众人又是一阵哈哈。

看见有人在罗老幺分的田与茅妹换的田之间垒糊田坎，周淑花笑着制止说："算了，这条田坎就不做了，反正早晚要合在一起。"

这下，小腊妹又找到话说了："对头，不光田土要并拢，铺笼帐盖都要打伙用！老幺，你说是不是？"

罗老幺一张脸臊得通红，他自知嘴笨，惹不起这帮嘴巴辣燥的婆娘，便借故躲到一边去了。

罗老幺蹲在田坎边，高高的田坎挡住了众人的视线，他掏出烟袋取出几匹烟叶裹起来。生产队的工分不值钱，上头边又限制你养鸡养鸭，鸡鸭屁股里掏出的钱只够买盐巴，抽不起纸烟。只好在自留地里种几窝土烟，剥下烟叶晒干，一年收上十几斤，倒也自给自足。这会儿，他笨拙地裹着烟叶，心里甜丝丝的。

罗老幺不是本地人。他的家远在几百里外的乌江边。这条贯穿黔北的大河沿岸悬崖峭壁，生态环境恶劣。江边人家祖祖辈辈在石旮旯刨食，日子过得艰难。"大跃进"那年国家在乌江上修电站，罗老幺一家迁移到了野猫冲。刚立下脚跟不到两三年，"三年困难时期"开始了。那年啊，坡坡崁崁但凡带点绿色的根根草草都被人们填进了肚子。要不是省里紧急运来救灾的粮食，县上的干部们连夜送到每一户人家，只怕现在

野猫冲旧事（节选） 王亚光

野猫冲连个人花花都不见了。也就在那一年，老幺的父亲死了，母亲留下一锅糠窝窝悄悄走了，至今生死不知。当时老幺才七八岁，就靠着这几个糠窝窝，小崽崽才捡得了一条命。以后罗老幺东家一餐西家一顿靠吃百家饭熬到十三四岁便参加生产队劳动。最初算半个劳动力每天记四分五分。随着个头渐渐长大，力气渐渐增加，逐渐记成了十分。然而，即使一个人做一个人吃，年终结算却分不了几块钱。虽然早早立了门户却娶不起婆娘。白天收工回家冷锅冷灶，晚上睡进被窝冰手冰脚。生病倒床无人端茶送水，衣衫脏了破了无人缝补浆洗。如今做梦都笑醒的好事落到了面前，叫他简直不敢相信是真的！

是啊，自从隔壁张二哥家娶进了小茅妹，他原本平静的心情被搅乱了，隔着矮矮的院墙，他常常偷窥二嫂那发髻下白皙的脖颈，高高挽起的裤脚下露出的浑圆的小腿，尤其那薄薄的衣衫下颤动的丰满的乳房。到了夜晚，他常常梦见与二嫂相依相偎，以至于弄得下身湿漉漉的。张二哥死后，这种意念更加强烈。但他有这贼心却没有这个贼胆。虽和以往一样常过去帮忙挑挑抬抬，但每次过去总是贼惊贼张（慌张）的，抻头（清楚、整齐）话也说不上一句。就说昨晚叫茅妹调田，结结巴巴说了半天才让茅妹弄明白，弄得两人两张大红脸。

这会儿好了，分田单干了。茅妹通过淑花姐表明了心意。天上掉下了天鹅肉，他罗老幺只管张开嘴就是。

罗老幺扯起衣襟，前面一大块补丁针脚细密而匀净。那天他收工回家，晾在树上的衣衫不见了，他以为被风吹落被狗叼走，房前屋后找了一转没有寻着。不想几天后这件丢失了的衣衫被淑花姐送回，不仅重新浆洗过，而且还细针细线补了一遍。此刻，罗老幺手摸着衣衫，心里美滋滋地思量：既然人家意思已经表明了，你还扭捏些啥？今晚上一定要当面锣对面鼓把事情摊开！最好过几天就把酒办了，早点把茅妹接进家来。想到这里，罗老幺浑身燥热，心里像喝了一碗甜酒水香醇而甘甜，他咧开嘴笑了。

突然，坎上月亮大田人们吵嚷起来。咦，又出事了？罗老幺赶紧爬上田坎去。

五

"我不干！我不干！我家总共四口人，田本来就少，凭啥要分这块光板板给我家？"会计莫元坤的女人刘玉芬气急败坏地嚷着。

因为男人当过队长，现在当会计，自己又是从柳溪镇街上大地方嫁到这山旮旯来的，且当年也曾风光过，这婆娘在野猫冲从来就是一个叫咕咕（嚣张）的角色，总觉得自己高人一等，凡事总要强占便宜。原以为分田到户哪一丘哪一块不经过她家莫大会计之手，近水楼台先得月，田不肥土不好她还不稀罕哩。偏偏这回群众不依，一致要求好孬搭配扒堆拈阄,队长张炳江也表示支持。结果拈下来她家在月亮大田也分得了一块。她嘴里不说,心想:哼,以为我家老莫算盘珠子会往自家这边扒,兴出啥子拈阄!好了,福人自有福相,该得白米的吃白米,该吃粗糠的咽粗糠!殊不知这会儿按序号顺着量下来,她家分得的这块竟是月亮大田最差的一处。这几年栽秧子,一块大田处处泛青绿油油的,偏偏这一处半死不活黄不拉叽,像人头上的一处癞痢。秋收时候,别处割几行就是一挑,这地方割了一片还打不了一箩,这种明摆着的吃亏事,她刘玉芬会干?

周淑花平常就看不惯这会计婆娘张牙舞爪,这会儿见众人面有愠色却都不吭声,忍不住和她顶撞起来:

"莫大嫂说这种话好没道理,今天量地是挨着顺序来,六号量过了,你家是七号,这块田你家不要哪个要?"

刘玉芬涨红着脸大声嚷嚷:"哪家稀罕哪家要,反正我家不要!"

"这块田一点肥泥巴都不得,哪家稀罕?"

"唉,作孽!早先这块田一年要打八九挑谷子,现在整成这样!肥泥巴推去填凼凼了。"

"是嘛,那年就不该造这大寨田,高的地方现出老底板,矮的地方牛都下不去!"

"还不是想讨好上面,调到镇上吃商品粮?哼,自己屙屎自己尝!"

……

周围的人们小声嘀咕着,大多都忌惮这婆娘,谁也不敢高声。

偏偏这婆娘耳朵尖,好话她听不见,坏话却听得明明白白,她更是不依不饶了:"谈屁话!当初学大寨是我家莫元坤兴的?你们有意见当初咋连屁都不敢放一个?是的,我家莫元坤舔上边的肥,你们想舔下头边的都舔不到!"

这话明明是骂人了。

"莫家大嫂,有话好好说嘛,咋兴开黄腔?"说那话的恰是邹贵家婆娘三嫂子,这婆娘也不是吃素的,她不依了。

"我骂人啦?骂哪个?骂哪样?"刘玉芬两手往腰间一叉,耍起横来。

小腊妹想顶她几句,但碍于刘玉芬算她刘家姑妈,话到嘴边又咽了回去。

周淑花却没有这些顾忌,责问说:"你当大家是憨的听不出来?人家那话没说错嘛!那年学大寨推寨脚这一片田,生产队群众哪一家赞成?就你家老莫攒劲(积极)!"

刘玉芬辩解说:"他是生产队长,公社喊干他敢不干?手倒拐(手肘)撇得过大把腿(大腿)?"

"怕不完全是这样吧?公社田主任欣赏你家老莫,修完大寨田就要调他到公社当脱产干部,你一家就要跳出野猫冲这个山旮旯。这话该不是别个瞎编的吧?"

刘玉芬一张脸膰得通红,这话她确实说过,非但如此,她还四处炫耀自己总算脱下

野猫冲旧事（节选） 王亚光

农民皮皮苦出头了，仿佛那按月供应的城镇居民购粮本本已经揣在了荷包里。这下她找不到话说了。

"我们当然舔不到下边啰，人家有本事，上边下边一起舔！"人群中是谁说了句俏皮话，引起人们一阵哄笑。

刘玉芬恶狠狠地盯了大家一眼，脸红得像块猪肝，一扭头气鼓鼓地走了。

这是刘玉芬最不愿回首的一件丑事。那年还是她男人莫元坤当队长。适逢"农业学大寨"改天换地，公社田主任蹲点野猫冲就住在她家。这位田主任原先是部队的一位营长，年纪大了不适合部队工作，转业到柳溪镇担任革委会主任。上任第一把火便是下乡蹲点抓典型，要在全县树一面大寨旗，这典型选中了野猫冲。于是，一个简单的军用背包扛到了生产队长，也就是莫元坤的家。

毕竟在柳溪镇街上长大，刘玉芬是何等乖巧的女人！平常请都请不来的"菩萨"住进了自己家，这是多大的面子，也是一个能改变自家男人，当然也包括自己命运的绝好机会。她娘家虽在柳溪镇街上，却是农村户口，家境也十分不好，偏偏她心高气傲，一心想当干部当工人，每天敲钟吃饭，每月盖章拿钱。

那年高中没考上，她万念俱灰，昏昏沉沉来到柳溪水库，一步步走进湖水中，待湖水淹没脖颈这才清醒过来。然而越挣扎越滑向水深处。就在她奄奄一息的时候，岸上几个小伙子发现了她把她救了起来。也活该出事，那天她恰巧穿了一身白色连衣裙，被水浸湿在身上宛若一丝不挂。这几个小伙最初确是见义勇为，这会抱着一个纤毫毕露形同全裸的少女全都按捺不住了，一次又一次地奸淫了她。她本想挣扎，一来四肢酥软无力，二来心想自己连死都不怕，还在乎其他？也就任随着几个小伙摆布了。这一次遭遇破灭了她的幻想和虚荣心，使她大彻大悟，只要能活下来，世上还有什么值得在乎的呢？她洗净身上的污秽，用体温烘干薄薄的衣衫，平静地回到了家中。

"三年困难时期"过后，国家充实加强农业，把原先从农村招去的大批工人精减回家。野猫冲的莫元坤从省城钢铁厂下放回乡了。一次偶然的机会，刘玉芬与他相识。小伙子英俊的仪表，不俗的谈吐，尤其是城里人的气质让姑娘心动了。她不顾家人的反对，毅然地嫁到了野猫冲。新婚的甜蜜之后，面对空空如也的四壁、半饥半饱的日子，刘玉芬惶恐了。然而，她毕竟生性好强，自己选择的路撞破南墙也不回头。每次回到柳溪镇和娘家姊妹相聚依然有说有笑。不，她不甘心，她要改变自己，包括丈夫和一家人的命运！这会儿机会来了。每年公社都掌握有一定数量的农转非户口指标，时时还抽调队里的干部到公社脱产。这些好事不就是公社主任一句话？

于是，刘玉芬把全部心思用在侍奉田主任的生活上。一日三餐有荤有素，搭配恰到好处。特别是自己一双巧手腌制的糟辣椒拌萝卜更叫这位北方汉子吃得浑身冒汗，也浑身舒坦。好几次当着男人的面田主任一遍又一遍地夸奖刘玉芬心灵手巧，人也长得俊俏。头一两次刘玉芬脸还红一红,也还客气几句。往后也就若无其事大大方方地给田主任添饭夹菜,不时嫣然一笑,还有意无意地露出自己白皙的半截手臂。

那天,男人去柳溪镇娘家帮活,当天赶不回来。收拾完锅瓢碗盏,刘玉芬坐在灶门口心慌意乱,灶洞里的火光映红了她虽然不很年轻却依然俊俏的脸颊。她预感到今晚要发生什么事,也希望能发生什么事。蓦地,她立起身来往锅里添了几瓢水,又往灶洞里塞了一把柴,她要烧水洗澡去实现自己的计划。洗完澡,换上一身白底碎花衬衣,愈显得她肌肤白皙细腻。对着镜子,她又犹豫起来,虽然贞操对她已不算什么,这种日子谁还稀罕这个?但嫁到野猫冲十多年她的行为却是无可挑剔的。如今却要迈出这一步了!稍许,她解开衬衣领扣,露出一抹隐隐的乳沟,忐忑地敲开了田主任的房门……

也就在这一天晚上,她得到了承诺,"学大寨"一结束,男人就调到公社农机站,自己和一家五口全部转为城镇户口。

天快亮时,她回到自己的房间,瘫倒在床上,无声地啜泣起来,泪水浸湿了鬓发,浸湿了枕边。

然而,她万万想不到,"学大寨"还没结束,田主任就回了公社,不久又调离了柳溪镇,那晚上的承诺也就不了了之。刘玉芬只好打碎牙齿往肚里吞。是嘛,这能怪谁呢?

刘玉芬昏昏沉沉地往家里走去。土地承包到户,生产队也就不存在了。那他男人的会计职务以及随之给她带来的种种好处,譬如代替男人去柳溪镇公社粮管所结账,去供销社联系农具化肥,借机回娘家玩耍,工分一点不少等等全都化为乌有了。一年到头要像左邻右舍的婆娘那样蓬头垢面去土里刨食。这种日子叫她怎么过得下去?田土分得好倒也罢了,偏偏拈到那块光板板田。这要多少挑秧青多少挑草粪才能够壅得肥?只怕到壅肥时,自己早熬成老太婆了!她越想越沮丧,越想越伤心,眼泪止不住扑簌簌落下来,她赶紧一抹眼泪,四下张望,幸好没人看见。

突然,巷子里慌慌张张跑出一个人来,勾着腰,一只手捂住下身,一颠一瘸像一只河虾。

刘玉芬一激灵,这不正是自家男人?难怪刚才吵架时找不到他。他咋会在这儿,又咋会被弄成这样?她往巷子里张望,一股热血涌上脸来,巷子尽头不正是小寡妇茅妹家?她冲上前去拦住男人:"你搞啥来?"

"我……我……"莫元坤见是妻子,更加慌张了,结结巴巴答不上话来,不时惊慌地回头看。

"啪!"刘玉芬重重地甩了他一耳光,一扭身哭着跑了。

"玉芬!玉芬!"莫元坤一脸的羞愧,刚追上几步,下身一阵抽搐,疼得他"哎哟"一声蹲在地上。

野猫冲旧事（节选） 王亚光

六

七号地量不了，往下就量不下去了。人们骂骂咧咧开始散去。后面几户没量地的人家站在一边干着急。

"呃，大家不忙走，还没量完哩！"周淑花忙唤住大家。

"咋量？他莫家要扯皮，还咋量法？"

"是呀，他家嵌在中间，前后都不好办！"

"也真是不讲道理！都是拈阄凭运气，怪老天爷？"

……

大家止住了脚步，却是一肚子无奈和怨气。

周淑花说："不能因为他一家扯皮，月亮大田就分不下去。我们把它量了栽上桩桩，在场人都画个押！"

"也行，只要大家见证，不怕他家不认账！"

"是呀，惊蛰都过去了，哪家不忙着整地？还是抓紧把它量完！"

……

众人纷纷附和。于是，月亮大田又是一声声吆喝和嘻嘻哈哈的说笑声。

最后一个号是寨子东面的张冲张二公家拈得。人们这才发现整整一个上午他家连一个人影都不见。二公呢？他家人呢？

张冲张二公，这位原青山农业生产合作社主任，曾经显赫一时的全国互助合作化的劳动模范，正在远离村寨的一处叫毛栗沟的山沟沟里垒砌石坎。这儿两面是陡峭的山崖，沟底乱石嶙峋，石缝间长满一人多高的毛栗丛。早些年每到春夏两季，一遇暴雨，两面的山水汇集，顷刻之间山洪滂沱，汹涌而下，野猫冲寨子门口便是一片汪洋。大水过后，田坝水打沙壅一片狼藉。老人们也想治理毛栗沟，但终究单家独户势单力薄，只好眼睁睁看着大水来大水去。直到青山农业生产合作社成立，张冲带领社员苦干三个冬春，垒砌了一道道石坝，拦蓄和分流了洪水，这一二十年寨门口那一湾田坝才免去了水淹冲刷之苦。当年三十出头的汉子如今已届花甲。这会儿，他身着一件绽花的破棉袄，腰间系一根葛藤，正吃力地搬弄石块。尽管周围的灌木荆棘已经吐绿，但春寒料峭，山风刺骨，二公却喘着粗气，一头大汗。

离他不远，一位三十来岁的汉子也正光着膀子搬弄石头。这是他的大儿子张大龙。二奶去世得早，给他留下一大一小两个儿子和中间一个姑娘。姑娘嫁到相邻的姨妈寨。幺儿从部队复员留在了当地。身边就只有这个儿子。媳妇又是当年他任高级社主任时的老搭档的女儿，生有一男一女两个小孙孙。儿子孝顺，媳妇贤惠，一家五口倒也其乐融融。可是这会儿情况有些不对了。大龙虽然拣大的重的石块搬，尽量让老爹搬小的轻的，但却嘟着嘴一句话不说，一脸不情愿。

　　一小段坍塌的石坎恢复了。从沟底望上去，还有七八段豁口。那年"农业学大寨"他曾向当时的生产队长莫元坤建议集中人力修复毛栗沟拦山坝。莫元坤也很以为然。但汇报到公社田主任那儿，田主任哼了哼鼻音，坚决不同意。结果一耽搁又是几年。幸好这几年雨水少，山洪没暴发。但久晴必有久雨，只怕今年这场大水难得躲脱，寨门口那一湾田坝要遭水淹。二公提醒过生产队长张炳江，炳江也做了安排，不巧碰上土地承包到户，野猫冲几十户人家连经佑（照料）自家的田土都忙不赢，谁还有心思去顾毛栗沟？

　　二公把最后一块石头嵌进豁口，一趔趄差点儿摔倒。开春以来，他喊不动别人，只好带上儿子来毛栗沟抢修石坝，到今天已经半个月了。这些天里生产队忙着分田分土，没有再出集体工。寨脚那棵老皂角树上的铁钟也没有响过。但二公依然每天到皂角树下站一会儿，而后扛着铁锤钢钎与儿子一块进沟去，天擦黑父子俩才一前一后蹒跚归来。既然队里没叫出集体工，也就没谁给他记工分。他便自己给自己记上时辰，还慎重地盖上自己早些年用过的小方章。二公坚信社会主义终究是社会主义，什么联产承包只不过是暂时的过渡。只要人民公社还在，野猫冲生产队还在，本本上的劳动日终归要兑现。

　　张大龙一屁股坐在老爹旁边，小声嘟哝说："今天月亮大田量地，小龙家妈也拈到个号，我看家家都去了，你偏不准她去！"

　　二公气呼呼地说："她本来就不该去拈阄！"

　　张大龙顶撞说："这是联产承包，又不是搞资本主义！再说全寨几十家人哪家不去拈？"

　　"只要我还有一口气，我家就不能去拈！啥子联产承包，说得好听，不就是分田单干？这不是资本主义又是啥？"

　　张大龙见老爹动了火，便不再吭声了，歪在一边生闷气。

　　也难怪张大龙要生气。十多天前本家兄弟张炳江从县里开会回来，传达了上头联产承包的政策。野猫冲的人们像炸了林的雀鸟一下子轰了起来，吵着闹着要承包土地，谁都希望能尽快把土地分下来，好也罢孬也罢只要能落实到各自的户头上什么都好办。张大龙也和大家一样兴奋。他们两口子做事从不偷奸耍滑，但集体活路锣齐鼓不齐，有劲也使不上。眼看着生产队的庄稼一年不如一年，工分值也一年年下降，一天的劳动日值不了三四角钱。去年，他一家五口连老爹在内三个整劳力，年终结算才分得十九块一毛，一人添件衣裳都不够！好几个晚上，他和妻子兰英挨着枕头盘算，只要土地承包到了户，他一家起码可以分到八亩多。哪怕是再差的地块一年两季也要收万把斤粮食。按粮管所的牌价要值一千五百块，照场坝上的黑市价，翻一番还要多。加上稻秆和套种瓜

野猫冲旧事（节选） 王亚光

瓜豆豆的收入，一年收入四五千块应该有把握，扣除种子肥料——其实这些花不了多少钱，种子自选自育，肥料主要靠山上的秧青和槛里的草粪，谁家也舍不得掏钱买化学肥料，满打满算一年纯收入三千五。除了凝冻下雨，全家三个劳动力共投劳动日一千个，平均每个劳动日值三块多，是出集体工的整整十倍！假若分到的田土再好些，收入还不止这一点。恰巧兰英拈阄拈到月亮大田，两口子像捡了个金元宝，整整一天笑眯眯。殊不知到了傍晚家里却阴了天。老爷子闷在自己屋里晚饭也不出来吃。最初兰英以为公爹头疼的老毛病犯了，便取了包头痛粉端了杯水送进去。老爷子背对媳妇，一句话不说。兰英又煮了一碗公爹平常爱吃的酸汤面条叫丈夫送进去。只听见摔碗和父子俩的争吵声。兰英听明白了，原来公爹怪她不该去拈阄，在众人面前打他的脸。贤惠的兰英并不见怪，她明白公爹的心事，也理解老人的心情，甚至这种理解中还掺杂了同情和怜悯的成分。是啊，追求了一辈子的事业到头来竟是竹篮打水一场空！然而究竟为什么，小学文化程度的兰英不明白了。她能做的只是赶紧劝住丈夫，轻言轻语地向公爹认了错。一家人又坐到了饭桌边，气氛自然便十分地沉闷。

除了生气，大龙还十分着急。今天月亮大田量地，老爹不发话，兰英不敢去。自家人不在场谁知道咋量咋分？老天爷保佑兰英拈到这块宝肋肋上的好地，要是分得不公道量得不准确岂不要吃哑巴亏？而这亏不是一回两回，要管十五年，或许要管一辈子！再说了，野猫冲地处山凹凹，农时来得早，惊蛰过后就是春分，早秧也快育得了。自己不要这块田，拿什么做秧地？又往哪种庄稼？这十多天里寨上哪家不在各忙各的，一心一意过自己的小日子？而自家呢，成天跟着老爹钻这荒沟沟搬石头，就算自己给自己记的劳动日算数，但找谁去兑现？谁又能给你兑现？大龙越想越着急，越着急就越生气，他索性站起身，招呼也懒得与老爹打一个，直愣愣地往月亮大田赶去。

七

见儿子赌气冲走（离开），二公张嘴想骂人，话到嘴边却骂不出口。他眼睁睁地望着儿子渐渐远去的背影，长长地叹了一口气。他紧了紧腰间的葛条，又抱起一块石头。

噫，石头上有字？二公一怔，赶紧用粗糙的手掌搓去上面的苔藓，几个歪歪扭扭的字迹显现了：山常青。

二公的心忽地热乎起来，这是当年青山农业合作社治理毛栗沟时村里的二杆子秀才莫万方刻的。那会儿，这儿是多么热闹多么激动人心的场景啊！刚由野猫冲和附近姨妈寨、皂角井几个村寨的互助组合并成立的青山农业生产合作社的第一次大会战就发生在这儿。长长的山沟里上上下下红旗招展，人头攒动。从早到晚，大锤砸在钢钎上的叮当声，人们搬运石块为协调步伐的号子声以及姑娘们的欢笑、小伙子的吆喝不绝于耳，这场景这氛围怎不让每一个刚走出单门独户的旧篱笆、走上集体合作化道路的翻身农民欢欣鼓舞并对未来的社会主义前程信心百倍呢？记得那天就在这条小溪旁，柳溪乡的小吴乡长望着这热火朝天的场景感慨地说："难怪毛主席要说这会儿他比1949年刚进北京时还高兴。"起初二公不明白，不就是把互助组并作合作社嘛，咋会比打下江山还高兴呢？莫非这合作社的意义比流血牺牲夺取政权还重要？往后，合作化运动如火如荼，到处敲锣打鼓跑步进入社会主义，这位全县互助合作化的带头人渐渐明白了，共产党武装斗争的目的是打江山夺政权，这点连三岁小孩都清楚，但江山打下以后怎样建设社会主义就不那么简单了。特别是农村这条社会主义道路是啥样谁都不清楚。照搬苏联老大哥的经验？人家吃的是洋面包，我们吃的是玉米和高粱，根本扯不到一块，再说了，我们革命成功就没学他那一套。现在方向明确了，把千家万户农民组织起来，成立农业生产合作社，走集体化道路就是社会主义！

尽管后来青山初级社发展成为红星高级社，红星高级社又变成了东风人民公社，张冲领导的东风人民公社粮食产量始终上不去，亩产小麦二百零三斤八两，亩产稻谷七百四十七斤八两，任凭县里一道又一道金牌，这数字却像铁板钉钉一点也不改。最后被拔了白旗，下放到公社养猪场当场长。他一气之下干脆连这猪倌也不当，辞职回到了野猫冲。即使到了这一步，张冲张主任仍然坚持集体化的信念。接着"三年困难时期"开始了，张冲张主任的信念依然没有动摇。他始终认为"一大二公"的社会主义道路没有错，错是错在我们走路的人没走好崴了脚。"三年困难时期"过后有过一段反复。上头允许包产到户了，还扩大了自留地，放开了自由市场和自由贸易。张冲毫不犹豫地进行了抵制，野猫冲几十户人家就他一家没有承包土地，更没有开荒种地。他料定这只是一阵风，吹过后该啥还是啥。果然，随即而来的"四清运动"证实了他的判断。野猫冲的人家承包的土地收回了，开的荒、种的果没收了。本家兄弟张全和脑筋灵活的邹贵被当作资本主义复辟的典型拉到人圈圈中批判斗争。再后来，"文化大革命"开始了，城里乡下全都乱了套。一夜之间钻出数不清的兵团战斗队和大大小小的"造反"司令部。但乱归乱，观点分歧再大，社会主义的口号喊得更响。这场风波之后，一切又恢复正常。人们也渐渐地把他这位曾经风光一时的合作化老主任淡忘了。然而，张二公，不，共产党员张冲同志始终坚持自己的信念，只要自己还有一口气，社会主义道路他走定了！可不，这回野猫冲联产承包，他就不允许儿子大龙和儿媳兰英去拈阄去分地。

二公在坍塌的乱石堆中寻找刻字的另一半截石块，他记得当时二杆子秀才莫万方咧开那张包谷嘴讨好地说："张二哥，不，张主任，这块石头小了，刻不了许多字，就刻'青山常青'要得不？"现在第一个"青"字没有了，只剩下"山常青"。

寻了一会儿没有寻着。年纪大了，弯腰多了容易气促，二公气喘吁吁地在一块卵石上坐了下来。

野猫冲旧事（节选）　王亚光

惊蛰过后，沟里的毛栗丛开始绽芽，乱石间的衰草也泛绿了。然而此刻二公的心里却好生悲凉。是啊，几十年的光阴就这样糊里糊涂地过去了！当年，他三十刚出头，在野猫冲领办了全县第一个长年互助组，最初才七家人，第二年发展到十三家。那时候再高的田坎他也一跃而上，两三百斤的担子压在肩上走如飞，浑身有使不完的劲。后来以他的互助组为主成立了青山农业生产合作社。青山这社名还是小吴乡长取的。这位随军南下的学生哥用手指往上推了推眼镜，兴奋地说："老张，毛主席发号召了，要咱们把互助组发展成农业生产合作社！咱这互助组在全县是第一面红旗，咱办的合作社要办成全县的榜样，像青山一样四季常青！"

二公用手掌擦拭断石上的字迹，掌上的茧粗糙得像块砂皮。只几下，石碑上的苔藓便擦去了。只是当初二杆子秀才刻得浅，加上岁月的侵蚀，字迹已不十分清晰了。

擦着擦着，二公不禁悲从中来，老泪顺着皱皮巴巴的脸颊流下来。

突然，身后不知是谁一声长长的叹息使他蓦地一惊。

哦，是兰英妈！他早年创办青山合作社时的搭档。二公赶紧拭去眼泪。

两位老人无言地在溪边坐下来。兰英妈从竹篮里取出一盘苞谷粑和一碟萝卜干，随手折了一枝柳条断作两截递给二公。

面对亲家母，面对早年的伙伴，二公很想说点什么，可此刻心里却堵得慌，一句话也说不出来。他无奈地咀嚼着苞谷粑，间或夹起一截萝卜干。山风凉凉，吹拂着二公颔下稀稀落落的胡须，吹乱了兰英妈花白的头发，吹得他俩心里也凉凉的。

"唉！……还是让娃儿去包几块田吧，我们老了，黄泥巴壅拢颈根了。娃儿些日子还长，要吃饭嘛。"兰英妈长长地叹了一口气。

二公抹去胡须上的苞谷屑，闷着头还是一声不吭。

沉闷了许久，兰英妈立起身来，拍拍身上的泥土和草屑，说："山上风凉，早点回去吧，我还要回姨妈寨去，瘫子怕挨不过了。唉！……"

兰英妈挎着竹篮蹒蹒跚跚地走了。二公望着当年这位名扬全县的"穆桂英"衰老的背影，想大声叫唤，放声痛哭，可是这会儿身子却软软的，连叫一声、哭一下的力气也没有了。

（节选自《野猫冲旧事》，作家出版社，2006年1月）

王 华

傩　赐（节选）

第一章

1

似乎，还是在很早很早的时候，我就想跟你们讲讲傩赐庄了。有可能是我半岁那天，我还没学会感伤的眼睛，看到我妈离开我、离开我爸和我哥去另一个男人家里的时候？或许是哪一次，偷偷回来喂我奶的母亲深埋在眼睛深处的忧郁被我看到的那一瞬间？或者是在我第一次过桐花节的那一天？或者是我第一次看到傩赐层次分明色彩丰富的雾的那个时候？或者，是在后来我的那一段上学时光里，在我爸决定用我上学的钱来为我和我的两个哥哥打伙娶秋秋以后？似乎，这个愿望就像我的一块皮肤，与生俱来，和我一同感受着傩赐白太阳下那些故事的美丽和忧伤。

白太阳！

傩赐这个地方，一年四季里只有不到两个月的时间里才有真正的阳光。平时，这里最富有的就是雾，于是，很多时候傩赐的天空中就会有一轮白太阳。从升起到落下，一直洁白如银，一直，那么美丽而忧伤。

看到那一片阳光了吗？那一片，那一片，那儿还有一片。红的，绿的，粉的。什么地方有了这样的阳光，那就是春天已经走到那个地方了。然而，这个时候，我们傩赐还被一片浓雾笼罩着，还被白太阳的那一份忧伤笼罩着。

傩赐（节选） 王 华

就是这样的一个日子，有一面山坡，一笔一笔，用金黄色往上铺垫。到稍缓一些的地方，是浓浓的奶白色，在一片青灰色作底的山脸上云团一样浮着。那金黄色的，是油菜花；那奶白色的，是李子花；那青灰色的，是还没能从冬天里彻底醒来的山和竹垄，竹垄下面是一间青灰色瓦房。

这天，秋秋在这间瓦房里出嫁。

秋秋无论如何也没有想到她要嫁的是三个男人！这样的事情只有我们傩赐才有，不到没办法的时候，我们是不会告诉别人的，更何况是对我们的新媳妇秋秋。

秋秋知道她要嫁的地方叫傩赐，但她不知道在别的地方春天都快要死去的时候，那地方还没有油菜花，也没有李子花。没有油菜花，是因为那地方不种油菜。那地方没有种油菜的天气。没有李子花，是因为那地方的李子树还没接到开花的季节命令。听起来，好像我们傩赐不跟你们在同一个星球上，其实，我们傩赐离秋秋家并不是十分遥远。从秋秋家出来，沿坡上一条小路直上，也就是三个半小时的路程。只是，我们傩赐生长在一群离天很近的大山里，连接着秋秋家的这条路，用我们的步子丈量，得花上三个半小时，而且这条路上荒无人烟。像长脖子高粱举着的穗，我们傩赐离天很近，离根却很远。这样，它就显出跟其他地方的与众不同来。

从哪个时候有了傩赐庄，我们没有去认真考证过，只仿佛听说过是很早很早的时候，三个男人一个女人从一场战乱中逃出来，逃到了这里，就有了傩赐庄。至于是从哪个朝代的什么战乱里逃出来的，说这话的人也不清楚。总之，我们的祖先是看上了这个完全被大山封闭起来的地方，他们对这个地方和这个地方的生活寄予美好的愿望，起名傩赐。他们在这儿自由耕作，自由生息繁衍，也还过了一段桃花源似的日子。据说，我们庄上两三个男人共娶一个女人的婚俗，就是从那一段自由日子里产生的。但据说后来，山外有人进了傩赐，告诉他们傩赐属于谁，傩赐人又属于谁，又给他们定下一些规矩，硬叫他们把若干个家庭合成一个大家庭，一庄子人在一起干活，在一起吃饭。后来不在一起吃饭了，还在一起干活。这之间，山外来的人不让傩赐人沿用他们几个男人共娶一个女人的传统婚俗，傩赐人也就照着别处的模样过起了日子。但是后来据说又发生了一些变革，庄上的地又成了一小块一小块，庄上的人又是一家子一家子地到划给自己的那块地里干活。而这时，到傩赐来说话的人越来越多，叫傩赐人上交的款项也越来越多，傩赐人在地里埋着头从春天刨到冬天，到头来连过年都捞不上一顿干的。才发现傩赐这地方到底跟别处不同，日子自然也不能效仿别处的，就重新把丢弃的东西捡了回来，重新把它当宝贝。

比如婚俗。

据说，依稀知道一点儿傩赐的人提醒过秋秋，说傩赐那地方可不是好地方。但秋秋不能因为那里不是个好地方就不嫁。秋秋早没了父母，跟着哥相依为伴。秋秋两只腿还不一样长，走路跟鸭子一样一摇一晃。哥早说好了媳妇，但哥要娶媳妇就得嫁秋秋。哥娶媳妇需要一笔钱，嫁秋秋可以得到一笔钱。我哥雾冬去提亲，秋秋哥按照自己娶媳妇和嫁秋秋要花的钱说了个数，雾冬也没太往下杀，秋秋哥就当着雾冬的面儿跟秋秋说，这兄弟长得跟棵松一样，跟了他，天塌下来都落不到你秋秋的头上。秋秋看出哥急切切要她嫁给这个长得跟一棵松一样的雾冬，也没往深处想，就点头了。

我哥雾冬同时还是去替我和我同母异父的三十五岁的老光棍哥岩影提亲的，之所以要选我哥雾冬去，是因为岩影太老，而且还没有左耳和左手，我又才十八岁，似乎又太嫩，雾冬二十五，最恰当。这件事情是我爸自作主张安排的，事先没问过别人的主意，事后也没告诉过别人。临近开学的一个时间，我爸突然对我说，蓝桐别去上学了，把上学的钱拿去娶媳妇。我爸的样子很像是突然来了这么个想法，但这个决定却根深蒂固地长在我的人生故事里了。我还是一个中学生，我的前面是拴在课桌边的高三时光。可我爸硬是像掐一棵庄稼苗一样强扭过我的脖子，要我往他们的日子里走。

二月初定了亲，二月尾上秋秋的大哥就要嫁秋秋。大哥的迫不及待让秋秋有些感伤，还没到哭嫁的日子就落起了泪。她不知道，她大哥这么快就要嫁她是因为傩赐这边的迫不及待。傩赐人找女人都是速战速决，怕的是夜长梦多。当我们家接亲的队伍往秋秋家赶去的时候，我就知道秋秋注定有一场好哭了。

秋秋没有父母，出门时就该拜大哥。发亲的鞭炮一响起，大哥就该到香龛前受秋秋的哭拜。秋秋往大哥面前一跪，眼泪就会如雨一样洒下来。好多好多的话，秋秋都会变成哭歌唱出来，唱给大哥听，唱给亲戚朋友乡邻们听，唱得旁边好多人要跟着流眼泪。负责扶秋秋出门的女人得赶在旁人的眼泪刚刚落下来的时候把秋秋拉起来，拉着她往门外走。这个时候，别人会递给秋秋一小块木柴，秋秋跨出门前反手从身后一甩，身后的大哥接住这块木柴，就算秋秋把这家人的财喜留在家里了。秋秋留下了财喜，就该走出这个家门了。围观的人就会称赞说秋秋心不厚，不是那种要把娘家的财喜也带到自己那边去的人。据说有一种心厚的女人，出嫁时把别人递给她的木柴揣衣兜里，说的是这样就能把娘家的财喜也带到自己那边去。

跟很多新媳妇一样，秋秋的嫁妆也是三床被子、一间衣柜、一间米柜，清一色的大红。接亲的人抬着这几样东西在前面走，送亲的四五个姑娘媳妇把秋秋护在中间，由后面的唢呐队相送，就朝着我们这个叫傩赐的地方来了。

傩赐在挨着天边的一片大山里，明艳艳的天空，似乎把傩赐推得很远。你能想象得到，秋秋的腿不整齐，这条一心要抛弃一片一片清香扑鼻的油菜花，要抛弃明艳生动的春天，奔向高远的天边的小路，她就走得很艰难。

那天，秋秋穿着一件火红的上衣，后腰上是一朵巨大的粉色牡丹。你还可以想象得到，这朵在鲜亮的春日下开得鲜艳欲滴的牡丹，是那么炫目。它跟太阳交相辉映，把秋

傩赐（节选） 王 华

秋烤得一身的湿。

秋秋的衣衫湿了，背上小孩子脸大的一块颜色显得深一些。山下那一片仿佛十分认真却又没有规则地涂抹上去的金黄色已经被秋秋抛到后面好远好远了。越往上走，风里的花香就越少了，打湿了的衣服贴到背上就显得有些凉了。前面再见不到明亮的色彩，天也似乎就在触手可摸的地方，天空跟前面的路一样，清一色的青灰色。回过头，太阳明明还在天上挂着，可秋秋这边就像有一种什么无形的东西在拒绝着阳光，抑或，太阳的法力还够不着秋秋这边。

山风凉起来，秋秋心里的离别愁情就该渐渐淡下去了，出嫁的路似乎没有尽头，一种对未来的恐慌会代替离别愁情。

我就在这个时候接到了秋秋。

接秋秋本来不是我的事儿，秋秋是我的媳妇，我该是在家里等。但村长陈风水来到我面前的时候，我就突然有了这个念头。陈风水是村长，负责把据说是傩赐人该交的款子收起来交给山外来的人，也负责把山外人说的话传达到傩赐人的耳朵里。陈风水的村长帽子是傩赐人给戴上的，陈风水的爸老得无法把村长继续当下去的时候，傩赐人就举手选了他，他到现在也老得差不多了，可傩赐人还举他的手。傩赐人心里认他，是因为他的爸当村长的时候曾指引傩赐人恢复旧时的婚俗，帮着傩赐人开脱掉了很多款项担子。还因为陈风水也像他爸一样，骨子里还保留着一份与乡亲们很亲很近的情怀。

哪一家娶媳妇，陈风水都是要到场的。到场不光是为了吃喜酒，还有一件事情要做，那就是要问清楚娶来的新媳妇是跟谁办了结婚登记。这个他一定得记准记牢，哪怕之前问过了，这时候还要问，而且还要看结婚证，把这个记牢了，山外的人来了，问起来，他才不会说错。接下来，他得记牢娶这个媳妇的其他男子，以后，他得跟山外来的人说，谁谁谁是光棍，没娶上媳妇，他屋里的娃也是抱养的。或者就说那娃是远房亲戚的，来这里玩哩。

所以，他就来到了我面前。

当时，我正一个人躲在屋后的竹林里幻想秋秋出嫁时的情景。我的想象已经演绎到秋秋走进傩赐，突然看到白太阳的时候了。我想象着秋秋从一片明艳艳的春天突然走进大雾弥漫的冬天里，突然看到头顶炫目的太阳变成了一轮忧郁的白太阳的时候，她惊讶的表情应该是多么可爱。因为眼前的雾障让我看不清我的幻象，我正百无聊赖地挥着手臂劈开面前湿重的雾障。我这个样子很不像一个新郎，所以，他来到我身边的时候先让他脸上的皱纹挤在一起开了一会儿会，才往上提着两边嘴角问我，这个媳妇也是你的？我没回答他的问题。我很埋怨他打断了我的幻想，而且我认为这个问题他应该去问我爸。

大概他已经问过我爸了，问我不过是想得到更进一步的肯定。他又说，你对这件事情有看法是吧？我还是不理他。竹林里的雾比其他地方厚一些，心烦的时候，你就会觉得它像破棉絮一样难看。我不想看见陈风水，我想看远一些，雾却偏偏让你只能看到陈风水。我徒劳地挥舞着手臂，从最初的想劈开雾障到最后的发泄心中的郁闷，我把自己弄得很累，大口大口地喘气。

陈风水村长用一种看孙子的疼爱眼光看了我一会儿说，我也觉得这件事情你爸处理得不恰当。我以为碰到了一个知己，竟然把眼睛转向他，那么可怜巴巴地望着他，希望从他那里得到些什么。他也从我的眼睛里看懂了我的渴望，并且用一种很明确的态度和我站到了一起。他把眼睛挤成一条缝，用很多皱纹把浑黄的眼珠子埋起来，把脖子伸长，下巴抬起来骂我爸，你爸那娘拐子的，咋能让雾冬去跟新媳妇登记呢？他就没想过你是上过学的，还上到了高中，是我们庄上最有学识的人了，今后我要是跟上面的人说你是个光棍，你的娃是抱养来的，上面的人怎么会相信？傩赐庄的人都知道我们傩赐人住得都靠着天了，凡不是傩赐庄的人都被称作"山下的人"或者"山外的人"，只有陈风水村长，硬是要把那些来傩赐庄指手画脚的人说成是"上面的人"。陈风水说，你爸应该让你去相亲，让你去跟新媳妇一起登记。他说，登记是要费一大坨的钱，结婚证工本费，介绍信费，婚姻公证费，婚前检查费，妇幼保健费，独生子女保证金，婚宴消费费，杀猪屠宰费，计划生育保证金，晚育保证金，夫妻恩爱保证金，哎哟哟。陈风水一直掰着他糙得像树根一样的指头数，数到后来突然烦躁地握紧拳头挥了一下。就像他这么一挥，那些数都数不过来的费就给他挥没了一样，挥过以后，他就平静了。他开始慢慢卷烟。一截散发着浓烈刺鼻气味的烟叶被他放到嘴里含一下，含得湿了，拿出来展开，放膝头上。他一边卷着烟叶一边说，但是这一大坨钱是三个份子凑，娶媳妇的三个男子里有两个儿子是他的，他叫雾冬去登记也是凑两份钱，叫你蓝桐去也是凑两份钱，你说他怎么就转不过这个弯儿来呢？他的话让我很扫兴，在他认真卷烟的时候，我就想，看来在这儿坐着也不清静，不如去半路看看新媳妇。

我从没见过秋秋，我哥雾冬提了亲回来说，秋秋是个瘸子，但秋秋好看得不得了。岩影听说了就忍不住摸到山下偷偷看过秋秋一回，可我没有，我喜欢想象，雾冬回来大致说一下，我就能想象得出秋秋的模样。而且，这个亲是我爸自作主张定的，份子钱也是他凑的，在我看来这个秋秋跟我没多大关系。

我绕过屋后，沿一条茅草路往庄外走。我手里还拿着一本书，是去年的课本。刚才这本课本被我捂在怀里。我拿着它并不是想努力去实现一个什么远大的理想，不过是因为一种挥之不去的对上学时光的怀念。往庄外走的时候，因为手里抓握着这本书，有一会儿我竟然以为自己这是去上学，脚下居然生起了风，枯死的茅草被我踢得唰唰作声。

当隐隐的唢呐声传进我耳朵的时候，我才清醒过来，我不是去上学，我是来看新媳妇的。不管我的想法如何，这个新媳妇都跟我有关，她从今往后，有三分之一是跟我贴

傩赐（节选）王　华

在一起了。

我停下来站住，站在一片被雾打湿了的空气里，看着送亲的队伍慢慢地向我走近。

送亲的队伍都穿得很光鲜，但队伍里只有一个瘸子，而且也只有这个瘸子生得跟我想象的模样差不多，真是好看得没法说。我就认定她是秋秋了。

2

我出现在这里，接亲的人很诧异，一个个都扯着嗓子喊，蓝桐你来做啥？我看他们一眼，连一个笑都懒得给他们。我平时就是一个不爱说话的人，这时候不张嘴别人也不会怪我。

况且这时候我的脑子里只装着一个秋秋，我在想，秋秋还真是好看得没法儿说。

如果秋秋不是个瘸子，放在什么地方都是一朵花儿。虽然秋秋是个瘸子，但秋秋还是一朵花儿。

我就在认识秋秋的第一时间里，开始了我人生的第一次春情翻涌。

之前，我有过的一些关于女人的遐想，总是被一种自卑扼杀在萌芽阶段。自从我从别人眼里体会到自己作为一个山野穷人的轻贱，自卑就深深植进我的骨髓，美丽女人就成了天上的云朵，离我那么遥远。我怎么也没有想到，我爸一个独断的安排，让我一下子就走近了一个美丽女人。我还没有想到，在美丽面前，我是那么不堪一击。就那么一眨眼的工夫，我因为被迫辍学、被迫跟兄弟打伙娶女人而生出的那些郁闷全都成一股青烟飞了。我不是我了，或者，我不是原来的我了。

我拼命压抑着内心狂乱的搏动，看着秋秋，暗暗地希望她也能看看我。

我知道自己虽然是一个山野穷人，但模样长得还不赖。我知道我脸上最有看头的地方就是眼睛，我的眼睛还很年轻，该黑的地方黑得发亮，该白的地方白得发蓝，绝对的清澈明亮。所以我希望秋秋跟我相识的第一时间里能盯着我的眼睛，我希望我的眼睛能争取到她对我的全部承认，就像我因为她的美貌忽略她的残疾而完全承认她一样。

但是，秋秋不看我。

秋秋是个新媳妇，她走路一直埋着头。

一个美丽的新媳妇，一个跟我有关的新媳妇，一个有三分之一是属于我的新媳妇，我看到她走得很艰难。

我说，秋秋，我来背你。我也不知道这句话怎么就冲出了我的口，我听到自己的声音打着抖，很像蝉翅在风中扇出的声音。

这个要求于秋秋来说似乎也太突然，她飞快地看了我一眼。然后，我就看到她脸上红晕深厚，胸腔汹涌起伏。前面接亲的有人喊，新媳妇，他是你弟弟，你就让他背吧，这路难走哩！秋秋又看了我一眼，我想肯定是第一眼给她留下的印象不错，这第二眼就是表示她并不十分反对我背她。但她还是无助地看着送亲的姐妹们，不知道该怎么办。

接亲的人们就笑起我来，哈哈哈的，比看戏还高兴。我的脸很热，我知道我的脸也红了，但我坚持着。我说，秋秋你走着困难，我背你走吧。

秋秋如一只山兔子看着猎人一样惶恐地看着我，腿上打着颤，迈不开步子了。

接亲的又有人喊，新媳妇，他叫蓝桐，是你兄弟，他是体贴你走路艰难，你就让他背吧。

接亲的人心里明白我不光是秋秋的弟弟，我还是她的男人，但他们只说我是她弟弟，不会说我还是她男人。

秋秋慌乱得眼神乱飞，似乎逃的想法都有了，却不知怎么的就到了我的背上了。有上千只吓慌的兔子在撞击着她的胸口，汗水轰的一声暴雨一样地淌，还有她的身体，颤抖得没法。她没挣。我想她是不知道该挣还是不挣。其实我身上也发着抖，但我是激动，不是怕。我的抖和她的抖相映成趣，我感我和她正进行着一次融汇。这感觉真好，有了这感觉，蓝桐就不是蓝桐了。又仿佛，这才是真正的蓝桐。

背着她走，整个队伍都快了许多，接亲的和送亲的，脸上都露出一丝轻松。秋秋就低了眼皮，任我背着走了。

伏在我的背上，秋秋胡乱起伏的胸膛渐渐平静下来。路太长，还太陡，我背着秋秋爬了一阵，气就不匀了。一条很瘦很瘦的寂寞孤独的路，弯弯扭扭地窜向大山，像一条正在飞奔的蛇。

秋秋用一种只有我才听得见的声音说，我下来走吧，路好像还远着哩。

我使劲把她往上面送一下，表示我还能背着她走。

我对她说，你抬头看天上。

她真抬了一下头。她肯定看到头顶那一轮白太阳了！我感觉她抬起的头迟迟没有低下来，她看得很痴迷。我说，白太阳，只有我们傩赐才有。秋秋没有听我说话，她还痴痴地看着天空。她把灵魂给了天空的白太阳，把身体留给我，我就感觉她比先前重了。

我的脚步慢下来了，比秋秋自己走着还慢。

我身后突然想起一个好听的声音，这太阳咋就变成白的了？

又是一个好听的声音，看山下，我们那里太阳还好着哩。

难道这天上有两个太阳？

是雾，雾把太阳变白了。

秋秋被这些声音唤醒了，她悄悄地扳着我的肩，把身体往上提着，为我减轻了一点重负。我咬着牙，大口大口地喘着气，艰难地跋涉。但我的胸口一阵阵翻涌的却是无比的甜蜜。

傩赐（节选） 王 华

　　秋秋又一次抬起头的时候，看到山突然间放大了，路也没有先前陡了，或许还抬头看到了放大了的白太阳。她悄悄问我，还有多远啊？

　　我站下来，但并不放她下来。我就这么背着她歇了一口气，再背着她往前走。

　　进了大山，路就显平了，我们的脚下也快了。不多久，我们就听到前面好多人在吵嚷说，新媳妇来了，蓝桐把新媳妇背回来了。秋秋忙往下挣。我不让挣，手像铁钳一样夹着她。秋秋挣不下，只好把脸埋得更深些，让她的脸烫着我的背。那心跳，像拳头一样打击着我的背。

　　到了院子里，我才依依不舍地把秋秋放下了。我真希望一直这样背下去，但我又不能不把秋秋放下来，让她去跟雾冬拜堂。原则上，她跟雾冬拜了堂，也就相当于跟我拜过堂了。相亲的是雾冬，登记的是雾冬，拜堂的就得是雾冬，新婚第一个月也是雾冬。我和岩影，得用拈阄儿的方式来决定我们跟秋秋的新婚时间。这个程序是在结婚前就进行了的，阄儿是雾冬写的，由我爸揉成两个黄豆大的小纸团儿，放在他手心里，叫我和岩影去拈。我对这事没兴趣，就说，先啊后的你们定吧。爸朝我瞪眼说，你自个儿的事儿谁敢替你定啊？我在心里笑我爸，娶媳妇这样的大事你都敢定，这么个小事倒不敢定了。我不拈，我说，岩影大哥先拈吧，剩下的给我就行了。岩影就真先拈了，可他拈的却是第二。就是说，剩给我的是第一，我和秋秋的新婚在雾冬之后的第二个月。岩影因为自己的手气太差而沮丧得半天都不想说一句话，我说，要不你占第一吧。岩影正把眼睛睁大，一个惊喜的表情已经呼之欲出了，可我爸一棍子打了下来，他说，不能坏了规矩！

　　这时想起拈阄儿时的场景，我心里有些感激我爸主持了公道，没让我糊涂地把阄儿让出去。我发现这个时候我已经开始向往和秋秋相守在一起的那种大人过的日子了，那种日子在我的心里，有些像天上突然出现的一个云朵，有时看起来像只美丽的蝴蝶，有时候看起来又似一只善良的母羊。我从心里凝视着这些变幻不定的"云朵"，又突然想到这么个美貌的女人并不属于我一个人，我的心就在放下秋秋的那一瞬间骤然变冷，激越不起来了。

　　我不喜欢这样。那么你喜欢怎样呢？我问自己。我一时无法给自己一个准确的回答。因为上学，我的脚走出过山外；因为书本，我的心看到了比我脚下更远的地方。我感觉我的心时常跑到傩赐的那些山尖上站着，孤独地遥望山外。但也就仅此而已，我的脑子里似乎从来就没有过那种叫思想的东西，或者说，我脑子里的思想不过是一些苍白的蝴蝶。平时，我满脑子飘着的都是些如云一样的雾，如雾一样的云。有时候，我长久地盯视着天空中那一轮白太阳，希望透过它看到自己的思想，头脑里就飞出一些苍白的蝴蝶，一些把我的心思带到远方的蝴蝶。

　　所以我只能回答自己，我想离开这里。

我不喜欢这种婚姻方式，却不能代表我不喜欢看秋秋。虽然我的眼睛已经因为心情变化不再那么容易点燃了，但我还是无法拒绝秋秋对我的吸引。

秋秋太招眼，一庄子的眼睛都压在她头上，她的眼睛只好看着自己的脚。我希望看到她的脸，我希望她的眼睛能迎接我的眼睛。我把视线固执地放置于秋秋的头顶，我决定一直等到她抬起头来。

秋秋真的抬头了，因为一个嫂子走过来，把她拉进屋子里，让她坐在一条板凳上等着拜堂。秋秋抬头只那么一瞬，后来我看到的只是一个低头走路的背影。秋秋还是去跟别人拜堂了。我胸口处似乎晕了一下，但随后我又笑起自己来。她本来就不是你一个人的。我对自己说。

秋秋被安排在门口的一条板凳上坐下来，她仍然垂着头，看着自己的脚。但这次她是侧面冲着我这边，虽垂着头，我也能看到她半个娇好的脸蛋儿。不知怎么的，仅这一点，居然让我产生了一份满足。

一群脏猴儿似的孩子围在秋秋旁边，圆溜溜的眼睛一眨不眨，眼神儿发磁。

四仔妈的声音在一边响起来，四仔，让新婶子摸摸你那缺牙，要不长不起来的呀。四仔听了回头瞪一眼他妈，旁边的孩子就嘿嘿笑起来。秋秋飞起眼神儿看了一眼面前的几个孩子，又忙把头深深埋下。

四仔的妈过来了，拉了四仔说，他新婶子，你给他摸摸，他摔掉了一颗牙，你摸了这牙还能长哩。秋秋不敢看这个女人，也不敢不摸，在四仔张开嘴以后，她把手抖抖索索伸进了四仔的嘴。她的手指刚摸到四仔的缺牙，四仔的牙巴就合上了，像铁钳一样，秋秋痛得一声尖叫。要不是秋秋赶紧把手抽了出来，她的手指可能就断在四仔的嘴里了。

秋秋流下了泪。

四仔挨着打，却不哭，眼睛看着秋秋流泪的样子，打一下，他尖叫一声，像个胶皮娃娃。

一串鞭炮响起，秋秋就被先前牵她进屋子那嫂子牵着，到了拥挤着很多人的堂屋。那里燃着一对艳丽的红烛，空气中飘着香火的味道。秋秋站在穿了一身新衣的雾冬身边，眼睛不敢睁开，只从眼皮底下放一道眼神儿，弯到雾冬这边，看一眼，又连忙收回来了。我看着穿了一身新衣的雾冬，看着他满身幸福横流的样子，真想一把扯开他，自己站到秋秋身边去跟她拜堂。但也就是想想而已，并没有那么去做。我捂着发晕的胸口对自己说，你去拜堂又能怎样？还不是改变不了与两个哥哥共享的现实。

听着司仪的命令，雾冬和秋秋在一片喧闹声中一起磕了好几个头。然后，秋秋就被带进了新房。屋子是新的，屋子里的一切都是新的。一种强烈的新鲜感激动着秋秋，秋秋眼神在屋子里乱飞。好大一堆孩子挤进了新房，圆溜溜的眼睛一眨不眨地盯着秋秋。

傩赐（节选）　王　华

秋秋从一个布包里抓出一把糖果瓜子，分到孩子们的小手心里，把他们打发到门外来，然后，把自己一个人关在了新房里。

3

我们的房，一溜并排着三间，厚厚的黄色土墙，没窗，只在屋顶上盖几块透明瓦。这个时候，屋顶上的透明瓦跟一只只瞎眼一样，天已经黑了，它们也没法透出明亮来。厚厚的土墙把三只电灯泡发出的一团可怜的昏黄灯光圈在屋里，还让回绕在屋子里的酒菜味道坚韧地保持着温度。

中间是堂屋，堂屋两边是厢房。厢房前后一隔两断，后面的用竹篾编成墙，隔出两间睡房，前面用来做厨房。秋秋和雾冬的新房在左边的厢房后面，和我的睡房仅隔一篾墙。左边的厢房里没设厨房，我们家的厨房在右边的厢房里。虽然别处已经是风和日丽，但我们傩赐，天黑下来时，还得上火炉烤火。我们的火炉，也是土筑的，一个一米见方的土台，上面做一个大火口，堆上大煤块，冬天烧一堆大火，一家人围坐在火炉上，烧饭吃饭都在上面。

门外已经黑得如漆，庄上来吃酒的人都各自回家去了，岩影还坐在我家火炉上，坐在我的对面。他抽着一卷草烟，时不时看我一眼。他那样子很可怜，像一只有意见却不敢声张的老羊。这只老羊用他的眼神骂我占尽了便宜。他认为，我的睡房跟雾冬的睡房仅隔一堵篾墙，晚上我还可以打耳朵牙祭。我很想对他说，你来跟我一起住吧。或者说，要不，我去你家里住，你来我这房间里住吧。但是，我又没说。于是，岩影就还是那样带着一点点仇恨地看着我。看一阵，大概觉得我这副样子瞧着太没劲了，就起身走下火炉去了。岩影一走开，我就觉得自己再没有坐在火炉上的价值了。他看着我的眼神很让我觉得无聊，但没有一个人关注着你就更无聊。热闹了一天，突然静下来的时候我发现这一天的热闹跟我没多大关系，我很落寞，就特别希望像一条狗一样回到自己的窝里蜷起来。

我也跟着岩影往左边的厢房走。岩影说，你跟着我做啥？我说，我去睡觉了。他鼻子里发出一种类似擤鼻涕的声音，却没有鼻涕擤出来。他站在外屋那本该垒火炉的地方，眼睛亮亮地看着我。我向他扯出一个干干的笑意，然后顾自进睡房了。

我以为，我充满了疲惫的思想和肉体会在这里得到安宁，我认认真真把自己伸展在床上，闭上眼睛，然而隔壁有一种动静让我陡然间变得炽热起来。

仿佛是一声短促的尖叫，又仿佛是粗重的喘息声，还有床、被子被搅进一场战乱时的响动，似乎，还有一种让人发晕的气味。

我感觉我的头在这些声音中渐渐变大，变成了一个胀鼓鼓的篮球，有火焰从我的眼睛里伸出来，烧出一种滋啦啦的声响。火焰把我眼前的黑暗烧成一片蓝色，秋秋和雾冬就在这一片蓝色背景下开始他们的成人仪式。

仪式很热烈，仿佛充满了仇恨。

雾冬很粗暴，秋秋不断地发出短促的尖叫声。

秋秋说，你慌什么呀？慢点啊！

秋秋不知道，对雾冬来说，面前的这个猎物，是三个人的，他虽然是第一个得享用的，但他如果不先抢着啃下两口，他就不甘心。

后来，雾冬也尖叫了一声，紧接着秋秋也尖叫了一声。

接下来，我的耳朵里就塞满了一个男人挥洒力气时的粗重的喘息声。一直，一直，好像要没有尽头地挥洒下去，喘息下去。我突然挺讨厌我们睡房间隔着的这一堵篾墙的单薄，它对于声音简直没有一点抵御能力。我扯过被子把自己蒙起来，想让声音变得弱一些，然而我没有成功。这种声音有着超常的穿透力，无孔不入。我决定还是回到火炉上去。我下床出了睡房，正好秋秋也从睡房里出来了。

秋秋开门看到岩影杵在面前，吓了一跳。转过头又看到我站在一边，忙埋下头顾自往外走，岩影却影子似的跟在她身后。秋秋回头，叫了一声大哥。岩影答应一声说，黑哩。秋秋没理他，他还犹豫是不是要跟上去，听到雾冬在里面干咳了一声，才把脚停下了。他又把一双被渴望灼得发红的眼睛投向我，我说，我们去火炉上烤火吧。他怪怪地跟我扯了几下脸皮说，我要回去了。

秋秋上完厕所回来，看到岩影和我还站在屋中央，忙埋着头进了睡房，哐地关上了门。门的响声把岩影吓了个激灵，但他还往门那边紧挪了两步，好像想去把什么抢到手一样。

秋秋在睡房里说，你们的岩影大哥是个疯子？

雾冬没有作声。

秋秋说，问你啦。

雾冬这才说，他不是疯子。

秋秋说，我去上厕所，看到他在门口杵着，还有你弟弟蓝桐，他们怕是刚才在外面偷听哩。

我和岩影互相看看，就听到门里一阵叽叽吧吧的声音。估计是雾冬弄出来的，很响，像是炫耀，又像是提醒。

我对岩影说，大哥，回去吧。

岩影再一次朝我怪怪地扯了几下脸皮，默默地走向屋外黑暗的深远处去了。

我拿了一本书，躲到火炉上去。吸着酸酸的煤烟味儿，我眼睛盯着书面，脑子里却翻飞着雾冬和秋秋纠缠的场景。而且，幻影中的声音似乎比先前那些真实的声音还要响

傩赐（节选） 王 华

亮，还要刺人耳鼓。于是，我开始像在学校上早自习一样，举着课本，大声读书。我希望我的声音能把耳边的那些疯狂的声音赶走。我把自己弄得很累，很想休息了，然后又去了睡房。

我刚走进睡房就再一次跌进了那些简单声音营造出的氛围里，我想象不出这是他们的第几次战斗了，只听秋秋在说，你这人是饿死鬼变的呀？一端碗就要撑死才算。雾冬一如既往地喘息着，一直到强大的睡眠吞没了他的声音。

4

刚合上眼睛天就亮了，那边又传来一些细微的声音，天亮了就该起床做活儿了，这是庄户人家的习惯。习惯了，不管有多沉的瞌睡，到了这个时候都睡不着了，心里牵挂着这一天的第一份事。雾冬说话的声音像螺蛳虫一样绵软，又像风一样发着飘。他说，秋秋再睡会儿吧，再睡会儿精神就养回来了。秋秋说，你睡吧，我得起，我怕羞。雾冬说，怕啥羞呢，你是新媳妇啊。秋秋说，新媳妇就可以睡大头觉啊，可没这个规矩。又听到叭的一声，不知道是雾冬还是秋秋弄出来的。

秋秋起了床，就该去厦房里找活儿干了。庄户人家，女人早上的活儿都是在偏厦房里。

在家里，天刚睁眼她就起床，不等洗脸就得去煮猪食，煮好了猪食，再洗了脸梳了头做饭。这个时候，我爸和我妈正一边清理着做酒借来的锅碗瓢盆，一边唠叨着这一天要做的事情。爸说，昨儿我跟岩影说好今天来替雾冬垒火炉。妈说，急哩，歇两天吧，秋秋第一天过来，第二天你就要分出去呀？爸说，迟早都是要分的，赶着办了好种庄稼。妈说，这下还得清理碗啦盆儿的，得还人家去。爸说，这事跟那事碰到一块儿也不打架，我们还我们的家什，岩影垒他的火炉。

秋秋在门口站了一会儿，深提了一口气才叫了声妈。不怪她，她已经好多年没叫过妈和爸了，更何况是突然要她管别人的爸妈叫爸妈呢。爸和妈都停了手里的活儿，用两秒钟的时间来看着秋秋。秋秋就又叫了一声爸。这一声叫过，就全活回来了，锅啊碗啊的响声又起来了，于是，秋秋也加入了这个活动。干着活儿，秋秋和这家人就完全融汇了。像雪花和水。有一个时间，秋秋跟我笑了笑。我从她那笑里读出了两个内容，一她不讨厌我这个弟弟，二她感谢我昨天背了她。

雾冬起来时是一双兔子眼，秋秋悄悄笑他的眼睛。正笑，又来了一双兔子眼，是岩影。岩影来垒火炉。秋秋第一眼就看到岩影的红眼睛，岩影身上这个亮点让秋秋的眼睛在岩影身上多停留了一会儿，这样她就看到了岩影左边的空袖管儿，和左边那只只剩下一个眼儿的耳朵。秋秋有了一秒钟的惊讶，然后，她充满同情地叫了一声大哥。

按照爸妈的安排，雾冬该和我一起去还做酒借来的家什，但岩影要垒火炉，雾冬就不去了，他说他得帮着岩影，垒多大、垒成啥样儿得他做主。我知道他要留下的真正原因，是秋秋被爸妈留在家里了。这会儿正是我们傩赐人抓紧时间翻地的时候，爸妈清理完了家什就要下地，把家里做饭煮猪食的活交给了秋秋。家里只剩下秋秋和岩影，雾冬即使是猪也不放心。按说，秋秋也是岩影的媳妇，雾冬不该多这份醋心。但这阵子秋秋是他的，他也就不能不多这份心思了。我没有醋心，但我也不想去还家什，实际上，我什么也不想干。自从不上学以来，我就变成这个样子了，懒懒的，总是在一种云里雾里的状态里。我没有跟我爸我妈说我不去还家什，我只是在他们下地以后，懒懒地坐下来，对那一堆被清理在一边的家什不管不问。

我们家煮猪食的灶在猪圈巷子里，秋秋一边煮猪食一边做饭，来来回回跑。岩影在堂屋那一边砌火炉，和秋秋隔着一间堂屋，可他却不厌其烦地老往秋秋这边来。总是愣头愣脑过来了，在秋秋看到他的时候才突然假装去喝水，或者探着脖子找东西。秋秋是个机灵人，一眼就把岩影看明白了。但秋秋不恼，秋秋是个女人，女人总是喜欢照镜子，而男人的眼睛就是女人的镜子。

秋秋昨天还怵岩影，今天看到他是个残疾人，同病相怜，她不怵了，心里还多出了一份同情。有一回，岩影来到厦屋，没看到秋秋，正伸了脖子到门口往猪圈看，秋秋正好就撞上来了。两个人差点就贴上了，秋秋也没有生气。秋秋说，大哥，你找啥？岩影说，我找你呢。秋秋说，你找我做啥？岩影说，我问你，你是要好烧的还是要不好烧的？秋秋笑起来说，肯定是好烧的啦，谁会要不好烧的呢？岩影说，就有人要不好烧的，她们怕好烧了，费煤。秋秋就笑了一会儿这些人说，我不怕费煤，要个好烧的。可岩影还不走开，眼睛还黏在秋秋身上。为了让自己待在这边有理由，他又拿出皮尺量秋秋正做着饭的火炉。秋秋说，大哥你都量了两回了。岩影说，我记性差，没记住。

量着，岩影的空袖管儿就飘进了火里，一股煳臭味起来，秋秋就看到了，她尖叫，大哥你的衣袖！岩影忙用幸存下来的这只手捏灭袖管儿上的火苗，又把空袖管儿掖进裤腰带里，跟秋秋笑。秋秋心里泛上一种温情，她问，大哥，你这手，是咋的了？岩影说，挖煤的时候煤块掉下来打掉的，那煤块像刀子一样劈下来，把我的耳朵和胳膊全切掉了。岩影还想描述一下当时的情景，但雾冬在那边扯着嗓子喊，岩影不得不过去了。

我突然就笑出了两声。这两声笑代表什么，我后来也没弄明白。笑过以后我的表情还保持着先前的迷茫。我一直坐在火炉上一个最黑暗的角落里，看着秋秋和岩影不断地在面前晃来晃去，我觉得自己像一个稻草人一样空茫。他们似乎也把我当稻草人看了，走来走去就像看不见我一样。我的两声干笑引来了秋秋的眼神，她探过头，把眼睛睁到最大限度朝我看。她说，蓝桐你笑啥呀？我说，我也不知道我笑啥，突然就笑了。秋秋说，爸妈叫你去还家什啊，你不去还会挨爸妈骂的呀。我说，我不怕骂。她说，你是不

傩赐（节选）　王　华

是哪儿不舒服？我说，我没有哪儿不舒服，这样蜷着很舒服。秋秋就跟我笑笑，忙自个儿的去了。

岩影在我家磨蹭了一天，火炉才只砌了一半。晚上吃饭时我爸不高兴了，他说，岩影你往回半天就能砌好的一个火炉，咋今儿个用了一天才砌了一半？岩影说，叔，往日我是两只手，今日我是一只手哇。我爸皱了眉头，不好说啥了。我妈看看岩影，又看看我爸，脸上表情复杂了很多。

吃着饭，我爸就说要开个会把家分了。我爸看不惯岩影的磨蹭，也看不惯雾冬赖在家跟着磨蹭，他说分了家，他自己耕自己的地，心里不闹得慌。我爸跟我妈生下雾冬和我两个儿子，但雾冬大了以后就当了道士，到处做道场，我又一直上学，他心里老是觉得很吃亏。

我们要分家，岩影觉得在这儿待着不大合适，饭就吃得慌张起来。我妈说，岩影你吃慢点，不慌。又不满地看一眼我爸说，你那根肠子比鸡肠子还小。我爸瞪一眼我妈，终于还是没能做出什么作为，蔫了眼神儿。但他还是说起了分家的事儿。他不要民主集中，他是家长，一个人说了算。他说这个家一分为二，一是雾冬的，二是蓝桐和他的。他心里把我妈和秋秋当成客居我们家的流浪人，这句话里就省去了她们。他说雾冬经常出去唱道场，就多给他分一些近的。接着说哪儿哪儿给他，哪儿哪儿又给我。秋秋听着就去看雾冬，看过雾冬又来看我。她是听到我爸说多给一些近的给雾冬，心里不安。可在我们心里，这远的近的地，肥的瘦的地，今后都是秋秋的，就没什么争的必要了。秋秋不知道这一点，她说，爸，不要把近的都给我们。我爸看一眼秋秋说，雾冬是个道士，常常往外面跑，你一个人做活儿，腿脚又不好，就这么定了。秋秋就又来看我，我没有看秋秋，分家这事儿我一样没兴趣，我甚至觉得既然两兄弟女人都可以共用，那么土地还要分开就是做作。我心里轻视我爸的这个作为，就去看手里的一本书。书是我去年的课本，都给我翻得黑了皱了。看着，头脑里还是一片如雾如云的东西飘着。秋秋看我不理会她，就把头埋下，静静地听我爸说话。

我爸说到了一棵树，这是一棵油桐树，每年都要为我们创下一点收入。这一棵树长在两块肥地中间的土坎儿上，我们傩赐的肥地不多，我爸不能太不公平，就把肥地平均分给我和雾冬。那么这棵油桐树就出了问题，给谁呢？我们傩赐，没其他树，只有油桐树。我们的地里，哪儿哪儿都是油桐树，哪儿哪儿多一棵少几棵没个数，也没人计较，但这个坎儿上的这棵树太是问题了。它的树冠很大，既覆盖了上面的地，也覆盖了下面的地，绝对的中立。我爸不好武断，问我们怎么办。秋秋忙说，给爸妈和弟弟吧，我们不要。其实，给谁都会轮到秋秋去享受，既然秋秋都这么说，这事儿就按秋秋的意思定下了。

我们都专心分家，岩影什么时候走的我们全都不知道。

那天晚上，他没有留下来听雾冬睡房里的那些声音。

那天晚上，雾冬睡房里的声音比头天晚上还要热烈。

第二章

5

头三天，他们辛苦而又快活地过过去了。接下来，秋秋就该去回门了。在我们那一带地方，回门是给新媳妇的一条退路。新媳妇到新家过了三天日子以后，今后的日子是否继续在这里过心里已经有了谱。回门的时候新媳妇自己有权决定留在娘家还是跟新男人回去。

傩赐离秋秋的娘家远，要去了又回来，得赶早就下山。

天才露出一种灰白色的时候，秋秋就起了床，在那边闹出了找穿着回门的衣服的动静。那天，她选的还是鲜红色、背上有一朵很大的牡丹花的那件嫁衣。她要雾冬也穿他的新郎衣，雾冬就真把娶秋秋那天穿的那件衣服套身上，跟她去了。

他们两个走了以后，我爸和我妈一直都在担心着同样的一个问题，那就是秋秋回门这一去，是不是还会跟雾冬一起回来。面对着同样一个问题，他们的表情却有着惊人的差异。我爸瞪着眼，仿佛他遥望着的前方正走来他的仇人。而我妈则把眉毛鼻子用一堆皱纹埋起来，像有人正从她的背后捅她的心。刚吃过下午饭我妈就不断地走到院子里，重复着她这一个表情。我爸看不惯她那种沉不住气的样子，他说，老是看个啥呢？我就不相信她去了就不回来了。嘴上是这样说，但毕竟我庄上曾有过新媳妇回门去就不回来的事儿，我爸还是跟妈一样地担着心。所以，他也时常蹭到院子里去瞧一瞧。

他们这样忙着的时候，我一直坐在屋后的竹林里玩着一只竹虫。竹虫浑身透着一种焦黄色，硬壳下那几页薄薄的翅膀已经被我撕下来，夹进了我的书页里。没有了翅膀的竹虫在我平端着的书面上徒劳地张合着它的翼壳，针一样的长嘴里不时发出嗡嗡的愤怒之声。可面对我这样的庞然大物，它也仅此而已。有一阵，我爸冲到我面前，飞起一脚将我的书踢飞起来。我去追飞走了的书，我爸的骂声就追着我。你他妈的别装成那死样子，你读你那破书读得老子背了一大坨的高利贷，你得打起精神来挣钱还债！我从地上捡起书来，书已经破了一页，还沾了好多泥。我的心晕了一下，但我还是没有发火。我爸为了满足我上学的愿望，的确已经在他头上筑起了很高的债台，就今年本来准备用于我继续上学最后又被他突然用来为我娶了媳妇的那一笔钱，仍然是他到集上去借的高利

傩赐（节选）　王　华

贷。我知道我没有冲我爸发火的资格。

我爸说，你也得学会关心一下你媳妇，得学会挣钱来养活女人和你自个儿了。我把头深深地埋下，表示他的话已经被我全部接收。除了这样，我再不能做出让父亲更满意的事情来。我知道我是不会像他们那样站到院子里去焦急地盼望秋秋的。可我爸并不满意我的态度，他硬把我拉出竹林，要我去接雾冬和秋秋，还做出一种我要是不去他就要吃掉我的表情。

我只好去。

我把书搂在怀里，极不情愿地执行着我爸的命令。我妈在后面喊我，拿了电筒去，回来的时候该黑了。我停下来，等我妈给我拿电筒来，我爸就鼓着眼睛喊道，你不能偷懒啊，路上接不着，你得到秋秋家里去接，要是秋秋不回来，你也别回来了。我说，我不回来我去哪里？我爸瞪我一眼说，你这头呆羊！

我接过妈拿来的电筒，突然想安慰一下老两口，我说，秋秋会回来的。

我爸眼睛一亮说，那就快去接！

那个时候，白色的太阳站在对面的山尖尖上，雾已经变得如纱一样轻一样薄，山啊树啊，草啊路啊，都蒙上一层朦胧的梦境之色。小路被枯草淹没着，曲里拐弯，像极了一条沉醉在幸福里的蛇。踩着这样一条小路，我的心情一下子就变得很好很好起来，像是心里装着好大一块名叫幸福的东西。回过头，想在这种心情下看看傩赐，就看到远处的山脸上，一垄一垄的掩隐在朦胧中的翠色，我知道，那是竹笼，竹笼下还有一户人家。又行了一段路，路正好往竹林边过，就看到竹下悠闲的几只鸡，几片枯黄的竹叶飘飘悠悠落下来，落到一只正打瞌睡的鸡背上，旁边的鸡无意间看到这一幕，"咕"地感叹。又看到了我，就大着嗓子"咕"了一声，还张开翅膀扑打，要飞的样子。瞌睡的鸡给呼醒了，起来伸懒腰……

我在路向着坡下直落下去的地方看到了雾冬和秋秋。

雾冬背着秋秋。

雾冬走得很艰难，一晃一晃的，随时都要倒下去一样，又像是故意这样逗着背上的秋秋。秋秋一身火红，在迷蒙的雾境中像山妖一样炫目而美丽，直看得我心里狂乱不已。

我心一烫，就朝着他们喊了一声，哎！

秋秋和雾冬同时抬起了头，他们看见了我。秋秋往下挣，雾冬却紧紧地夹着不让她挣。秋秋眼睛一直看着我这里，但她并没有坚持挣脱。雾冬还继续背着她走。他们一步一步朝着我走近。秋秋终于把头埋下去了，我看到的是她半个红得炫目的脸蛋儿，雾冬一头的汗水，摆在那儿的表情是幸福横流。

我说，我来接你们。

雾冬不看我，很炫耀很骄傲地背着秋秋从我的身边走过。

秋秋飞快地看了我一眼，又把头埋下，轻轻跟雾冬商量，我下来吧？雾冬不理她，也不理我，顾自背着往前走。秋秋又开始忸怩，要下来，悄悄说，蓝桐在哩。雾冬故意大声说，你是我的新媳妇哩，别人看到了也没啥。雾冬的手像老虎钳一样，越挣越紧，秋秋挣了几下没挣脱，只能任他背着走。

只是，她悄悄回过头来看了我一眼。那眼神看起来有些复杂，我还没来得及读懂，她就把头转过去了。然后，我从她的背影里看到，她在一种十分不安的情景中接受着雾冬的体贴，很有些痛苦。

我的前面，秋秋那一身火红，还有她背后那一朵硕大的牡丹，有着类似于阳光的气息，让我感动着。我想，秋秋做我的嫂子也很好。

两个山包挨在一起，把我们前面的路挤得很窄。两边山脸上是灰白的苞谷林，苞谷林上面，也就是山包的额头，是光光的石头，青一块白一块，粗一看像张人脸，细一看却像张狗脸，再细看还是张人脸，眨一下眼再看，就什么都不像了。

紧走慢走，总算把两个山包挤出来的那段路走完了，可一转弯又是一个山坳。还看不到房屋。

而太阳，不知什么时候已经从山尖尖上掉到山的那边去了。就好像那一轮白太阳不过是一盏灯，灯一走，天就显不出颜色来了，连那种苍白的颜色也留不下来了。天，已经黑下来了。

迎面来了两个黑影，一个人和一只狗。这一次，秋秋慌忙中用了大力气，从雾冬背上挣下来，还把头埋到最大限度。

人和狗走到面前，原来人是岩影，狗是岩影的黑狗。

雾冬说，是大哥。

秋秋低着头，羞羞地叫了一声大哥。

秋秋只知道岩影是她的大伯子哥，不知道他也是她的男人。秋秋觉得让大伯子哥看到自己被雾冬背着很不好意思。

岩影说，我来接你们，怕天黑了你们不好走路。

雾冬说，不是有蓝桐来接吗？雾冬的语气里透着很多不高兴。

岩影不管雾冬高不高兴，还说，秋秋我来背吧。

秋秋飞快地看一眼岩影，脸轰地一下热得像块烧红了的铁，在这蒙蒙的夜色中，面前的这个黑脸男人很有可能看不到她脸红了，但她的头仍然艰难地抬不起来。我们这地方的规矩，兄弟背嫂子名正言顺，大伯子背兄弟媳妇就是笑话了。岩影也是眼馋我和雾冬都背过秋秋，不服气，也想背背秋秋。心里并没把自己当秋秋的大伯子，完全当秋秋的男人看的。可秋秋心里把他当大伯子，这事儿就遇到了困难。

岩影说，来，我背吧，秋秋。

傩赐（节选） 王　华

秋秋把头摇成拨浪鼓，身子还往雾冬身上贴。雾冬毅然地说，我一直都背着她哩，这里路已经平了，让她自个儿走吧。雾冬可以不把我当回事，因为我是他亲弟弟。但岩影跟他隔着一层，还是大哥，他不能像对我一样无所谓。

黑狗看秋秋的头很重，跟她摇尾巴，眨巴着眼睛跟她呜呜几声。秋秋就从黑狗的身边走过去，一个人朝前走了。

黑狗看一眼岩影和雾冬，跟在秋秋身后迈开了脚步。于是，雾冬跟上黑狗，岩影跟上雾冬，我跟上岩影，四个人，一只狗，踩着一条狗肠子一样的小路，朝着家的方向走。

山开始显出墨一样的颜色，有竹的地方像更浓的墨色。四下都很寂然，越往深处走，眼前就越黑，他们像是在朝着一个黑洞走。岩影将带来的手电打亮了，高高地举着，努力把光束伸到秋秋的身边去。我也打亮我手里的电筒，也高高举着。接着，那些墨一样浓的地方，就有了如豆的一点光，像野兽的眼睛一样温情地看着我们。

听到有灯的地方响起两声干咳，我们就到家了。

院子里站着两个人，是我爸和我妈。

6

秋秋总算安全地出现在他们面前。

我爸我妈都松了口气，还无缘无故的，像白捡了个大宝贝一样高兴，那脸上的笑意想掖都掖不住。虽然已经分过家了，但雾冬和秋秋第一步跨的还是我们这边的门槛。我爸妈心里很想来一个庆贺的表示，就都想到了烧油茶。爸说，烧一锅油茶来吃，好久没得吃了。妈说，还用得着你安排呀？很像斗嘴，却不一样，两个人脸上都松着，心里也暖着。

我妈开始在火炉上营造一股浓烈的香味。那是傩赐人的油茶才有的香味，独一无二的香味。秋秋闻得发醉，手忙脚乱地想掺和，却无从着手。我妈说，就让我做一回油茶师傅吧。我妈高兴的时候也想在气氛中弄出点幽默，可是生活却总喜欢在她高兴起来的时候给她一个迎头打击。

陈风水来了。

我们傩赐人谁都不讨厌陈风水，但就是怕他往家里来。

由于我们傩赐这地方跟别的地方不一样，陈风水这个村长也当得跟别人不一样。傩赐人住得零散，召集开个会很难，于是他就一家一家地走。他每要传达一个什么比较紧急的指示，就这么一家一家地走。一开始傩赐人觉得他这个村长当得累，感动。后来就是怕。怕他来走。

陈风水这样走的时候总是带着他的狗。狗是土狗，毛是黑的，黑得发亮。这只黑狗和岩影那只黑狗是同胞兄弟,是几年前的一个中午,陈风水从山下的小路上捡来的。但岩影那只黑狗却没有这只黑狗长得高大,毛也不如它的黑亮。

陈风水一脸土黄色的皱纹在我们得了黄疸肝炎一样的电灯泡下面显得很柔和。他进门时就挤着这一堆皱纹看着我们嘿嘿几声,这是他的招呼,到哪家都一样。这样过后,你可以不招呼他一声,但他是要坐下来的。这么些年走过来,那些礼节性的东西自然就被大家忽略了。他坐下来,就要说话了,说的不是他的话,是"上面的人"的话。傩赐怕的就是听这些话。

他说,要修公路。从王家那儿往我们这儿修,不过只修到李家门前。

都不接他的话,因为都知道他下面的话。

他说,上面要集资,傩赐庄一个人头五十。

我爸吓着了,眼睛恨不能把陈风水吞下去。他说,那公路又没修到我们这儿,为啥就要我们集资?

我爸的样子把陈风水的黑狗也吓了一跳,可陈风水却依然风平浪静。他等我爸的眼睛渐渐地熄下去以后,才说,我也是这样说,可上面的人说那公路是往这边来的,傩赐人去赶个集什么的也是要享用的。上面的人还说这钱不交不行。

我爸这才想起把一两张草烟叶递给陈风水,可一说话仍然是要鼓眼睛的,让人觉得他的嘴巴上有个机关,嘴一动那眼睛就要鼓。我爸说,他们就知道收钱,也不看看我们这地儿,庄稼长不好,又不生银子!

陈风水很有同感地叹一口气,把头低下去,伸了长长的手去抚摸他的狗。再抬起头来时已经是一脸的惭愧,好像是他要我们交这钱似的。他说,不光这个钱哩,还有……

这时候,我妈的油茶已经烧好了,香喷喷的一碗递到他面前了。虽然我妈默不作声,脸上还不好看,但陈风水不会把这看成是我妈不高兴让他喝这碗油茶。他一直都认定,他在这个时候看到的黑脸都是针对上面的人的。他默默地接过油茶,嘬起嘴喝上一口,咂咂嘴,很享受很迷醉的样子。完了他又说,妈的,还有教育费附加,学校建设集资,这次一次性收,一个人头要摊好大一坨哩。我爸不再鼓眼睛了。他被这一笔看不到来源却必须要上交的款项打击得连鼓眼睛的力气都没有了。

陈风水喝着油茶,脸上的表情由一些土黄色的皱纹扭来扭去演绎着,有些迷离。

他说,一年算下来,我们一个人头把一身血肉都剐干净了还不够往上面交。这句话他常常说的,而且都是在这种时候,说的时候感情真挚,跟其他傩赐人流露出来的表情是没有区别的。但紧接着他又得换上副很无奈的样子,用一种无奈的语气说,可是,人在屋檐下不得不低头,上面让交的我们不能不交不是?我们不是瞒着一层吗?只要上面睁一只眼闭一只眼,我们不是要比别的地方的人交得少吗?要是我们闹,不交,或者少交,上面的人把两只眼睛都睁开来我们这里走一趟,我们村里这些没户口不交公粮

傩赐（节选）　王　华

不上税的黑娃不就得一个个都给查出来，到时候我这个村长当不成事小，这些娃呢？你们呢？

这些话都是很起作用的。

这些年来，陈风水瞒天过海，让村里多了许多"光棍"和"亲戚的娃"，他们不上公粮不交税，也不集资摊派。这笔账傩赐人个个会算。

陈风水说，这一回，我看秋秋这个人头就不算了。你们就当现在还没娶秋秋，这事儿我知道、你们知道就行了。

这话听得我妈脸上起了一丝软和，就往他的碗里多添了一勺油茶。

陈风水很自然地接受了这一勺油茶，又说，我还得叮嘱你们，雾冬跟秋秋的准生证别忙着办。到时候有了娃再办不迟。这话他也是对庄上很多人叮嘱过的，话到这份上就谁都明白了。两三个男人共娶一个女人，保不准先怀上谁的娃，如果到时候怀的不是登记办结婚证的那个男人的娃，这个娃就不能办准生证，生下来也不去上户口。这个娃在傩赐庄像一棵草一样生长着，傩赐人对山外人说起他的时候，都说他是"亲戚家的娃"或者"抱养的娃"。

陈风水说完了这些话就一口气喝完了碗里的油茶，带着他的黑狗走了。我爸和我妈把他送到门口，脸上虽然黑着，嘴上却关心着他路上电筒够不够亮。

秋秋就在这个时候突然忍不住笑起来，雾冬问她笑啥，她说，那准生证早办迟办有啥关系呀，看他说得那么严重。秋秋的眼神告诉我们，她认为这个村长是为了讨我家油茶喝才故意说那些话的。这种眼神出现在秋秋眼里，在场的人没有理由责怪她。而且，对于爸妈和已经当家了的雾冬来说，眼前要交的钱才是他们心里的块垒。

我爸把眉眼挤成一团，我妈也把眉眼挤成一团，雾冬也学着他们的样子。我从他们挤成一团的眉眼下面看到一场混乱的痛苦的骚动，那些白色的红色的还有紫色的思想躁动着挤来挤去，都张大着一双双没有眼珠子的空茫的眼睛在询问，哪里有钱哪里有钱？我突然感觉到心晕了一下，于是，我也把眉头挤起来。秋秋看全都挤紧了眉，犹豫着也把眉头捏一起了。

突然，我爸说，卖一只猪？

我妈突然说，卖啥也不能卖猪，两只猪都长成架子了，长长就成了肥猪，到时候再卖好歹比这会儿值钱哩。

我爸的眉眼慢慢散开，他问，那卖粮食？

我妈说，哪还有粮食卖？你要让我们饿死？

我爸的眉眼就突然炸开了，他说，那拿什么去换钱？难道把我拿去当狗卖了？

（原载《当代》2006年第3期；获第四届贵州省政府文艺奖）

2006年

林 吟

玉 兰（节选）

卷一 第十七章

六月五日一早，张庆梅就到了玉兰的住处。这个月飞机就在一号那天来过一次，有三天没有听到警报声了；进城也只在三号那天下午去过一次，所以人不累。玉兰正洗着脸，见张庆梅来，忙招呼坐了。张庆梅自己倒了杯水喝，喝了两口，说了声："好闷热的天！"玉兰说："我看还会有雨呢。"张庆梅说："这雨也不是大雨，下下就停了的。"玉兰说："倒是，不过这样就更闷热了。"一会儿又问："今天走吗？"张庆梅说："昨天没走呢，今天还是走一趟吧。"玉兰说："好的。"过一会儿又说："要是回来还早，我们去看看有什么戏演，好久没有看戏了。"张庆梅说："是呢，好久没有见到演戏了。要不我们今天少拿些鞋去，卖了就去看看演什么戏没有。"玉兰说："好的。"两人煮了点稀饭吃，拿上十多双鞋，装进布袋中，又拿了几个前些天过端午包的发硬的粽子，一人还带了把蒲扇——又可以扇风又可以遮阳的，就慢慢上路了。

雨呼啦啦地来一阵，又停了，雨虽停，太阳却没有出来，天阴阴的。可能是没有阳光炙烤的缘故，并想着敌机阴天不会来，今天城里的人比往日多，街上熙熙攘攘的。小商店都开着门，小地摊也摆了出来，挑了挑子卖小吃食的也到处走着，下力的人拖着木板车，车上装满了货物，吃力地向前拉着。自来水管有几处又被炸坏了，有人就挑着水在卖，两只桶装得满满的，随着挑水人行步的节奏，扁担吱吱地响，像挑着两潭向前移走的天光。人们疏散到郊区倒是保住了性命，可人要生存，没田没土的城里人，不做点

玉兰（节选） 林 吟

小买卖是活不成的。反正也都习惯了，警报一响就躲进防空洞，挨过轰炸的那些时间，再出来求生活，这没什么不可以。重庆人已经学会跟日本人的飞机躲猫猫了。

玉兰和张庆梅来到了草药街街口，找了个挡不了别人店铺的地方，铺开带来的油布，把一双双鞋放在了上面。嫌带凳子啰唆，搬了两块石头坐了下来。来过草药街几次，跟周围几家店铺都眼熟，见面还打个招呼。鞋摊对面是个铁锅店，店家姓陈，店门口总挂着大小样式不一的铁锅，地上摆着铁桶、铁罐，那天那只有提手的铁锅，就是在这家店铺里买的。鞋摊旁不远是个家具店，店家姓白，一楼又是作坊，又是商店，店面不算宽敞，也就两间屋子的样子，左边一律放着做好漆好的家具，有桌、凳、洗脸架、碗橱、木床等，右边是木方子、马凳、锯、刨等物件，地上总是铺了层锯木面，扫不干净的。店家一家人住在楼上，从二楼常传出小嫩娃娇娇的哭声。紧挨着家具店，是家具翻修店，常见人把旧家具抬了放这里。对面铁锅店的隔壁，是个卖小百货的小店，针头线脑、锥子麻线的，这里都有。再走过去就是些做竹器的人家，卖草药的人家。这里遭炸过，没有房屋的石壁上还看见烟熏的黑色。举目一望，一条街都是才搭起的房屋，很简单，不过是些木板房、竹篾棚屋；家家的生意规模也不大，都怕日本人再来炸。看来这里的人都是老住户，日本人炸过了，他们就又回来，在废墟上又按原先的样子建起家园。虽窄屋陋巷，日子却也过得实在。

玉兰和张庆梅坐了下来，有一下无一下地摇着把蒲扇，等着顾客。今天还顺利，不到两小时，就卖出去了五双鞋：女鞋三双，男鞋一双，小孩鞋一双。坐得渴了，玉兰从布袋里掏出个搪瓷小茶缸，到对面铁锅店要了点水。老板娘很年轻，生得蛮漂亮，穿了件香云纱的对襟衬衣，看上去很富态的。她一边往缸里倒了水，一边问："我看你们不像本地人呢。"玉兰说："不是，是宜昌来的。"老板娘看了玉兰一眼，说："白白净净，读过书？"玉兰点头说："是的。"老板娘又说："嫁人了？"玉兰说："嫁了。"老板娘问："男人不管你们？"玉兰说："管是管，只是现在到前线去了。"老板娘醒悟过来似的"哦"了一声，又说："前线也打得紧呢。"玉兰说："就是，总见不到回来。"老板娘问："住哪里呢？"玉兰说："住两路口那头，隔天出来一趟。"老板娘点点头道："是啊，人要活嘛。现在啊，重庆闹热得很，哪里的人都有，说哪样话的都有，有意思。"玉兰说："是陪都了嘛，人自是都往这里跑的。"闲聊了几句，玉兰把水端过去，给张庆梅喝。两人又守着，吃了几个粽子，卖了两双鞋。虽是将晚，天还是没有放晴，阴阴的，两人想着看戏的事，也不急着收鞋摊。玉兰站起来看看天说："飞机是不会来了，我们再用不着提心吊胆的，我去端两碗凉粉来，我们吃了，再守会儿，就去看看有戏演没有，没有就早点回去。"张庆梅点头。

玉兰便去买了两碗凉粉来，两人吃了，这时，天就快黑了。天色虽暗，但街上的人兴致不减，到处走着看着，坐在一起说着笑着。玉兰和张庆梅收拾了鞋摊，也准备往国泰戏院去。就在这么起身的一眨眼工夫，警报响了起来。张庆梅和玉兰吃惊地对视一下，异口同声地说："天都这么晚了，又没有月亮，日本人还会来？他们不是都在白天来炸的吗？"玉兰说："不会是拉错了吧。"张庆梅抬头往枇杷山上看，已经挂起了两个红灯笼了，忙说："不会不会，火球都挂出来了！"这时，街上已经乱了起来，店家纷纷关了店门，有人已经提着早已准备好的箱子皮包向十八梯的防空洞口跑去，做小买卖的生意人也提了手中的篾筐竹篮等家什往防空洞的方向跑。大家都很熟练，知道怎么应对这敌机轰炸。玉兰和张庆梅也赶紧提了布袋，跟了人群跑。跑在她们前面的，有铁锅店的陈姓老板和老板娘，还有白家年轻的媳妇，抱着那不满周岁的娃，还有些见过几面的人，面熟，只是还叫不出名字。张庆梅跑了几步又回过头来对玉兰喊道："快点快点，已经挂三个火球了！"玉兰回头往枇杷山上看，真的挂了三个灯笼了，红红的，像三滴血，警报声也变得急促起来。这时，就见街上人流滚滚，如浪如潮，像一股黑色的涌动的巨流，向一个方向涌去，这人竟比平日多出一倍不止了。

原来，日机这年来炸了八次，八次都在白天。重庆人对轰炸已经习以为常，摸到了规律，躲开就是，所以，这天白天过去，人们就以为飞机不会再来，趁着傍晚凉爽，都出来玩耍，很多疏散到城郊南岸和江北的人也在这时离家进城，买点日用品，会会亲友什么的。天黑了，许多人还在城里流连，享受这初晚的凉意。要回家也很容易，住在江北南岸的人只消坐几分钟的渡船就可以了，住郊区的也简单，不想走了就坐人力车或滑竿。可是还没有等到他们登上渡船，坐上人力车，警报就响了起来，于是顾不得了，只有先躲一躲，自然这人就比平日多出许多来。由于校场口的这个大隧道离储奇门码头最近，回南岸的来不及登船的人就都涌向这里。这个隧道有两三公里长，装五六千人不成问题。其实周围也有些小防空洞，但多是个人或单位修的，外人不能进，现在早已关上门了；要一两千块钱买证的民间防空洞，也已经挤满了人。玉兰她们知道进这些洞是不行的，便直奔大隧道在十八梯那里的洞口。

上了几道坎，跑近洞口，防护团员早已在喊了："快，快，再快点！要丢炸弹了！"他们见了人就扶着走几步推进洞去。刚一进洞，张庆梅就摔了一跤。也难怪，白天下过雨，天湿湿地湿湿的，躲飞机的人跑那么多进去，不知带了多少稀泥在地上；还有，洞里人多，带的东西也多，扁担笋筐箱子包袱的，人们都恨不能多带些东西进洞，减少一些轰炸造成的损失，因此进了洞不是滑倒也要绊倒。把张庆梅扶起来，玉兰才猛地感觉到洞里是少有的气闷和湿热。形容洞里是蒸笼里的热，还不像，蒸笼里的热有气的回环流动，而且更湿些，而这防空洞里的热，比蒸笼里的热要干，而且空气丝毫不流动，像是变硬了，是死的，就好比洞是个封闭的圆筒，上下四面有柴火隐隐地燃着来烘烤。那闷，不是要落雨的那种闷，仿佛是人的肺已没了功能，再努力地扇动着肺叶也吸不到什么气，于是，就觉得自己很沉重，空气也很沉重。刚意识到这闷与热，玉兰身上就流

玉兰（节选） 林 吟

汗了，好像每一个毛孔都在往外出汗，全身水淋淋黏糊糊的，而这感觉，又不能用挽挽衣袖、撩撩衣襟来解除，因为她与张庆梅的前胸都顶着了前面人的后背，她们的后背又贴了后面人的前胸，左右两边也挤满了人，没一点移动的空隙。六月天很热，人的身体也热，就这么只隔了一两层薄薄的衣衫贴着，挤着，更觉得身上发烫了。鼻子里进不了什么气，可却能闻人的汗味、体味和洞中隐隐的尿臊味；大人紧张的呼喊声，小孩惊恐的哭声，人们的说话声，在洞中混成一片，把耳朵全塞满了，把脑袋也塞满了。洞里每隔三四十米就在洞顶上点了盏油灯，那灯光昏暗摇曳，更显得这洞里的空气闷热沉重了。张庆梅说："这洞今天怎的这么闷热？"玉兰还没来得及应一句，后面的人又死死地挤上来，洞口方向的防护团员在门边喊着："赶快进去，要关门了，丢炸弹了！"

一会儿只觉得脚下一抖，接着一声闷响，洞口的人们惊慌了，死命地往里面挤着。洞两边木长凳上坐着的人遭挤倒了，发出喊叫声。玉兰和张庆梅已经是完全身不由己，随着这发烫的人流往洞的深处移去。而这时，里面又有人喊："不要挤了，出去，出去！里面要闷死人了！"这时里面往外推着的力量要大得多，人流就又往门边退，可退也退不出门去，因为两扇门已经从里向外关上了，里面是推不开的，只有防护团员取了锁开了门，里面才能把门拉开，而洞里人那么多，把门抵得死死的，这门哪里是开得了的。防护团员根本不知洞里面发生了什么，他们只想着洞里的人的安全，早在外面把门锁死了。这时，门边不知谁喊了一声："丢毒气弹了，日本人丢毒气弹了！快往里面躲！"果然，又感觉脚底下一震，有沉重的声音在洞外闷闷地响。这下，门这边的力量就大了许多，人贴人的人流又紧张地往里挪动。玉兰觉得脚下站不稳、管不住，跟了人流一会儿往里面挤，一会儿又向后退。她觉得闷得发慌，热得发晕，觉得空气不仅是沉重，而且像一块厚厚的铁板，从洞顶直贯到洞的地面，她像鱼儿一样使劲地张了嘴，也吸不到多少空气。身子被人们推过来，挤过去，像是要飘起来，耳朵里填的都是人声，哭爹叫娘的，让人要发疯。玉兰和张庆梅本是拉着手的，不知怎么的，就拉不住了，张庆梅的身影一下就在微弱的煤油灯光中消失了。

突然，里面的一股力量又往外推着，有人尖声喊："啊，闷死了！……出去，我要出去！……救命啊，救命……"玉兰无法站住，只能往后靠在人的身体上往洞口方向退。退了一段，有人又喊："丢毒气弹了！"接着就感觉脚下又发出一阵颤动，这时，洞口的人流又开始往里挤。挤了一会儿，里边又在喊："受不了了，没有空气了……好热啊，要死死在外边吧！……"随着凄厉的喊声，人贴人的人流又往门的方向挤。空气更稀薄了，人们大张着口想呼吸，可呼吸不到空气。门边的人又在喊："外面起火了！山炸塌了！好热啊！"人流又开始往里面挤。玉兰觉得胸口憋痛，使劲地想扇动着呼吸，却像是纹丝不动。这时她想：在外面是炸死毒死，在里面是闷死热死，同样都是死，干脆出去得了，那样死起来要舒服些。于是死命地往门边的方向挤，可是，那人贴人的人流，哪容她转身，她只有随着人流往里走着。人流才往里挤了一阵，又往门边挤去，能听见洞外一阵接一阵的爆炸，脚下也是一阵接一阵的震动。玉兰大张着嘴，她已经看不清眼前的一切了，也听不清人们在喊什么，她只觉得整个洞里都是尖声的凄厉的大叫，这叫声从洞的这头贯通到洞的那头，不是此起彼伏，而是撕不开扯不断的没有边缘的一片。吊在洞顶的煤油灯一盏接一盏地熄灭了，只剩了相距很远的电灯发出无力的微弱的光，悲苦地看着这些垂死的人们。

洞里的喊声慢慢地微弱了，玉兰被人流挤得离开了地面，悬空夹在人的躯体中。一抬眼，分明看见有无数的手臂在空中举着，舞动着，张开五指想要抓住什么，像落到深水里的人想抓住救命的东西；无数双眼睛睁得很大，像铃铛，那白亮的眼白和黑眼珠在灯下闪着的全是求助和恐惧；无数张嘴努力张着，像是想喊什么，却喊不出。玉兰忽地觉得自己就要死了，真的要死了，有个看不见的恶魔挤压着她的胸口，捂着她的嘴和鼻，让她拼命地想蹬开它，却又不知它在哪里。洞里的人也一样都要死了，因为大家同样也被这恶魔捂着挤压着，都在做毫无意义的挣扎。她忽地有些遗憾：为什么自己还没有想到死就要死呢？为什么会死得这样痛苦呢？为什么在死之前会看到这像地狱一样的景象呢？没有一个亲人，连张庆梅都不在，我的痛苦在黄泉路上对谁说才好？这时，玉兰只觉得背上像被刀割了一下，大张着嘴想回头去看，却回不过去，自己也难受得双手胡乱抓扯起来，两腿蹬踢着，像落在水中想借助什么东西浮出水面。

门边有人倒下去了，里面也有人倒下去了，紧接着人群就像是被割倒了的稻子一样一排排地也倒了下去。谁都没有力气再挣扎了，就这么倒下去。倒下了的人一个叠一个，就立即堆了起来。有人拼了命地爬在这人堆上，结果还是倒了；先前被挤离地面两脚悬空的人也倒在这人堆的上面；后来倒下的人已不完全是躺倒的了，而是斜靠在倒下的人的身上。一阵猛力的抓扯后，玉兰也倒了，她像被抽去了灵魂一样倒在洞壁边的人的身上，脸撞着洞壁，昏死过去。洞里变得安静了，而制造灾难的飞机仍在洞外的夜空中狰狞地呼啸，重庆仍在惊天动地地爆炸着，燃烧着。

不知什么时候，玉兰醒过来了。咦，这是在哪里呢？怎的这么黑？这么静？这是在阴间吗？她觉得肩膀和背上都沉沉的，有东西压着，她伸出手臂一推，这些东西被推开了一点。玉兰动了一下身子，全身就痛得要命，因为这痛，她知道自己是活着的了。她感觉手与脚都触到了什么，细而且滑腻，好像是皮肉，对，是人的皮肉。玉兰觉得头皮一紧：这些人怎么了，怎么都光着身子睡在这里？难道到了阴间就不用穿衣服？她又推了一下，上面有什么东西被她推开了，只是压在肩上的东西推不开，玉兰的手再一摸，摸到的还是人的皮肉，不过这次也摸到了布的感觉。这是怎么回事？是做梦？是在黄泉路上？不像是做梦，梦不会这么实在，痛和压的感觉都那么真实，那一定是在黄泉

玉兰（节选） 林 吟

路上了。过了奈何桥了？那怎的这些人还不站起身来？他们为什么要倒在路上呢？好静啊，没有一点声音，静得像这阴间的人也都死了一样。啊，有光，是电灯光，那一定不是黄泉路了，黄泉路上不应该有电灯光的，那么会是在哪里呢？我和这些人怎的都到这里来了？玉兰又挣扎着想。啊，想起来了，躲飞机呢，好闷好热啊，怎么成了这样就想不起来了。玉兰使劲推开压在她肩上的那东西，好，推开了，是一条腿。玉兰抬起了头。这时才发现，自己的头是从交叠着的手臂腿脚之间伸出来的。这时她才觉得，自己也不是趴在地上，而是趴在人的身上。还好，没有什么再压着她了。玉兰从这些腿脚手臂中一点一点地爬出来，向灯光爬去，爬去。灯光越来越近了，就在她的身边亮着，怎么这电灯会这么低呢？她想不通。她继续爬着，在已经不动了的人的皮肉上爬着。她想站起来，可全身没有站起来的力气。洞里边已经不闷了，明显地有了空气，大概是人死得太多了，死了的人就不需要空气了，于是空气就有了富余。玉兰深深地吸一口，啊，这空气那么轻柔，那么温和，那么甜美，简直太宝贵了。空气才是神仙呢，有这空气，什么都可以活起来……刚才——也不知是不是刚才——发生什么事了，怎的空气会没有了呢？空气在那时会到哪里去了呢？一定是来了个什么魔了，把空气全弄走了，对了，一定是什么毒气弹钻到防空洞里，把空气弄走了……咦，有个娃娃的哭声！哭得好惨，一定是找不到妈妈了，对了，我就顺着这哭声爬……

玉兰向洞口爬着。越往洞口，人叠得越多，离洞顶也越近，连背部都要贴着那水泥的洞顶了。玉兰看不清楚洞里的情况，电灯光太弱了，她只知道人们是一个叠着一个的，有这个人的头在那个人的身体下露出，有这个人的胳膊在那个人的腿下伸出。人的衣服都被撕扯得差不多了，只剩些布片胡乱地盖在人的身上。玉兰觉得自己是在人的皮肉铺成的凹凸不平的路上爬着。咦，门在哪里呢？怎的看不见门呢？哦，记起来了，不是喊丢炸弹吗？不是喊山炸塌了吗？一定是山遭炸塌了就堵进洞里来了。那么，怎的还没有摸到土的感觉，总是摸到人的皮肉呢。这些人怎么了，怎么不站起来呢，还任随我在他们身上爬。其实，我不想在他们身上爬的，这不舒服，可我踩不到地上……不管了，他们也不说什么，那我就这么爬吧。张庆梅说过，这个防空洞有三个出口，我总会找到一个的，总会爬出去的……

啊，有人在喊话！喊的是什么？哦，喊的是"有人没有"，有人呢，这么多，洞里面全是人，全是人呢，还要问有人没有，只是，他们都没有站起来，都趴着，躺着，不知是为什么。这时，一只手从人堆里伸了出来，动了两下，轻声叹了一句："救我……"玉兰吓得魂飞魄散，问："你，你，是人，还是鬼？"像是这只手在发出声音："救我……"这只手抓住她了，像抓住救命草一样，紧紧抓住玉兰的脚腕，玉兰吓得想站起来跑，却站不起来。玉兰拼命往前挣，不知挂住什么，裤子滑落了。有移动的光照进来，洞外的说话声更清晰了："有人没有？"隐隐约约有人在光影里动着。玉兰觉得自已在猛力地爬着,可就是一点也没有离开那只手,她拼了力气喊了一声"有人……"就又昏死了过去。

卷三　第八章

　　金开木睡得迷迷糊糊的,被一阵敲门声惊醒。忙起来开门一看,是玉兰。金开木说:"曾委员是怎的啦,这些天总神出鬼没的,尽夜晚来找我。"玉兰说:"穿上衣服,走。"金开木说:"去哪里呢,天亮了不行?"玉兰说:"不行,就现在,罗公安要问你几句话。"金开木顿时就醒了,结巴着说:"我、我没有做什么事,怎、怎会问我的话?"玉兰平和地说:"没有什么的,只是公安在调查个事,你既没有做什么,罗公安又会做什么呢?"金开木这才把衣服穿了,跟着玉兰来到派出所。

　　金开木还是怕,两腿直哆嗦着,眼睛也不敢往别处看,一句话也说不出来,只等了罗公安来问。罗公安见他这样,笑笑,指了一张椅子说:"坐着说。"金开木便坐了。罗公安先问了他的姓氏、家庭出身、工作单位,然后问:"你是多久见黄蝶儿家有男人的?"金开木一听是问这事,才松了一口气,说:"也不是见,是听到的。"罗公安说:"谈谈当时的情况。"金开木说:"那时,我想、想跟她好呢,就、就一天夜里,来到她的窗前。我觉得屋里有响动,就细细地听。有女人在低声哭,边哭边说什么,也听不清,我晓得这是黄蝶儿呢。一会儿,一个男人的声音响起来了,在说什么,也听不清。我就去敲窗,屋里灯立马就熄了,就什么声音都没有了。"罗公安问:"这是多久的事?"金开木想想说:"新中国刚成立不久吧,也就是1950年、1951年的样子。"罗公安问:"是夜里几点?"金开木搔头,说:"也没有个钟表,不晓得,是后半夜吧。"罗公安问:"后来还听到过没有?"金开木忙站起来,说:"我哪敢再去,再去金银路要开我的斗争会了。"罗公安问:"以后一次也没有再听见?"金开木摇摇头,说:"再没有了。以后有了工作,也学习了,知道这样是错的,是生活作风问题,就不再去了。"罗公安停了一会儿,又问:"黄蝶儿知道是你敲的窗?"金开木尴尬地笑笑说:"她、她不用猜就知道是我干的。"罗公安问:"那,她态度如何?"金开木不好意思地说:"她恨不能撕了我。不过,以后我再没有这样做的,我真晓得错了。"罗公安对他的认错并不在意,又问:"你对谁说过她屋里有男人的事?"金开木看看玉兰,说:"我就给曾委员说过,只是她不信。"玉兰便说:"是说过呢,还说了两三次。我是不信。我一是想,是金开木捣蛋,想追人家追不到,就胡说;二是想,真要有个男人在屋里,那动静还会不大?怕早有娃了。"罗公安便点点头,又看了看记录。想想没什么了,就对金开木说:"你回

玉兰（节选） 林 吟

吧，打扰你休息了。"金开木忙说："哪里呢哪里呢。"罗公安又说："今晚上向你了解的情况不能向外泄露。"金开木忙说："我晓得我晓得。"便退了步走了。罗公安点了支烟默默地抽着。玉兰看着他，一会儿说："黄蝶儿原先是有男人的，也不知叫什么，是她姑丈的侄儿，说是参加过什么游击军，在转湾塘遭解放军打死了。"罗公安点头道："这些我们知道。"玉兰便不说什么了。大家也都不说什么了。一会儿罗公安说："这样，大家都休息吧。"于是，徐主任与玉兰便都退了出来。

一连好多天派出所都不再来找玉兰，玉兰反有些疑惑了：这个案子是不是也像明月的案子那样放着了？又不好问，只能无事一样地照常做了家里和街道的事。黄蝶儿年轻，倒也恢复得快，没有几天就又有了精神，只还是那么瘦。玉兰对她自是多了心眼了。借着看她，常进出她的门。跟她说话时，却在暗暗看她面色是不是自在；教她在饭豆里糠面里如何掺野菜时，却暗暗在心里记了量，看她是不是还像以前那么能吃。真还是能吃呢，才一天就把差不多两斤野菜和苞谷面做的窝头吃完了，这说明她与那个男人仍有联系！玉兰便找了个没人的时间到派出所向罗公安报告。罗公安说："一切都在我们的监控之中了，谢谢主任对我们工作的支持，有事我们会通知你的。"玉兰便退出了。退出后心想：一切都在监控之中？不像啊，看不出呢！黄蝶儿每日里日出而作日落而息，没有什么地方跟以前不一样的，活得还很自在呢！心中有疑问，却又不好说，只好憋在心里。

这些天开学了，可菊亭又有些不好。玉兰带去看了，医生开了药，玉兰回来弄了给菊亭吃了，又忙着给几个娃收拾晚饭。吃了饭后，刚要出门，哪知菊亭又拉不出屎，又哭又叫的，忙又搓了肥皂条在灯光下给菊亭塞，弄了半天满头大汗，完了又洗了些衣服搭在炕笼上，放在灶上烘，好让娃们第二天穿，因几个娃都没有什么衣服好换洗的。一看时间，已经晚上十点多了。本想去歇息，又想着查火的事情还没有做，便又带了门出去。玉兰在各家各户的门上敲着，喊着："小心炉灶，防火防特！"走到黄蝶儿的屋门前，同样也敲了门喊。忽就见房子拐角处有人影一闪。玉兰一惊：莫不是那个人出现了？刚想叫"是谁？"那个人影倒大大方方地站起来，说了声："是曾委员巡夜呀！"玉兰一看，就是那个抓黄蝶儿案子的罗公安，忙应了。罗公安又说："今晚天气好，我也出来走走。"玉兰一下就悟出"监控"的含义了，忙说："天气是好呢，不过风也大，我不放心，就出来看看。"说着话，眼睛一瞟，又见屋后映了天光，有人影在微微地晃动。玉兰心跳着，又说："我回了，娃今天不太好呢！"罗公安也走开来，大声说："回吧，我也回去休息了！"回到家，玉兰的心还一直在"咚咚"地跳着，心想：这监控一定不是一天两天了！

第二天一清早，罗公安突然来了通知，叫玉兰一起去参加对黄蝶儿家的搜查，玉兰二话不说，丢了水瓢就走。玉兰敲开了黄蝶儿的门，六七个公安一起涌了进去。黄蝶儿刚起来，还正扣衣服，见公安们冲进了门，便惊恐地大叫："天哪，天哪，大白天抢人哪！"这一叫，惹了好多早起的人围了来看。玉兰斥道："抢你什么人，公安在办公事呢！"这时，一部分公安跑上楼去，一部分公安在里屋用枪托往地上的各处击打着。黄蝶儿面无血色，只靠了板壁坐着，轻轻地啜泣，一会儿嘴里说："好好的搜我家，我奉公守法的，也不偷也不抢，还让人活不！"玉兰也不理她，只跟了公安到处看。楼上楼下的都搜过了，除了搜出几件男人衣服，就再也没有搜到什么。公安们就都慢慢走出屋，面上都露了不解，说："昨夜里真真切切听到有男人的说话声呢！"玉兰在一边听着，也觉奇怪。她回了头往屋里看，只见黄蝶儿仍靠了板壁坐着，竟一点也没有挪动，眼睛却看着公安们，像是松了口气的样子。玉兰禁不住用手指着叫起来："板壁，板壁！"公安们一听，立马冲进屋，拉开伸了双手死死护住板壁的黄蝶儿。黄蝶儿绝望了，扑出来，对着玉兰的脸猛地抓了两把，哭叫着："你为什么不叫我活，你为什么不叫我活！"

　　板壁被下了下来，公安们从里面拉出了一个男人。围着看热闹的大人全部都惊骇地大叫起来，退了出去；娃儿们全都吓哭了，"哇哇"地跑出人圈去找大人。这个男人看上去三十七八，身瘦如竿；两只眼睛很大，瞪如铜铃，一眼看去眼白很多。那眼中没有恐惧，没有忧伤，没有惊奇，也没有绝望，什么也没有，只空空的两个洞。男人面色灰白，如扑了石粉，颧骨突出，两颊深陷。头发与胡须也灰白，虽剪过，却凌乱。他身上穿了蓝黑色的棉衣棉裤，不干净，却也不很脏。这男人能站，走起来却不利索，一步一顿地很费劲。这不是一个大家惯常见着的鲜活的人，他像是被遗忘在角落里的一棵白菜，过了好长一段日子才被人想起，拾起一看，已经干了，蔫了，变了颜色。是的，他跟周围人太不一样，看上去，此人更像是刚从棺材里拖出来的活死人。还不等人们有什么反应，一辆美式中型吉普已开了来，几个公安把这男人弄上了车。准确地说是搀扶上车，然后风一样地开走了。

　　金银路过了一个惊心动魄的早上。先都还以为公安是在搜电台或发报机一类的东西，没承想却搜出个大活人来，这着实叫金银路的人都受了些刺激。就是玉兰和李阿姨知道这搜查与黄蝶儿莫名其妙地怀孕有关，也只以为是搜那个与她相好的乱搞男女关系的男人，却怎么也没有想到搜出来的这男人，竟就是黄蝶儿那个早已"死去"的男人，更没有想到，黄蝶儿竟把她的男人弄到板壁里一藏就是十几年！关于黄蝶儿的一切疑问都得到解释了。她的不嫁，她的能吃，她的轻易不许人进她的屋，还有，垃圾堆里时不时能见着的避孕套——金银路的女人都顺其自然，不会去用那玩意的。但人们还是惊诧：这看上去弱不禁风的小女子，竟用了世人难以想象也难以理解的方式艰难地保护了她的男人，虽然这男人并不值得她这么保护。这男人是早该枪毙了的，他是土匪，是反革命，是十恶不赦的枪杀解放军的魔王。不过，人们还是想出许多的问题想问黄蝶儿：

玉兰（节选） 林 吟

你们不是才结婚半年多他就"死"了的吗？日子并不长，你为哪样还这么巴巴地喜欢他，把他搞到板壁里和你一起过呢？你早该让公安抓了他，你早该离婚，早该过一个正常人应该过的日子，而不必去戴反革命家属的帽子。你那么年轻，又那么漂亮，好日子都是为你这样的女人准备的，可你为什么却不去过，偏偏去选了成日提心吊胆的日子，去守了一个见不得天日的要死不活的男人？人们是可以问的，因为黄蝶儿就呆呆地坐在屋里，呆呆地看着不知是什么地方的地方，眼珠子一动都不动。公安只抓了她的男人，对她是问都不问看都不看的。公安对她没有兴趣。但是，人们关心的想问的恰恰是公安不关心不想问的。不过，黄蝶儿不会回答任何问题，她的心在她男人被扯出来的那一刻就死了。她的身后是一个黑洞洞的板壁夹道，不宽，才一尺多点，刚容了一个人侧了身躺下，里面堆了一床破褥子，散发着男人被释放出来的气息，很浊。她的面前是些被放得不是地方的椅凳，还有一张桌子和一个炭盆。她在这样的背景与环境中显得形容枯槁。眼前的一切对她来说都是另一个世界了。既是这样，她完全不必理会男人们的目光与议论，不必理会女人们的"啧啧"声和娃们的尖叫。现在，可以说，黄蝶儿的男人活了，而她却死了。

玉兰觉得脸上辣辣地痛。有女人说："划了三道血印子呢，该涂些红药水才是。"玉兰不想涂，涂了那东西在脸上，那跟跳大神的就没有什么不一样了。她也不想总守在黄蝶儿家门口，便对女人们说："轮着来看着蝶儿，已经叫人去喊她姑妈了，等她姑妈来了就好了的。"说完便回家里去。蓉生他们都在看了热闹之后上学去了，玉兰一看樟木箱上的簸箕里的窝头少了几个，便放了心：娃们还是会找了吃的上学的。她也拿了一个窝头，倒了杯开水就着吃。她的脑子里还是乱，还没有从早上那混乱的场面里走出，让心平静下来。她很奇怪的是：怎的抓了一个暗藏的反革命自己却高兴不起来？黄蝶儿抓了她她没有还手，连一句话也没有，是旁边的人抓了黄蝶儿把她按到地上的。她心里反倒觉得自己平日里小看这个黄蝶儿了。这女子真是个了不得的女人，竟藏了自家的男人在屋里十多年，连点风也不透的！不是这次怀了娃，公安来调查，还不知会藏多久的！唉，这女人，真真是为了那男人而生的了，只可惜这男人负了她，没有给她一天好日子过。蝶儿是不是上辈子欠了他的债了，注定今生今世要用这种方式去还？好痴的一个女子！说起来都是女人，黄蝶儿与别的女人真是不同。何江玉为了自己的好日子连一对儿子都不要，就更不用说那史云霄了；而蝶儿却心甘情愿地为自己那该杀头的男人去活着，去吃苦。这世间的事真是说不清的，这世间的人就更说不清了……哎，怎的会这么想呢，学习了这么些年，阶级斗争的观念还这么淡薄，真是太不该了……罗公安怎么好像是事先知道藏了什么人似的，你看周围人都吓得惊叫唤的，只有罗公安像是做了道算术题得了答案似的，不惊不乍，不慌不忙，还扶了那男人走。真是神了，一定是我们还在胡乱瞎猜时，人家罗公安心里早已经有数了……玉兰想着，只觉得脑子乱，理不清个头绪,便抓了一把篮中的草去喂兔子,又取了昨日采的那些马齿苋去洗。

忽听见门外喊:"曾委员,曾委员!"玉兰忙开了门去看,原来是个女人急扯白脸地跑来,见了玉兰,就说:"黄蝶儿要自杀呢!"玉兰忙跑了去。跑到黄蝶儿家门前一看,黄蝶儿手里拿了那把裁衣服的剪刀,几个女人跟她抢都抢不过来。玉兰顺手捡了半块砖头,跑过去重重地拍在黄蝶儿的右肩上,黄蝶儿"啊"地叫了一声,剪刀从她的手上滑落下来,"当啷"一声。万淑珍站一旁愤愤地说:"还想拿死来吓我呢!我才问一句,你是不是要等反攻大陆过好日子,当官太太,她就跳起来去拿了这剪刀,这个反革命家属,竟不知斤两的,我是好话呢,只是问她一句……"玉兰打断了她的话,说:"好了好了,不要说了,我叫几个人看着她,其他的人就都回了,不要总这么围着。陈明珍、王小莲、韩玉琴、张云云……"玉兰喊了五个女人,安排了时间,让她们轮着守黄蝶儿;又到了黄蝶儿的屋里,把板壁上的木板上了,把东西收拾了一下,才又回到家来。

第三天,黄蝶儿的姑妈来了,还叫了一辆马车。老女人把东西收拾了,放在马车上,又扶了黄蝶儿上车。黄蝶儿这两天不吃不喝,人更显消瘦蜡黄了,那样子看上去也不会有多少时日的。徐主任也来了,进屋里楼上楼下地看了,然后找了一把锁把门锁了。老女人忙说:"隔些日子我们还要回来住的!"徐主任说:"还回来做什么,这房子已经收归房管局了!"老女人就不再说什么,只木木的。两个女人都上了马车。老女人双手抱成拳,挤了笑对围着的人说:"谢了谢了,谢大家这些年对我家蝶儿的关照,她这会儿不想说话,我在这里帮她谢了……"徐主任吼起来:"少来这一套,快走快走!把个反革命窝藏这么久,还当你是哪个呢!"听口气,徐主任是真气愤的。赶马车的"吁"了一声,接着就是马蹄子敲打在石子路上的清脆的"得得"声。马蹄声越来越急,不一会儿就在金银路上消失了。围着看的人都有些怅然,轻轻地叹了口气,也慢慢地各自回家了。

这事徐主任自是将它作为阶级斗争尖锐复杂的事例教育居委会的同志们,大家都受到了深刻的教育,于是凡有不正常的情况就向办事处汇报,一时间,各街道确是清净了许多。

一天晚上,又轮到玉兰查火。走到金开木的房前,见房门开着,金开木坐在灯下,就着一碟什么在饮酒。玉兰便进去了。金开木见了玉兰,忙红了眼睛醉醺醺地招呼了坐。玉兰也不吭声,只在他碟中看了,原来是几颗炒熟了的四季豆。玉兰说:"这么晚了,还喝酒?"金开木说:"今日上的是晚班呢,回来累了。"玉兰说:"累了也不必喝得这么七晕八倒的,你明日不上班?"金开木点头道:"委员说得对,我是不该这么喝的。"于是就放了杯子。杯子一放,金开木的眼泪就流出来了,玉兰惊奇地问:"怎的好好的就哭了?"金开木笑道:"真的有些醉了。人就这样的,不喝酒,心肠就硬,一喝酒,心肠就软了,心肠一软,眼泪就出来了。"玉兰便笑了,说:"这两句倒还有些文

玉兰（节选） 林 吟

化人的味道。以后你呢，就这么学着点，都工作这么多年了，可再不要把自己当街上无事可做的闲汉了。"金开木摇摇头说："不会的不会的，委员放心。"玉兰便转了身要走，金开木叫了声："曾委员！"玉兰站住脚，回转声问："好好的又喊什么？"金开木抬了头说："委员，我有一句话在心里憋好久了，我想问问你。"玉兰便生出鄙夷，心想：这家伙喝酒喝糊涂了不是？别说出什么难听的话来才好。忙转了脸看看门，见门大开着，才转了脸冷冷地说："你问吧，反正我也没事的，随你问什么。"语气中就有了些压迫的味道。金开木倒不理会这些，只瞪了两只发红的眼睛说："委员，是不是……是不是我那晚给罗公安说，听到过黄蝶儿屋里有男人说话，罗公安才带了公安去搜的？"玉兰一听是这话，放下心来，说："不会的，你也不用这么想的，我倒看着是罗公安事先就有数的，只是找你证实一下。"金开木便盯着四季豆，说："可我总觉得是因为我那句话罗公安才去搜的。"玉兰笑笑说："罗公安是布了控的，也是听到了有男人说话才进去搜的，你以为你说一句话会这么管用。"金开木一下就靠在了椅背上，叹了口气说："一定跟我说的这个话有关系呢。我无意间害了黄蝶儿，也不知她现在是死是活……"玉兰厉声说："你这是怎么说话的？她藏了个反革命倒是应该的了？工作了这么些年，还糊里糊涂的！"金开木坐直了说："委员说的也是呢，只是，只是我心里，见不到黄蝶儿，我心里一下就空了。我也不是巴望着要跟她过，只是，能天天见到她，心里就……舒服。"玉兰一时竟无言了，心中暗暗叹道：看不出这嬉皮笑脸的金开木，倒还是个真重情的人。便劝道："算了，也不必这么想的，你们也真只有见面的缘，没有在一起过的分，如今呢，连这点缘也到了尽头了，你也就将它看作命中的定数吧。我早给你说过，好女人天下多的是，你也该好好地找一个来像样地过日子，你要是成了家，有了娃，再回过头看这一段，也就觉得，只是一时的动情罢了。"金开木捂着眼睛说："不，我一辈子忘不了她……"玉兰听了又厉声道："好好给你说话你不听，她怎么也是个有男人的人，哪怕那人遭关在板壁里一辈子，也是她男人！你能得了她去？你早该死了这心的！"金开木垂着手，满脸是泪，慢声说："这就是老天的不公了，竟让一个像死人一样的反革命分子占了她，让她陪他过！"玉兰说："那你有什么办法？你能不让她这么过？她只看她的男人是人，别的男人是畜生，你有什么办法？世间你想不清的事还多呢！"平静了一下她又说："听我一句劝，真不要想她了，好好过自己的日子。"金开木微微点了下头。玉兰转身走了，走到门边又说："别再喝了，把你那地灶看好了。"这才跨出门槛，走到月亮地当中去。

卷四　第四十一章

　　四天后，玉兰住进了一幢茅舍里。这茅舍离道真汽车站不远，是一个月花五块钱租来的，房东是一户农民，这茅舍本是盖了给他大儿结婚住的，怎知在结婚那日，他大儿就突然在这茅舍里死了，死时面色青黑，口鼻有血，众人都说是遭毒死的。公安来勘验过，可就是没有个眉目，也就不了了之了。这户人家伤心了一阵，也是无奈，就将一应家什搬了出来，房舍就让它空着了。玉兰来时，一时找不到住处，有人就给她说了这房子，说是租金倒是便宜的，只是不太干净，怕夜里闹鬼呢。玉兰把额前的头发往后一抿，说："我不怕，我这辈子遇着的鬼够不少了，难道就偏在这里遭鬼吃了？"房东家听了倒是高兴，忙开了门扫了尘土，又找了条凳木板搭了床，让玉兰和两个娃住下。夜里屋内没有电灯，玉兰就在一个小碟里放了点儿菜油，扯了床下的棉絮搓了根棉花线点了做灯，放窗台上，又在房东家要了张木桌吃饭用，这样才算是安定下来。住在这里，让玉兰想到了二十多年前住糍粑街的情景。地方不同，那境遇却是差不多的，连房舍也差不多。

　　在道真过日子艰难，身边只一个小的和一个傻的，又没有谁能相帮。楚儿是个能闹的，一天只想要人抱着，一放在床上就叫唤。没有办法，玉兰只好缝了个抱娃袋，吊在胸前。她还不敢用背扇背楚儿，因为楚儿还太小，要背也要等再大些。女人们见了玉兰吊了娃在胸前，都说这方法好，还可以腾了两手来做事的。道真倒是有米糕卖，可楚儿没有户口，领不了婴儿票，光有粮票人家不卖，玉兰跟人好说歹说，才多花了一倍的钱，给楚儿买了米糕来喂。这一来，钱就紧张了，玉兰便托人去找短工来做。没有几天人家来说，一所小学寒假要修石坎路呢，要力大的。玉兰说："我就行，我力大，以前这样的活我也干过。"就这样，玉兰就带了油布被褥，背了楚儿牵了竹亭去了这所小学。道真的冬天是温和的，玉兰给楚儿穿暖和了，用油布和被褥在工地旁的一棵树下铺了，把楚儿放在上面，又将竹亭用布带拦腰拴了，一头系在树干上，叫他好生看着楚儿，不要让狗来拱了，便与男人们一道，去平了地又抬石料来铺路。楚儿在树下哭闹，玉兰听着，只让她哭去，只在休息时给她喝水喂米糕换尿布，然后又接着干。碰到下雨天，就跟学校的人说说，要间教室，把楚儿和竹亭关在里面。中午是没有地方吃饭的，民工们都是自己带饭菜。玉兰也没有什么好带的，就是把从农民手里买来的硬苞谷用水泡涨了煮熟了当饭。细粮票是不敢用的，要省了给楚儿买米糕，还要想着给竹亭吃好些，自己就只能买了苞谷这么弄来吃。中午带这顿饭是麻烦的，三个人就带了三样，楚儿的是米糕，竹亭的是米饭，自己的是苞谷。到了中午，就跟学校里的人说说，要些开水来把楚儿的米糕烫烫喂了她吃，竹亭和自己的饭就吃冷的。

玉兰（节选） 林 吟

米饭冷了还不难吃，苞谷冷了就硬，又是陈年的老苞谷，吃一口在嘴里半天吞不下，跟嚼沙子差不多。玉兰也不管那么多了，硬往肚里吞着，吃了好接着去干活。吃菜要容易些，只要花上几分钱，就能在房东家的菜地里捡一堆菜叶，洗了煮来吃。这些菜叶，房东家本是拿来喂猪的。

这么样过了一段日子。一天，玉兰拖着疲惫的身子，背着楚儿，牵着笑嘻嘻的竹亭往家里走。走过汽车站，正好遇上管食宿的老吴。老吴见玉兰的模样，就说："老范家的，明天起，就不必去修路了，到汽车站来，洗洗车子。"玉兰便点头应了。老吴说："也不必来早的，遵义到道真的客车一天就一趟，早上七八点到。车来了你出门也不迟，车洗干净上了客人才又往遵义开。来，你跟我来，到站里说一声。"于是，第二天起，玉兰就不必天不亮就慌忙起来收拾了两娃又收拾了饭食去小学修路，只在家里等着，听到汽车响就出来看看，如果看到山路上是客车来了，就背着楚儿牵着竹亭赶紧往汽车站跑去。老吴虽然说车来了再出门也不迟，可玉兰却不敢耽误，车洗了九点钟就要上客的呢，岂能误了这时间的。因此不等车进站就守在那里，把竹亭拴在站牌下，把水管拿来接上水，等客人都下车了就冲洗起来，直把那车洗得里外能照见人。洗完车，车站上的人就发一块钱给玉兰，玉兰感激地接了，便忙着去买些要吃要用的东西。这样的日子比修路好过多了，玉兰有闲心买了个大坛子，又将萝卜辣椒的洗了丢进去，自己平日就用这泡菜下饭吃。遇上农民卖猪肉的，也能割上半斤一斤，一部分砍了肉末给楚儿煮稀饭吃，一部分就用水煮了，又放些辣椒炒了和竹亭一块吃些。日子过得好就过得快，玉兰脸上就常带着笑了。楚儿会走路了，蹒蹒跚跚的，没少摔跤，站起来哭两声又接着走，弄得一身是土。楚儿长得不全像荷亭，可能更像那个小许，只是没有见过，是猜测。楚儿皮肤更白些，也就更秀气，像个瓷娃娃，两只眼睛像荷亭，黑亮黑亮的，也有那种惊诧的眼神。见了楚儿的人都说这娃长得好，以后是个小美人。玉兰听了笑了，只在心里叹道：漂亮的女娃子多是薄命呢。想到这又不敢想了，怕说准了让楚儿一生受难。一天早起，玉兰特意找了面镜子对着梳头，才发现，两鬓已有了两簇白发，额上也出现细密的皱纹。玉兰看着镜子，用手捋着那白发，才想到，自己也是五十二三的人了呢，难怪要生这白发的。她感慨，原先当姑娘时，镜子里的那个女儿家是那么年轻漂亮，那张脸是跟朵花一样的，这年月转眼过去，那镜中的人就再不是那个人了，换成另一个黄瘦的两鬓如霜的老妇人了。心下就有了沧桑感：人就这一辈子，却怎的会过得这么快？

范中皓后来也来过好几趟，或是送了钱来，或是来看看，帮着照应一下楚儿和竹亭。范中皓来了玉兰就会说："怎的会有时间来，不是不让离开农场吗。"范中皓就说："批判的风过了就会松一些。"玉兰给范中皓说："那老吴真是好人呢，没有他，我是过不了这么好的。"范中皓点点头，说："记着，以后有机会一定好好还了这人情。"玉兰说:"患难时帮人一把,胜过平日帮人一世的,这人情重了,以后真是要好好报答的。"两人说了一会儿家里的事,范中皓就抱了楚儿牵了竹亭去买棒棒糖吃。

　　道真的日子过到了第三年。这日,玉兰正背了楚儿拿了水管冲洗一辆汽车,忽地那水管就被人拿去了。玉兰吓了一跳,转头一看,是菊亭和小三子。玉兰就笑了,说:"怎的来了?"菊亭和小三子异口同声地说:"铁路修好了,分了工作了呢,趁着还没有报到,来这里看看。"玉兰说:"怎的没见你们下客车呢?"竹亭被拴在一棵树上,见了菊亭便大声喊:"哥,哥!"菊亭过去解了竹亭身上的绳子,边解边说:"我们到农场看了爸,才又搭了顺路的卡车来的。"菊亭解了竹亭,便和小三子一起冲洗起那部客车来。玉兰搂了竹亭站一边看着,觉得这一年多不见,两个娃竟就都长成大人了,挽了裤脚的小腿肌肉强健,还有一根根清晰的汗毛,做事情的动作也透着潇洒和力量。一下,玉兰就觉得这心里有了依靠了,又感慨:难怪我不老呢。一会儿,玉兰问:"都分在哪里工作呢?"菊亭说:"我分在金属丝网厂,小三子分在化工厂。"玉兰说:"这下好了,都成了工人阶级了。"小三子说:"也不是什么好厂,都是集体所有制单位。"玉兰说:"集体的也好,我们国家不就这两种所有制吗?"一会儿,车洗好了,站上的人取了钱给玉兰,看到菊亭和小三子就问:"都是你的儿子?"玉兰笑着指了说:"这个是我的三儿,这个是邻居的儿子,不过,跟我的也差不多了。"站上的人就说:"三儿都这么大了?真是福气。"玉兰就更高兴了,只在嘴上说:"福气什么,等有福气了人也老了。"说完告辞了,牵了竹亭,和菊亭、小三子一起,边说着边往家中走去。

　　中午随便吃了点苞谷饭,晚上,玉兰收拾了一顿像样的饭菜。她在房东家买了些腊肉,又割了两棵白菜,煮了一锅,和几个娃热热地吃着,吃了饭就抱了楚儿,在油灯下听菊亭和小三子说着修铁路的事。"……那工地是在清水江边呢,清水江的水真是很清很清的,浅处是见了底的,深处那水绿得好看,在水里睁了眼都不怕的。只是水深流急,下去要小心。"菊亭说。小三子说:"我们在的那个地方好些,正好是个弯,叫湾溪,水流慢一些。"菊亭说:"慢是慢,一样淹得死人,淹死了我们学生团的八个人呢。"小三子说:"是九个,二连两个,四连一个,八连一个,九连三个,我们十六连两个。"菊亭想想,说:"是,是九个。"玉兰说:"那水岂是能够随便碰的,欺山不欺水呢。"菊亭说:"一天太热,干了活路我与小三子就下水去,说是洗个澡,刚下去一步水在膝上,走第二步水就淹了脖子,第三步就把我淹翻了。那时又不太会游,喊救命都来不及,好在小三子在,就一把拉了我上来,要不我就完了。"玉兰嗔道:"还在这里说呢,把我腿都说软了。"小三子说:"那是个锅底形的地方,又看不见,所以危险。"菊亭对小三子说:"四连的那个女生死得最冤枉了。"小三子点了头说:"是。"玉兰说:"年纪轻轻的就死了,都死得冤枉。"菊亭说:"她是想洗澡呢,背着人晚上九点多钟下的水,下去就没有上来了。第二天一早集合,说是不见这女生,就去寝室看,

玉兰（节选）林 吟

大通铺上一个人没有，就当她是上厕所了，也就不管了。干着活路，有人就说，看，江边像是有个人漂着呢。大家就跑下去看，一看，就是这个女生，早死了。"玉兰说："怎的没有遭冲走？"小三子说："正好那地方是个湾嘛，冲不走。"又说："可惜了，长得漂亮得很，都说她是学生团的一枝花呢。"菊亭就笑了，说："长得不漂亮就不可惜？你也喜欢人家了不是？"小三子就笑着捶了菊亭一下，说："你不喜欢？总骂人家是个女妖，不喜欢会这么说？"菊亭也笑着捶了小三子一下，说："她是女妖呢，整天惹了男生看了她就想唱歌的。这下好了，成了水妖了。"玉兰说："怎么这么说话的，一个姑娘家，好日子还没有开始过就死了，还遭你们这么说的。"小三子就对菊亭说："真喜欢她的是他们连三排的那个眼镜，你看他那天哭得，还给这女生换了衣服，边换边哭还边说着什么。"菊亭就点头，说："是这样，平日里一见了她就唱歌的那些男生，在她死后反倒没有哪个敢上前的，只这眼镜这么做。"小三子说："平时也没有见他们说过话。其实那女生哪会把那男生放眼里的，人家是高干出身，那男生只能是暗地里喜欢她了。"玉兰问："她家里来人了没有呢？"菊亭说："没有。说她爸妈都是特务，关起的，只她一个姐来。"小三子说："怪呢，她姐反而没有哭。"菊亭点头说："是的，没有哭，只板了脸，也不知道做什么好，还是连里安排的后事。"玉兰叹了口气，说："家里遭难多了，人就木了，哪还哭得出来的。"小三子笑着对菊亭说："还是我们连的连长最厉害，那天江里涨水，偏九连的两个宝贝要下水，说是到中流击水，一下去就不上来了。九连连长就喊大家下水救人，我都脱衣服了，我们连长就喊，谁下水我处分谁！我们连真还没有人敢下水了，果然，九连下去两个，就又淹死了一个。"玉兰点头道："你们是得了个好连长呢，要不小命就没有了。"小三子说："后来开了车来，大灯照了江面让农民用网来捞。还好，捞上来了，那两个人紧紧地抱在一起的。"玉兰摇了头说："惨，真惨。"又问："你们学生团怎的会有那么多连？"菊亭说："一共是四个营十八个连呢，一个连都有六百人。"玉兰啧啧了两声，说："这不是一万多人在修铁路了？"菊亭说："岂止，只阳城学生民兵团就是两万多人呢，还不算其他民兵团的。沿线还有很多团，加起来怕有几十万人了。遇山开山，遇水搭桥，你想，那道渣都是我们一颗颗用锤子敲出来的，这不要人来干？"小三子说："我们还往山里打出来的隧道里填过炸药呢，三百多吨炸药，一点火，那山就平了，山上的土让清水江都断流了几个钟头，鱼都飞到凯里城里去了。"玉兰笑着说："真了不起的，这就叫人定胜天了。不过，那么几十万人，吃住都成问题的。"小三子说："吃住也不算难，在哪里这些人不也一样要吃。想办法嘛，到处去买粮买菜。"玉兰问："那住的地方呢，是民房还是工房？"菊亭说："是工棚，用大楠竹做成支架，然后竹篾子围墙，油毛毡搭顶。"玉兰问："睡地上还是床上？"小三子说："是床，大木枋子钉成的，还两层呢，铺了稻草的。"玉兰点头道："这就好，睡地上怕得病的。"又问："冬天冷不？"菊亭和小三子就笑了，同声说："冷得很呢！"玉兰问："有火烤不？"菊亭说："哪有什么火烤的，冷得不行，就在工地上烧树根，工棚里哪敢烧火烤的。"小三子笑笑说："冷了就唱样板戏。"菊亭也笑了，说："是的，抢着唱。"玉兰就笑了，说："唱样板戏会不冷？"小三子说："是暂时忘了冷了。"菊亭说："打架也暖和。"玉兰说："那打架不结下仇了？"小三子说："不会，头天晚上打，第二天就好了的。"玉兰说："这就好，人难活一世呢，有缘才在一起的，不该结了仇怨。"菊亭说："打架也不会认真。"又说："我们还会取了绰号来互相取笑，也不会认真的。只要吧，只要不是为了女生，为了女生就难说了，不打架也会结仇怨的。"玉兰嗔道："才多大一点娃，就会为女生结仇怨？"菊亭说："真是的呢，那二排和一排的两个男生不就是为一个女生去打架，说是决斗，结果都伤着了。"玉兰摇头说："真是不该，家里人知道要急死了。"又说："那你们吃什么呢？"菊亭说："吃饭啊。"玉兰笑道："我还不知你们是吃饭，我是说吃得好不，吃得饱不。"小三子说："吃饭还将就吃饱，一个月四十来斤定量。可要吃好就不行了，主要是没有什么肉吃。"菊亭就笑了，对小三子说："还记得那次吃马肉不？一人得了一大瓢！"小三子也笑了，摇着头说："我才知世上还有难吃的肉，又粗又酸。"菊亭说："那你还不是都吃进去了？"小三子说："没有吃的还不都吃进去？总归是肉啊。"玉兰问："怎的会吃马肉呢？"小三子说："民工队的一匹马摔死了，就卖给我们学生团。"菊亭指了小三子和自己对玉兰说："我们两个日子过得还算好的，有时会有单位接我们去演出，照规矩演完了都会招待一顿夜宵，算是打了牙祭。"听到这小三子就突然哈哈大笑起来。玉兰吓了一跳，菊亭说："你好好的笑什么，有病？"小三子说："我笑那次，去勘测院演出，你记得不，夜宵人家招待了一盆炒白菜，一盆油哨子，是吧？"菊亭说："是。"小三子说："我们一见那油哨子，就像是狼见到了羊，争着围上去用瓢舀，是吧？"菊亭说："是。"小三子说："那天，营部的赵干事也去了，见了也想吃，却又不好跟我们这些学生挤，就凑了上来，鬼鬼祟祟地在我耳边小声说，给我留一点。哈哈哈……"菊亭也大笑起来，捶了小三子一下，说："这么有趣的事竟藏了不说，只想自己一个人躲着笑？要早说了就好了，他的绰号肯定就又叫'给我留一点'了。"玉兰就笑了，嗔道："胆子越发大了，绰号竟取到干部头上去了！"小三子说："他早就有绰号了的，他外甥就在我们排呢，我们就叫他'打灯笼'了。"玉兰说："怎么取了这么个奇怪的绰号？"菊亭抢着说："外甥打灯笼，照干事嘛！"玉兰咬着唇笑了，说："谁要摊了你们这些学生娃，谁就倒了大霉了！"菊亭不理，对小三子说："还记着那次吃生南瓜不？"小三子说："怎会记不得呢？"说完又笑了。玉兰说："什么好听的，也说来我听听。"菊亭说："那次我们跟卡车去贵定城买菜。也没有什么好买的，就买了一车南瓜来。从贵定到工地有一百多公里，偏就在路上汽车抛锚了，前不巴村后不着店，我们几个跟着去的饿得眼冒金星。实在饿狠了，就偷了农民的稻草来烧瓜吃。

玉兰（节选） 林 吟

不等烧好，就吃了，半生不熟的，要多难吃有多难吃，可是太饿，还是咽了。"小三子说："也就安慰一下肚子，害得我后来吐了。"菊亭说："我不也吐了？"玉兰听着就笑了，把眼泪都笑出来了。菊亭见玉兰听得高兴，就更来了劲，说："妈，你还不知我们给猪治病的事呢。"小三子也点了头说："那才是件有趣的事。"玉兰擦了把泪，笑着问："怎么治的呢？"菊亭说："因为菜难买，我们连就买了几头猪来，自己养了杀来吃。那天买猪崽也买了一头大猪，因为这猪便宜，便宜的原因是这猪身上长了大疮，都流脓了，农民就卖得便宜些。又不到年节，我们就不想杀它，可它又病着，我们就想着给它治这病。怎么治呢，又没有治疮的药，后来有同学就想出办法来了。十几个人抓了那猪捆了猪蹄，将一块烧得通红的煤夹了，猛地杵到它那疮上，只听到那猪惨叫着，疮上就冒了臭烟，那猪又挣扎不了，就只那么惨叫着，一两里外都听得到，我们也不管，见烫得差不多了，才放了它，它一路叫着一路跑着，那样子怪好笑的。"玉兰皱了眉说："那猪命也是一条命呢，由了你们这么胡来的！"小三子说："嘿，还不说，那猪后来我们又给它上了烫伤药，它竟好了。"玉兰惊奇地说："会好了？"菊亭说："是矛盾转换了，疮伤这么一弄就成了烫伤，烫伤我们就有办法了。后来这猪还养出感情来，一直养着，这次铁路通了开庆功会，才杀的。"玉兰笑着说："还看不出这几年你们还真能干了。"小三子对菊亭说："还记得那次杀那头羊不？"菊亭就点头，说："记得记得，印象深呢。"玉兰就问："为什么呢？"菊亭就说："那次食堂去买菜，见有卖羊的，又是只肥羊，也不贵，就买了，正好那十多天都没有沾油腥了。买回来了我们就杀。哪知那羊肥是肥，却跑得快，不像一般见到的羊，温温的，随你怎么弄，只叫唤几声。我们抓了几次，都让它跑掉了，我们就喊了十几个男生来围追堵截，费了好大的力，才又把它抓住了。那羊就死命地踢蹬，又惨叫。"小三子插话道："叫得跟个人的声音似的，还有点嘶哑。"菊亭就点点头，又接着说："它还用角来顶我们，我们就用刀子一刀捅进它的脖子，那血就涌出来。羊还挣扎，只是叫不出来了，还瞪着两眼盯着我们看。一会儿，羊就不动了，我们就去剖它的肚子。哪知就有水喷出来，喷了我们一身一脸……"玉兰听到这，就警惕了，只看着菊亭的脸。菊亭接着说："这时就有两个红白湿润的东西从它的肚子里滚出来……"玉兰抢了颤声问："是羊羔子？"菊亭和小三子都点点头，说："是，是。"菊亭问："妈怎的知道？"玉兰就说："我怎的不知道？"不知怎的，就有泪滴下来，她哽咽着说："它那么挣扎叫唤，是要，是要护了它的崽呢！"菊亭和小三子见玉兰这样，就都不说话了。一会儿菊亭才说："见了那两团东西，我们也这样想的。"玉兰抹了把泪说："那，那么，羊羔子是死的还是活的呢？"小三子迟疑一下说："活的，落地还动着。"玉兰问："养着了？"两人听了都不说话，一会儿，菊亭低了声说："也，也弄来吃了……"玉兰就不说话了。忽然间，她觉得心里难受得不行，那泪水就不断地冒出来，怎么擦也擦不完。两个娃顿时没有了说话的兴致，默默地收拾了去睡了。

　　玉兰一个人对着静静闪动的那一丁点火苗，压着哽咽，流着泪。她也不知道自己为什么竟会为一只母羊这么伤心，可心里着实难受。她怕吵醒几个娃，忙起了身拉了门走了出去，坐在一块石头上放声痛哭起来。她的心像是一下子为一只母羊解冻了，苏醒了，这些年的苦难也一下苏醒了。她捂了嘴痛哭着，眼泪汹涌而出。为自己，也为天下挣扎着的生灵痛哭着，那呜咽声如箫，传了很远。夜深了，四周一片暗色。没有人来劝，只有一弯孤独的月儿在看着她，静静地让她哭个痛快。

（节选自《玉兰》，贵州人民出版社，2006年5月；
获第二届乌江文学奖、第四届贵州省政府文艺奖）

赵剑平

困　豹（节选）

第七章

风乍起

利用无线电对讲器传送答案，孟通县委办公室主任及其儿子受处罚——

这是一则新闻的导语，标题为《高考作弊现代化，当场揭露现丑行》。文章先发表在7月11日的《遵义晚报》，接着7月13日的《高原日报》转载，并加上一则按语——

高考作弊，古已有之，而手法新奇，乃至动用现代通信工具，还闻所未闻，且事情发生在一个偏僻落后的地方，就更令人深长思之。正如核力量用于战争不是科学家的错，而对讲器用于作弊也非发明家的错。发展高度的物质文明，需要崇高的精神境界，庶几不走向异化。另一方面，社会发展到今天，而考试制度还是老一套，已明显不适应。难怪我们的考场工作人员在事情暴露出来之后，竟有"做梦也不会想到"的感慨！也难怪事情的暴露是在最后一天、最后一科，由一位知名不具的考生写信给"统一考试委员会"揭发出来！

可谓一石激起千层浪。

一时间，就像原子弹在广岛、长崎爆炸，使战争跨越了一个时代；而微型对讲器在考场中出现，也仿佛对自唐武则天以来的糊名答卷提出了挑战，既令人扼腕叹息，又令人兴奋不已。接连很多天，紧紧围绕考试作弊这一现象，来自社会各界的信函，像雪片一样地飞到编辑部。《高原日报》不得不开一个窗口，把这些一事一议的杂感，抑或高屋建瓴的鸿篇，尽量编辑出来，连续登载。从省城到地、州、市，从地、州、市到县城，从县城到区镇，及至乡场、村寨，沸沸扬扬，眼花缭乱，热闹非凡。据说要不是由于考虑到会给整个人类文明带来某种凄惶，连国家级的报纸也要讨论，推波助澜地影响世界。而事情的结果，却只是在新华通讯社的内参上报道三百来字的消息。《高原日报》的这些文章，有披露考试弄虚作假手法的，大到研究生的录取，小到村干部的选拔，五花八门，千奇百怪。有探究考场气氛和考生心理的，说得考场既是名利场，又是生死场，仿佛百慕大三角一样神秘恐怖。也有把现代考试制度说成封建科举制度，而主张废弃考试制度的。还有呼吁强化防止作弊措施，正视现实，只讲公平竞争，除此而外一切都可以置之不理的，比如体育运动员参加比赛都要进行尿检，考场为什么不可以安装监测仪器，设立安全通道，考生进考场就像上飞机那样，必须经过检查，甚至搜身……

木青青不知道这一切，不知道一件简单的事情能够做复杂的文章。7月9日，全国一盘棋下完最后一颗子，输赢胜败等裁判来决断，他回错欢喜去了。情况和往年一样，笔头一关，准考证一丢，十之八九的人都说糟糕透了。但暗暗地，一拨人轻松地笑着，串一串门，聊一聊天；而一拨人则龟缩起来，灰心丧气几天，又顽强地翻开书本，或者一蹶不振地告别了学校生活。木青青没有参加这种调整、这种平衡，仿佛一场要命的考试丝毫没有在他心里引起一点激荡。最后一科考试出来，连罗远志在操场上等着，想对一对答案，他也像石头一样沉默着。那天晚上，他甚至没有回到学校寝室，而是消磨在澡堂子里。他蜷缩在半截折断的条椅上，透过迷茫的水汽，看着一个一个胴体精赤着，肥的瘦的，大的小的，高的矮的，无拘无束地去去来来，莫名地感到一种凄惶。最后，洗澡的人渐渐稀疏，低矮的天花板下，空空荡荡的堂子上，一层白薄薄的雾包围过来。

"关门了！"管门的人在水汽那边怏怏地喊着，见没有人答应，就"嗒"地落了锁。他一动不动地躺到天亮，听着高音喇叭广播报纸摘要节目，才惺忪着眼睛，从风窗里爬出来，往农村公共汽车站跑去。这是那种"代客车"，老掉牙的解放牌货车改装的，篷布上掏几个洞，装几块有机玻璃，车厢里安几排椅子，用镙丝固定下来，于是窗也有了，座也有了。但透亮不透明，人在里面，知道白天黑夜，却不清楚到了哪里。木青青摇摇晃晃，仿佛在一只鸡蛋里沉浮着。混沌中，破破烂烂的"代客车"消失了，豪华的巴士出现了，坑坑洼洼的乡村马路不见了，又宽又直的高速公路展开了，猥琐的黯淡的磨坝场无影无踪了，雄伟的光辉的楼群耸立起来了，是北大、清华，还是复旦、南开……一长串重点的、普通的、名牌的、省外的、省内的大学，到底哪一间呢？

困豹（节选） 赵剑平

志愿是预考以后填写的，已经两个多月的时间，他都记不起来了。从大学到大专，到中专，到中技，从龙头到龙尾，每一个档次，他都选一间学校，恭恭敬敬地写在栏里，字迹圆圆的，上下两根横线两边靠着，仿佛一双筷子抬着几个碗。不管怎么说，饭碗问题解决了。事实上，一进城上高中，他就奔着这个目标，至于哪样学校，不过像一件衣裳，是取悦眼睛的。但现在，不，或许还要早几天，从发现绿面书生用对讲器作弊起，他就不再仅仅满足于饭碗，至少在潜意识里不再仅仅满足于饭碗……

豪华巴士停住。天堂之门大开。幸福的光辉满当当地投射过来。他一脚跨进门槛，一个冷噤，一切都从眼前魔术般消失了。他又回到磨坝场了。他苦笑着，在场口霍家饭店买两个黑粗粗的馒头啃着，就在分岔口沿着毛坯马路往错欢喜走去。天空阴气沉沉，看不见一只鸟影。偶尔有两声鸟叫，也是从草丛中、从低矮的灌木丛中发出来的。马路扭来扭去，把一个一个山峁、一座一座土岗拥得死死的，使人感到一种永久的困厄。也许下雨还好些，雨过天晴，会产生新的希望。何况对木青青来说，雨不一定总是凄凉，总是阴晦……

姑娘挨近儿子
两根辫辫儿翘起

据说形单影只走在山中，有声音喊叫的时候，你千万不要响应，那可能是鬼的呼号。但事实上，你更多的是受一种下意识支配，况且有的呼叫本身就有一种魅力，使人禁不住回头一望。这样，你看见一位姑娘走来了。烟雨迷茫，毛坯马路消逝在山弯里，一顶油纸斗笠露出来，一件浅花的衣裳飘动在下面，裤管高高地挽着，亮开两截肉鼓鼓的腿肚儿，风风火火地划动两只泥黄的塑料凉鞋，看上去恍如雨后展开的野山菇。

"我喊了好几声。"水惠两根黑粗粗的长辫子在胸前摆来摆去，她一直走到跟前，"你耳朵聋了，听不见是不是？"

"我等你的……"木青青低低地咕哝着，耸一耸背上宽大的蓑衣。

"火生他们那些人？"水惠疑惑地问着，明净的眼睛一闪一闪。

木青青点了点头，被雨濡湿的双颊一下涨红起来。

上完最后一堂课，水惠的作文还没有交上去，被老师留了下来。那阵子，和往常的星期六一样，大家卷好被头，把捎带菜的瓶瓶罐罐塞进鼓鼓囊囊的书包，就兴致勃勃地赶路了。木青青走到校门口，看雨脚越来越密麻，便踅回寝室，从床铺里抽出那扇蓑衣背着。经过教室，他又探头探脑望了望留下来的水惠，才迟迟疑疑地和大家走了。可木青青一出磨坝场，却无论如何也走不动了。他想到水惠要在学校留晚了，一个人是不敢走黑黢黢的老木垭的。他脑子转两转，跳下路基，磨磨蹭蹭向山坡上走去。他在一丛灌木后面藏着，脱下裤子光着屁股蹲了下去，装模作样起来。他眼睛往磨坝场那边的毛坯马路上睃着，看水惠是不是来了。

"懒牛懒马屎尿多。"火生骂骂咧咧的，喊住藤子和家英，歇在路边上等着。

但不一会，毕竟长几岁的火生，便嗅出味来，竟蹦下毛坯马路，猎犬发现了目标一样，直往山坡上窜。他跑到灌木丛后面，一眼看见地上干干净净的，就抡着巴掌，在木青青两瓣光屁股上狠狠地扇两下。啪啪的声音应山应水，像把屁股都打烂了。

"他要等老表。"火生得意地咋呼着，走下坡去，伙起藤子和家英走了。

老表老表

下河洗澡

毛盖捂到

帕子搭到

木青青看着，听着，像考试作弊被老师抓住一样，心头好凄惶。一直到看不见那影子，听不见那声音，他才提起裤子来，摇晃两瓣冷冰冰的屁股，脚杆打闪地下坡……

小青年无论如何不会想到，这些从童年起一直挂在嘴上的歌谣，那样熟悉，那样直白，瞬间却变得又陌生又深奥。以至很久，他只要想起来，就像面对谶语，有所悟，却也有所迷。事实上，即使是简单的儿歌童谣，也是成人世界认同的。一辈子的人，一辈子的事，却交替更迭，都深深地打着先知先觉的烙印。从这个意义上说，人生来是一个猜谜的命，注定要烦恼，注定要操劳……

雨总是在它愿意落的时候才会落下来。人的向往多么渺小，又多么荒唐。再说吧，人忙自己的事情都忙不过来呢。木青青急急匆匆地走在毛坯马路上，不一阵儿转过九道拐。听着一阵吭哧吭哧的喘息，他抬起头来，便看见山弯里一驾马车停在那里。他心里咯噔一跳，看清楚那是他姨爹黄登榜的马车。

黄登榜是大前天就从木家寨出来的人。最后一批烟叶刚满了尖儿，又小，又飘，不过烘烤还可以，没有青烟和黑烟。他吆喝着骡子，太阳刚偏斜过去，就赶到磨坝场。马车一直驶进烟草站大门，吱吱嘎嘎停下来。场坝里很冷清，前些日子那种车水马龙的景象已经无影无踪。称秤过砣的地方，几个头扎白帕子的烟农抬着一只箩筐，要死不活地把一些烟叶运来运去。而一大片瓦楞下面，金灿灿的烟叶堆成山，几拨光镗脊背的汉子在那里忙碌着，集束、扎捆、打包，准备装车起运。黄登榜揭下汗湿的帕子，擦着热气腾腾的脑袋，迎着一股辛辣的烟气，有些纳闷地走近跟前。收购员瞥他一眼，勉强地笑一笑，兀自低头按着豆腐干计算器，显得很委琐。

困豹（节选） 赵剑平

"交烟。"黄登榜说，"我的尾烟都下烘房啦！"

"你当村长的带头，"豆腐干计算器鼻音很重地咕哝着，"明天后天有烟来啦！"

"带个哪样头？"黄登榜说着，一张糊里糊涂的脸顿然惶恐起来。

"他们没有票儿付我们。"斜进一颗白帕子脑袋来，含着几分愠怒道，"打一张白条子就算钱啦。"

豆腐干计算器听着，在桌子后边撑起来，笔直地挺立着。

"关闸啦！关闸啦！中国人民银行关闸啦！"他瓮声瓮气地说着，"树叶子不能当钱，要是树叶子能当钱，我爬坡上坎抓来兑给你们……"

黄登榜听着，没有丝毫犹豫，转过骡子，打起车子，便逃一样地离开烟叶站。他把马车停在霍家栈房门口，买两个黑粗粗的馒头，要一碗白菜汤，头昏脑涨地吃起来。这工夫，有人在旁边闲话，说河溪场那边有现款支付。河溪场离磨坝场三十多里路，属于另外一个区。黄登榜一撂碗，就扯着骡子嚼子，出磨坝场，过磨坝河。磨坝河没有桥，马路从河床上穿过去。上游一座水电站，一座高耸的大坝。白天停电关闸堵水，河床马路水浅不过脚踝。夜晚发电开闸放水，河床马路又淹起来齐腰深的水。黄登榜抖动鞭梢，迷迷瞪瞪碾水上岸。一车烟叶吱吱嘎嘎着，开始摇晃在往河溪场去的马路上。但没有多久，来到两个区的交界地段，迎面冒出来几个人断在那里。

"回去！回磨坝场去！"大呼小叫着，看样子是区公所的干部，"肥料奖授给你们，扶持款发给你们，烤烟出来，还卖给人家，要吃里爬外啊！"

"关闸了！"黄登榜顿住骡子，呻唤着，"烟草站没有钱了！"

黄登榜不明白自己说了一些什么。浑浊的脑海里，只有一条曲曲折折的渠。渠旁边的层层梯田梯土，都干得开丝裂缝，扒得起灰。可渠有满满当当的水，白白地从发渴的地头流过去，流过去。黄登榜喉咙痒痒的，还是又把车子往回折腾着。但他没有回到烟叶站去。他把车子停在磨坝场场口，用一根木棒顶住辕杠，让骡子歇下来。他从车子上取来一只口袋，脱下一件衣裳摊开，从口袋里倒出来一些苞谷糠糠，堆在衣裳上，挪到骡子跟前。抚一把骡子的两只立耳朵，他就走到边上，在一棵老桑树脚坐下去。他眯缝两只眼睛，愣愣地看着西头的半边天空。太阳已经劲软力乏，但从山口上落下去，却还有一些时候。他听着骡子磨着腮帮子咀嚼着，便渐渐恍惚，终于迷糊过去。黄昏的时候，他醒了。西天空空荡荡，只剩着一抹残光，在黯淡的山口跳动。骡子站在几步远的地方，用悲悯的目光静静地望着这边。他立刻兴奋得眼睛充血。长久的等待，机会终于来了。他驾着车子，急不可耐地冲下磨坝河。两个橡胶轮子闯进河床的瞬间，他感觉背后闪了一下，回过头去，便看见磨坝场一片灯明火亮。直到这一阵，他才大梦初醒，凄惶地往上游一看，白花花的水阵，正扬着头涌下来。掉头已经来不及了。他猛一挥鞭梢，"啪"地打在骡子耳朵上。骡子一惊，呼地拉起车子，奔生奔死地往前窜。幸而河床狭窄，骡子很快冲上河岸去。但车尾的两捆烟叶，还是被一排浪头浸湿。他把车子停下来，木木地站在河岸上，看着一下涨高的河水，感到有些后怕。

"我这些东西是几百块钱啊！"他喃喃着，往糊里糊涂的脸上扇了一巴掌就蹲下去，像石头疙瘩一样蜷缩成一团。月亮升起来，照在河面上，随波逐流，化成金的银的碎块。黄登榜回到马车上，放开刹把，抖动鞭梢，又往前赶路。一路很顺利，干部们这会儿已经撤退，没有遇到一点阻拦。仿佛一个古老而忧郁的梦，黄登榜赶着车，在山中月夜里晃悠。

鸡叫三更，他终于到达河溪场。一截独肠子街，他牵着骡子从这头到那头。不好叫栈房，又吱吱嘎嘎的，把车子赶回场口停下来。顶上辕杠，歇下骡子，他两只粗糙厚实的手在骡子背上抹两把，湿湿的摔两下，便脱下一件衣裳，给骡子搭上去。他倒在车子上，身上剩一件尽是眼眼洞洞的汗衫，禁不住夜寒，就抱着两只膀子，瑟缩地抖动。最后，他不得不翻起两捆烟叶来压在身上，觉得暖暖的，才睡过去。不一阵儿，他开始做起噩梦来。懵里懵懂的，有两个彪形大汉，摁胳膊压腿的，把他扳倒在地上，要掏那口袋里卖烟叶得的几百块钱。他拼命挣扎，拳打脚踢的，居然赶跑了两个强盗。但天亮来看，两捆烟叶完全散开，车上地下，东一张叶子西一张叶子。他想想梦里的情形，才知道原来跟那烟叶搏斗了一场。太阳出来的时候，他开始晾晒昨天黄昏过磨坝河浸湿的两捆烟叶，像卖狗皮膏药，这里挂一张叶子，那里摊一张叶子。盘弄到日头当顶，烟叶干了，他重又收拾利索，赶车往烟叶站去。

"银根紧缩！银根紧缩！"还远远的，黄登榜就看见一个人提着喇叭站在高处喊着，"所有烟款，一律支付百分之五十，其余百分之五十，三个月以后兑现。"

黄登榜一瓣心子紧巴巴缩着，简直沮丧极了。

"银根紧缩！银根紧缩！"

卖烟叶的人很多，都踮高脚伸长颈子往前挤着，仿佛落后几步，连百分之五十的现钱也保不住。

黄登榜愣一阵，禁不住裹挟一样，也终于插进卖烟叶的队伍中挤起来。大半天工夫，他一只手拿一把钞票，一只手拿一张白条子，满头大汗地从人堆中拱出来。他两根指头沾着口水，仔仔细细点一遍，便把钱裹一卷，往脑袋上白帕子夹层那里一塞，一翻，一绞，一捏，心头算踏实了。但那白条子，他放在哪里都觉得不是地方。拿在手上，又觉得莫名地烧指头。最后，他一脚跨在马车上，站得高高的，脖子几根筋鼓着，脸双颊红着。

"哪个要？"他一张白条子在空中飞着，招揽起生意来，"九折卖。"

他这个行动立刻得到响应，有十几个人围过来。但没有开腔的，都只是木头木脑地看着，仿佛很稀奇，很新鲜。

困豹（节选） 赵剑平

"八五折卖。"他说着，开始有些害怕人们那种目光。

场子里依旧一片沉默。

"八折卖。"他觉得自己像一只被围困的野兽，要赶快脱身逃跑。

"我要！"一个声音喊着。

"我要！"接着一片声音喊着。

看着那像发春笋一样举起来的胳膊，他迟迟疑疑，不知道卖给哪一个好。

"八五折。"他心虚胆怯，又把要价抬了起来，"我要……八五折……才卖……"

话音刚落，几只粗壮的胳膊一举，抓住他两只脚一扯，就把他从车子上拖到地上。瞬间工夫，黄登榜没有明白是怎么一回事情，手中的白条子被撕碎了，头上的白帕子脱落了。等到他醒悟过来，人群已经散开，只远远地拿奚落的目光望着他。

"抢人啦！"他抱着脑袋，杀猪一样地嚎叫着，"土匪抢人啦！"

但突然，他停止嚎叫，放开手来，一角白纸片还捏着。同时，他又看见一丈远的地方，一条帕子黑黢黢地躺着，弯来扭去，一条烂蛇一样。他呼呼地爬过去，抓起那帕子来，哆哆嗦嗦展开，仔仔细细搜索。希望的火焰微弱地跳动。倏地，一绷，一弹，一卷钞票落出来。他阴悄悄地捏着那钞票，拖着那帕子，就逃跑似的，赶着马车出了烟叶站。他打着骡子，没有在河溪场的街上停留片刻。直到出场口，他才刹住车，跳下地来，一边包着帕子藏着钞票，一边冲着河溪场独肠子街骂骂咧咧：

"又不是刮民党，青天白日的，抢人啦！"

解了解恨，他心头稳了一点。但人却像蔫气的皮球，堆在车子上，鞭梢也懒得甩一下，听骡子不紧不慢地往前走着。进磨坝场的地界，他忽然觉得背后有些异样，回过头来，便看见车子上坐着几个人。啥时候爬上来的，他一点不知道。但看着一摞硕大的背篼，他知道他们和他一样是烟农。磨坝场不止他一个人把烟叶背出境去。马路旁边，还不时可以看见去河溪场卖烟叶回来的烟农。他们头上沾着一些烟叶碎屑，仿佛刚从烟叶堆中爬出来，又喝了二两酒，不声不响飘飘荡荡往磨坝场走着。不知怎地一来，他心情一下好起来。啪地一打鞭梢，骡子拉着车在马路上跑起来。

"银根紧缩啦！银根紧缩啦！"黄登榜吼着，简直就是莫名其妙地吼着，"从明天起，宣布用树叶子啦！"

立刻，地上走的车上坐的，都莫名地激动起来，疯疯癫癫地跑着，喊着：

"紧缩啦！"

"关闸啦！"

"用树叶子啦！"

四下里山鸣谷应，仿佛一场洪水滚滚滔滔而来。

一拨人这样来到磨坝河边。上游大坝已经开闸发电，河水涨高起来。大家绕道，从上游大坝顶上过河。

这里只剩下黄登榜和他的马车。他一声吆喝，骡子拖着一挂空车一下闯上河床。河水被马车分断划破。马车被河水冲击，也一歪一跛的。黄登榜抓着缰绳站在车上。水淹过车轮，漫上车老板的腿肚子。水淹到了骡子的腹沟。骡子屁股一撅一撅的，尾巴唰唰地打起水来，水花溅得黄登榜糊糊涂涂的脸湿漉漉的。终于，骡子呼哧呼哧喘着，挣扎上岸。黄登榜刹住车，跳下地来。他看看骡子，看看河水。忽然，就像过河去的时候那样，他又往自己脸上啪地打了一巴掌。

夜里，黄登榜住在霍家栈房里。五角钱一张席子，铺在楼板上，不过买一个安身的地方。但价钱便宜，过路歇脚的农村人都愿意。十几铺篾席连成一片，七长八短好聊天。有刚刚从孟通城里来的，便诡声诡势地说这样涨价那样涨价，连盐巴也要涨价，并且诅咒发誓，称消息是从公安局一个老表那里捅出来的，其可靠程度不容怀疑。这一来，大家睡不着，一晚上翻来覆去，坐起倒下，就想那个盐巴的事情。

天刚发白，人人都起来，抖擞抖擞精神，跑到供销社的柜台上挤成一堆。黄登榜拿着昨天到河溪场卖烟叶的两百多块钱，就把几麻袋盐巴抬到车子上。他想虽然损失一张白条子，但天无绝人之路，来了弥补的机会。他打骡子开道，得意忘形，还咿咿呜呜哼起了歌——

正月十五庙门开
牛头马面两边排

黄登榜没有料到，毛坯马路路面松软，而且骡子早晨起来就不大对劲，老一个接一个地打着喷嚏，又是重车，他一不留神，马车两个轮子就陷进了泥坑里。一骡敌三马，应该能够拉起来。但不管他鞭梢怎样抽打，骡子眼睛圆瞪着，四只蹄子在地上蹬着，一槽一槽泥巴被扒起来，而两个轮子前后晃来晃去，还是越陷越深。这时候，他摸摸骡子的鼻子，看看骡子的耳朵，才灰心丧气地意识到骡子出了问题。如果只有一挂空车，那么骡子或许可以拉起来。但一百公斤一麻袋的盐巴却不是一个人能够搬得动的。哪怕往下搬可以卸下车来，可又怎么搬上车去呢？他愣在那里，正感到一筹莫展，就看见救星来了。

木青青帮姨爹把车子从烂泥里弄出来。骡子拉着盐巴，重又在毛坯马路上摇晃起来。为减轻载重量，两老少没有坐车。村长黄登榜在一边，高中生木青青在一边，一个人护一根辕杠，跟骡子并排而行。

"这回这畜生遭了。它跑得汗流浃背，我发了昏，还把它往河头赶……"

黄登榜想着他的骡子，只偶尔地转过头去，莫名地和骡子那边的木青青笑一笑。那

困豹（节选）赵剑平

样子其实有些难堪。大嘴巴，厚嘴唇，两边咧开，绷着两排黑黄的牙齿；而眉毛和眼睛却又一动不动；耳轮一小块，紧紧贴在两边，生怕搞丢似的。上下左右起伏不大地连成一片，就像一则谜语说的：一个葫芦七个眼。

木青青一声不吭。黄登榜跟他笑，他也懒得跟他笑。说实在的，要不是为跳大学这道门槛，家里把黄牯卖了，爹还要借黄登榜的牛犁田打耙，木青青就可能像睁眼瞎一样从黄登榜旁边走过，也不会动一根指头，帮黄登榜把马车从烂泥里弄出来。乡下的事情，还有哪样法子呢！虽说人不求人一般大，可百十来户人家的社会，低头不见抬头见，抬头不见梦中见啊。而且山不转水转，水不转路转，说不定哪一天就要求人。比如嫁姑娘，你总不能自己抬了嫁妆上路。再比如死父丧母的，你也还要四邻八舍的来帮忙，才会办得热热闹闹。俗话说，赵石匠死了都要借窝筐。再说呢，木青青现在还没有走进大学的门槛。他刚刚考试下来，感觉比较好而已。就算大学读书，也要几年寒窗，他还领不到工资，还不能给爹买大水牯。就算成了气候衣锦还乡吧，也还是一方天下一个神灵，强龙难压地头蛇呢。人啊，什么东西都可以摆脱，冷来添衣裳，饥来喝米汤，就是摆脱不了自己，那种说不清道不明却又实实在在的牵连，又恨又爱，又挖墙脚又添砖头，仿佛这样才地道，生活起来也才有滋味……

少男少女

木青青不会忘记他跟水惠的事情。

那个雨天，小伙子把一领宽大的蓑衣披在姑娘单薄的背上，那以后，磨坝场中学的星期六和星期天显得多么美好。两老表同行，风里来雨里去的，连老木垭也不像从前那样阴森可怕。初中生的梦像雾一样朦朦胧胧，却也像雾一样是单色的。错欢喜木家寨那座老庙成精成怪，从那里面出来的学生，你就会感觉很多东西说不清楚。

木青青从小就很敏感。有一次，木家寨放电影。地点在生产队保管室前面的晒坝上。放映机是八点七五毫米的。那发电机也很有意思，据说是上海儿童玩具厂生产的，它像两架并列起来的自行车，两个人骑在坐包上，呼呼地蹬着踏板，齿轮转动链条，链条转动马达，便来了电。片子是《地道战》还是《地雷战》，木青青已经记不大清楚。他跟火生守在放映机前，看放映员操作，看大肚皮灯泡把那胶片上面的影子嗒嗒地照在银幕上。不一阵儿，火生提出来骑洋马儿，要上脚踏发电机去蹬几圈。"洋马儿"这个概念，是从《地道战》和《地雷战》得来的，两部片子都有自行车的镜头。人们不明白那是什么，就问令狐枯荣。令狐枯荣说"洋马儿"，老早在遵义城头见过的。那时候，整个磨坝区只有一台八点七五毫米的机器，只有一位女放映员。女放映员本来姓丰，身体也像风吹灯一样晃悠，大家就叫她"风吹灯"。电影队下乡放映，仿佛战争年代的交通站，从这里到那里，要有人接送。而发电机，到一处，就由一处找人蹬。这个活路并不大费力，又有座，就在放映机旁边，还误不了看电影。人们都很愿意承担。但技术要求比较高，脚力协调才能又快又均匀。不然电压不稳，银幕抽风地亮一阵暗一阵，喇叭阴阳怪气地高一声低一声。公社革命委员会很重视，曹主任亲自在干部会上发话，关系到宣传毛泽东思想的大事情，蹬机器的人不能随便找，要多方面考查，再报公社革命委员会审批、备案，防止临场出现差错，还指派有后备力量。错欢喜固定由两个人蹬，一是骆沙锅，一是铁脚杆。骆沙锅长期背沙锅串乡，一副好脚力。而铁脚杆在箐林里追猎，锻炼得又坚强又灵巧。当然了，政治第一，两个人的成分都带着一个"贫"字。小木青青不知道这些委曲，他只看见一起的火生要骑洋马儿，骆沙锅果然就下来，让火生骑上去。火生腿短，只能蹬半圈，转不圆，这使另一个座位的铁脚杆蹬起来很费力，要用两倍的功夫，不然画面和音响都要"黄"。但铁脚杆不吭气，只是默默地蹬着。不一阵儿，他就满头大汗。骆沙锅在一边看着铁脚杆实在吃不消，才低声下气地诓火生。火生玩得差不多了，也就让下来了。火生骑过洋马儿，便向木青青夸耀，说那玩意儿很好玩，看电影里汉奸骑着洋马儿走着，好像自己骑着洋马儿走着。木青青的好奇心被煽动起来，就电影也看不进，缠着骆沙锅要骑洋马儿。但骆沙锅一甩袖子，狠狠瞪一眼木青青，便再没有理他。而不一阵儿，火生又提出要骑洋马儿，骆沙锅虽面有难色，却又让火生骑了。小木青青张眉愣眼看着，终于明白什么似的，就阴阴沉沉转过身去，拱着人群离开放映机前。但临到散场，他又出现在脚踏发电机前。他两边脸颊憋得红红的。突然，他小小的指头一下指着骆沙锅，大声吼着：

"你怕他爹！"

这一声石破天惊。骆沙锅两只脚抖着，蹬着脚踏板直打滑。火生的爹是公社革命委员会的曹主任，哪个都知道的。为了这一点事情，木青青爹还把木青青打了一顿，说他是吃雷的胆子。从那以后，木青青再也不到放映机跟前去。

还有一回，娘叫木青青去姨娘玉娥子家借苞谷。

"借哪样借！说得不好听。"姨娘说着，"撮两升去。"

木青青娘跟玉娥子是亲两姊妹，是落雨山那边的姑娘。玉娥子嫁过来没有两年，就牵线搭桥的，把妹拖到错欢喜来做伴。木青青爹原来是生产队的会计，在错欢喜算个人物，但自从秋天里炕苞谷把半边房子烧了后，境况也就一天不如一天。木青青借的苞谷没有几天就吃完了，娘又叫木青青去借苞谷。

"借哪样借！说得不好听。"姨娘说着，"撮两升去。"

还是那句话。但木青青听起来却感觉不是滋味儿。后来，玉娥子过木青青家来串门。木青青在屋里，就听见姨娘叹息娘的命不好，说得娘唏嘘不止。那以后，就是每顿吃洋芋疙瘩红苕疙瘩，木青青也不去姨娘玉娥子家借苞谷。

困豹（节选） 赵剑平

但木青青喜欢老表水惠。两老表虽在复式班里隔着几排坐着，可散学后在山坡上，却是一个放牛，一个打猪草。那阵子，木青青总撒开黄牸，去帮水惠打猪草。冬天里，天寒地冻的，一起放牛的娃儿四下去捡来干枯的树枝，燃旺篝火，烤得一张脸红彤彤的。可木青青还要帮水惠，冻得紫芽姜一样的手指头，在田埂土坎拔白蒿、扯灰兜菜，虎口开裂，渗出来一颗一颗的血珠珠儿……

后来，两老表一起考进区中学，到磨坝场读书。离开了错欢喜山地，也离开了家，不再放牛，也不再打猪草，他们除了读书，就没有别的事情。不知怎地一来，两老表感到无所适从了。他们对面走过都心惶惶的，仿佛怀里揣着一只兔子蹦着。而一道从错欢喜出来读书的几个同学，火生、家英、藤子他们，却都到了成精成怪的年龄。一堂课上着，忽然一张"又"字形的纸条传过来，打开一看，木青青手中是"水惠是你媳妇"，水惠手中是"木青青是你男人"。

一天，班上文体活动课。天上下着雨，老师把同学们组织在教室里猜谜语。火生跑上来，扔两颗扣子在讲桌上，说打两个同学。老师无心，夸火生是动了脑筋，要大家也动脑筋猜猜。直到台下一阵哄笑，老师看见木青青和水惠一人一张大红脸，才知道上了当。事情有意无意的，把两老表死死地连在一起。结果，两老表都莫名地害怕起来，星期六下学回错欢喜，星期天上学回磨坝场，竟不敢走在一起。甚至偶尔碰上，两老表也不打招呼，仿佛有意要冷淡，有意要疏远，又仿佛两颗稚弱的心都疲倦了，沉睡了……

那个雨天把一切还回来了。也许，这一切美好的东西并不曾真正消失过，它只是藏在一个地方，没有被发现而已。在劳动中产生爱，这算一种方式。而爱不一定都在劳动中产生，还有另外许多种方式。从错欢喜放牛割草的山坡，到磨坝场的毛坯马路和初级中学，一种新的过渡，也是一种新的体验。

木青青对老木垭的那个黄昏永远记忆犹新。那会儿，太阳跌下去，像撞在什么坚硬的东西上，被撞得头破血流。西天一线，红光浩荡，又浓重，又热烈，仿佛托不住，就要倾倒在大地上。从错欢喜和磨坝场两头爬上来的毛坯马路绾成一个疙瘩，卡在垭口上一动也不动。两老表正走着，水惠忽然就站住，惊异地叫起来：

"月亮出来啦！"

水惠声音那样大，毛坯马路两边的林子都受惊似的，直簌簌地抖动着。

木青青收住脚，有些诧然地看着水惠。

"她为哪样不跟太阳在一起？"水惠两边脸颊红彤彤的，两只眼睛雾飘飘地说，"总在夜里出来。"

"就是这样！"木青青说，"他们一个在前面，一个在后面，就是这样！"

"哪个在前面？"水惠望着东边，一轮淡淡的月影正拼命地往上升起，"哪个在后面？"

"哪个都在前面，哪个都在后面。"木青青莫名地感到有些兴奋。

"月亮好苦啊！"水惠叹息着，"孤零零的，冷清清的，没有人跟她做伴。"

"因为她起来的时候，大家都疲倦了，"木青青说，"连太阳也疲倦了。"

水惠突然盯着木青青。"你晓得日食和月食吗？"她火辣辣地说，"上地理课老师讲过日食和月食。"

"食者，吃也。"木青青不冷不热地说，"太阳吃月亮，月亮吃太阳。"

"既然吃了，还能吐出来？"水惠颤颤地说着，"他们是抱住……"

木青青傻乎乎地愣在那里。

"我要……月食……"水惠身子一歪，就一下向木青青倒过来。

木青青禁不住后退几步，终于站稳脚跟，死死地把水惠抱住。

"木青青哥……"水惠梦呓一样喃喃着，"我要……月食……"

木青青心头热乎乎的，有一股又黏又稠的东西从那里渗出来，漫开去。他头一次听水惠这样叫他，其实水惠还大他两个月，却这样叫他。他想咕哝一点什么，嘴唇嚅动一下，却什么也没有说出来。

"那片晚霞好红好红啊！"他久久地望着遥远的天际，在心里说着，"哪里来那么多的红呢？是血，是火，还是别的什么？人要是走进去，会被呛死的，会被烧死的……"

仿佛忍不住血与火强烈的刺激，他把眼睛闭上了。他看见一头牛领着另一头牛，懒洋洋地朝着一重长长的坡走着。两头牛站在坡顶上，哞哞地朝着坡脚叫着。不一阵儿，一头牛舔另一头牛。又不一阵儿，又一头牛舔另一头牛。他感觉舌尖那儿凉悠悠的，本能地拉开距离来看看，发现两只眼睛里映着一轮冰清玉洁的月亮。恍惚之间，他舔到月亮上了。

"木青青哥！你把我……全要了吧！"水惠扭动着，"全要了，我就成了你的人……"

"不……不……"木青青脸上的肌肉痛苦地扭动着，"这不行……我不能害你……我不能让你像我娘嫁我爹那样……我要活一个样子出来，那时候，我……我们全要……"

"我不怕……木青青哥！你讨饭，我跟你背背篼……"

"这不行……这不行……我不讨饭……我要活一个样子出来……"

"你不要我……"水惠有些忧伤起来，"怕等不到那一天……他们要给我找人户。"

木青青浑身一震，怔住了。好一阵工夫，他咬得牙齿咯咯地响。

"我找他们去。"

木青青说着，就慢慢地扒开水惠。倏地，他扭过头去，便沿着毛坯马路跑着，一直朝坡脚木家寨奔去。那一瞬间，他似乎就有一种预感，他可能再也拥抱不了水惠了。

第二天，木青青在水井挑水，正碰上黄登榜扛着镐头往山坡上走去。黄登榜不知在

困豹（节选） 赵剑平

哪里听人说木家寨地下有煤炭，只要闲下来，就到处刨啊挖啊。

"姨爹！"木青青喊一声。

黄登榜抬起头来，愣愣地望着木青青。但是，木青青却什么都说不出来，只红着一张脸，傻乎乎地站在那里。黄登榜鼻子里模模糊糊哼一声，便悠悠上坡。木青青揪着自己的头发，难过极了。他觉得他在这件事情上显得多少有些笨拙，或许自己真的要窝囊一辈子。如果这样，那么他决不会娶水惠做媳妇，不能让她受苦，更不能让人怜惜她，或者嘲弄她。

直到那个暑假，木青青拿到了孟通高中的入学通知书，他才气粗粗地跑到水惠家里。

"水惠不能嫁人！"

木青青向姨爹黄登榜和姨娘玉娥子砸了一句就跑了回来。

夜里，黄登榜到木青青家来，把木青青仔细端量半天，就对木青青爹说：

"兄弟！这个娃儿怕读书读出毛病啦。你多少要留一点神。那些墨点点儿，我们两个人都在庙上那个老令狐那里摸过两天的，像虱子一样，直往脑壳头、心头钻啊，绞啊，很难有人不糊涂……"

木青青爹听着，仿佛真的听了进去。但等黄登榜一走，他却转过身来，一本正经地对木青青道：

"万事由命定。你既然考了高中了，说明命该如此，就要好生读书，不要东想西想。我命不好，这辈子只有这样窝囊了。但我明白，读书是有好处的……"

木青青感到奇怪，爹说话从来又琐屑又直露，就像他保存的那些发黄的账本一样，可这几句话说得又精练含蓄，又恳切沉重。他实实在在地听进了心里。

寒假里，木青青从城头回来，就听说水惠由骆沙锅的女人水仙做媒，许给了火生。那个时候，他跑到黑鸦坎，从岩上推石头下去，把骆沙锅的纸壳作坊砸了一个大窟窿……

这么多年来，木青青想都没有想过，甚至寒暑假一个人孤零零地照看学校，或者瞒着人去医院卖血，他也想都没有想过。仿佛只要想一想，人就散了，化了。现在，他高中读出头了，高考这一关也过了，只等领取大学的录取通知书了。他敢想了。而且，事情变化来变化去，也并不见得晚了迟了，就像课本里一句诗说的那样，柳暗花明又一村啦。

这一天注定不会下雨，也不会放晴。

"你老表水惠，你可能不晓得，"骡子吭哧吭哧地爬着老木垭，这时候，黄登榜想起什么来似的，两眼直勾勾地望着垭口上，木木地说着，"我要是在家，就不会出事情……她被人贩子拐跑了。"

木青青转过头来看一眼马车老板,莫名地显出一种轻松来:"你怎么知道她被人贩子拐跑了?"

"乡公所曹书记说的,"黄登榜迷头迷脑地答应着,"现在人贩子凶得很……"

黄登榜那会儿没有注意到木青青脸上挂着一种又舒心又压抑的微笑。

"那天,我到磨坝场卖烤烟,"黄登榜接着说,"第二天早晨回来,就在这垭口上碰到小学校的令狐老师,他找她们去——和水惠一起遭拐跑的,还有家英和藤子……估计这事情很复杂……"马车老板絮絮叨叨的,"小学校被滑坡冲毁了,他反正也没有事情……铁脚杆出两颗獐子卵子……人找不回来,他的确不好交代。"

木青青那种神秘的微笑消失了。

喔——恐怖的一声吼啸,仿佛大地裂开一条长长的缝,把箐林里的沉沉阴气直往里吸着,吞着,搅得整个老木垭都战栗起来。骡子正艰难地爬着,一听这叫声,四只铁蹄失去抓拿一样虚飘起来,直摇摇晃晃地往下坡退。黄登榜慌了神,忙撒开辕杠跑到尾子上,死死地顶住马车屁股。木青青抱一团石头塞在轮子下,才止住了滑动。

黄登榜心惶惶地望着黑黑的林子,大半天才缓过气来,怯怯地嘟哝着:

"哪里来了哪样怪物啦!"

第八章

老豹子

隔着一丈多远距离,疙疤老山停下来,生怕腿拐上那叮当声惊动那乌梢蛇,使这辉煌的壮举终止了。它慢慢地坐下去,把镣铐上的一段铁链压在屁股底下。那是一棵柞树,森林里其实很少生长这种树。只有在林子的边缘,或者灌木丛中,才时常可见。那蛇曲曲折折,像一段盘起来的弹簧,死死地绞在树干底部。柞树树皮炸丝裂缝,又坚硬如铁,很容易地就把一条乌梢挂住。一切都静止了,屏气敛息地等待着什么。树叶开始抖动,簌簌地响着,仿佛微风吹过。渐渐地,整个树干都打摆子一样地摇晃起来。仔细看去,那蛇三寸的地方胀起来,里头一股气正有力地鼓动着。那颗椭圆的脑袋,此刻却蔫巴屁臭地耷拉着,只两粒眼睛金豆一样地鼓亮。倏地,那蛇头高高地一扬,整个林子在刹那工夫翻了两转似的,那乌梢一分为二,凌空腾起一段,闪闪烁烁,飘飘荡荡,就扑地落到几步远的草丛中。疙疤老山一步纵过去,趔趄一下,叮叮当当站稳。那份欣悦,仿佛那乌梢蛇得到解脱的同时,它自己也得到解脱。它很快想到老豹子,想到蛰伏

困豹（节选）赵剑平

在长江下游那片灌木林地里的十几头豹子，要能够得到解脱，那该有多么惬意。那蛇一动不动地躺着，身体上点点润液，在一线天光中显得晶莹透亮。它歇过气来，蠕动着慢慢地爬走了。柞树树干上留下一截蛇皮，好像那乌梢蛇还缠在那里。

疙疤老山悲哀地响一下鼻子，就在地上嗅着。感觉到一股冷气还在草丛中缭绕，它便暗暗地走下去。那乌梢蛇已经消逝，回到自己的巢穴去。花豹显然不是要追上乌梢蛇，而是要找到乌梢蛇到底留下了什么，它固执地认为，除那截蛇皮外，还应该有点东西遗落在地上。什么东西呢？一种精神，一些血，一种经验，一个梦。最后，它一无所获地回到原处，呆呆地望着柞树脚那一筒抽空的蜕壳发愣。

疙疤老山又想起动身前的情景来……

老豹子用半个月的工夫，才把大家集合起来。整个豹族又狞野又孤僻，从来没有首领，能够凑在一起很不容易。老豹子住在长江边，年迈体衰，每天夜里出来，捉只兔子逮只松鼠的就已经不错。如果偶尔伏击到一只山羊，或者一只狐狸，那就盛大而且隆重了。但不管怎么难堪吧，它每天夜里都要走到江岸，一颗扁平的脑袋伸在空中，鼻头翕动，猫耳矗立，这样嗅上一阵，听上一阵，然后才回到那片灌木丛中去。这一天，它终于行动起来。它再不去长江边上，仿佛已经拿定主意，走出那片狭窄的灌木林地，就向起伏的丘陵地带跑去。它显得那样急促，似乎意识到生命留给它的时间已经不多，而一些事情得赶紧完成。这里，每一头豹子都有自己的领地，是神圣不可侵犯的。但老豹子长驱直入，只想到心里那个崇高的目标。它很快找到第一头豹子，那也是一头老豹子，两只黄黄的眼睛一瞪，就奔跑过来，准备为维护领土主权而战斗。

"你要是不愿意像我这样烂掉，就听我说吧！"

老豹子说着，温驯地趴在地上，完全俯首称臣的样子。

领主抑止满腔愤怒，看见老豹子美丽的金钱斑连着金黄的毛衣，都一块一块脱落，整个躯体癞癞巴巴，暴露出腐烂的皮肉，散发出一股难闻的气味，顿时惊呆了。

"这里的天空，这里的土地，这里的水，都出了问题了。"老豹子说，"我们必须赶快把大家召集起来，商量一条出路，摆脱目前的困境。"

领主没有吭声，但从心底很佩服老豹子的见地。因为，它附近的一头豹子，这一阵都莫名其妙地病恹恹的。昨天黎明时分，它在边界上一片沼泽地里看见了它的尸体。为了表示哀痛和尊重，它让那片失去主人的领地空旷了一个昼夜，没有立刻扩张过去。这样，老豹子说服了第一头豹子，接着带上它，一同到下一片领地，去游说另一头豹子。

最后，整个豹族在长江边上那片灌木丛中聚会。虽说是整个豹族，但其实只有十几头豹子。聚会地点定在那里，主要有两个原因。一个原因，那里是老豹子的领地。十几头豹子聚会，领地里所有的野兽都闻风丧胆，会四下里逃命，跑得远远的，这无疑意味着一场浩劫,将给领主带来饥饿的威胁。结果,只有发起者才具备这种献身精神。还有一个重要的原因,差不多的食肉动物都以河流和山峦为坐标,老豹子已经意识到,要涉及的问题,如果离开长江,也就说不清楚。那是在夜里,整个豹族世界的牧神——橙红色的大角亮星,在天际一角闪闪烁烁,欣慰地注视着一群美丽的儿女。那是在一座低矮的土岗上,从那里可以看见长江模模糊糊的光辉。大家拉成一个圈子坐着,把老豹子围在中间。老豹子不是坐着,也不是站着,而是走着,显得格外躁动。从长江里升腾起来的水雾,夹着浓重的腥气,随晚风吹来,刺激得大家不时地喷着鼻子。苍白的月华洒下来,给一座土岗,给每一头豹子,都笼罩上一层肃穆的光晕。老豹子顿住不安的躯体,开始发话了。它声音嘶哑,但有一种惊心动魄的力量,仿佛天边飘来的雷霆——

"好久以来,每到夜深人静的时候,我都要去长江边上嗅一回,听一回,看能不能弄清楚一个问题:我们豹子为什么越来越少?人类如今把我们列为二类保护动物,这就是一个证明。人类那份同情心,我是知道的。当初,我们发达兴旺,人类还成立'打豹队',企图消灭我们。而现在,我们已经面临危机,人类又反过来保护我们。大家熟悉的,我们猫科的虎,就被人类列为一类保护动物,这说明他们比我们更紧迫,快要断子绝孙。所以,我日思夜想,就琢磨这个问题。有一回,我迷迷糊糊地做了一个梦,梦见一头老豹子,都衰老得不能动弹,身上只剩一张皮毛和一把骨头,正趴在地上等死,它对我说'我们豹子是从雪山上下来的'。我醒过来,就琢磨这个事情,总觉得这一头老豹子和这一句话,都是在哪里见过的、听过的。大家不要小看这个梦。为什么一头老豹子快死的时候,要把这句话对我说呢?大家不要小看一句话,'芝麻,开门!'也只有一句话。我弄不懂这句话的含义,或许它根本就没有含义。而没有含义的话,又常常是一把钥匙。我这样琢磨的时候,就抬起头来,向我们牧神求告。大角眨着神秘的眼睛,是嘲笑我的愚蠢,还是暗示我别的什么东西。她老人家从来不和我们说话,就用眼睛和我们交谈,其目的在于启发我们的思想。'思想'这个魔鬼,它可以托起整个世界,也可以把整个世界踩在脚下。而现在,在整个动物群落中,人类的'思想'占了绝对优势。而啮齿类的'思想'在萎缩。很多年代前,我们曾经称霸地球,就是因为我们的'思想'发达。后来,人类社会产生,抑止我们的'思想',就只有灭亡一条道路。声威显赫的恐龙时代的结束,实际上是恐龙'思想'的消失。剑齿虎的灭绝,实际上也是对我们啮齿类动物的'思想'敲一记警钟。我们大角牧神不和我们说话,或许就是从那时候开始的。至于无脊椎的软体动物,它们根本没有'思想',只有可怜巴巴的那么一点本能……"

十几头美丽的野兽神情庄严,完全被老豹子打动了。

"我终于明白我就是那头老豹子,那句话就是我要跟你们说的话。我也是快要死亡的豹子,而琢磨的问题,也是我们豹子的问题。高明的大角牧神,通过巧妙的梦境,把

困豹（节选） 赵剑平

这个使命暗示给我。大家不要认为这是无稽之谈。我现在可以毫无保留地告诉你们，我的很多'思想'差不多都是从梦里得来的。'梦'是神和我们会见的地方。那里记录着过去，也研究着将来，然后把'过去'和'将来'两种东西糅在一起，就交给我们的'思想'。大家可以掀开自己的头盖骨看看，大脑多么像花岗岩，花岗岩经历多久，脑髓就记录多久，也研究多久。高级的人类，就时常掀开自己的头盖骨琢磨大脑。'梦'从身体里分离出来，独立于'现实'之外，它把'过去'和'将来'加在一起，跟'现实'这个庞杂而又残酷的东西抗衡。我之所以特别注重'梦'，因为我觉得它是一座桥梁，可以引导我们摆脱'现实'。那里展示的是'过去'和'将来'，因此我们常常感到'梦'是陌生的，它或者记录我们祖先的事情，或者研究我们子孙的事情，我们只有依靠'思想'，才能把它们分析出来。现在，我要解开谜底，阐释这个'梦'，破译'我们豹子是从雪山上下来的'这样一句话……"

疙疤老山坐在老豹子侧面。它看不见老豹子的表情，但却清楚地看见老豹子头部上方一道金色的光环闪闪烁烁。它问旁边的豹子看见什么没有，旁边的豹子说什么也没有看见。那时候，疙疤老山就隐隐约约地意识到了，它被一种神奇的力量指引着，将要跳出来，单枪匹马去完成一项宏大的事业。

"既然'梦'是这么一回事情，那么，'我们豹子是从雪山上下来的'这句话，就意味着一个选择，要么是我们祖先的过去，要么是我们子孙的将来。结果，这句话不是一个'传说'，就是一个'预言'。'传说'也好，'预言'也好，这两样东西都不排除真实性，一是发生过的，一是将发生的。如果我们假定这是一个'传说'，那么我们祖先就是从雪山上下来的，雪山是我们的根源。而事情的关键，为什么在我琢磨我们豹子的危机的时候，我们牧神要把这个'传说'告诉给我？这说明这句话包含着我的问题的答案。如果我们假定这是一个'预言'吧，那么我们子孙就是从雪山上下来的，雪山是我们现在的去向，否则整个豹族的历史将在我们这一代豹子手中截断。我琢磨'我们豹子越来越少'这个重大问题的时候，我们大角把这个'预言'托梦于我，说明这句话暗示着我们摆脱困境的行动方案……"

这时候，一艘巨大的客船在长江上逆流而行。辉煌的灯光照在江面上，江水浑浊而凝重，又像金属一样光芒闪射。大家转过扁圆的脑袋去，阴沉地盯着那庞然大物，一座山一样移动着，又像雷一样轰隆轰隆吼着，走过去了，消逝在远方了。

"雪山在哪里？沿着这条江一直往上走，就可以到达雪山。问题的关键不在这里，而在弄清楚'雪山'的含义。'我们是从雪山上下来的'，这只是一串密码。只有一个一个密码破译出来，才能领会我们牧神暗示我们的东西。事实上，真正的雪山已经不能适应我们金钱豹，它是不能养活我们金钱豹的。而且，那里是雪豹的领地。这里，'预言'必须回到'传说'中去，'结果'和'原因'才能衔接起来。'雪山'的含义清楚了，我们的行动就出来了。为了'雪山'这个密码,我苦苦地琢磨了很久。大角牧神再没有给我投'梦',也许她老人家认为这是再简单不过的。事情有些时候就是这样,复杂的能够理解,简单的反而不能够理解。但关系我们豹子生死存亡的问题,我不得不'思想'。有一天夜里,我出猎回来,身上的烂疤折磨着我,我不能迷糊一下,就去到长江边上。我这一夜是第二次去到长江边上。我站在那里,看着水中那玉盘一样晶莹透亮的东西,琢磨着'雪山'。猛然间,我明白什么似的抬起头来,看着见晴朗的天空中,一轮洁白的明月照耀着,啊,我差不多要蹦进长江去,那不是我心中的'雪山'吗!我立刻醒悟到,'雪山'只是一种意向,表示纯洁和宁静。那么,我们为什么要回到'雪山'去呢?显然,我们现在的环境是不纯洁不宁静的。大家可以'思想'一下,我们的天空整日烟雾弥漫,已经看不见一只鸟的影子。我们的土地越来越狭窄,越来越老化。我们的长江水再不是清亮纯净的,而是又浑浊又腥臭的。大家还可以'思想'一下,我们有的豹子为什么莫名其妙地死去?我们有的豹子为什么古古怪怪地害上一种烂皮症?就像我这样的烂皮症。我们有的豹子养的儿女,为什么多年来都是死胎和怪胎,很少有一只是健康的?这一切都因为我们所处的环境中有大量的毒素,正从各个方面攻击我们豹子,扼杀我们豹子……"

所有豹子都站了起来。每一头豹子都感到内心深处有一种莫名其妙的东西在激荡和冲击着,再也不能够安安稳稳地坐在土岗上啦。

"我们豹子必须向'雪山'迁徙啦!这是至高无上的大角牧神的指示。我们是从'雪山'上下来的,对纯洁和宁静的追求,是我们豹子的天性。那么,'雪山'哪里有呢?纯洁而又宁静的地方哪里有呢?多少夜晚,我站在长江边上,就那么嗅啊,听啊,终于琢磨出一点名堂来。从下游上来的风是浊气,从上游下来的风是清气。从下游传来的声音是干枯刺耳的,从上游传来的声音是湿润悦耳的。我开动'思想',很快得到一个结论:下游是大机器,上游是大森林。我们'雪山',只有上游才能找到。我们纯洁而又宁静的地方,只有大森林才能找到。事实上,我们这一块陆地,是三级阶梯,西部高,东部低,我们长江的源头,辽阔的高原上面,有地球上最高的地方,称为世界屋脊的喜马拉雅,那是第一级阶梯。而我们豹子现在的地方属于第三级阶梯,往下走只有苦难的大海。第一级阶梯终年冰封雪冻,那里太冷,不会出现大森林。第三级阶梯受洋流的影响,既温暖又湿润,适宜生长大森林,但这里拥挤着大量的人类,像蚂蚁一样密密麻麻,不等树苗长成材就都被他们踩死了。结果,只有第二级阶梯才会产生一望无际的森林。那么,接下来的问题是我们如何到达大森林,完成大角牧神安排的大迁徙……"

"我们走吧!"

"我们出发吧!"

十几头豹子闹哄哄的,在苍白的月光下簇拥成一团。每头豹子都掉头西向,仿佛只

困豹（节选） 赵剑平

要老豹子点一点头，就会冲下土岗，杀上长江。

只有疙疤老山显得无动于衷，它依然那样庄严地站在原处，静静地等待着，等待着老豹子把那个事情说破……

"谈何容易的事情啊！我们都老的老，病的病，残的残，长江又那样曲折，它的支流，像我们身体的血管，走哪里，不走哪里，我们拖这样一支队伍，东颠西跑，恐怕还看不到大森林，就会被拖散、拖垮。而且，目标太庞大，容易被人类发现。这样，我们的'思想'，也就会暴露。人类制造机器和自己下棋，而机器人一旦下赢了人类，人类就会感到威胁，就要毁灭机器人。即使在棋盘上，人类也不会在'思想'这个问题上让步。我想表达这样一个意思，虽然人类把我们列为二类保护动物，但只要发现我们大规模的有组织有纪律有目标的行动，他们就会权衡利弊，进行有力的抑止。比方说，他们把我们捕去关在铁笼子里，按照他们的方式实行保护，在他们的监督下实行交配、繁殖，这是多么可悲的啊！而且，人类现在的秩序出了问题了，一个不买一个的账，你说保护，他说屠杀，不能统一起来。比如就在长江边上一个很大的城市，在公园，人类就把称之为百兽之王的老虎的牙齿给拔了，让游客们去摸它。还说老虎的屁股摸不得呢，连牙齿都给拔了。所以，我们的行动要秘密、迅速、准确。做到这样三点不容易。我们必须先派遣一头最优秀的豹子，立刻出发去第二级阶梯，找到我们纯洁而又宁静的大森林，然后记清楚道路，再回来带领我们大家前去……"

那一瞬间，疙疤老山感觉尾尻那儿被什么东西推了一把似的，它就腾地跃过去，骄傲地站在老豹子跟前。老豹子一点不诧异，仿佛早知道会是这样的，只用两只浑浊的眼睛盯住它，一动不动地盯住它。疙疤老山极力想从那浑浊的目光中发现一点什么，就勇敢地瞪亮一双眼睛，和老豹子对峙起来。结果，它发现那深渊老潭有多么复杂啊！威严、神圣、悲愤、欣慰、信赖、麻木……

奇怪的是没有一头豹子跳出来跟疙疤老山争这份殊荣，仿佛都接到来自大角牧神的告示。其实，它们中间还有几头正当壮年的雄性豹子，从力度上、灵敏性上，都比疙疤老山强。但是，大角牧神却偏偏选中花豹疙疤老山。直到很久以后，疙疤老山才明白其中的道理，而不得不佩服牧神的高瞻远瞩……

疙疤老山要出发了。十几头豹子四下出击，在老豹子的领地上来回倒腾。最后，豹子们翻到一只腿部受伤而没有来得及逃走的狐狸，叼到疙疤老山跟前。疙疤老山不客气地饱餐一顿。然后，疙疤老山在十几头豹子的簇拥下走下土岗，来到长江边上。夜已经深沉。宽阔的江面上弥漫着一层寒烟。风从很远的地方吹来，把团团江烟推来攘去。月挂中天，大江上下沉浸在一片圣洁而谧穆的光辉中。老豹子两只前脚浸在江水中，昂首冲天，望着一弯苍白的月亮。喔——它使尽平生力气一声长啸。那一霎间，沉重的长江似乎簸两簸。接着，十几头美丽的野兽都掉过屁股，将一根骄傲的尾巴伸进水里，开始有节奏地拍打起来。啪！啪！啪！十几条鞭子整齐地抽着，刚劲有力，雄浑厚重，长江被抽得颤抖不已，发疯地跳起高高的浪头，发出疼痛难忍的哭号……

风萧萧兮易水寒
壮士一去兮不复还

疙疤老山听着，看着，猛地一扭头，一纵步，便站在一块巨大的礁石上，再一回首，又一扭头，就往大江上游冲去，很快消失在苍茫的夜色中……

疙疤老山眼睛湿润了。

疙疤老山离开那乌梢蛇留下的蜕壳。它走上森林里一块苔藓斑驳的巨石，站在那里，尽力地引长颈子，透过枝叶的缝隙，望着遥远的天际，开始喃喃自语起来：

"现在是白天，我看不见大角。但大角应该能看见我。不然，她如何会成为我们牧神。我的困境，她知不知道呢？既然派我到第二级阶梯来，她就不可能见死不救。不，她肯定是知道的。那天夜里，正是三更时分，她派来的使者，那爿巨大的铜钹，在我头上停留好几秒钟，应该把什么都看得清清楚楚的，回去向她报告了。但是，那个人为什么还不出现？你英明的大角安排我接触的那个人，自从那个晌午在老木垭匆匆见一面后，就再也没有出现。那个将替我打开镣铐的人，他到哪里去了呢？"

天色渐渐暗淡，疙疤老山渐渐地被那巨石融化。

（节选自《困豹》，人民文学出版社，2006年5月）

汪 洋

在疼痛中奔跑(节选)

我开始了我的讲述,在这个初冬的没有阳光的清晨。就这样,在文字的浪尖上开始我的舞蹈,我的奔跑,我的旅行。

我是一个痴心的女子,总妄图锁住记忆,生命中那些真实的痛楚,战栗的快乐,云一样飘来荡去的人和事。我妄图用笔,就像摄影师妄图用胶片将瞬间凝固,直至永恒,虽然,一切最美最有价值的从不可能被原样地记录和复制,更不会为谁停留。

我不想简单地编织一个故事,就像我已经出版的几本小说。驾驭文字对我来说不是难事,语言精美流畅,故事编得也很圆满,都卖得不错,有两本正在被改编成电视连续剧。

可是,我不愿再这样以一个旁观者的身份,冷峻而理性地分析我的过往,幽默戏谑地调侃,或是矫情地加以粉饰。

记忆的碎片在清晨的阳光下轻舞,像飞扬的精灵,必须浸入最真实的痛和泪,才能锻成品质高贵的钻石,否则,便是五光十色的玻璃,晶莹闪亮却掩不住平庸俗气的本质。我必须撕开往事,将伤口血淋淋地展示给人看,就像古时的铸剑者,当剑快铸成时,他必须割破手腕,甚而熔身于炉——只有浸透了铸造者鲜血的宝剑才会炉火纯青,这和材料、技术无关,铸剑者的鲜血赋予了宝剑生命和灵性,让人面对它不得不敛息屏气,肃然起敬。

舍身的铸剑者,是真正品质高贵的人。

我不是专业的写作者,没有受过任何训练,因而没有受过污染,没有任何框套和束缚。我只固执地想在语言的丛林中寻找到属于自己的那一朵玫瑰,用自己喜欢的方式进行倾诉和表达。

很冒险，但很刺激。

我不想重复自己。

我是杨芊芊，B型血双鱼座女子。

我住在北京东二环外，这里是使馆区，不同肤色的老外在此出没，公寓楼下的小超市售卖的物品只标有英文。有装扮艳丽的时尚女子，华贵的皮草里是黑色短裙，露趾的凉鞋，头发染成红的绿的，蓝色眼线，紫色唇膏。往东不远便是著名的三里屯酒吧街，通宵的灯红酒绿，纸醉金迷。开车到长安街只需要十几分钟，二十分钟就可以到达国际机场。

一切都很国际化。

我曾经是一个糟糕的公共汽车售票员，一个比较成功的电视节目主持人和一个能挣点小钱的制片人。

我辞过两次职，离过一次婚。

如今我隐居在京城，自由职业，也就是没有任何单位和组织。出了几本书，但不愿被人称为"作家"。我想睡就睡，想起就起，白天黑夜连成线，无所谓节假日和星期天。可以去任何想去又可以去的地方旅行，不必担心钱和时间。

在很多人眼里，我是一个面容清纯甜美的女子，眼神清澈，笑容亲和，这是长期做主持人留下的"后遗症"。我的身材苗条轻盈，永远穿S号的衣服，腰身最好改小。岁月的沧桑没有在我的脸上留下痕迹，使我看起来比实际年龄要小很多。

沿袭过去做主持人的习惯，我买回了所有我喜欢的衣服，精致奢侈华美，化妆品全部是世界名牌。

在外人眼里，这个拎着八千元LV手袋、穿着奢华紫色皮草、化着靓丽妆容的女子是这座都市里典型的物质女郎，走在时尚尖端，虚荣而现实。人们倾向于认为，外表华丽的女子，内心必然苍白和空洞。

所以我说痛，人们不信。

关于痛苦，关于挫折和灾难，我是这样认为：没有人会有意地去寻找痛苦，更没有人愿意遭受狂风暴雨的洗礼。所有的心愿，所有的祝福和祈求，都是平安、快乐、幸福。

然而，上天从来不是公平的，他让有的人一生一帆风顺无病无灾，有的人却生下来便开始承受无穷无尽的打击乃至灭顶之灾。如果被命运扼住了喉咙，穷其一生也无力摆脱，随波逐流，沉沦毁灭，那么，确实是造化弄人，可悲可叹。然而，如果历经了种种磨难却没有被打垮和摧毁，受到了种种伤害心中仍有爱，当灾难仅仅成为一种经历而不

在疼痛中奔跑（节选） 汪 洋

是永恒，你便会骄傲地发现，波澜壮阔一波三折的人生际遇其实是最大的一笔财富，那种无风无浪四平八稳的人生是多么苍白，没有色彩和滋味。

不曾痛哭过长夜的人，不足以语人生。

所以，是的，我很幸运。

我庆幸命运没有给我平庸，它让我同时经历人生的浪尖和低谷，黑白分明，大喜大悲。曾经有几年时间我无法安睡，安定吃到自己都颤抖害怕，无数次地想到过死，有一个月的时间里我白了一半的头发。

而经历了这些，我还没有老，沧桑镌刻在了心底而不是脸上，我的眼中仍有梦，我可以平静地笑对过往，仿佛云淡风轻。

然而，就像手术后留下的疤痕，虽然被衣服遮掩了起来，可它仍旧真实地存在，哪怕有一天先进的技术手段可以将疤痕消弭于无形，让曾经备受摧残的皮肤恢复曾经的肌理和色泽，表面看来完好如初，可是，曾经的那一份疼痛却永远真实地存在，在每一个无眠的夜晚，直逼内心。

我选择用"疼痛"而不是"痛苦"，因为痛苦仅仅是一种感觉，而疼痛包含生理和心理，一个女子就这样在疼痛中蜕变、成长、成熟。

我想说的，是我们这一群——我，裴裴，顾美瑜。我们都出生在20世纪70年代，有着光鲜的外表和体面的职业，然而，在内心，我们都是敏感孤独脆弱的孩子。我们都有着不堪回首的过去，我们都曾在长夜里不可抑制地痛哭。我们在生与死的边缘上徘徊，不同程度地想到或体验过自杀。可是，我们都活了下来，并不苟且，我们成为各个城市令人羡慕的一群：我是畅销书作家，国际时尚品牌代言人；裴裴是电台节目主持人兼制片人；美瑜，她虽仍是盲人，却把偌大一个广告公司打理得生龙活虎，有声有色，手下管辖了几十个员工，小她五岁的男朋友形影不离地跟随左右。

在这段心灵的旅程中，我们渐次登场，就像演员渐次出现在幽暗的舞台上。我们讲述自己，把自己心灵深处最隐秘最晦暗的一隅开放；我们撕开尘封的往事，将血淋淋的伤口展露给你看。隐忍的疼痛，残酷的美丽。

我们登上舞台，就像从前无数次面对观众，所不同的，这一次，我们扮演的是自己，我们讲述自己的故事，看到你，流下眼泪。

记录，是为了遗忘。对于我，记录是为了重新开始。

年底，我就将离开这座城市，应该说，这个国家，去到一个陌生的国度，因为那里有我的爱人。他当初对那座城市的选择，成为我今后停留的方向。

但，我无法就这样离开，因为心中对故乡、对青春层层的泪水和牵绊。我不能潇洒地走，挥挥衣袖，不带走一片云彩。

我要把过去凝固，然后截断，然后，心无旁骛开始新的生活。

如果你也曾眼中有泪，心头有伤，如果残酷的现实也曾泯灭过你眸子里梦想的光芒，那么，来，把你的心敞开，伸出你的手，让我们一起，开始文字的奔跑和旅行吧。

一、芊芊

我的故乡在凤凰城，那是贵州大山深处的一个风景如画的小城市。

一直以为，一个人从小生活在一个小城市是一种福气。这是真正属于你的城市，因为其渺小，不容易引人注目，便激不起异乡人占有和征服它的欲望，它便能始终如一地保持它原始的形态和风貌，并且，只留在原乡居民的记忆中。就像养在深闺人未识的小家碧玉，真正是属于你的，它的历史，它的文化，它的一砖一瓦、一草一木都只与你息息相关。对异乡人而言，或者是地图上一个不起眼的坐标，或者，只是一片空白。

而北京这样的国际大都市，它的繁华和富庶像一个妖娆多姿、光芒四射的大明星，太多的人为之疯狂，为之趋之若鹜。人们从四面八方涌入这个城市，占有了土著居民的生存空间，改变了原有的生活习惯和生活方式。北京不再是北京人的，而是"大家的"！就算你曾有幸拥有过她，但并不代表她就永远是属于你的，周围有的是虎视眈眈跃跃欲试的野心勃勃者，时时刻刻准备取而代之。就如伊丽莎白·泰勒终结了自己的第七次婚姻之时，很多男人明知道她在婚姻中四处偷情，但还是渴望成为她的第八任丈夫，即使这幸运的机会或许会转变成厄运。所以，你生为北京人，并不代表北京就永远是属于你的，太多的异乡人闯进来，与你共享这都市的繁华，甚至你一不小心，便被异乡人侵占了领地，不是有很多北京人哀叹城里的好房子都被外地人购买了，北京人反而被"赶"到了郊外？

作为一个北京人，有什么关于城市的成长记忆是可以回味的呢？长城、故宫、颐和园……这些耳熟能详的胜地早已被千百遍地描绘过，毫无特色和新意。年长的人或许会追忆北京的城墙还没有变成二环路之前，梁思成曾试图保留下来的老北京，颓败古朴的城墙，爬满葡萄藤的四合院，老槐树下幽深的胡同……可这些，也无数次出现在老舍、徐志摩等作家的笔下，早已成为一道固定不变的风景，宛如被无限复制的明信片。

而一个生长在小城的人，他的眼睛所看到的，他的心灵所感受的，是完全属于他自己的独特的记忆，打上了强烈的个人的印记，那是外乡人所无法窥探、无法领略的。

所以，一个在小城市长大的人是幸运的，他可以闯荡到任何大都市，毫不客气地享受此地的文明与繁华，又能在精神上永远保有对故乡的牵挂和眷恋，那是永远属于他的城市。

我的家在洛杉矶，此时我居住在北京。我开着车子奔驰在二环路上，感觉自己征服了这个城市，是这个城市的主人。可是，在精神上，我永远眷恋大山深处那个清雅幽静

在疼痛中奔跑（节选） 汪 洋

的城市，我小小的安宁美丽的故乡。

那是永远属于我的城市，属于我的家。

从版图上看，凤凰城是一个独立存在的城市，它离贵阳、重庆，离每一个大城市都很远，是掩埋在深山里的一颗璀璨的明珠。它不像别的城市，一个一个的城市土地接壤，毗邻而居。从凤凰城开车出来，触目所及皆是延绵起伏的大山，山间雾气升腾，云蒸霞蔚，宛如不食人间烟火的蓬莱仙境。

空谷有佳人，遗世而独立。

这就是凤凰城。

凤凰城古时属"夜郎国"。当时汉武帝派使节唐蒙代表朝廷前来收服夜郎，夜郎王多同宴请唐蒙，酒酣耳热之际，问唐蒙，汉朝和夜郎谁大？这就是那个著名的成语"夜郎自大"的来历。夜郎当然没有汉朝大，不知天高地厚的夜郎王就此被人讥笑了千百年。

夜郎王既然能成为王，自然应该是相当有智慧之人，而之所以问出如此愚蠢的问题，恐怕就是因为夜郎长期处于与世隔绝的封闭状态，自给自足，像陶渊明的《桃花源记》里所言，"不知有汉，无论魏晋"，被大山阻隔，不知山外的世界有多大，也就不足为奇了。

因为四处是原始森林，人烟稀少，历史上的凤凰城一直是令人望而生畏的蛮荒之地，因为蛮荒，又经常成为朝廷惩罚罪人的流放之地。大诗人李白就曾险些被流放到凤凰城，不想他刚刚走到白帝城，便接到赦令，欣喜若狂，留下《早发白帝城》的千古名篇。这一纸赦令使李白远离了当时还"非人所居"的凤凰城，对他而言当然是天大的好事，然而，凤凰城却因为李白的不能到达而遗憾了一千两百年，而且肯定还要永远地遗憾下去。

写过"山不在高，有仙则名；水不在深，有龙则灵"的大才子刘禹锡也曾被贬到凤凰城。由于柳宗元说情，称凤凰城"地处荒蛮，非人所居之地"，才令皇帝开恩，换到了广西的连州。

其实，凤凰城并不像柳宗元所说的，是"非人所居之地"，汉时就有在中原的主流文化中留下声名的所谓"汉三贤"，即尹珍、盛览、舍人。说明那时的凤凰城虽然荒蛮，也还有一些风雅之士在此居住，不过同样由于大山阻隔，山外的人也不知山内究竟是什么样的一个世界。

或许正因为外界对凤凰城一直以来的误解，凤凰城便一直作为"流放之地"而存在。凤凰城的能人拼了命地要往外走，寻求更大的发展空间，而也有不少的外地人，在"支援边远山区"的政策影响下，身不由己地来到此地。

这也是一种"流放"。

青年导演王小帅在他的新作《青红》里便展现了这一场景：青红的父亲跟随"支援三线建设"的大潮来到贵州山区，最大的心愿就是离开大山回到上海，所以采取了极端的手段阻止女儿与"当地人"恋爱，酿成了惨绝人寰的悲剧……

我的家就在山脚下，一个小小的四合院。这是地委机关的宿舍区。院子里有一个巨大的花圃，一年四季开满了五颜六色的鲜花。

我的童年没有洋娃娃，没有蕾丝花裙，没有红色小皮鞋，也没有精美的糖果和玩具，有的，只是屋后那苍翠、幽深、充满无穷魅力的大山。

凤凰城是一个被大山包围的城市，山与城融为一体，山中有城，城中有山，随处可以寻到上山的入口。大自然是上苍赐予人类的最好的礼物，凤凰城的人得天独厚，可以随时随地享受山的丰美和灵秀。所以这里的女人总是那么柔媚鲜活。

不知是经济的原因，还是父母的疏忽，我竟然从来没有上过幼儿园。童年的我，便同小伙伴一起，整日整日地在大山里疯跑。

我想我前世一定是山里的精灵，因为我是那样地迷恋大山。那一花一草，一树一木，在我的眼里都有了生命，是我忠实的伙伴和朋友。我在山林里奔跑，像一头撒欢的小鹿，我把野花编成花环戴在头上，把草编成的"戒指"套在指头上。我们捡蘑菇，挖野菜，采摘花红野果，大山从不匮乏令人心动的宝贝。

春天来了，满山遍野开满了鲜花，美得像人间仙境，我们会采下洁白的槐花，放在嘴里，甜甜的，一股清香。我们会将芳香馥郁的冬青花绑在衣服上，那余香绕梁三日而不绝。

从凤凰城出去的人不愿看山，因为再没有哪里的山比凤凰城更天然，更古朴，更充满野趣。

从我家屋后的山上往对面望去，便是凤凰城最著名的山——凤凰山。

关于凤凰山，有一个美丽凄婉的传说，这和"凤凰城"的得名有关。

天下在上古传说中分为九州，凤凰城属九州中的梁州，为蛮夷之国，大约在殷商时期就已出现。春秋时期，这块土地属于鳖国；战国又划归夜郎；应该是在秦时，列国统一，建立鳖县，划隶巴郡，正式进入中国版图；之后唐太宗贞观年间，改名播州。

唐朝僖宗时期，外乡人杨端率领"八姓乡人"，浩浩荡荡进驻播州，开始了杨氏家族对播州长达七百余年的统治。只是播州杨氏从未进入过汉文化的主流。大概是杨氏有意无意地把自己与中原、与中央朝廷的关系，摆在了一个若即若离的位置上，朝廷看他，就像看一个还算巴结听话的远房亲戚，只要不侵不叛，想起来就关照一下，想不起来或自顾不暇也就算了，什么文字，什么历史，也就没把他当回事。

所以，在外界纷乱扰攘的乱世里，播州杨氏基本不受影响，关起门来占山为王，称

在疼痛中奔跑（节选）　汪　洋

霸一方，怡然自得，把个小小的播州治理得风雨不透，路不拾遗，差不多就是一副偏安一隅的盛世景象了。

杨氏的辉煌结束于他的最后一代子孙——杨应龙。杨应龙的母亲是播州土著苗族人，风骚娇媚，柔若无骨，令当朝天子一见倾心，将之"虏获"到京城。其时杨母腹中已怀有胎儿，六个月后在京城皇宫产下一子，便是杨应龙。

杨应龙幼年在皇宫长大，耳濡目染其奢华豪放之气，数年后回到播州接任土司，竟选择了一座地势险要、风景绝佳的大山——海龙屯作为自己的寓所，仿造京城皇宫的格局，生生在山上建造了一座"皇宫"！这"山上的皇宫"奢华精美，雄伟壮观，在中国的皇宫里恐怕也是绝无仅有的。杨应龙的三女儿杜鹃公主才艺双绝，艳惊四方，诗词歌赋，无所不精，深得杨应龙宠爱，专门在海龙屯上修建了一栋闺房，名为绣花楼。绣花楼的四周一年四季开满了杜鹃花，娇艳欲滴，令人神往。

杜鹃公主出生于三月十九日，每年的这一天，杨应龙便会在海龙屯举行"对歌会"，来自四面八方的年轻小伙子汇聚在这里，展示才艺，公主则坐在绣花楼上，透过窗户观看。如果有她中意的后生，她便会推开窗户，亲自与之对歌考核。

公主的美艳和才艺早已声名远播，无数的倾慕者不惜远道而来，欲一睹公主的芳容。"对歌会"举行了三届，公主终于觅得如意郎君，准备择良日完婚。

然而，当朝皇帝亦耳闻杜鹃公主的美艳，一纸文书，要召公主进宫。杜鹃公主坚拒不从。皇帝大怒之下，以"杨应龙叛乱"为名，派出洋洋大军，兴师动众，大举入侵原本安宁幽雅的凤凰城。

所谓"平播之役"打了几个月，最后，杨应龙率其妻女部属藏身海龙屯，见大势已去，自焚身亡。

熊熊的火焰吞没了海龙屯，烧了整整四十天，杨家七百余年基业瞬时灰飞烟灭。当地的老百姓看到，在炽烈冲天的烈焰中，升腾起一只五彩缤纷、灿烂夺目的凤凰，它从杜鹃公主的绣花楼上冉冉升起，在天空中盘旋，来到平日里杨应龙携妻女踏青游玩的大山，在山顶久久停留、哀鸣，然后，向蓝天展翅飞去……

人们说，这只凤凰便是杜鹃公主变的，她在烈火中涅槃，变成不死的吉祥鸟，向她心爱的人飞去……

从此，这座山便名为"凤凰山"，播州也更名为"凤凰城"。

幼年的我，并不懂得凤凰城在外界心目中的地位和形象。我整日地在大山里奔跑，一方面沉迷于山的妩媚和灵秀，一方面又会望着天上的白云痴痴地想：山外，究竟是一个什么样的世界？

现代的凤凰人，不像夜郎王，关起门来孤芳自赏，自我陶醉。从书里，我知道山外的世界很大，很精彩，很丰盈。我憧憬着长城、故宫，憧憬着美国的夏威夷，巴黎的香榭丽舍大道……或许，我骨子里天生就有着流浪的血液，那时候，我就发誓有一天一定要走出大山，用自己这双稚嫩的小脚，把万水千山走遍。

我的父亲毕业于中国人民大学，在凤凰城这个小地方，颇有些木秀于林之势。当年他怀抱一腔"支援贵州边远山区"的热血，自愿分配到这里，兢兢业业为凤凰城贡献一生。他斯文儒雅，性格敦厚，极为自律，兼具中国传统知识分子的一切美德。

由于身陷小城，父亲的一生并没有做出太大的成就，他只是地委一个普通的机关干部，当了一个小官，级别相当于一个县委书记。但他的才华和人品是有目共睹、有口皆碑的。所有人提起他，不管是同事、朋友还是亲人，无不交口称赞。他是那种可以用自己人格的魅力和光辉去感动世界的人。

父亲对我的好，幼年时我并没有感觉太深，在我小小的心里，以为普天下的父亲都该是一样的。后来初涉人世，见到太多各种各样的父亲，才恍然发现，原来，并不是每一个父亲都会对女儿这样温柔慈爱、呵护有加，并不是每一个父亲都会有一颗高贵、博大、宽厚的心，会把"父亲"这个角色扮演到完美。不，太不是了！

可惜的是，当我意识到这一点时，父亲已经永远地离开了我，我永远地成为了没有父亲的孩子。

这是我永远无法弥补的憾恨和伤痛！

我的母亲，亦是那个年代极为少有的女大学生。对照我和母亲年轻时的照片，不得不承认，我的五官远不如母亲精致漂亮。她有闪亮的大眼、挺直的鼻梁、小巧的嘴唇、小小的面庞，酷似影星蒋勤勤。但她从来没有意识到自己长得美，更没有想过利用这份美去为自己谋取些什么。她甚至不会打扮，永远不知道自己该穿什么样的衣服，颜色该如何搭配。买了新衣服，必定要在箱子里压上半年，穿上时还难为情，手足无措。一头清汤挂面的齐耳短发从年少到年老。如果试图教会她化妆，无异于和坦克拼刺刀。这个天生丽质的大美女，一辈子只知道雄赳赳气昂昂风风火火干革命，至今为当初因家庭出身成分不好没有加入中国共产党而耿耿于怀。

我五岁开始在父亲的教导下背诵唐诗宋词，用父亲的字当字帖，练习毛笔字。也可谓是出自"书香门第"。

童年的生活是快乐而饶有诗意的。

我家住在一个四合院里，院里有一个大大的花圃，一年四季开满了姹紫嫣红的鲜花，富贵娇艳如玫瑰花、月季花、绣球花，质朴天然如蝴蝶花、太阳花、喇叭花，甚至有一株南瓜，它的花是嫩黄色的，可以裹了面粉放在锅里炸，清甜可口。娇艳多姿，芳香馥郁，令人陶醉。

这些花都是父亲精心培育的结果。他不抽烟、不喝酒、不打牌、不跳舞，五毒不沾，业余时间除了看书写字，便把精力贡献给了这些娇艳欲滴的鲜花。从他对植物和动

在疼痛中奔跑（节选） 汪 洋

物一丝不苟的态度，可以看到他仁慈的爱心和对生命深深的敬畏和尊重。

夏天的傍晚，我们会搬出小凳子坐在院子里，看着夜来香在夜色里一点点绽放，那沁人心脾的芳香令人迷醉。父亲会给我讲童话故事，讲民间传说，讲做人的道理。母亲亦会忆起她的童年和少年，她和父亲浪漫的初相遇……父亲和母亲的关系是完全透明的，没有任何秘密和隐私可言，所以，他们的一切都是共有的，共有的历史，共有的家庭，共有的女儿，共有的相濡以沫、同舟共济的朝朝暮暮。

这种温馨和睦的家庭氛围令左右邻舍羡慕不已，更令童年的我像一株无拘无束的鲜花，在阳光下自由地生长、开放。

灾难的来袭是如此突然，毫无征兆。

刚上高三的一天下午，父亲在礼堂里做着演讲。他是凤凰城有名的"杨铁嘴"，演讲旁征博引，文采飞扬，结构缜密，无懈可击，从来都是座无虚席。可是，他突然身子一歪，晕倒在讲台上。

心脏病引发的脑栓塞，令父亲昏迷在讲台上！

在医院里，我看到父亲紧闭着双眼，身上插满了各种管子！

对于医院，我从来就不陌生。父亲素来患有严重的心脏病，母亲也十分体弱，两个人三天两头地犯病，每年都要住好几回医院。

从五岁开始，我就不停地跑医院，为父亲或母亲送饭。我和所有的医生护士都混得很熟。我小小年纪，便学会盯着输液管，知道叫护士换药。我为父母打来热水洗脸，小小的手怎么也绞不干毛巾，急得满头大汗……

父亲的病很严重，他一直担心带不大我。过十七岁生日的那天，父亲慈爱地看着我，眼睛里闪耀着一种奇异的光。他欣慰地对母亲说："还好，我们的芊芊都十七岁了！明年考上大学就是大人了，那时，就算有个什么……也没那么担心了……"

可是，还没有坚持到我考大学，他就倒下了！

我惊异地看着眼前这惨烈的一幕，不敢相信这是真的！

父亲的呼吸急促，喉咙里"轰轰"作响，他肺里有痰，吐不出来。医生拼命用钳子撬他的嘴，试图将吸痰管插进他嘴里帮助吸痰，昏迷中的父亲却将牙关咬得紧紧的，半天撬不开。

然后，"砰"一声，我听见母亲凄厉的一声尖叫！一颗带血的牙齿被撬落了下来！

我感觉有什么利器深深地从我心脏上划过！"心痛"绝不是形容词，不是，那是一种生理的痛，伤在了父亲身上，可痛，在我的心脏上！那尖锐的疼痛让我的心缩成一团，我蹲下身，一时竟哭不出来。只感觉那尖锐的疼痛游走全身，终于明白了什么叫"肝肠寸断"，什么叫"痛彻心扉"！

"啊！老杨，老杨！"母亲惨痛地哭喊起来，她扑上去，颤抖地用手绢捧住那颗牙齿，绝望地哭喊，"老杨，对不起啊，老杨，回头我一定要把牙给你补好……"

啊——！我再也忍不住，跑到厕所里撕心裂肺地痛哭起来！

这是我人生当中第一场撕心裂肺的痛哭，每一声喊叫都从心窝窝里发出，像受伤的野兽般声嘶力竭！不这样便无法平息内心巨大的创痛！我狂野地尖叫，哭得天昏地暗，日月无光。在哭声中，我模模糊糊地感觉到：天真任性、无忧无虑的少年时光已经永远地过去，从此我必须像成人一样，去接受生活的重担和压力！

在医院那间狭小昏暗、充满刺鼻药味和臭味的厕所里，我哭了整整半个小时，完成了从孩子到大人的蜕变。是的，每个人都要长大，我的成长却是如此直接，从充满阳光的孩童时代一步跨进满是愁云惨雾的成人世界，没有一点过渡。

痰一直卡在喉咙出不来，医生说父亲不行了。

母亲拽着我，"扑通"一声，双双跪在医生面前。

"芹芹，快求求叔叔救救爸爸呀，芹芹，快求叔叔啊，我们不能没有你爸爸，快磕头啊……"

在病房的水泥地上，在父亲的病床边，我和母亲跪在地上，哭得死去活来。

医生动容，答应一试。

父亲被推进了手术室，闻讯赶来的同事朋友将走廊挤了个满满当当。我和母亲手拉着手，在紧张和煎熬中度过了有生以来最漫长的两个小时。

半夜十二点，手术顺利结束，父亲的喉咙上切了一个小孔，安了一个金属的气孔。痰从这里被吸出，父亲的呼吸终于平稳了。他沉沉睡去。

我和母亲惊喜万状！我崇敬地望着医生的身影，真正感觉是"白衣天使"，那么高大，那么圣洁！是他们，将我最亲爱的父亲从死亡线上拉了回来！我恨不能匍匐在他们脚下，吻他们的脚！就像虔诚的信徒，卑微地匍匐在他的神祇面前。

十七岁的女孩子心里，充满着巨大的感恩！

关于父亲的回忆，于我是痛苦而艰难的。我从来没有办法在一种正常和理智的状态下，用文字准确地表达我的感觉。提起父亲，心灵深处的某一根弦便会被瞬间触动，我像一个蒙昧的村妇，哭得眼泪一把鼻涕一把，一堆雪白的面巾纸在面前迅速垒起，像孤独的坟茔。然而，留在纸上的却都是一些语焉不详的片段，七零八落。

人在悲痛中是无法准确地诠释悲痛的。父亲已经离开我十几年，对于一个年轻人来说，十几年几乎是半辈子，什么爱恨情仇、大喜大悲都会在岁月的抚摸和侵蚀下变得模糊暧昧，朦胧不清。偏偏关于丧父的悲痛竟不能消融、减轻半分。我时常在梦里看到父亲，他对我默然微笑，一如当年。我竟然无一例外地在梦里奢侈地痛哭，有时已明明知道是梦，却不愿醒来，任性地在半真半幻里心痛如绞，泪湿满襟。

在疼痛中奔跑（节选）汪　洋

　　从十八岁以后，我开始遍尝人生的各种灾难和打击，苦难于我而言已是家常便饭，我可以面色自如，甚而谈笑风生地提及我的苦难，更多的时候，它甚至是一种资本，一笔财富。我冷静地叙述，赚取了听者的眼泪，自己不哭。然而，叙述父亲时，我是一个最拙劣的演员，我一句台词还未能说清，听者还一头雾水，我自己已泣不成声。

　　因为，父亲的走已经是永远无法改变的历史，无论我如何去努力，都再也寻不回我亲爱的父亲！这无法弥补的伤痛是一道终生无法痊愈的疤，是我一生永远的憾恨和创痛。

　　十年生死两茫茫，不思量，自难忘！

　　父亲之于我，其意义和影响绝不仅仅是一个父亲对女儿那么简单，他是我精神的偶像、生活的支柱、幸福的源泉。他用自己全部的心血和爱，为女儿筑起了一座纯净透明的象牙塔，安宁幽雅，纤尘不染，保护着女儿不受伤害。可是，他的离去，像一道分水岭，将我的人生硬生生地划分成两半，就像一曲恢弘华美的乐章，突兀地插进一个休止符，优美的乐曲戛然而止，取代的是无穷无尽的重压和伤害。这于我几乎是致命的，以至于刻骨铭心。

　　他的走，与我后来所有的人生际遇紧紧相连，成为我生命里一个重要的标志和符号。它改变了我的生活轨迹，影响了我的整个人生。

　　所以，请原谅我颠三倒四而又笨拙的讲述，因为泪水又模糊了我的双眼，在键盘上敲击的手在神经质地颤抖，让我无法平静地表达。

　　第二天，父亲醒了，可是，他再没有思维没有意识，医学上叫作——植物人。

　　年轻的心，对灾难有一种本能的排斥和不置信。那时候以为，没有什么灾难是不可逆转、无可挽回的。

　　从一些书籍和影视作品里，我看到一些关于卧床数年的植物人猛然苏醒的故事，我坚信这样的奇迹会在父亲身上发生。十七岁的我，有一些傻乎乎的乐观。

　　每天放学，我便飞奔到父亲的病床前，大声地给他朗读我自认为精妙的文章。书上说，多刺激病人的大脑神经，是促使他恢复神智的最佳办法。我大声地诵读，声情并茂，父亲的眼睛专注地望着我，脸色平静，我坚信他一定能听懂。我读到嗓音嘶哑。

　　医生、护士及同病房的家属莫名其妙地看着我。他们并没有被感动，在医院待的时间长了，人心都会变得麻木。他们只是有些不耐，看我的目光不解而厌烦。

　　终于，母亲说："芊芊，别念了，没有用的。你有这个时间和精力，还不如为爸爸做些实际的事情，给他梳梳头、喝喝水、翻翻身……"

　　我惊愕地住了嘴，几天来自欺欺人地支撑着自己的信念和希望轰然倒塌！我猛然看清了眼前残酷的现实，一种巨大的恐惧摄住了我的心，我像个绝望无助的溺水之人，浑身的力量尽失。

书，颓然地散落在地上。我疯狂地跑出医院，在大街上绝望无助地奔跑，我不知自己要做什么，只觉得满身心的痛楚和绝望在体内游走奔腾，找不到发泄的出口，那痛苦几乎要将我毁灭。

我看见一家发廊，我冲进去，说："把我的头发剪掉！"理发师莫名其妙地看着我，我抄起剪刀，"咔嚓"一声，一头浓密乌黑、长齐腰际的美丽秀发顿时化为乌有。理发师目瞪口呆地望着我，以为我疯了。我不清楚自己为何要这样做，只是觉得必须要毁掉自己身上最钟爱的一样东西，以减轻心里的伤痛。就像愤怒至极的人，会用刀刺向自己的胸口。

剪去三千烦恼丝！

我看着镜中那一头七零八落、丑陋不堪的短发，心中有着某种恶毒的快意。我从初中开始留长发，这一头飘逸顺滑的长发一直是我的特征和骄傲，如今，我毫不留情地将其毁掉，因为我的世界已经坍塌！

其实，除了剪去我的美丽，一切都没有任何改变，只是，这一头短发有了某种象征的意义，预示着快乐无忧的少年时光一去不复返，预示着我最珍爱、最在乎、最骄傲的东西已经随着长发离我而去。

这之后，想起病中的父亲，就想起十七岁的那个女孩，顶着一头惨不忍睹的古怪短发，一脸悲愤地在大街上茫然地奔走，直到疲累欲死。

从此，我再也没有长出过那般乌黑顺滑的长发。

我没有资格再继续小女儿的浪漫情怀，甚至也没有时间哭泣。就像母亲所言，为父亲做一些实际的事吧！病榻上的父亲需要的是精心的护理和无微不至的关照。因为，他已经变成了刚出生的婴儿，一切的生活技能丧失殆尽，所有的事情都需要旁人来代为完成。

父亲二十四小时不能离人。家里从老家请了两个堂兄，专职来医院护理父亲。主要是值夜班。母亲和我，则负责在家做饭、送饭和值白班。

父亲这一躺，就是十三个月。

此时正是上高三，所有的同学都像大熊猫一般成为家里的"重点保护对象"，我坐在教室里，却模糊地意识到，自己这样安然地坐在教室里，"两耳不闻窗外事，一心只读圣贤书"的日子已然成为过去，家里，已经放不下一张平静的书桌了！

母亲试图保护我，尽量保证我上课的时间，只要我课余时间赶到医院送饭、护理父亲。可到后来，护理的任务越来越重，我不得不三天两头旷课。

春节快到了，本就体弱多病的母亲终于不堪忍受沉重的负荷，也病倒了。她不得已住进了医院，与父亲的病房在同一层。

在疼痛中奔跑（节选） 汪 洋

重担，一下子压在了我稚嫩的肩上。

白天，我在家做好了饭，便赶快跑到医院，将饭送到堂兄手中。然后跑到母亲的病房里，为她煮糊烂的面条，因为母亲胃不好，不能吃硬的食物。洗涮好碗筷，我再到父亲的病房，为他调制流食。忙得像飞速旋转的陀螺。

这天，是大年三十。

我到母亲的病房，为她煮好面条，母亲看着手里的面缸，突然重重地往床头柜上一砸，歇斯底里地哭诉起来："这日子，没有办法过了，我支撑不下去了！芊芊，我一定活不下去了，我一定会在你父亲的前面先走，我再也挺不下去了……"

我又震惊又惶恐，我不知道该怎样安慰母亲或者寻求安慰。父亲在对面的病房无知无觉地躺着，在一天天走向既定的无可挽回的厄运，母亲在这里，又行将崩溃！

我，十七岁的女高中生，我该怎么办？

我匆匆洗涮了碗筷，说一声"我去给爸做饭"，便逃一般冲出病房，跑到了父亲的房间。

我守在父亲的病床前，父亲的眼睛正大大地睁着，专注地凝望着我。医生说父亲再没有任何思维和感情，他的眼睛会睁开，会跟随物体转动，不过都是一种条件反射，没有任何实际的意义。可是，我却不以为然。一个毫无知觉的人绝不会有这样温和慈爱饱含深情的眼神。

我看着父亲，他的面孔依然这般宁静安详，他的眼神清澈明亮，欲语还休。我惊惧的心渐渐平静下来，我不再绝望，不再害怕。已经成为植物人的父亲仍然有一种超凡脱俗的力量，给迷茫痛苦中的女儿以信心和安慰。

我甚至想，父亲不能动了，我就一辈子这样伺候他，我不再奢望他能够苏醒，不再奢望他可以走路、说话，只要他不离开我，只要他悲悯的目光仍然能够凝视着我，我就永远是一个幸福的孩子！

这天晚上，我把电视机搬到了父亲的病房，把母亲也接了过来，我们三人一起看着电视，在病房里过了最后一个"团圆年"。

是的，虽然阴冷幽深的病房四处弥漫着药水的呛人气息，虽然我们一家三口，一个瘫痪在床，一个体弱游丝，可是，毕竟我们团圆了！我还是感觉到一缕温馨。

这是我们一家最后的一个团圆年！

春节过后，父亲的病日益加重，他迅速地消瘦，瘦成了一把骨头。而且，由于长时间卧床不动，尽管家里已经给予了无微不至的护理，不停地翻身、按摩，父亲的身上还是出现了褥疮，肉腐烂了，露出了白色的骨头。然后，他的手开始蜷曲、变形，肢体僵直，再也恢复不了从前的弹性和柔软。

所有的医生都摇头叹息，劝我们不要再存幻想，病人到了这一步，已经回天乏术，纵使扁鹊华佗再世，也无能为力。还不如让他早些解脱痛苦。

母亲绝望地哭泣，苦苦哀求说："不，求求你们，只要他还有一口气在，我们就必须全力挽救他。我们不怕累，不怕苦，不怕麻烦。他虽然不能说不能动了，总是有个人在，总比看照片好吧……"

我不知我们苦苦挽留父亲离去的脚步，于他而言是幸抑或不幸。因为他确实是受尽了一切非人的磨难，可以说千疮百孔，遍体鳞伤。但是，这是我们唯一可做的选择，可以让他多活一分，绝不让他少活六十秒！只是，我不再盼望父亲有知觉，我真心希望他没有任何思维和感觉，这病魔的折磨，太残酷，太惨无人道了！

医院是一个社会大舞台。父亲住院一年多，我看到太多的世态炎凉，人间百态。在生与死的考验面前，人性的善良与冷漠，宽厚与自私，高贵与卑下，尽显无遗。

父亲的这间病房，前前后后走了几十个人。刚进来时有的还会说会动，症状都比父亲轻很多，可长则一两个月，短则三五天，一个个就都奔赴黄泉。因为这个病的特殊性，很少有家属会尽心尽力地照顾病人，通常是嫌弃打骂。我看到一家儿女在父亲面前为争遗产而大打出手，一个女人成天恶狠狠地咒骂丈夫为何还不快死，生生在这里拖累人。我渴望看到孝子贤孙，看到人性里美好感人的一面，可通常都是失望。

平时我十分胆怯，特别怕看到死人，连电视里杀人破案的片子都不敢看，会做噩梦。如果大街上看到有死人的帐篷，我宁可绕很远的道，也不敢从前面经过。可是，与父亲同屋就诊的病人一个个离开，我竟然司空见惯，习以为常。当某人出现"状况"，大不了到门口避上几十分钟，回来后一切风平浪静，只是病床上空空如也。甚至当护士换了床单后，我会若无其事地躺在上面，浑然忘了几分钟以前还有死人躺过。

医院，让一个脆弱少女的神经变得坚韧。

这些能说能动的病人一个个默默撒手归去，只有父亲，仍然顽强地活了下来。

…………

我知道自己已经没有希望上大学了。毕业考试结束后，我对母亲说："我不考大学了，我想找份工作。"

母亲吃惊地看着我，嘴唇颤抖着，说不出话来。两个名牌大学生培养的独生女，居然不能考大学，这恐怕是她从前绝不能想象的。可如今风云突变，严峻的现实摆在面前，我早已无心读书，而家中因为父亲的病拖得一贫如洗，我必须找到工作，减轻母亲的负担。

日后母亲总是念叨，是家庭拖累了我，让我没有考上大学。而我，骄傲自己从十八岁开始自食其力，自己动手，丰衣足食。

十八岁，是我人生的一个重要的里程碑。失学、丧父、初恋、工作同时开始。我的人生，完全改变。

在疼痛中奔跑（节选） 汪 洋

我永远地离开了校园。

十五岁的清华校园之行令我对丰富多彩又安宁清雅的大学生活充满了憧憬和幻想。我无数次梦想自己梳着飘逸的长发，穿着翩然的长裙，捧着书本，安静地行走在校园的林荫道上，准确地说，是北京的大学校园。

如今，这一切都灰飞烟灭，永远地成为梦想。

来不及伤感，我开始寻找工作。

一个十八岁的女高中生能干什么？

在学校里，我唱歌、朗诵、演讲……样样出色，一手好文章更是令所有人啧啧称赞，是学校公认的才女。

可是，哪一样可以谋生？

我曾去歌厅应征过歌手，一天五块钱，可母亲坚决地阻拦了我。后来，我找了一份做电脑录入员的工作，每天对着屏幕机械地打字，唯一的安慰是每天统计工作的成果（按字数拿钱），计算着可以交多少钱给母亲，很有成就感。但我知道，这工作只是暂时的，绝不是我的方向。

当时的我，喜欢的都是与文艺有关的工作，比如说歌手、演员、作家……但这些工作在小城市并无市场。就在这时，凤凰城地区电视台首次公开招考节目主持人。我欢喜地把这个消息告诉母亲，母亲却不以为然，忧虑地说："电视台这样的地方，不知多少人打破了头想进去，咱们又没有任何关系，怎么可能考上？不是白浪费钱吗？"

我低下头，固执地不发一语。我隐隐感觉这是我唯一的机会，在凤凰城，不可能有比当一个节目主持人更适合我的工作了！

母亲见我委屈的模样，心软了，拿出十块钱，说："那你就去看看吧，如果收五块钱报名费你就试试，如果收十块钱就别报了。家里的情况……你知道的……"

报名的时候，我第一次见到了桑。

他皮肤黝黑，一头长发桀骜地披在肩上，高大健硕的身躯鹤立鸡群，显得冷酷而倨傲，令人想起齐秦的歌里那匹"北方的狼"。我第一反应是，真像个海盗！继而敬畏地想，电视台的人到底与众不同，丑也丑得如此有个性！

他注意地看了我一眼，用普通话说："你的条件不错啊！形象好，普通话也不错，很有希望啊！"

我的心惊喜得"怦怦"乱跳。一个高中生的见识毕竟短浅，得到电视台"专业人士"的首肯，令我对自己信心大增。

我知道了他叫桑，电视台文艺部主任。

不知是否由于桑特殊关照，我竟然过五关斩六将，一路绿灯，最后，电视台在门口张贴了大红榜，我的名字竟赫然位居榜首！

我站在大红榜下，心醉地看着"杨芊芊"三个字，宛如在百媚千红中游移不定的浪子，终于觅得了心中的挚爱！

我飞奔到医院，在父亲的病床前，郑重地起誓：一定要以做一个优秀出色的节目主持人为最终目标，誓为电视事业奉献终身！

这个誓，因和父亲关联，变得极为庄重和神圣，那是我对父亲的一份承诺，第一个也是唯一的一个。我想让父亲明白，他的女儿已经长大，已经开始自己所钟爱的事业，并会稳健地朝着这条路上走下去，他可以放心！

也许是对父亲的一腔深情转化为对电视的满腔热爱，我对电视所投入的精力和热情完全可以用"狂热"来形容，我为之心潮澎湃，为之辗转难眠。这也令我和桑的关系因为电视而纠结成一团乱麻，牵扯出太多的恩恩怨怨。

生命，在一点点从父亲的身体里消逝。每天，看着父亲痛苦地在生死线上挣扎，我心痛如绞，却无能为力，那种煎熬，足以将心碾成粉末碎片！

曾经有一次，我牙痛得在床上打滚，父亲满含热泪，心疼地呼喊："女儿，可不可以把病转移到爸爸身上？让爸爸代你去痛……"

此时，我虔诚地祈求上苍："万能的神，可不可以将父亲所遭受的苦楚和病痛都转移到我的身上？让我代他去承担这一切的灾难，我年轻，我可以承受……"

在一个有雨的清晨，父亲带着满身的伤痛撒手归去。我永远地成了没有父亲的孩子！

母亲喟然长叹："无可奈何花落去！"

无可奈何花落去！！

多年后，在父亲的遗书里，我看到一句话："尤其令我不安的是，在孩子生活尚不自立的时候，我就抛下了她，我没能尽够父责，这在物质上和精神上都将给她带来痛苦和创伤。但从辩证的观点看，坏事也可以变好事，我希望我的离去能促使她早知、早熟、早立……"

我看后，禁不住伏案大哭！是的，曾经我是那样一个娇气、任性、虚荣而软弱的孩子，我成天泡在爱的蜜罐里，浑不知生活的艰辛与疾苦，就像一朵温室里的花朵，没有经受过一丝沧桑和风雨的侵蚀。父亲的猝然离去，将我从天堂打进地狱，让我遍尝人世的愁苦和艰辛。可是，这风雨磨炼和锤打了我的心智，让我成长为疾风中一株坚韧、顽强的劲草！我在风雨中沉浮，经历了狂风骤雨的鞭打，面对生活，我已无所畏惧！

在我十八岁的时候，父亲与亲人在人世间走散，也松开了搀扶我的手。这惨痛的变故激烈地撞击了我的内心，让我从懵懂无知中警醒，因为无肩可靠，我不得不学会坚强。也由此，我收起了少年时的眼高手低、轻狂虚荣、心浮气躁、娇弱任性，我横着

在疼痛中奔跑（节选）汪　洋

心，低着头，倔强而顽强地独自在人生路上奔跑，不管遭遇了怎样的挫折和打击，也不妥协、不放弃，我坚持地朝着梦想的地方奔跑，只有一个信念：我要做一个让父亲喜悦的人！

父亲，是如此高瞻远瞩，他用生命做代价，换取了女儿的早知、早熟、早立。

这就是成长的代价！

十八岁的少女，眸子里有了哀怨和忧伤，这忧伤被一个人看在眼里。他，就是桑。

我们这批节目主持人是业余的，有节目做就拿一份稿费，没节目就自己该干吗干吗，跟没考上一样，所以，"机会"非常重要。桑把第一个做节目的机会给了我——主持一档演唱会。

在学校，我一直以"会打扮"著称，可是，真要登上大舞台，我这个刚脱离学校的小丫头显得那么土，那么寒酸。我没有像样的衣服，没有化妆品，我借了一个同学姐姐的裙子，是那种暗暗的灰，大摆长裙，非常老气，而且又长又大。此时，我剪短的头发还没有长好，而且没有经过精心打理，仍是七零八落。我不会化那种浓艳的舞台妆，把脸涂成大面积的红，看上去非常滑稽。在那群光鲜时髦的歌手里，像一颗毫不起眼的小土豆。而且，由于新近丧父，我的心情是压抑而沉闷的，我无法融入欢乐的气氛中，我悄悄地坐在一隅，感觉自己是灰巴巴的，是惶恐而自卑的。

演艺圈向来有浮夸的作风，演员们会互相攀比，会歧视和打击"新人"。对于我这个新招进台、什么都不懂的主持人，她们是不屑一顾的。由于桑是电视台文艺部主任，又是这次演唱会的总导演，所有演员不得不巴结着他，莺莺燕燕簇拥着他，尤其是有一个女孩，也是和我一起招进来的主持人，因为是桑的老相识，俨然显出与桑亲近有加的姿态，比如阻止他喝酒什么的，总之，所有女孩都以得到桑的赏识为荣。

在我看来，这些女孩每一个都比我灵巧，比我时髦。但是，桑却对我青睐有加，每次吃饭，他总是和我坐在一桌，言语中总是护着我，当有一个演员因为我不小心碰了她的眼影而大发雷霆时，桑竟然冲过来，毫不留情地把那位女孩大骂一通，并让她给我道歉。这样一来，大家再不敢欺负我，而我，用一个词来形容最合适——受宠若惊。

演唱会结束后，我们几个女孩受到桑的邀请，到他家玩。

桑的家，在一套破败的平房里，腐朽的门楣、松垮的门锁形同虚设，轻轻用肩就可撞开，显然连小偷都懒得光顾。屋里凌乱地摆放着破旧的家具，都像刚从马王堆里扒拉出来的，漆面斑驳，缺胳膊少腿。桑的父母在他少年时离异，各自搬到新居，把旧房子旧家具连同他们已然腐烂的爱情一起扔给了他们的儿子。

看着如劫后战场般凄凉的"家"，我感觉桑像落魄的贵族，苦难而隐忍，没有温暖，没有爱，没有亲人的关怀。我想象他一个人生活的种种孤单寂寞苦楚，伤感得泪盈于睫。其实，桑本人或许并没有那么多愁善感，他基本是现实的，没有我那么多酸溜溜的文学情怀。

后来，桑有意无意地找借口与我接近，比如让我打印个文件什么的，并告诉我在这批新招的主持人中，我是最出色的。电视台即将开通的几档自办节目，我一个人就将主持三档！那基本上等于是专职了。我不知其中是否有桑的力荐，但由他的口告诉我，已让我感激万分。

桑听别人说我文章写得不错，让我拿些给他看，这一天我便带了几篇高中时发表的散文到台里。

高中生写作题材匮乏，我的文章不是写父亲就是写母亲，非常单调，我想桑不会喜欢。桑埋头看了起来，面色逐渐变得异常严肃，这是我从来没有看到过的神情，平时的桑都像顽童一样，永远是大大咧咧、满不在乎的。末了，他抬起头来，怔怔地看着我，一语不发。

"写得……不好。"我心虚了，面对桑，我有一种下属对领导、小孩对大人的畏怯。

"不，写得很好！出乎我意料，让我……很感动。"不知是由于不习惯说出这样"煽情"的语言，还是出于激动，桑的脸有些发红。他说自己的父母永远在争吵，在打骂，经常闹得鸡飞狗跳，四邻不安，家里从无"亲情"和"温馨"可言，到他读大学时父母终于分道扬镳，这个举动令他蒙羞，在那个年代，离婚是一件羞耻的事情。

"我永不会原谅他们！就算他们死了，我也不会流一滴眼泪！"他激愤地说，"可是，你的笔下所展现的亲情却是那样浓郁、温馨，这是我从来没有体会过的感情，我一直向往却从来没有得到过的感情。"

桑说了很多，五岁时，母亲生了妹妹，父亲却不知跑到哪里去鬼混，他提着饭菜到医院给母亲送饭，在胡同里被一条大黄狗拦住了去路，吓得在一块大石头后面躲了两个钟头。大冬天他到公用的水龙头去给妹妹洗尿布，被一群半大孩子欺负，霸住水龙头不让他，他端着冰冷恶臭的尿布，一直等到天黑。十岁时，父亲冒充未婚青年，骗了一个外地的女孩子在一个旅馆同居，母亲带了他打上门去，父亲不在，母亲告诉那女孩子她的情人并不是什么纯洁无瑕的未婚青年，他不但结了婚，还已经有了一个十岁的儿子和五岁的女儿。母亲把桑推到她面前说："看！这就是他的儿子！"桑忘不了那女人惊讶和绝望的目光，那一刻，他感觉无比羞耻，局促地低着头，恨不能有一个地缝钻进去……

离异的家庭对一个孩子的伤害之巨大，令我震惊无比。这同样是我这样一直沐浴在爱的温暖和光辉里的孩子无法想象的。那一刻，我心里突然对桑产生了一种恻然的柔情，一种属于母性的深深的怜惜。我忘了对他的敬畏，我甚至感觉他就是一个受了委屈的孩子，需要有人关怀，有人照顾，有人伸出手去，抚慰他伤痕累累的身心……

"如果我今后结了婚，不管我的媳妇儿是什么样子，不管我的婚姻是个什么局面，我绝不离婚！"他最后总结道。

在疼痛中奔跑（节选） 汪 洋

我有些哑然，隐隐感觉有什么不对。绝不离婚的想法没错，可婚姻的意义是男人和女人共同创建一个温馨和睦的家，相濡以沫，同舟共济，而不是为了"不离婚"而勉强凑合。十八岁的我当然想不到那么深，只是感觉他"媳妇儿"的称谓十分粗俗而刺耳，桑的语言有着浓厚的市井味儿，让一向讲究浪漫情调的我难以接受。

谁能想到，多年后，我和桑组成的家就如同他所描述的那样，整日充斥着无谓的吵闹和纷争，永无宁日。而他就像自己所发誓的那样，无论婚姻的内核如何地千疮百孔，腐败溃烂，他坚持将婚姻的外衣披在身上，固执地不肯离婚。

无论如何，当时的我，因为桑没有把我看成小孩，平等地与我交流，将自己的伤口展示给我看，这份信任让我感动。

我非常文艺腔地感慨说："我们都一样，眼中有泪，心头有伤。"

他茫然地看着我，迷惑不解地说："这是什么意思？见到我，你有这么伤心吗？"

我惊讶万分。这是当时非常著名的一首诗：不要什么天长地久，不要什么花好月圆，只要你和我一样，眼中有泪，心头有伤。

我没想到，一个大学毕业生，堂堂的电视台文艺部主任，竟连这都听不懂！

桑看到我讶异的神色，脸红地解嘲道："我懂了，懂了。"

他究竟懂没懂，我不知道，但他看我的眼神，显然有了些别样的内容。

第二天，桑激动地把我约到公园，说有一样重要的东西要交给我，希望我能够好好珍藏。我毫不思索地回答："没问题！"他从脖子上取下一个绿色的玉坠，挂到了我的脖子上，结结巴巴地说，这个玉坠是他的护身符，跟随了他很多年，代表了他的一颗心。他一直珍藏着，不肯交出，现在，他把这颗心交给了我，希望我能够好好珍惜……

我傻了！

我知道桑很"器重"我，但绝没想到，他会向我示爱！其实，现在想来，桑对我的好感，几乎是不加掩饰的，可谓"司马昭之心——路人皆知"，可笑我当时刚出校门，竟如此愚钝！对于一个高中生来说，工作的人都是"大人"，而大人是不太可能喜欢小孩的。况且桑已经二十六岁，又是个主任，我们之间的距离，可谓天差地远！我对他只有感激，并没有别的感觉！

桑看到我的反应，十分失望。他颇为受伤地说："难道是我误解了你吗？难道你真对我毫无感觉吗？如是这样，请把玉还给我，我们还是好朋友，我还是会在工作上帮助你的！"

他话说得十分漂亮，让我突然猛醒，是啊！他给了我多大的帮助和恩典哪！我怎么可以"忘恩负义"呢？况且，玉坠已经戴在了脖子上，再取下似乎实在尴尬。但我又实在没有要接受他的任何思想准备。

我僵了半天，最后自以为聪明地说："让我考虑三天，再答复你，行吗？"

我对桑的态度之拖泥带水、优柔寡断，由此拉开序幕。后来，我终于明白，对于你不能接受的感情，最好是干脆拒绝，千万不要因为态度模糊，给对方以任何误解和希望。拒绝是残酷的，但发展一段错误的感情更是残酷。一个女孩子，尤其是有几分出众姿色的女孩，学会如何拒绝男人的求爱，是人生的必修课。

三天后，我把桑约到了裴裴家后的小山坡上，这是我和裴裴共同"发掘"的世外桃源。有一条小径掩埋在丛林之中，非常隐秘，而穿过这条小径，便豁然开朗，触目所及是青青的草地，高及半腰的芦苇，颇有些"曲径通幽"之妙。我们将之取名为"憩园"。

一个十八岁的孩子便是如此不可救药的"浪漫"，连拒绝也找这么一个"诗意"的地点，实在迂腐得可笑。

桑糊涂了，他一声不吭地跟在我后面，显然不清楚我葫芦里卖的是什么药。我来到了一片芦苇坡上，将玉坠郑重地交还到桑手里，很文艺化地说，我非常感激他对我的错爱，但我不配接受，故将玉坠还给他，希望他能找到真正适合他的女孩……

我肯定说了很多。十八岁的女孩，已经从爱情小说里知道了太多的"浪漫情节"，我不喜欢桑，却生搬硬套地运用了爱情小说中"分手"的模式，生生将一个原本平淡无奇的"拒爱场面"演绎得缠绵悱恻，催人泪下。

桑糊涂了，他被我营造的"感伤"气氛弄得晕头转向，不知所措。其实他并不是一个浪漫的人，甚至厌恶所谓的罗曼蒂克，他嘲笑和否定一切有关爱情的影视剧和小说，对情人节、圣诞节、玫瑰花、巧克力之类不屑一顾，甚而不肯到咖啡馆坐一坐，哪怕是附庸风雅。

但是，他被我营造出的那种氛围所蛊惑，那是只有一个十八岁的孩子才可以营造的浪漫，如此刻意和做作，却因为年轻和干净而显得纯情自然。很少有男人会受得了一个十八岁孩子的诱惑——这种诱惑绝不是性感，恰恰相反，是不谙世事水晶般透明的纯洁。这种诱惑对于一个在娱乐场中打滚的男人而言是致命的。越是凡俗的男人，越倾慕超凡脱俗不食人间烟火的小龙女，虽然并不期望终身厮守。

于是，他说："我的心既然交给了你，就已经没有打算收回，也不可能收回，如果你不想要，我就将它埋葬，就当这颗心已经死亡！今后，不管你在什么地方，也不管你和谁在一起，请记住我的心永远在你那里……"

然后，他开始用手挖土，一边挖，眼泪一边流了下来，一滴一滴融进土里……

这些话，这种场景，完全和爱情小说里描述的一模一样！我被感动得热泪盈眶，也悲凄地哭了起来。明明是一段根本就没有开始也不该开始的感情，偏偏弄得像情人生离死别。

桑在那种浪漫的磁场中迷失，像一个原本木讷的演员，在高明的导演的暗示下一步步走向剧本设定的情节，说出了我希望听到的话。

他哭泣着，将玉坠深深埋进了土中。

生离死别的"悲剧"场面圆满结束，曲终了，该落幕了。

故事到这里戛然而止，那么，就真是一个纯净透明的美好故事：一个初涉人世的小女孩，遇到一个情场中备受女性簇拥的"浪子"，浪子被小女孩的纯洁善良所感动，爱上了她，并决心为她洗心革面，重新做人。小女孩由于种种原因不能与之结合，浪子伤心地将自己的心深深埋葬。从此，她永远成为浪子心头的一颗朱砂痣，无论走到天涯海角，无论经历多少沧桑变化，浪子的心始终不渝⋯⋯

这样的故事，浪漫凄美，正符合十八岁的我对爱情的想象。我会将之深深珍藏，就像夹在书里的干枯的玫瑰花瓣，年老的时候，从记忆的底层翻出，仍会散发阵阵幽香⋯⋯

（节选自《在疼痛中奔跑》，北京十月文艺出版社，2006年6月）

欧阳黔森

雄关漫道（节选）

第十九章

一望无际的水草地，在阳光下显得死寂而苍茫，五颜六色的野花开遍了原野。湛蓝的天空下，团团白云悠悠飘动。伴随着悠长的军号声，大部队进入草地，长长的队伍在军旗引导下，分几路纵队，缓缓地向草地深处进发。

任弼时随红军总部行动，使他有机会接触红四方面军的领导人。途中，他抽空和张国焘、陈昌浩等人简单谈过，又找四方面军总指挥徐向前了解情况。见面后，不能停下来，他们就拄着木棍，深一脚浅一脚地往前走，边走边聊。任弼时说："向前同志，我们这是头一回见面，俗话说一回生二回熟，你有什么想法，就请直说吧。"

徐向前见任弼时坦荡磊落，就对他说了实话，他说："弼时同志，有些话在我心里憋了很久了，今天不妨说出来。我一直认为，中央和毛泽东同志的北上方针是对的，自己当时没有跟中央走，是不想把四方面军分成两半，而且主力部队也不是一个人能带得动的。"

任弼时频频点头："有道理。"

徐向前说："事情弄成这样，国焘同志当然要负主要责任。他取消了他的'中央'，是好事。我建议，北进期间，最好不谈往事，免得引起新的争端。"

任弼时说："我同意。"

徐向前叹口气："我想起一年前，一、四方面军会合时，我们大家都很高兴。但当

雄关漫道（节选）欧阳黔森

时中央有的同志说四方面军的某些指挥员是军阀呀，土匪呀，逃跑主义呀，政治落后呀，等等，有些话真的太过分了，伤害了四方面军同志的感情，我和四方面军许多指战员都想不通。"

任弼时道："向前同志，任何事情都不是偶然的。党和红军出现那么大的裂痕，我认为，所有同志都应该好好反思一下。但最终的目的应该是捐弃前嫌，团结为上。弱小的党和红军如果不团结，就会被蒋介石轻易地各个击破。我将建议中央召开六中全会，来消除分歧，加强团结，使我党担负起当前艰巨的历史任务。"

徐向前信任地望着任弼时，频频点头："如果所有同志都像你说的这样，心中想的是团结，党和红军的壮大便是指日可待了……"

天空中，太阳隐去了，瞬间，乌云四合，电闪雷鸣。任弼时抬头望天："看啊，又要变天了！"

徐向前此前曾经两过草地，对草地的天气比较熟悉，就说："这很正常，我们头顶的天就像小孩的脸，说变就变。"

霎时，雨点纷纷落下。警卫员们上前，帮任弼时、徐向前撑起雨伞，他们冒着雨，在泥泞中继续前行……

进入草地不久，二方面军的人就认识到，草地确实凶险，而没有进来之前，有些同志觉得草地里面又没有敌人，有啥好怕的。

粮食很快就要吃光了，饿着肚子行军，身体弱的人就难以坚持，经常是走着走着，就有人突然倒下，人们上前，把手伸到他鼻端试试，如果牺牲了，战士们只能依依不舍地离去，有时连战友的尸体都顾不上掩埋。

草地上，水洼中，能看到一具具的尸体。有的死者嘴里含着青草，他是饿急了，吃着草就死了。

更要命的是沼泽地，不断有人陷入沼泽中，只能无声地挣扎，越陷越深，最后一串水泡冒出来，一切又归于平静。

罗扬、杨连根带领收容连的人缓慢行走，他们收容的人既有二方面军的，也有四方面军的。身强力壮的战士肩上都背着两支枪。

一堆白骨在面前出现，罗扬停了下来。杨连根问："连长，怎么了？"

"这一定是去年过草地时牺牲的同志，掩埋一下吧。"罗扬说。杨连根默默地点头，用铁锹挖一个坑，罗扬蹲下，把白骨放入。片刻之后，一个小小的坟头堆起来了。

又行了一阵，人们看到一片水洼里，有一只手赫然露在水面上。罗扬停下，慢慢靠近水洼，他趴下，伸出手，与那只僵硬的手握一下，道："无名的同志，你安息吧……杨连根，拿点草来。"

杨连根回身把一团青草递给罗扬，罗扬用青草盖住那个死亡者的手。他们能做到的，只有这些了。

担任两个方面军的收容队，粮食又极度紧张，让贺炳炎和廖汉生愁眉不展，以前打仗时，也没这么愁过啊！廖汉生说："据各团报告，粮食都所剩不多了。"贺炳炎说："得想个办法。"廖汉生摇头："在大草地上，一粒粮食也找不到啊！"贺炳炎说："上级会给我们调拨一点的。我们自己，也要从内部想想办法调剂。"廖汉生说："怎么个调剂？"贺炳炎说："命令各连队把每人剩余的粉子集中起来，各级首长亲自到连上帮助分发粉子，防止多吃，每人每顿只准吃一把粉子。"廖汉生眼睛一亮："这个主意好，还要加上一条，组织检查队在途中检查有无随便吃粉子的现象。"

这个办法施行了两天，就出了一件事：有个叫李正田的指导员多吃多占。

傍晚，几个战士押着那个叫李正田的指导员来到贺炳炎、廖汉生跟前。战士报告说："师长、政委，人带来了！"贺炳炎一挥手，几个战士退下，他严厉地对李正田说："知道为什么带你来吗？"

李正田低着头："知道……给全连发粉子时，我偷偷给自己多拿了一把……"

廖汉生道："李正田同志，你身为一个连队的指导员，一个政治工作干部，一个共产党员，一个参加红军多年的老兵，你只有带领全连同志向饥饿做斗争的权力，绝没有为个人谋取一点私利的权力，哪怕仅仅是一把青稞粉子。"

李正田流泪了："政委，师长，我错了……"

贺炳炎道："你的错误师里研究过了，决定撤销你的指导员职务。"

李正田说："我接受……回去我要向全连同志做检讨，以后当好一个普通士兵，跟大家一起向饥饿做斗争。"

廖汉生说："那你回去吧。"

李正田抹一把泪，立正，敬礼，转身离去。

廖汉生望着那个消瘦的背影，说："我们是不是太严厉了？"贺炳炎说："出了草地，再给他恢复职务。"廖汉生点点头。

不久，草地前方有一座大山横在了他们面前，廖汉生问："贺师长，前面那叫什么山？"

贺炳炎说："地图上叫麻尔柯山，去绒玉必须攀过它。"

廖汉生说："那就命令全师，今天一鼓作气翻过它。"

命令下达了，从下午开始，全师翻越麻尔柯山，走到山上即下起大雨，跟着又下大雪。师部和两个团滑下山后，天已经全黑了，后续部队却没来得及下山。贺炳炎和廖汉生带上人和骡马上山接应，摸了几次都没能上去，到天亮时才把人接应下来。这一夜，山上又无火烤，风雪一夜未停，全师有近二百位同志连病带冻而永远留在了

雄关漫道（节选）欧阳黔森

山上……

消息报到贺龙、关向应那里，贺龙说："雪山、草地，比拿枪的敌人还凶险啊！"

关向应说："老贺，红六师的担子太重了，我想到那里，和他们一块行军。"

贺龙同意了。

关向应赶到红六师时，贺炳炎、廖汉生二人眼里含着泪，仍然沉浸在悲痛之中。廖汉生告诉关向应："前天刚刚被撤职的那个指导员李正田，他用自己的口粮救活了一名战士，自己却在昨夜冻死了。"

关向应说："将来，在红军长征的英名录上，应该记上这样一位曾经为多吃一把粉子而被撤职的指导员，一位被饥饿和草地夺去生命的红色士兵……"

沿途找不到粮食，只能吃野菜。草地里很多野菜人们叫不出名字，其中有不少是有毒的，红六师已经有几十人因误吃有毒的野菜而死去。

傍晚，到达一个宿营地后，关向应溜到没人的地方，拔了十几种形状各异的野菜，他拿起面前的一种，仔细观察一阵，塞进嘴里，尝试着，小心地咀嚼，一边咀嚼一边回味，吃下后没有反应，他就放到一边，接着再品尝另一种……

一个多小时后，他的警卫员小曹找到他时，他正跪在地上呕吐。他面前的野菜分成了两堆，显然一堆是能吃的，一堆是不能吃的。

见小曹来了，关向应抬起头来。此时，他的嘴唇肿了，眼睛通红，鼻子在流血。小曹扑过来，惊恐地抱住他："首长！首长！你怎么了？……你中毒了是吗？"

"小曹，我没事……"

"首长，你是中毒了……我去喊医生。"小曹吓哭了，拔腿就往回跑。

"小曹，你回来！"

小曹站住了。

"不要声张，我不会有大事的。小曹，你快拿着这些野菜，到那边找贺师长和廖政委。告诉他们，这几种是有毒的，不能吃；这几样是没毒的，可以吃。"

"首长，你没事吧？"

"嗐！我说过我没事，你快去吧！这关系到人命，千万别弄混。"

小曹答应着，把两类野菜分别抱在怀里，踉跄而去，关向应痛苦地坐在地上，又呕吐起来。

回到住地，贺炳炎、廖汉生狠狠地把关向应批了一顿，说如果你出了意外，我们怎么向贺老总交代？贺炳炎一着急，第二天硬是把关向应送回了贺龙身边。

贺炳炎最惦记的是罗扬带领的一连。他们走在最后面，担子是最重的。他骑上马，逆着队伍行进的方向，往回走，想到一连去看看。远远地就看见几十号人围成一堆，不知发生了什么事。

原来是一名受伤的小战士躺在泥水地上，死活不走了。他绝望地说："同志们，我实在走不动了，不如让我死了，你们走吧……"

罗扬分开众人，来到他身边，蹲下："小杜同志，快起来，我背着你走，行不行啊？"

那个叫小杜的战士哭着说："罗连长，真的不要管我了，我自己的身体我知道，我走不出草地的……等革命成功了，你们别忘了我，给我烧几张纸钱就行……"

小杜哭出了声，很多走不动路的战士跟着哭泣。

这时，贺炳炎牵着一匹马赶了过来。有人喊："贺师长来了。"贺炳炎问："怎么回事？"罗扬说："师长，这位战士是红五师的，我们前天收容的他，他没有力气了，不想走了。"

贺炳炎望一眼小杜和哭泣的伤兵们，激昂地说："同志们！都别哭！红军的眼泪从来不是随便流的！"

有人点头，想努力止住哭。贺炳炎蹲到小杜面前，和蔼地说："小同志，爹妈给我们一条命，不能随便丢掉，对不对？只要还有一口气，就要往前走。来，我扶你骑马走。"

贺炳炎在罗扬的帮助下，把小杜扶到马上，贺炳炎亲自帮小杜扶鞍认镫，他用左手费力地把缰绳套在肩膀头上，喊道："出发！同志们，都跟上！"

大伙跟着他们的师长往前走，贺炳炎用左手牵缰引路，他跛着一条腿，晃动着一只空荡荡的袖管，满头大汗，深一脚浅一脚，异常吃力地走着。他脖颈、胳膊、小腿上的伤疤也是清晰可见。

坐在马上的小杜望着师长战伤累累的身躯，再也控制不住，泪水无声地涌了出来……

何梅和女兵队一块行军。说是一块行军，走着走着就有掉队的，到后来人就越来越少了。

进入草地深处后，何梅的身体愈发虚弱，她咬牙坚持往前走。上面指派身体强壮的女兵夏春华帮助她。小夏发现，何梅经常停下来，往来路上久久地回望。

小夏忍不住就问："何梅姐，你望什么呀？"

何梅不语。小夏说："你一定是惦记罗参谋。"

何梅诚实地点点头："但愿他们都能跟上来……哎，小夏，也不知贞姐，还有琮英大姐她们怎么样了。"

小夏说："她们跟随朱总司令和任政委，在我们前面呢。"

何梅说："贞姐、琮英大姐，都是身怀六甲，她们才是要多难有多难……"

雄关漫道（节选） 欧阳黔森

何梅惦记罗扬，也惦记李贞和陈琮英。李贞和陈琮英随红四方面军行动，她们早就走在了前面。

泥泞的草地上，李贞、陈琮英挺着大肚子，在别人搀扶下，吃力地行走。陈琮英说："李贞啊，我最担心一件事。"李贞说："啥事？"陈琮英指指肚子："千万别生在草地里。"李贞说："我还早呢。就看你了，你一定咬牙挺住啊，出了草地再生。"陈琮英向往地说："真要能挺住就好了。"

这话说过没两天，李贞摔了一跤，当晚就有了小产的征兆。那天夜里，电闪雷鸣，暴雨如注，李贞躺在一顶帐篷里痛苦地挣扎。甘泗淇急忙叫来卫生部的黄医生，黄医生进去后，甘泗淇戴着斗笠，披着蓑衣，焦急地站在雨中。

李贞揪心的叫声频频传来，甘泗淇忧心如焚，痛苦极了。结婚后，两人在一起的时间加起来不到半月，他没给李贞幸福，却让她挺着大肚子在这该死的草地里受罪，也不知孩子能否保住……

叫声渐渐地减弱了，黄医生掀开帐篷门，甘泗淇迎上两步急问："怎么样了？"黄医生难过地摇头："甘主任……李贞同志早产，孩子落地后就……不行了……我无能为力……"

甘泗淇惊愕地呆愣一阵，然后冲进帐篷里。李贞虚弱地躺在小小的行军床上，满脸是汗。甘泗淇上前，握住她的手："你受苦了。"李贞流泪了："老甘，真是对不起……"

甘泗淇替她擦去泪水："只要你好好的就行。别想那么多了，啊？"

李贞痛苦地说："老甘，医生说，我以后可能再也不能生育了……"

甘泗淇怔了一下。李贞道："你还记得吗？我们结婚时，任政委祝福我们，夫妻恩爱，子孙满堂……"她边说边痛苦地摇头。

甘泗淇说："李贞，只要我们夫妻恩爱，子孙满不满堂，不重要了。"

李贞说："老甘，真的对不起你，我不是个合格的妻子啊……"

甘泗淇说："不！这不怪你，你是一个好战士，一个好女人，你做得都很好。没有孩子，我们就养别人的，你想想，很多烈士的孩子，不都是我们的孩子吗？我们就养活他们，好不好？我们照样子孙满堂……"

又过了几日，陈琮英也生了。草地的早晨，难得见到一轮朝阳，可是这天，一轮朝阳从东方的地平线上蓬勃升起。然而任弼时一脸焦急，站在一顶小帐篷外面抽烟，离他稍远的地方，几个警卫员也焦急地等待着。

突然，一阵尖锐的婴儿啼哭声传来，任弼时于是长舒一口气，战士们互相看着，笑着围上来："首长！生了生了，你听……"

任弼时突然又一下子收回脸上的笑意，一副心事重重的样子。警卫员们面面相觑。

接生的医生出来后，任弼时进入帐篷内，他慈爱地、久久地望着婴儿。出生的是个乖巧的女儿。他的面前渐渐幻化出儿子湘赣憨态可掬的模样，耳旁回荡起湘赣嬉笑啼哭的声音……他的眼睛湿润了。

陈琮英疲倦而幸福地说："弼时，我们终于又有了一个孩子。"

任弼时蹲下，握住陈琮英的手："琮英，我谢谢你了！"

"净说傻话。弼时，你快给女儿起个名吧！"

"好……就叫远征吧！"

"远征？"

"对，远征！用以纪念我们这一次伟大的行军！"

"弼时，这名儿起得好。这孩子出生在草地里，将来一定像那些五颜六色的花儿一样漂亮……"

"将来？……"他突然变得严肃起来。

"弼时，你怎么了？"

沉默许久，任弼时转过身去，一声叹息："这孩子，来得又不是时候啊……"

陈琮英一愣，下意识地、惊恐地抱紧襁褓。她意识到，丈夫又想把这个女儿送人，这让她心如刀割。

任政委又要把孩子送人的消息传出后，反应最激烈的要数李贞。她头上包着毛巾，拄着木棍，气呼呼来到任弼时面前。任弼时关切地说："李贞同志，你要保重。"

李贞头一扭："哼！我不保重！"

任弼时一愣，以为李贞因为流产而痛心，便道："你的情况我都知道了，请不要难过。"

"我难过！"

任弼时又是一愣。

"我是为小远征难过！"

任弼时全明白了，沉默不语，咳着嗽吸烟。

"任政委！你真的打算再把小远征送人？"

"是有这个打算，因为这是在长征路上。前面如果遇到合适的老乡，就……"

李贞疯了似的打断他："要送你送给我吧！我养着她！"

不断有男女战士围过来，任弼时劝道："李贞同志，你冷静点。"

李贞流泪了："任政委，我想说，你这个做父亲的，也太……狠心了吧……"

任弼时痛苦地闭上眼睛。李贞又道："你不要孩子，我要！"

人们纷纷说——

"任政委，你不要我们要！"

雄关漫道（节选） 欧阳黔森

"任政委，我们就是豁上性命，也要把小远征带出草地！"

"任政委，把孩子带上吧，求求你了，她多可怜啊……"

"任政委，带上小远征吧，我们替你背着她，不用你管。"

……

李贞指着众人，愤然道："任政委，你都亲眼看到了，你要是再一意孤行，我们……我们就找朱总司令告你的状去！"

众人积极响应，一片要告状的声音。任弼时感动地说："同志们，我任弼时谢谢你们了……既然如此，孩子就带上吧。"

此言一出，众人发出欢呼声，几个女兵拥抱在一块，李贞含着眼泪笑了。

草地的夜晚，寒冷刺骨，人们点起一堆一堆的篝火，围着篝火入睡。深夜，篝火徐徐燃烧着，红军战士们在酣睡，有的背靠背坐着打盹，有的干脆躺在潮湿的草地上。

离他们不远处，王震躺在一块油布上，盖着大衣也睡着了，他长长的胡须盖住了前胸，十分显眼。突然，王震醒了，他望着满天的星斗出神。

有顷，他爬起来，巡视着面前昏睡的红军战士。一个小战士躺在地上，蜷缩成一团，王震轻轻上前，脱下大衣，披在小战士身上。小战士可能是饿了，吧唧几下嘴，随即，睡相变得香甜了。

篝火快要燃尽了，即将熄灭，王震靠前，蹲下，抓过一把干草放到火星上，篝火重又燃烧起来。

离篝火不远处，司令部的孙参谋醒了，他望着火光中长须飘飘的王震，赶紧爬起来，叫了声："王政委。"王震嘘一下，示意他轻点儿。孙参谋来到王震身边蹲下，二人一块往火堆中添干草。

孙参谋小声说："王政委，你的胡子也太长了，明天找人帮你刮刮吧。"

王震摇头："不见到毛主席，我王震坚决不刮胡子！"

他的声音不大，却有着强烈的震撼力。孙参谋回味着王震的话，心中涌起一股热流，他想起刚与四方面军会师时，王震愤怒地撕掉张国焘小册子的情景，不由得更加敬佩王震了。

草地上的一条小河，河水是那样清澈，就像是透明的。这样的水只有天上才有啊，那仿佛是圣水，何梅想。可是，这时的她已经没有心思欣赏这傍晚美丽的景色。她跪在水边，脸色苍白，头发凌乱，不时还剧烈地咳嗽。她想伸出手去抓一把清冽的水洗洗脸，可是她没有力气了。

小夏跑过来，扶住她消瘦的肩："何梅姐！你病了是吗？"

她没有力气说话。小夏摸一下她的额头："好烫！何梅姐，你病得很重，这可怎么办啊？我去报告领导。"

"小夏，先不要声张。你扶我到那边躺一会儿。"

小夏同意了，搀扶起何梅，走到一旁，扶她躺在一块油布上，又给她喂了一点掺有青稞粉的水。小夏是黔东沿河县的人，是个土家族女子，父母把她许配给一个满脸麻子的有钱人，大婚之夜她逃出来，途中差点被野狼吃掉，还差点被土匪掳去，幸亏她能跑路，人也机警，竟然逃脱了。二、六军团转进石阡后，她要求当红军，何梅收下了她，从此她就跟着何梅一路走。她的身体素质好，一天只吃一顿饭，照样活蹦乱跳，何梅很喜欢她。

晚上，小夏又叫来女兵小姚，二人用床单搭起一顶小帐篷，扶何梅进去歇息。二人点上一堆篝火，背靠背坐着睡。夜里，小夏听到何梅不住地说胡话，后来就没有动静了。天亮时，小夏发现，何梅眼窝深陷，呼吸一阵急一阵弱，已经是极度虚弱了。

她们给她喂水，她醒了，用微弱的声音说："小夏，我做了个梦……"

小夏知道她深深爱着罗扬，就说："梦见啥了？是罗参谋吗？"

何梅摇头："梦见草地里，铺了一条又宽又平的路，路两边都是鲜花，我们就沿着这条路走，走得好快，北上找中央……"

小夏说："何梅姐！等你病好了，我们就加快速度，啊？"

何梅气息微弱："……小夏，你们快走吧，不要管我了……"

小夏和小姚低头哭了。小夏抓着何梅细瘦的胳膊："不！何梅姐，马上就要走出草地了……我们两个背着你走！"

何梅摇头："不，我要在这里等罗扬……我想见他……"

何梅决心已定，她要等罗扬，最后见他一面。

然而，对于走在最后面的一连来说，前面的路越来越难走了。尽管师里给调剂了一点粮食，但那是杯水车薪，根本起不了什么作用，每天战士们基本全靠野菜度日，有时连野菜都不能保证，死去的人日渐增多。

这天，罗扬走着走着，突然倒地不起。杨连根上前，拼命摇晃着他："连长！连长！你醒醒！……"

罗扬轻轻动了动。杨连根道："谁还有炒面？"

众人均是摇头，一个战士说："杨排长，连长身上不是有吗？"

杨连根盯着罗扬身上那条鼓鼓囊囊的粮袋，想解开，但被罗扬一双手死死地抱着。他明明身上有粮食，可就是不让动，杨连根只好拧开水壶，给罗扬灌水。

过了好一阵，罗扬才睁开眼，他坐起来："小杨，我怎么了？"

"连长，你昏过去了。"杨连根松了口气。

罗扬挣扎着要站起来："我没事……同志们，加把劲啊，到了宿营地，就会有吃的喝的，走啊，都跟上，谁也不许掉队……"

他带头向前走去。

罗扬居然走得挺快，仿佛他压根儿就没晕倒过。杨连根追上他，紧紧盯着他腰上的粮袋，看样子那里面至少有六七斤粮食。

"连长，全连没一点粮食了……"

"没有粮食，还有野菜、草根、皮带，还可以捉鱼，挖蚯蚓。这么大的草地，到处都是宝啊。杨排长，你要发动大家想想办法，不能泄气。"

杨连根不语。

罗扬微笑道："只要精神上不垮，人就垮不了。"

"是……"杨连根的目光仍不离开罗扬腰上的粮袋。

"是不是盯上我的粮袋了？"罗扬说。

杨连根舔舔嘴唇："连长，全连都眼巴巴的，你拿一点出来吧。"

这时，小杜和其他战士也围上来，纷纷央求道："连长，拿出来一点吧，每人吃一小口也行啊……就一小口……馋死我了……"

罗扬拍打着粮袋："肯定会拿出来，但现在不是时候。同志们，真正的考验还在后面，好钢要用到刀刃上。只要你们都想着，我这里还有满满一粮袋香喷喷的炒面，每个人都会有一份，你们心里就踏实了，就不害怕了，对不对？"

众人凌乱地回答，但都底气不足。

罗扬用力挥一下拳头："都记住，咬牙坚持往前走，多走一步，就是胜利！"

杨连根说："都记住连长的话了吗？"

众人乱哄哄地说："记住了。"

罗扬说："好吧，今天不走了，宿营。都少说话，早点睡，节省体力。杨排长！"

杨连根一挺胸："到！"

罗扬说："你给我盯着，谁再多说话，不睡觉，还有，谁在行军的时候不坚强，哭鼻子，你就记下来，哪天我发炒面的时候，就没他的份！"

众人发出一点笑声。杨连根道："是！喂喂，都去睡觉吧。"

罗扬带头躺下了，他紧紧地捂住粮袋。众人分头躺下。

第二天，继续前行。后卫连这几十号人在罗扬带领下，艰难地往前挪动。到中午时，一个小战士摇晃着，坐到地上，大口喘气。小杜上前搀扶他："你不能停啊，杨排长说，连长今晚就发炒面。"

小战士吧唧着嘴："炒面……炒面……"他咬牙站起来，随小杜一块往前挪动。

这一幕罗扬看在眼里，欣慰地一笑。自从坐过贺师长的马之后，小杜突然之间就成熟了，成了骨干。罗扬让他当了二班的班长。

中午，只能拔野菜吃。

到了傍晚，快到宿营地时，罗扬又昏过去了。小杜叫唤了好一阵才把他唤醒，醒来后他问："我们的人，都跟上了吗？"

小杜说："今天除了三个牺牲的，都跟上了。"

罗扬说："告诉大家，伤病员只要还有一口气，就不能丢下。"

小杜点点头。

却在这时，杨连根趔趄着跑过来："连长！连长！"

罗扬坐起来："怎么了？"

杨连根说："何梅……她在前面。"

罗扬一惊："什么？……快扶我起来。"

小杜和杨连根架着罗扬往前走去。十多分钟后，在那条异常清澈的小河边，他们看到何梅躺在一块油布上，身上盖着大衣，她憔悴极了，奄奄一息。见罗扬过来了，小夏伏在她耳边说："何梅姐！你快看，罗参谋来了！"

昏迷了许久的何梅，终于动了动。罗扬推开杨连根和小杜的手，踉跄着奔过来，跪在何梅面前，急切地喊道："何梅！是我啊……"

何梅猛地睁开眼，百感交集地说："罗扬，真的是你……真的是你……"

她的眼泪哗哗地流下来，罗扬抚摸她的额头："是我，何梅，是我……你病得很厉害……我去给你找医生！"

小夏和杨连根、小杜都背过脸去抹眼泪。何梅却缓缓地、绝望地摇头。能见罗扬一眼，她就没有什么遗憾了。

罗扬把杨连根和小杜打发走，让他们回去照顾部队，他自己留下陪何梅。小夏哭着往前赶路，她要回到自己的队伍中去。好在一路上都是自己人，只要自己不倒下，就没有什么危险。入夜，远处近处都有一堆堆的篝火燃烧着。罗扬守着何梅，尽管他也是快撑不住了，但他感到很幸福，认识快两年了，还没有这样和她靠近过。

何梅睡一会醒一会，她断断续续地说："罗扬，总算等到你了……就是因为想见你，才坚持到现在……如果没有你，我早就不行了……"

罗扬替何梅抹去眼角的泪，他自己眼里却又流出感动的泪水："何梅，别说傻话，你没事的，你要挺住，我们一起往前走，啊？我们一定会走出草地的……"

何梅居然抬起手，替罗扬抹去脸上的泪水。罗扬握住她冰凉的手，自己脑子里也是一会儿清醒一会儿糊涂。后半夜，他们背靠背坐着。草地一片沉寂。何梅似乎来了精神，说："天黑了，看不到这美丽的草地了，你注意了吗？草地上的野花，要多漂亮有多漂亮……"

罗扬虚弱地说："是的，好漂亮。将来革命胜利了，我们还要来这里，专为欣赏这

雄关漫道（节选） 欧阳黔森

些美丽的花儿……"

"要是活到那一天，我愿意来这儿放牧，成群的牛羊、骆驼、骡马，还有泉水、森林……"

"太好了，我陪你来……"

"我为你唱歌、跳舞，给你做饭、洗衣服……"

罗扬无力地点点头。

何梅闭上眼睛："可我等不到了……但我不后悔……"

罗扬也闭上眼睛："是的，不后悔……这辈子能当红军，给穷人打天下，是多么了不起啊……我们走了两万里的路，这真是世界上最难最险的路，连鬼神都会被感动的，你说是吗？"

何梅吃力地说："罗扬，如果有来世，我还要当红军……"

"我也是……"

"我们一块当，好吗？"

"一块当。"

"罗扬，我死了，就让阳光来掩埋我，让鲜花来掩埋我，让清风来掩埋我吧……"

两颗硕大的泪珠从罗扬深陷的眼窝里钻出来："何梅，我给你唱个歌吧……唱个我们洪湖根据地的老歌子。"

"好，我想听。"

罗扬轻轻地，其实是在用最后的气力唱："芦林是我房／船板是我床／菱角是我粮／红军呀，是我亲爹娘……"

微弱的歌声随风飘向远处……他们背靠背，紧紧地依靠着。两双手，颤抖着，紧紧地相握在一起。

歌声停了。月亮升上来，草地上月光如水。他们像是在沉睡，一动不动，宁静而安详。

清晨，一轮朝阳升起。悠扬的军号声弥漫在荒凉的草原上空，罗扬与何梅凝固在那里，他们背靠背，微闭着眼睛，又仿佛睡着了一般，面容极其安详。初升的阳光洒在他们身上，罗扬一只手仍然紧紧抓住腰间那只鼓鼓的粮袋。一些五颜六色的野花环绕着他们，迎风摇摆。

杨连根缓慢地向这边走来，他走近，驻足，轻声地喊："连长，何梅大姐……"

没有反应。

杨连根提高声音："连长！何大姐！"

在他身后，很多战士围上来。杨连根终于意识到什么，张大嘴，泪流满面、悲痛欲绝地呼喊："罗连长——何大姐——"

众人也都从震惊中清醒过来，张大嘴，悲壮地呼唤："罗连长——何大姐——"

那天晚些时候，杨连根带领众人，在那条清澈的小河边，埋葬了罗扬和何梅。一座新坟堆起来了，杨连根首先把一束野花放在坟头上，接着，小杜上前，把一束野花放好。战士们依次上前，把他们手中的野花放到坟头上。

小小的坟头上堆满了美丽的野花。

杨连根对号手一挥手，号手运足力气，吹出舒缓的号声……

号声中，杨连根对着坟头举手敬礼。在他身后，战士们也都举手敬礼。杨连根的眼里已经没有了泪水，他的神色是坚毅的。

杨连根又率领后卫连，继续向前走去。他忍不住回头，那座布满鲜花的坟头已被他们甩在身后。小杜靠近杨连根，小声问："杨排长，罗连长的粮袋呢？"

"在我这儿。"杨连根从腰上解下那条粮袋，他们走到避开人的地方，杨连根解开袋口的绳子，突然惊呆了！

他挖了两下，里面竟然全是黄土！二人面面相觑，愕然不已。见有人朝这边走来，杨连根想了想，急忙封好袋口，把粮袋紧紧绑在腰上。

全连战士都围拢过来了。杨连根拍拍腰上的粮袋，笑一笑，说："同志们，连长的粮食，全在我这儿呢！满满一袋香喷喷的炒面，到了最最关键的时候，我就发给大家。希望大家听我的指挥，咬牙往前走，一个也不许掉队！"

小杜说："我们都听杨排长的，快走啊！"

几十号人期待地望着杨连根，抬脚向前走去。杨连根走在最后面，他身上背着两支枪。显然，他接替了罗扬。

第二十章

这天傍晚，红军总部人员在一片大水洼附近宿营。朱德突然冲妻子康克清要针线包。康克清翻动她的小背包，不解地问："老总，你要缝衣针干什么呀？"

朱德望着不远处的水面，沉思着。康克清拿出一枚针："还好，找到了，给！"朱德接过针，放进嘴里，用牙咬着，弯成鱼钩："还有线呢？"康克清明白了，老总是要钓鱼，她笑了笑，又去翻背包。

朱德做了个简易的钓鱼竿就去钓鱼了。草地里的鱼长不大，一般只有手指大小。朱德忙活了一个时辰，还算不错，钓到了五六条小鱼，最大的一条有一支钢笔大小。他把鱼放到搪瓷缸里，吩咐康克清和警卫员小赵抓紧熬鱼汤。他亲自去找柴火，忙活了半个

雄关漫道（节选） 欧阳黔森

时辰，搪瓷缸里咕嘟咕嘟冒出的热气有了香味。他又说："再多熬一会儿，鱼汤浓一点才好。"

康克清和警卫员小赵心想，老总看来是饿坏了，也馋了。哪知老总却突然说："克清，一会把这碗鱼汤，端给弼时同志的夫人陈琮英同志。"

康克清这才醒悟过来，点点头。

朱德说："弼时两口子，为革命献出的太多了。前面两个孩子，一个不幸死去，一个送了人。在甘孜时，弼时见了孩子，就想抱一抱，那眼神告诉我，他是真想孩子啊……小远征生在草地里，说什么这回也得把这孩子养活啊……"

康克清专注地熬着鱼汤，她叹口气："唉，要是再有点盐巴就好了。"

搪瓷缸下面的火渐渐熄灭了。小赵说："老总，熬好了，我去送。"康克清想了想："小赵，还是我去吧。"朱德赞许地点点头。康克清端起鱼汤往任弼时等人宿营的地方走去。

第二天上午，康克清不放心，又去看陈琮英和孩子。不大一会儿，她兴奋地跑过来，老远就说："老总！好消息！琮英有奶水了！"

朱德欣慰地笑了，他拍着大手："好啊，孩子有救了！"

快要走出草地了，草地上最后的行军显得异常艰辛，大家的体力消耗得快到极限了，不断有人倒地，一声不哼就死去了。任弼时的身体时好时坏，他瘦得只剩一把骨头，即便如此，晚上他仍然是点着蜡烛看书，或者写文章，有时找人谈话，一点都不爱惜自己。白天行军，人们只好用担架抬着他。担架员小毛两年来一直跟着任弼时，小毛和另一个担架员小陈抬担架的水平高，走起路来不摇不晃，首长躺在上面睡觉，一点不影响。

但是自从有了女儿后，每每听到女儿的哭声，任弼时就会突然醒来。这天行军途中，过一片水草地，人们七歪八倒地往前挪动，小远征又哭了。几个身体好的女兵轮流抱着小远征走，陈琮英跟在她们后面。孩子是饿了，她就给女儿喂奶，奶水虽然不多，但总比没有好。喂过奶，女儿不哭了。

任弼时睁开眼睛，见小毛和小陈满脸是汗，累得气喘吁吁，他示意他们停下。他们把担架放到一块干燥的草皮上，任弼时说："小毛，扶我起来。"

小毛不动，任弼时口气严厉地说："快扶我起来。"小毛只好扶任弼时站起来。任弼时走到怀抱女儿的一位女兵面前，说："把孩子给我。"

女战士说："任政委，我们抱孩子就行了，你病成这个样子，就别管了。"

任弼时摇摇头："我是孩子的父亲，理应尽点责任，你们就让我抱孩子走一段路吧，好不好？"

陈琮英理解自己的丈夫，就冲女战士点点头。任弼时接过襁褓，爱惜地抱住，一步一步，在泥水中艰难地朝前挪动……

在他身后，人们紧紧跟上。

贺龙在任弼时他们身后，约有三天的行程。贺龙的枣红马上驮着一位重伤员，他端着大烟斗，跟在枣红马后面走。他抽一下烟斗，已经不冒烟了。警卫员小周靠过来："老总，烟叶断顿了吧？"

贺龙从嘴里拔出烟杆："小周，想办法给我找一点干树叶，对付对付。烟瘾上来，我浑身没劲。"

小周说："这大草地，鸟都不生蛋，连棵树都看不到。老总，你先忍忍，遇到敌人时，我想办法缴获一点烟叶。"

贺龙说："我真盼着草地上冒出敌人来，我们跟他们打一仗，就可以缴获点战利品。"他闻一闻烟袋锅，"没有树叶，找一点干草叶也行。我多抽一袋烟，可以节省一口饭哪！"

小周说："老总，你可不能再节省了。你要是饿坏了，我们没法向任政委交代，走之前他特意嘱咐我们，一定要照顾好你。"

贺龙说："小周，你看我这体格，壮得很，少吃几顿没事的。哎，直属队的粮食，还能坚持多久？"

小周摇摇头："体格好的同志，从昨天起就主动断粮了。"

贺龙沉思道："从阿坝到包座，这段草地最难走，挺过去就好了……"

到了傍晚，炊事班的大锅里只有野菜，一点粮食都见不到了。人们告诉贺龙，下午周素园老先生饿昏了两次，小婉也昏迷过去了……

贺龙焦急地对众人说："周老先生、张将军、小婉他们不能有闪失啊！还有十八团的政治委员余秋里，他拖着一条断臂，跟着部队从乌蒙山走到这里，多不容易啊！昨天卫生部的同志告诉我，他的伤口都腐烂生蛆了，不增加点营养不行啊！"

小周说："可是，粮食都没了，不知明天能不能搞到一点……"

贺龙道："告诉供给部，继续杀马。"

小周说："老总，直属队的骡马都杀光了。"

贺龙一愣："都杀光了？"

众人点头。贺龙目光缓缓望着远处，枣红马进入他的视线……人们散开后，贺龙只身走向枣红马。走近了，他停住，久久地望着它，仿佛又看到丁天娃制服它的情景，还有，敌机来袭，它冒着炮火硝烟，驮着他钻入森林隐蔽的情景……这是一匹好马啊！它不但救过他的命，还救过不少伤员。如今，却只能牺牲它了。

贺龙上前，轻轻抚摸枣红马的面额，枣红马通灵性，也许它意识到了什么，它流泪

雄关漫道（节选）　欧阳黔森

了，一下一下舔他的手。他把马脖子上的红缨子取下来，爱惜地装进衣兜里。然后，他猛地抱住枣红马的脖子，眼眶里涌出大滴大滴的泪水……

听说贺龙要杀马，警卫员们都流泪了，大伙一迭声地叫嚷——

"老总！不能啊！"

"老总！不能杀它！"

"老总！求求你，留下它吧！"

"老总！它还救过你的命呢！"

"老总！它驮过那么多的伤员，它有功啊！"

……

贺龙平静一下心情，挥挥手："娃儿们，不要哭了。我不到十岁就放马，十多岁就出去赶马帮，比你们更爱马。人对马亲，马也对人亲。可是，现在是非常时刻，为了革命，我们大家必须走出草地。快牵走它，交给供给部的同志杀掉，大家都吃一点肉，喝几口汤，好有力气走出去。将来革命成功了，别忘了，在草地上，有一匹枣红马，为我们红军献出了生命……"

说完，贺龙钻进帐篷，他手里拿着那条红缨子，久久地端详着。过了一会儿，从不远处，传来一声清脆的枪响。他浑身一震，把没有烟丝的大烟斗含在嘴里，他强迫自己不再想枣红马，而是多想想下面的路怎么走……

那天晚上，围着一堆篝火，周素园、张振汉、小婉、余秋里，以及几十个伤病员，都含着眼泪，吃了几块马肉，喝了一碗马肉汤。小周把一碗肉汤端给贺龙，贺龙挥挥手，让他端走了。

第二天一早，大队人马在行军号声中，再次出发。贺龙把他的警卫员们全都派出去，他们搀着周素园、小婉、张振汉、余秋里等伤病员，向前方跋涉……

终于，到达了草地尽头！

前方，有炊烟升起。隐约可见房屋、牛羊。草地边上，衣衫破旧、疲惫不堪的士兵望着面前的人间景色，都不由愣住了。有人高喊："同志们！我们终于活着走出草地了！"

人们明白了，呼喊着，用最后的力气，离开草地，扑向田园。一拨一拨的士兵，重复着前面人的动作，前赴后继，扑向田园。所有人的眼里，都噙着泪珠。奔涌的士兵，像浪头一样扑过来，一批批扑倒在田地里……

到了包座，就算是彻底走出了茫茫千里的水草地。包座是草地边缘上的一个不大的集镇，这里粮草充足，大部队就在这一带短暂休整。饿极了的人们第一件事就是先填饱肚子，两个警卫员把一筐大烧饼抬到红二方面军临时指挥所内，贺龙、关向应、李达、甘泗淇等人拿过烧饼，张开大嘴猛吃起来。贺龙边吃边说："好香啊……听说部队有战士一下子吃得太饱，撑坏了肚子，出了人命。"李达说："是有这回事。"关向应说："那就告诉各连队干部，让他们严格控制战士的食量，饿得太久，不能一下子吃得太多。"

贺龙吃完一个，又拿过一个烧饼。关向应说："老贺，你也不能吃太饱啊！"贺龙说："我肚子大，没事，向应你肚子小，多加小心啊！"关向应又拿过一个烧饼，大咬一口："我也没事。"

几个人大笑起来。贺龙说："饿肚子的滋味，真是不好受啊！你们说，以后这样的经历，还会有吗？"关向应说："我认为，不会有了。红军爬雪山，过草地，这种经历可谓空前绝后！"贺龙说："是啊，但愿不会再有了！"

这时，机要科的龙科长赶来报告说，任政委来信了。关向应接过信，看了一会儿，说道："弼时同志说，为促进三个方面军会师及会师后的大团结，他已建议中共中央在会师后召开六届六中全会，以解决团结、统一的问题，总结过去的教训并着重于目前形势与任务的讨论。他还说，二方面军在促成一、二、四方面军顺利大会合上，是负有重大责任的，要求二方面军立即为大会师做政治动员和进行一切必要的准备工作。"

贺龙感慨道："弼时同志站得高，看得远，顾大局，一心想着党和红军的团结。我建议，给弼时同志回封信，就说，我们完全同意他的立场。"

众人均表示赞同。贺龙又说："别忘了加上一句：希望弼时同志早日回到二方面军工作。我们都想他了！"

众人都说这句话加得好。

有人欢喜有人愁。红军两个方面军走出草地的消息，很快就传到了南京。蒋介石把陈诚等人召到他的官邸问情况，陈诚硬着头皮说："委座，据可靠情报，共匪徐向前、贺龙、萧克所部，确实已经走出了川康一带的大草地，有北上与毛泽东会合的迹象。"

蒋介石面无表情，大步走到地图前观看一阵，指着一个地方说："是到了这一带吗？"

陈诚说："是的。"

蒋介石愤怒地说："一年多以前，我们动用了十几万中央军和几个省的力量，来防堵萧克与贺龙合股，没有防住；半年多以前，我们动用了更多的力量，来防止贺龙、萧克到四川与徐向前合股，还是没防住。眼下呢？他们合兵一处，又要到陕北去会合毛泽东，为什么几十万的国军，就制服不了区区几万人的他们？"

陈诚汗颜道："委座息怒……国军将领有负委座栽培……"

"我早说过，赤匪之患是党国最大的祸患，共匪一日不除，国家就一日不得安宁！毛泽东写文章，说'星星之火，可以燎原'，他说得很对！他们如果燎原了，我们呢？我们只能有一个下场——被他们活活烧死！"

"委座，趁他们刚走出草地，人困马乏，我们调得力部队围剿，尚不算晚。"

雄关漫道（节选） 欧阳黔森

"抓紧解决两广事件，好腾出手来进剿西北。"

陈诚立正："是！"

从包座继续往前走，就是哈达铺。这天，任弼时带警卫员小徐等人骑马来到哈达铺。贺龙、关向应等人早已候在街口，任弼时一下马，几人便热烈拥抱。贺龙说："弼时同志，可把你给盼回来了。"关向应说："这都分手两个月了，你不在，感觉心里空荡荡的。"任弼时说："我也盼着早点回来啊！"

他们说说笑笑来到作战室，十几位师以上的干部已经在此等候。大家寒暄一番，进入正题。贺龙说："两广事变一解决，老蒋就把胡宗南部由湖南迅速调回陕甘，同时，他命令位于定西、陇西和武山地区的第三十七军毛炳文部，和位于天水、秦安和武都地区的第三军王钧部，阻止红军会合。"

任弼时说："针对蒋介石的企图，中革军委的作战部署是：红一方面军以一部兵力保卫陕甘苏区，主力西进，策应我们二方面军和四方面军作战。我们为右路，占领成县、徽县、两当、康县等地，建立苏区；四方面军为左路，占领岷州、武山等地，而后会同一方面军向定西、陇西及西兰大道进攻。进而实现三个方面军的会师。"

关向应兴奋地说："三军就要大会师了，简直像做梦一样啊！"卢冬生、贺炳炎、廖汉生等人高兴得合不拢嘴。贺龙说："根据军委的整体部署，我们制定了《第二方面军基本命令》。李达同志，请你给大伙讲讲。"

李达走到地图前，一五一十地把作战计划讲了，二方面军主要的意图是，趁陕甘的敌人分兵据守城市，而胡宗南部尚未到达的时机，穿过其封锁线，袭占成县、徽县、两当地区。

大部队又要出发。在哈达铺，供给部的同志给贺龙找来了一匹白马。贺龙望着漂亮的大白马，眼前总是闪现那匹枣红马的影子。他还想到了丁天娃，想到了牺牲在草地上的罗扬和何梅。这些人总是进入他的脑中、梦中，使他难以忘怀。

白马在贺龙面前驻足，贺龙爱惜地抚摸着白马。他从口袋里掏出那条红缨子，那条曾经拴在枣红马脖子上的红缨子，仔仔细细地系在白马的脖子上。

秋日的陇南大地，一片金黄的颜色。在起伏不定的丘陵地带，贺龙、任弼时、关向应等人纵马奔驰。他们刚刚接到报告，二方面军的部队已经攻占了成县、徽县、两当、康县四座县城。他们感到无限的欣慰，毕竟过了金沙江以后，部队没再打仗，现在一出手就占领四座县城，他们又找回了打胜仗的感觉。

他们来到徽县，在一座气派的民宅门前下马，这里是六军团的临时指挥部。萧克、王震等红六军团领导高兴地迎上来，众人握手问候。贺龙说："萧克同志、王胡子，你们六军团干得不错，十天就攻占了四座县城！"

王震依然是长须飘飘,他说:"自从离开黔大毕,好久没这么打仗了,缴获了大量战利品,真是痛快!"

贺龙突然想起什么:"哎,战利品里面,有药品和医疗器材吗?"

王震说:"这要查一查。"

任弼时道:"老贺,你怎么关心起这个来了。"

贺龙道:"我想起余秋里的那条断胳膊了。"

当晚吃过饭,他们几个人来到一处小院内。余秋里暂时住在这个小院里。余秋里见到众位首长,很是高兴,说到自己的伤,他要求把左手锯掉,不能再拖了。

贺龙征求任弼时的意见,任弼时道:"既然这条胳膊保不住,手术又有把握,那就下决心做吧!"

众人均点头同意。任弼时对余秋里说:"本来应该早一点给你做这个手术,可是我们过金沙江的时候,医疗器材都掉到江里了。后来不停地转移,没有时间,也没有医疗器材,无法做啊!让你受苦了。"

余秋里感动地说:"首长,这一路上,同志们都想着办法照顾我。敌机轰炸时,同志们总是找个安全的地方,把我掩护起来。爬雪山、过草地,大伙总是把好走的路让给我,找到的粮食,挖到的野菜、草根,尽量先让我吃。要是没有他们,我余秋里命再大,也活不到今天……"

余秋里的眼窝湿漉漉的。关向应说:"有了这个经历,你余秋里就是个钢铁汉子了,以后谁还能打得倒你?"

气氛变得轻松了。这时,二方面军卫生部派来的一位医生来到小院,报告说,截肢用的药品和器械都准备齐全了。

任弼时问:"不是说,没有锯子吗?"

医生说:"卫生部的同志从一家钟表店找到一块钢锯条,又从修械所找到一把锯弓,可以了。"

贺龙说:"余秋里,你比贺炳炎幸运,他截肢的时候,连麻醉药都没有。那个痛苦啊,常人是受不住的。"

余秋里说:"贺炳炎是我的榜样,想到他,我就一点不害怕了。"

任弼时感慨地说:"贺炳炎、余秋里,这两个人是我们二方面军名副其实的左膀右臂啊!……"

次日上午,医生们在一间民房内为余秋里进行了截肢手术,手术很顺利。他睡了一天一夜,醒来时已是第二天的凌晨。他睁开眼,习惯性地抬起右手,去摸左臂。左臂袖管空空荡荡,他愣了一下,全明白了。

医生进来说:"余政委,你醒了。"

雄关漫道（节选）欧阳黔森

余秋里喃喃道："一百九十二天了，就这一觉，睡得最香……"

又过了几天，贺炳炎来看他。他听说贺炳炎来了，放下手中的书，急忙下床往外走。贺炳炎站在小院中，见他出门，也不说话，只是久久地望着他。二人都不说话，久久地对望着。这时，起风了，大风掀起他们那空荡荡的袖管。袖管飘扬着，飘扬着……

突然，他们向前几步，各伸出自己仅有的一只手，无言地，紧紧地拥抱在一起。二人的眼里，都噙满了泪水。

红二方面军走出草地后，起初一切顺利。但接下来，情况越来越不妙。在徽县，他们接到了中央新的电报。电报上说，为迅速实现三个方面军的会合，中革军委下达了集中三个方面军主力，以打击蒋介石嫡系胡宗南为主要目的的静会战役计划。电报指出，这一计划的实施，是实现三个方面军会合、发展西北新局面，以至推动全国抗战的关键。中央还号召，在这个关键时刻，红军的三个方面军需用最大的努力与最亲密的团结，全力以赴之！

中央给二方面军的任务是在外围牵制敌人。贺龙、任弼时自然对中央的电报毫无异议。但是在岷州，张国焘却不干了，事情缘于几天后中央的又一封电报。他气哼哼地把那封电报拍在桌子上，愤怒地说："不是说好一、四方面军南北共同夹击胡宗南吗？怎么都成了我们四方面军的任务？我们干不了！"

朱德、陈昌浩面面相觑。朱德说："中央的这封电报已经说清楚了，一方面军主力暂不宜离开陕甘宁边区南下作战。"

张国焘说："他们不干，我们也不能与胡宗南硬碰。我主张，四方面军立即西渡黄河，翻越祁连山进入甘肃西北部，夺取宁夏，实现河西计划。"

陈昌浩突然爆发了："过黄河是死路一条！我坚决不同意！"

张国焘顿时呆在那里，仿佛不认识似的望着陈昌浩。几年来，陈昌浩对他是言听计从，今天突然不听他的了！这简直让他做梦都没想到。他气得双手直打哆嗦。

朱德说："国焘同志，昌浩的意见是对的。"

陈昌浩说："我主张，坚决执行中央的命令，即刻北上，与胡宗南决战，会合一方面军。"

张国焘眼里冒火："昌浩，好啊！……我这个主席干不了啦！让你干吧！我走人！"

朱德道："国焘！你不要冲动！"

张国焘含着眼泪："我是不行了，到陕北准备坐监狱，开除党籍，四方面军的事情，就让你陈昌浩搞吧！"

朱德、陈昌浩惊愕地望着张国焘大步离开，喊也喊不住。张国焘回到临时住处，烦躁地抽着烟，踱了一会儿步，把万秘书叫来。他丢掉烟头，对万秘书说："你记一下。

立即命令四方面军先头部队，停止北进，掉头向西，做好渡黄河的准备，渡河之后，抢占永登、红城子地区作立足点。"

万秘书记录完毕，交张国焘签字。

张国焘签上名字："赶快发出。"

"是！朱德那边怎么办？……"

"我是西北局书记、红军总政委，有权单独调动部队。"

张国焘不满地望一眼万秘书。万秘书不敢再吭气，扭头往外走。张国焘又叫住他："你通知机要局，以后，所有未经我签字的电报，一律不准发出！"

四方面军的部队还在自己手里，这是对张国焘最大的安慰。

然而，正是张国焘突然改变计划，才造成了全盘的被动。消息传到徽县红二方面军临时指挥部，贺龙说："张国焘这一撤走，中央制定的静会战役计划已经不可能实现！"

任弼时说："原以为从甘孜开动以后，他会积极配合中央，谁知又节外生枝了！"

李达匆匆进来："诸位，据我们刚刚得到的情报，胡宗南的四个师即将推进到清水、秦安一带，与在天水的毛炳文部靠近，从北面威胁我们；南面，王均的第三十五旅袭占了成县，川军孙震部进到康县一带，使我们腹背受敌，有被隔断于西兰大道和渭河以南、陷入敌人重围的危险。"

贺龙、任弼时顿时皱起眉头，迅速奔至地图前察看。关向应说："看来，我们的处境很不妙！"

这时，龙科长又进来，把一封电报交给任弼时。任弼时快速地看了一眼："是毛泽东、周恩来、彭德怀三人联名发出的急电，指示我们趁胡宗南部尚未集中之时，迅速转移为佳。"

贺龙道："事不宜迟，我们马上转移！"

众人当下行动，然而还是晚了一步。部队在秋日的原野上急速行进，周围传来了隐隐的枪炮声，气氛空前紧张。关向应、李达骑马追上贺龙、任弼时，关向应勒住马，通报说："老贺、弼时同志，我们分散在各县的部队，都遭到了敌人的袭击，有的部队已经失去了联系。"

李达说："据贺炳炎、廖汉生报告，红六师十七团在康县收拢不及，全团被敌人包围，几乎无一人突围出来。"

贺龙痛心地扼腕："前有胡宗南、毛炳文部的堵截，后有王钧部的追击，我们协同不好，处处被动挨打，损失不会小。但像这样丢一个整团，从来没有过！"

任弼时说："两万多里的路都走过来了，眼看就要会师了，不论多么艰险，都要冒死冲出去！"

贺龙说："对！告诉部队，就按弼时同志说的，为了会师，冒死冲出去！"

雄关漫道（节选）**欧阳黔森**

枪炮声骤紧，敌人的主力从四面八方包围上来。贺龙等人冲身边的战士们大喊："同志们！加快速度，为了会师，冒死冲出去！……"

人们奋勇向前冲去。

大部队前进的路上，敌机疯狂扫射，红军战士一片片倒下。即使有敌机轰炸扫射，部队也不能停下。就这样冒死冲锋，损失多少都顾不上了。激烈的枪炮声中，王震骑在马上，挥舞着大刀高喊："同志们！为了会师，冒死冲出去！"

人们呐喊着，迎着敌人的炮火前进。

在一个丘陵地带，一发发炮弹落在行进中的红军队伍里，战士们纷纷倒下，活着的仍呐喊着前进。

一发炮弹在贺龙身边爆炸，硝烟过后，大白马被炸死，贺龙却不见了。警卫员们哭叫着寻找。小周撕心裂肺地呼喊："贺老总！贺老总！你在哪里呀？"

一堆黄土动了动，贺龙从土里钻出来，拍打着头上身上的灰土。小周扑过去："老总！你受伤了吗？"

贺龙活动一下手脚："我没事！你们哭什么？快冲啊！"

贺龙拔出手枪，又率领众人往前冲去。

这一次的损失，比长征途中任何一次都大。幸好，他们还是冲出去了。

此时，张国焘命令他的部队西进，部队中反对他的力量越聚越大，他已经快控制不住部队了。这天傍晚，张国焘站在离黄河不远的一座山头上，怅然地望着远处。

不多时，朱德和陈昌浩爬上山来。朱德说："国焘啊，中央连续来电，明令四方面军不得西渡黄河，你不能再犹豫了！"

陈昌浩道："而且经过侦察，黄河对岸已进入大雪封山季节，气候寒冷，道路难行。"

张国焘挥挥手，停顿了许久，才道："什么也别说了，就按中央的命令，北上吧，我服从，服从……"

朱德和陈昌浩惊喜地对视一下。

朱德说："昌浩同志，那就命令四方面军部队，即刻北上，前往会宁方向，与一方面军陈赓同志率领南下接应的部队会合！"

陈昌浩爽快地回答："是！"

张国焘一个人踽踽独行，一边走，他一边从怀里掏出一张地图，撕碎，扔掉，它正是那张他在甘孜舍不得丢掉的红四方面军南下作战示意图。

金色的陇东大地，一片丰收的景色。河谷地带，队伍成多路纵队向前开进。贺龙、任弼时、关向应等人表情轻松地走着。前面就是会宁县的将台堡。一匹快马迎着他们驰来，是杨连根，他的脸上长出了胡须，有了一种成熟后的沧桑感。

快马奔腾，马上的人动作潇洒自如。贺龙望一眼来人，问道："弼时，你看骑马的人，是谁哪？"

任弼时打量两眼："噢，是杨连根，就是我给你说过的那个小家伙，他老家离你的老家只有三里地。"

贺龙点点头："想起来了。"

任弼时道："小家伙现在是侦察连连长了。"

贺龙高兴地说："好啊！"

杨连根到了首长面前，跳下马，向贺龙等敬礼："报告贺总指挥、任政委！红一方面军的队伍就在前面！"

众人欣喜地互相望了一眼，少顷，数千人不约而同发出欢呼："到家了！终于到家了！……"

贺龙张开臂膀，与任弼时、关向应三人相拥在一起。整条河谷里，人群都欢呼起来，很多人在拥抱，很多人热泪盈眶……周素园、张振汉互相击掌庆贺，二人流下热泪。周素园说："老张啊，我做梦都想不到，这辈子会有这么伟大的经历。是红军，使我这个老朽，变成了英雄好汉哪！"

张振汉抹着眼泪："是的，是的，我也可以自豪地说，我张振汉也是英雄好汉！"

那边，贺龙走向怀抱孩子的陈琮英。任弼时、关向应跟在他后面。贺龙凝望着小远征，说："孩子，你才是最小的红军，对不对？"

他伸手到衣兜里，掏出那只银光闪闪的长命锁。任弼时和陈琮英都愣了一下。任弼时说："老贺……"

贺龙仔仔细细地把长命锁戴在小远征脖子上。小远征突然在陈琮英的怀里甜甜地笑了。贺龙、任弼时、陈琮英开怀大笑起来。

离他们不远处，蹇先任把怀里的小捷生放到地上，李贞和小婉过来，一人抓住小捷生的一只手，领着小捷生向前迈出了第一步。任弼时、贺龙等看到了，走过来，饶有兴趣地看着。

突然，小捷生抬起头来，开口叫了一声："姑姑……"

李贞等人愣了一下，顿时热泪盈眶，她惊讶地说："孩子，你开口说话了？……你会说话了，可是，何梅姑姑，还有罗扬叔叔，还有很多很多的叔叔、姑姑，再也听不到你叫他们了……"

蹇先任和小婉也都流泪了。任弼时眼里噙着泪珠说："同志们，我们到家了。却有很多同志，倒在了路上。就让我们向着走过来的两万多里的道路，向着雪山、草地，向着牺牲的烈士的英灵，敬个礼吧！"

雄关漫道（节选） 欧阳黔森

任弼时半转身子，向着南方，举手敬礼；接着，贺龙、关向应向着南方，举手敬礼；李贞、小婉、蹇先任、陈琮英等人也举手敬礼。

小捷生也学着大人的样子，颤颤悠悠地举起小手……

南京，蒋介石身着长袍马褂，对着小花园里的假山石出神。陈诚、晏道刚等几位高级将领轻手轻脚走过来，他们站住了，望着蒋介石的背影，不知说什么好。

蒋介石平静地说："我知道你们想说什么。"

陈诚道："委座……"

蒋介石道："是不是三股共匪，在陕甘宁一带合股了？"

陈诚等人低头不语。蒋介石叹口气，但并未发火。他说："事已至此，又该怪谁呢？几十万精锐大军围追堵截，我本人也数次上前方督战，还有千山万水的阻隔，仍是不能消灭他们……"

陈诚道："委座，说到底是属下无能……"

蒋介石摆摆手："属下都无能，我这个做领袖的何谈英明。说句实在话，连我都打心眼里佩服那些共匪。他们从我们手里创出了一个天天大的奇迹，真令人汗颜哪！……他们称得上是硬骨头，人间少有，人间少有……遗憾的是，这千载难逢的机会都不能消灭他们，以后就更难说喽……"

蒋介石从陈诚等人身边缓缓走过，他的背影越来越虚幻……

而此时，在陕北的一座窑洞前，任弼时正在向干部们作报告。贺龙、关向应在主席台就座。

任弼时说："同志们，毛主席特意表扬了我们！毛主席说，二、六军团在乌蒙山打转转，不要说敌人，连我们也被你们转昏了头，然而，硬是转出来了嘛！出贵州，过乌江，我们付出了大代价，二、六军团讨了巧，就没有吃亏。你们出发时一万多人，走过来还是一万多人，没有蚀本，是个了不起的奇迹，是一个好经验，要总结，要大家学！"

参加会议的人都欣慰地笑起来。

几天后的一个早晨，朝阳升起，贺龙坐在小院里的石磨上吸烟斗，关向应匆匆走进："老贺！胡子！"

贺龙站起来："向应，怎么了？"

"中央调弼时同志到红军前敌总指挥部担任政委的命令，正式到了。"

"弼时同志知道了吗？"

"已经知道了。他决定马上出发，说一会儿要过来和你道别。"

贺龙在石磨上磕磕烟灰："还是我们过去吧。"

两人往外走。在路口，三个人相遇了。贺龙感慨地说："两年了，贺、任、关是一个整体，现在要分开喽。"

任弼时道："是啊，我也舍不得离开二方面军。"

关向应道："弼时同志，你走了，我和胡子会想念你的。"

任弼时道："老贺、向应，二、六军团一会师，我就发现你们二人配合得十分默契、和谐，说实在的，那时我真的很羡慕向应。"

关向应不好意思地一笑。

任弼时又道："我不知道这两年来，我所做的是否让老贺你满意。"

贺龙道："我贺龙算是个有福气的人，最初，周逸群同志和我搭档，后来和向应，再后来和你，都是一样的默契、和谐。"

任弼时欣慰地说："这就好。"

贺龙道："弼时，要说打仗，我心里有底，但在政治上，你才是主心骨啊！因为有你，我们二、六军团才没走弯路。"

关向应赞同地点头。

任弼时却谦逊地摇头："你贺胡子是二、六军团的重要部分，你的存在和二、六军团的存在一样具有意义。"

贺龙诚恳地说："弼时、向应，当然还有已经牺牲的周逸群，我觉得你们都是我的老师。如果没有党的指引，没有你们的配合，我贺龙本事再大，也不可能把队伍带到这两万里之外的地方。弼时，再见吧！将来，我们或许能够到抗日的战场上，再做搭档。"

贺龙向任弼时举手敬礼。关向应向任弼时举手敬礼。任弼时同时向贺龙、关向应敬礼。

三个人在朝阳的映照下，眼含热泪，久久地敬礼……

1936年10月，红军三大主力会师，宣告了国民党蒋介石围追堵截、妄图聚歼红军的阴谋彻底破产，标志着中国工农红军已经胜利地完成了1934年秋开始的战略转移的历史任务，给全国人民的民族解放事业展示了光辉灿烂的前景，有力地推动了正在蓬勃发展的抗日救亡运动和抗日民族统一战线的形成，开创了中国革命的新局面。

（节选自《雄关漫道》，贵州人民出版社，2006年9月；
《当代·长篇小说选刊》2006年第5期头条选载；
获中宣部第十届精神文明建设"五个一工程"入选作品奖、
第二届乌江文学荣誉奖、第四届贵州省政府文艺奖）

2006年

袁仁琮

太阳底下（节选）

36

  火车像离别家乡已久的游子，拉长汽笛，欢天喜地地驶进青州站。播音员那特殊的调子激起了旅客们的热情。他们有的是远出归家的，有的出差，有的要到青州来找份工作，有的则要在青州小住再转另外的列车……不管是哪种情形，青州对人们都是亲切的，温暖的。性急的旅客早早就拿下架上的行李，朝走道上走；不着急的旅客还在慢条斯理地收拾——反正是终点站，急什么？

  芸玉依然软软的，靠着曾京京，他们是正儿八经的旅客，有属于自己的座位，但他们并没有要下车的样子。离开好心的大妈以后，他俩那么急迫地要回家，回到父母身边。待真的很快就要到家，又犹豫了，甚至还很怕。怕骂，怕打，怕埋怨，怕见到眼泪，更怕见到同学和老师。令狐芸玉和父母之间似乎有一段无法缩短更无法跨越的距离，她没法想象回到家会怎样。京京的想法可就多了。考试、肚痛、拉稀、被怀疑、没拿到成绩册、逼他去"认错"、三万元高价生费……包袱太重，他的头开始发昏。最初仅仅是一小片空白，慢慢地，成了一大片，到他俩不得不走出车厢的时候，就什么也不能想了。

  他俩互相牵着手，糊里糊涂地跟随人流走出站台，走出检票口，到了停了很多大大小小车子的大坝，两人不约而同地停下了脚步。青州对他俩来说，是熟悉而又陌生的。他们活动的天地太狭小，狭小到只有家、学校，还有联系家和学校的那条走过千百次的街道，街道两旁是什么店，店老板是什么样儿，谁看起来还顺眼，谁看起来气就不打一处来……太固定,因而太熟太熟。现在又要回到这个小得不能再小的天地,重新受没完没了的挤压,他们犹豫了。他们站在大坝上,就像是流浪儿,所不同的是不在外乡,而是在家乡,在离家近在咫尺的火车站。

芸玉说:"怎么回家呀?"京京几乎是重复着芸玉的话:"是呀,怎么回家呢?"他俩与家和父母的距离太远了,远得好像是在天边,在虚无缥缈之间,在可望不可即之处。京京小的时候,巴不得时时刻刻依偎在母亲怀里,只要一时半刻见不到母亲,便会到处寻找,高声喊叫:"妈妈,妈妈呀,你在哪里?"现在想起来已是很遥远的事。也许是他长大了的缘故。大了,重要的是冲破樊篱,摆脱羁绊,而不是呵护?或者是因为他的父亲,母亲才从他这里分去了太多的情感,怨恨父亲,因而拉大了和母亲的距离?他不知道。

有一点却是很明白的,是他们越来越不了解他了。他们把自己当作没有想法、没有要求、没有愿望、没有头脑的动物,只需喂饱喝足,就驱赶他朝一个方向永不停歇地奔跑,更要命的是从不问他,愿不愿意这样做?做得了做不了?受没受冤枉?他明白了,距离就是这样一点一点地拉开的,就像本来很牢的一块布,不知什么时候人为地撕开了口子,以后又从不想修复,裂口越来越大,大到再没法弥合。

很多零零星星的往事,像被撕碎的纸屑,在京京眼前飞舞。

而出现在芸玉脑子里的则是另一种情形。虚空,无边无际,永远的虚空,就是她那个富丽堂皇的家。她不知道父母找不到自己有怎样的反应,是仍和往常一样没完没了地打扮、练功、演出,没完没了地写写写,屋子里空气永远污浊,永远是熏得她昏头昏脑的刺鼻的烟味,好像除了这些,就是永远的虚空。在外流浪自然不好,回到家又能好到哪里去,实在不好说。她实在激不起对家的感情,激不起对爸妈的感情,该怨谁呢?不知道,也不想知道。

他俩满腹心事地在大坝边上踯躅,京京远远地看见一个胖乎乎的同学朝一个擦鞋的女人走去,他急忙拉芸玉走开。那是姚清华。除非季小小活回来,要不,他不想见班上任何一个同学,更不愿意见滕弘那婆娘。

又有三三两两的学生走过,京京这才想起眼下该是下午放学的时候了。黑夜即将降临,一个严峻的问题又摆在面前了:是赶快回家,还是不回?不回又能去哪里?眼前,这个问题显得特别尖锐,似乎比选择生与死还困难。京京左想右想,说:"给我爷爷打个电话,好吗?"

芸玉不反对。给爷爷打电话,也许是个比较好的办法。

京京身上还有两元钱,拿出四毛零钱,走近公用电话。拨通了,爷爷问:"谁呀?"他刚喊了声爷爷,就急忙挂了电话,像贼怕被当场捉住手似的逃开。他不知道自己为什么会变得这么没出息。芸玉也很不解,说:"你怎么不说下去?"京京说:"我也不

太阳底下（节选） 袁仁琮

知道。"

京京说的是实话。

青州的夜里，在灯红酒绿的夜总会，在你争我斗使尽心计的谈判桌旁，在幽暗的角落里，不知已经发生和正在发生多少故事。有多少少男少女像幽灵一样游荡？不知道。

他俩坐了一段公交车，再走上那一段黑乎乎路段的时候，京京被孤独牢牢地抓住了，问芸玉："假使有一天，没有了你爸妈，没有了我，你会孤独吗？"芸玉说："也许会吧，不过，我已经习惯孤独。"京京忽然说："我想我不应该结婚，不应该有儿女，一个人孤独地走过一生，不牵挂别人，也没人牵挂，干干净净。如果我有了家，有了孩子，他们也像我和你一样，离家出走，我会受不了的。"芸玉说："我不明白，你为什么有这样的想法？"

京京说："我也不明白。我经常被种种奇怪的想法缠着，找不到答案，我很痛苦。我太希望这时有人和我说说话，不管是家人或者是陌生人。"芸玉还是说："我已经习惯了孤独，所以，没有这样的感觉。"可怜的芸玉，她的心竟那么灰冷，像死了一样。

京京眼前那栋矮小、熟悉的小木屋，在夜幕下黑乎乎的，只有一团光从窗户里透出来，和大街上的辉煌灯火极不协调地共存于青州的地面上。灯光尽管微弱，它的下面却是个不老人生的世界。想到爷爷，他就不由自主地心悸起来。他和芸玉走过那不长的一段距离，没说一句话，连喘息也是轻轻的。他没敲门，只敢在窗户外面悄悄张望。房里是亮着灯的，那是电脑桌前的灯。从前他去的时候，老看见爷爷坐在电脑前，熟练地敲击着键盘，发出忽快忽慢的哒哒声。眼下爷爷没在桌前，京京就有一种不祥的预感，竟什么都忘了，失魂落魄地喊一声："爷爷！"

他不知道爷爷在哪里，但是爷爷的确听见了，爷爷发疯了似的冲了出来，大声而短促地喊叫："京京，京京，是你吗，京京！"京京站在爷爷的跟前，浑身不停地颤抖，眼泪成串地滴下。

京京扑在爷爷的怀里，他感觉到爷爷也在发颤。

芸玉木木地喊一声："爷爷！"曾泊张开胳膊，把芸玉和京京一起搂进怀里……

京京问爷爷说："爷爷，你不会骂我吧？"曾泊说："傻孩子，你们回来，爷爷高兴还来不及呢，怎么会骂你呢？别说爷爷不会骂你，也不准你爸你妈骂你。"曾泊摸摸芸玉的头，说："孩子，你爸你妈都是我教过的学生，爷爷也不准他们骂你，放心吧。"

京京和芸玉都又饿又累，好像全身的骨头都被抽掉了，也许是年轻的生命无谓地耗去太多，也许是毕竟到了家，到了最理解他们、最爱他们，也是最能呵护他们的爷爷身边，没有必要绷紧每一根神经来应对远远超出他们能力的变故？谁知道呢？爷爷的话让他俩绷紧的神经松弛下来，京京说："爷爷，有没有吃的？你炒的回锅肉太香了，好久没吃到了。"爷爷说："有，有，爷爷中午才炒了一碗，晚饭的时候吃了几片，还有一半呢。"曾泊边说边去炒饭、热菜,用剩下的菜心打鸡蛋汤。生活的磨炼不但把老爷子磨成打不烂压不垮的老树疙蔸,做事还手快脚快。不多工夫,热菜热饭就摆上了小桌子,饿坏了的两个小家伙端起碗就狼吞虎咽起来,曾泊说:"放下放下,这样吃不行!"

这两个小家伙果然被哽住了,像鸡哽食似的直伸脖子,爷爷说:"这么久没吃好饭,肠胃收缩了,吃急了会哽,过饱了会撑破胃的,知道吗?"两个小家伙伸一阵脖子,不敢吃得快了。吃完饭,曾泊说:"我给你们烧水洗澡,洗了澡就住爷爷这里,什么时候回家,我会告诉你们的,行吗?"

曾泊这里没有淋浴器,只能用很原始的办法:烧热水在大木盆里洗。女孩子得讲究清洁卫生,曾泊让令狐芸玉先洗;京京另外烧水,后面洗。两人的衣服都脏得不成样子,曾泊只得拿自己的衣服给他俩换上。两人穿上曾泊的衣服,又大又长,和古装戏服差不多。两个小家伙都困得上下眼皮直打架。曾泊用行军床铺了个铺,让令狐芸玉睡下,又让京京睡在自己床上。两个孩子都睡死了,老爷子才拿起电话,给儿子儿媳和令狐常夫妇打电话。

37

比较起来,曾泊觉得他对令狐常更好提要求,他决定先给令狐常打电话。曾泊接通电话,先说条件,他说:"你们得答应我两条,才给你们说事,否则,明天再说。"

令狐常从老爷子的口气里听出一定有事,急得想立即知道是什么事,说:"老师,您讲,学生什么都答应您。"曾泊说:"第一,听了电话以后不准到我这里来;第二,明天怎么办,得听我的。做得到做不到?做得到我就说,做不到就不说。"令狐常连声答应说:"保证做到,保证做到。"曾泊这才说:"你们女儿和京京回来了,好好的,在我家,现在睡了。"

曾泊从听筒里细细听令狐夫妻俩的反应,好像有人长长地松了一口气,有人在抽泣,一阵过后,令狐常怒冲冲地说:"老师,明天我过来,这芸玉,太不像话啦,不好好收拾收拾怎么行!"曾泊不高兴了,说:"看你,来劲了不是?明天你不要来,你现在的思想水平,没资格教育你的女儿。"令狐常噤声了,谢青玲接过电话,说:"老师,我们听你的。不过,明天她可以不回家,但您一定要让我看看女儿。""明天的事明天说,明天你们来不来,什么时候来,我会通知你们的。"曾泊说。

对方没再说话,曾泊这才想清楚该怎么跟儿子和儿媳说。京京的出走,虽然和儿子的教育方法方式简单粗暴有直接关系,却也不能全怪儿子。儿子在动乱年代里,小学、中学上学都是三天打鱼两天晒网,即使上学,也不过是读语录,扛锄头上山下乡,弄得不文不武,生活工作困难成堆,很简单的道理也很难弄明白,以至于弄得和自己隔阂

太阳底下（节选） 袁仁琮

很深，不易沟通。对这些事，以前更多的是埋怨儿子，怨儿子不理解老人；即使说到自己，也不过是怨自己教育无方。京京出走这件事，像被人在背上狠狠地击了一掌，他不能不想这样一个问题：自己最该反省的究竟是什么？

最重要的是，他的错误不能让儿子重犯——最好不要让做教育的人重犯，但是，看来是太困难了。

父子之间的隔阂使曾泊拿起电话又搁下，这么一连两次，才拨了号码，通了，他说："京京回来了，在我这里。"是儿子接的电话，他听出儿子在出粗气。一阵儿后，儿子说："你叫他马上过来。"父亲肯定地回答说："不可能。"儿子明显地上了火，说："你让他接电话。"父亲说："睡啦。"儿子还是火气十足，说："那么我过来。"父亲果断地拒绝，说："你不能来。你就没想过，京京在外面流浪一个多月，回来了，为什么不先回家，而到我这里？"儿子说话难听了，他说："那是你把他惯坏了。"父亲极力压住涌上来的火气，说："曾政，现在不是意气用事的时候，弄不好，京京就废啦……"父亲不想再说下去，挂了电话。

第二天一早，儿媳尚素贤打来电话，说她想儿子都快想疯了，一定要过来看看。老爷子理解儿媳的心情，同意了，但是他说："如果政儿还是昨晚那种态度，就不能来见京京。"素贤说："他不会来的，他昨晚生了一晚上气，说不认这个儿子了，我也说服不了他。"

曾泊感到问题比他预想的要严重得多。不过，孙子到底回来了，又使他高兴。他甚至想，就算儿子不要京京了，他也要把孙儿供到大学毕业。京京聪明，走到这一步，是环境坑了他。

素贤很早就来了，京京还没有醒。素贤坐在床沿上，边看儿子边抹眼泪。昨晚天黑，曾泊没怎么注意孙子有什么变化，现在见孙儿那张又黄又瘦的脸，心里也一阵阵难受。母亲总是想得多一些，问："爷爷，他的衣服呢？"曾泊指着房间角落说："在那里。"素贤提起衣服看，一套校服脏得分不清颜色，又不是经常穿的那一套，却也没闲心追究了——只要儿子回来，不比什么都强？素贤想起那个和儿子一同离家出走的女同学，问："京京是不是还和个女同学在一起？"老爷子说："是的。这件事你们可不能多想，更不要到外面去说，得顾两个孩子的面子，知道吗？"

素贤是个极要面子的女人，想着少男少女在一起，什么事都可能发生，心里很不是滋味。要是真的有了那种事，人家女儿的肚子大了，令狐常夫妻找上门来怎么办？被学校开除又怎么办？可是，担心也没用。素贤什么也没有说，默默地把京京和芸玉的衣服收了，拿到灶房的水池那里，问曾泊要了洗衣粉，先清去污泥，泡了洗衣粉，再用搓衣板搓，动作迟缓而费力。老爷子明白儿媳此时沉重的心情，他知道，现在说什么都还太早，只淡淡地说："一切都会好起来的，受点挫折，才有免疫力，未必不是好事。"儿媳不一定能完全理解这两句话，但说说总比不说好。

素贤离开，曾泊才给令狐常打电话，他说："你们可以来了，但是，要听我安排。第一，你们见了面，什么都不要问，只当是芸玉和她的同学出去旅游回来，一切都很正常，做得到吗？"

令狐常答应得很爽快，说："行。""第二，你女儿什么时候愿意回家了，再接她回家，不能勉强。"令狐常也答应了。"第三，孩子现在身体很虚，思想问题没解决，不能逼她到学校上课。什么时候去上课，到什么学校上课，要听他们的意见。"

令狐常夫妻急着要见女儿，什么都答应了，曾泊才说："你们来吧，如果你们违约，我随时会把你们列为不受欢迎的人。"

令狐常夫妻俩来的时候，芸玉和京京坐在木沙发上看电视。令狐芸玉比京京更瘦更黄，本来挺大挺亮的眼睛，真像挂在鼻子两边的两个灯泡，谢青玲看着女儿这模样就要奔过去，被令狐常挡住。

见是老爸老妈进来，芸玉没一点兴奋，只是漠然地叫一声："爸，妈。"见到女儿这模样，出现在想象力丰富的令狐常眼前的，是一幅幅凄惨、恐怖的画面，那是女儿在外面的种种遭遇，有些遭遇也许很难说出口，这些都让他痛苦，让他难受，让他恼火，但最重要的还是不能没有女儿，他接受了老师的意见，高高兴兴地说："孩子，老爸的新书要出版了。"

女儿眼睛一亮，问："爸，哪里给你出？"青玲抢过去回答说："人民文学出版社，怎么样，不错吧？"芸玉又瘦又黄的脸闪过光亮，说："好，你寄给几个出版社，都没被看中，到底出头啦……"

话说到这里，神色暗淡下去。青玲想想自己以前对女儿关心不够，靠着女儿坐下，说："芸玉，妈以前只为你以后着想，不大管你眼前的事，是妈的不对，想吃什么，跟妈说。"芸玉从来没听到过妈妈说这样慈爱的话，倒觉得很不自在，摇摇头，表示不要。青玲又说："那么，妈陪你上街买衣服，买好看的，名牌，好吗？"芸玉还是摇摇头。青玲从来没有感到母女俩之间竟然这么冷，冷得她尴尬、伤心。令狐常向她使眼色，叫她不要着急，说："芸玉，我想写写学校生活，你看好不好？"芸玉眼里熄灭的火星又闪了一下，说："现在写学校的小说没劲，爸，你不会像他们那样写吧？"

令狐常高兴女儿搭他的话，说："不好说，争取不蹈覆辙。"一阵，芸玉才说："不跟我们生活在一起，写出来不像。"令狐常接过话说："从你这里了解了解不就行啦？"芸玉眼里微弱的火苗熄灭了，一副疲惫不堪的样子，令狐常说："回家，怎么样？爷爷年纪大啦，照顾你俩吃力哩。"有了前面的那些谈话作基础，令狐常想总不至于很难吧，想不到芸玉干脆说："我不。"

青玲不高兴，右手往下一甩，这个小动作被老爷子看在眼里，说："要么，在爷

太阳底下（节选） 袁仁琮

爷这里玩玩也行，爷爷这里书多，想看什么书？爷爷给你拿去。"京京生怕芸玉被父母带走，见芸玉不想回，又有爷爷这句话，高兴了，说："走，爷爷的书我熟，我带你找去。"

一直找不到留下芸玉借口的京京，屁颠屁颠地把芸玉拉走了，进了曾泊的书房。关门声很轻，令狐常听来却是沉闷的，像钝器，在他俩的胸口不轻不重地触了一下。

京京他俩离开，曾泊告诉青玲说："他们在外面一定受了很多折磨，芸玉肯跟她爸说那么多话就不错了，慢慢来，让他俩思想愉快些再说，好不好？"青玲很无奈，说："老师，你这么大年纪，还要照顾两个孩子，怎么行？""我喜欢他们，他们离开了，我还寂寞哩。在老师这里，尽管放心。"

令狐常夫妇离开，曾泊给儿子打电话，说："如果你想看京京，可以来。但是，不要问他为什么离开家，在外面都做了什么，只能讲高兴的事，做得到你们就来，做不到就不要来。如果你一定要追问，甚至要打他，很可能会出事。"儿子没说话，话筒被素贤拿过去了，说："爸，我一个人来。"

曾泊走进书房，把孙儿叫出来，说："想妈妈吗？"京京点点头，说："想。"曾泊又问："想不想爸爸？"京京摇头，说："不想。"曾泊说："一会儿妈妈就来，你要知道，妈妈很想你的。"京京想起妈妈在家里不比老爸做得少，却时不时挨老爸吼骂；想起妈妈每天换着花样给他买牛肉粉、肠旺面、油条豆浆做早点；想着妈妈看他吃着这些东西时的眼神，好像比她自己吃还高兴，还满足。真有点想妈妈了，他说："我也想她。"爷爷说："你妈妈一早就来了，你睡着的，没叫醒你，妈妈把你们的衣服都洗了。"

曾泊边说边去衣架上拿衣服，虽说腋下还有些潮，却可以穿了，曾泊让他俩换上，都是校服，一件红白相间，一件蓝白相间，干干净净，精神多了。两个小家伙和曾泊没有距离，叫着肚子饿，曾泊马上想到让京京妈给他们买吃的会拉近距离，便编个谎说："你妈妈要来，她说她给你们买吃的。"爷爷这话有试探的意思，京京说好，曾泊立即给素贤打电话，素贤正要离家，曾泊说："你带两碗牛肉粉来。"

曾泊注意着门外，望见素贤了，赶忙迎上去打招呼说："见了面你什么都不要问，孩子不愿说的时候，问也不会说，想说了，不问也会说，得给他们想问题的时间。有些事，也不必都弄清楚，马虎过去，说不定比彻底弄清楚好。"

素贤听了老爷子的话，见了京京和芸玉，把满肚子的疑问压了下去，一时找不到话说，京京也不知道该说什么，很尴尬，老爷子说："京京，爷爷有件好东西，想不想看？"京京高兴了，说："想看。"芸玉是京京的尾巴，也说要看。老爷子拿把剪子到木屋后面，剪了个葫芦瓜。这葫芦瓜很特别，和太上老君装仙丹的葫芦没有两样，不同的是眼前的瓜绿得厚，绿得深，上面还有细细的茸毛，像京京嘴唇上似有似无的胡子。爷爷拿在手里，问京京和芸玉："好看吗？"京京和芸玉同声说："好看。"爷爷拿起一根从乡下带来的备用拐棍挂着,一手拿葫芦,问京京:"像什么?"京京想起了电视连续剧《西游记》里太上老君的模样,两人一拍手,同声说:"太上老君。"爷爷拿起葫芦问:"这个呢?"两人又同声回答:"装仙丹的葫芦。"爷爷笑了,说:"可惜没有开口。"

素贤听出话里的味来了,说:"快吃吧,凉了不好吃。"京京先拿起一碗,嗅一嗅,说:"好香呀,谢谢妈。"

芸玉跟着说:"谢谢阿姨。"素贤见曾泊还没吃,说:"爸,我再给您端一碗去。"爷爷说:"我等一会儿吃,我喜欢看孩子吃东西,吃得嘎啦嘎啦响,很香,受点熏陶再吃,多吃一点。"京京笑了,说:"我看人家吃牙就痒,巴不得去抢,根本不要熏陶。""你到了爷爷这年纪,吃什么就都不香了。"

"爷爷小时候,看着你祖祖吃不香,很奇怪,他说:'你要是到我这年龄就知道了。'爷爷现在才体会到你祖祖说的话。孩子要理解父母不容易,等到真正理解了,父母已经不在人世了,留下的只有遗憾。"

曾泊说着,眼圈红了,但言犹未尽,说:"话又说回来,父母要理解孩子也很难,你爷爷就老埋怨你爹胸无大志,从来没设身处地地想一想,你爹跟爷爷那么多年,吃那么多苦,小学中学都是在乡下上的。乡下学校教学质量很差,上课不正常,要求你爹很有出息,做得到吗?"

京京想起老爸和爷爷之间关系很僵,趁机问:"爷爷,您和爸是怎么啦?老说不到一起去。"老爷子说:"爷爷有很多不对的地方。"京京说:"爸爸也不对。"素贤看着他俩吃完,拿碗去洗了,京京走进灶房,说:"妈,你不是来叫我回家吧?"

素贤说:"随便你呀,想回家就过去,不想回家就在这里,有什么要妈做就说,好不好?"京京高兴了,抱住素贤的脖子,说:"妈,你不恨我吧?"素贤眼泪涌了出来,说:"不恨,妈怎么会恨儿子呢?"京京还是搂住脖子不放:"妈,你真好。"

素贤看了看表,说:"妈还要上班去,下了班再来看京京。"素贤走了,京京回到小客厅,芸玉正在抹泪,京京慌了,说:"刚才还好好的,你怎么啦?"

芸玉把头扭到一边,不理他。

38

过了两天,芸玉跟妈妈回家了。京京无聊,想回家,又怕老爸脸色不好看,不敢回。爷爷看出孙儿有心事,说:"京京,是回家呢,还是跟爷爷去瞎逛?"这会儿京京不光想那套熟悉的房子,熟悉的卧室,连那熟悉的气味也引起了他的思念,还想求实中学,想他曾经熟悉的教室和班上的同学们,这是他经历了这么多痛苦之后的想念,似乎

太阳底下（节选） 袁仁琮

来得特别深，特别悠长。他说："爷爷，我回家。"爷爷嘉许地看着京京，鼓励他回去，去面对他必须面对的一切，说："好，回去吧。"但是，京京又没动腿，只望着爷爷。爷爷笑了，说："爷爷早就知道你在想什么，爷爷陪你去，好吗？不过，爷爷有个小小的要求，你做得到吗？"京京爽快地回答说："做得到。"

曾泊问："你知道爷爷最高兴的事是什么吗？"京京不假思索地回答说："出新书。"爷爷说："不对。"京京很固执地说："爷爷除了写书出书，没别的爱好，爷爷就是喜欢出新书。"爷爷在京京面前站住，说："爷爷最喜欢的是你爸、你，知道吗？喜欢看到你们，听你们的声音。"老爸对爷爷不好，爷爷还这么想念老爸，京京不解了，说："为什么？"

"父母永远是牵挂孩子的，哪怕是骂，甚至忍不住了要打，也是爱着的，直到死的那一天；对这一点，只有自己做了父母以后，才能慢慢理解。"

京京有好一阵不说话。京京在想爷爷的话，想他是不是该这么怕老爸，这么恨老爸。爷爷没有催他，说："干脆，在爷爷这里玩几天再说。"京京不干了，说："爷爷，我还是回去。"爷爷问："要不要爷爷送你呢？"

京京认定不会那么可怕，说："爷爷，我一个人去吧。"

京京问爷爷要了五元钱揣在身上，离开爷爷家，在大街上给芸玉打了个电话。电话是她母亲接的，说："她睡了。"京京很牵挂芸玉，本想多问几句，既然已经睡了，就不好多说。

这条路，京京往返过很多次。这会儿乘上开往自己家的公交车，有了一种温馨的感觉。到离家不远的车站，有一条岔道是通往求实中学的。这时，正是上课的时候，这条路上没有学生走动。他却站了很久。求实中学，高一（1）班、季小小、姚清华、鼻子、物理科尖子文争明、滕弘、教物理课的游老师……考试、肚子痛、作弊、成绩册……不过一年，就发生了那么多事，让他都没法想明白了。但不管是高兴还是气闷，是得意还是受委屈，都值得他留恋。遗憾的是想了一阵，脑子里就开始恍惚起来，过去的那些事，包括究竟上了哪些课，都想不起来，更不用说那些让人头痛的这公式那定律了。这样糊里糊涂地好一阵，才渐渐记起了一些事。不知道为什么，脑子恢复记忆以后，过去那些想起来咬牙切齿的事，忽然变得淡了，就像天上很淡的云，本来一片一片的，竟又扯成丝，而后，一丝一丝地飘散，最终只剩下空荡荡的天。

京京就是带着这样的心境走上回家的路的。这是一条小巷。小巷铺的是石板，很光滑，那是多少人用多少年的工夫造就的。他进了求实中学，每天早上从家里出来，走出小巷，上大街，走一段，就进入通向学校的那条路了。这会儿走在这一块一块的石板上，一种熟悉的感觉从脚底复苏，勾起甜甜的回忆。走过几十公尺，就远远地望见那栋灰色的楼房了。再走几十公尺，就进了个不大的院落。这是他儿时的伊甸园。他和小朋友们在这里玩接龙，玩老鹰捉小鸡。他们生过气，打过架，可大人们还在气头上，他们都早已玩在一起了，他们不会记仇。芸玉就是小时候的朋友。她最小，身体最差，最爱哭，常常受欺负，他就打抱不平，很多架是为她打的。后来，她父亲写文章写出了小名气，也有钱了；妈妈调了单位，经常演出，收入多了，买了新房，搬走了。这里的同龄人很少进求实中学的，碰面的机会少了，但是，很多温馨的记忆还留在脑海里，这会儿一齐鲜活起来。

见到三楼那熟悉的木窗户，京京停下来看了一会儿。那是他的卧室。卧室里到处都有父亲辛劳的痕迹，摊满东西的写字台，木靠背椅，小书柜，都是没学过木工的父亲做的。他记得，一到星期天，父亲就在楼下架起马凳，母亲和他一起，把枋子、板子、锯子、推刨之类搬到楼下，或锯或推或凿，总之要干到天黑才罢。那时父亲年轻，身体好，短短几天，一个散发着木香的小书柜做出来了。这时，老爸会坐在一旁欣赏老半天。在京京的眼里，老爸真是天下第一能人。

那时，他什么都愿意跟老爸说。不知道从什么时候起，他和爸爸之间有了距离，有话喜欢瞒在心里，还动不动发脾气。老爸的脾气是不是因此才跟着变坏了？若是这样，只怪老爸，不公平。

京京就这么胡思乱想着，已经到了家门口。有了刚才那么多的铺垫，就有了勇气，他像平常放学回家一样大声叫喊："我回来啦！"他想，这会儿学生还没放学，家里很可能没人，却不料门开了。开门的正是老爸。京京不算勉强却不太自然地喊一声："爸！"

曾政哎了一声，声音有些沉闷。京京站在客厅里，低着头，说："爸，我错了……"

在曾政看来，儿子可以什么都不管，只消把学习搞好，将来考上个好大学，找个好工作，再省心没有了，为什么会冒出这么多事来？唯一能解释的理由就是不懂事。不好好学习，还不听他的教育，就更不懂事了。他是绝对不向儿子认输的，有了第一次认输，将来就没法再管教了。但是，不管怎么说，儿子能自己回家，说明还不是不可教育，他说："知道错就好。"

虽说老爸的话很硬，一点温情没有，京京并不很难堪，他觉得事情不会就此结束，说："爸，你骂我吧，打我也行……"

曾政一心只牵挂京京的学习，说："你耽误了这么多课，人家早就学到前面去了，我明天就跟你一起去学校，跟滕老师说说，看用什么办法把学习赶上去。还有，你们缺旷这么多，会不会遭学校处理，也要找学校说说去。"

听老爸这口气，京京知道马上说出自己的想法只会挨骂，甚至挨打，他干脆不说行，也不说不行。曾政没听到儿子有明确的回答，上了火，说："我问你呢！"

这时，房门开了，素贤回来，把父子俩的谈话打断了。素贤见儿子在家，高兴得只差把儿子搂在怀里,说:"儿子,你什么时候回来的?"京京低着头回答:"刚才。"

见男人黑着脸,顺着男人惯了的素贤猜出了八九分,说:"儿子回来了你丧起脸做什么?"

男人不理睬素贤,素贤埋怨说:"不是自己身上掉下来的肉不心疼。"边说边把京京拉进厨房,说:"跟妈说,你爸为什么丧起脸,是不是你惹他生气了?"

京京摇摇头,说:"妈,我见到爸就跟他认错了。"素贤问:"你爸为什么生气?"京京如实告诉母亲,说:"爸要我明天就去上学。"素贤问:"你怎么想?"京京很为难,说:"妈,我本来成绩就不好,才读高价;又出了那么多事,不说好没面子,就单是学习,也没法赶上……"又冒出来个新问题,素贤连想也没想过,不知道该怎么办。不过,她记取了教训,不愿意替儿子拿主意了,说:"你打算怎么办?"

京京眼睛望着天花板,没有回答。素贤说:"不想它了,好吗?船到桥头自会直,想也没用。"

这时,曾泊打电话来,正好曾政接着,曾泊问:"京京到家了吗?"儿子没好气地回答说:"到了。"父亲说:"现在你最好什么也别问他。"曾政说一句"都是你们惯坏的",就撂了电话。

素贤从厨房里出来,问:"是爸的电话?"曾政闷闷地"嗯"了一声,素贤说:"不是我说你,你老怪爸没道理,倒是你教育孩子不够耐心,耐心一点,会有今天?"

曾政千百次地这样想,如果没有他妈他爷爷这样护着,京京敢吗?看来他们要和他作对下去了。他们谁真正为京京想过?谁理解了他的苦心?他伤心、委屈,不过,生活把这个男人磨炼得心硬了,硬得哪怕是错误,也要坚持到输彻底才罢,哪怕是绝路,也非得走到底不可。

他说:"你们以后少管京京,最好不要管!"

使曾政奇怪的是,这天吃晚饭的时候,京京突然说:"爸,妈,我想好了,我明天去上学。"素贤有些惊讶,说:"你还没恢复呢,行不行?"曾政说:"有什么不行?是去上学,又不是去打仗。"

39

第二天吃过早点,曾政陪京京走进求实中学校园,径直走进校长办公室。汪耳在办公室里,见过面,曾政一开口就道歉,说:"都是我孩子不好,做家长的没尽到责任,给学校添麻烦了。"

滕弘班上死人,学生出走,还是男女生一起离家出走的,学校进驻联合调查组,好些外校头儿一见他就问,你们学校到底出了什么事?外面传得凶哩。那眼神,那话语，关心的有之，幸灾乐祸的有之，闹得满城风雨，好像求实这所全省重点中学真的出了什么大事。但不管怎么说，自己是滕校长的学生，滕校长是曾老爷子的学生，而京京又是曾老爷子的孙子，这面子说什么也得给，就像滕弘要调求实中学，他这个校长不能不网开一面一样。汪耳连想也没想就说："回来就是了，不过要想办法把功课补上去。补得上的，当年我上高中，每天晚上才睡四个小时，还不是熬过来了？多花点功夫就是了。"

汪耳这话很对曾政心思，他提醒京京说："听见没有？汪校长是怎么说的？"京京说："听见啦。"

其实，京京这会儿什么也没听见，不过是随口答应罢了。

曾政对这位年轻校长的印象并不好，两万高价生费，一万赞助费，害得他背了沉重的阎王债，还不是这汪耳出的坏点子？他跟姚胖子勾勾扯扯，差得没底的姚清华也高价读进求实中学，谁知道他底下收了人家多少好处费？这几年，不准乱收费的文件一个接一个下发，乱收费不但没有制止，反而更加厉害。求实中学高价生又涨了五千元，择班另外收费，谁要向上反映，就退钱退人。

汪耳说了几句安慰的话，就说他要开会了。曾政千恩万谢，和汪耳握过一次手又握一次，还说，有什么事只管叫孩子通知他，随叫随到，活像铁哥们。离开校长办公室，曾政就恶毒地咒骂，妈的，吃人不吐骨头！不过，他只在心里这么说，表面却在一遍一遍地告诫儿子，说："这回你该得到教训了，再不集中全部精力搞学习，把欠下的功课补起来，再往前赶一赶，到了高三就更紧张了。要是考不上大学，怎么办？你爷爷年轻时候，一个高中毕业生能找到工作，现在，一个大学毕业生找工作都不容易，何况你高中还没毕业？只有去打短工了。你爷爷清高得很，从来不愿求人；你爹没本事，求人都没门，到时候没法管你，不要怪爸爸没预先说清楚。"

曾政这番话是站在校园的角落里说的。这时正在上课，老师高高低低的声音这里那里地从教室里传出来，京京莫名其妙地激动了好一阵，接着就被恐惧击中了，真不知道自己怎么能走进教室，如何面对那一双双充满疑问的眼睛，那如潮水般涌来的问话……他的脑子正乱得嗡嗡响，老爸说什么根本就没听进去。曾政见他心不在焉，有些上火，问："我说的话你听见没有？"

京京害怕训斥，说："听见了。"曾政不信，说："你听见了，重说一遍。"

京京吞吞吐吐，说不上来，曾政拉长脸，说："刚刚讲过的话就说不上来，难怪你考试要作弊！"

京京眼圈红了，压抑得太久的火气一下爆发了，不顾死活地冲口而出，说："爸，你凭什么说我考试作弊？我没作弊，没作弊！"自从京京离家出走，曾政脾气见长，这会儿火气腾腾地往上冒，说话声音也响了，说："没有作弊，怎么连成绩册也没拿到？"

太阳底下（节选） 麦仁琮

京京成心要硬一回，说："是那婆娘整我的，我饶不了她！"

要不是在求实中学的校园里，京京没法逃过一顿打。曾政无法容忍孩子顶撞他，更无法容忍他把老师叫作"那婆娘"，但这是在校园里。京京要是在校园里挨一顿，还不知会闹成什么样呢。铃响了，下课了，曾政得趁这时候找到滕老师。不管他背地里怎样骂她是"烂货""破鞋""骚×"，滕弘还是高高地站在讲台上的老师，还是高二（1）班班主任，不说在求实中学，就是在教育系统，也是个玩得转的人物，得罪了她，绝没有好果子吃。他不得不缓和下来，说："爸爸是关心你才提醒你……你已经成大人啦，该会想问题啦，知道吗？我马上带你去找滕老师，见了老师，千万别没礼貌，嘴甜一点，多讲几句好话，知道吗？"

曾政这几句话，京京不仅听了进去，还像吃了苍蝇那么难受。京京当然不傻，自己闹了这么一台事，得低三下四地做人了。他和老爸走进教学楼二楼班主任办公室的时候，滕弘正在跟一个学生说话。见到京京父子俩，并没什么表示。曾政等她说完，才卑恭地凑到跟前，连说话也不顺溜了，他说："滕主任……你看……哎，孩子是不争气……他现在知道错了，你看是不是让他回来上学……"

滕弘想起自己为季小小的死，为京京和令狐芸玉出走被调查，闹得满城风雨，连思教处代主任也被抹脱，汪耳许诺条件成熟就给市教委打报告，可至今音讯杳无。到求实中学来一波三折，全都和这京京有关。再看看曾政，不过就是她爸的学生，这点背景说起来都拗口，态度好点坏点无关紧要。滕弘在几秒钟之内就完成了并不复杂的权衡过程，脸冷得像冰块，说："以后你要加紧管教孩子才行，有什么事不能解决，要离家出走？你知道孩子离家出走影响有多坏？知道的说孩子不学好，不知道的还以为学校和老师虐待了学生。"

话很难听，京京刚刚被压下去的委屈又翻涌上来。他多想爸爸和他一起，狠狠地骂这婆娘一顿，然后痛痛快快地离开。但老爸像忽然变得不会生气了似的，从有棱有角的脸上流出来的不是愠怒，而是比刚才还要恶心的谄媚，他说："呃呃，是是，老师说得对，说得对，我一定配合学校，配合老师，教育好孩子，放心……以后绝对不会再给老师添麻烦。"说着，又回过头来训京京："老师说的你都听见了，再胡来，家里就不管你了！"京京万分不情愿地回答说："听见啦。"

滕弘好像得到了一些满足，脸色好看些了，说："这样吧，我跟校长汇报汇报再说吧。学校不是菜园子，想进就进想出就出，学校有学校的规矩，知道吗？"曾政怕夜长梦多，赶紧说："我们刚刚去找过校长，汪校长同意了，叫我们来找你。"滕弘的脸立即拉长了许多，说："你们既然找了校长，何必来找我？你们找校长去吧，他喜欢安排在哪个班就在哪个班。"滕弘怒冲冲地边说边拿起提包走出办公室，说："我没时间。"走出门的时候，还恨恨地说："动不动就通天，不把老师放在眼里，哼！"

曾政和京京一起，快快地离开班主任办公室，到操场上，曾政拿不定主意下一步该怎么办，木桩似的定住了。京京看老爸这副模样，又怨恨又可怜，自己有气倒发不出来了，说："爸，要不，你回去，我去找校长说。实在不行，就转学；再不行，就不读了，不受这种窝囊气。"

曾政说："都怪爸爸刚才想得不周到，应该先去找滕老师，先找她，她没话说。"京京不同意，说："没什么了不起的，大不了再去找汪校长一次，他总不能说了的话不算数吧？"曾政想也是，于是决定再去找汪耳。

正说话呢，汪耳从办公室里出来，曾政忙赶前几步，说："校长，你看……"汪耳不耐烦地打断他的话，说："我不是说过了吗，让孩子去上学嘛。"曾政小心翼翼地说："好像滕老师有些想法。"曾政把刚才那一幕说得很淡。汪耳很果决，说："有什么想法，我给她打电话。"说着摸出手机，拨通电话，说："曾京京还回到你班上学，便于教育，就这样。"

曾政连声道谢，汪耳居高临下地看曾政父子俩一眼，说："跟滕老师说好了，去吧。"

这么一折腾，京京心里说不出的难受，曾政叫京京再去找滕弘的时候，京京忽然说："爸，这书我不读了。"曾政虎下脸，说："你敢！"

京京不服，说："爸，你就会唬我……你难道就不知道，我看到别人熊你的时候心里是什么味……"

京京话没说完，曾政已经明白他的意思，说："你叫爸怎么办？你爸是有权还是有钱？能拿他们怎么样？所以我就盼望你争气，盼望你有出息，你有出息，你爸你妈就是累死也心甘情愿，知道吗？"

京京心软下来，心想，老爸真的很可怜。不管怎么样，这口气也忍了，总有出头的时候吧？

他这会儿好像长大了许多，也有些理解老爸了。曾政和京京一起，再次走上教学楼二楼，走到班主任办公室门前的时候，父子俩都有了一种任随滕老师脸色有多难看也要捧出笑脸求人的决心。有了充分的思想准备，倒觉轻松起来。敲门进去，不知滕弘到哪里转了一圈回来了，倒也不像他俩所想象的那样恶劣，居然指了指靠椅，说："坐。"曾政没坐，说："滕老师，还是我孩子读书的事，你看……"滕弘说："我知道了，你们去报到注册吧，明天来上学。"想了想，说："已经上课一个多月，要好好计划计划，抓紧时间补课。"曾政赶忙叮嘱京京，说："滕老师的话，听见没有？"

京京拼命把不愉快的情绪压下去，干干脆脆地说："听见啦。"

第二天，京京按时到了学校，在校园里碰上鼻子。他以为鼻子一定要问他离家出走

太阳底下（节选） 袁仁琮

一个多月，去了哪里，在外面都干些什么。如果他知道是跟令狐芸玉一起出走的，说不定还会问一些邪门的问题。但是没有，鼻子见了他，竟然什么话也没说，只"嗨"了一声，算是打招呼，倒是京京问他，近来都做些什么。鼻子说："每天两点一线，学校家里，家里学校；换两次脑筋，听课做作业，做作业听课，就像加足马力的机器，我担心有一天这机器会爆炸……"

这天早自习时间是英语辅导，滕弘利用这个机会给京京安排了座位，座位就挨着姚清华，姚清华也没问他为什么这么长时间没来上学，只朝他笑笑完事。整整一个上午，上了语文、英语、化学、物理，上课下课，做作业，问问题，好像谁都没有空余时间、空余精力，也就没一个人问他的长短，就像什么事也没发生过。中午放学，京京和鼻子同路，京京问鼻子："季小小死了，你知道吗？"鼻子摇摇头说："不知道。"京京说："班上一个同学没了，你也不问问？"鼻子说："死就死了呗，有什么好问的？"京京说："我一个多月没来上学，也没人问？"鼻子说："谁问哪？自己的事还做不过来呢。"想一想，说："啊，对啦，昨天滕老师打过招呼，叫大家不要大惊小怪。"京京有些感动。不管怎么说，回班上和同学见面这一关算是过了，不能说滕老师专门整他。

京京想起上小学、上初中的那些岁月，大家什么话都愿意说。班上同学生病，不用老师说，也会有同学帮记笔记，到医院去看望，多温暖啊。初中毕业的时候，男生女生哭得昏天黑地，抱作一团，不忍分离。现在，大家的眼睛都盯着成绩，盯着名次，盯着高考，大家的心变冷了，变硬了。最初到班上来，他怕同学们刨根问底，让他下不了台，让他难过；现在，倒是班上这种又冷又硬的空气让他难过。

下午第一堂课是数学。教数学的是个女老师，姓唐，名突，一个怪名，给两个班上数学课。

唐老师五十多岁，齐耳短发，已经花白，不染也不烫。老穿那套老式黑色西装，屁股磨得亮亮的。人长得很一般，是那种看得过去的女性。她的黑板字写得很漂亮，一点一撇一捺，怎么挑也挑不出毛病，像是个训练有素的书法家。她上课既不带课本，也不带教案，不带圆规、三角板，全是空着手走进教室。可她画的圆是圆，直角是直角，正方形是正方形，丝毫不差。有人不信，用圆规和直角板实地量过，确实如此。唐突每年都从高二年级接班，一送就送到毕业。她从不当班主任，原因是学校舍不得这样的老师去干啰唆的事，浪费教学资源。唐突在求实中学为数不少的特级教师之中，是最有权威的一个，年年高考，她教的班数学成绩都名列第一。京京进求实中学不久，就听说有个教数学的唐突老师厉害得很。他还听说唐老师不姓唐而姓张，整天迷在书里，既不会打扮更不会交际，三十好几岁找不到男朋友。一次，朋友介绍她认识一个男子，第一次见面就把她的困难说了一大堆，跟着说："我的情况就是这样，行就行，不行就算。"

那男子佩服她的坦率，却不愿意再见面了。后来，这位朋友问她意见如何，她把事情原委说了，她的朋友直摇头，怪她做事说话太唐突，把别人吓怕了。她说："我哪有时间绵绵缠缠的？快刀斩乱麻，唐突点好。"

她不但不后悔，而且索性连姓名也一起改了，登上了户口，就叫唐突。从此，任何人给介绍男朋友，也不再见面，至今仍然孤身一人。

京京见她才跨进教室大门，班长喊一声"Stand up"，同学们就齐刷刷地站起来。老师走到讲台正中，笔直地站立，面无表情地扫视同学们一眼，算是还礼，然后说："Sit down, please！"说着，转身在黑板上写上"直线和圆的方程"说："Let's begin now."纯熟的美式英语，非常动听，京京趁坐下的时候问鼻子："她就是唐突？"鼻子受了唐老师说英语的影响，说："Yes."那神态，神秘而又崇拜。仅仅这么一会儿，京京就为有这么棒的老师教数学而兴奋得直想叫喊，同时陷入一种莫名的紧张之中。

唐突开始时并不急于讲新课，而提了一大串问题，前面好些问题是初中学过的，教室里抢着回答，唐突却不喜欢这样，点了几个同学上去做。做题是自由选择。前面好做的都有人做了，后面两道题没人做，唐突说："谁来？"犹豫了几十秒钟，文争明先举手，跟着举手的是鼻子曹健。文争明和曹健都是班上的学习尖子，他俩都做得很艰难，但毕竟做出来了。唐突看了看，淡淡地说："新知识和学过的知识是有联系的，重要的是要找到这种联系。就像联系两个地方的通道，只要把通道找着了，到达另一地就不难了。后面两道题是由原有知识过渡到新知识的题目，文争明和曹健同学做出来了，大家看一看，想一想，这两个同学找到这条通道没有？"有同学轻声回答，说："找到了。"有的发出啧啧声，听得出，那是由衷的佩服。

京京很佩服唐老师，一开始上课，京京不停地警告自己，千万别分散注意力，千万别漏听了重要内容，别漏画了重要的地方。可是，耽误了一个多月，知识像是断成几节的链条，怎么也连不起来了。老师一提问，他就紧张得心头怦怦乱跳，生怕被老师点到自己。

世界上的事大约就是这样，希望来的事不来，怕临头的事偏偏落到头上。京京胆怯、犹豫的眼神很快被唐突捕捉到了，她走到他的跟前，用英语问："Do you understand？"这句英语问话，京京是懂的，却没看懂最后两道题是怎么做出来的，只好无奈地摇摇头。唐突改用中文问："你是转学来的吗？"京京又摇摇头。鼻子替京京回答说："他耽误了一个多月。"唐突没问为什么一个月没上课，说："晚上有空吗？"京京说："有空。"唐突说："七点半钟，到我家来，我就住在学校里。"

唐突的话很平和，但是京京的心都提到喉管里来了。后面唐老师究竟又讲了些什么，根本就没听进去。

太阳底下（节选） 袁仁琮

40

京京记住了教训，吃过晚饭，老老实实地来到父亲跟前，说今晚上数学老师找他，地点在学校里。曾政不但没怀疑京京说的话，还高兴有事先跟他说，便说："好，你去，路上小心一点。"

曾京京上小学、初中的那些年，经常去老师家里，班上有事老师喜欢交给他做，和老师特别亲近。后来，为几个读错的字，和滕弘闹了别扭，班长一职被撸了，从此，京京和滕老师就有了距离。上学期期终考试被冤枉，硬说他作弊，莫名其妙地被扣下成绩册，和滕老师之间不仅有距离，而且很对立了。老师的爱护，集体的温暖，在京京的心里，都成了遥远的往事。

他就像浑身长了坚硬的外壳，把自己保护起来。仿佛不这样，就随时会受到伤害似的。顺便说一句，在父亲跟前，他的身上也长出坚硬的外壳，只有在爷爷和母亲跟前，才记得自己还是个孩子，是个有很多稀奇古怪想法的孩子。

这会儿，曾京京就有些惴惴不安，边走边想应对的办法。京京并不知道，唐突不但在学校里无人不知，就是在全省也是个名人，他在校园里随便问个不认识的老师，就知道了她的住处。

这是一栋很有些年月的房子。楼道上堆满了煤、柴火、废弃家具之类的东西，本来很窄的楼道变得更窄了。京京磕碰了好几次，才来到唐突老师门前。楼道里没有灯，他是记着楼层和方位找来的，幸而没错，举手敲响没装铁门的木板门，灯光就从天窗里透出来。

客厅里很乱，沙发上、小桌上到处放着书，翻开的、没翻开的，七零八落。京京脑子里留下的全是唐老师的学问、威严、高不可攀，拘谨得连手脚也没处放。唐老师很随意地说："坐。"

京京不敢坐，唐老师说："坐呀，我又不是老虎，怕什么？"京京没想到唐老师并没有像在教室里那么可怕，坐下来。唐老师坐在他的对面，京京见她还是那身西装，头发还是一丝不乱，他就又像坐在教室里那样紧张了。

唐老师和上课一样，不说闲话，开口就问："你上课注意力不集中，怎么回事？"京京觉得很委屈，说："老师，我……是注意了的……"

唐老师没有否认，说："你前二十分钟注意力是集中的，可你后面就精神不振。我知道，你前面的知识没有学，后面自然没法听懂，你耽误了一个多月，为什么？"

京京像被审问的罪犯，不知道会有什么灾难临头，浑身筋骨都抽紧了，而且迅速筑起坚硬的壳，说："什么也不为。"唐老师还没遇到过一个不愿意跟她说实话的学生，但她决不放弃，说："你为什么要离家出走呢？"

事情太复杂，他没法回答，再说，京京很忌讳提这件事。他闷头不说话。唐老师还是不放过，又问："你离家的主要原因是什么，是家庭原因，还是学校原因？"

京京低着头。唐老师没当过班主任，自己也没有孩子，缺乏跟各种各样的孩子打交道的经验，但她善于揣度学生心理，知道再追问下去，非谈崩不可。她转了个弯，说："好啦，你不想说就不说啦。老师问你这些问题，无非是想帮助你过好人生的沟沟坎坎。如果你信得过，那我们以后谈，当紧的是你要尽快把功课补起来，功课是不能欠账的，账欠多了，新课就没法听懂，越没法听懂就越没信心，知道吗？"

京京还是木头一样坐着。唐老师又说："你每天放学以后，到我家来补习一节课，补完为止，好吗？"

京京这才松了一口气，身子慢慢变软，心里变暖，微微地点了点头。但是他马上想到了补课费，说："补一节课多少钱？"唐老师笑了，说："一节一百元，你拿得出吗？这是外面补习班请我上课开的课时费，我不去。给自己的学生补课，分文不取。"

京京激动得眼圈潮红，站起来，深深地一鞠躬，才慢慢走出老师家门。

从季小小的死，到曾京京出走，再到调查组进校，思教处代主任被撤职，汪耳对她的态度不冷不热，若即若离，滕弘的情绪越来越坏。但是，这些事随着联合调查组撤离，什么处分也没降临头上，也就像乌云渐渐散去，太阳露出脸来，她的心里又渐渐明亮了。使她永远没法摆脱的痛苦倒是觉得这语文课越来越难上了。以前上初中语文课，老师怎么讲，学生怎么听，除了曾京京，还没人提过意见。上高中语文，也不知是课文深了，还是学生大了，或者重点中学的学生头脑特别复杂，问题多。比如《黍离》中的"黍"吧，课本注解明明说是小米，可是鼻子偏要说是带黏性的高粱，还说得有眉有眼，说李时珍写的一本什么书里就说，黏的高粱叫"黍"，不黏的叫"稷"。

她刚解释完，鼻子就站起来问，问得她只好说，以教科书为准。下课以后，鼻子到办公室来，提出"离离"不是茂盛的样子，而是一行一行、稀稀拉拉的样子。还说，他在乡下见到过，高粱就是一行一行的。再说，这是西周东迁以后留下的凄凉景象，在诗人眼里不会有繁茂的感觉，所以，他认为应该这样理解。最后一句，鼻子也认为书上说得不圆满，"此何人哉"，应该解释成："是谁搞成这样啊？"

讲一首诗，他就提出了那么多问题。还有那么多课文，她怎么对付得了？这也罢了，一个鼻子开了头，跟着，就有好多学生都像成了文学研究家似的，有理无理提出疑问。辛辛苦苦备一课，提心吊胆地上下来，仍然有很多意想不到的问题提出来。鼻子居然把意见反映到教务处去了，说她照本宣科，学不到东西。她气坏了。她相信肯定是受了曾京京的影响才这样。

滕弘不是没想过，要是她能像曾泊老师那样有学问该多好。曾泊落实政策回到城里，在进修学院上过课，滕弘第二次当他的学生。曾老师来上课，从不带教案，不管讲

太阳底下（节选） 袁仁琮

什么课文，介绍什么作家，都能引经据典，让人心服口服。滕弘也下过决心，奋发过一段时间，可是不久就烟消火灭。

为学点知识吃那么多苦，她觉得不值。再说，要向曾老师开口，请他辅导，要是让曾京京知道，多难为情。

但是，她渐渐地明白，靠对初中生一唬二吓那一套，根本不行了。弄得她每次想到要上课，心头就像压了块石头，一到教室门口就两腿发软，她感到有些难受。

滕弘想想不能老打被动仗，得主动出击才行。一天下午放学以后，她用手机给汪耳打电话说，她准备开一次家长会，主要是听听家长有什么意见和要求。只要有必要，学校、年级、班主任都有权召开家长座谈会。对滕弘的教学，汪耳听到过不少反映，想找她谈似乎不到时候。她本人提出来要听家长的意见，实在再好没有了。他说："很好，主动征求意见，有意见让别人说了，也就过了，不会酿成大意见，好。"

汪耳的话正好合滕弘的心思，说："我一定开好。"

这天的家长座谈会，滕弘很费一番心思。她特地拿出两百元，叫学生备下瓜果茶水。学校大会议室布置一新，会场正面墙上拉一条横幅，横幅上贴着"热烈欢迎各位家长光临"十个大字。这十个字是滕弘专门请美术老师写的，一笔一画，端庄而规范。两排长桌，上面间隔均匀地放上瓜果、茶杯，杯里都放了茶叶。招待员由班上两个学生担任，很有气派。滕弘一直在想开场白那一番话。要说得有感情，表面上听来，好像是要把班主任的工作搞得好上加好；骨子里却要让人知道，老师为了学生，已经呕心沥血。既然一切都是为了学生，即使有些事情做得不那么好，也应该理解，应该原谅。

滕弘的确有她的能耐，一开始就说："各位家长，大家把自己的子女交给我，交给学校，就是对学校、对我的信任。学校领导、班主任、任课老师和家长的目标是一致的，我们所做的一切努力，都是为了使孩子能顺利地考上理想的大学。但是，一个班五六十号人，事情很多，加上我的水平有限，缺点一定不少。今天请大家来，就是请大家提出宝贵意见，帮助我把班主任工作和教学工作搞好。"

滕弘说得很动情。滕弘将心比心地设想过，假若是她自己，老师既然说到这分上，就算有一肚子意见，也能原谅，闭嘴不说了。这是她第一次在家长跟前说软话。只要能一天一天地拖到高二下学期考试，她带的班没落到耍龙尾巴的悲惨境地，就有希望不调离求实中学，东山再起。

滕弘看一眼坐得满当当的会议室，看看她心里有数的那几个有身份的家长，说："一家人不说两家话，大家有什么话都可以说，就像摆家常一样。好，开始吧，哪一位开头？"滕弘说到这里，故作正经地拿出黑皮笔记本，打开。

滕弘正得意自己的妙招呢，有个穿细花格西服上衣的男子站了起来，说："我先说两句。反正滕老师已经表态，我就直说了。我倒没有听过滕老师的课，可是，孩子经常给我反映滕老师上课照本宣科。说一两次我不信，说的次数多了我就要他举例子，他真的举了出来，说滕老师教《黍离》一诗，就是按书上的讲。黍，是小米；稷，是高粱。我认为这样解释有问题。在一块地里，有必要种小米又种高粱吗？两千多年前懂间种吗？我儿子说他查了有关资料，认为黍是黏性高粱，稷是不黏或黏性不强的高粱，它们是同类植物，我认为是有根据的。这首诗我过去读过，一直认为是周朝被迫东迁以后，诗人看到留下的破败景象发出的感慨，书上却说看不到诗里有东迁的内容，所以就断定这是流浪人抒发幽怨的作品，我认为多有穿凿附会的嫌疑。老师应该把《毛诗序》中的意见引出来，供学生参考。还有一些问题，孩子问老师的时候都没得到满意的答复。至少不能跟孩子说，是教科书上写的，所以不能怀疑。如果书上写的都不能怀疑，还有什么真理可说？这样的例子还很多，我希望滕老师多钻研教材，给孩子提供更多的知识，哪怕引起争论也可以，有争论就能引起思考嘛。"

　　滕弘认识这位家长，是文争明的父亲。文争明的父亲是某师大中文系毕业生，没教书而成了房地产开发公司老总。这老总平时见她很客气，不料在这样的场合里打了横炮，真要命。但是，这样的发言她无论如何也不能制止，有意见只能让家长说，谁叫自己要这样的聪明，实在是偷鸡不成蚀把米。不过也好，有牢骚在这里发了，想来总不会再到校领导那里去提她的意见吧？这么转弯一想，她发现开这个座谈会实在很有必要。

　　像文争明爸爸那样的意见太尖锐，这年头已经不像过去，不管对学校对老师有什么意见，除了那些非说不可的，能不说尽量不说，免得老师心里不痛快让孩子吃亏。文争明老爸说的时候，佩服者有之，不屑者有之，认为是冲包者有之。狡猾的家长想的是该给班主任灌蜜糖才好，班主任对家长有好印象，对孩子自然有好处。于是有人开始说滕老师工作负责，对学生好等等。话虽空洞，滕弘听着却很舒服。接着有人表彰各任课老师，说教得好，耐心，有水平。文争明的父亲是个哪壶不开提哪壶的角色，他说："我那孩子最佩服唐突老师，她有水平，教学呱呱叫。"就是不提滕弘。

　　有人插话说："人家是特级教师，求实中学特级教师是最多的，但也就那么十来个，一个学校几十个班，分下来能摊多少，别要求太高啦。"文争明家长不买账，说："有些身体好、水平又高的老先生可以请回来，曾泊老师就很有学问，听他上课，简直就是一种享受。我当过他的学生，我知道。他身体好，为什么不请回来？"

　　要不要请退休老教师回来上课，谁上得好，有水平，谁上得不好，水平低，这些都不是家长会上该说的问题。有的家长以为又要交什么费了，匆匆赶来，却不料说的是这样的事，就觉得和自己无关。有人开始坐不住，小心翼翼地来到滕弘跟前，问："是不是要交钱？"滕弘说："没有通知交钱。要交钱，我会通知的。"于是，这位家长就借故离开了。走了一个，就有了第二个、第三个。滕弘看看稳不住，干脆说："我看这样吧，家长们都很忙，还有话要说的，请留下来个别交谈。要是没有什么话要说，会就开到这里吧,谢谢家长们在百忙之中抽空来参加座谈会,谢谢大家。"

滕弘像酒店门前的礼仪小姐,站在会议室门口,不停地和家长们握手,道谢。等要走的家长走光了,她才回到会议室,接待还有话要说的家长。

晚上,滕弘给汪耳打电话,说家长会开得很好,家长们对学校对班上任课老师评价很高,很满意。汪耳听了没说什么。他知道滕弘没有说实话,但还拿不定主意,是不是该给滕弘换换岗位,比如到教务处当职员什么的。

(节选自《太阳底下》,人民日报出版社,2006年)

2008年

张贤春

猪朝前拱（节选）

第七章　错位情缘

一、山雨欲来

颜仲江去颜孟江家，发现大哥将近三岁的宝贝儿子石墙，只会像羊子一样叫"妈"，每次走路，不过两三步就跌倒。他人逗玩，小孩还像婴儿一般傻笑，涎水鼻涕从小孩口鼻中流下来，浸湿着污渍四布的胸裙。古成梅看到他流露出担忧的神色，就对他说："石墙说话说得迟，走得也迟。"并用寨上某家的孩子上小学了还在吃奶，某处某家小孩五岁才会走路，某家亲戚的小孩六岁才开始说话等等事例佐证。

仲江心不在焉地哦哦点头，他分明看到姨妈含笑的脸上，眼里也时时飘过一丝忧郁。他内心何尝不希望姨妈说的事例在侄儿身上出现？读大二时曾去医学院问过孟明，大哥和表姐两人身体都健康，从遗传学上讲，生的小孩不该或死或瞎或哑或傻。孟明说他对遗传学知其一不知其二，这正是近亲结婚遗传基因所致。他听不懂那些专业术语，但已敢断定不是什么祖坟的原因。尽管他希望奇迹在大哥家出现，但侄儿眼下的症状还是使他丧失了幻想。最大的痛苦，还在于他不能将这一切告诉任何一位亲人。也曾设想让他们离婚，不说双方父母不允许，恩爱的夫妻不愿意，仅抚养三个残疾智障孩子这一项，就没有谁愿跳这"火坑"。他现在唯一的愿望，是祈求上苍不要再给大哥家"送子"了。

猪朝前拱（节选）张贤春

　　根据父母的安排，孟江随仲江一起回古家寨。吃过晚饭，古成竹穿件敞胸对襟汗衫，端着短烟杆，趿着布鞋，从坎下新屋踢踏踢哒走了上来。他在灶前坐下，向颜河义要了一张叶子烟，掐一节，展开，从他那变得黑黄的猪尿包皮里取出一些零乱的烟叶理顺，包进展开的那片烟叶里，摁进烟锅，在煤油灯上点燃，叭嗒叭嗒地抽起来，烟雾顺着他嘴中的烟嘴滚出并弥漫开来。仲江觉得，童年记忆中的成竹不见了，他自从跟古八字学艺后，变得越来越"老成"，在仲江兄妹面前越来越像"舅爹"。仲江背后曾对大哥说，舅爹是"未老心衰"。

　　古成兰站在灶后，将猪食从铁锅舀进脚边的喂猪桶里，喊江霞去叫古八字外公来，说有事找他商量。

　　江霞正准备出门，孟江顺便问了句："乜妹，这次考初中考得上不？"

　　"不晓得。"江霞回答。

　　仲江笑着插话："我们乜妹都考不起的话，青龙中学怕要关门了。"

　　"考得多少分？"孟江继续问。

　　"语文得六十一，数学得六十五。"江霞羞愧得脸红起来，回答着出门去了。

　　"这姑娘读书不行，看来是做活路的命。"成竹将一口涎水吐在灶前火笼坑（火塘）里，叭嗒了两口烟接着说，"姑娘家，外头人，读得也是给人家读。"

　　"读得倒是好些。姑娘有本事，找个女婿就更有本事。城头那些，都是女的做主。"仲江笑着说。

　　颜河义也接话说："俗话说，爹妈喊不动，媳妇喊钻刺笆笼。姑娘娃比儿子崽心细些。"

　　"姑娘再好，这农村人也想生儿啊！有儿才不会卖香盒板板。"成竹辩解道，"那天公社搞计划生育的来喊古江兵妻子去结扎。他问公社的干部，说自己读书读得少，这'好'字怎么写。人家回答，是'女'加个'子'。他说：'哦，有'女'有'子'才是'好'，这么说来，我还达不到你们说的'好'哇。'来人不听他狡辩，一再指出他已经有四个孩子了。他将四个姑娘喊进堂屋从高到矮站成一排，从地上拾起一把镰刀，指着姑娘们恶狠狠地问公社干部：'你们说，哪个是超生的？哪个是我就把她头给割了。'姑娘们吓得哇哇大哭。公社的人怕他不冷静乱来，就退了出来。"

　　成竹叭嗒了两口烟继续说："有儿穷不久，无儿久久穷。哪个不想生儿哟！"

　　"外公靠的是儿还是姑娘？"仲江本想这样问舅舅，但他不敢。

　　成兰进门将喂猪桶放在灶后板壁边，在进卧房的板梯上坐下后说："上场张媒婆又在问，江霞那件事我们愿不愿意，我说等她两个哥回来了商量商量。"

　　"谈哪儿啊？"孟江知道他们说的是什么事。

　　"牛维贵，牛支书家幺儿。"颜河义说得很自然，甚至有些兴奋。

"早不早的，谈个哪样哟。"仲江内心实在想说：我已深受其害了。

"早，打早？江霞今年都快十三岁了。"成竹把话接了过去，"这农村，哪个不是十岁前就谈起呀？十几二十岁还没有谈的，不是不谈，是谈不到！"

"你们也要问问乜妹，看她是不是愿意。"仲江算是退而求其次了。

"她崽崽家懂个屁。"颜河义说，"人家牛维贵，在青龙坝，甚至在青龙公社，也是有头有脸的人物。开亲不但要看崽崽，还得看六亲，看看他家的根骨。"

"只要人家不择取我们就行了，我看这亲事开得。"成兰接着说。

"如果以后反悔的话……"仲江嘟囔着说。

"你个杂种儿，反悔？"河义转脸指着仲江吼道，"老子晓得你整天就想反悔！"

"这么闹热，是哪些贵客来啦？"古八字在门外高声问起来。进屋众人与他打过招呼，仲江端来一根条凳，安在古八字面前。

"他外公，你问问老二，他究竟要做哪样？"河义连咳两声，将一口痰吐进火笼坑后转向仲江，"一家老小的皮都要被他臊完！"

"他想飞天，可惜翅膀还没有长硬！"成兰也在一边附和。

"不要吼了不要吼了，"古八字说，"响鼓不用重槌，老二是个明白人，把道理给他讲清楚他会明白的。"

"他明白？我看读书读到牛屁眼里去了！"河义继续骂。

"你上学后给你爸妈写了两封信，也给我写了一封，都谈要悔洪家寨这门亲事。我喊他们装作不知道，等你放假回来问问。"古八字喝了一口茶，继续说，"上个月又接到一封信，不知是哪个写的，说你在学校谈了一个姑娘，叫什么辛娅？是省财校的？"

"没有谈，我们是同学。"仲江躲闪着别人的目光，他知道是谁告了密，同时也感谢那人，把他不敢明说的话说了出来。他也知道，早晚要来的"批斗会"，今天晚上开始了。

"你狗日的不要扯！同学？那么多同学，人家为哪样没有说别个？"河义将手中那杆岳父古福贵遗留的长烟杆在火笼坑沿用力敲了两下。那烟杆有四尺来长，铜头铜嘴，竹制烟杆焦黄。

仲江不再回答，他知道，这时所有的辩解都只能是火上浇油，得不偿失。

"老二，你就没有想想，你爸妈今后老了，有个三病两痛，谁来照管？这些田土谁来耕种？"

仲江认为舅爹是强词夺理。按舅爹的说法，自己祖祖辈辈都得守着这几块田土，父母不能离开生养他们的土地，城里的媳妇都不会孝敬公婆。他不敢反驳，只以沉默相对。

"二毛（弟），我离家又远，家庭负担又重，双老今后就指望你了。"

猪朝前拱（节选）张贤春

孟江说的是心里话。但仲江认为，如果双方都有工资拿，不但自己不再脸朝黄土背朝天，对父母的孝敬也会更好些。再说，寨上那些媳妇，有几个将老人供起来了？不打骂就算是好的了。那些儿孙满堂的，七老八十了，都还在起早摸黑上山下地干活呢！

"幺（爱称）呢，自己是哪样菩萨上哪样颜料，农村人要像农村人的样子。再说，人要有良心，人家香玲等了你这么多年，一家人的鞋是她做来穿，活路忙时是她来帮忙，嘴巴又甜，寨上没有哪个不说这媳妇好。"

仲江听完母亲的劝说，心里嘀咕：城里人不是生来就是城里人，乡下人进城工作了就是城里人，双方都在城里工作的话，至少生的孩子就不再是乡下人了。至于穿鞋，不管布鞋、解放鞋、皮鞋，只要有钱都能买到。再说，不是我害了香玲，是你们害了她。如果我和她结婚了不和的话，更是害了她。他想着想着，就想到了辛娅说的这些话，想到了与她在一起的快乐时光。

"明天和你外公去一趟洪家寨，你怕人家没有听到些风言风语？"河义用不容商量的语气说。

"要想人不知，除非己莫为，雀飞过都有个影子。"成竹强调了必须去消除影响的重要性。

二、阴差阳错

颜仲江去辛家寨找辛娅，谁知她翻山去二十公里外看望生病的姑妈了，只得知她还没有分配。他带着失望的心情回到了学校。

到学校刚一月，收到辛娅的来信。除了表达你情我爱之外，就是告诉他，她们于九月十五日分回家乡的江边公社，协助搞秋收、秋征、秋种，具体分配到什么单位，要等"三秋"生产结束后才定。说是搞"三秋"生产，实际上，白天除了下队催征订购粮，就是催生猪收购任务，有时深夜也跟着到寨子里抓计划生育对象去做手术。老百姓私下称公社的人是"催粮催猪催性命"。

辛娅在另一封信中，告诉了他一个惊人的消息：江边公社的乌江渡口发生了一起沉船事故。九月初十赶江边场那天，凌晨下了一场大雨，暮秋下雨像夏天，许多老人都说没有见过。中午，渡口人头攒动，争先恐后地乘坐唯一的木船去对岸赶场。往返于江心的木船，几乎船船成倍超载。中午一点左右，渡船在江心沉没，包括县农业局局长在内的三十五人遇难。数小时后，县委、县政府派人到现场进行了处理。此事惊动了地、省、国务院，在国务院不久前下发的加强安全生产的文件中也提及此事。她在信中说，1949年以来，在江边乌江渡口发生的死亡十人以上的四起沉船事件都是超载所致。船到江心，浪急船低，稍有进水，乘客就惊慌失措，致使木船左颠右簸，不一会就人仰船翻了。她说:"所幸那天我没能挤上那趟船,不然我们可能要等来世续缘了。"继而大发感慨:"为什么乘客要争分夺秒地奔向死亡呢?为什么这些船主为了钱链而走险呢?为什么公社或县里不添置船只?为什么不派人在赶场天维护一下秩序?"

仲江看完,立即给她回信,说庆幸她没有让他来生与她续缘,不然他不知如何度过余生。对她的感慨,他却有这样的认识:其实我们许多人都是这样,明知山有虎,偏向虎山行。比如历朝历代那些贪官污吏,都知道自己的劣行一旦暴露,其结果是什么,但只要有百分之一的可能,他们就要冒百分之百的风险。这些人大多又都具有一定的修养,甚至位高权重,应该说一旦"失足",将从天堂跌到地狱,回到人间都不可能,却还是有那么多人"前腐后继",做了一个短命的"保管员"。这些人都如此,何况我们这些老百姓呢?至于船主,他们认为发生这种事是不可避免的,死人的事也不会经常发生,在所发生的四起沉船事件中,也只死了不足百人。"正如你信中所说,事件发生后,有人开玩笑说,中国人多,多死两个也没有关系,反正要搞计划生育。如果这些死者当中,有一个是他的亲人甚至儿女,他还说得出这种'人话'吗?是的,于全县而言,每次死的人不足万分之一,但对死者的家庭,其悲痛却是百分之百!"

仲江每半月就要收到辛娅的来信,每次来信他也按时回复。只是烦乱的心思,使他难以激发激情,有时就如考试答题一般,有问必答,最多简要介绍一些学习情况。他想把暑假遇到的阻力告诉她,话到笔端又停了下来。他觉得,有些话用笔是难以表达的,至少是难以表达清楚的,只能给她徒添烦恼。当她问洪家寨的亲事吹了没有,他都只是回答:正在尽一切努力,想一切办法,使一切手段。当她在信中告诉他,应该直接向洪香玲写信时,他感觉到她似乎看到了他所做的一切。

临近放假,辛娅在信中告诉仲江,她分配到乌江县统计局了,从事农业统计工作。她说,同时毕业的中专生,大多被分下乡,不知为什么,没有一个亲戚朋友在城中的她却分到了县城。她说,也许是实习时给单位领导留下了好印象,也许是学校发的那张"三好生"奖状起了作用,总之心里很高兴。

仲江放假前,给辛娅写了一封短信,告诉她放假的日期,并说将坐班车直达县城,有重要事情相商。他凌晨踏上第一班开往乌江县城的班车,庆幸如今不用先乘火车中途住宿一晚再换班车,庆幸车速之快超过平时。大多数乘客却是"不幸",哇哇呕吐,没多久就有人求一路哭丧着脸的师傅开慢点。售票员说驾驶员的母亲昨夜病逝了,众人才不再说什么。他将包裹寄存在县车站出来时,太阳离云岩关还有两三丈。

仲江找到统计局,办公室一位戴眼镜自称方圆的小伙子告诉他,辛娅今天一早已去地区统计局送审报表,可能要三四天才回来,说完向他指了指辛娅的办公桌。他走到办公桌前一看,桌面上的玻璃下,压着报表报送时间和他在省报发表的一篇小散文,还有一张她在森林公园门口穿着白色连衣裙的生活照,那眼神正朝他微笑。一封信进入了他

猪朝前拱（节选） 张贤春

的眼帘，是一周前他写给她的信。

仲江郁郁寡欢地来到街上，赶场的人们拥挤在坑洼狭窄的街道，两旁瓦檐下一个接一个地摆着布摊子、鞋摊子，再往前走是米市，大米海椒稀稀落落地排列着，它们的主人或蹲或坐或站立在那里。一辆解放牌汽车使劲地鸣喇叭，前面熙熙攘攘的人流，悠闲地走着，或者讨价还价，没有急切让车之意。他从车后挤到车前，继而穿过人群，融进人流，沿着被人们双脚磨得光滑的石阶小巷走上号称千米长的乌江大桥。

仲江踽踽在大桥栏杆边，任赶场归家的人从身边匆匆离去，看一会沿石梯爬上云岩关的人流，又静静凝望着夕阳中的乌江。从突然断裂的峡谷中迅速涌来的乌江，在开阔的地段，变得很温顺，打着小小的漩涡汩汩向前缓缓流动。虽已无渔歌、白帆、船号，却也有汽船在江面拖出一条白色的尾巴，长鸣着汽笛，也有一叶扁舟出没绿波里。宽阔的江面沿着县城向北延伸，在离城下游三四公里处，突又变得狭窄。抬头看时，又一道陡峭的峡谷山门般耸立那里，使江水重又变成"脱缰的野马"。

在宽阔江面的西岸，山头逶迤着一道卧狮般的悬崖，崖脚是一面长长的缓坡。这县城就依山而建在坡上，三条街道与江水平行，与几条自下而上的石阶巷道组成了数个并列的"井"字。街道和石阶边，是无数青瓦层叠的翘角木屋，临近江边有许多吊脚楼，曾经多是旅人的客栈，而今被国营旅社替代，变得冷清了许多，不过坐在吊脚楼上看江上风景，依然别有一番情趣。仲江觉得，从第一次来县城高考到现在，县城的建筑没有增加多少。不多的三两层高的楼房，多数是一些单位近两年修建的。新修车站的三层砖混结构房屋，墙体雪白，让人看上去有鹤立鸡群之感。从车站侧面顺江而下的缓坡上，是梯田、层土、树木和零星的人家。

县城的对面，也就是乌江的东岸，是一个大坝，坝上良田上千顷，一些村寨散落在山脚下的坝子边。寨后那道山梁，远看像一个美人睡在那里，翻过睡美人山，又是一片上万亩的刀形平坝。古人为什么没有将县城建在东岸坝上而是修在西岸山坡？有人说可能是坝子容易被水淹，有人说怕损失了良田，也有人说，是因为在山坡上，站在屋檐下就能看见归来的帆船、背着纤绳匍匐的纤夫……1972年，乌江大桥建成，人们告别了乘船过江劳作的历史，车辆也无阻地穿梭来往两岸。

太阳收尽余晖，仲江漫步来到县医院，找到那里实习的孟明，孟明把他带到县医院租给他们的瓦房里。房间有两张床，另一人上夜班，孟明喊他今晚就睡那张床。孟明点燃煤油炉，用铝锅煮了"一锅熟"，架上一只铁耳锅煮着白菜火锅，喊他一道将就吃了一顿。

睡觉时，仲江神色忧郁地问孟明："医院有没有吃了能使人长时间清心寡欲的药？"

"没有。"孟明笑着说，"你开什么玩笑，同学朋友们从来都是向我打听固精补肾壮阳的药。"

仲江向孟明谈起了他的婚事，只是省略了与辛娅的亲肤之爱。"我从妹妹写给我的信中，猜测父母在春节要给我成亲。"他带着哭腔说，"我用尽办法想吹这门亲事，结果都无效。"他给孟明谈了如果被迫结婚，他将迫使对方提出离婚的想法。

"我家有一祖传秘方，可以给你配你需要的药。"孟明叹息说，"最好的办法是你不要结婚，这对大家的名声都不好，特别是对女方更显得残酷，只是比起真正结婚了你对人家不好要好一些。还有，这种药，你吃了多久就延续多久，也就是说吃一天管两天，吃一年管两年。即使恢复生理功能后，一两年内也不能怀孕，否则，对子女身体的损害难以估量……唉，我不帮你，不够朋友；帮你，又觉得自己在犯罪。"

"为了我，为了辛娅，也可以说为了香玲，请你帮帮我吧！"仲江说到这里，已是泪流满面。

三、以死逼婚

仲江回家后，父母告诉他，正月初七初八为他娶媳妇。从现在起，什么地方也不要去了，在家帮忙烧刺炭，准备结婚用的东西。

仲江尽管内心早有准备，听到这一消息时，头脑中还是像炸响闷雷，嗡嗡乱响，六神无主。"如果学校知道了，我要被开除。"仲江说话的声音小得像蚊子叫。

他父亲吼道："这山旮旯儿，你自己不讲有哪个晓得！又不领结婚证，也不通知你那些同学。"

当天夜里，仲江神志恍惚地吃完饭，称头痛早早到厢房睡下，事实上一夜无眠。第二天一早起床，一脸苍白。吃过饭，他说上坡去割挑柴。爬上白虎山，翻过虎背坳，将尖担镰刀藏在草丛后，直奔洪家寨。到了洪香玲家，只有她小妹在，他说来这里砍柴，进屋喝口水，他装作不经意地问她大姐在什么地方。她说大姐和她爸妈一道赶虎坪场去了。他只好返回虎背坳，开始割枯草。

仲江割着割着，半山传来一群姑娘的嬉笑声，他站起来看去，是几位姑娘在割柴草，听她们的对话，好像来了很久。他想听听，其中有没有洪香玲。听了半天，这些姑娘都是牛家寨的。这时，对面的公鸡岭有年轻人在树丛中朝这边唱山歌：

这山没得哟那山高呀儿，那山姑娘哟弄柴烧呀儿。
哪年哪月哟随到我呀儿，柴不弄来水也不挑呀儿。

只听一位姑娘说："二妹，那边在喊你去随（嫁）他，随他了柴也不用弄水也不用挑。""大姐，你去嘛。"另一位姑娘回答，"那是骗人的哟，我看那些嫁人了的，柴

猪朝前拱（节选） 张贤春

也要弄水也要挑，比在娘家还要弄得多点挑得多点。"这时又传来另一位姑娘的声音："彩花，你有没得？"意思是割够一背篼柴草没有。那个叫彩花的姑娘却答："有呢，还没有扎（刺绣）背带（裙）。"故意转接到是不是有身孕上来了。听着风中传来姑娘们的哈哈笑声，仲江心里一点也笑不出来。他想，要想"柴不弄来水不挑"，除非和辛娅结婚。香玲与他结婚了，他一人的工资肯定也养不活全家，她和他，也得砍柴，也得挑水，还得犁田铧土种庄稼。

仲江意想不到的是，第二天早饭前，香玲来到他家，对他父母说去胡家寨有点小事。饭后，他到厢房，想躺一躺，清醒一下自己纷乱的思绪。刚躺下，香玲推门进来，他立即弹起来坐在床沿。

香玲看着他问："你昨天去我们家，有什么事不是？"

"没有什么事。"仲江抬头看了香玲一眼，发现她正看着自己，目光一碰，又垂下头颅，一双眼睛盯着床沿交替向前摇摆的双脚。"我是想问问，我写给你那封信收到没有？"

"哪样信，你不晓得我爹妈没有送我读过书呀？"香玲有些生气，"有哪样事？"

"我以为你弟弟读给你听了。"他顿了顿说，"我是说，我是说……我们的事情算了。"

"你说什么……"香玲张大嘴巴半天合不拢来。

"我实话告诉你吧，我……我身体不行，我们结了婚也不能过夫妻生活。"仲江鼓起勇气说出了他认为是最后的一句话。

"你个舅子亲爷，你怎么不早点咔（说）一声……"香玲说着就冲过去抓仲江的衣领，另一只手准备扯他的头发。她发现他木然地坐在那里，没有丝毫反抗的意思时，"哇"的一声捂着脸哭着跑出去了。

古成兰跟着追了出去，颜河义则走进屋来，问："香玲为哪样哭？你们在为些哪样？"

"没为什么。"仲江除了这句，什么也不说。没有追上香玲的古成兰，回来后也来问他，他还是那句话回答。

天刚黑，香玲的父母提着马灯，喊着古八字一道来到仲江家。古八字将仲江喊到灶房屋，他父母也在那里。香玲的父母气愤地看了他一眼，他对他们却视而不见。

香玲的父亲声音虽不大，但很有威力："我家香玲今天到你们家来，老二你对她说了些哪样话？当着你父母亲和你外公的面，你给我们讲清楚。"

香玲的母亲接着说："我家香玲回去喝了'滴滴涕'农药，要不是发现得早，灌了酸汤……今天晚上饭也不吃，只是哭，问她什么都不答应。"她说着哭泣起来，撸起衣袖去揩眼睛。

"如果我家香玲有个三长两短，我这把老骨头也不要了……"香玲的父亲威胁说。

"我看这书不读了，认得两个字了要飞天！"颜河义操起长烟杆向仲江打来，仲江缩头一歪，打在了他的背上，只听得"啪"的一声，继而从他口中传出一声"哎哟"。

"河义，要不得，好好地讲。"古八字拦在仲江和河义中间。听到吵闹声赶来的古成竹，将河义拖到灶头后面。

成兰从地楼屋出来："老二，我满脸的肉都被你抓烂了，我没得脸见人了。"说着向院坝走去。

"他二姑，要不得。"突然传来舅妈聂景红的喊叫声，"快点来人呀！"

成竹从房门跳出去，从成兰手中夺下"滴滴涕"瓶，香玲的母亲和景红将她扶进堂屋睡在翻放的挞斗上。仲江呆呆地靠在板壁上，不知道也不想知道外面发生了什么事。"老二，你快来看看你妈。"成竹的喊声惊醒了他，他迅速向堂屋跑去。

"妈！妈！"仲江跪在他母亲身边，泪流满面地喊着。

"快舀碗酸汤来，快舀碗酸汤来。"香玲的母亲推着景红，景红起身向厨房跑去。"还要拿筷子和调羹。"她看着景红的背影喊道。

"你个杂种报应儿。"颜河义一脚踢在仲江的腰杆上，"老子有你不多，无你不少。"

河义准备踢第二脚时，成竹将他拖开："你冷静点，现在救人要紧。"他放开河义，又跑过来帮景红等人，有的用筷子撬牙齿，有的用调羹灌酸汤。成兰双眼紧闭，牙齿紧咬，灌进口中的酸汤，从嘴角流出来，浸湿了脖子和衣服。

"妈！妈！你喝一口吧，我今后都听你们的。"仲江边说边呜呜地哭泣，越哭越伤心。这伤心是为母亲，也是为自己。他母亲听到仲江的哭喊后，眼睛虽然还紧闭着，牙齿已松开，喉咙发出了咕噜咕噜吞酸汤的声音，不一会哇哇地吐了一地。

大家看到古成兰呕吐后，也都松了口气。香玲的父亲拐了一下香玲母亲，示意她走。与古八字打了招呼，他们提着马灯从寨后上山去了。

四、麻木的婚姻

古成兰自杀未遂后，一切又恢复正常。仲江一家，除了筹办年货，就是全力为仲江结婚做准备。年前和年后，颜河义请来木匠，用早先备好的枣子木做了婚床；成竹、孟江和仲江，在自留山里砍倒大片杂木、刺草，烧了刺炭；古成兰和聂景红，赶青龙和虎坪场，备齐了接亲时送给女方的衣物和过礼用的礼品，还有招待送亲客和办酒时所需的干果，打好了麻饼，煎好了米花。

仲江从那晚开始，用木然的表情，机械的动作，听从亲人的一切安排。喊上山就上山，喊下地则下地。别人喊他，只是"嗯"地答应一声，不再像此前那样主动与人打招呼；别人问到什么，或简单应付，或以"不知道"回答，如果不是迫不得已必须回答，干脆装作没有听见，让说话的人自觉没趣。舅爹和大哥多次劝他想开些，这农村人祖祖

猪朝前拱（节选）　张贤春

辈辈都是这样过来的。他知道，他们不怕他逃婚，他担不起逼死父母的罪名，没有父母资助他也寸步难行。他们怕他想不开，寻短见，那对亲人的打击，比悔婚要严重得多。他甚至有些后悔，自己应该请孟明找一种吃后昏死的药，在母亲吃药之前吃下，但是……现在只有实施预定的计划了。

转眼到了正月初七，仲江感觉到，自己就如犯人等待法官在法庭上高喊"肃静，下面宣布判决"一样，口袋中虽然装着专门用来招待客人的蓝雁香烟，却常常要父亲、大哥、舅爹们提醒。当轿夫出发的鞭炮响起，轿夫们挑着条方、米花之类的礼品从寨后蜿蜒爬上白虎山时，他的心已变得冰凉，内心经受着"婚姻是爱情的坟墓"这句名言的煎熬，万箭从不同的方向穿心而来。

第二天早饭时分，一阵鞭炮声迎来了新娘，也迎来了寨上小孩们的欢呼雀跃。仲江在聂景红的敦促下拜堂，当他们下跪时，他分明看到古江堂将垫在膝前竹席上的被子踢开了——同辈人常开这类玩笑。洪香玲轻轻跪在竹席上，仲江则不减速地跪下去，在竹席上发出了"笃"的一声。轰的一阵大笑从堂屋传出时，香玲瞥了他一眼，他却显出与己无关的神情。古江堂等人知趣地退出堂屋，他们知道，凭仲江耍狮子灯的功夫，他不可能如此。他不笑不恼的神色，加上此前他家的风波，更让人心存不安和怜悯。

景红牵着香玲进洞房时，有意挡了一下香玲，想让仲江先进洞房，抢坐婚床，以使他将来在家中能够"当家做主"。但他站在一边，香玲则急切地三步变作两步，迈进新房抢先坐在婚床上。下午酒席开席前，他与香玲并排站在香盒前拜见长辈，没有人再来踢被子开玩笑了。

木偶一般的仲江，认过送亲客，斟了酒，直到送走他们，以至接待来往的亲人，都是一副魂不守舍的样子。半月开始明亮时，他从厦子床铺中的稻草里取出孟明配制的药吃下，又吃了两粒安眠药，在堂屋、阶阳坎和院坝来回走动。捆在桌脚的竹筒上，插着被煤油浸泡过的苞谷核，烛炬般燃烧着，将院内照得明晃晃的，那伸向夜空的光焰，像古代的刀矛，在他的眼前示威。不一会，他感到四肢无力，眼前灯光模糊，两个眼皮像打架一样贴拢来，浑浑噩噩地走进厦子躺在床上。蒙眬中，有人在喊吃酸菜汤饭宵夜；过一会，有人在闹新房。一些年纪大的人，又在怂恿古八字唱《英台小调》，院坝传来他雄浑的嗓音：

　　三月桃花开哟，闲言就两丢开呀，
　　听我唱首祝英台哟，山伯哟山伯访友来哟。
　　英台就女装男啦，攻书就在尼山啦，
　　她与山伯同桌案喽，共读哟共读二三年啰。

共读就二三春啦,英台要转身啦,
辞别两旁众学生喽,参拜哟参拜孔圣人啰……

仲江在古八字的唱腔中迷糊睡去,不一会,好像是舅爹和大哥将他扶进了新房,他们对香玲说:"他这两天太累了。"这时古八字正在唱英台给梁山伯开药方:

书童你慢转身啦,英台就开药方啦:
一要山中石头花喽,二要哟二要蟒脚汤啰;
三就要幼马角啦,四就要王母香啦,
五要千年灵芝草喽,六要哟六要龙王肠啰;
七就要凤凰胆啦,八就要六月霜啦,
九要金童来熬药喽,十要哟玉女送茶汤啰。
话是这样说哟,哪有这样药哟。
千金棺材买一副哟,梁兄哟梁兄你不得活哟……

仲江一上床就在古八字的唱腔里沉沉进入梦乡。他梦见自己在山道上追赶辛娅,呼喊她。他跑得快,她也跑得快;他跑得慢,她也跑得慢;他累得停下来坐着喘气时,辛娅站在前面的山坳向他微笑着招手,他又站起来向她追去……突然,辛娅前面出现一道悬崖,他一边呼喊一边朝她跑去。辛娅好像没有发现悬崖,也听不到他的呼喊,越跑越快,最后像助跑跳远一般,纵身飞下悬崖。他跑到悬崖边趴下,望着黑森森的悬崖,下面什么也看不见。他哭泣着呼喊辛娅,心中闷得喘不过气来。急切中睁眼看时,天已大亮,身上盖着新被子,香玲已不在房内。感觉头昏脑涨的仲江,准备起床时,香玲站在门口将头伸进来喊一声"吃饭了"后,转身走了。

第三天,仲江和香玲背着几根条方、几把面条、数包白糖,随来接香玲回门的香玲弟妹去了洪家寨。在那里住一晚后,仲江要回来,说正月十七要去学校,亲戚都还没有拜走。香玲没有像其他姑娘那样,在娘家要几天后由丈夫接回,也提出与他一道去走亲戚。她父母没有过多挽留,说等放假了再来补走香玲的姑妈、姨妈和舅舅家。

从洪家寨回来的仲江,当晚一断黑,像结婚那两晚一样,又是眉眼不开,趴在桌上就睡了。古成兰笑着骂他穷不醒,当母亲的以为儿子新婚瞌睡多是正常现象。香玲却百思不得其解,这两天他并不累呀!晚上她与他睡到了一头,可怎么推他,都像死猪一样,不时还打着扑鼾(呼噜)。香玲睁着眼睛,望着帐顶,天麻麻亮时才迷迷糊糊睡了一会。

正月十二仲江和香玲去姨妈家,第三天香玲催他回来,她看到他精神比在家时好了

猪朝前拱（节选）张贤春

许多，也没有天黑就打瞌睡。他说再耍一天，在这里他和大哥睡，而香玲则和嫂嫂睡，他用不着吃药。他本想再住一天，他姨妈却委婉地下了逐客令。可他回家吃过大年饭，就倒在厦子屋里睡着了。古成兰将他喊进屋睡在新房，刚躺下又像不省人事一般。

正月十五的下午，香玲将一杯茶递到仲江面前说："你瞌睡多得很，喝杯酽茶试试。"

仲江本不想喝茶，他知道茶是解药的，怕服药无效。他扫视四周，发现父母的眼光都在看着自己，只好接过杯子喝了一口。香玲看到他喝下一口后，眼中飘出了一丝笑意，又催促他再喝几口，并为他续了开水。他想起孟明说的话，也就放心地又喝了一杯。

两杯茶下肚，仲江真的没有了睡意。这时古成兰却催促："明天要去姑婆家，早点去睡。"

香玲铺好被子，脱下外衣和毛衣睡下，仲江却穿着毛衣内裤，去另一头睡下了。过了好一会，香玲爬到他这边来，钻进被窝，与他越挨越近，并伸出手在他身上抚摸起来，但他毫无反应，双眼木然地看着帐顶。

香玲发现仲江从精神到行为到生理都没有一点反应时，转身嘤嘤呜呜咽咽哭泣起来。过了许久，她又转身推了一掌仲江："你是什么意思？"

屋内静了十多秒钟，仲江才叹息说："我给你讲过，我身体不行，你不听。"

"哪个想得到你是真的不行啊？"香玲终于听到仲江说话了，好像见到满天乌云中现出的一丝阳光，"等你回来了去医院看看。"

"没用。这是先天性的。"仲江还是木然地回答。

香玲又嘤嘤哭泣起来，双泪无声流进双鬓。

五、飞鸿依旧

香玲说她暂不去双龙场姑婆家，这一路上仲江的熟人很多，怕对他的学业有什么不好的影响。仲江内心也求之不得，与她一道，总觉得别扭。一路上，自己不先说话办得到，但对她的问话，即使是简单地回答，也不能不回答。有时他也觉得香玲可怜，这一切都不是她的错，可所有的过错都要由她来承担。

到达双龙场，往常仲江一定要去一趟辛娅家，此时他却再不能够。去了说什么呢？难道告诉她自己结婚了吗？他只能回味他们在一起的快乐时光，这回味也渐渐变得苦涩。他一路想着，不觉到了古福珍家，包章莲、王林佳、齐芳和张国乾都在。

吃过饭，章莲说她要去为一个孤老太太送供应证，那老太太年前去她外甥女家过年去了，听说今天已经回来。张国乾和齐芳去走亲戚，王林佳去学校看屋。

仲江在与他们的交谈中得知，辜家伟分回母校任了化学老师。王林佳上学期从青龙中学调到双龙中学,包章莲分在双龙公社当了书记,二人去年秋天举行了婚礼。齐芳分到乌江县国营灵芝饮料厂当会计,张国乾已经当上连长了,驻守在云南边境的老山,年前从部队回来探亲,过两天又要返回部队,他们将在国庆节举行婚礼。

颜仲江到校上课两周后,收到辛娅来信。他双手颤抖着启开那封长信——

亲爱的江:

很遗憾,你放假来找我时我去地区送审报表了,如果走之前接到信的话,我装头痛脑热也要请假,也可推迟一两天,或干脆请他人代劳。

我们从腊月二十四开始放假,正月初六上班,那班真正是"八点上班九点到,十点回家捅炉灶"。苦了我们这些家在农村的,政府办公室的食堂不蒸饭,街上也很少有人卖菜,去给领导拜年,本想混餐饭吃,对方却说某某家请他全家吃饭,等于下了逐客令。本来可以做报表,但报出产量表后,各区再也找不到人报产值表了。年前,县里通知:家在城里的,放假三天;家在农村的,放假十天。实际情况是,正月十六以前,你不要想正常办公。初六以后,也有三两人去办公室坐上几十分钟,到了正月十三,就成了不成文的规矩:十室十空都准备过大年和看龙灯去了。

去年分到单位的同事方圆家住城中,说城里跳花灯、扎亭子、舞龙灯、炸龙,很是好看和闹热,要我留在城里看灯。我谢绝了他的好意,我知道他醉翁之意不在灯,在乎本姑娘与他并肩行游于人海中,最好手挽着手(一笑)。我说家中有急事,需要赶回去,已经给局长请假,要过十七才来上班。他笑着说和我一道去玩。我看他还存在着幻想,只好鼓起勇气耳热面烧地对他说,我要去男朋友家,他只好不再说什么了。

方圆是统计学院大专班毕业的,学的是综合统计,去年分来县统计局。当时局里只有四个人,局长都承担有统计专业任务。他刚来就承担了农业、基本建设和物资三个统计专业。他一学就会,不但报表错处少,还撰写统计分析,用手工复写上报,居然"物以稀为贵",在地区局的考评中遥遥领先,他得了两个第一、一个第二。地区局的考核年度是从上年的四月到当年的三月,年报分值占60%,所以局长说奖金全部归他。

我到统计局后,局长安排他带我搞农业统计。分发报表、布置会场、上台讲解,主要是他在跳"主角";而检查督促各区报表,我也只是做他的"随从"。别人看到我们"形影不离",都传说我们在谈恋爱,一些同学还亲自问我是不是真的,我就对他们说:你们又不是不知道我的男朋友是谁……

每次检查区里的报表,方圆都能迅速指出对方是不是"闭门造表",对方还不得不心服口服。进入元月后,每天晚上都要加班,先审查各区报来的报表,看分公社和分品种的数据是否相符,然后分区过录汇总全县报表。有时是看错了铅笔过录的数字,有时是拨错了算盘珠子,常常是第一遍的数字与第二遍不符,再来一遍,得了第三个不同的

猪朝前拱（节选） 张贤春

数字。方圆说，汇总数据是否准确，用倒减的方法，如为"0"，一般不会有问题。最头痛的是，过录报表时数据出错，如将"78"写成了"87"，用加减方法检查合计数都对，就是横竖相加总数不等，时常急得坐立不安。方圆本来说过，过录时最好倒校一遍，这样"磨刀不误砍柴工"，我常常自以为心细，结果……

多数时候都要加班到晚上十一点，局长架一只铝锅在火盆上煮面条宵夜，大家都吃得津津有味。宵过夜，我们就下班。每次方圆都主动送我走街串巷到租住的宿舍，送到楼下他才转身回家，他没有提出上楼去坐坐，我也从未邀请过他。他不时找一个"办事路过"的借口，星期天或中午来喊我一道上班。大家都想过一个"清静"年，都在加班加点将春节期间应该上报的报表提前报出。

渐渐地，我从行人的目光和方圆的谈话中，以及亲朋越来越密集的疑问中，知道我与方圆这种友情不能再继续发展了。虽然被爱是一种幸福，但爱却是一种痛苦，特别是当这种爱是一种永远不会结果的花朵时，过激的言行都有可能因此而产生。一天晚上，他又自然地跟在我后面送我回家，在半路，我喊他回去，他不走，我也不走，结果他只好离开。我走着总感到后面有人跟踪，猛然回头，发现了他迅速转身的背影。第二天中午他来到我的住处，我在谈话中很自然地将你的照片拿出来，问他认不认识，说这就是我的男朋友，高中时的同学，现在师院读书。我知道这样有些伤他的心，但不如此难以断绝他心中的"梦想"。

第二天一早，方圆破天荒地没有上班。局长喊另一名男同事到他家去催他来做报表，他母亲说，从来不喝酒的他，昨晚上喝得不省人事，吐了满地，现在还在铺上昏睡。中午我去他家，将写有"祝天下有情人都成眷属，愿天下眷属都是有情人"的纸片放在他的枕头上边。此后，他对我工作和生活上的热心还似从前，但其言行已明显看得出，只是站在了爱情对岸友情的芳草地上。有时也说两句明显带着"幻想"的荤话，却也可以理解为同事间的玩笑。

你看，一不小心就拉拉杂杂地谈了这么多。不过这也向你证明，本姑娘是能够"招蜂惹蝶"的，对你的爱也是忠贞不渝的。

我还以为开学前你会来我家呢，请假也是为了在家等你，那些天总是幻想你突然迈进我的家门，谁知等到正月十八还不见你的人影。我到双龙场问你姑婆，她说你于正月十七上学去了。虽然我想你有不来的理由，或是时间太紧，或是不便，内心总觉得你"不够意思"。

信是永远写不完的，再长也表达不尽心灵的话语，更难满足想与你见面交谈的渴望。希望你能争取回县实习，到时我们再漫步在乌江岸边交谈，坐在依依杨柳下，依偎着你，让你读我们分开后，我每天写的日记……

你的娅

仲江读着信，心如刀绞，无声的血液在灵魂深处无边无际地漫延。他仰望苍天，在心灵深处高喊："既生香玲何生辛娅！"

六、无力回天

仲江没有给辛娅回信，与其说是不敢回信，不如说是不知道怎样回信。他知道她盼望的回信，真能够"抵万金"。尽管他此刻真正体验了"世事明如镜，前程黑似漆"，不知道前面将出现什么，还是想用时间来磨灭一切。

一月后他接到了辛娅的第二封信，简短的信里只有这样一句话："盼回信！哪怕一首小诗，或只言片语也能解我心中渴望。"

仲江辗转反侧了几夜，给辛娅回了这样一封信："我对不起你！来世做牛做马相报！"

"哪有不透风的墙，"仲江心想，"要不了多久，她就会知道一切。"

仲江找到班主任杨国忠，要求实习时不回本县，去其他什么地方都行。杨国忠将他从回县实习的名单中划掉，写进了师院附中实习组。

仲江的心绪极乱，写作无法进行；读书，翻完了一本却不知所云。他只好将全部精力投入实习准备中。他在带队老师和同学们面前试讲时，获得了较高的评价，大家都认为，他在下星期一的讲课，一定会为老师"争气"，为同学们"争光"。

星期六下午，从乌江县检查实习情况回来的杨国忠，喊仲江去办公室一趟。仲江心想，可能又是谈创作的事，但他内心最希望的，是告诉他留校有望的消息。他在杨老师对面坐下时，发现杨老师的表情很严肃。杨老师招呼他坐下后，从口袋里拿出两张写得密密麻麻的信笺纸递给他。

仲江看着信上的内容，脸变得苍白，拿着信纸的手也颤抖起来。信上的内容是检举他结婚的事。

"这件事是不是真的？你难道不知道在校生谈恋爱要受处分吗？"杨国忠难以置信地问仲江。仲江流着眼泪，将自己包办婚姻的经历如实告知了杨老师，只是省略了吃药的行为。

"系领导转给我时，我心里很生气，但还是给你遮掩了一下，说大学生不准结婚这点常识你是知道的，不可能明知故犯，也许是有人寻机打击报复造谣生事。"杨国忠将信拿过来，在仲江目瞪口呆中撕碎丢进废纸篓。"但愿在你毕业前学校再没其他人知道。鉴于这种情况，我不可能再推荐你留校了。"他叹了一口气说，"唉，可惜！"

仲江点着头，说着谢谢杨老师的话，只是眼泪流得比先前更猛了。晚上他去医学院找孟明，看完电影又漫步在街上谈了很长时间的心里话，返回寝室时同学们告诉他，辛娅来找他，在这里等了两个多小时，刚走。

猪朝前拱（节选）　张贤春

仲江知道，辛娅找他"问罪"来了，一夜难眠，天亮时才迷迷糊糊睡去。感觉没有睡多久，有同学在推搡他，说有人找。他睁眼一看，辛娅已坐在对面的床边，气呼呼地看着他，一句话也不说。寝室中几个同学看到她有话要说，都出去了。

"你怎么来了？"仲江无话找话。

"这省城又不是你家买的！"辛娅的回答充满了火药味。

仲江脖子一伸，嘴一张，准备说什么，终是什么也没说，端着脸盆和洗漱用具出去了。辛娅一动不动地坐在原处，直到仲江洗脸回来。"吃早餐没有？没有就出去吃，食堂已经吃过了。"仲江想打破这种令人窒息的局面。

"不吃，我几天前就气饱了。"仲江的目光在辛娅脸上停留了几秒钟，发现她的脸变得瘦削而苍白。"走，出去！"辛娅对仲江说。

"有哪样事就在这里谈。"仲江怕她有过激行为。上学期农学院发生一件事，在化肥厂工作的男朋友，从女朋友读初三起开始资助她读书，可女朋友考上大学后移情别恋。他多次劝阻求告无效，在农学院门口点燃缠在身上的炸药，冲上去抱住走进校园的女朋友，同归于尽了，至今令许多玩三角恋的男女不寒而栗。他想，辛娅不至于在这里伤及无辜吧！

"你春节回家结婚了，是不是真的？"辛娅带着哭腔问完这句像问大海中的稻草可不可以救命一样的话，两行泪水像断线的珠子从脸颊滚下来，任其滴在胸前天蓝色的滑雪衫上。

"是不是辜家伟告诉你的？"

"你觉得他哪次冤枉你了不是？要想人不知，除非己莫为！"辛娅抬起一双哭得通红的眼睛。

"……"

"你这个大骗子，"辛娅站起来就向仲江扑过去，抓住他的衣领，在他脸上狠狠地打了一耳光，"你害得我好苦啊！"随即失声痛哭起来。

仲江呆呆地站在那里，没有也不想还手，只是希望能用自己肉体的疼痛减轻辛娅心灵的伤痛，也减轻自己精神上的折磨。他坦然面对辛娅的暴力时，她的手反而停下了，继而双手捧着脸坐回原处，泪水从指缝间流了出来。

"我……我也是被父母逼得没有办法。"仲江想给她解释。

"你没有办法？"辛娅讥讽地看看他，一边哭泣一边说，"你那头是长在别人的肩膀上的？脚被戴上镣铐了？……"

"我又没有和她同床。"仲江知道一时无论如何也解释不清，情急中说出这句自己也觉得荒唐的话。

"你们没有同床？"辛娅发出了令人毛骨悚然的冷笑，"你去和幼儿园三岁的小孩说！"

"我吃了药……我一定会和她离婚。"仲江不知这样说有什么意义。

"吃药？离婚？你这个大骗子，害了一人又一人，谁相信你的鬼话！"辛娅说完，哈哈地傻笑着，一边往外走一边说，"大骗子……哈哈……我等你的好消息……"

仲江愣了好一会，才猛然想起似的追出去，远远看到辛娅抽搐着双肩，不时用手帕揩着眼泪、鼻涕，向校门口快步走去，一路吸引了不少疑惑的目光。他尾随她出了校门，当她从前门走上公共汽车时，他从后门上了车；当她在汽车站下车并走向售票窗口时，他躲在远处，直到她走上开往乌江县的班车，他才如释重负却又空空如也地回到学校。他觉得头脑特别昏沉，想睡瞌睡，倒在床上，头脑却又变得非常清醒，往事历历在目。当他站起时，头脑又昏涨如初。一夜如此反复，使他真正体会到了"夜的长"。

星期一上午，仲江走上讲台准备讲课时，下面学生老师的身影没有一个清晰的，头脑中也没有清晰的思路，讲了前掉了后，说了东忘记西，自己也不知道讲了些什么，时时还出现冷场。学生不时哄堂大笑，同学们也窃窃私语，附中的老师更是摇头瘪嘴。一节课未完，他满头大汗走下讲台，在过道上还险些跌倒，他坐回原位趴在桌子上。附中一位老师与另一位老师轻声谈话传进了他的耳朵："这种水平，听说还要留校？"此时他恨不得地上有条裂缝钻进去。

仲江的实习成绩以及格画上句号。他在准备毕业论文答辩的前一天，收到了辛娅寄来的没有填写被邀请人姓名的结婚请帖，还有他寄去的并未启封的解释信。请帖称，她与辜家伟将于七月一日在双龙中学举行婚礼，恭请光临。他拿着请帖走到足球场边的草地上，静静地流了好长时间的眼泪。泪水流过后，他觉得心里轻松了许多。他忽然思忖着这样一个问题：既然命运如此，那些为"巩固成果"的药还要不要服？思想激烈斗争的结果是：继续！至少也要让父母早抱孙子的希望落空。

（节选自《猪朝前拱》，作家出版社，2008年1月；
获首届贵州少数民族文学创作金贵奖）

冉正万

洗骨记（节选）

第一章　马也：我们都是松鼠

她来甲定那天，天空飘着白云。

当时我们正躲在松林里抽烟。松林里有一股浓郁的香味，这是蘑菇腐烂后释放出来的，它们腐烂的时候香气四溢。

高袁果果的嘴巴张得像墨水瓶盖一样圆，可他吐出来的烟乱七八糟，一个圈也没有。他寒假回老家看了一场电影，两个地下工作者接头的时候，其中一个吐了一串烟圈，另一个则吐出一根直线从烟圈中穿过去，这是他们的接头暗号。我试了试，吐出来的烟雾像一团团棉花。曾萝卜比我们都强，每次都能吐出一两个，虽然不圆，而且一会就散开了，但那毕竟是烟圈。他除了考试，别的事都比我们强。许多年后，他成了我们中最有钱的大老板，开了辆国产奔驰，每次聚会都是他买单，仍以老大自居。

在无忧无虑当中，我常常感到一种莫名其妙的不安，好像有什么事要等我去完成，也好像什么东西正在不知不觉地失去。我没有和任何人说起过，因为这种感觉很轻，很容易消失，同时还因为我根本就找不到恰当的词语来形容。还有两年我们就高中毕业了。对即将到来的一切，我既有很大的耐心，又很没有耐心，就像一块被雨水淋湿过，再被阳光烤干的泥土，尽管外形没什么改变，其实内心已经不那么坚强，充满了期待却又在拒绝。

我去拔一株七叶莲，看见有人来了。

甲定很少有人来，地质队的总部在遵义，总部的人一年最多来两次。甲定离旧盘乡二十三公里，旧盘乡离遵义一百二十三公里，遵义离贵阳一百六十公里，贵阳离北京三千零五十六公里。贵阳我一次也没去过，遵义去过三次，旧盘乡去了十八次。对平原的孩子而言，这点距离算不了什么，可在山路崎岖的黔北，这些实实在在的数据让人望而生畏。

看见她后，我看了一眼天边的白云。我的心抑制不住地怦怦跳，就像她是为我而来的。

马路是几年前运设备时用推土机推出来的，平时只有矿上的生活车进出，马路中间已经长了不少苦蒿和杂草，成了一条野马路。

洁白的连衣裙在深绿色的松林中非常显眼，左手费力地提了个红色皮箱，右肩上挎一个小包，身体向左倾斜，小包甩来甩去，老往下滑，她不得不时拉一下带子。可以想见，从旧盘乡到甲定二十多公里，她就是这么偏着身子走来的。

高袁和李元强用松果互相投掷，我向他们招了招手，他们没看见，还在那里嘻嘻笑。

我感觉出来了，她不光疲惫不堪，此时还恐惧到极点。松林里的路足有五公里长，进入松林后就看不见村寨，平时一个人走在里面都会害怕，明知松林里没有什么东西会跳出来，可心里却总是害怕，总担心有谁跟踪自己，要加害自己。我本应该跳到马路上，告诉她不要害怕，接过她的箱子把她护送到矿上去，可我被什么东西粘住了。是因为少年的羞涩，还是因为她太漂亮而让我自惭形秽？当时不得而知，现在仍然不得而知。

"有人来了！"我压低嗓门叫了一声。

"谁？"

李元强虽然站了起来，可一副不以为然的样子，以为来人不是矿上的就是村子里的，当他看见是个一袭白色连衣裙的女子时，他的表情变了，如同一个为自己的蠢笨感到羞愧的人。

曾萝卜好奇地说："看啥子乌龟，那么好看？"我和李元强看了他一眼，为他说脏话感到害臊，同时也为我们自己感到害臊，因为我们是一起的，曾萝卜的脏话亵渎了我们心中神圣的东西。我们懒得理他，他抓了一把泥沙向我们撒来，虽然没有多少落到我们身上，但我和李元强都恨（狠狠瞪）了他一眼。

"怎么了你们？"

高袁打手势叫他别说话。

她没有看见我们，她没朝松林里看，她的眼睛只盯着路面看。大概是太疲倦了，疲倦得头都有些转不动了，疲倦得耳朵都听不见任何声响了。不过，也有可能是她看见

洗骨记（节选） 冉正万

我们了，但没什么好看的，所以视而不见。我们尽最大的努力屏住呼吸。树林里这么安静，一旦突然弄出响声，肯定会吓她一跳。

她用膝盖顶着箱子，一瘸一瘸地，走不了多远就换到另一边。我替她着急，替她难受。我感到全身很不舒服，手脚肿胀，脑子迟钝，有种压抑感，手心和额头都在冒汗。我对自己的行为非常不满，做着怜香惜玉的种种幻想，身体却无比懦弱，没有任何实际行动。这种不满在以后的生活中一次次重演，为此酿成的苦果也一次次砸得我晕头转向。

她从我们面前走过去了，松林里不光有松树，还有灌木和荆棘，我们要看清她很容易，她要看见我们却很难。

走远了，看不见了。

"你们怎么不去帮她一下？"高袁果果说。他的声音是从干燥的喉咙里挤出来的，声音不大，像沙子一样粗糙。李元强反问他："你怎么不去？"

高袁果果笑了笑。

曾萝卜说："你们看见没有，裙子是半透明的，内裤都看得见。"

我小声骂了一句："流氓！"

"什么流氓，又不是我想看，是她自己的裙子不好，谁叫她穿那么透明的裙子。"

高袁果果像傻瓜一样喜笑颜开。我不知道他在笑什么，有什么好笑的，我很想给他一耳光。高袁果果说："野马喜欢上那个女人了。"

我叫马也，他们把我的名字颠倒过来，叫我野马。其实我的长相和性格都和野马相去甚远，我也许更像一只猫。

"放你妈的狗屁！"我像受了侮辱一样。其实不是因为侮辱，而是内心肮脏的想法被别人窥破后的难堪。在当时的意识中，喜欢女人就是一种肮脏，内心深处对这种"肮脏"既拒绝又向往。

他们见我发火了，都不再说话，想着各自的心事。不时有小动物弄出响声，有时候是一只鸟，有时候是一只锦鸡。高袁果果注意聆听，弯下腰，脸上露出好奇的神情。他走到不远处的松树后面，眼睛盯住一个地方，将双手拢成一个罩子，悄悄地走过去，忽然一个前扑，肚子贴在地上，双手罩住了什么东西。

"抓到了！"高袁果果得意地喘着气说，把一堆松针和树叶捧了起来。他把树叶拔掉，露出一只小松鼠。

曾萝卜和李元强跑过去，想找根绳子或者别的东西把松鼠拴起来。高袁果果抓住松鼠颈子上的皮毛，小家伙惊恐而又无奈地划着小腿，吱吱叫唤。它的毛又细又绒，肚子上是白色的，两侧是鼠灰色的，脊背上是金黄色的。最漂亮的是它的尾巴，又长又大，蓬蓬松松的，给人柔软而又富丽之感。身体只有香蕉那么长，看样子还没长大，说不定还在吃奶，要不然不会被高袁果果逮住。大松鼠是很机灵的，我们在松林里逮过很多次，从没有逮到过。

"去找个鸟笼来，只有关在鸟笼里才行。"

孙悟空有鸟笼，他喜欢捉画眉。孙悟空本名叫孙大胜，在矿上当放炮工，因此也有人叫他孙大炮。孙大炮长得又黑又矮，捉画眉很有一套。他用马尾做成活套安装在树枝上，画眉飞过去就能把它套住。山林那么宽，画眉为什么偏偏从那个活套里钻？这有点不可思议。

"马也，你去！"高袁果果以命令的口吻说。

"我不晓得孙悟空会不会给我。"

"你去嘛，说几句好听的，叫他孙叔叔，他会给你的。"

"好吧。"我说。

我之所以答应，当然不是为了高袁果果的松鼠，而是为了追上她，追上她帮她提箱子，问她有什么需要我帮助的。只要没有其他人看见，我想我是敢和她说话的。

钻出松林，走了十几米就是山坡，我可以一览无余地看清楚直到矿部的马路，可马路上没有那个白色的身影。我们玩耍的地方离矿部大约一公里，她不可能走得这么快呀？幸亏刚才还有几个人看见，要不然我真要以为遇见鬼了。

跑进矿部，借找孙悟空要鸟笼为名，看看她是不是在哪间屋子里。然而没有，至少我能看见的房间里都没有。这些房子都是用油毛毡和稻草板搭建的，冬天冷得出奇，夏天热得要命。现在是夏天，只要有人在，门窗全都敞开。看得出矿上的人都不知道有人来了，否则不会这么安静。平时，不管是总部的人来，还是某个矿工的家属来，矿上的人都会团在这人的周围，或者说说话，或者傻笑，傻笑的人居多，长期在与世隔绝的地方，变傻了，见到什么人都要笑不笑的。

孙悟空的屋子里挂了几十个鸟笼，他正在学雌画眉叫，雌画眉的叫声很难听，可笼子里的雄鸟听见了，却像追星族看见偶像一样兴奋。养画眉要养雄鸟，雌鸟是没人要的。刚逮回来的野画眉是"生鸟"，必须经过训练才能变成"熟鸟"。孙悟空听说我拿鸟笼去装松鼠，连说几个不行，他说松鼠有牙齿，竹子做的鸟笼关不住，要用铁丝做的笼子才行。我说还是只小松鼠，牙齿还不硬，暂时借个旧鸟笼去装一下，等把铁丝笼子做好就还他。任我怎么说，孙悟空就是不答应。我只好到小卖部要了个纸箱子。

我扛着纸箱子走出矿部，那是下坡，即便不想跑也会走得非常快。公路绕一个大弯才能进矿部，我走的是小路，在小路和公路交叉的地方，我刹住脚，心里惊讶万分。

她正吃力地用膝盖顶着箱子爬上来！

我在心里"啊"了一声，脸刷地一下红了。离得近，而且我又是站在高处，完全看清楚了：个子不高，但身段苗条，胸脯很大。脸似乎小了点，也许本来不小，不过是胸脯反衬的结果。除了偶尔去城里见过,我在别处从没见过这么漂亮的女人。

她看见我,皱着眉头问:"这里就是甲定呀?"

声音嘶哑。我点了点头。

"我的腿都快走断了。"

她苦笑了一下。虽然是苦笑,还是很好看的。

不知为什么,我的双腿又被粘住了,甚至连嘴也被粘住了。就连"她马上就要到了,只有二十来米了,这时候帮她提箱子是不是有点假惺惺?"这样的问题也会干扰我的行动。许多年后,我才把自己看明白,这是一种自私的性格,但对她而言,则是我数不胜数的罪过之一。

我把纸箱扛到松林,小松鼠已经跑掉了。我走后,他们觉得老抓在手里不行,而且也太麻烦,他们脱下一件衣服,将一只袖子的袖口扎起来,把松鼠装在里面,等我把鸟笼拿去后再把它捉出来。高袁果果怕憋死它,不时撑开袖子让它透透气,没料到它一下蹿到他的肩膀上,再跳到松树上,轻轻松松地逃掉了。

他们遗憾同时又很兴奋地讲述着。我对他们的事毫无兴趣,我沉浸在刚才短暂的不期而遇当中。

刘爱:我想飞

我有一肚子的话要说,但不知道从何说起。要把这些话讲下去,我既有很大的耐心,但又很没有耐心。远在松花江的母亲总是把我当作迷途的羔羊,而在我的内心,一股巨大的力量正在运动,正在把什么东西推向高潮。

我来到贵阳已经三天了,既孤独又兴奋,我从没来过这里,在二十岁之前,我甚至不知道有这么一座城市。印象中贵州的省会是遵义,直到有一天,一个来自贵阳的同学义正辞严地指出我的错误,我才知道没把地理知识学好。我从此记住了这个陌生而遥远的地方,当我毕业后来到这里,当我走出火车站,当我意识到自己将留在这里,成为这里的一员,心头既感到这一切顺理成章,又觉得莫名其妙。就像爬上一棵大树的蚂蚁,它只知道自己爬上来了,却不知道究竟爬了多高。

三天时间我认识了七八个人,我还没有准确地记住他们的名字,但我并不觉得陌生,我感到这个城市的所有人都正在等着我去认识。

晚饭后,林白霜问我去哪里,我说去贵阳最漂亮的地方。他想了至少半分钟,就像我给他出了多大的难题似的。"去南明河吧,沿着河边走,一直走到甲秀楼。"他是我中学时的同学,来贵阳已经两年了。

乘1路车到海关大楼,穿过马路是一个小型街边花园。没走多远就看到了南明河。

南明河像一个过分打扮的女子,灯光、树木、拱桥、石雕,现代的仿古建筑,我当然觉得它们好看,但并不觉得这有多么美。当我闻到河水里传来的异味,我也没有觉得南明河有多么丑,就像在拥挤的火车上闻到各种乱七八糟的气味一样,我不可能因此就捏住鼻子。任何一条河穿过一座城市都会像哲学家穿过书丛一样,赞叹和摇头都必不可少。

河边有一组浮雕,刚开始我没太注意。林白霜说,这是表现远古时期的骨器、石器、角器、牙器等文物的装饰浮雕,有岩画,有红岩天书,还有汉代铜车铜马。有点意思,但我记不住那么多。

我俩悠闲地走着,沿河散步的人并不多,然而我却像置身于乱哄哄的嘈杂声中,周围的一切都在对我耳语,说一些我还不明白,但估计是十分重要的事情。

我曾到过深圳,那是两年前,如果能找到适合的工作,我就不再上学了。去之前,有人说那是一座匆忙的城市,可她给我的感觉正好相反,一个在那里发展很好的师兄请我吃早茶,一吃就是好几个小时。晚上和另一个朋友聚会,她正好过生日,十多个人在馆子里喝啤酒喝到深夜。我知道我只看到了一面,但我还是决定先不忙找工作,读完研究生再来。

两年过去后,我却选择了贵阳。我希望这座城市能让我喜欢。我每次迈出轻盈的步履都像是与一名新朋友约会。走到甲秀楼,身上微微出汗,但河风吹得人很凉爽。

甲秀楼应该是贵阳的名胜古迹吧?在繁华的都市中还有这样一个古雅的去处,让人立即想到古时候在这儿摇头晃脑吟诗作对的秀才。我不喜欢像写散文的人那样遇到名胜古迹就要考证一番,我害怕辨认书法家们的墨宝,遇到认不得的字就像遇到老熟人却想不起名儿一样别扭。有一次我在西湖参观西泠书社,那座小山上到处是书法大师的杰作,瞻仰半天下来,囫囵吞枣,把脑子都搞昏了。有人告诉我,你不要去认那些字,你要像看一幅画那样去欣赏它们,看它们的笔势和着力的劲道,说来惭愧,我根本做不到这一点,只要有三五个字不认识,没搞懂字面上的意思,我就没法对它留下什么印象。

每当这种场合,我都担心别人知道我是现当代文学硕士研究生,我不担心他们笑掉大牙,我担心他们笑掉大牙后我付不起医疗费。

甲秀楼旁边有一个小小的广场,悠扬的音乐荡尽了所有噪音,草坪里的青草在灯光的照射下仿佛忘记了衰老,河坎上连接护栏的石座子像一台台全自动洗衣机。人行道上全是人,到处是快活而年轻的笑声。林白霜向我介绍着周围的建筑,我听着,没有想要记住它们。我穿了一件镶花边的白衬衫,黑色的短裙,背了个双肩包,心里充满不知从何而来的骄傲。我想象着人们正在朝我看:这个姑娘是什么人,从哪里来,又年轻又神秘。明天,说不定他们会在办公室或者别的什么地方谈论:昨晚上我看见一个很不错的姑娘,她一定非常幸福。连续转车和租房子带来的疲倦一扫而光,我准备了这么多年,就是为了今天的一切。我感到自己的羽翼已经丰满,我的头顶上是一大片天空,我会把

洗骨记（节选） 冉正万

这广阔的天空填满。"刘爱，开始干吧，好好干。"带有磁性的声音肯定地说，我没有寻找声音的来源，而是用两个拇指扣住双肩包，自信地向每一个擦肩而过的人微笑。有位老师曾为我们这一代大学生感慨，说我们没什么理想，还没有走进现实，就已经开始现实地生活了。他要是知道我此时的心情，一定会大感安慰，因为我已经变成了一个诗人。

我感觉出来了，广场上的人十有八九把我当成林白霜的女朋友，而这也正是林白霜所希望的，他很想拉我的手，但是不敢。如果他胆子大一点，我并不反对，不，我不是说我愿意当他的女朋友，我现在根本就没心思去想这些事情，老实说，我只是把他当作我的向导。我心里充满了爱，但不是爱某一个人，我爱的是所有的人，爱这个丰富多彩的世界。我为此感到飘飘然，忍不住就要笑出声来。

还没走到喷泉面前，一股风正好向我吹来，喷到空中的水把我的头发淋湿了。林白霜掏出纸巾要我擦一下，我没要，哈哈笑着往喷泉跑去。我把这看成是喷泉对我的邀请。

我跑到台阶上，看见几个孩子正开心地在水线组成的水墙之间穿梭，他们成了落汤鸡，可他们非常快活，你追我赶，兴奋地尖叫。当喷泉停下来，他们踏着不锈钢水箅奔跑，空心的不锈钢水箅被他们踩得哗啦响。有个母亲发现自己的孩子在里面，大难临头似的叫起来。她大概已经在别的地方找了好一会了，没料到孩子在这儿玩起水来。她严厉地训斥，夸大其词地恐吓，无可奈何地引诱，可全都没用。她担心孩子感冒。随着强烈的音乐响起，喷头又喷起水来，中间的水柱拔地而起，仰头看水柱的人，包括那位心急如焚的母亲，全都在感叹它能冲那么高，可同时又希望它能冲得更高。水箅下的喷头喷出一圈水花，喷得不高，但密不透风。

更多的孩子加入进来了。他们的衣服没淋湿前，还又惊又怕地站在水墙边上试探，一旦什么地方被淋湿了，他们就会快活地尖叫，同时找到借口似的，学其他孩子从水墙里钻进钻出。有个大男孩趁最中心的喷头暂停的瞬间，把一个纸杯倒扣在上面，当水柱突然冲出来时，纸杯一下被射到天上。其他孩子就像被开启了智慧一样，眼里闪着亮光，咿呀地欢叫着，大男孩则得意洋洋，同时却又假装不把这种羡慕当回事，暗中希望以更有创意的游戏再次博得别人的好感。

我想也没想，把双肩包往林白霜怀里一塞，像孩子一样冲了进去。林白霜指着旁边一个警示牌："禁止入池，小心触电"。他叫我别进去。我顾不了那么多了，在水墙之间跳来跳去，水线射到光溜溜的腿上，痒痒的，我忍不住嘻嘻哈哈，太好玩了。

林白霜像傻瓜一样抱着我的包，他大概已经在为我如此任性皱眉头了。我突然想起他的绰号，上中学的时候班上的男生叫他林南瓜。我望着他哈哈大笑，站在水墙后面叫他："来呀，你也进来呀。"他犹豫不决，举了举我的包，我说不要紧，里面湿不了。他跑到水墙边,大声说:"你的手机响了!"

是妈妈打来的,我来贵阳才三天,她给我至少打了十个电话。她既为我骄傲,又为我担忧,她说我是个永远长不大的傻姑娘。我憋住笑告诉妈妈,贵阳下大雨了,我全身被淋透了。妈妈一边埋怨我为什么不带伞,一边叫我快打的回家,别忘了马上喝点姜汤水。我再也憋不住了,抹哧一声笑出来,立即像一堆土豆被刨走了几个一样,堆在上面的土豆再也站不住了,呼啦啦滚下来。妈妈疑惑而又高兴地骂了我一句:"鬼丫头!"

第二章　马也:我和翠青蛇

时隔二十多年,我仍然记得自己的感受。她是谁?来甲定干什么?这似乎是我首先应该思考的问题,可我的脑子没去想这些,大脑沟回里萦绕的是她的声音,她的身影,她的面容,她的香味。脑子里热乎乎的,有什么东西想生根,但没法生根。

在甲定南面的山沟里,有一个篮球场那么大的水库,水是从溶洞里涌出来的,冰凉彻骨,在夏天最强的阳光下游泳,身上也会冷得起鸡皮疙瘩。这个山沟近似峡谷,阳光只有中午才能照射进来,每天不会超过两个小时。每次我们游的时间都不长,实在太冷了,从水里爬上来后缩成一团,牙齿碰得嗒嗒响。

脱光衣服下水之前,心想她要是在这里会怎么样,会觉得我勇敢?他们三个跳下去后都哇哇大叫,这不是故意的,是冷得受不了,刚浸在其中的时候就像要断气了一样。肌肉突然收缩,喉咙像是被堵住了,缓不过气来,但我没有叫,我想她肯定不喜欢这样。我憋了一口气沉到水底,好半天才上来。我是表演给她看的,虽然她不在这里。

高袁果果扮演落水者,胡乱地拍打着水面,故意喊"救命啦、救命啦"。曾萝卜说我来救你,他游过去,把高袁的头往水里按,高袁潜到水底拉曾萝卜的脚。平时有这种场面我也会参与进去,趁此机会打几个太平拳。可今天我觉得这样的游戏只适合小孩子,像我这么大年纪的人(好像我已经老大不小了)还去打打闹闹也未免太可笑了。

游完泳我们去帮李元强割草。他和我们不一样,我们都是地质队的子弟,他是村子里的,家里的活层出不穷,每次和我们玩,他不是背个背篓,就是带着柴刀。我们有时候帮他干,有时候懒得管他。帮他干十有八九是干坏事。我们拔红薯藤,拔花生秧子,拔玉米和高粱,只要不是李元强家的我们就拔。在其他村民的眼里,我们是无恶不作的恶棍,他们给我们取了个共同的绰号,叫我们"刀头儿"。什么意思我们不懂,反正是骂人的,不是什么好话。我们把拔来的禾苗放在背篓里面,再把李元强割的草盖在上面,这样就没人看出来。李元强没有拔过,他不敢,若是被主人发现后告上门,他父亲

洗骨记（节选）冉正万

定会让他吃板子。我们有恃无恐，仗着地质队人多势众。明知是我们干的，也没几个人敢找上门来。有一次我们拔了一个老头的南瓜藤，老头坐在地里哇哇大哭，一遍一遍地喊"皇天"。我们当时还是有些过意不去，可过后就把内疚忘了，打闹时还嘻嘻哈哈地学老头喊"皇天"。

曾萝卜和高袁去玉米地里拔小豆苗，我没去，我帮李元强割草，我想这是她所希望的。

很多年后，我在夜里独自回忆这个下午，一切都很清晰，但仍然觉得不可思议。我很想做一件惊天动地的事情，比如当救火英雄，和坏人搏斗，在战场上冲锋陷阵。当我沉浸在这些幻想中的时候，周围的人都成了陌生人，但就像在熙熙攘攘的火车站听人说话一样，所有的声音都能听见，可你不知道他们在说什么。祝伯伯叫我去给他打酒，他给我的是一个空啤酒瓶，走到半路上，不知道怎么把啤酒瓶当成手榴弹掷了出去，脱手的瞬间我就明白自己做了件傻事，可后悔已经来不及了，啤酒瓶在石头上砰的一声碎了。我只好从别人那里重新找了一个。装过煤油，我在水沟里清洗了三次。祝伯伯和他的酒友喝出了煤油味，骂卖酒的罗老四，说狗日的肯定把打煤油和打酒的提子搞混了。他们边骂边喝，喝到后面就尝不出煤油的味道了。我既内疚又好笑，没敢把真相告诉他们。

晚上，三个放电视的地方我都去了，想悄悄看一下，看她在不在，在的话，和谁在一起。我隐约感到她不是谁的女朋友就是什么人的妻子，这让我隐约地对那人产生了羡慕和嫉妒。

那时候电视机很少，整个甲定只有三台14寸黑白电视机，屏幕上全是雪花，可只要管电视的人打开电视，立即就会引来数百人引颈观看。观众不仅有地质队的职工家属，还有附近的村民。三台电视机就像三个电影院。那个管电视的人和食品站卖肉的人一个德性，以为自己拥有至高无上的权力。白天，他们蔫巴屁臭的，不是睡懒觉就是立在什么地方木呆呆地抽烟，一到晚上就不同了，像大地主的管家一样煞有介事，规定七点钟开电视，他不会提前一分钟。七点钟一到，他不慌不忙地打开门，不慌不忙地打开电视机，其实他的动作不快不慢，可总是让人感觉不仅慢，简直是在故意拖延。多年后，当我在某个机关或者部门办事遇到那些冷漠的办事员，我都会想起甲定那个管电视的人，好像他投胎转世进城来了。

我很小心地找她，不能让其他人看出来，尤其是我的狐朋狗友们。而我自己也认为这是可耻的，一个男人老去想另一个女人，这在我的观念里是非常可耻的。光线很暗，几乎看不见人的面目，但我很有把握，只要随便看她一眼我就能认出来。电视剧插播广告时我假装去小便，然后转移到另一个地方。那时候一集电视剧当中也时兴插播广告。有一个广告，内容我记不得了，一个半躺在沙发上的美女从屏幕上缓缓移过去，移到正中的时候抛了一个媚眼。每天晚上她至少抛四次媚眼，每次都有人暧昧地嘿嘿笑。在甲定这种缺少女人的地方，这样一个媚眼也会让人想入非非。

电视里播的是《加里森敢死队》，这个由小偷、骗子、抢劫犯和街头流氓组成的敢死队无所不能。电视还没开始，我的幻想已经先开始了：我是那些出生入死的人中的一员，高尼夫、戏子、酋长、卡西诺、头儿，随便哪个都行。当然，如果可以选择的话，我希望自己是头儿，他英俊潇洒又果敢，声音坚定有力，充满自信，并且事事都稳稳地掌握在他手心。其次是戏子，他聪明绝顶，把别人玩弄于股掌之间，然后是酋长，身怀飞刀绝技。至于脾气火暴的卡西诺和孩子一样顽劣的高尼夫，在不得已的情况下当他们也行。我把自己想象成电视上的英雄，而她正好相反，她就是现实中那个她，当我在电视里出现的时候，她端坐电视机前，暗地里为我的处境担忧，为我死里逃生感到欣慰。这就够了。

电视剧每天晚上只播两集，不一会就结束了。反正它总是在你还没过瘾的时候结束。我很想到什么地方走一走，比如屋子后面的大路。我忘记了那天晚上是否有月光，不过没有月光我也不害怕。只要离矿上不远，不到黑森森的树林里去就没什么好怕的。可我哪儿也没去，祝伯伯叫我了。不唯是今晚他才叫我，每天晚上一到时候他就会叫我，就像电视剧会准时结束一样。他是我的监护人，对我又很好，我不能不听他的。

地质队的房子大致分成三排，最下面一排是给单身职工住的，旁边有篮球场，篮球场的一边是学校，一边是食堂。上面那两排是买农民的木瓦房来改建的，条件比较好，给带家属的人住。

我住在食堂隔壁。

房子不隔音，墙壁是薄薄的竹席，相隔两间屋挠痒痒的声音都能听见。一个人一间，但睡觉时说起话来，就像大家都在同一间屋子里一样。住最西头的老刘放了个响屁，住在中间的老康听了，说："布？老刘你要布来干什么，你又不是娘儿们会纳鞋底会做衣裳。"老刘回嘴道："纳鞋底是你的事，我告诉你们，第三次世界大战就要开战了，这是信号弹。"说说笑笑中，不一会就有人打鼾，有人磨牙。张远林的鼾声最奇特，像小孩吹喇叭，呜哇呜哇，呜哇……逗得还没入睡的人哈哈大笑。

我听见床下有动静，知道是什么，划了根火柴，果然是它，是一条青蛇。我已经是第七次看到它了。第一次看见它，是在一个月前。那天中午放学回来，正准备拿碗去食堂打饭，看见它盘在屋角，身体是翠绿色的，眼梢划过去，还以为是张青菜叶子。它的身体只有擀面杖那么大。不知为什么，我第一眼就喜欢上了它。闪烁着翠绿色的光泽，眼睛又黑又大，头是椭圆形的，看上去比较温驯。我跑去找祝伯伯，说有蛇钻到我屋子里来了。祝伯伯提了根棍子，看见蛇后，他却改变了主意。他悄悄告诉我："怕是你爸爸变的，今天是你的生日，他特地来看你。"那天的确是我的生日，祝伯伯不说我都搞

洗骨记（节选） 冉正万

忘了。"晓元，是你吗？"祝伯伯蹲下去问。我爸爸叫马晓元。青蛇没动，头搭在自己的身体上。祝伯伯站起来时，它把头抬了抬。祝伯伯再次蹲下去，说："晓元，是你的话，你把头抬高一点好吗？"青蛇没抬头，反而把刚才抬起来的头耷了下去。祝伯伯叫我不要告诉其他人："不管它是不是你爸爸，你都不要打它。万一它是呢？"

爸爸离开我已经两年了。我在心里默想，你要是我爸爸，你就明天再来。第二天这条蛇没有出现。过了二十多天，我差不多已经把它忘了，它却又出现了。也是中午，也是刚放学，它盘在屋子中间。这次我不怎么怕它了。我用小碗装了半碗水放在它面前，实在不知道它喜欢吃什么，我去找了两条蚯蚓，一条红的，一条灰的，从食堂旁边的水沟里抠出来的，肥得像某个饭店的老板娘。我把一条蚯蚓挑在棍子上，青蛇抬头看了看，一口就把蚯蚓吃下去了，速度极快，迅雷不及掩耳。可对第二条却不再感兴趣，任我怎么逗它都不吃。我问它："你真是我爸爸？"没什么反应。爸爸变成蛇，还能听懂我的话？也许它已经不知道我是他儿子，只是模模糊糊地感觉和这里有什么关联，所以才钻进来的吧？据说，人死后不管是变成人还是其他动物，都会被一个叫孟婆的女巫灌上一碗忘魂汤，喝了这碗忘魂汤，生前做的事都会忘得一干二净。

这天它没走，我又去挖蚯蚓，挖了十几条，这次我明白了，它只吃灰色的蚯蚓，不吃红色的。对蟋蟀也感兴趣，是它自己捕的，一只小蟋蟀从柜子后面转出来，它像闪电一样把它擒住了。

从这以后，它每隔两三天来一次，在我心里，我至少有一半把它当成爸爸，当成是爸爸变的。

这么晚了，我怎么去挖蚯蚓呢？又没有手电。但想到它可能饿了，还没吃晚饭，我心里就感到不安。"啊啊，你等一会。"这个"啊啊"在我心里就是爸爸的意思，我不是不敢喊它爸爸，我是怕别人听见，要是有人知道我把一条蛇叫作爸爸，肯定会传出很多笑话。

屋子外面黑乎乎的，没有月光的夜晚，房子和山坡都骄傲地臃肿起来，做出吓人的气势。门是席子的，很轻，但我仍然很小心，以免隔壁的人听见。他们要是发现我有什么不对就会告到祝伯伯那里去，这当然是关心我，可有时也让人烦。

不知不觉来到白天和她碰面的地方。这纯属巧合，但当我发现白天在这里碰见过她，就觉得自己是有意的，就像她还能再次在这里出现一样。撬开一堆土，然后划燃火柴把蚯蚓捉到杯子里。为了避免它们趁黑逃跑，放进杯子的时候得用力掐一下。蚯蚓像弹簧一样扭动，这是很痛的，但因为它们是"爸爸"的食物，我怜悯的同时手也没软。

她知道了会怎么样？会说我做得对还是不对？

原路返回，悄无声息地钻进屋，它梭（滑行）到屋子中间来了。我找了张纸，把蚯蚓倒在上面。它很兴奋，咝咝地叫了几声，还在地上打了个滚。等我到食堂外面撒尿洗手回来，它已经吃饱了，重新钻到床下面去了。

严格来说，我爸爸不是死了，而是失踪。他和祝伯伯他们去矿洞里调查溶洞，掉到暗河里去了。河水不大，速度也不快，但地质队组织了几拨人下去寻找，什么也没找到。他要是哪天突然回来，我一点也不会奇怪。暗河只有几公里长，他在黑暗中经过艰难跋涉，终于找到了出口，这未可完全否定。不光是我这样想，祝伯伯也这样想过，虽然我们知道这是异想天开，但这样想比想他摔下去受伤了，卡在石缝里上不来也下不去，绝望而难过地死去好得多。现在他变成一条蛇，也比他仍然卡在石缝里让人好受得多。

这么想着，我趴在床边，把头伸下去，看"爸爸"睡着没有。什么也看不见，于是缩回头，准备好好睡一觉。

我发现她和这条蛇有一个共同点，他们来了，我看见了他们，可他们来自哪里，我却一无所知。

我试图在头脑中锁定一些形象，比如她在公路上的身影，她的笑，别的都不要去想。可我越是集中注意力，那个身影和笑脸越是试图变成其他东西，继而不由自主地胡思乱想起来：触摸她的皮肤是什么感觉？和她的肚皮贴在一起是什么感觉？还有那对硕大的乳房，把它捧在手里是什么感觉？这些想法一发不可收拾，我告诫自己别这样，可还是不可避免地，那个东西硬硬地挺起来，硬得不可思议。为什么全身就这一个地方变硬呢？

应该找两根绳子，睡觉的时候把双手缚在床上。我不想那样，可手已经把它握住了。要是她在就好了，即便不进入她的身体，用她的手帮我解决也很好啊！我翻身下床，做了十几个俯卧撑，这是控制手淫的最好办法。做完后，脑子也清爽多了。

母亲在我的印象中，正是她现在这个年纪，但已经过了这么多年，现在肯定变样了，不会像她这么好看了。如果我姐姐大两岁，应该和她差不多。我四岁过后就没有再看到过她们，她们的长相我早就记不得了，平时也很少想起她们，今晚上突然想起来，大概她们都是女人的缘故吧。姐姐应该比她瘦，胸部不会那么丰满。可这不过是猜想，实际的情形我并不知道。

父亲藏在现实的暗河里离我越来越近，母亲和姐姐在我脑海的暗河里却越来越远，已经远得快要看不见任何踪影了。

刘爱：感动人必须是肯定性的

我进报社的第二天，编辑部主任说，他交给我的是一个轻松的采访任务，不限制交稿时间，但要把稿子写得感人、肯定。

洗骨记（节选） 冉正万

"肯定？"我担心自己是不是听错了。编辑部主任是四川人，他用普通话和我说话，他的普通话夹杂着不少方言，有些词我要琢磨一阵才知道他指的是什么。

"这类稿子表面上看很好写，因为是写一个好人，把他的事迹和感人之处写出来就可以了。可这些稿子发表后，我不知道读者怎么看，反正我是越来越不感动了。有这样一个故事：有一个从乡下来的姑娘，到一个医生家里当保姆。这医生是个女的，家里有两个孩子。这两个孩子不是她生的，而是她从医院捡回来的，大概是超生或者非婚生子，反正生下来就没人要了。女医生可怜他们，把他们带回家来抚养。可两年后的一天，不知什么原因，女医生不辞而别，再也没有回家，也没有去医院，从此失踪了。保姆无奈之余，毅然承担起继续抚养两个孩子的重任。不要说一个乡下姑娘，就是在城里的人，抚养两个孩子也不是件容易的事。这个姑娘使出浑身解数，经历了常人难以想象的艰辛，这样一过就是十来年。孩子一天天长大，姑娘的岁数也在一天天增加，为了这两个孩子，她坚决不答应男朋友的婚事，她怕自己一旦结婚，两个孩子的生活会受到影响。这个姑娘感人吧？我看完这个故事后，被感动得热泪盈眶。没过多久，我在杂志上再次读到这个故事，作者运用了大量煽情的语言，不把读者的眼泪赚够就不显本事似的。这些煽情的话语让我有些不舒服，这是各类媒体都擅长利用的语言，是一种流行性感动。除了事件本身让人感动，为什么没人问问，如此长久而又艰难的事情，为什么要让一个姑娘独自承担。故事公开后，社区居委会很重视，还有很多社会人士也伸出援助之手。可那个女医生为什么离家出走？为什么故事公开之前，并没有多少人去关心这件事？当地派出所和居委会对此事是不是一无所知？如果他们不知道，这算不算失职？如果他们知道后管一管这事，我相信，这个姑娘用不着独自承担如此长久而又艰辛的生活。我的意思是，这个故事除了本身的感人之处，还缺少一种肯定。

"任何人写这种稿子的时候，都知道重点是感人部分要做足，但他们使用的办法，是一种流行性的、张扬的、夸饰的，对其中需要肯定的东西，却有意无意地回避。要知道，读者不笨，不但不笨，其实比我们搞媒体的人更聪明。就像高明的食客，他的味觉肯定比天天待在厨房的厨师好。长此以往，感动多了就感动出一种抵抗力，就像得了流感之后产生的抗体，产生抗体的结果就是麻木，就会认为你是在小题大做。我们这个专题部，以深度报道的特稿见长，既然是特稿，就要特别一点。如果我们能在读者腻烦之前改变一下旧习，把稿子写扎实一点，写肯定一点，我相信这样做，无论是对我们的版面，还是对一个刚进入这一行的人，都是一件好事。你说呢？"

我有些害臊，编辑部主任的话让我非常感动，可他批评的正是这种廉价的流行性感动，而我正是一个为一点小事都容易感动的人。

就在今天早上，我还为一件小事感动不已哩。一个没有双腿的残疾人坐在比滑板大不了多少的小滑轮车上，手里握着鹅卵石，鹅卵石在马路上刨一下，他的滑轮车就前进一步。那是一条繁华的街道，车辆非常多，所有司机看见他，都把车停下来让他先走。我一下就被这些司机感动得眼睛都湿了。最近我的确容易感动，昨天林白霜陪我去黔灵山，当我看到那些像小孩一样聪明的小猴时，我险些泪如泉涌，它们如此可怜又可爱，就像曾经是我的小弟弟小妹妹似的。

当然，我知道编辑部主任说的是另外一回事。

"谢谢你，孟老师，我会记住你的话。"

"你先找点材料来看看，他材料不多，你自己到网上查吧，这个人从不接受媒体采访。"

"为什么？那我可一定要好好调查一下。"

我先输入"青年志愿者马也"这个词组，与他相关的消息只有一个：

志愿服务源于西方发达国家，与经济发展水平息息相关。进入新世纪后，我省的志愿者行动发展迅猛，在体制、机制、形式上不断创新。近年来，我省出现了……比如马也……，使我们以扶贫接力计划、西部支教等多项工作持续位居全国前列。

然后我再输入"画家马也"，出现的条目至少三百条。

最后，我输入"支教的马也"。

与之相关的内容一条也没有。

通过这些资料，我的脑子里勾勒出这样一个人：形容消瘦，内心热情外表孤傲，大概朋友不多，不喜欢说话。

孟主任告诉我，这位画家辞去公职后到乡村中学支教两年，现在是一个画廊老板。报社之所以想采访他，是因为他支教的那所学校很多师生写信来，说了他很多事情，都是些感人的事，希望报社予以宣传，以便弘扬他那种无私的奉献精神。这些信大概还寄到了宣传部和青年团体，这些部门也打电话来要求报社组织宣传报道，支持青年志愿者支教行动。

我决定先到他的画廊去看看。

（原载《芳草》2008年第6期）

王　华

家　园（节选）

第一章　有个村庄叫安沙

1

当依那以一个灵魂的姿态回到安沙的时候，安沙庄已经被淹没在两百米深的水下。而安沙庄的那些竹楼却漂浮在水上，形成了一个水上村庄。送他回安沙的老哥们王相，看到这一奇观时坚持说，依那当时惊喜得直淌泪。因为揣在他怀里的那只裹着依那贴身衣服的包袱湿了一块，而且温温的。这个时候，依那的尸体在南极屯被扮成了一具古王者的干尸，正等待着人们去瞻仰。

依那本来是黑沙人。黑沙是公司对自家那片地盘儿的称呼，依那是公司下属的黑沙钢厂的一名工人。他做安沙人还不到五年时间，依那这名字也是做了安沙人以后才得的，他从黑沙往安沙庄走来的时候叫陈卫国。那时候，他的处境很复杂，身上惹了一个人命案子嫌疑，同时医生又说他身体里有癌，活不了几天了。那一天，他一个人从黑沙医院里出来，心如死灰地走向一个自以为是通向死亡的地方。

然而，他在这条路上看到了一个叫安沙的村庄。当他发现语言在他和安沙人之间已经毫无用处的时候，他打算停留在这个完全陌生的地方等死。意外的是，他在这里等了快五年时间了，死亡却一直没来找他。在等待死亡的这段时间里，他得名依那，而且还学会了安沙的语言，学会了划竹船。

每天，依那就坐在河滩上抽烟斗，等着有人叫他渡船。阳光给他的脸上了釉，淡紫色的烟把影子投到他脸上摇曳，他的眼像两只黑鱼。头发有些花了，白的黑的在太阳下都还能闪亮，额上的皱纹也不挤，只有三条。太阳很暖和，依那把棉衣扣子解开了，棉鞋也脱了放在一边，一只小水獭蜷在他的鞋壳里打呼噜。他的身后不远处，一只野猪把半个脸埋在沙里晒太阳，一只长黄色虎斑的猫伏在它的脖颈处，眼睛虎视着水里。突然，它的身体如缎一般开始流动，从野猪的脖子上流下来，流向水边，黄光闪时，扑通声已响起，再看那猫，已到岸上，浑身水淋淋，嘴里叼着一条花斑鱼。依那扭头看猫，脸上的阳光碎了，掉进水里一跳一跳地闪。一般这种时候，蜷在依那鞋壳里的水獭会伸出头来为猫唱一首歌表示敬贺。有时候，村子那边还会传来一两声直直的山歌，很高亢，很辽远。或者就是娃娃们在喊童谣："猫爱鱼啊，野猪爱菜，我们爱太阳天天晒。"

这样的地方死亡似乎是不喜欢的，依那在等待自己的死亡来临的几年里，也从来没看见过别人的死亡。有时候，看着庄里那些一百二十多岁的童颜老人，依那会想，安沙或许是一个不死之村。

直到这一天，笑鱼的奶奶要回老家了，他才明白，但凡人间都有生死。

这一天，笑鱼一早就去替奶奶挖坨朴，乘了依那的船去对岸，只告诉依那他是去替奶奶挖坨朴，说他奶奶要吃了坨朴回老家去。他没有告诉依那回老家就是死亡，安沙的辞典里没有"死亡"这个词汇。依那一直在水边等笑鱼，等他下山来再渡他过河。

笑鱼下山来时背了一大捆柴，手里还抱了一大个树根疙瘩。把树根疙瘩往船上放的时候，笑鱼告诉依那说，这就是坨朴，安沙人回老家前就得吃这种东西。依那说，我从没见你们吃过这个，很好吃吗？笑鱼说，要回老家的人才吃这个，我奶奶要回老家了，是她要吃。依那问，这东西是耐饿还是太稀罕，为啥要回老家前才得吃上一回？笑鱼说，吃了这个，回老家的路就好走了。

依那脸上泛起了迷惑，问笑鱼，你奶奶的老家在哪里？

笑鱼堆了一脸的笑说，她来的那里。

突然有一只小鱼跳入空中，又咚的一声栽进水里。对面河滩上一只野猪崽儿尖叫一声，颠儿颠儿跑起来。看起来，它的快乐无法言喻。小水獭蹭着依那的裤腿，跟着"哏儿哏儿"乐。

笑鱼说，吃了坨朴，奶奶躺到船上，由水里这些野物送她回去。

依那似乎明白了什么，试着问笑鱼，你奶奶多少岁了？

笑鱼说，一百二十三岁。

依那想了想，觉得自己越来越明白了。他说，你是说你奶奶要死了？

笑鱼反问他，啥是死？

依那寻思了一下，就把眼闭了说，嘴里鼻子里都不出气了，眼睛也闭了，你叫他他

家园（节选） 王　华

也听不见了，就叫死。

笑鱼笑起来，哈哈哈，那是回老家。

依那终于明白，安沙人把死看成是生的一个起点站，在他们眼里，人生不过是一段旅程，走完旅程就是胜利，胜利了，就该回去，从哪里来，回哪里去。死，对于安沙人来说，是一件值得庆祝的事情。正是这样一种生死观，才使安沙活出了一种安静祥和，才使他们越接近死亡心头越是温暖如春。

但是，依那知道，死亡的本来面目其实是恐怖和绝望。

五年前的一天，医生告诉他，他已是癌症晚期，只有等死。那时候，他感觉自己像一个被抛入无底黑洞的孩子，那么绝望，那么无助。那时候，上天本来还给了他另一条路，那就是走出医院，再让人把他送进黑沙的监狱，走进被别人看成是生不如死的地方。他是那么渴望去走第二条路，因为如果可以选择的话，他宁愿选择监狱也不选择死亡。

而安沙，却把死亡看成是天堂。

是上天在欺骗他们，还是他们自己在欺骗自己？

小船在水上缓缓划行，依那变得忧心忡忡。笑鱼在衣袋里找，找出来一把紫红色的叶子，软得如绢。这是安沙人的上等烟叶，他给了依那。依那烟斗里抽的就是这个，抽起来从喉咙到肺都清润得很，冒出的烟呈淡紫色，还有一种说不出来的清香。笑鱼要抱小水獭，可小水獭赖在依那的脚边，不干。

依那说，我们那边把回老家叫死亡。

笑鱼一副已经明白的样子说，嗯。

但是依那知道，他并没有明白真正的死亡。

依那说，我们那边人人都惧怕死亡。

笑鱼说，惧怕？

依那说，是的，死亡其实是漆黑的无底洞，是魔鬼的大嘴。

笑鱼说，魔鬼？

无知的安沙人，竟然不知道魔鬼！

依那说，我们那边，人死了，亲人要哭。因为死了的人被抛进了漆黑的深渊，亲人们从此就失去他了，他们悲痛。

笑鱼说，你们那边的人会给抛进深渊里去呀？笑鱼出了神，在想象那个漆黑的无底深渊。完了他说，那的确是可怕的。但是他又说，还是我们这里好，没有人被抛入那种黑洞。

船到水边了，依那跳下船，帮着笑鱼搬柴。小水獭跟着跳下沙滩，缠着咬依那的鞋。笑鱼看着小水獭笑着说，这家伙是想睡你的鞋壳哩。他揭下自己的棉帽壳，嘴里喷喷唤着，被吸引了的小水獭看到他把帽壳丢向远处，吱溜溜追过去。看帽壳比鞋壳还实用，乐得吱吱咧牙。索性钻进帽壳，眯眼享受。

笑鱼背上柴，接过依那递过来的坨朴说，明天我奶奶会跟全庄人告别，她第一个来的肯定是你家。依那心里有点发哽，他说，晚上我看她去。笑鱼说，聚会是在明天，明天我奶奶走，全庄的人都会聚到我家去送奶奶。依那说，好吧，那我明天来。

笑鱼背了柴要走了，依那替他捡起帽壳。小水獭咕噜咕噜，依那脱了一只棉鞋，扔给它。

泊好竹船，依那觉得心里郁闷得紧，决定去看看水娃钓鱼。水娃在两百米远的地方，依那从睡懒觉的野猪旁边经过，猫就跟上了他。走到一百米的地方，小水獭也追来了，拖着他的棉鞋。依那穿了鞋，一只腋夹猫，一只腋夹水獭，继续向着水娃那边走。

水娃双腿从膝处便没有了，天暖的时候，女人木朵就把他背到水边。他要钓一种叫芝麻剑的鱼。这种鱼长在深水中，也从不到水上来晒太阳。成鱼有筷子长，背如白玉，肚子则生有密密麻麻的墨点，头如剑头，头两边长着跟身体一般长的灰色胡须，胡须边长着一对鼓眼睛，那眼睛一眨不眨地鼓着，恨恨地瞪人。安沙人本不喜欢这种把人当仇敌一样瞪的鱼，但安沙人把这种鱼当食盐，钓上来晒干，做成粉，做饭时往菜里汤里放。水娃三年前打柴时不慎摔断了双腿以后，庄上钓芝麻剑的任务就被他全部接过来了。水娃把钓起的芝麻剑做成粉放家里，谁家没了就来拿。

水娃用的是一根柔柔的细竹，梢上拴一根细得几乎看不见的麻线。钓芝麻剑不要鱼钩，线的顶端缠一块小儿拳头大的红色僵石。把石头抛进深水中，不断地弹动手中的鱼竿，让石头在水里不停跳动。芝麻剑是一种爱睡觉的鱼，石头跳动会打扰它的瞌睡，而且还是它最讨厌看到的红色。这样，它就会生气地用它的胡须缠住石头，一定要把石头缠死。结果，它就被钓上来做食盐了。有一次有人把钓上来的活芝麻剑放到一只红透了的西红柿前，芝麻剑立即把西红柿缠住，一直到那只西红柿被缠得四分五裂。那只西红柿被用来煮了一锅汤，不用另加芝麻剑粉。

水娃已经钓上来三条芝麻剑了，它们被放在一只竹篓里。竹篓放在浅水里，芝麻剑不习惯被暴露在光天化日之下，又羞又臊，在竹篓里不安地转圈圈。依那挨着竹篓蹲下，看水娃的收获，芝麻剑就停下转圈，恨恨地瞪着依那。依那冲鱼们说，瞪我不对，又不是我把你们钓上来的。他用手指水娃说，你们瞪他去吧！可鱼儿们不听他的，还瞪他。依那就把心往宽处展开，笑着对鱼们说，那你们就瞪我吧，喜欢瞪多久就瞪多久，反正我也要把你们当盐吃进肚子里去，也是该恨的。水娃说，芝麻剑就这德性。

水獭和猫都跟芝麻剑瞪着眼较了一会儿的劲，但它们的眼都瞪累了，芝麻剑还不眨眼地恨瞪，它们也只好甘拜下风。它们是不吃芝麻剑的，它们怕咸，送给它们，吃它们

家园（节选） 王 华

还要怄气，这也是它们愿意甘拜下风的原因。所以，它们从依那身上下来，就再不理会芝麻剑，一边玩去了。

依那拿出笑鱼给他的烟叶卷了一支递给水娃说，这是笑鱼刚从山里采来的，新鲜哩。水娃伸嘴接了，伸着脖子等依那给他点烟。依那一边为他点烟一边说，笑鱼说他奶奶要回老家了。水娃脸上紧了一下，手中一用劲，空中就飞起一道白光。烟没点上，但水娃得了一条最大的芝麻剑，筷子一般长。水娃哈哈哈大笑，把鱼从线上摘下来，放竹篓里去。水娃说，我奶奶是五年前回老家的，走的那年一百一十八岁。依那说，我晓得你们这里管死叫回老家，可是我没有看见笑鱼的奶奶生病啊！今早上我看她还面色红润，还在跟小娃娃们一起唱"野猪爱菜"。水娃说，该回了就回，不一定非要生病。依那觉得自己在安沙人面前很无知，就想请教水娃，坨朴是个啥东西？是不是吃下它人就死了？水娃说，死了？依那重新说，是不是那东西一吃下人就不出气了？水娃没心没肺地笑，说，是哩。依那说，我们那边是喝农药，或者吃安眠药，最毒的是砒霜。吃安眠药很舒服，困极了一样睡下就得了，喝农药和砒霜会很难受的，吃了坨朴难受吗？水娃说，不难受，像睡觉一样。依那说，那就跟安眠药一样。又说，我们那边是绝望了的人才吃毒药，你们这里也是吗？水娃说，绝望？依那说，对，绝望，就是没活路了。水娃琢磨了一会儿，还是没弄懂"没有活路"是怎样一种情景，最后他说，回老家是一件很开心的事情。

木朵远远地从河滩那边走来，一身油漆红惹得好些小野物抻细了脖子。依那对水娃说，木朵来接你回去吃饭了。水娃回头看一眼正朝自己走来的木朵，悄悄向依那透露：木朵知道他像芝麻剑一样喜欢缠红色的东西，就专门穿红衣服。水娃这么说的时候挂一脸的诡笑。

按道理依那是该跟着乐一下的，但依那今天心里堆积了很多郁闷，笑不起来。

依那还扭住死亡的话题不放。

他说，我一直以为，安沙是没有死亡的。

水娃没理他。水娃不住地回头看木朵，冲着木朵喊，快点过来，我缠死你！木朵远远地笑，呵呵呵。

依那也看木朵，但木朵在他脑子里也就是一团红光。这团红光让他似有似无地看到了一个模糊的情景。情景里有他的儿子和妻子，还有他和他的小个子儿媳。似乎，他们正坐在一个红色的帐笼子里，又似乎，他们每一个人身体里都点着一盏灯……

木朵走近了。木朵在唱"野猪爱菜"。

依那眼前的情景没了，木朵的身影变得真实而具象，但依那还希望追回那个情景。他的眼神还黏在那个地方，那是一个似乎很远又似乎很近的地方。他冲着那个地方问自个儿：那就是老家吗？

水娃说，哪儿？

木朵说，你也想回老家了？

依那眨眨眼让自己回到真实中来，说，我不想回老家。

木朵说，我们回吧。

水娃像一条鱼一样跳起来，扑到木朵的背上，把木朵往死里缠，真像是芝麻剑碰到了僵石。

依那收起芝麻剑，起身跟他们一起回家。起身时眼前黑了一下，心就跳得没了谱。这可是他来安沙以后第一次出现这种症状。他暗暗地想，难道自己真该回老家了吗？而这个时候，三个黑沙人正沿着红水河朝着这里走来。如果他是个得道高人，就能看见他面前那条已经命定的路：跟着几个黑沙人走出安沙，最后走成一具干尸。

2

安沙的黎明是从水上的一片乳白色开始的。那是河岚，是河水向太阳发出的第一声问候。安沙的河岚不像别的河岚那么单薄那么气短，它是气壮山河的。开始，它们是一寸厚，平平整整，如水上的一层冰。慢慢地，它们开始往上升。脚并不离开水面，只是把身体往高处长。等长到河谷的半山腰的时候，它们才袅袅地牵牵扯扯地上天去。这个时候，这一片状似冰山的河岚就会把整个安沙照得清亮。搂着安沙的两个山峦，十几座或疏或密的金色竹楼，青青竹林，还有那六棵赤裸裸的参天的木棉，依着安沙的那一片长着一簇一簇巴地灌木的沙滩和沙滩上一个一个的小卵石，全都像刚被水洗过的一样。

这个时候的空气是最好的了，那份清凉总是让爱早起的野猪最先尝到。昨晚为了暖和，它跟笑鱼家睡在墙角的水牛挤了一晚。早上醒来，它也懒得跟水牛打招呼，自个儿哼哼着散步去了。狗也是爱起早的。从它的斜对面走来一条狗，见了它，用一个长长的懒腰跟它打招呼。安沙人家家养狗，又都一样的黄色，一样的细腰。到头来如果不是狗认识主人，主人和狗常常就会拉错关系。但野猪都认识它们。野猪的记性特好，这地方的人、牛、狗、猴子、水獭、甲鱼、猫等等，它们全都能分清谁是谁。只有蛇，家族繁殖太快，而且不像它们一样忠守家园，所以它们认不太清楚。野猪要去沙滩上撒它一天来的第一泡尿，然后去找吃的。狗纯粹是为了早锻炼。两个不是好朋友，却也不是仇人，见面点个头也就算了。

除了野猪和狗，这天早上起得最早的就是笑鱼的奶奶了。实际上，昨晚她是一夜没睡。她还不是老人的时候，老人们就跟她说过老家的样子。说那里是一块巨大的河滩，河滩边上有七个门洞，从这七个门洞进去，里面分别是"赤橙黄绿青蓝紫"七个园子。说回老家去的人可以凭自己的喜好选择园子，但如果谁要是站在河滩上犹豫，半个阴时

家园（节选） 王 华

人就给变成了一只猫或者是一条毒蛇，得在七个园子里跑来跑去捉上五阴年老鼠，才能得到一张"还身牌"。说一个阴时也就是人眨一下眼的工夫，可一阴年却是人间十年。临到回老家了，奶奶才发现原来还没琢磨过自己最喜欢哪一种颜色的园子。这一天晚上，她全用来琢磨这件事情了。天亮时，她终于决定选择赤色的园子，因为她还听说过进赤色园子的人有机会被派去管理朝霞和晚霞。那种工作太让她心动了。想到自己有一天可以让安沙的霞光更多一点更美一点，她激动得恨不能马上就回到老家，走进那座赤色的园子。所以，一大早她就开始跟人告别了。

白衣白裤白鞋白袜，她穿上老衣，出了门。天已经清明无比，河岚已经从头顶开始牵牵扯扯地往天上升了，可庄子还静睡着。笑鱼的奶奶把视线从河岚那里收回来，途中看到两只野猪硬着屁股在灌木边躲着撒尿。她说，依那要去河边摆渡，出门早，我先去他那里。这话像是冲远处撒尿的野猪说的，可声音又分明太轻，野猪并没有回应。但不管怎样，笑鱼的奶奶是决定先去依那那里了。

依那还没有醒来，睡在他脸前的虎斑猫用爪子捂着他的眼睛，他没有感觉到天亮。安沙人的门都是用篾编的，除了用来挡风再没有想到过其他用处。笑鱼的奶奶不是风，所以就径直推开进去了。来到他床前，她认真地看他的脸，看他呼出的气把猫肚子上的绒毛吹出一个粉色的旋儿。然后，她用手指捅了捅那个旋儿。猫醒来了，乜了一眼笑鱼的奶奶。大概是笑鱼奶奶一身白光刺激了眼睛，它吓得一激灵，喵地尖叫了一声，就把双眼都瞪圆了，毛也全竖起来了。依那被猫叫声吓醒，睁开眼看到床前站着一道白光，也吓了一跳。但他很快就看清是笑鱼的奶奶了，赶紧穿衣下床，要拉她坐。奶奶的眼睛在半明半暗的屋子里亮得跟猫眼一样，兴奋的光芒在她眨眼的时候碰撞得嚓嚓作声。她说，我今天就要走了，你晚上到我家来送我。依那从来没见到过有人在临死前还兴奋成这般模样，一时不知道该如何表示，脸皮扭了几下，看不出是笑还是哭。笑鱼奶奶说，今早上看样子没霞。依那还云里雾里。她又说，明儿我管霞的时候，每天早晚都让安沙有霞。依那的舌头突然被自己咬了一口，痛得合不拢嘴，脸都白了。

笑鱼奶奶说，你有啥话要带的？

依那终于合上了嘴。舌头还痛，但已经能说话了。依那说，奶奶要把话带到哪里去？笑鱼奶奶说，你在老家那边没人？依那有些明白她说的什么了。他说，哦！有的有的。笑鱼奶奶说，我会碰上他们的，你有啥跟他们说的，我带给他们。逢年过节的时候，你们跟他们说，说不定他们正打瞌睡，听不到的。依那感觉脑子里灰越来越多，他问，要带啥话呢？笑鱼奶奶说，你怕蛇咬吗？依那说，怕。奶奶说，那就叫他们请那边管毒蛇的权跟所有的毒蛇说，不要咬你。

依那说，权是个啥？

笑鱼奶奶说，老家那边管事的都叫"权"，我到那边以后想做管霞的权。

一群鸟从村庄上空飞过，撒下一片叽叽喳喳的欢声。

依那说，说了管用吗？

笑鱼奶奶说，管用的。

依那说，那你告诉他们，叫他们跟管着公司的那个权搞好关系，最好是请他喝上一顿酒，让他惩罚公司的董事长和总经理们，让他们把黑沙钢厂还给工人。笑鱼奶奶愣了一下，说自己记下了。

依那又说，还要叫公司撤销监狱和劳改农场，让那几个正在被劳改的老哥们回家。

笑鱼奶奶又愣了一下，说自己记下了。问他还有没有，依那想了想说没有了。笑鱼奶奶就说，那我去水娃家了，你看，河上快干净了，有娃要过河了，你也要摆渡去了。依那点头，头脑里想，庄子上这么多人都要她捎话，她得愣多少次啊！

依那几年来虽然已经比较了解安沙人了，但关于他们的死亡他还是第一次走近。原来在他看来十分恐惧的一件事情，现在让他感觉更多的却是神秘。他情不自禁跟在笑鱼奶奶后头，去了水娃家。

水娃和木朵还躺被窝里。被子像他们的茧壳，他们在茧壳里激烈地拱动。依那和笑鱼奶奶没有尴尬地躲出门来。

安沙人的羞耻观不一样，夏天，男女光天化日赤身裸体在河里洗澡不是羞耻，男人抱着自己老婆干那事被别人碰到也算不上羞耻。反过来，如果你看到一水湾赤条条白鱼一样的女人，或者你走进谁家的门正碰上谁跟他老婆在床上做那事，就赶紧扭身离开，别人就要羞你了。问你做啥呢，你咋就见不得人了？

当然，安沙的历史上也只有依那被这样问过。

依那现在已经是安沙人了，他已经慢慢学会了把这些事情看得很自然，就像看太阳早上从东方升起，晚上再从西方落下。

他两口子把头从被壳里拱出来说，奶奶这么早啊！笑鱼奶奶说，今天我要回老家了，你们晚上来送我。两口子点头说，好啊好啊！不等笑鱼奶奶说话，水娃又赶紧着说，奶奶你过去帮我跟爷爷奶奶说，我们想要个娃。笑鱼奶奶说，这阵不也在做吗你们？水娃说，我们是白费劲儿。木朵说，得是个男娃，长大要背他爸的。被壳动了几下，水娃问木朵，你不想背我了？被壳又动了几下，木朵说，老了我就背不动你了。被壳又动了几下，水娃说，你嫌我重？嫌我重？木朵痛着了一样啊啊叫了两声。被壳给抻开了，里面的肉光闪了一下。

依那毕竟还是黑沙人，装着咳嗽，躲出门来了。

他感觉体内正在躁动，他有些难受。

他一个人坐在水娃家院子里百无聊赖地想他的妻子。妻子一直是个很保守的人，跟他钻被窝也从来不光着身子。办事时也穿着半截上衣，办完事马上就套上裤子。他想要

家园（节选）王　华

是妻子和他一起来到安沙，她能不能像安沙女人一样大白天脱光了身子下河洗澡？他们办那事时会不会不上门栓？在办那事时被别人撞见了他们又能不能如安沙人那般坦然？想这样的事已经很多回，尤其是大夏天的时候，河水里那些白花花的女人身体，更是会让他整夜整夜地去想这样的事情。想得多了，妻子的影像会被一个安沙女人代替，第二天见到那女人时，依那会生出一种罪恶感。

笑鱼奶奶出来了。

她要去另一家作别了。依那跟着她。她说，你跟着我做啥？晚上再来送我，现在你得去摆渡了，看河边都有人等着了。依那伸脖子看河边，真有人等在水边了。

他傻着眼看着被死亡的兴奋燃烧得发飘的笑鱼奶奶仙人一样飘向另一座竹楼，木朵就背着水娃出门来了。依那莫名其妙地热了一下脸，问水娃，今天你还去钓鱼？水娃说，要去哩。依那说，那我背你去吧？木朵可以忙别的。水娃嘎嘎笑，说，不不不，我要木朵背，木朵的背软和，你那背硌人。木朵也嘿嘿笑，说，我背吧，他不重的。水娃把断腿在床上一阵敲打，假装不高兴地问木朵，嫌我不重了？木朵哈哈笑起来，说，重，重。

两口子嘻嘻哈哈往河边走，依那跟在后边，替水娃提着钓鱼竿。

安沙庄边上的这条河叫红水河，河对面也有安沙人的庄稼地，依那每天的活儿就是守着他的竹船，在别人要过河的时候把别人渡过去，或者渡过来。河岚还没完全散去，一些挂在半空，一些还爬在河谷半腰上，河面上还有半尺厚。依那坐在河边，眼睛盯着河岚，觉得天上有只手，在把河上这块厚厚的冰，拉扯成一缕一缕的纱。

太阳终于从厚厚的云层里把个惨白的脸探出来的时候，爱晒太阳的动物们来到了河滩，三个黑沙人也来到了河滩。

3

三个黑沙人到安沙的时候坐在一艘气垫筏上。他们说他们从黑沙来，先是坐一条机动船来的，走到上游的一个地方，两边河谷把水挤得很窄，机动船过不来了，他们只好坐气垫筏过来。他们把眼睛瞪得很大，高声地说，坐这东西在这么深的水上走是很危险的，你们晓得不？他们每个人都穿着红兮兮的救生衣，看起来像被烧熟的乌龟。水娃抽着不速之客敬上的香烟，两口之后咳嗽起来，就把那东西扔了。听他们说得热闹，又觉得他们那红皮乌龟的模样很滑稽，他把刚才那副云里雾里的傻样收起来，哈哈大笑。来人并不明白他在笑什么，但从他的笑声里得到了鼓舞，就忙把自己的名字抖搂出来。我叫张垒。我叫王权。我叫李兵。来到安沙以后，除了有时候听到自己咕哝以外，依那已经快五年没听别人说过黑沙话了。开始还感到一种亲切，后来又生出怯意了。这些人是奔什么事情来的？他突然怀疑这几个人是专门来找他的。依那本能地把帽子压低了许多。

三个黑沙人还在跟水娃套近乎，说水娃是钓鱼能手，竟然能用一块石头就把鱼钓起来，说水娃钓的鱼是天下第一好看的鱼，说他们从来没看到过这么好看的鱼。

水娃听不懂他们的咕哝，三个黑沙人大概也把对牛弹琴当成一件乐事。

依那转身走了。水娃问他怎么走了，他说他尿急了，得撒尿去。三个黑沙人听不明白，但看他一边走着一边就开始往裆里掏，就哈哈哈笑他一回。笑着笑着突然就不笑了，因为他们看到依那正朝着一河滩的野物走去。他们惊呆了！他们从来没见过一大群野物竟然能和人相安无事地在一个沙滩上晒太阳！

依那躲在一丛灌木后面，只让自己看得见别人。他看到那个自称李兵的，许是给野物们吓着了，突然捂住裤裆跳。他才是真的尿急了。依那知道，除了安沙人以外，别的人都会很严肃地对待撒尿这件事情。但他也没想到李兵会给尿急得团团转。滩上面有女人弄地，滩下面有无数的野物，他就成了一副只能让尿给憋死的样子。那样子本来是好可笑的，但依那没心思笑。他一直在担心三个黑沙人突然拿出一张照片来向水娃询问什么。他不知道在安沙生活了几年自己的模样有没有改变，这几年来他从来没照过镜子。他很想到水边去照照，想看看自己还是不是在黑沙时的样子。仔细想自己以前的模样，却发现自己并没有一个明晰的记忆。在他的脑子里，死了几十年的妻子的模样还清晰，甚至于儿子每一年的模样都还清晰，就是自己的模样模糊不清了。他突然有点心酸，一个人怎么能连自己的模样都记不住呢？

水娃在扯着脖子叫他。

依那害怕过去，但水娃叫得急切切的，他又怕水娃需要帮忙，只得硬着头皮过去。从灌木丛里出来的时候，依那的帽耳朵吊贴着脸，脖子也全缩进棉衣里了。那是一副很怕冷的样子。水娃说，你很冷吗？依那点头，尽量让脸避着三个黑沙人。水娃说，他们要进寨子，你带他们去得了。依那肯定不想让这几个人进寨子，就贴着水娃的耳朵胡说。

依那说，不能让他们进寨，他们会偷我们的东西。

水娃不懂得什么叫偷，安沙人的字典里没"偷"这个字。

依那说，他们会把我捆走。

水娃说，他们为啥要把你捆走。

依那说，因为我们一帮人打死了公司的保安。

水娃说，他们捆你做啥？

依那再不想跟水娃嚼舌头，背了他要回寨子。

可是对岸突然传来一个妇人的声音，叫依那过去渡她。依那不得不去摆渡了，他把

家园（节选） 王 华

水娃背上了自己的竹船。水娃说，我还要钓鱼，你放我到水边去。三个黑沙人紧紧跟在他们后面，依那实在不想回头跟他们照面。在安沙生活了几年，依那的头脑也变得简单了，到这个时候，他也一时拿不出啥好主意来。或者，他想到过趁三个黑沙人还没认出他之前潜逃进寨子后面的大山里去，但在他看来那也该是把河对岸的妇人渡过来，把水娃背回寨子去以后。

依那把水娃重新放回岸上，一个人过去渡对面的妇人。

船到对岸，妇人向他询问对面河滩上那几个陌生人是从哪里来的。依那心里有惶恐，没心思动舌头，只草率地摇头。来回五六分钟，依那不得不再次面对三个黑沙人。泊了船，依那就默着声往水娃走去。三个黑沙人这时候正在跟妇人缠，说他们是公司来的，要进寨子里去找庄长什么什么的。依那背起水娃就走。妇人看依那他们走了，自己也听不懂这几个陌生人叽哇，也追依那他们去了。由于依那选择的路是从野物场中穿过，三个紧跟其后的黑沙人就给逼得很紧张很狼狈。

他们大气都不敢出。

等走出野物场地，往缓坡上去的时候，他们已经憋得脸发紫了。

他们明显地感觉出安沙人对他们有敌意，所以憋得再难受他们也得动舌头。尽管冲着安沙人的屁股，他们也得尽职尽责地搅动他们的舌头。

张垒粗重的呼吸拍打着安沙妇人的后腰，他说他们是公司派来的，来这里是因为几个月以后，这个地方将被淹在水下，他们是来帮助安沙人做搬迁工作的。这话别的安沙人听不明白，依那却听得很明白。他不跑了，停下来喘气。实际上他背着水娃一路半跑，早已经累得喉咙发紧了。他原是想赶紧背回水娃就躲开三个黑沙人的视线，但现在他们说出这种话来，就让他的思想摇摆起来了。张垒的话太玄，他目前还弄不明白这三个黑沙人是不是在耍把戏，他知道人是爱耍把戏的。不过，有一点是肯定的，那就是，不管三个黑沙人是不是在耍把戏，他在没搞清真相之前是不能潜藏起来了。他不能让自己在安沙人的灾难面前逃遁。如果这个叫张垒的黑沙人说的是真的，依那认为那就是安沙人的灾难。

依那被这三个黑沙人弄得很烦。

他真想揪着他们随便哪一个的衣服，问他们到底是来干什么的。但他没有。他很清楚自己现在还不敢跟这三个黑沙人面对面、眼睛对眼睛。再说，他背上背着水娃，也不方便。张垒白着脸绕过妇人，站到他的面前，要把刚才的事情往细里说。依那埋着头往前逼几步，又慢慢往前走。张垒只好也往前走。后面的李兵说，你走前面不怕狗？张垒怕，就退到依那的后面走。

张垒说，公司要在红水河下游修一个很大很大的电站，安沙属于淹没区，他们来这里就是要把安沙人搬迁到安全的地方去。依那停下了，他甚至回转身，勇敢地盯着张垒的眼睛。张垒那眼睛表明，他说的是实话。依那的心像一支乱风中的狗尾草，他不敢相信张垒的话，也不敢相信张垒的眼睛，他毕竟是一只惊弓之鸟。

后边的妇人问依那，他在咕叨啥？依那心思乱晃，就随口胡说，他们说他们是来给笑鱼奶奶送礼物的。妇人说，他们送的礼物在哪里？依那用下巴指指远处，妇人就看到了水边的气垫筏和河滩上那些救生衣。妇人乐起来，说他们咋知道笑鱼奶奶要回老家了，又说还从来没外人来送过这里的老人回老家，笑鱼奶奶是第一个。妇人抛下他们独自跑着回去了，她说她要去把这个好消息告诉笑鱼奶奶。

三个黑沙人从依那的眼睛里看出了依那和别人的不同。照他们的说法，依那的眼神和别的安沙人的眼神比，别的安沙人的是一碗清水，依那的则是一碗浑水。他们明显地感觉到依那是能听懂他们说话的。

王权诚恳地说，叔，我感觉你能听懂我们说话。

李兵也用一种十二分诚恳的口吻说，叔，你看起来不是本地人，你能听懂我们说话。

依那皮肉发紧，不敢承认这一点，也不想承认这一点。他故意冲着他们叽叽哇哇，表示他听不懂他们说话，也无法跟他们交流。

张垒的口吻要稍硬一些，听起来有点像他的喉咙里穿着根铁丝，想软也不行。他说，我们说的都是真的，如果你能听懂就一定要当回事。如果你们听懂了却不当回事，我们也可以不当回事。因为你们这地方并不属于我们公司，当然也不属于别的什么地方，说白了就是除了我们公司，这世界上没有人知道有你们这么个村庄存在。

他说，一个谁也不知道的地方，一帮谁也不知道的人，淹了也就淹了。只因为我们公司向来以人为本，才决定来把你们搬出去，你们要是不愿意配合，我们也拦不了你们被淹死。

王权接过去说，但我们不会不管，我们既然来了，就一定会把你们的安全当成我们的安全，绝不会让你们白白淹死在红水河里的。

李兵说，请相信我们。

依那不知道自己该不该相信他们。三个黑沙人已经认定他是一个能听懂黑沙话的人，死死地盯着他不放，这让他无法集中精力去思考。

4

刚才跑回去的那个妇人又跑回来了，还带了一群娃娃和一群爱热闹的狗儿，笑鱼和他爸也来了。他们是冲笑鱼奶奶的礼物来的。妇人远远地指着水边的彩色气垫筏和躺在河滩上的三件红色救生衣，说那就是他们送来给笑鱼奶奶的礼物。

家园（节选） 王　华

于是，娃娃们浪一样朝着河滩卷去。狗儿们原本是想多嗅嗅几个陌生人的，但看到娃娃们跑了，也跟着一窝蜂往河滩涌过去了。一阵很没规矩的闹闹哄哄，娃娃们就捡起了救生衣，抬起了气垫筏。

对面河谷上突然又响起一片猴子的喔喔声，滩上就更加热闹了。

三个黑沙人给弄得呆头呆脑，眼睁睁看着笑鱼和他爸在娃娃们中间举起他们的气垫筏，像一群凯旋的蚂蚁浩浩荡荡去了寨子。

末了，王权说，他们倒是热情，都帮我们把东西接走了。

李兵说，看起来不大像是为我们扛的，倒好像是打劫。

依那很欣慰自己的胡诌产生的效果，他希望别的安沙人能把三个黑沙人的注意力吸引过去，好让他有时间冷静下来观察和思考。如果三个黑沙人说的都是真的，他的良心不会让他丢下安沙人不管，如果他们是在耍把戏，其实是来抓一个叫陈卫国的疑犯，那他不跑就太傻瓜了。形势本来很简单，可因为依那的多疑变得复杂而鬼诈了。这情形就像一个怕鬼的人走在黑夜里，只要是看不清楚的东西都会被他看成是鬼。他的确需要冷静地观察和思考一番。

妇人来接三个黑沙人进寨，依那终于可以离三个黑沙人远一点了。

水娃在他背上说，我们也去笑鱼家吧？

他也不理会。

他把水娃背回家，就独自回到自己的竹楼里去了。他要仔细琢磨一下三个黑沙人的来意。而这个时候，笑鱼奶奶已经决定放弃自家扎的竹筏，她要乘三个黑沙人送来的气垫筏回老家。她很高兴在自己回老家的时候有山外来的客人，她把这当成一种神赐给她的荣誉。

三个黑沙人被请到笑鱼家院子里坐下，人堆里就有人送来紫色的烟叶。紫色的烟叶是他们不曾见过的，不敢接。一边的人就冲他们笑，打手势叫他们接下。他们傻乎乎还是不接，有人就到处找依那。安沙人看三个黑沙人跟依那刚来时一个模样，认定依那能做他们交流的桥梁。当时依那正窝在自己的竹楼里苦巴巴琢磨三个黑沙人，别人来找他的时候他已经做出了一个决定，那就是他不能因为自己的一条贱命而耽误了所有的安沙人，害了所有安沙人的命。他已经白赚了五年的活头了，而且还是安沙人给他的。冷静下来一想，他也很清楚自己的优势。他想即使自己暴露了，自己往后山一钻，任谁也拿他没办法。他想公司总不能把全黑沙的人都调到安沙来抓他吧。

他决定主动找三个不速之客问清楚他们的真实来意。

现在要他去做翻译官，他就顺水推舟到了三个黑沙人跟前。心里有了主意，脸上就无风无浪了。这个时候的依那，大大落落，眼神冷静。

依那用黑沙话冲三个黑沙人说，这里正办酒宴，安沙人把你们当上宾，给你们啥你们就接着,不要惹老奶奶不高兴。

三个黑沙人听依那说起了自家话,三双眼睛亮成了灯泡。他们甚至互相得意地炫耀说自己是第一个感觉到依那跟别的安沙人不一样,说自己的感觉特准。

李兵说,太好了,我就知道你不是本地人。

王权说,叔也是从黑沙过来的吧?

张垒却说,你这人是咋的,你明明会说黑沙话却假装不会,是啥觉悟你?

李兵忙拉张垒的衣袖,又跟依那赔笑,说,叔你一定得帮我们。

张垒把口气和缓了说,这事儿关系到你们所有安沙人的生命安全,是大事哩。

依那噗噗吹两口烟斗,慢条斯理地装烟、点烟,然后用一种十二分平平淡淡的口气问道,你们到底是来干啥的?

张垒看起来是个急性子,也是个火药肚子,动不动就起肝火。他说,你能听懂我们说话的,你耳朵又不聋,我们都跟你说过好几遍了,你说我们来干啥的?我们是吃饱了撑的来管闲事的?!依那给呛了一下,但却不想就这么放弃。他说,你们可能没听说过,安沙人是会把糊弄他们的人送给河神的。张垒喊起来,我们用得着跑这么远来糊弄安沙人吗?!是你们安沙有黄金偷啦还是有宝石盗啦?要不就是我们神经出问题了?!

他的喊声太激烈了点,惹得院子里所有的脸都转向了他,就近的安沙人都站起来把他们围住了。李兵胆小,吓得脸都黄了。

依那冲围过来的安沙人说,你们咋不上茶水来,客人渴了。就有安沙人急忙给三个黑沙人端了红色的茶水来。三个黑沙人看茶水颜色可疑,不敢接。依那说,接下吧,这是上好的茶水,比黑沙那些茶水强多了。他们接过茶水。因为说话太大声喉咙里正起烟的张垒冒险喝了一口,觉得味道别样地甘甜,就又喝了一口。看他喝了也没七窍流血轰然倒下,王权和李兵也斗着胆喝了起来。

喝过了茶,张垒又起劲了。

他凶巴巴指着依那说,你这人啥觉悟啊!这地方就你一个人知道我们是来干什么的,这么大的事你一定得让寨里的每一个人都知道,你得让他们配合我们的工作。他说,七个月以后,这里的水位就要上升两百米,整个安沙就给淹没在两百米深的水底下,难道你真不想活了?你不想活了,可你有没有问问别人还想活不?老老少少这么大一群安沙人难道都跟你一样不想活了?!张垒的太阳穴鼓出了很多青筋,形状有点像闪电。

很多安沙人就围在他们身边,但不明白他叫喊的是啥。

依那眨眼间变成了一副脑子进了水的模样。尽管这件事情并不像晴天霹雳那般来得突然,但它一旦变得真实起来,还是把依那给震傻了。

院子里突然喧闹起来。原来是要开饭了,男男女女的,正张罗着往院子里划圈摆

家园（节选）　王　华

饭。安沙人吃饭不用饭桌，一只锅往地上一放，一圈人围着锅或蹲或坐，就开始吃了。有人来请三个黑沙人入席。他们也饿了，觉得应该把别的事放下，先填饱肚子再说。

也有人叫依那，但依那这时候脑子正发麻，外界的声像信息都进入不了他的大脑。笑鱼妈端了一碗饭到他手里，又把他拉到一只锅面前，他才慢慢地感觉到了手上那只饭碗的温度和四周的喧闹声。

全庄的人都聚到笑鱼家来了，笑鱼家竹楼前像赶集一样热闹。院坝上烧着两堆火，火边摆着各种坚果。吃完了饭，三个黑沙人被请到一个火堆边坐下，依那也被拉到火边跟他们一起坐着。姑娘们送上来一种玫瑰红的茶水。三个黑沙人刚吃了饭，口渴，也不管茶水怎么又变了颜色，端过来就喝。他们现在更好奇的是他们的筏。气垫筏被放在平整的院坝中央，筏上装饰着很多他们叫不出名儿的野花和彩色的叶子，筏的四周插着彩色竹扦。人们自觉地躲在竹扦圈外，连狗和猫都不会贸然往里闯。张垒问依那他们这是要拿他们的筏干什么，依那指了指一边撂着的一条装扮得同样漂亮的竹筏说，这条竹筏是专门用来送笑鱼的奶奶的，现在你们送气垫筏来了，竹筏就不用了。张垒说，可我们得靠那筏回去，他们要把笑鱼奶奶送去哪里，谁又给我们把筏送回来？

依那阴着脸说，你们就别回去了。

张垒急，他说，你叫我们别回去了，难道你想让我们在这里陪着你们淹死？

依那说，如果刚才你们说的那事是真的，被淹死的是一百多安沙老小，陪你们三个还不够吗？

张垒说，谁说要让你们淹死了，我们不是来搬你们出去吗？

依那不想跟这人争辩。实际上这个时候他心头还存在着一丝侥幸，他希望这三个黑沙人说的全是假话，即使那样的后果是自己将被带回黑沙，再送进黑沙的监狱。

有娃突然唱起了"野猪爱菜"：猫爱鱼呀，野猪爱菜，我们爱太阳天天晒……

一袭白光就从竹楼里出来了。浑身都长得圆溜溜的攀枝娃扶着笑鱼的奶奶出来见稀客。奶奶的脸笑得如夕阳，一身仙风让三个黑沙人全傻了眼。奶奶一眼就看到了院坝里摆着的被装扮得分外美丽的气垫筏。奶奶高兴得合不拢嘴，叽里哇啦说了一大堆。三个黑沙人不明就理，想听依那翻译，依那却正看着奶奶发痴，李兵推了他几下他也醒不过来。见奶奶表情一片阳光，他们也就估摸着说了一大堆好话回过去。以他们的经验，笑鱼的奶奶肯定是过寿，就说祝她福如东海，万寿无疆。奶奶听不懂他们说的啥，也知道他们听不懂自己说的话，就指指他们的筏，指指自己的心口，点头。奶奶把依那晃醒，说，你的魂哪去了？我今天回老家，你得高兴着。我活了一百二十多年，魂全给风吹了贴在你们的身上。你们全都高高兴兴的，我走的时候就能把魂全部带走，要是你们哪一个不高兴了，我回家时就会把个把魂丢在寨上了。那我回到老家就安不下心的，会时时想着被丢了的魂。依那忙说，我高兴我高兴高兴着啦。说着还忙挤出一脸笑来，却是苦巴巴的。

奶奶也笑，笑得一片阳光灿烂。奶奶说，你还要帮我听话，还要帮我说话。依那眼里闪着泪光，连声说是是是。奶奶很满意他的态度，看着他笑了很久才把脸转向了三个黑沙人。奶奶冲他们说，感谢你们送来这么漂亮的筏，我是安沙第一个坐着这么漂亮的筏回老家的人，感谢天神，也感谢你们。依那翻译说，笑鱼奶奶说你们满肚子的假话，她会叫神来惩罚你们。三个黑沙人同时喊叫起来，我们没有说啥假话呀！依那翻译给奶奶说，奶奶不客气，筏子是专门送给你的。奶奶高兴得朗朗大笑，如仙一般飘回竹楼里去了。

张垒说，这帮安沙人到底在做啥玩意啊？要把我们的气垫筏怎样？

依那却在理着自己的心事。他很严肃地告诉三个黑沙人，如果安沙人知道公司要用水来淹掉安沙，淹死安沙人，他们会先把他们三个抛进红水河里喂鱼去。

三个黑沙人产生了恐惧，问依那，那怎么办？

依那说，整个安沙庄都要被淹在水下，我们还不晓得该怎么办呢，谁晓得你们该怎么办？

张垒说，那行，你先别把这事告诉他们。这事我们不管了还不行吗？又说，不是我们没来救你们，是你们自己不想活了。

他冲王权李兵说，我们走！

王权站起来要去取他们的气垫筏，依那把他拉住了。依那一脸悲戚说，这位奶奶可能是安沙最后一位享受这种福事的人了，就让她借一下你们的筏回老家吧！

张垒问，这奶奶的老家在哪里？

依那想了想说，集上。

张垒问，哪个集？

依那说，阎王的集。

张垒还想问，竹楼里一阵哄闹，奶奶又出来了。奶奶在几个水灵灵圆溜溜的姑娘簇拥下走下竹楼，向彩色的气垫船走去。奶奶的脸上有两团新娘子才有的红晕，她眼睛里的也是只有新娘子才有的幸福之光。奶奶走向船，就像走向她的花轿。五个白胖胖的孩童随后，前面四个手里分别托着红、橙、紫、蓝四种色的布包，后面一个托着个竹碗，碗里盛着五彩的坨朴。笑鱼和他爸他妈笑盈盈跟在后面，看着姑娘们把奶奶送上花草锦簇的筏，托碗的孩童把坨朴送到奶奶的手上。奶奶把碗往头顶上举了举，全庄的人就都看着，齐声喊道，笑鱼奶奶吃坨朴！笑鱼奶奶回老家！奶奶在人群中把自己的亲人找到，跟他们点点头，就开始吃坨朴了。她只吃了一口，就把碗放下了。然后，她接过另外四个孩童手里的布包，两手握着，躺下，闭上了眼。

整整五分钟的时间里，这刚才还喧闹得像集市一样的地方没发出一丁点声音，哪怕

家园（节选）　王　华

是一根针掉在地上的声音。

后来，站在筏边的攀枝娃把手伸到奶奶的鼻子上试了试，然后回头向大家宣布，奶奶已经见到神了。这时再一次喧嚣起来，八个壮年男子抬起了躺着奶奶的气垫筏，八个青年各自举着竹筒，唤起欢快的曲子，其他的人拥在后面，送奶奶去河滩。

依那却莫名其妙地淌起了眼泪。

张垒问他，这是要去哪里？

依那抹着泪说，这是去送笑鱼奶奶回老家啊！

张垒一脸的哭笑不得，说，这奶奶怎么这个样子去回老家？又小了声说，看起来她像死了一样。

依那一边走一边悲凉地说，的确是死了，不过他们叫回老家。依那跟上了送葬的队伍，他要去送笑鱼奶奶。

张垒追着他说，不对呀，她刚刚还跟我们说过话呀。

依那说，但现在她的确是死了。

真死了？

三个黑沙人实在无法相信，毕竟那老奶奶刚刚还神采奕奕地跟他们说话，那么活鲜鲜地跟他们握过手。他们禁不住手心一阵冰凉，就像正握着一双死人的手，轰地一下，鸡皮疙瘩全起来了，胆小的李兵甚至头发都竖起来了。

安沙人浩浩荡荡把奶奶送到水边，村子里就响起了深沉的铜鼓声。美丽的气垫筏被放进了红水河，在鼓声和竹筒哨声中，人们喊成一片：奶奶回老家了，奶奶回老家了！气垫筏开始顺水划行的时候，人们开始往水里撒五色糯米饭。糯米饭沉下去，水面就冒出些野物脑袋来，有水獭，有甲鱼，有大头鱼，有穿山甲，还有蛇，它们围着气垫筏，跟着它划行。它们将一直把奶奶送到老家。

当气垫筏渐渐飘远，远得只剩下一个黑点的时候，三个黑沙人才明白，他们的气垫筏是找不回来了。

（节选自《家园》，江苏文艺出版社，2008年6月）

2008年

欧阳黔森

绝地逢生（节选）

第一章

这是云贵高原乌蒙山脉中的一个小山村。

高原的天空似一张善变的脸，上半夜还繁星闪烁，下半夜一下子就伸手不见五指。这本是狂风暴雨的前奏，可是这风这雨一直潜伏着，一直不登场。

高原也疲惫不堪了，悄无声息地匍匐在山村的四周。

山村里漆黑一片，寂静得令人窒息，似乎一点生命的迹象也看不见，也听不见。

突然，大队支书蒙幺爸家门外传来了阵阵狗吠，紧接着响起一阵急促的敲门声。这声音甚至有几分恐怖，使得整个山村都惊醒了。

蒙幺爸在睡梦中被惊醒。他摸索着用火柴点燃了煤油灯，灯芯如豆，可就这点光亮，却像一枚金色利器，刹那间刺穿了黑幕，这漆黑被光刺破了，蒙幺爸惺忪的眼一下子就闪闪发光。蒙幺爸眼睛一闪光，意识就回来了：下半夜敲门，不是大坏事就是大喜事。

他不知道发生了什么事，也顾不得多问，披起上衣，急步去开门。

门开了，站在门口的是社员王结巴。王结巴那张急切的脸涨得通红："幺、幺、幺爸，生、生、生了。"

蒙幺爸不耐烦地打断了他的话："生了？生了好事啊！男的还是女的？"

王结巴越急越结巴了："男、男的。可，可我，我……"

绝地逢生（节选）欧阳黔森

蒙幺爸也急了，于是大声喊："说！"

王结巴咽了一下口水说道："我，我，老婆生，娃娃要，要，要死了……"王结巴的脸有些扭曲，快要急哭了。

蒙幺爸此时才感觉到了问题的严重，他一挥手："别说了，走。"蒙幺爸说完急步出门。

他二儿子蒙二棍从里屋蹿出来："爹，我和你一起去。"

他大儿子蒙大棍从房里伸出头喊道："爹，夜凉，穿好衣服。"

蒙幺爸回头道："你们喊什么？这好事坏事一起来，比什么都麻烦，快都跟上。"

他们几个急急忙忙地朝王结巴家赶去，村里的狗又叫成了一片。

也就在蒙幺爸一行前往王结巴家时，社员黄大有家里同样非常紧张，黄大有的儿子黄强富正在急急忙忙地把木匠工具装进背包里。

听到外面有了脚步声，黄大有一下子把灯吹熄。黄妻紧紧拉着黄大有的手，身子在微微发抖。

黄大有轻轻拍拍她的肩道："怕什么？"黄妻紧张得不敢说话，只是把他抓得更紧。屋外的脚步声渐渐远去了，黄大有长长地舒了一口气。

蒙幺爸等几个人急步匆匆，一进王结巴家，就听到屋里有婴儿的哭声。

王结巴的妈满脸泪珠，抱着刚出生的孩子倚在床头，见蒙幺爸进来忙站了起来。婴儿在她怀里不停地啼哭着。屋里的人谁也没有说话，都紧张地望着蒙幺爸。

王结巴："妈，你怎么也哭，哭，哭……"

王结巴的妈抽泣着摇了摇头，最后眼睛盯着床上。王结巴立刻明白了，急步抢到床边，哭喊着去摇媳妇的身子："翠儿——"可是，他媳妇再也不能回答他了。

蒙幺爸焦急而茫然地问王结巴的妈："这是怎么搞的？！"

王结巴的妈看了一眼床上的翠儿，有些激动地咳了起来。接生婆接过话道："是顺产，但翠儿没力气，生了一半生不出来，只保住了小的。"

蒙幺爸又惊又恼："顺产怎么会出这个问题？农家人有的是力气嘛！"

这时候孩子哭闹得更厉害了，结巴妈只好把一根枯细的手指蘸了蘸碗里的红糖水给孩子嘬。孩子渐渐安静了下来。

接生婆叹了一口气又说道："幺爸，饿着肚子生孩子，哪来的力气啊？"

一听这话，蒙幺爸一把揪起正在号哭的王结巴："别嚎了，你狗日的，我问你，我批给你的五斤大米呢？那五斤米呢？快说！"

王结巴说不出话来："我，我……"

蒙幺爸厉声喝道："快说，那五斤米呢？"

王结巴一边哭一边伸出手掌又翻过手掌："我、我给赌、赌了，五、五……"

此刻,蒙幺爸肺都快要被气炸了。为了照顾王结巴的媳妇生孩子,他特地给王结巴批了五斤大米,这在整个大队都引起了轰动。可是,王结巴这个不争气的东西,居然把这五斤大米拿去赌输了。他一把拽住王结巴的手:"这救命的米你也敢拿去赌?你王八蛋!"说罢,他"啪"地狠狠给了王结巴一巴掌。

王结巴扑通一声跪倒在地,一边哭一边抽自己的嘴巴:"幺爸,五斤米不、不够吃啊,我想五斤换十斤。"

蒙幺爸厉声喝道:"嘿,你个狗日的,五斤米还不够吃?你去问问,谁家有那五斤白花花的大米?"蒙幺爸越说越来气,提起王结巴又抽起了耳光,还边抽边教训道:"我让你赌,我让你赌!"

"爹!"蒙二棍急忙拉着蒙幺爸的手。

与此同时,一个社员神秘地敲响黄大有家的门。

门开了,黄大有出来,黄强富把木匠工具递给他。黄大有跟着那社员走了。

那社员又敲响另一家大门。一条汉子露了张脸出来,有些担心地问他们:"我们这样走了,好不好啊?"

黄大有看看四周:"怕什么?老子们一不偷,二不抢,无非是想找口饭吃。走啊!"

那人一听这话,也就没多说了,跟着他,鬼魅一般悄悄朝村口溜去。

王结巴家里,蒙幺爸还在训斥着王结巴:"你小子简直就是混蛋!你说全大队那么多人家给你省那五斤米,为的什么?不就是为了让你老婆生孩子,把这个孩子给养活了吗?你说你拿去赌,你他妈还叫人吗?"

王结巴跪在地上,用双手不住地捶地。"我不是人,我王八蛋!我不该去赌。下辈子、下辈子如果生在一个有白米饭吃的地方,小翠是不会死的啊!"王结巴一把鼻涕一把泪,哭个不停。

蒙幺爸看着王结巴那样,心也软了:"哭管个屁用?你能不能像个男人!现在想想这个孩子究竟怎么办啊!"

王结巴止住哭声。大伙一时没了声响,都看着桌上油灯照着的那碗红糖水。

蒙二棍说:"爹,这孩子没奶水,恐怕养不活……"

蒙幺爸从王结巴的妈手里接过婴儿,他看着孩子,眼里露出慈爱的神情。片刻,他把孩子交给王结巴的妈,好像有了主意似的说:"养不活也得想办法,这孩子生下来就不能让他饿死。二棍,去,吹号。"

"是。"蒙二棍应声和大棍急跑而去。

蒙幺爸转头对王结巴说:"你个狗日的,我饶不了你!"

寂静的山村突然响起了牛角声。这是盘江传了几代人的规矩了,但凡有什么紧急事情,只要一听到牛角声,不管是什么时候,不管你在干什么,都必须马上去大榕树下集中。此时，只见社员们纷纷举着火把，匆匆来到大榕树下。

社员们纷纷议论起来，谁也不知道到底发生了什么重大事情。

大队会计李贵民问："出什么事了？"

站在他身旁的黄强富答道："不知道啊，估计也没有什么大事，支书都没来呢！"

李贵民向四周看看，确实不见蒙幺爸的身影，他揉揉眼睛，打个哈欠，发起牢骚来："没大事半夜吹牛角，疯了吧。"

"是啊，"一个社员接过话说，"搅得人半夜睡不着。"

就在众人议论纷纷时，一个漂亮干练的女孩站到大队门口的台阶上，她是大队的团支书韦号丽。蒙二棍影子一般跟在她身后。

韦号丽："各位大叔大婶、社员同志们，大伙听我说几句。王结巴的媳妇死了，留下个没奶吃的娃娃，眼看着也要不行了。"

黄强富把衣服裹了裹："没奶，那去找点奶嘛。"

李贵民看了他一眼："你净说那没用的，没人生孩子哪来的奶啊？"

"是啊，现在全大队都没人生孩子啊。"社员们都议论起来。

蒙二棍急了，挤到前面："那也不能眼睁睁地看着孩子饿死吧，总得想办法啊！"说完，蒙二棍围着一个瘦汉转了一圈，看得那瘦汉直发毛。那汉子叫吴阿满，是队里的牛倌。

二棍对那瘦汉道："阿满叔，大队的牛在你那儿，刚生了犊子！你那儿有奶啊！"

吴阿满白了他一眼，争辩着说："我说二棍，你知不知道，我们大队就这一头牛，全队的生产都指望它呢。现在刚下了犊子，本来奶水就少，犊子还吃不饱，犊子要是死了，谁敢负这个责任？"

下面的议论又热烈起来。

副大队长韦嘎公叼着烟袋，披着衣服向大榕树走去。

韦嘎公猛地一抬头，看见前面好像有几个人影在晃动。韦嘎公警觉地喊道："谁啊？"他仔细看看那几人，"是大有吗？"

这几人正是黄大有他们。黄大有见韦嘎公叫出了自己，只好答应一声："是我，嘎公。"

"我说你们几个干什么去啊？"韦嘎公走到他们面前问起来。

黄大有有些紧张，支支吾吾道："嘎公，我们、我们就是随便逛逛。"

韦嘎公一声冷笑："这三更半夜的，你们逛什么逛？没听见牛角声吗？"

黄大有说："听见了，您先去吧，我们几个一会儿就去。"说完他们几个人加快了脚步向村外走去。

韦嘎公大声喊："你们给我站住！"

黄大有等人并不理嘎公,而是越走越快,一会儿连影子也看不见了。

韦嘎公怔怔地看着前方,无奈地长叹了一口气,不住地摇头。

大榕树下,社员们越聚越多,火把将这场坝照得通亮。

韦号丽站在一块石头上喊道:"乡亲们,大家静一静,再听我说几句。"

人群渐渐安静下来。

韦号丽诚恳地说:"乡亲们,我们是穷,可是再穷,我们能让一个刚出生的孩子饿死吗?"

群众中有人附和:"不能!"

韦号丽继续道:"王结巴的孩子要吃奶,我们只有给他吃牛奶。要是把孩子给饿死了,那我们养牛还有什么用呢?大伙说,是不是这个理?"

人群中一片附和声。

吴阿满急了:"那牛犊子要是死了怎么办?"

韦号丽对吴阿满大声说:"现在人命关天啊,顾不上这么多了。阿满叔你别担心,牛要是死了,我韦号丽来负责任。"

吴阿满无奈地手一摆:"话是这么说,可是牛没得奶,我有啥子办法。"

韦号丽想了想:"阿满叔,这牛多久才能下奶?"

吴阿满沉默片刻,道:"最快也得半天后。再说有奶也没用,母牛奶水少,用手是挤不出来的,牛犊子费了老大的劲才吃得一点点,现在还饿得哞哞叫哩。"

韦号丽一把抓住吴阿满的衣袖直摇晃:"阿满叔,有什么办法能让母牛多下点奶啊?"

吴阿满憋了一会儿说:"那就得让牛吃大料。"

这下子群众炸开了锅。

黄强富首先站了出来,不满地说:"吃大料,人都不够吃的,还给牛吃大料。""是啊,"好些社员都附和起来,"人都没吃的了。"

韦号丽说:"实在不行,我们大家捐粮食。"

蒙二棍马上响应道:"号丽,你说吧,捐多少,你说捐多少我捐多少。"

但是没有人响应二棍。

黄强富叫了起来:"每家打的粮食都吃得差不多了,哪里还有粮食啊?"

一个社员说:"每家就那么点粮食,人都吃不饱,还给牛吃,造孽啊!"

就在大家吵吵嚷嚷时,蒙幺爸走了进来,场上顿时静了下来。

蒙幺爸环视片刻在场的人群后说:"王结巴的老婆死了,我出门以前,孩子连哭的力气都没有了。社员同志们,我知道现在是青黄不接,家家的余粮都没了,有的甚至连杂粮都吃光了。可是一人有难大家帮,一家有难大家忙,这是我们盘江村祖祖辈辈传下来的。一句话，在我蒙幺爸这儿绝不能再饿死人了。"说完蒙幺爸伸长脖子到处找他的大儿子蒙大棍。人太多，一时找不到，他一急，大声喊了起来："大棍！"

蒙大棍从人群中走了出来，应声道："爹。"

蒙幺爸对蒙大棍挥了挥手："回去拿粮食。"

蒙大棍瞪大了眼睛："爹，我们家没几斤粮了……"

蒙幺爸把眼一横："有多少拿多少，去啊！"

蒙大棍见他爹牛眼一瞪，知道再不走就可能挨巴掌了，可他又有些不情愿，只好一步一回头地向家里跑去。

李贵民和黄强富见蒙大棍走了，都不说话了。

蒙二棍看了看他爹，又看了看号丽，见他们都一脸的严肃，也就严肃地对大家说："我说大家都干脆一点，有点就捐点吧！"

蒙幺爸说："乡亲们，大家都伸伸手吧！"说这话时，蒙幺爸的眼角已被泪水浸湿。

社员被蒙幺爸感染了，大家纷纷点头。

过了一会儿，大家的情绪都平静了下来，于是纷纷离去。

清晨，浓浓的雾气在大峡谷的最低处拥挤在一起，汇集成了一条白色的巨龙，那巨龙一扬头，顿时风起云涌。片刻后，那巨龙柔身跃出深渊，漫过涧谷，满山遍野而去。先是笼罩了村庄，再翻腾着上了山头，却迎面与东方的太阳撞个正着，两下一照面，几个回合，巨龙渐渐改变了姿态，浓缩幻化成朵朵高悬在蔚蓝天空中的白云。而从巨龙身上掉下的片片残鳞，在阳光的照耀下，变成一丝丝冰凉的雾雨，飘进了村庄，浸入了每个社员的家里。于是，在湿漉漉的鸡鸣声中，社员们懒洋洋地揩着布满眼屎的双眼，拖着饥饿的身子爬下了床。

蒙幺爸、韦嘎公扛起锄头，与三三两两的社员们向寨子外的田地走去。

田地里陆陆续续又来了几个人。大家举着锄头，有气无力地挖着地。

蒙幺爸看着远处的几个人，大声喊："喂，你们几个快点行不行？"

但大家的脚步依然是那么迟缓。蒙幺爸有些愤怒了，又对周围的人吼了起来："你看看你们，这哪像干活，懒洋洋的，有气无力的。"这么挖地的几个社员做了一下鬼脸，仍旧是那么懒散。

蒙幺爸正想训斥，韦嘎公阴阳怪气地说："行了行了啊，你树的劳动模范黄大有都跑了，你训这些人干什么？"

蒙幺爸问道："黄大有干什么去了？"

青年小梁对蒙幺爸说："昨天，有人见黄大有背着工具箱出村了。肯定到外地干木工活去了。"

韦嘎公一双"牛眼"直盯着蒙幺爸。

蒙幺爸脸色铁青，一挥手叫道："李贵民！"

李贵民拨开小梁赔笑道："支书，什么事？"

蒙幺爸："你回去，把那几斤粮食拿来，煮了。"

李贵民为难地说："支书，就剩那么点东西了，留在关键的时候吧！"

蒙幺爸大怒说："这时候还不够关键，什么时候才关键啊？小梁！"

小梁一步上前道："支书，你找我干啥？"

蒙幺爸手一指山外："一会儿你带三个人，去把黄大有给我追回来。"

韦嘎公摇摇头说："别追了，昨天晚上就走了，追不着了。"

蒙幺爸横瞪了韦嘎公一眼说："我就不相信，这饱汉子还追不上饿汉子吗？"

说完，蒙幺爸又大喝一声："干活，干活！"

在蒙幺爸的吆喝声中，队员们无奈地举起锄头挖土，却一个个有气无力，要死不活。

中午时分，在蒙幺爸家的石桌子上，放着一碗土豆，蒙幺爸和蒙二棍坐在石桌子前，正在吃午饭。

蒙幺爸吃了几个土豆后，一抹嘴巴："吃了，你到学校看看去，看缺点什么。玉竹这姑娘不容易。没有她，孩子们没学上啊！"

蒙二棍说："行。"二棍想想又说，"三棍农校毕业，到农业局上班了，也不回来看看。"

蒙幺爸拿起锄头正准备出门，听了这话后回头说："没回来，就是忙嘛，工作第一是对的。"

"我看不是忙，是不愿回来吧！"

蒙幺爸问："你这话什么意思？"

蒙二棍手一摊："我看，他是不愿见到人家禄玉竹吧！人家现在是县里的干部了。"

蒙幺爸一拍桌子："三棍有这想法？他敢！我们蒙家绝不允许出陈世美！"

蒙二棍："爹，你别管了，三棍是陈世美呀，人家玉竹未就是秦香莲。"

蒙幺爸："这又是什么意思？"

蒙二棍笑着说："什么意思，爹，你还不明白呢！你老人家喜欢玉竹，不等于三棍喜欢玉竹，三棍不喜欢玉竹，也不等于玉竹就喜欢三棍。"

蒙幺爸手一挥："别哆嗦，叫你去看看，你就去看看。"说完，扛着锄头出门去了。

蒙幺爸来到了自己家的自留地，其实，他也不想干什么，只不过心里面很郁闷，想一个人静静。他心里窝火，王结巴家的事情还没有解决好，黄大有又跑了。他想不通，他一手扶植起来的劳动模范黄大有为什么要跑呢？

说是黄大有对他蒙幺爸有意见？不可能。说是黄大有家特别困难，可他家四口，有

绝地逢生（节选） 欧阳黔森

三个半劳力啊！那他为什么还要跑？

是的，我们盘江大队是吃不饱，可哪年不是如此，哪家不是这样？黄大有啊黄大有，你既然是劳动模范，这个时候，就更应该留在家里起带头作用啊！你这一跑，不是在打蒙幺爸的脸吗？

蒙幺爸左思右想，索性坐了下来，抽起了烟袋。

就在这时候，韦号丽背着背篼路过这里。"幺爸。"她喊了一声。

蒙幺爸看见是韦号丽，就要她过来坐坐。蒙幺爸很器重这个韦号丽，他想听听，对于黄大有的出走，韦号丽是怎么想的。

"号丽，你说你大有叔他为什么要往外跑呢？"

韦号丽想想说："幺爸，我们大队地少人多，像大有叔这样的，有力气用不上，一年到头也分不到多少粮食。再加上有人出工不出力，照样没少分粮，所以才会有很多人偷懒。你说，像大有叔这种勤快的人，会安心吗？"

蒙幺爸说："那他更应该留在家里发挥作用啊！他跑什么呀！"

韦号丽笑着说："如果我家有四口人，拼命劳动也吃不饱，我也会往外跑。"

蒙幺爸说："那按你的意思说，这黄大有往外跑，他还跑对啦？"

韦号丽说："不是，大有叔热爱劳动是没有错的，但他无组织无纪律，当然是错的。"

蒙幺爸若有所思地点点头。

韦号丽站起来说："幺爸，我还要为那头牛去募捐些大料呢，我先走了。"

蒙幺爸嗯了一声，不再搭理韦号丽，陷入了沉思。

正午时分，太阳正毒。蒙大棍挥汗如雨，正在坡上割草。黄大有的女儿黄九妹戴着草帽，背着一背篓猪草从石坎上走过来。大棍看见了九妹，兴奋地喊："九妹，九妹！"

九妹笑着冲大棍挥挥手，走了过来："大棍哥，这么大的太阳，你也不躲躲。"说着，九妹掏出一块手绢给大棍擦汗。

大棍接过手绢，冲九妹傻笑："我自己来。九妹，你真好。"

蒙大棍和黄九妹是一对正在热恋的青年，这在盘江大队已经是公开的秘密了。他们两个都属于那种不爱多说话、做事很勤快的人，所以，他们的感情非常好。此刻，黄九妹见蒙大棍的衣服上有一个口子，就拿出针线，让蒙大棍脱下衣服，给他补起来。黄九妹边补边问："我们俩的事，你跟你爹说了没有？"

蒙大棍抠抠脑袋，半天才说："我跟我爹，还、还没说。"

黄九妹气得把褂子一摔："不给你缝了。"

蒙大棍一急，马上说："行，我现在就说去。"他站起来就要走。

黄九妹急忙喊："哎，你回来。不要见风就是雨，这是大事，得慢慢商量。"

蒙大棍又是一笑："行，我听你的。"

黄九妹朝他头上一点："你啊，除了种地什么都不会。"

一间简易的茅草屋，门口挂着一个木牌，上面写着：盘江大队小学。茅草屋里放着几排破旧的桌凳，可容纳三四十人坐，可现在只有几个孩子在里面坐着。学校唯一的老师禄玉竹正在给孩子们上课。

蒙二棍的头出现在窗口，几个学生马上看着蒙二棍。禄玉竹走到窗口问："二棍哥，有事吗？"

蒙二棍说："我代表大队支书来问你，你这还缺少什么？"

禄玉竹回头一指那些空桌凳说："缺人。"

蒙二棍嬉皮笑脸地说："我代表三棍来看你。"

禄玉竹脸一沉道："没事就走人，开什么玩笑？"

蒙二棍急忙正色道："马上走，马上走。说正经的，我爹说了，春耕再忙，也不能让学生们去打猪草、捡柴火。昨天派号丽动员了学生们的家长，明天一早，学生们都来上课。"

禄玉竹高兴地说："太好了。"

蒙幺爸在地里干了一阵，回到家里，还在为黄大有的事生闷气。

李贵民进来说："支书，黄大有回来了。"

蒙幺爸急忙问："追回来的？"

"不是，是王副区长把他们带回来的。"

"他们在哪儿？"

李贵民一指院子说："都在外面呢。"

说话间，黄大有面带愧色地走了进来。几个去追他的青年也跟着走了进来。

蒙幺爸双眼盯着他看了一阵说："你，你……"他很想狠狠地臭骂他几句，但话到了嘴边，一见那几个小青年，他又止住了。黄大有毕竟是他亲手树立的劳动模范啊！不给他面子，也要给自己面子啊！蒙幺爸把头一扭，说："算了，你回去吧。"

黄大有什么话也没说，低头走了。

一个青年很不解，问蒙幺爸："他就没事了？"

蒙幺爸问："你还有什么事？"

青年笑笑："没事，我以为幺爸要骂人呢？"

蒙幺爸一脸铁青："想看热闹是不是？"

李贵民忙把这几个青年往外推："幺爸气没消哩，还不赶快走人，幺爸一骂上了，你们也走不了啦。"

院子外面传来一阵声音："又想骂谁啊？"随着这声音，王副区长走了进来。

绝地逢生（节选） 欧阳黔森

王副区长调侃起来："幺爸，人我是给你送回来了，你可得给我看紧了，要是误了春耕我可饶不了你。"

蒙幺爸苦笑说："放心吧，区长，误不了。我们大队人均才四分地，有劲都没处使，要不是因为地少，也不会有人往外跑。"

王副区长感慨万分："是啊，我们乌蒙山区人多地少是普遍现象。对了，还有件事，今年的救济粮马上就要下来了，你抓紧落实好缺粮的人数。"

蒙幺爸满面羞涩："区长，我们盘江年年都要吃国家的救济粮，我这心里实在是不好过啊。"

王副区长理解地点点头，把话题岔开："幺爸，眼看今年'六月六'的歌会就要到了，就等着看你们大队的节目呢，你们盘江大队又要在区里出风头啦！"

蒙幺爸道："出风头？饭都没得吃了，谁还有那个心思哟。"

王副区长道："话不能这么说。我们穷不能穷在精神面貌上，自己再不高兴一点，那还不愁死人啊？"

蒙幺爸尴尬地笑了一下。

王副区长语重心长地说："幺爸，我们大家都要好好地想想办法。俗话说，三个臭皮匠顶个诸葛亮，只要大家心往一块想，劲往一处使，我们就能摘掉贫穷落后的帽子。好了，我也该走了。"

"区长，吃了饭再走吧。"

王副区长说："不了，我还要去其他的大队呢。幺爸，你身上的担子重，要注意身体啊。"

蒙幺爸点头说："我晓得，我晓得。"

黄大有回到家，一进门就把木匠的工具往地上一摔，坐在椅子上抽起闷烟来。

妻子急忙问他："幺爸没批评你吧？"

黄大有铁青着脸，好半天才说："我就不信，我还不能做点什么了。你不让我出去，我也得干出点名堂来……"

妻子叹道："算了，大家都这么过。到时候总会有办法的。强富，帮你爹多收拾收拾。"

黄大有叹了口气。

黄强富把黄大有的木匠工具捡起来搁到角落。

妻子安慰他说："不准你出去就算了，就老老实实在家里种地，我看先忙完春耕再说吧。"

黄大有好像在思索着什么，只是嗯了一声。

黄强富在一边插嘴道："妈，现在春耕能有多忙？你偷懒我也偷懒，出工不出力，集体劳动没什么意思。"

就在这时，门外传来一声："都在家呢！"跟着，就见媒婆李三姑进来了。

大有的妻子一看，连忙迎了上去："三妹子，你怎么来了？"

媒婆手舞足蹈地说开了："我来还能有什么事儿？还不是为了孩子们的事。老刘家可是催了，看什么时候选个吉日子就要把九妹接过去呢，刘家姑娘也好嫁过来是不是？"

黄大有也站了起来："唉，这不是事情多，都顾不上了吗？"

媒婆道："大有哥，什么事还能大过儿女婚事啊？你们可抓紧。人家老刘家说了，要不是看在九妹这姑娘长得漂亮，干活麻利，还真不愿答应这门亲哪。"

大有的妻子有些不放心地问道："三妹子，他们真的会对九妹好吗？"

媒婆哈哈一笑："你就放心吧。九妹嫁过去，他们肯定是当自己女儿一样疼了。"

黄强富急忙问："那我媳妇呢？"

"你这娃娃，我说的亲，你就放心吧。九妹嫁过去了，他刘家姑娘、你媳妇儿不就嫁过来了吗？"

黄大有沉默了一阵道："可这事，我还没有对九妹说啊。"

媒婆双手一拍："那有什么，你今天对九妹说不就行了？"

黄大有没有说话。

媒婆把身上的衣服整了整："好了，话我可是带到了，大有，你们可是要抓紧时间啊！我走了。"

黄大有和黄强富送媒婆出来，正碰见黄九妹背着猪草走到门口。

黄九妹问道："爹，你回来了？"

黄大有没有说话。

正好媒婆把话岔了过去："这就是九妹呀！果真是长得水灵灵的啊。大有，你真是好福气啊，生出了这样的姑娘和儿子。"

黄大有笑笑说："九妹，叫三姑。"

黄九妹疑惑地望着媒婆喊了声："三姑。"

媒婆仔细地打量黄九妹全身，连声说："好、好。"黄九妹被看得都有点不好意思了。

媒婆给黄大有递了个眼色，说："这事就这么说好了。我先走了啊。"

黄大有急忙掩饰："那多谢三姑了。强富，你送送你三姑。"黄强富送媒婆走了。

黄九妹和她爹进了屋，她问道："爹，这个三姑来我们家干什么？"

黄大有不敢看她的脸，只是回了句："大人们的事，少管。"

黄九妹又看看她妈，她妈很不自然地进屋里去了。

黄九妹一脸迷惑地大声问道:"爹,妈这是怎么了?"

黄大有坐了下来,装上烟丝,敲了敲烟斗回答道:"九妹,爹跟你说实话吧,三姑是来提亲的。你的这门婚事,爹去年就给你定了,只不过一直没告诉你……"

黄九妹一下子叫了起来:"爹,你说什么?我不嫁!爹,你去回了那门亲,就说我已经许了人家了。"

黄大有不敢抬头:"人家那边都答应了,你叫我怎么回?"

黄九妹哭了起来:"那,我和大棍哥怎么办?"

黄大有抽了口烟:"九妹,爹知道你和大棍好。大棍也是一个很不错的后生。可是,他们家和我们家一样穷啊,饭都是有上顿没下顿的,拿不出彩礼啊。"

黄九妹擦了擦眼泪说:"我可以不要彩礼。"

黄大有说:"你可以不要。但哪个姑娘会不要彩礼嫁到我家来,嫁到光棍大队来?你嫁到老刘家,刘家姑娘才会嫁给你哥。"

黄九妹简直不敢相信她爹的话,很生气地大声问道:"爹,你们是拿我去换婚?"

黄大有像做贼一般低下头:"九妹,爹知道这对不起你,可这是没得办法的事情啊!要不你哥就娶不上媳妇了!"

黄九妹的眼泪如珠断线:"爹……"

黄大有劝道:"九妹,你要懂事呀!爹妈生了你们九个,就得了你们兄妹俩。你说你哥都这么大了,要是再不成家,我们黄家就……你要为我们黄家、为你哥着想啊,我们真的没办法呀!"

黄九妹大喊一声:"不行,我死都不嫁!"

话音刚落,黄强富哼着歌走进门来。

黄强富得意万分:"爹,三姑跟我把那姑娘夸得跟一朵花似的。刘家的姑娘到底长什么样嘛?"

大家都没有说话。

黄强富看了看家人的表情,感到不对劲,于是走到黄九妹跟前问道:"九妹,你怎么哭了啊?受什么委屈了跟哥说,哥去收拾他。"

大有的妻子在一旁长长地叹气。

黄强富道:"我能娶上媳妇不是好事吗?怎么都拉着个脸啊?"

黄大有说:"你妹妹不同意老刘家的婚事。"

黄强富一下子跳了起来,对着九妹吼了起来:"什么?你不嫁,那你要嫁谁?我们队的大棍?虽然他爸是大队支书,可还不是一样穷得叮当响!"

黄九妹针锋相对:"我不嫌他穷。"

黄强富急了:"好,你不去刘家也行,那你就叫大棍把彩礼拿来,他有这本事吗?"

黄九妹一下子说不出话来。

黄强富得意地说道:"就是嘛!你嫁到刘家总比留在这儿强多了。"

黄九妹气得浑身发抖:"哥……"

黄大有瞪了黄强富一眼。

黄强富依旧不依不饶地:"别喊我哥,你想害我打一辈子光棍还有脸叫哥……"

黄九妹气愤地说道:"哥,你是你,我是我。你娶不上媳妇跟我有什么关系?你自己没本事,凭什么要把我的一辈子也给搭进去?"说完,黄九妹哭着冲出了家门。

大有的妻子急了:"九妹,九妹!"她回头对黄大有道:"还不快去追她回来啊!"

黄大有站起身就要出门。

黄强富说:"我看她就是平时野惯了。爹,你别管她,看她能跑到哪里去!"

黄大有转身对着黄强富就是一耳光。黄强富被打得跳起来:"爹!"

黄大有指着黄强富厉声喝道:"这样做,全是为了你!你要有良心啊,她是你亲妹子。"

王结巴的家,破烂不堪。此刻,王结巴的妈病怏怏的,搂着婴儿躺在床上。王结巴正在煮苞米糊糊,突然婴儿哭叫起来。

结巴他妈喊着:"快,结巴,牛娃又尿了。"

王结巴毛手毛脚地拿了块尿布,一边给牛娃换一边说:"不,不,不哭啊。"

牛娃哭得厉害,王结巴换尿布的手更抖。那边锅里的苞谷糊糊也煮煳了。

结巴他妈又喊起来:"糊糊……"还未说完她就咳了起来。王结巴有些手忙脚乱地去把锅端开。

结巴他妈眼泪流了出来:"妈对不起你,也不能照顾你们。"

王结巴折回来给牛娃换尿布时说:"妈,没得事的。"

结巴他妈叹着气说道:"牛娃吃这糊糊吃了就吐,这眼看都下午了,也不知道号丽啥时候能送点奶水来。这娃子可怜哟。"

王结巴安慰着他妈:"妈、妈、号、号丽,他们也、也、也在想办法。"这时候门外响起了急促响亮的敲门声。"王结巴,你个王八蛋,给老子滚出来!"

王结巴一心慌,无意中抓了一把牛娃的屎。王结巴擦着手,正要去开门,门被人撞开了。只见王结巴老婆小翠的哥哥带着两个壮汉冲了进来。

小翠的哥哥一把抓住结巴。

王结巴:"你、你、你干什么?"

小翠的哥哥满脸怒火:"干什么?我要你偿命。"

结巴他妈在床上正要下来,大声问道:"你们要干什么?"

一同进屋的一个壮汉把她推回去,厉声道:"这事,你最好别管。"

绝地逢生（节选） 欧阳黔森

王结巴被小翠的哥哥反扭着双手，疼得大叫："妈……"

小翠的哥哥哼了一声："你还知道喊妈？我妹子呢？你当我傻啊？凭什么好好一个人说没就没了？"

王结巴："有、有话好好说，我、我、对不、不、起小翠。"

小翠的哥哥愤愤道："现在说这有屁用，你跟我去大队部。"说着硬是把王结巴拖出了门外。

结巴的妈在床上紧紧地抱着牛娃，牛娃大声地哭起来。

蒙幺爸、韦嘎公、李贵民一路争执着，来到大队的牛棚。

韦嘎公说："幺爸，你别冲李贵民发火好不好？"

蒙幺爸摇摇头："我的难处，你们难道不知道？我是支书，我得对全大队负责，不能再饿死人了。"

韦嘎公说："哪里饿死了人？王结巴的老婆不能算饿死的吧？"

蒙幺爸手往那边一指："那王结巴的孩子呢？是不是快饿死了？他是不是人？"

韦嘎公说："我们也为这事着急上火呢，牛没奶，你让我们怎么办？我们恨不得变成奶牛！"

蒙幺爸说："别说屁话，牛没奶，你们得想办法让它有奶！不行就去找个兽医。"

李贵民说："你说得轻巧，我哪里来的钱？"

蒙幺爸沉吟半晌道："我看实在不行，就把牛犊子杀了，留点奶水给孩子。"

正在喂牛的吴阿满一听这个话，手一阵哆嗦。

韦嘎公摇头说："这可是耕牛啊，杀耕牛可是犯法的，是要判刑的。"

蒙幺爸叹了口气说："可人命关天啊！"

几个人正在争执时，小翠的哥哥和两个大汉押着结巴来到牛棚，后面跟着一群看热闹的社员。

小翠的哥哥一见蒙幺爸就吼起来："蒙支书，我可找到你了。今天我要跟你讨个说法。"

蒙幺爸皱起了眉头："是你？先把人放开！我们盘江人最讲道理，但也不容别人在这里撒野。你要讨什么说法就好好说。"

小翠的哥哥把王结巴放了："好，这可是你说的。我就想知道我妹子是怎么死的。"

韦嘎公抢先说："生娃娃难产。"

小翠的哥哥叫了起来："你们盘江人不要以为我不知道是怎么回事，我妹子不是难产，是被这个混蛋害死的。"

蒙幺爸和韦嘎公对视一眼。

蒙幺爸严肃地对小翠的哥哥说："这种事，可是胡说不得呀！"

小翠的哥哥哼了一声，双目喷火般看着王结巴："你让这个王八蛋自己说！"王结巴哪里说得出话，只是一边哭一边抽着自己的嘴巴。

小翠的哥哥又叫起来："你看，他都承认了。我妹子顺产怎么会死？还不是因为他把粮给赌没了！"

看热闹的人议论纷纷。

吴阿满悄声说："这结巴也够让人恨哟。"

李贵民说："结巴虽然混蛋，但也不是那么没良心吧。"

几个社员纷纷摇头："造孽啊，造孽啊。"

王结巴受不了这些议论，哭着解释："不，不是，是，这样……"

小翠的哥哥冷笑一声："你说得清楚吗？你根本说不清楚。我妹子就是被你害死的。"

韦嘎公说："他是结巴，当然说不清楚。他去赌，也是为了能给你妹子多吃点好的。"

小翠的哥哥说："那我不管，我只知道他把我妹子害死了。我要带他回去偿命。"

这时候，结巴他妈拄着一根破拐杖，蹒跚地抱着孩子走了过来。她走到小翠的哥哥面前跪下，老泪纵横："娃娃他舅，你要是真的要人偿命，就把我这条老命拿回去吧。"

小翠的哥哥把头一偏："哼，我不稀罕。"

结巴他妈哭天喊地："小翠啊，你命真苦哇，你娘家也没有什么人了，就这个远房的堂哥，平时也不来看你，你死了，他倒跑来认亲戚了。这是什么样的人啊！"结巴他妈哭着哭着就抱着孩子倒下去了。

李贵民急忙上前扶起结巴他妈。

小翠的哥哥见这阵势，想了想说："好，幺爸，看在你面上，这个王八蛋的命不要也罢，但是这事情没完，我妹子的命不能白白送了。"

蒙幺爸问："哼，那你要什么就直说吧。"

小翠的哥哥大叫一声："我要粮食！"

村子里，韦号丽和二棍拿着筹来的一小袋粮食往牛棚走。

韦号丽说："二棍，真看不出，你还挺能说会道嘛。"

蒙二棍骄傲地一挺胸："那要看和什么人在一起做什么事情了。和你在一起，做什么不行？"

韦号丽："你怎么还和小时候一样，没个正经的。"

蒙二棍："我怎么没觉得？和你在一起啊，做事情都正经多了。"

韦号丽看着手里的粮食说："我们总算多少筹到点，能下多少奶水是多少了。"

蒙二棍叹口气说:"是啊,现在青黄不接,谁家也没剩多少粮,能筹到这些,算是很不错啦。"

两人边说边走,突然看见九妹正坐在路边的树下哭泣,于是两人急忙走过去。

韦号丽问:"九妹,你怎么了?"

黄九妹抬起头,满面委屈、凄楚地望着韦号丽:"号丽姐……"

韦号丽拉着她的手说:"九妹,别急,慢慢说。"

黄九妹眼泪汪汪地说:"号丽姐,我……我爹,我爹要拿我去为我哥换婚。"

蒙二棍大惊:"什么?黄大叔怎么能这样?九妹,我哥知道这件事情吗?"

黄九妹使劲地摇头。

韦号丽:"九妹,别慌,我们一起想办法,好吗?"

蒙二棍:"九妹,我们一起去找我爹出主意,他是支书不能不管。"

九妹点点头。

牛棚外面,小翠的哥哥他们还在闹。

蒙幺爸:"你以为你在这里乱闹就成了吗?"

小翠的哥哥一脸蛮横:"我就要闹,我还要闹到区里去,闹到县里去。"

此时,韦号丽、二棍和九妹来到牛棚,看见很多人围着牛棚,三个人都惊呆了。

蒙二棍急忙问:"出什么事情了?"没等回答就带着号丽和九妹挤了进去。

韦号丽看见结巴他妈有气无力地抱着孩子,急忙拉着九妹走过去,两个人一左一右扶着结巴他妈。

蒙二棍问蒙幺爸:"爹,这是怎么了?"

小翠的哥哥一眼看见二棍手里那个小口袋,于是冷笑道:"你们盘江人真是厉害啊,不是就要断了顿吗?那他手中的口袋里装的是什么?"

蒙二棍看看他说:"装的什么,要告诉你吗?"

小翠的哥哥说:"你打开给我们大家看看啊。"

蒙二棍眼睛一横:"我凭什么要打开给你看?"

小翠的哥哥带着大汉就要抢。韦号丽一下被激怒了,冲上前拦在二棍面前:"你们干什么?光天化日下想抢劫吗?这是粮食,可这粮食是从大家伙的牙缝里挤出来救娃娃命的,你们还有没有点良心?"

小翠的哥哥耍起了横:"我不管。我只要粮食。"

蒙幺爸突然说:"二棍,你把粮食给他。"

大家都愣住了。

蒙幺爸说:"粮食你拿走,这娃娃,你也抱走!"

小翠的哥哥这下也愣住了。他看看孩子,再看看粮食,半天没说出一句话来。他敢这样做吗？今天来，是实在没有吃的了，想弄点粮食回去。可要是带一个娃娃回去，那不是背鼓上门——讨打！和他一起来的那两个壮汉看这情况，知道弄不到粮食了，急忙悄悄拉了拉小翠哥哥的手，三人虚张一下声势，悻悻地走了。

蒙大棍扛着锄头，哼着歌进了家门。

家里只有蒙二棍，他正在做饭。

蒙大棍问："二棍，你怎么一人在家啊？爹呢？"

蒙二棍说："哥，你总算回来了，你知不知道，黄大叔要拿九妹换婚。"

蒙大棍一惊："你说什么？"

"黄大有要换婚，要把九妹嫁到南关去。"

蒙大棍急了："这，这可怎么办啊？"他在屋里走来走去，嘴里直念："怎么会这样？怎么能这样？"

蒙二棍说："你怎么没主意了？我说啊，实在不行你就和九妹跑吧。正好两人一起去外面闯闯。"

蒙大棍摇摇头："这……我去找爹商量商量。"

蒙二棍说："那好，我们都去。"

天色已经很晚了，大队部里，蒙幺爸坐在那里低头沉思着。

韦嘎公和韦号丽都看着他，吴阿满站在一边有点局促。

蒙幺爸磕磕烟袋，慢慢说道："现在看起来，没有别的办法了。阿满，你去把犊子牵来。"

吴阿满说："幺爸，那犊子可是集体财产啊！"

蒙幺爸点点头，缓缓地说："我知道，只有这样才能保证孩子不饿死。盘江大队不能再饿死人了，不能再叫人笑话，不能再叫人看不起。"

吴阿满有点胆怯地说："可是……"

这个时候，大棍和二棍跑了进来。

蒙大棍一进门就喊："爹……"他正要说下去，看到大家严肃的样子，顿时闭口不语了。

蒙幺爸叹口气说："阿满，出了事情我负责，你去吧。"

韦嘎公轻轻拍拍阿满的肩："阿满，你去牵牛。"

吴阿满的泪水一下子涌了出来，他急忙低下头，走了。

蒙幺爸这才转过来问："大棍，出什么事了？"

蒙二棍推搡着大棍，但大棍支吾着，只是摇摇头。

蒙幺爸站起来："号丽，叫人吹牛角，把大伙都叫来。"

号角声中，社员们陆续赶到了。人们在相互打听：

绝地逢生（节选） 欧阳黔森

"又是什么事情啊？"

"不知道，都没粮吃了，还整天闹什么。"

蒙幺爸站在了台阶上，十分恳切地说："乡亲们，我蒙幺爸是个万事不求人的人，你们都知道。可今天，我得求求大家。"

社员们一阵骚动。

蒙幺爸接着说："乡亲们，王结巴的孩子吃不上奶，快要饿死了，我考虑，大队里把牛犊子杀了，留下一点奶水给王结巴的孩子，大家看行不行？"

人群中一片哗然。

黄大有说："幺爸，杀牛救孩子，没错！但杀这个牛，你不能做决定。杀耕牛是犯法的，是要判刑的，谁负责？"

蒙幺爸看看乡亲们："我负责！"

社员们又是一阵骚动。

韦嘎公把手一挥："我看，我们还是集体表决吧。同意杀牛的举手，过半数就杀，不过半数就留着，大家看着办吧。"

一个社员举起了手，又一个社员举起了手，韦嘎公、韦号丽、黄大有也举起了手。慢慢地大家都举起了手。

王结巴见乡亲们这样对待他，他的娃有救了，他一时血往上涌，一激动就跪倒在地，号啕大哭。

正在这时，李贵民跌跌撞撞地跑来了，大声喊着："幺爸，幺爸，牛死了！牛死了！"

大家一听，都急忙朝牛棚跑去。

到了牛棚，只见吴阿满正蹲在一角哭泣。小牛的头被一根粗大的棍子敲碎了。

蒙幺爸、韦号丽、韦嘎公的目光不约而同地投向角落里的吴阿满。

（节选自《绝地逢生》，贵州人民出版社，2008年12月；《十月》2009年第5期转载）

2009年

张国华

长天秋水（缩写）

第一章

赵长天刚忙完港口新建设问题，回到办公室就接到了县委办公室要召开紧急会议的电话。主持会议的是市委常委、副市长熊启明。赵长天来到会议室，看到熊副市长旁边还坐着几个纪委的干部，感觉气氛很闷。"同志们，开会吧！内容是关于'8·15'矿难的处理意见，主要是宣布对赵长天等同志的处理决定。"熊副市长话语一落，会议室就发出了骚动声。"要怎么处理赵县长？""还有没有公平？赵县长当时还在北京学习，我们要找市委讨个公道。"大家你一言我一语都替赵县长抱不平，赵长天没有说话。"根据省安监局的建议，市委决定赵长天同志停职检查。"熊副市长宣布后，没有一个人说话。赵长天平静地坐着，回想着在龙山当县长的五年时间里，他带领乡亲们走上致富的道路，GDP和财政收入都直线飙升。在抓生产的同时还注重安全问题，去北京进修前，还把所有矿山都跑了一遍。在北京的日子里，赵长天并没有安心学习，而是每天都与分管县长通电话，问心无愧。尽管这样，龙头镇黑山湾的十多个村民还是跟巡查队躲猫猫，导致了"8·15"特大矿难的发生。在场所有的人都替赵长天抱不平，但是被他制止住了，他欣然接受了处分。

长天秋水（缩写）张国华

第二章

赵长天站在神龟石边，眺望苍茫的龙山，他想：停职了，不是县长了，下一步去干什么呢？他害怕面对老婆和儿子，这五年来，废寝忘食地让龙山县发生了巨大的变化，老百姓们都挂念他的好，但是他却不是一个好丈夫好爸爸。十天半月看不到妻子柏梅和儿子小明一眼，每次都是三过家门而不入，一到市里开完会就溜回县里再开会。这样尽心尽力却落得个停职。他在心里问自己："我是一个好干部吗？好干部会受到停职处分吗？"赵长天五年来，在各种物欲近乎夸张的诱惑面前，如履薄冰地坚持走好自己确定的每一步。他是一个有雄心壮志的人，是简单的人。他没有野心，不会算计，所以他比别人有更多时间去干活。他爱憎分明，一视同仁，使得龙山的厂房一天天多起来，财政一年年增长起来，老百姓买得起手机，开得起汽车，脸上绽开了幸福的笑容。

赵长天被停职，分管安全的副县长何云山被记大过，最悲惨的是龙头镇，整个班子几乎遭到毁灭性的处理，全是一拨埋头干活的好干部。赵长天有心病，那就是不知道怎样面对自己的姐姐赵长枝。他五岁那年，父亲母亲相继去世，姐姐承担起父亲和母亲的职责，千辛万苦把他和妹妹拉扯大。她的丈夫在他读高中的时候得怪病去世了，现在只有独生儿子吕晓山在北京读大学，但是也得了重病。他不知道姐姐能不能再经受他被停职的打击。

白塘新港紧靠港口的物流中心，连接着港口的高等级公路，是他呕心沥血去打造的港口经济产业带，也是他在龙山编织的第二个梦想。他邀约了刚担任发改局局长的铁哥们宋达，想要商量白塘新港连接公路两侧几个工业项目的手续报批事宜，希望宋达能帮忙。

第三章

车很快就到了盘江市区。盘江市区原来就叫盘江，因坐落在盘江左岸而得名。盘江距离云南与广西的地界都不过五十公里路，是典型的鸡鸣三省的地方，自古就是商品集散之所和兵家必争之地。

赵长天和宋达直接把车开到他们熟悉的小馆子吃红豆米火锅。吃完饭后，宋达要送他回家，被他拒绝了。他一个人在街上溜达，漫无目的地逛了一阵，才想起怎样才能回到家中。他家住在"秋水依人"，才搬进去不久，但是他并不知道"秋水依人"在哪。

当初买房子的时候就是因为他妻子的一句"让人有归属感"。赵长天第一次一个人徘徊在繁华的大街上，他很陌生，很孤独，有些身处异乡的感觉。这些年，他没有亲自去买过什么东西，什么都有人包办，他几乎没有用过钱，所以他身上连打的的钱都没有。他走到报刊亭问老头"秋水依人"怎么走，老头不搭理他，这时身后一个女人操着外地口音告诉他："离这儿不远，顺着大街朝南走，走过民族广场一问都晓得。"女人身材高挑匀称，转身扭腰时优雅地展现了极有神韵的体态，她往给他指的方向走去。赵长天自然地向前跨了一步，与她保持着一定距离并肩而行，算是一种礼貌和风度。赵长天其实是很讨女人喜欢的那种类型的男人，他鼻梁高隆，眼神深邃，有点西亚人的长相。平素，他一脸的冷峻，偶尔开心微笑，反衬得他格外有男人味。赵长天与女人走在路上，你一言我一语地走着，像一对饭后闲适漫步的夫妇。"可以忘了回家的路，但不可以忘了回家。"这个女人的这句话让他第一次产生想说话的欲望，这个女人让他有心跳的感觉。就在这时，一阵歌声在晚风中飘来：巍巍龙山哟挺拔高昂，风吹草场遍地牛羊，滔滔盘江哟婉转流淌，风吹两岸蔗甜稻香，黑土地里遍藏黄金，黄土地下富集煤矿……龙山，忠贞丰茂的故乡；龙山，布依儿女的天堂……这首歌对于赵长天来说再熟悉不过，就是他写下的这支《龙山恋歌》。原来他和那个女人不知不觉已经走到了民族广场。正当赵长天想要询问女人究竟时，演出结束的布依古乐队伍里有人看到赵长天，男男女女叽叽喳喳地围了上来，向他表示感谢。一行龙山人跟他告辞后，他才猛然想起刚才在身边的美女，发现她不见了。

第四章

赵长天接到了吴芳菲打来的电话，邀约着去喝茶，但是被赵长天拒绝了。他知道吴芳菲喜欢他，一直要为他做点什么事，但是这让他欢喜又让他忧。他跟吴芳菲第一次见面是在三年前的全市领导干部会上，吴芳菲作为盘江日报的记者，想要采访他。他当时很平淡自然地说："我还要找领导汇报工作，另找时间吧。""那请示一件事好吗？赵县长，我要求调到龙山去工作，你同意吗？"赵长天笑着说："我没有同意不同意的权利，你真要调动，得找市委组织部。""我只想知道你的态度。""我当然欢迎喽！"一个月后，吴芳菲调龙山县龙头镇任党委书记。后来，他才知道，吴芳菲家世显赫，奇怪的是她是名牌大学毕业，却放弃出国留学和在省城工作的机会，非要到盘江当记者。

赵长天不是圣人，和美丽的女人在一起，他一样地感到温馨和愉悦，会感觉到生活的美好。面对吴芳菲的错爱，他没有乱方寸，而是恰当地保持着领导者的威严，又亲切

长天秋水（缩写）张国华

地流露出长兄般的友情。想到这，赵长天打算问吴芳菲借一笔钱，给侄儿吕晓山当手术费，他张口要了三十五万元，吴芳菲答应了。

回到家中，他感觉到无比地累。厨房里偶尔传来咳嗽声，妻子柏梅还在厨房做饭，他见妻子身体不好，想要去帮忙，但是被妻子拒绝了。柏梅出生在盘江著名的中医世家，父亲是国宝级的中医大师。嫁给赵长天后，柏梅基本杜绝了社交，除了上班做手术，几乎所有的时间都在陪儿子学习。"哎！老婆，明天是周末，咱们带着小明去箐江好吗？那儿空气好，再说好久没见大姐，真想她。""去箐江？明天小明要参加英语竞赛呢。"柏梅婉言拒绝了赵长天的提议。"这段时间忙，半年时间都没去看大姐了，大姐也很挂念我们，前两天打电话，老是问你和小明呢！"他没有告诉柏梅吕晓山在北京患病的事情。"你一个人去嘛，代表我和明儿，下次找个机会我们一家人去。"柏梅知道赵长枝在赵长天心中的位置，在这个问题上她不想和他闹别扭。但是还没说两句，两人便吵起来了。"妈妈，这次竞赛不参加不要紧的，我都把竞赛的范围看了好几遍了，学校竞赛影响不了我，我是种子选手，可以直接参加市里的竞赛，我也好想去老家看姑妈。"儿子的早熟提醒他们，三口之家两个大人闹矛盾，整个家庭就会被阴影笼罩。赵长天像只苍蝇无绪地转悠一圈回到客厅，心情又开始糟糕起来。

第五章

赵长天不想让人看到他们一家兴师动众地出门。车是借朋友的私车，他叫驾驶员小罗把车开到小区大门旁边等候他们。儿子小明和妻子柏梅就像真的去旅行一样，七七八八地带上几大包东西，连累得赵长天身上也全是披挂。想到几个小时后就可见到姐姐，赵长天心里七上八下，既兴奋又忐忑，他只有体面而又光彩地生活着，才是对姐姐最好的报答，姐姐曾不止一次地当着他的面对亲友们说，她的一生经历过很多苦难，但值得，她的苦和累成就了两个成器的男人，就是指赵长天和吕晓山。在赵长天的记忆中，姐姐赵长枝只哭过两次，一次是他考上复旦大学新闻系，拿到通知书那天。再一次是吕晓山考上北京科技大学，赵长天已经在龙山当县长，他接到电话风尘仆仆赶回来，姐姐又一次对着姐夫的遗像泣不成声。苦命的姐姐应该到了收获的季节，就在弟弟和儿子即将功成名就，她完全可以安享清福了的前一周，吕晓山参加北京市马拉松赛跑，几十公里下来，膝盖意外地疼痛不已，最后发展到脚都落不下地。同寝室的同学把他送到医院，检查下来竟然是疑似恶性肿瘤。经过专家复诊，统一回复就是马上手术，如果抢救及时，就有康复的机会，只是手术费高达三十万。这就是他要向吴芳菲借钱的具体原因。

眼看就要天黑了，但是路途的颠簸让妻子和儿子所有的兴奋都没有了。前面突然堵车了，一辆拉煤的大卡车抛锚，瘫痪在路中央，挡住了后面的车队前行，大卡车货厢的煤堆得像小山似的。所有的人都围着抛锚的煤车和车主，七嘴八舌地争论。赵长天见到这样解决不了问题，只会越来越堵，就走下车。一下车就被人认出来了，大喊："这不是龙山县的赵县长吗？"出事车主听到赵县长三个字，就退了一步，答应了赵县长的帮忙。在一片呦嗨呦嗨的吆喝声中，瘫痪的煤车硬是往公路右侧前进了十多米。虽然几十米高的路坎近在咫尺，但车停得稳稳当当，大路豁然宽敞开来。

第六章

老远，赵长天就看到高高耸立的红军纪念塔，他的心马上温暖起来了，到家了。车刚停稳，赵长天赶紧下车大踏步迎上去，拉住姐姐的手问长问短。"哎呦，梅子，幺儿小明，罗子，你们全来了。"赵长枝喜形于色，吩咐叽叽喳喳的孩子们赶紧接过他们手上的东西张罗进家。"一会儿二毛和老幺都要来吃饭，知道你今天回家，都嚷着要陪你喝酒。"赵长枝讲的二毛和老幺是箐江镇的书记和镇长。"长天，你听说了吗？老幺兄弟挨了个处分，很重的。"赵长天听到"处分"两个字很是敏感。经过姐姐赵长枝的细说，他知道了是老幺兄弟管理的一艘船撞沉，死了人。"人命关天，出了事肯定要有人负责，大家都要小心。"赵长天说。正在他们姐弟俩唠嗑的时候，张二毛走进了后院，他们俩是远近有名的黄金搭档。

赵长天听大姐和张二毛说话，又看到张二毛奇怪的暗示，他心想，这里面肯定有蹊跷，凭杨老幺的性格和他们的感情，赵长天回故乡，就算是受再大的处分，杨老幺也不会不来。说话的时候，赵长枝指挥做厨帮厨的，七手八脚地在小院里摆了整整六桌饭菜，这种熟悉的香味，就是赵长天迷恋的故乡温情。人群中突然有人提起了吕晓山，提起吕晓山，赵长天心里就发慌，但赵长枝却一脸的幸福，她端起酒杯站起来，笑容灿烂地说："感谢这些年乡亲们对我、对长天无微不至的关怀和支持，这杯酒应该是我敬乡亲们，干！"看到杨老幺进来，从邻桌招呼客人转过来的赵长枝关切地对他说："老幺兄弟，你要挺住啊！"这句不太适宜的安慰，让各有心事的他们都怔了一下。乡亲们还在陆陆续续走进庭院，人越来越多，每来一个人都要敬赵长天一杯酒。院子里越来越热闹，这个热闹的景象，暂时让赵长天能够忘记烦恼忧愁的心情。

长天秋水（缩写）张国华

第七章

  夜深人静，赵长天、张二毛、杨老幺三人坐在小院的古榕树下。此情此景，让他们想起了孩时往事，谁都没有说话，只有三支燃起的香烟在黑暗中忽暗忽明。张二毛诉说着自己的苦衷，赵长天很有同感，但他毕竟是县级干部，不能让自己的情绪去影响他们，他便岔开了话题。张二毛沉吟了一会儿又感伤地说："老幺，你知道吗？长天也挨了停职处分呢！""怎么？"杨老幺惊得丢掉手中的烟头，他感觉很突然，"长天哥，是真的吗？"赵长天平静地说："是真的，昨天熊副市长已去龙山宣布了市委的处理决定。""就是因为'8·15'矿难？当时你不是在北京学习吗？怎么绕去绕来还是扯上你？"杨老幺迷惑不解地追问。杨老幺劝说赵长天，越说越激动："长天哥，给你说实话，这次兄弟我被停职，你那势利的兄弟媳妇老是埋怨我数落我，说当初她上下活动，好不容易给我弄了去县民政局当局长的美差，我不去，这下鸡飞蛋打咯。哭哭闹闹也就罢了，还说要离婚，我扇了她两耳光才过来的，离就离，妈的，彻底离了，老子就不离开箐江，看谁能取消我的箐江公民权。"杨老幺和张二毛紧紧地握住赵长天的手，三人都感受到相互给予的力量。

  送走张二毛和杨老幺，赵长天回到卧室已经是凌晨两点。一大清早，赵长天在冰箱里捞了块他最爱吃的云片糕，边吃边匆匆走出家门。程书记在办公室约见他，要他准时赶过去。到了市委大院，他看表才七点十分，今天急于见到程书记，多提前了一些时间。赵长天工作的风格和程书记很相似，虽然没有什么特殊关系，但也许是惺惺相惜的缘故，他对赵长天厚爱有加，无论是到县上调研，还是到市里开会，他都要点着赵长天发言。"长天，这次市里给你处分，有没有想法？""不瞒书记说，心里是有想法。不过，想一想也就通了。"他们俩寒暄了一会之后，程书记说："今天叫你来，一是看看你的精神状态，二是安排点活儿让你去抓一抓。要说精神状态嘛，我看比我想象的还好，我很放心。至于活儿嘛，我想趁停职这段时间，你直接去抓白塘新区的工作，撕开港口建设的口子。交通运输已经成了制约盘江发展的瓶颈，白塘口的建设，水运通道作用的发挥，将极大地缓解我们的物流压力，促进全市经济的发展。我思考过，你在白塘致力打造的港口经济产业带，是个很切合实际的大手笔，你的思路很对，抓白塘新区抓得很准，那是全市一个新的经济增长点。告诉你啊，你只是暂时去，我还有一个想法，就是要让组织和群众看看长天同志身处逆境却斗志不减，依然大有作为。"

  听完程书记的话，赵长天只觉得热血沸腾。赵长天不知道是惊喜还是感激，恨不得马上飞到白塘。一百公里的山区公路，他独自驾车一个多小时就赶到了白塘古渡。

第八章

  就在赵长天追昔抚今展望古渡未来的时候,一辆保时捷吉普车徐徐靠过来,紧挨着他的本田吉普车停下来。车上走下两个体态优雅的女人,其中一个美女径直走到他身边问他:"请问,你是赵长天赵县长吗?"赵长天感到惊讶,怎么会有两个绝色美女追到白塘古渡找他?另一个美女开口说:"怎么,你就是赵长天赵县长?"赵长天凝目一看,只觉得脑袋轰一声,热血马上涌上脸来:"很抱歉,那天来不及说谢谢你就消失了,今天又不期而遇,算是第二次握手。"他把手伸过去给她。"不,是第二次相遇,第一次握手。"她风趣地纠正他,大方地把手递给他。在三人之间不断的对话中,赵长天了解到,眼前这位名叫汪秋水的女人就是他曾经苦苦找寻的那个人,但在彼此即将相认的时刻,他还是难以保持沉稳,他迫不及待地说:"是啊,我原来叫赵长山,后来改叫赵长天,1989年复旦大学毕业。汪秋水,十九年前人们都叫你汪二胡是吗?"赵长天的心跳更加激烈。汪秋水白皙的脸庞透出股红,深深的眼眸迷迷茫茫,她想起了十九年前的春天,嘉陵江边的桃花林里她和赵长天的故事,那个改变了她的人生让她刻骨铭心的故事。他们惊喜交加的举动,让站在一边的戴薇茫然得不知所措,但她大概明白,汪姐姐和赵县长是久别之后意外重逢的好朋友。于是,她也跟着欢欣鼓舞。"哈哈,我就知道你在这儿,赵兄。"人未到声先到,一辆白色的三菱吉普车上跳下一个三十岁左右的美女,一身的耐克运动服,显得她很是干练精神。原来,新区管委会主任吴芳菲也鬼使神差地来到大桥上。"芳菲。"赵长天有点尴尬地放开汪秋水的手。吴芳菲斜眼瞟汪秋水,眼神不怎么友好,看到吴芳菲的举动,戴薇轻蔑地哼了一声鼻音,汪秋水用眼神制止了她,她们两人很默契地向桥栏边踱去,看江边老码头的风景。

  他们几个一同来到了吴芳菲办公室,商量着港口建设的工作。你一句我一句的,场面十分热闹。赵长天品味着两个女人,他感觉得到,汪秋水和吴芳菲的互相欣赏,其实都透露出不甘居下的自负,两人都很要强。吴芳菲首先进行了叙述,简单明了,主题突出,看得出来,她对新区工作的思路非常清晰。白塘新区的建设,长天是最初的谋划者,市委程书记的决策依据主要来源于他杜鹃啼血般的游说。

  每个人都发表了自己的想法,赵长天把过去的几个设想在脑子里跑了一遍,最后定格在一个备选方案上:"我认为有希望,芳菲你看,盘江从我市进入贵粤,白塘应该属于龙头港口,第二个港口大滩码头离白塘有三百公里,而且连线公路状况极为糟糕,运输原煤和焦炭的车辆与其运到大滩上船,不如再推进一程直接进入贵粤腹地。从大滩资源配置的情况看,那里没有大量的物资要从水路进入贵粤腹地,零星的货物可直接走陆路。再往下,进入珠江,公路四通八达,沿途规划的也只是吞吐量较小的港口。我分析,航规部门平均分配港口份额,的确是为了平衡省区关系,他们的规划依据都来源于三省区航规部门提供的材料和数据,并没有真正掌握盘江连接珠江沿岸可供水运的资源配置状况。所以,按照科学规划,我们把实际情况逐级反映,有理有据地请求航规部门派专家深入实际进行调研,只要工作做到位,白塘港口要求增大规模的想法就有可能变成现实。"

第九章

吴芳菲听了赵长天雄辩的分析,她的担忧顿时云开雾散。"现在还有一个问题需要明确,"赵长天表情严肃,"那就是连线公路的前期工作是等港口扩容的事确定下来再做呢,还是现在就开始?如果要等港口扩容的规划尘埃落定,那公路开工建设的时间势必就得推迟,进而就要影响沿线工业项目的上马。如果现在开始,万一扩容规划受阻,企业就要承担风险。"大家刚刚轻松的心情又紧张起来,屋里的人都把目光投向汪秋水,仿佛她的态度就能决定整个新区的命运。汪秋水在大家的目光中站起来,她走到墙壁旁边看着地图沉思。转身看了赵长天一眼:"赵县长、吴主任,连线公路的所有前期工作马上启动,了不起公司受些损失。我想,既然我们要争取港口扩容,就一定要坚定信心,志在必得。"

需要商讨的工作很快眉目清楚,方向明确,汪秋水很想邀请大家去盘江吃饭,她想找机会单独与赵长天叙旧,分别了十九年,她有很多话想要对他说,但她看到吴芳菲对赵长天的那种感觉,就打消了念头。于是她借口说要去看新港选址和连线公路走向,告辞要走。赵长天也很想陪汪秋水去,吴芳菲眼看赵长天要跟汪秋水走,不快不慢地说:"赵县长请留步,新区还有许多工作要向你汇报呢,要看新港选址,汇报完了我陪你去。"赵长天只好先送汪秋水和戴薇出门。吴芳菲漫不经心地观察赵长天的举动,她感到很意外,这个她背地里责骂过很多次不食人间烟火的男人,竟莫名其妙地对一个才认识几个小时的女人有如此的兴趣,真是奇了怪了。吴芳菲向赵长天询问了晓天手术的事情后,得到了赵长天的感谢,于是便开始展露自己的情感。她满脸通红,咬着嘴唇跟着他走到窗边,拉住他的衣角。赵长天突然转身说:"芳菲,我该走了。"他顾不得吴芳菲幽怨的眼神,拉开房门,大踏步走出吴芳菲的办公室。

第十章

　　离开白塘吴芳菲的办公室，她的脑子就混混沌沌，心如小鹿奔跑，这种心慌意乱已经很多年都没有过了。再一次邂逅赵长天，实在令她惊讶和突然，难道和他的命运就只能是邂逅？她追魂一样不远千里来到盘江，整整盘桓三年，明察暗访了多少人和多少地方，没有得到他的一丝消息。就在她找他的心快死了的时候，他却鬼使神差地出现在她面前，十九年前那个恍然如梦又刻骨铭心的黄昏，她在忘情和慌乱中把少女的处子之身献给这个男人，一转眼他带着她的体温，流星一般消失得无影无踪。这个薄情少年，今天又像月光一样静静地流淌到她的面前。

　　那是20世纪80年代后期的一个春天，华西大学音乐学院民乐系的大三学生汪秋水，被同学昵称为"汪二胡"。她拥有着精湛的表演天赋和技艺，天资超众的乐感，令人倾折的仪态，她还参加了全国青年二胡演奏大赛并获得了银牌。汪二胡住的是一间不分系别年级混合杂居的大宿舍，全是一群叽叽喳喳的美女。在音乐学院，恋爱与学习几乎成了平行课，同寝室的姐妹们常常肆无忌惮地把男朋友带来寝室，钻进遮盖严严实实的蚊帐笼里，卿卿我我，她们的举动令汪二胡心痒难堪。一天，同宿舍的杨娜娜带着赵长天来到了宿舍，汪二胡对赵长天一见钟情，但却因为误以为赵长天是室友的男朋友就不了了之了。

第十一章

　　赵长天逃也似的走出吴芳菲的办公室，他和汪秋水一样心事重重地回到龙山县城，这是他县长职务被停职后第一次回到龙山，心境和感觉和以前虽然大不相同，但心情好了很多。此时，他脑子里像放电影一样，一幕幕地回放出十九年前嘉陵江边近云山麓的桃花林里，他和汪秋水那场致命的邂逅。

　　中学时代，赵长天是学校的知名人物，品学兼优，人又长得英俊帅气，是女孩们暗恋和追求的对象。但赵长天听姐姐的话，全身心地读书，不敢越雷池一步，当时杨娜娜才貌一般，也没有机会接近他。大学后，杨娜娜经常给他写信，殷切地邀请他去华西大学。这次他答应了杨娜娜，他自己也说不清原因。杨娜娜在信中表达的感情很迫切，仿佛他们已经就是恋人。赵长天来到杨娜娜寝室，生平第一次遭受到电击般的震动，已经二十岁的他，之所以连尝试恋爱的经历都不曾有过，就是因为在视野内的女孩，还没有

长天秋水（缩写）张国华

一个让他有心动的感觉。汪秋水的气质却让他一见钟情。杨娜娜请全寝室吃饭，汪秋水出于尴尬没有去。第二天下午，杨娜娜要参加市里的"五一"大汇演排练，恋恋不舍地丢下他去参加乐队合练。赵长天情不自禁地沿着开满鲜花的小径漫步走出校园，快到江边时，江流水声携带着隐隐约约的二胡琴声飘到他的耳际。靠近琴声，他害怕惊动拉琴者，他屏住呼吸，悄悄地摸上去，他很想一睹大师的风采。赵长天看到拉琴的人是汪二胡，心里震惊了。汪二胡看到赵长天走近她，她依旧沉浸在琴声之中，没有丝毫惊奇，仿佛赵长天就是熟悉的朋友如约而至。他们俩面对面地站着，猛然，赵长天把干涸的嘴唇严严实实地印盖在汪二胡的红唇上。只是一瞬间，汪二胡就腾地伸出手臂，紧紧地抱着赵长天的头颈。他们四臂相交，就像沙漠苦旅的行者，相互在对方的口中尽情地吮吸甘露。"赵长天，你这个花心流氓！"一阵哭喊声惊醒了昏昏沉睡的赵长天和汪二胡，"汪二胡，你还算我的姐妹，你平常装得淑女十足，还真看不出来，你原来是个妖精，不到两天时间，你就勾搭上他。"面对难堪的情景，同寝室的几个同学分成两拨，分别把杨娜娜和汪二胡送回了学校。

当天晚上，杨娜娜的班主任找到赵长天，让他赶紧离开。赵长天很是内疚，但是没有后悔，也没有羞愧。他的孟浪和忘情，伤害了两个女孩纯洁的心，这个内疚在他心底蠕动了很多年。

第十二章

赵长天还是住在龙山的宿舍里，昨天夜里他老是在想十九年前的往事，一幕一幕，翻来覆去，搅得他难以入眠。天刚亮他就起来工作了，干起工作来，赵长天雷厉风行，风风火火，什么都不顾。物理学的惯性作用在他的身上表现得很明显，停职以后，他有顾虑，不好再去管县里的事。龙山县的发展和其他资源大县走的道路几乎是如出一辙，都是靠大规模开发煤炭、黄金等矿产资源推进发展速度。眼睁睁地看到一车皮一车皮的煤拖出去，他的心就像煤山一样越来越空，二十年后的龙山怎么办？这个焦虑一直在困扰他。

"二十年，二十年，我们早已退休了。再说，随着科学的发展，二十年后新的东西肯定又发明出来。长天，我们不用杞人忧天。"县委书记不赞同他的观点。赵长天没有顾及书记的情绪，依旧固执地讲他的忧虑。赵长天认为要学会吸引外资来投入开发煤产业，靠外来资产带动当地所拥有的资源来发展。赵长天不屈不挠地上下游说，引经据典地雄辩，终于说动了龙山县的其他领导同志。

回想昨天在白塘的会面,他打心底里佩服汪秋水。她已经不是在嘉陵江边满怀深情拉二胡的少女,作为企业家,她非常智慧,既要把握住商机,又要理性地考虑企业的效益。她的主意不仅仅能够解决连线公路的建设问题,更重要的是完全牵住了港口建设的牛鼻子,用一箭双雕来比喻,都不足以形容她的智慧和对盘江的关心。

想起汪秋水,想起十九年后第一次情感的交流,赵长天心里涌起一股温暖。

第十三章

赵长天在电脑上反反复复修改白塘港口建设的工作方案,方案很具体,目标和措施都非常明确,问题的要害取决于航规院对港口规模扩大的批复时间。他高兴地在院子里吹着口哨,接到吴芳菲的电话:"长天兄,你得赶紧下来,白塘出事了。市园林局的几个年轻小伙带队伍下来抢救大榕树,和老渡口的移民兄弟们闹得不可开交,我已经没辙了,你快来!"就在赵长天催车子下白塘的时候,汪秋水和戴薇来了。正当他们开车去白塘路上的时候,赵长天接到了李建功的电话:"老板,出大事了,龙头镇龙耳村的老百姓围住了龙岩煤矿,说是有地质灾害,要煤矿关井,这会儿正剑拔弩张。镇里的干部怎么劝都劝不开,形势非常危险,你得赶快去。"一挂电话,赵长天掉转车头驶向龙头镇。

来到龙岩煤矿,村民们都堵在矿口,不肯开工。"赵县长来了!"镇里的干部看到他,像是看到救星似的全部都站在他身后。赵长天对这儿的情况很熟悉,龙岩煤矿的老板是个教师出身的开明企业家,在环境保护、处理当地群众关系方面都很舍得出钱。就在双方你一言我一语的僵持中,一个人影从半山腰气喘喘地跑来了:"赵县长,赵县长。实在对不起,给赵县长添乱了!添乱了!"说完转身对着一个年轻男子乱踢,"你这狗日的,打工不好好打,想投机取巧吃便宜钱,还打了老子的旗号去蒙骗别人,要不是赵县长来了,真要你狗日的坏了事。"

赵长天语重心长地安抚了百姓们,语气恳切,义正辞严。语音未落,跟着就是一阵雷鸣般的掌声。十九年的光阴如白驹过隙,在嘉陵江边的桃花林里,让汪秋水勇敢地以身相许的少年,已经羽化成一个极为成熟的魅力男人,她在他身上看不到圆滑市侩的官僚影子,他说话做事是那么从容和智慧,她心底涌起一股欣慰。

第十四章

赵长天又驱车来到了白塘，三人刚刚踏上河滩，正围着吴芳菲等人的群众稀里哗啦地全都涌到赵长天身边，七嘴八舌地说。吴芳菲想过来叙说事情原委，赵长天用手势制止她，先听群众叙说。

原来是市园林局那帮莽小子，考虑到龙门电站大坝截流，江水漫上来，白塘沿岸的古榕淹了可惜，拟了一个救树计划，没有和县里沟通，也没有和群众谈条件，毛手毛脚地就要移树去市里的生态广场。这本是好事，由于操作前没有协商好，莽撞之下就闯了祸。

经过赵长天在中间搭桥，两边劝解，这件事情终于还是协商好了，乡亲们同意移树了。

第十五章

走进市委常委会议室的那一瞬间，赵长天就感觉几乎所有的目光都在注视他们，他明白这些目光注视的不是他，是紧跟在他身边的三位丽人。会议室里，市里几大家的头头脑脑都基本到齐，还有市发改局、交通局、经贸局的局长们，包括各家媒体的记者。

大家寒暄了一会儿，程书记看时间一到，表情庄严地说："今天的会议就一个议题：研究白塘新区建设的相关工作。先听取赵长天同志汇报基本情况，然后大家讨论，统一思想，拟定措施。"赵长天扫视会场一眼，然后庄重地说："我汇报的题目是《建立新港产业带，再造一个空山县》。"赵长天明白自己汇报的题目引起了大家的疑虑，他没有受到骚动的影响，继续有条不紊地汇报下去。赵长天汇报停顿的时候，与会者大都表现得十分兴奋，特别是几位老领导，脸上露出由衷的赞许。"我想问一问，长天同志，你说的这项目的依据是什么？"市人大徐主任问道。赵长天指着身边的汪秋水说："其中有两个项目，汪总的公司就有具体的打算。"大家迅速把目光转向汪秋水。经过一番讨论之后，赵长天看到两个主要领导的态度都很积极，提高音量接过他们的话说："需要市里解决三个问题：一是以市人民政府的名义上报航院；二是港口工业产业集聚区的建设要涉及土地，我们选择的地方基本是荒山，需请国土部门尽快完成报批手续；三是白塘新港建设的工业集聚区建设需要大负荷用电，请市政府协调电力局尽快建设二十二万千伏输变电站。"赵长天清晰的思路，让所有与会者既兴奋又担忧。最后，会议在一片欢快的掌声中结束，掌声拍得最响的是老徐主任和戴薇。

第十六章

赵长天满心愉快地吹着口哨回到"秋水依人"。白天在市委汇报工作，仔细回味，颇为曲折又很有意思。他了解熊启明，熊启明肯定不会善罢甘休的，肯定还是会挖空心思想办法横挑鼻子竖挑眼，阻碍新区的工作，但他赵长天不怕。晚上，他又和电力、国土等部门的几个局长吃饭，既为白天汇报成功庆祝，也为下步的工作交换意见。他回到家，发现妻子柏梅正在陪儿子写作业，柏梅不喜欢他喝酒回家，他就一个人在沙发上坐着。柏梅走了出来，说话一套一套的，很不对劲，交谈几句才知道，柏梅知道他找吴芳菲借钱了。"赵长天，你就别再哄骗我了，你以为天底下除了你，别人都是傻瓜。整个盘江谁不知道，你在龙山县被停职检查，主动要求去白塘新区戴罪立功，正好和你的粉丝耳鬓厮磨。这句话可不是我说的，我只是把我听到的话传给你，你想过没有，你闹出的这些新闻，是不想让我费心劳神？"柏梅越说越激动。赵长天真有跳进黄河洗不清的感觉。

第二天早上，柏梅目送儿子出门上学后，看着他洗漱完毕坐在沙发上喝牛奶，就走过去坐在他对面："长天，我想趁十一长假带小明去美国，看大哥。"去美国？很让赵长天吃惊，他们两口子素来不喜欢这个国家。"趁长假，带小明去美国看一看，以后逢假期都尽量让他去熟悉语言环境，反正他早晚要出国的，况且这段时间你也挺忙。"柏梅情绪很平稳，说的理由也很充分。"你不是不喜欢这个国家吗？"他问柏梅。"我又不是要做它的子民，况且，人的想法也是会改变的。"柏梅说。赵长天还是感到委屈，他望着窗外树上的麻雀，一句话不说，家里的气氛很压抑。赵长天看她今天说话的欲望很强烈，是推心置腹地同他说，就没有制止她。"我已经给小明请假了，如果没有什么特殊情况，下周我们就启程。对了，大哥汇的五万美金很快就到，收到后你尽快兑换成人民币还给吴芳菲，别让人家小瞧我们。"她把一切安排得很仔细，赵长天真不知道说些什么，脑子里混混沌沌的，直到柏梅走出家门。

第十七章

转眼的工夫，中秋节就要到了。今年的秋天是赵长天最多事的季节。清早，常文

长天秋水（缩写） 张国华

科从北京打电话来，最近几天就要给晓山动手术，做手术的时候要求有亲属在场，赵长天脑子里不知道在想什么，心事重重。市委扩大会议结束不久，"两办"就下文调整了白塘新区经济产业带领导小组，市委专职副书记任组长，几个副市长和相关局长任副组长，赵长天任副组长兼办公室主任，县人大岑主任作为领导小组的监督员，专门负责监督工作进度。领导小组这种机构纯属"中国制造"，组长副组长都只是兼个名头，表示重视而已，实际上办公室主任才是真正干活的主。吕晓山的手术在即，费用现在倒是不用操心了，可是晓山需要精神鼓励，怎么办呢？他盘算着时间，能否抢在黄金周之前跑北京一趟，到交通部航规院全面汇报港口扩大规模建设的事，也趁这个机会守候吕晓山做完手术，这倒是一举两得的好办法。主意一定，他一溜烟地向白塘驶去，他要找吴芳菲商量上北京的事。

在省交通厅拿了转呈报告，赵长天就匆匆地赶往机场。在飞机上偶遇汪秋水，两人对视一会后找到了自己的座位。两个人的座位隔着一条过道，在飞机飞行的途中遇到了超强气流，剧烈的摇晃使得行李架上的行李箱跑了出来，砸伤了座位上的一名乘客。见此情形，赵长天情不自禁地把手伸给汪秋水，汪秋水缓缓地接过他伸出的手，两只手紧紧地握在一起。下了飞机后，赵长天坐上汪秋水的车赶往了医院看晓山。

第十八章

天刚亮，汪秋水惦记着在医院坐了一夜的赵长天，赶紧起床，匆忙吃了早点，亲自驾驶"大奔"就向积水潭医院驶去，紧赶慢赶，还是被塞车耽误了时间。赵长天一个人坐在花园的木椅上，一支接一支地默默抽烟。在两人商量决定到处走走的时候，汪秋水接到了二哥的电话，说是已经约到了交通部分管航规院的张司长了，今天正好有空，可以在晚饭的时候汇报工作。赵长天一听又开心又矛盾，一边是工作，一边是晓山。汪秋水似乎看出了赵长天的顾虑，笑着对他说："那边我会安排人去找今晚吃饭的场地，你不用担心，你就在这看着晓山就好了。"六个小时后，晓山的手术终于完成了，看着晓山成功做完手术，赵长天马上赶往饭局。平时滴酒不沾的赵长天，在今天晚上这种场合喝了不少酒，汪秋水看到他来回回去了卫生间十多次。

宴席吃喝到十点多钟终于结束，早先最豪气的张司长被人搀扶着走到大厅，他挤过人群拍着赵长天的肩头："赵老弟够朋友，我……我知道，今天，你……你是舍命陪君子，你……你的事就是我的事，放……放心，我一定搞……搞定！"

第十九章

赵长天在汪秋水温暖的香巢，睡到第二天上午也没有醒来。酒劲过后额头依然很烫，嘴唇也烧起水泡，昏昏沉沉地有一句没一句地说着有关港口内容的胡话。汪秋水知道他是积劳成疾，就像一台没有歇过的机器突然出现故障，但他的病状还是令她心急。她赶紧打电话招来戴薇和小黄，他们七手八脚地把赵长天送到附近的一家医院。医生检查完赵长天的病情后告诉她，病人是长时间睡眠不够，操劳过度，免疫力太差，前天又超负荷饮酒，受了寒气，一两天烧退不下来，要马上住院采取措施退烧，否则会烧死脑细胞。按汪秋水的吩咐，戴薇给赵长天要了一间价格昂贵的五星级病房。

吕晓山刚做完手术，本打算守候他的赵长天又住进医院，汪秋水像主妇一样，早上去积水潭医院看望吕晓山，还得撒谎说赵长天在北京有大事抽不开身。下午，她又要赶到赵长天治疗的医院守护他。她从来没有这样像一个普通女人那样操心劳累过，但她感觉良好，乐此不疲。疗养了两天，赵长天口腔里的溃疡好了一些，能够吃下米粥类的食品，精神却很差，大多数时候还是昏昏沉沉地睡觉。

在赵长天走后，吴芳菲亲自安排江涛带来几个笔杆子收集材料撰写报告，紧张有序地组织召开各类会议，统一思想研究对策，各项工作都忙得不亦乐乎、有条不紊，她要赶在航规院下来调研前，把涉及复核的所有工作准备就绪，同赵长天共事这是最起码的要求。她想应该多干点事，让他回来高兴高兴。昨天黄昏她一个人在江边散步，很想赵长天，于是编了个理由打他的手机，手机无法接通，打了几次都一样。吴芳菲心里开始乱了，已经两天都打不通他的手机了，很是意外，担心出什么问题了，情急之下，她拨通常文科的电话，常文科告诉她，吕晓山的手术十分成功，跑交通部航规院的事也很顺利，赵长天一直在忙，手机打不通不会有事，说着，他的手机也断了。常文科在内蒙古大草原出差，再打也打不通了。放下手机，她心里依然十分焦急，一种要去北京找赵长天的念头突然冒出来。马上，她就出现在了首都机场。

她来到了吕晓山病房，没有看到赵长天，吕晓山告诉她赵长天最近都在忙，好几天都没有来看他了，来看他的都是汪秋水和戴薇。见此情况，她打通了汪秋水的电话之后才知道赵长天生病住院了。吴芳菲马上赶到赵长天住院的医院。吴芳菲和汪秋水的对话惊醒了半睡的赵长天。"芳菲，你来事先也不说一声，吃饭了吗？"与吴芳菲寒暄了几句，赵长天故意一脸不悦，把吴芳菲气走了。他心里清楚吴芳菲对他的感情，来这找他并不是因为工作的事情，可是吴芳菲和汪秋水这两个女人是不能长时间待在一起的，什么事情都瞒不过敏感的女人们。

长天秋水（缩写）张国华

第二十章

　　飞机在盘江机场刚落地，吴芳菲打开手机，准备叫车送她回白塘，屏幕上跳出了赵长天的道歉短信，寥寥几个字，却让吴芳菲心里暖暖的。吴芳菲不管遇到什么事都不耽误工作，这点很像赵长天，他们都为工作而活着，除了工作他们认为再没有更有意义的事。想到航规院的专家马上要到白塘，港口扩容的事很快就要见分晓，她的心情好了很多。一走进会议室，她按与赵长天去北京前商定的预案，再次强调省航规院这次下来复查的重要性。把要提供的材料，接待的每一个细节，具体的时间和对接的人员又做了一一核对。她安排得行云流水、丝丝入扣，又一次赢得了下属钦佩的目光。开完会，她想躺在沙发上小憩。刚刚有些睡意就被门外的吵嚷声吵醒。"吴主任，有紧急情况。"是江涛和派出所的几个干警气喘吁吁地站在门边，"是这样，刚才我接到电话，是纳坎村韦支书打来的，说他赶集回家，正巧看见纳寨组的六十多个移民坐在机动船上，大包小包地提着东西，看样子是要出远门，他怀疑移民们是接受串联，赶去龙门电站参加上访。"吴芳菲最担心的事终究还是发生了。吴芳菲看到在大是大非面前，白塘上下都是以她作为全区的主心骨，心里涌起神圣的责任感。她安慰大家别慌，缜密地思考用什么办法去应对这些问题。就在吴芳菲束手无策的时候，她接到了赵长天的电话："我接到一个消息，你记得吗？上次我们一起去市里汇报工作，中途进来要参与竞争港口连线建设BOT的蒋胖子，他舅子的老婆就是白塘二组的人，可能是受蒋胖子的指使，他舅母最近频繁地往返白塘到处串联，预谋在专家组到白塘时挑起群众拦路阻车。我担心一些群众不明真相跟着起哄，影响专家组的复核工作，就打电话报告程书记。正巧，蒙三奶在程书记那儿，没等书记指示，她老人家就主动请缨。你尽早派个车去盘江，最好你亲自去，把蒙三奶接到白塘，有她在，当地群众一定不会跟着胡来，别有用心的人也不敢胡来，他们的阴谋就不攻而破。"赵长天的声音虽然没有平日铿锵有力，但比昨天语气充沛，看来身体正在恢复。放下电话，吴芳菲按计划做好工作不准出现疏漏之后，就叫人送她去盘江，她计划按赵长天的吩咐把蒙三奶接来白塘。

第二十一章

　　吴芳菲真有点累了，一上车就打盹，假寐了一会儿，手机铃声就把她吵醒了。她很意外，是柏梅打来的电话，这是她第一次接到柏梅的电话。柏梅在电话里说想约个地方聊聊，吴芳菲很愉快地答应了柏梅："好吧！梅姐，干脆一起到上岛咖啡屋吃西餐。"柏梅在电话那头说："上岛好。"借着酒劲，两个女人找到了男人这个话题。在谈话中她得知柏梅过几天要带着小明去美国了，心里倒没有以前那样兴奋，而是担心起赵长天和梅姐之间的感情来。原因很简单，她不想把机会留给别的女人，宁愿看着赵长天带着柏梅一家人开开心心生活，也不允许其他女人乘虚而入。她本想要挽留住梅姐，但又不知道怎么说。柏梅把杯中的酒猛地一口干完，站起来，拍了下吴芳菲的肩膀："拜托了，芳菲。"然后头也没回地走出了咖啡屋。吴芳菲静坐了会，然后悠闲地走出咖啡屋，她身后的萨克斯的声音还在水一样地流淌着。

  赵长天回到盘江后，马上赶回家中，却发现家里没人，开始紧张起来了，直到看到桌上妻子和儿子留下的纸条才知道他们已经去美国了。他想到工作上的事还要跟吴芳菲沟通，于是便打她电话，但是吴芳菲并没有接，这是他第一次给吴芳菲打电话吃闭门羹。过一会他就接到了宋达的电话，宋达约他出去吃饭。说到了舆论这个问题："已经是沸沸扬扬了，说你要去开发区，明里是戴罪立功，其实暗里已盘算很久，当不成官，总要在其他方面捞点什么。又说你不顾一切地要把港口连接煤区的公路BOT给汪富姐，市政府领导的话也不听，还和汪富姐双宿双飞去北京，到了北京就音信全无，气得你老婆儿子远去了美国。你得想个法子辟谣啊。"赵长天根本没把这些当回事，觉得身正不怕影子歪。"你知道，你最近的行为犯了两个讳，而且得罪的是同一个人。"宋达点燃一支烟，慢吞吞地说，"熊启明。"赵长天听完宋达的话，心里莫名地升起一股冲动："别说这些了，宋兄，拿瓶酒咱们喝？"赵长天本人也不知道为什么要喝酒，他只是有想喝酒的冲动。

第二十二章

  赵长天昨夜喝了他记忆中最多的一次酒，酒把他的心和大脑全部占据了，他再也不想什么，也想不了什么。他回到空空的家，在客厅沙发上沉沉地一直睡到天放大亮，就驾车去了白塘。他要工作，他要战斗，他什么都不怕。车刚开到离盘江城不远的地方就接到了大姐长枝的电话，他很害怕大姐知道了吕晓山的事情，但是长枝姐说的却是她的同学托事求他帮忙。赵长天刚走到办公室门口就碰到了大姐的同学介绍来的一男一女，那男人像极了上次开会的那个蒋胖子，但这个男的却是他的双胞胎弟弟蒋显能。赵长天一看就知道是土地的事情，便拒绝了他们的请求，惹怒了蒋显能，使得双方不欢而散。蒋显能和那个女人刚走，吴芳菲就带着江涛来汇报工作。正说得火热的时候，收到消息

长天秋水（缩写）张国华

说熊启明带领市维稳办的人下来检查社会稳定工作，没有进办公室，直接到了古渡口看新港选址现场，吴芳菲已经赶了过去，赵长天立马驱车去了港口的新址。

"长天啊！你忙，就不用亲自来了，我只是来看看白塘的社会稳定情况。"赵长天一到古渡口，熊启明就一副和蔼领导的派头，亲切地把手伸给他，丝毫没有看出宋达说的那个意思。"江边移民多，稳定工作也是新区的重要工作，市长都亲自来，我焉有不来之理？"赵长天不卑不亢地说。"对啰，长天，说起移民，我倒是想起一件事来。我接到反映，港口物流中心建设，当地群众对征用土地意见很大，有隐患，这个问题你们一定要慎重，千万不要将事态扩大，引发出不稳定事件。"他们俩一番对话后，熊启明带领一行人在江边东走走西看看，有头无尾地发表一连串不成形的指示，然后就带着队伍离开白塘去了龙山。临走时他一再强调，港口建设一定要保持稳定啊，他的来意已经再清楚不过，就是敲山震虎施加压力，让赵长天等人知难而退。但是他错了，赵长天是越有挑战就越有激情、越有智慧的人。

到了周末，除了加班的人，其他人都回到龙山或到盘江去度假。赵长天告诫自己，无论怎么样，必须找到解决当前矛盾交织的突破口，否则自己和新区的工作就将陷入没顶的沼泽。他思考了很久，这次独自去考察学习，他山之石可以攻玉，他要结合龙山的实际拿出一个妥善解决失地农民卖出土地后的生存发展办法，用智慧去破解人为的难题。

第二十三章

汪秋水和戴薇带着吕晓山一下飞机，戴薇就嚷着要给赵长天打电话。她们原想给他一个惊喜，一直没有透露今天要到盘江的消息，到了盘江，大家再也控制不了想见赵长天的心情，戴薇没等汪秋水表态，就拿起手机拨赵长天的电话，但是，电话却一直关机。突然，戴薇想起了宋达，宋达表示也不知道赵长天在哪，于是相约与她们碰面，碰面后，宋达打通了赵长天的电话，约他出来吃饭，说要给他一个惊喜。"是这样的，交通部航规院已经开会研究，一致通过白塘港口建设规模从年吞吐量二百五十万吨扩增为五百万吨，在原规划基础上扩大一倍，正式文件马上就到。"赵长天心里顿时潮起潮落，再没有比这个消息更让他兴奋的事情了。正当他还沉浸在喜悦中的时候，戴薇又迫不及待地说："还有呢，一个你最想但想都想不到的人也来了。"赵长天脑海里迅速闪过很多人，但却确定不了这个时候的那个人是谁。"舅，您好。"吕晓山神采奕奕、满脸春风，完全一个健康壮实的小伙子，与他在北京见到的病人判若两人。如果说，刚才在大厅里远远看到汪秋水是意外惊喜，得知港口规划扩容的方案通过是喜出望外，那此时，赵长天真的是惊喜至极啊。后来，赵长天才得知，汪秋水带吕晓山去美国最好的医院进行康复治疗，效果出奇地好。赵长天忘情地望着汪秋水，内心深处百感交集。赵长天鼻端发酸，他强忍着，不让眼泪掉下来。

第二十四章

汪秋水带着赵长天走到一个院子，来到了人们最称道的"依人"酒吧，盘江城最高档的娱乐会所。"相见这么长的时间了，你为什么不问我的情况？"汪秋水打破了两人之间的沉默，"那我给你讲吧。"汪秋水从赵长天离开的那天说起：毕业，去美国，结婚，离婚，到法国找姑姑，与姑父结婚，继承姑姑遗产，去了北美，到了旧金山，去了拉斯维加斯，最后回到了中国。赵长天终于清楚，汪秋水为什么会在十九年后与他在盘江再次邂逅，就在他几乎要淡忘那桩同样困扰他十九年之久的往事时，她突然出现在他的面前。"你相信我刚才说的故事吗？"汪秋水问他。"相信，完全相信。"赵长天说。赵长天没有过多去品味汪秋水的话，他只是想，如果真有命运，那命运又把汪秋水送到他的身边，接下来命运又要做什么样的安排呢？也许上帝安排她到来，就是在他命运面临劫难的时候，让她来帮助他，拯救他。他必须好好地对待上帝的这份恩赐。

第二十五章

宋达接到白塘新港建设规模扩容的批复文件，他简直不敢相信是事实。他反复看了几遍，证实文件内容真实无误，他才让自己放心地高兴。宋达把批文小心翼翼地放进文件包，喜滋滋地去市政府报告喜讯。"赵长天真有能耐，跑北京一趟，就把我们跑断腿都不敢奢望的新港扩容批文给捅下来了。看，真是了不起。"宋达把批文呈到袁市长面前。几位副市长都围到袁市长身边，高兴极了。宋达心血来潮故意逗熊副市长："要是盘江全市的书记县长人人都像赵长天，既智慧又敬业，要实现跨越发展，一点都不成问题。你说是吗，熊副市长？"果然，他话音刚落，熊副市长就冷冷地说："我还以为中了六合彩呢，大惊小怪。"说完，把手里没抽完的烟屁股狠狠地掐在烟灰缸里。宋达心里笑了一声，真他妈典型的嫉贤妒能，都厅级干部了，还这样露骨。从程书记办公室出来,宋达就给赵长天打电话,他想逗逗他,没想到这家伙已经知道消息了,并跟他说:"我们得赶紧给市委、市政府报告,请示市委、市政府尽快确定港口和连线公路的开工时间,时间太宝贵,我们得趁热打铁,抢时间施工。""你在白塘等我,我马上赶下来,书记和市长已经统一意见,两天后市委、市政府组织相关部门到白塘召开港口建设现场办公会议。"听到赵长天话里焦急,宋达才一本正经地说。

星期三上午,白塘古渡张灯结彩,一派节日喜庆气氛。汪秋水和戴薇早早来到白塘,他们是接到市委办公室的通知,以投资者身份前来列席办公会的。九点整,市委、市政府领导,市直有关部门负责人和盘江沿岸有关县市的领导,一百多人分乘四辆巴士浩浩荡荡地来到白塘新区。经过几位领导人一一发言,会议最后确定:本月二十八日上午,白塘新港港口的物流中心和连线公路同时举行开工仪式。

第二十六章

盘江市全市主要领导集中到边陲小镇白塘召开现场办公会的消息,像一次强烈的地震,震动了盘江两岸龙山山脉,影响波及黔桂滇三省区的毗邻地区。现场会议的第二天,赵长天趁热打铁主持召开了新区全体职工会议。会上,赵长天像个细心的管家,安排工作非常具体到位。忙乎完吃饭,吴芳菲来给赵长天请假,说要去盘江见见高原集团的何总,赵长天点头同意并嘱咐她注意休息。

汪秋水带着赵长天来到"依人"却不巧碰到了吴芳菲和宋波。赵长天喝酒后一个人回到家中,酒劲上来后,昏昏欲睡接到了大哥的电话:"我正要告诉你,小梅这会儿在医院里。她的病有点严重,已经发展到对十多种药材的气味都过敏,她一旦接触到这些气味,就会引起哮喘。如果不及时抢救就会导致整个人剧烈抽搐,直到把气管抽搐扭曲引起窒息。"赵长天坐在沙发上抽了半包烟也理不清楚思绪,最后他决定找一个人商量一下,他首先想到了汪秋水,但是太晚不方便。又想到吴芳菲,也不行。想来想去,他拨了宋达的电话,让他马上来他家,陪他说会话。一边是工作,一边是亲人,都是比较难抉择的东西。眼看白塘的工作马上就做好了,大家都不能缺少赵长天的存在。最后,经过思考他觉得先把手上的工作做好后再去国外。

他们俩你一句我一句地,从感情扯到工作,又从工作扯到感情。

第二十七章

天刚放亮，宋达提醒赵长天，还是去白塘找吴芳菲商量一下，看开工的准备工作和物流中心土地问题的解决方案是否可行，再决定是否马上去美国。赵长天已经明显地感觉到，临近开工仪式的日子，挑战也日渐明朗激烈。他对宋达说："昨晚说要去美国的事先别告诉任何人。"赵长天赶到新区办公室，吴芳菲和市里的两位副秘书长，还有新区的大小负责人全都聚在那里，大家都阴沉着脸，一言不发。江涛看着不慌不忙的赵长天："赵县长，郑旺财家这个时候建房，一定是有人怂恿，有人在向我们挑战。"赵长天笑了笑："你先带领土管分局执法大队去现场宣传国土法，同时把私自建房的处罚决定书送达郑旺财，明确要求立即停工。"然后就对吴芳菲交代，江涛他们一回来，她就带上新区口齿伶俐、擅长做群众工作的干部去郑旺财家建房工地，主要是做思想宣传工作，讲港口、讲物流中心建设的重要意义，可以透露新区正在研究解决农民失地问题的方案，同时指出违章建房的错误，必须马上停工。吴芳菲听完赵长天布置完毕，她心想，郑旺财早不砌晚不砌，偏偏在新区要举行开工仪式的时候砌房，而砌房的土地严格来说是新区的土地，这纯粹是明目张胆挑衅嘛！

下午两点多钟，江涛和吴芳菲两个工作组尽数回来，江涛垂头丧气，吴芳菲义愤填膺，显然两支队伍的工作都没有效果。大家都把目光集中在赵长天身上。他站起来伸了下懒腰："是时候了。"赵长天来到郑旺财砌房的地方跟郑旺财说了几句好听的话，郑旺财明显底气弱了，砌房的几个伙计看到赵长天来了，都纷纷丢下工具跑了。吴芳菲和江涛看到时机已成熟，指挥着执法的队伍，众人齐声呐喊，义愤填膺的干部们，一齐推倒刚砌到半人高的砖墙。

晚上，所有的人都在吆喝着要拿酒喝，要敬赵长天指挥有方。"暂时高兴一下可以，但务必保持清醒的头脑，大家要做好思想准备，更严峻的挑战可能还在后面呢！"赵长天很平静地说。郑旺财家在规划土地上私自建房的事件平息之后，新区筹备工作在平静中紧张而有序地推进，赵长天和集中加班的市县干部一道，像放开的陀螺，转起来就停不下来。在宋达的提醒催促下，他利用一个深夜睡觉前的时间，给旧金山通了越洋电话。得到了大哥的鼓励，他轻松了许多。几天熬下来，他的黑眼圈明显加重，面容也很憔悴，新区上下都很心疼他。汪秋水看在眼里，更是心疼他。在新区大家庭的温暖和呵护下，赵长天的小团队效率很高，熬了几个不眠之夜后，终于把物流中心的土地流转方案敲定。

长天秋水（缩写）张国华

第二十八章

　　果然，赵长天组织研究的土地流转方案确定的第二天，就有群众来闹，他们高声喊叫："土地是农民的命根。"要求新区提高征地补偿标准，否则坚决不拿出土地。新区的干部们都很紧张，包括市里派来的两位副秘书长。赵长天想，这一天终于来了，但还算幸运，提前两天暴露矛盾，还有回旋余地。他安慰大家不要紧张，先组织干部认真听取群众的诉求，细心做思想工作。吴芳菲带着几个村干部去大楼前的草坪上，请群众派五个代表进去反映情况，但是群众根本不听她的话。就在双方僵持的时候，几辆挂着公安牌照的小车风驰电掣地来到新区大楼前。不知熊启明是听到有人说他是来同群众说话的，还是看到乱哄哄的场面，他铁青着脸，在一群干部的簇拥下，走到吴芳菲的面前。两人开始了一次唇舌之战。正当他庆幸把球踢给吴芳菲的时候，吴芳菲大步走到群众面前，站在一块石凳上，拿起喊话喇叭提高音量："父老乡亲们，大家静一静，听我说句话。你们提的问题，引起了市委、市政府的高度重视，市里特别委派熊副市长来和大家座谈。大家有什么想法，有什么意见，直接给熊副市长提。下面，欢迎熊副市长给大家讲话。"吴芳菲的话音刚落，人群里就响起稀稀拉拉的掌声，有人应和道："对，请熊副市长给我们讲话。"熊启明暗道一声糟糕，中了吴芳菲这女人的计。熊副市长寥寥说了几句便走了。吴芳菲和江涛领命回到草坪，向上访群众传达赵长天的意见，群众就推举了知书达理又有威望的五名村民，随吴芳菲走到后院小会议室。经过互问互答的相互了解、相互理解的讨论，最后五位代表开心地走出了会议室。

　　赵长天去省外取经回来，翻阅有关文件，又从网上调出全国各地关于土地流转的做法和经验，组织力量熬更守夜地干了半个月，他们反复测算，反复比较，草拟出了成熟的方案。果然，方案一向群众公布，就赢得了群众的赞同。他很有成就感，看到大家用发亮的眼睛看着他，他大声喊："今晚食堂会餐喝茅台酒，请大家一定不要缺席。"

尾声

　　二十七日，赵长天率新区主要干部再次向市委、市政府汇报二十八日三个项目的开工筹备情况，程书记、袁市长亲自听取了汇报。熊启明也参加了汇报会，他简直不敢相信，赵长天能想出这个绝招，化解了他精心设置的矛盾。算了，再不识时务闹下去真的是太不明智了，该认输就得认输，况且人们还不清楚他就是输家呢，于是他也发表了言论。

二十八日上午，晴空万里，盘江大地一片欢腾，以白塘为中心，连绵十多公里，到处彩旗飘舞，歌声嘹亮。看着欢声雷动的人群，赵长天眼里噙着泪光。宋达告诉他，他的停职处分已经撤销，即将接任龙山县委书记，宋达即将接任龙山县县长，吴芳菲将提拔为龙山县委常委，仍兼任白塘新区管委会主任，江涛将提拔为新区管委会常务副主任。

汪秋水、吴芳菲、宋达，还有江涛及新区的干部们都前往盘江机场送赵长天去美国看望重病的妻子柏梅。汪秋水从包里拿出一块红色围巾递给赵长天："去了美国，好好陪陪柏大夫。龙山等你，盘江等你，我们等你……"

（原载《十月·长篇小说》2009年第3期；
贵州人民出版社2010年3月出版时更名为《盘江道》）

谭良洲

歌 师（节选）

开 篇

牛死留下角，
人死留下歌，
牛角挂在梁柱上，
是要显示祖先家业多。
老人留下歌，
是要后人莫把祖先来忘却。
树有根，水有源，
老人留下的歌多又多。
汉族有字用笔记，
侗家无字口传歌。

这是一首侗族古歌，曲调优美，歌声铿锵激昂，但是充满着一种忧伤。这是谁人唱的？我循着歌声望去，看到不远处有一棵大树，树下的大石头上坐着一个头包盘头帕，身穿侗族亮布衣，手拿一把土琵琶的老者。老者眼睛紧闭，粗糙的手指在琴弦上不停地拨弄着，如痴如醉地唱着歌。

"谭亮，你看那个唱歌的人是谁？"我问侄儿。

谭亮眼尖，看了一下那人，说："像是歌师吴一富。"

"吴一富？就是从前石老普的那个上门女婿吗？"我问。

"对，就是他。"侄儿谭亮说。

往事顿时浮现在我的眼前。小的时候，吴一富和我是好伙伴，我们都不会唱侗族大歌，可是现在他不仅会唱侗族大歌，而且还是一个高楼打鼓、名声在外的人了。在此见到他，我很是高兴，于是就对谭亮说："侄儿，走，看看他去！"说着，我们来到了歌师吴一富的身边。

"吴歌师，你早呀！"我向他打了一个招呼。

吴一富把头抬起来，看见是我，仿佛很惊讶，愣了一会，笑问道："啊呀，谭哥，你已经好多年没有回到家乡来了，这次是什么风把你吹来的？"

"家乡歌节，回来过节呀！"我说。

"好呀，家乡歌节，是该回来看一看了。"他说。

我在省城工作，回来见他身体健康，说："吴歌师，你身体好呀！"

"老了，"他把帕筒抹下来，现出满头白发，笑道，"你看，头发全白了。"

"头发白，是你焦心太多了！"我说。

"我一个农民，"吴一富笑了，"焦什么心？"

"你虽然是个农民，但是你这农民和别的农民不一样。"我说。

"种田吃饭，有什么不一样？"他问我。

"你是我们侗族大歌的大歌师呀！"我说。

"歌师又怎么样？歌师还不是农民？"吴一富笑道。

"歌师是农民，但是歌师走寨传歌，教孩子们唱歌，想的问题和做的事就不是一般的农民了。你刚才唱歌，曲调优美，唱得好，但是有点忧伤，好像怀着什么心事？"我问。

"他呀，正在发愁没有歌传人！"侄儿谭亮在一旁抢着说。

"你又不是我肚子里的蛔虫，晓得我在愁找歌传人？"

"这话是你自己说的。"侄儿谭亮说，"你是歌师，好多年前，你曾对我们年轻人说过，很想寻找一个歌传人。为这，你还问我们哪个愿意跟你学，当你的歌徒！"

吴一富埋藏在心底里的隐秘想法，被我侄儿谭亮说了出来，不得不嘿嘿地笑了，坦白地承认道："是的。这话，过去我是对寨子里的年轻人说过。可是现在的年轻人呀，有的上学，有的外出打工，都不在家了，谁还愿意来和我学歌呀？"

原来，但凡侗族大歌师，都希望自己名下有一个或是许多个称心如意的歌徒，这不仅关系着一个歌师的名声，而且也关系着侗族大歌的传承。对此，吴一富觉得这事非常重要，自己是一个侗族大歌师，但是年纪大了，生时没有歌徒，往后要是死了，歌没人

歌师（节选） 谭良洲

传，怎么办？为此，他忧心、焦虑，唱歌时，这种心情就情不自禁地流露了出来。

"老兄，你寻找歌传人，条件也别太高了！"我说，"要歌徒，我来跟你学如何？"

"得了，别跟我开玩笑了。"吴一富笑着说，"你喜欢的是写书。"

"是的，我喜欢写书，但是也喜欢侗族大歌。"我说，"我是侗族，小时候读书去了，耽误了学歌，心里很是遗憾。因此，现在我想回过头来拜你为师，你教我学唱侗族大歌，好不好？"

"侗族大歌要从小学起。你年纪大了，不容易学会了，况且要学好它，也得经过若干年才成。你学不得歌了，帮我写一本书好不好？"吴一富求我说。

"写书？你要我帮你写一本什么书？"我问。

"写一本教唱侗族大歌的书。"他说。

原来，就在我见到他的时候，歌师吴一富已经受聘当了家乡石洞小学侗族大歌班的教师了。他是为了教好侗族大歌才要求我写这样一本书的。但是这是一本教科书，我不会唱侗族大歌，写不成，太难了，只好向他解释我不能写这样的书。我一边说，一边想起了他坎坷的人生，想起了他对自己民族的热爱，对侗族大歌孜孜不倦的学习和追求，不由得敬佩地说："吴歌师呀，你学歌经历坎坷，人生道路曲折，干脆，我给你写一本歌师传好了。"

"给我写一本歌师传？"听了我的话，他好像吃了一惊，眼睛发亮了，谦虚地说，"我一生平凡，没有什么值得写的。"见他谦虚，我说："有，你的勤奋和进取精神，你的人生道路，你的悲欢离合和爱恨情仇，写出来一定很生动。"

这话，他听了笑了笑，同意了，说："谭哥，你既然喜欢写，那么你就写吧！"

"你这话是真的？"吴歌师这句话给我极大鼓舞，我像小孩子玩过家家一样，伸出小拇指要和他勾指头，表示说话不反悔。

他看我这样做，心里欢喜，也把小指头伸出来，勾住了我的小拇指，说："不过我有个要求，就是书写成后，你一定要送我一本！"

"那是当然的！"我说。于是就开始写起来。

第一章

歌师吴一富并不是我们石洞寨里的人，他的老家据说在巴芒寨。巴芒寨在什么地方我不知道。我只知道他阿爸是一个有名的侗族大歌师，小的时候，他是陪同他阿爸走寨传歌，才到我们这个石洞寨子里来的。

那是秋天，记得稻田里的谷子已经收割完了，我在寨子对面的一个山坡上放牛，看见山梁上走来两个人，以为是土匪来抢牛抢粮食，害怕极了，急忙把牛赶进树林里，然后自己也在一个山洞里躲起来。我一边躲一边偷看,看见他们头上戴着斗笠,脚上穿着草鞋。走在前面的是一个六十开外的老者,手里拄着一根木棍。走在后面的是一个青年,年纪和我差不多,十五六岁。再仔细一看,又看见老者背上有一把牛腿琴,年轻人肩上挑着一副箩筐,从行囊上看,我看出他们不像土匪,也不像是要饭的人,倒像是常到我们寨子里来走寨传歌的歌师,于是心里就高兴起来了。可是天公不作美,就在这个时候,天空忽然雷电交加,下起了大雨,大风把他们头上戴着的斗笠吹跑了。山路上没有地方躲,我就叫喊起来,想让他们也到山洞里来躲雨,可是相隔太远,他们听不见。结果他们去路边摘下树叶盖在头上,朝山下跑去。

　　看见他们走下了山坡,我马上把牯牛赶回家。到家时,天还没黑,大人见了,说牯牛肚子还没有吃饱,瘪瘪的,问我这样早就把牯牛赶回家来做哪样。我说在山上看见歌师要到我们寨子里来传歌,就把牛赶回家来了。父母亲听我说有歌师要到寨子里来,心里也像我一样感到高兴,不但不责骂我,反而马上烧火煮饭给我吃,叫我吃了晚饭,赶快去鼓楼里听歌师传歌。我高兴地把牯牛关在圈里以后,饭都没有吃就跑去了。跑着跑着,还没到鼓楼里,就遇见了我的一个小伙伴罗康泰,我就把歌师要来传歌的事对他讲了。罗康泰听了以后,也很高兴,拉着我的手,两人就边跑边叫:"有歌师要到我们寨子里来啰,大家赶快到鼓楼里听歌师传歌啊!"

　　在我们石洞寨,不管是大人还是小孩,也不管是男人还是女人,所有的人都是十分喜欢侗族大歌的,但凡有歌师到我们寨子里来传歌,大家都很欢喜地去听。经我和罗康泰这么一张罗,寨子就像是一锅开水,立即沸腾起来了,家家户户忙把晚饭煮来吃了,天没黑就纷纷跑到鼓楼里去。

　　鼓楼是我们侗家人摆古①和议事的地方,同时也是歌师们传歌的地方,因此侗族大歌也有人把它称为鼓楼大歌。那天晚上,当我跑到鼓楼里去的时候,山路上见到的两个传歌人,已经坐在那里了。他们坐在那里没有唱歌,而是在等候寨老。我和他们摆谈,问他们是怎么晓得我们寨子的。他们告诉我,说凡是侗族寨子都修建得有鼓楼,凡是修建得有鼓楼的地方,都是侗族寨子,这是我们侗族村寨的特点。因此当他们走在山上,看见我们这个寨子有一座高大的鼓楼,就跑到这里来了。我问他们在我们寨子里有没有亲戚,他们说没有。没有?我想了想,叫他们在鼓楼里坐着,又让罗康泰跑去帮他们把寨老叫来。我为什么要他们先在鼓楼里坐着,然后再去帮他们叫寨老呢?这是因为我们石洞寨有一条不成文的寨规,也是一种风俗。这寨规和风俗开初是为了防坏人而形成的,即一个陌生的外乡人,初次到我们寨子里来的时候,就必须先到鼓楼里去坐着,

---

① 摆古:侗语,即说故事。

歌师（节选） 谭良洲

然后再由寨子里的人去把寨老叫来，对陌生人进行盘问，了解来人是哪里人，叫什么名字，到我们寨子里来干什么，等等。得知是走亲戚，是友好往来的客人，就热情地欢迎接待；若得知是品行不端、勾生吃熟偷东西的人，那么对不起，不但不欢迎，同时还要赶出寨子。歌师走寨传歌，是最受我们石洞寨侗家人欢迎的人，罗康泰听说来的是歌师，马上就跑去叫寨老了。可是他去了好久，都不见把寨老叫来，而坐在鼓楼板凳上的那个老者，此时肚子却忽然痛了起来，他抱着肚子，趴在板凳上不断地呻吟。

年轻人坐在旁边，看见了就急忙把他紧紧地抱在怀里。

"阿爸？你怎么啦？"年轻人问那老者。

那个老者紧紧抓着那个年轻人的手，说："儿啊，阿爸带你出来走寨传歌，到这里，恐怕是不行了。"

"阿爸，你说什么话？怎么说到了这里就不行了？"那年轻人说，"你不是说，要带我把歌传到底，把每一个侗族寨子都传遍吗？"

"是的，但是现在，我已经不行了。"老者说。

"阿爸，我们才走到这里，你怎么就说不行了呢？"青年问。

"我自己的身体我自己知道，阎王可能要收我了。"老者抱着肚子说，"阿富啊，我们已经走了九十九条路，翻了九十九个坡，过了九十九条河，传了九十九个寨子，可是如今，我寿数已尽，不能再带你去传歌了。剩下的路，以后就要靠你自己去走，还没有传过歌的寨子，就靠你自己去传了。汉族有字书传典，侗家无字用歌传。我还没有做完的这件事情，你要接替我把它做下去，一代又一代地传下去。"

"是的，阿爸，你的歌还没有传完，哪怕是走到天涯海角，哪怕是把脚板磨烂，我也要陪你把歌传到底！但是现在，你不能丢下我不管就走了呀！"

"不行了，看来，我寿命已尽，阎王要收我了，我就把传歌这个事情交给你，以后就由你去传了。你是我的儿子，一个歌师的后代，你要继承我未竟的事业！"

"阿爸，我是你的儿子，我一定听你的话，把歌传下去！"

"好，听了你这话，我就放心了。"老人睁开眼睛，欣慰地说，"你现在虽然还不是歌师，但是事在人为，只要努力，有决心，歌是可以学好的，歌师也是人当的，世上无难事，只怕有心人。阿爸是歌师，相信儿子比阿爸强，将来一定成为一个好歌师！"老者说着，喉咙突然嘶哑，干咳了一阵，两手抓挠着胸脯，说："富儿，阿爸口干得很，心里烧得很啊，你赶快拿个碗，去寨子里找一碗凉水来给我喝吧！"

听了老人这话，年轻人拿上一只碗，跑去要水去了。

后来，我才知道那个老者是个侗族大歌师，那个年轻人的侗名叫阿卑，汉名叫吴一富，是那个老歌师的儿子。

那天晚上，天黑得看不见五指，雨在哗哗地下，雷在天边轰隆隆地滚动。没有手电筒，青年吴一富就凭借着闪电的光，跑去找水井，水井没找着，还跌了一跤。他爬起来，再去寨子里找。他找了好几家，人家都睡了，门都是关着的。后来，他终于看见一户人家屋里亮着灯光，站在那户人家的屋檐下，他看见屋内的火塘里还烧着火，边上坐着一男一女两个人，瓦片上还点着明亮的松脂。那男的是一个五十多岁的老者，女的很年轻，和他差不多大，才十四五岁的样子。他们可能是父女，正坐在火塘边一张矮桌旁吃饭。看见这一幕，吴一富的肚子禁不住咕咕地叫起来，便轻轻地敲了几下门。

屋外虽然下着大雨，可是屋里的姑娘却听到了。

"阿爸，你听，有人敲门。"吴一富听见她说，声音又娇又柔。

老者喝着酒，咂一下嘴巴，说："大雨天，会有哪样人？"

小姑娘说："不信你听嘛。"

老者就放下碗，认真地听了一下。

"哒哒哒"，确实是有人在敲他们家的门。

老者问："哪个？"

门外传来声音："我。"

小姑娘问："你是哪个嘛？"

门外声音传来："我就是我，传歌的。"

老者对姑娘说："阿仙，你出去看是哪个。"

这家人姓石，老者名叫石老普。住的地方离我家不远，隔一条小河。小姑娘名叫石婢仙，是我们石洞寨最美的姑娘。她听了阿爸的话，便举起松明火去开门。门外，是一个陌生的侗家腊汉①。

"你？"姑娘见是个陌生人，倒退了一步。

那腊汉叫她别怕，说："我不是棒老二②，是传歌的。"

姑娘眼睛盯在那个腊汉的身上，她看他年轻，年岁比自己大不了多少，这样年纪轻轻的人，就说自己是传歌的，谁相信？她怀疑地问："你，你是歌师？"

"我不是歌师，"那个腊汉说，"但是我阿爸是歌师，我是陪我阿爸来传歌的。"

"你阿爸呢？你阿爸在哪里？"小姑娘问。

腊汉诚实地回答："他在你们寨子的鼓楼里。"

石婢仙不再问了，回头对她阿爸说："阿爸，是一个传歌的。"

老者在屋里说："叫他进来。"

---

① 腊汉：侗语，即青年。

② 棒老二：土匪。

歌师（节选） 谭良洲

姑娘不愿意叫一个陌生人走进她家，便向阿爸撒娇道："不，我不让他进来，你出来看嘛！"

听到女儿不愿让陌生人进家，石老普就走了出去，对站在门边的吴一富从头到脚地审度了一番，然后才满腹狐疑地用侗话问道："纳细嘛或芒底？"

老者是拿侗话问他"你是来做哪样的"，吴一富马上也用侗话回答："银老，尧细嘛向啊底。"

老者听他用的也是侗话回答，而且意思又是说"我是来传歌的"，就晓得他是一个真正的侗崽了。在老人心里，传统地觉得侗崽人老实、本分和勤快，但是当他看到吴一富身强力壮，手里还拿着一个破竹碗，像是要饭的叫花子一样的时候，他就犯了疑。心想侗崽大多数都是本分老实的，但是如今人心不古，有个别侗崽开始学得狡猾，好吃懒做的烂崽也出现了。嗯，这可是要提防着点。他一边这样想着，一边观察着吴一富。当他看见吴一富浑身上下衣服湿透，又是半夜三更跑到他家来讨要饭吃和讨要水喝时，就一眼认定眼前站着的这个年轻人肯定不是个好人，而是装穷讨米要饭吃，是一个好吃懒做的烂崽了。想到此，石老普心生恶意，把手一挥，用侗话说："纳拜，纳会乌拜！"

"纳拜"就是你走，"纳会乌拜"就是你快走开。

吴一富当然是听得懂的，可是他不走，不但不走，还一下跪在老人面前，继续央求说："银老，尧加更纳，尧麻介闷哉冒借！"

"哦？"石老普听年轻人说的是"老人家，我父亲病了，我来给他讨一碗水喝"，马上把他扶起来，问他父亲在哪里，怎么病了。

吴一富看出石老普是个好人，于是就把他如何和阿爸走寨传歌，如何走在山路上被雨淋，如何跑到鼓楼里来躲雨，然后父亲又是如何突然生病等事，一五一十地向石老普讲了一遍。

石老普听说他阿爸是歌师，是到他们寨子里来传歌的，对站在他面前的青年，心里一下就改变了先前错误的看法，并且还产生了几分同情和喜爱。原来，侗族歌师不是专业的，而且还都是农民。平时，他们和其他人一样参加劳动，自耕自织，自给自足。农闲时，才去走村串寨，义务教别人唱歌。由此，歌师不仅在石老普心里，而且在侗族所有人的心目中，威望都是很高的。于是石老普急忙舀上一瓢凉水，叫女儿石婢仙点燃火把，戴上斗笠，跟吴一富一起，朝着鼓楼跑了去。

雨，仍在哗哗地下着；雷声，仍在隆隆地响着。大地一片昏暗，道路泥泞，低洼的地里已经积满了水。当他们跟跟跄跄地跑到鼓楼里，把水送到吴一富阿爸的面前时，万万没想到，他的阿爸躺在长凳上，已经停止了呼吸。

"呀，阿爸，水来了。"吴一富禁不住失声痛哭。

雷声伴着雨声，哭声伴着叫声，撕破了这夜的黑暗。

歌师的歌没传成，人却死了。石老普跑上了鼓楼。

石洞寨鼓楼的房梁上，常年悬挂着一只巨大的木鼓，木鼓的上面还放有一对大鼓槌。石老普取下鼓槌，在木鼓上使劲地击打起来。咚咚咚，鼓声沉闷而急促，震动了山寨，震动了每一个人的心灵。

在这深更半夜里，人们听到鼓声，都以为是发生了火灾，或者是坏人劫寨，寨老有什么急事击鼓"议款"。于是汉子们立即举着火把，举起大刀，扛着火枪，拿着水桶木瓢，纷纷朝鼓楼跑来。到鼓楼里一看，吴一富扑在他阿爸身上，声音都哭哑了。大家看了十分同情，一边劝说，一边跟着流泪，鼓楼里一片哭声。就在此时，石洞寨保长张有根带着几个保丁，也荷枪实弹地闯了进来，看见大家流泪，就大声地问道："是哪个打鼓，出了什么事情了？"

没人理会他，他远远看见鼓楼里的长廊板凳上躺着一个死人，大惊失色，就问寨老松蛮是怎么一回事。寨老松蛮就告诉他，说是有一个外寨歌师到石洞寨子里来走寨传歌，不幸生病，已经死在了这里，问保长现在该怎么办。保长张有根得知是这么一回事，害怕是瘟疫，急忙用手帕把鼻子捂住，冷漠地说："这是地方的事情，我管不了。"说完后手一招，一声"走"，把带来的狗腿子兵全都叫了回去。

寨老松蛮不怕吴一富的老阿爸得的是瘟疫，对大家说："乡亲们，有歌师到我们寨子里来传歌，现在已经不幸死了，根据我们石洞寨的寨规和款约，我们大家一定要把他看成是自家人一样，同心协力，有钱出钱，有力出力，将他好好地安葬。"

寨老一句话，说动了站在鼓楼里的人，于是有的捐钱，有的捐物，当场就把吴一富阿爸的尸体停放在鼓楼的外边，设起了灵堂。此时石老普站在灵堂前面，看见歌师死后没有老屋①埋葬，心里就不由得想起了老歌师的儿子跑去他家讨水喝的事，动情地说："一个歌师死了，他是为了传歌，才走到我们这里来的，我们不能就这样把他光着身子埋葬，我们要想尽法子给他一副老屋。如果一时找不到老屋，我家正好有一副，那就先去把我家的那一副老屋送给他吧！"石老普不但送老屋，而且还把老屋停放在他家的院坝里。后来，他又请来巫师，为吴一富的阿爸诵经开路，超度亡灵，做好了法事，这才在众人的帮助下，把吴一富阿爸的尸体，抬去埋在寨后的坟山上。

阿爸去世以后，吴一富就举目无亲，变成一个孤苦伶仃的人了，于是他就想离开石洞寨，回到他的老家巴芒寨去。但是在走之前，他的心里还有一种歉疚。想起石洞寨的寨老和众位寨民对他无私的帮助，他觉得在走之前必须要感谢一下大家，但是说到感谢二字，他又为难了。是呀，无钱无势，命如草木，拿什么去感谢人家呢？最后他想到了

---

① 老屋：棺材。

歌师（节选） 谭良洲

下跪，凡是寨子中帮助过他的人，他都一家一家地去下跪表达感谢。这样想好之后，他首先到了寨老松蛮家。走进堂屋，见到了寨老，他一下就跪在寨老面前，千谢万谢地磕着头说："寨老，要是没有你的帮助，我一个外乡人，父亲死去，我真的不知该怎么办了。现在，我阿爸的尸体已经安埋好了，也再没有什么可牵挂的，我想回到老家巴芒寨去了。在去之前我没得什么东西，只能空手空脚地跑来向你老人家说一声感谢，感谢你和石洞寨父老乡亲的帮助！"

"起来，赶快站起来。"寨老松蛮见一个年轻人跪在他的面前，先是一惊，然后看到是死去的歌师的儿子，这才赶快把他扶起来说，"不要这样说，你阿爸是个好歌师。对于他的死，众人都感到惋惜。"寨老安慰吴一富一番之后，又说："说到关心二字，石洞寨关心你的，不仅是我一个人，还有很多很多的人，可以说，整个寨子的人都在关心你。为了安埋你的阿爸，全寨人都出了钱，也都出了力气。现在你要回老家去，我们不阻拦，但是，你为什么要回去呢？在我们这里住下来不好吗？"

寨老的挽留，让吴一富感激不尽，但是他说："寨老大公，你对我好，挽留我，你的心意我领了。但是我一无亲二无戚，又没有房子住，要我留在你们这个石洞寨子里，实在为难。"

"在老家，你有没有房子和地？有没有亲人？"寨老问。

"房和地是没有了，"吴一富说，"但是还有一个堂哥。"

"老家还有亲人，那么，你要回去就回去吧！"寨老说。

辞谢寨老以后出来，吴一富又去了石老普家。石老普父女此时正在火塘边煮油茶，吴一富走进去，又和向寨老辞行一样，一下跪在了石老普的面前。石老普吓了一大跳，不知发生了什么事，愣了好一会儿，才把他扶起来，用侗话对他说："你这是在做哪样呀？快起来，有什么事，你赶快站起来讲。"

吴一富慢慢地站了起来，石老普看他一脸泪痕，问道："啊？哭了？你这是在干什么呀？有人欺侮你了？"说着去板壁上拿来一根板凳叫他坐下："是谁欺侮你了？你赶快跟我说，我去跟寨老松蛮讲。"

吴一富抓住石老普的手，说："石叔，没有哪个欺侮我，是我想到阿爸死去的时候，得到你和石洞寨所有人的关心，你老人家还为我阿爸献了老屋，作为小辈，我不知该如何感谢你，报答你。现在，我就要返回老家巴芒寨去了，在走之前，我来向你老人家说一声，感谢你老人家和寨老的关心，感谢你老人家的大恩大德。"

石老普知道了事情的原委，就说："你也不必再为你阿爸死去的事难过了。人的一生里，都不会是一帆风顺的，总是有生老病死的时候。别人在危难时，能帮助就应该尽量地帮助，这是应该的，你就不必多说了。"石老普看见吴一富很懂事理，为人又这样谦虚有礼貌，急忙叫女儿石婢仙舀油茶给他吃。

石婢仙舀来了一碗油茶，双手递给吴一富。吴一富看了她一眼不敢接，石婢仙只好把那碗油茶放在火塘边的矮桌上。石老普见了，说："吃呀，不要客气。"

石婢仙看见吴一富还是不动手，就笑问道："喂，我舀给你的油茶，里边又没有毒，你到底是要还是不要？不要我把它倒了。"

吴一富本来想说已经吃过早饭，但是听到石婢仙这话，一下慌了神，忙说："啊……我吃过了……不过，我还可以吃。"

石婢仙看他一脸尴尬，笑着说："能吃你就吃，还客气什么？假正经！"

吴一富被说得满脸通红，这才把那碗油茶端起来。

石老普坐在一旁，刚才发生的这一幕，他不动声色地看在眼里，想在心里，暗自道："老歌师留下的这个小儿子，年纪轻轻的，这样懂得人情世故，真讨人喜欢，何不把他留下来当女婿？"

原来，石老普妻子早已去世，只留石婢仙这样一个女崽。如今，女崽石婢仙已经长大，年纪已经十三四岁了。十三四岁的女孩虽不着急出嫁，但是也得给她找个婆家了。一家有女百家求，寨上已有许多人家托媒人来问，晚上也有许多个侗家腊汉来他家楼下唱歌，但是石婢仙的阿爸石老普就是不同意。原因呢？没别的，就是石老普舍不得女儿离开他。他想，自己老了，活路①做不得了，一旦女崽出嫁，家里缺乏劳力，自己就没人照料了。为此，他一门心思地想找一个倒插门的女婿，还托了许多人。但是这个倒插门女婿不好找，因为那时很多人都看不起上门郎，大家还把上门做别人家女婿的人叫作"郎猪"。如今，这个踏破铁鞋无觅处的上门女婿，不就活脱脱地站在他的面前了吗？这个标致的青年后生，这个歌师的儿子，不但有孝心，而且人老实又本分。石老普越想，心里越喜欢，开口问道："阿富，你说要回老家，家里还有亲人吗？"

"在老家，只有一个堂哥。"吴一富说。

"既然已经没有什么亲人了，那么，你就留下来，好吗？"石老普关切地说。

"留下来？"对这个事情，吴一富心里还没有想过，现在听到石老普这么说，心里不由乱成一团："在这里，我一无房子，二无田地，三没亲人，以后怎么办呢？"他把自己的这种担忧告诉了石老普。石老普听了这话，心里反而高兴了。"呀，你是害怕没有田种、没有房子住吗？"石老普说着，指着自己的房子，许诺说："你若是愿意留下来的话，这房子虽是我的，但也是你的。在这石洞寨子里，你没亲人，我和阿仙就是你的亲人！"

"这样，好当然是好。"吴一富说，"可是……"

---

① 活路：农活。

歌师（节选） 谭良洲

可是什么呢？吴一富没说。

"真的，你不要犹豫，就这样定了吧！"看见吴一富犹豫，石老普就认真起来了说，"我已经老了，身边没个男崽，只有阿仙这么一个女崽，我认你做个干儿吧！"

"认我做干儿？"吴一富想起了他父亲的遗嘱，又是感激，又是为难，"石叔，你心好，对我也好，这事我都晓得的，只是做你的干儿，我还没有想过。我阿爸死的时候，曾经嘱咐过我，要我好好学歌，将来当歌师。现在，你要我留下来，难道我就不去学歌了？"

"你是歌师的儿子，歌还是要学的。"石老普诚恳地说，"我们这里有月堂，寨上的青年男女晚上都喜欢去那里行歌坐夜①。要学歌，晚上你就到那里去学吧！"

"你们这里也有歌师？"吴一富问。

"歌师我们寨上现在还没有。"石老普想了想说，"不过平略寨里有，离我们这里不远，我可以去请他来教你！"为了把吴一富这个青年挽留下来，什么样的事情石老普都愿做。

吴一富心里感激石老普为他阿爸操办丧事，而且还把自己的老屋也献了出来。今天，他本是来向他道谢辞行的，没想到石老普却要挽留他，有心要将他留下来当他的干儿子。对这，吴一富心里一点准备也没有，现在听了石老普的话，一时不知怎么办，心在咚咚地跳着。他想了好一会，还是拿不定主意。石老普又一次问他，他才说了一句："让我想一想。"

"好，那你就好好地想一想吧！"石老普也没逼他马上作答。

过后，吴一富想了好几天，觉得石老普这人好，对自己有恩，是真心挽留自己，若自己真的就这样甩手走了，那就太不讲人情，也太伤老人家的心了。"对，就算要走，我也得把老人这份恩情报答了再走！"吴一富想着，觉得自己有的是力气。"那么，就帮助石老普老人做一两年活路以后再说走的事情吧！"于是几天过后，有一天吃过早饭，他就把自己想好的决定告诉石老普："石叔，你对我好，希望我留下。现在，我已经想好了，你就收下我这个干儿子吧！"说着，跪在了石老普老人面前。

"别，别这样。"石老普又惊又喜，把吴一富从地上扶起来说，"话说到就行了，还要下跪干什么呀！"就这样，吴一富就留下来了，留在了我们的石洞寨。

（节选自《歌师》，贵州民族出版社，2009年6月；获首届贵州少数民族文学创作金贵奖）

---

① 行歌坐夜：又称行歌坐月，是侗族青年的一种独特的社交娱乐活动。内容以对歌、唱歌为主，所以以行歌为名；又因为是在夜晚，才有坐夜之称。

2010年

罗建明　李东升

乌蒙磅礴（节选）

第四章

…………

正午，毕节县城万人空巷。通往双井寺、大较场、小较场三处的街道，流动着旷古难见的奇妙队伍。人流中不管是家道殷实富有者，还是挑水打柴卖钱为生的干人，无论老人、小孩、壮年，还是不常出门的妇女，人人都手执碗筷，敲敲打打，脸上嬉笑，神情好奇，络绎不绝地赶往会餐地点去吃红军招待的"流水席"。他们也不光为吃喝，还掺揉了一种主人翁式的新奇感。自古有言："当兵到，鸡鸭叫。"讲的是军队一到，抓鸡的抓鸡，捉鸭的捉鸭，扰得百姓不得安宁，更有甚者，抓丁派款，强奸妇女，入室抢砸，百姓躲之不及。今天军队设宴请百姓，这日历真是倒翻了，看来这乾坤真个要由百姓来坐了！

说到"流水席"，它有别于其他宴席。常规的宴席准点定时，客人来后，取其桌形与吉祥含义，招呼就座。一般四方桌设座八人，谓之"八仙过海"；圆形桌设座十人，谓之"十全十美"；年长尊者设六人座，谓之"福禄寿喜"……客人坐定，菜肴上桌，酒杯斟满，无论十桌八桌，一次性招待完毕。"流水席"则不限时间，客人来了，凑足一桌两桌，立即开席招待，客人餐毕，收拾碗筷盘子，抹了桌子摆二发，也就是等待第二拨客人，依次循环，断断续续，形似流水。

红军这次摆出招待毕节民众的"流水席"，又有别于一般"流水席"，颇具现而今

乌蒙磅礴（节选）罗建明 李东升

"自助餐"的味道。由于红军后勤部门和毕节中心县委、县革委筹备充分，再加上组织得当，配合紧密，另有妇女委员会动员不少家庭主妇积极参加支持，故众人拾柴火焰高。昨天下半夜到今天上午，劈柴砸煤，操刀切菜，淘米下甑，欢笑声中菜香饭熟。待群众到来时，宽敞辽阔的场坝上，早就摆出了半人高、两人方能合抱的多个巨型木甑；砂锅、缸钵、酱钵、铜盆、木桶等大型器皿，如棋子般有序密布；分别盛满了金黄色的老腊肉、泛着紫红色的老火腿、油汪汪的红烧肉、红彤彤的鸡鸭块、烧魔芋豆腐、雪白粉嫩的水豆花煮白菜……

就餐的人们，盛饭后各取所需，按其口味爱好夹菜，碗口堆如山尖，然后退出，主动让位于后来之人，找个地势或站、或蹲、或坐，美滋滋地吃了起来。他们中或因年龄、亲戚、邻居等关系，又会十人、八人不等地自动聚集一堆。看着别人捧着大碗，同样的底下盛饭，上面堆菜，有人便玩笑地说你心厚，饭少菜多，被说的人嗔怒：好意思说别人，看看你那碗，可以当口锅了！玩笑归玩笑，吃起来时，又会亲切地你夹我碗中的、我尝你饭上的，乐哄哄笑声朗朗。因人员的先后、场地、饭菜等因素，故先来的先吃饱后，打着饱嗝，抚摸着肚皮想走人，退一旁闲谈观望，后来的继续补上。人流不断，饭菜陆续添加。更有趣的是不少嗜哑两口烧酒的老人们，吃相上则较为文静，饭不满碗，菜不堆尖，不慌不忙地走到街边上，找个闲置地点席地而坐。大碗往面前一摆，经验老到，早就有备而来，一个个从从容容地从衣襟中掏出早就灌满酒的器具：或葫芦的，或竹筒的，或玻璃的，或紫砂的。就一口菜，哑一口酒；其间又玩起了酒具对串，各式酒具装着的不同的酒，依次在老人们手中转起圈子传递着，击鼓传花似的顺着易人，大家品尝着不同容器中的酒，然后哑巴着唇舌议论起来，对各自的酒评价褒贬不一，真个东家酒好吃、西家酒生花。吵归吵，争议中酒具照旧传下去。面红耳赤之际，有人联想起乾隆爷的"千叟宴"，立即遭人反驳：呸！皇帝老儿算啥子？你看贺总指挥摆的这流水席，万民同乐，开天辟地第一席！该上县志，该上县志……一顿饭，吃得毕节人兴致盎然，畅快淋漓，张张笑脸灿如莲花。

…………

在毕节西北面，有道乌蒙山余脉名叫黄塘梁子，莽莽逶迤地雄峙于川滇黔三省毗邻地带，主峰上是一片平坦开阔的高原草坪。古往今来，往来于川滇黔三省的商旅们，大多要从黄塘梁子山腹间的驿道上行走，而主峰脚下又是历来途中饮马、歇脚之地。故不知何年，商旅们自发集资在主峰上修建了一座规模不小、颇具气势的关帝庙，请来住持与僧人开设道场，往来途中均会自觉地上庙焚香、烧纸、祈祷，祈求关老爷保佑路途平安，生意顺当。这庙宇除给了他们荒原古道上排遣寂寞、风险的心理抚慰外，每当遭遇雨雪骤然降临之际，还可在庙宇里拴马歇脚，饮上几杯清酒，吃上温热淡雅的斋饭。舒服不过的是倘有几帮商人聚在一起，围炉而坐时温酒煮茶，烤一堆焦黄的洋芋，炒几捧板栗、花生，淡饮浅酌中看群山或烟雨蒙眬，或银装素裹，吹一翻生意上的事儿，再懒散地回客房一觉睡到大天亮，令人浑然忘却旅途之诸多苦楚。闲散间天气好转时，已然养得马有脚力人有精神，互相道一声路途平安，吆喝声掺杂着马铃声远去。民国以来三省间军阀干戈不息，兵荒马乱，民不聊生，高山密林常有强人聚啸，古驿道商旅行人冷寂，逐渐使得一座香火缭绕、人声鼎沸的大庙冷清下来，僧人四散，变成了灌木杂草丛生，兔狐出没之地。但庙宇还是在风雨侵蚀之中较为完整地遗留下来，山门石柱上的对联清晰醒目："志在春秋功在汉，心同日月义同天。"正殿廊柱上红底金色的另一副对联，虽经风雨侵蚀而斑驳褪色，但字迹仍然清清楚楚："秉烛非等闲，午夜一心只有汉；华容岂报德，当时两眼已无曹。"正殿及两列厢房间有一片偌大的院子，挺立在正殿石阶两旁的两株古柏苍翠欲滴，更奇妙的是山高水高，墙后角一口石井，终日咕噜噜涌出清澈的泉水，沿石沟绕院墙一周淌出庙院。此刻，从毕节接受命令的第三支队，又回到了以往的驻地。

黄昏时分，阮俊臣、彭云辉等人陪同政委欧阳崇庭，以及到支队任职的红军干部姚显廷、文元贵、陈洪湖几人，漫步于庙宇院子内外，熟悉、观察着营地的周边环境，欣赏着大山雄浑、苍茫的景色。

阮俊臣指着山间蜿蜒如绳索的驿道介绍着："从这里向东是四川边界，向西南可达云南镇雄，西北是毕节所辖对坡、龙洞。周边的不少村镇，历来是三省物资通道上商旅的歇宿之地，所以边贸兴隆。山腰缓坡地、山脚谷地，辽阔、肥沃，肯出粮食，农户也较殷实。"

欧阳崇庭顺着他的手势环望，群山宛如浪涛拍空，层层叠叠奔涌天际。禁不住赞叹道："此地脚踏三省交界，便于迂回活动，周边百姓富裕，便于粮饷筹集。在这里安营扎寨，绝了。选择得好啊！"

身材高大、浓眉大眼、披一件黑色皮猎装的彭云辉补充着介绍："支队奉特委命令，到黔西北活动初期，俊臣支队长便看中了这有利地形停留下来。我们以这里为中心，形成了半根据地似的游击区，和周围群众建立了友好的军民关系。"

欧阳崇庭点头："这很重要。老百姓是水，咱们是鱼，离不开劳苦大众哩。"

几人徜徉到小溪边，欧阳崇庭兴趣盎然地弯腰捧起泉水，喝了起来："真甜呀！"

姚显廷惊讶地说道："怪了，这水怎么还能在山顶冒出？"

阮俊臣笑道："山高水高哩。没有这水，当年路过这里的太平军队伍被清军围困，那不渴死。咦！"他指着山道："那是侦察员小吴，纵队是不是有消息了！"

乌蒙磅礴（节选） 罗建明 李东升

第三支队在接受迎接纵队到毕节共创根据地的命令后，第二天凌晨便急行军赶到这里。通过侦察得知四川边界有两个旅布防，云南边境有两个旅再加一个独立营防守。特委与纵队的具体活动地点尚不清楚，如贸然进四川或到云南，不但达不到安全接回他们的目的，反而会引起敌人的围攻而增加完成任务的难度。于是支队司令部研究，先派出侦察队，探访特委的行踪，得到确切消息后，再隐蔽接近，保护他们悄然返回毕节。侦察队已经派出去五天了，见到小吴策马奔驰而来，大家高兴地把他拥进大殿司令部。

欧阳崇庭向满头大汗的小吴递过毛巾："擦擦吧！"

阮俊臣也关心地递过一碗凉茶："快说说情况。"

小吴一口气喝完茶水，赶紧汇报起来："侦察班离开支队到水潦后，陈队长把十五个人分成五个小组，分头侦察行动。两个组往云南镇雄、扎西方向，两个组往古宋、兴文方向，一个组往遵义、打鼓新场（今金沙县）方向侦察。经过几天的探寻打访，在纵队活动过的地带反复侦探，都没有搜集到他们的确切消息。前夜各组碰头后，队长怕支队着急，派我赶回汇报，他们继续向纵深和更大范围侦察。一有消息立即派人回来报告。"

阮俊臣眉头紧锁，思索着说道："不对呀，这些地带都是纵队经常活动的地方，咋个没有消息？是不是纵队又遭受损失，行动更加隐蔽了？"

小吴犹豫地说："支队长说对了……哎，不，纵队肯定隐蔽行动了。"

阮俊臣敏感地追问："是不是有啥不幸的消息？"

"有、有一个不幸的消息，支队长，你不要难过，"小吴迟疑地又说，"你还真说对了，余泽洪书记已经牺牲了。"

"真的？"阮俊臣不相信地盯住小吴。

"真的！"小吴避开他灼人的目光，"去年12月15号凌晨，纵队在木厂湾遭川军袭击，余泽洪书记在战斗中牺牲，尸体还被民团长李品山用滑竿抬到江安县城邀功请赏。"

"惨呀！"阮俊臣痛心地抓下军帽，走到殿门前，遥望着四川方向致哀。欧阳崇庭等人也静立在他身旁，肃穆地向着远方默哀。良久，欧阳崇庭悲痛地说："从中央苏区突围，枪林弹雨闯过来了，眼看将要与我们会师共建根据地，却又牺牲了。坚持游击斗争的同志们随时都置身在枪口刺刀下啊！"

阮俊臣眼睛湿润地望着大家："看来纵队的处境很困难，能早日联系上他们就好啦。"

黄于龙高声大气地表示："一旦有消息，就是背也要把他们背回毕节！"

欧阳崇庭亲切地向小吴再问道："还有其他情报没有？""没有啦！"

"那你先去洗洗休息。"他转向阮俊臣征求意见，"支队长，从侦察小队汇报的情况看,恐怕一时半会还等不到纵队的消息。趁同志们都在,是不是研究研究支队的活动?"

阮俊臣赞同道:"好!政委,以后叫我俊臣就行,啥时都叫支队长,怪生分哟。"

欧阳崇庭立即附和:"那行!你也叫我欧阳吧,叫政委显得生疏。"

阮俊臣点头说:"是该扯扯在等待纵队消息时支队该咋活动了。政委你看……"

"嘘!"欧阳崇庭食指搭在嘴唇上制止,"你看,刚才咋说来着?"众人笑开了。阮俊臣摸摸头解围:"欧阳,下步咋安排?你说说!"

欧阳崇庭谦逊地对阮俊臣说:"你先谈谈意见,我们听你的!"

阮俊臣想了想说:"咱们接受军团首长的命令已经五天了,在没有获得纵队的消息和迎接他们回根据地之前,也就没完成任务。如果支队突过去,无论在云南或四川,也是盲目行动,况且首长交代要咱们秘密行动。不如现在……"

孙绍清性急地一撸袖子嚷道:"要不,我带一个大队去协助!"

彭云辉反对道:"没有必要。这侦察班的十五个同志对地形了如指掌,也随纵队行动过。方位、路径、咱们的关系点他们都很熟。人多了没用,反而容易引起敌人警觉。"

阮俊臣把目光转向欧阳崇庭:"同志们,咱们先听听政委的意见?"

欧阳崇庭把目光从桌上的地图上收回:"刚才同志们打断了支队长的话,他要说的其实是:回去,没完成任务;前进,没有具体目标。需要我们趁此机会进行部队的整训,提高思想觉悟,训练游击战术,完善各大队领导配备。同时以黄塘为中心,进行党的宣传,打土豪分田地,帮助贫苦干人翻身,配合苏维埃根据地建设……他要让咱们有事可干啊!"

自己的话还没讲出,政委就把内容归纳出了个一二三,阮俊臣佩服地说:"是这意思!政委的意见就是我的意见。事不宜迟,全支队立即执行政委提出的这些任务。"他看看门外:"准备开饭吧,要研究的事一时半会议不完,晚上再仔细讨论。对了,今天伙食不差,有老乡送来的猪、羊。"

欧阳崇庭急忙问道:"该付了钱?"

阮俊臣拉着他的手:"放心吧,红军不拿群众一针一线!走吧。"

欧阳崇庭微笑着对这位相处近十天的搭档说:"俊臣,你们先去吧。云辉,我们几个党员留下研究一件特殊的事项,很快就来。"

"特殊事项?"阮俊臣眨眼思索着。

"忘了?你向刘复初、邓止戈同志提出过什么请求?"

阮俊臣心头一热:"请求加入中国共产党!啊,我终于盼到这一天了……"

乌蒙磅礴（节选）　罗建明　李东升

夜晚，一弯新月，繁星闪烁，庙宇正殿被夜幕勾画成一幅优美的剪影，翘檐上悬挂的风铃，在山风里不时摇奏出悦耳的"叮当、叮当"声。大殿左侧耳房，方桌上一盏明亮的马灯，墙壁上粘贴了一张长方形红纸，陈洪湖在上面用黄色画出了镰刀斧头组成的党徽，简易地构成了中国共产党党旗，这一简单的点缀，使得屋内充满了庄重、肃穆的气氛。

方桌四周围坐了欧阳崇庭、彭云辉、姚显廷、文元贵、陈洪湖、阮俊臣。欧阳崇庭用富有磁性的男中音说道："贵州抗日救国军成立，我和显廷等三个同志奉命到支队工作，加上支队原有党员云辉同志，经中共川滇黔省委批准组成了支队临时党委，今天就开个临时党委会。按省委首长要在支队具备条件的同志中及时履行党员手续的指示，结合俊臣同志的革命斗争历程、表现，以及他向党组织多次提出的请求，现在讨论俊臣同志的入党事宜。请入党介绍人云辉同志介绍俊臣同志的革命表现！"

彭云辉略加思索，便严肃地向党组织介绍起情况来，他诚恳地说："作为支队的老同志，俊臣的战友，我今天是第三次向党组织忠实而又实事求是地汇报他投身革命的动机与经历……"

阮俊臣于1900年农历三月二十四日，出生在四川古宋县金鹅池一个地主家庭。辛亥革命后的川南，因其地理位置处在云贵川边界，故三省军阀都打着"护法讨逆"的旗帜，把这里变成了你争我夺、血腥混战之地。自古就有"得四川者得天下"的说法，反之，川军也时时想向云贵扩张，三省军阀谁都想以这里为军队出入的跳板，进而觊觎他省腹地。兵荒马乱、战祸频繁、民不聊生的社会状况，击碎了他读书出仕、修身治国的理想。

1917年暑假，青年时期的阮俊臣，宛如田地里的禾苗滋滋地汲取甘霖一样，勤奋地从书本里获取知识，书房的油灯时常伴随着满天星斗迎来雄鸡啼唱。这一天夜里，他在书桌前站起身，收拾好书本，伸手扩扩胸准备上床睡觉，突然滇军十几个官兵砸开院门，打着火把闯了进来，乱哄哄地喊叫："老子们入川护法，饿着肚子打仗，前几天就向你家发了捐款书，今天收钱来了！两千个大洋！一个子儿不许少！"

阮俊臣的父亲、叔父赶紧披着衣服，颤颤巍巍地来到院内。父亲颤抖着向一个排长求情："老总，容个情吧。一时凑不出这大笔数，宽容几天行不行！"

"扯啥玩意儿！"排长一脚将阮父踢倒在地，"晓不得！今天必须给老子数钱来！"

阮俊臣冲过来扶起父亲，气愤地质问道："凭啥打人？"

"看好了小白脸，"滇军排长拍打着屁股上吊着的盒子枪，"凭这个！滚开，老子今晚要带人走，三天后交钱取人。带走！"他手一挥，几个士兵凶神恶煞地绑架走了叔父。

有道是祸不单行，好不容易变卖家产赎出叔父，一家人还没从惊恐中喘过气来，入秋后的一天，灾难又降临家门。那天阮俊臣放学回家，刚走到院子门前就被骇呆了。父亲被强行押在一边，衣服撕得破烂，脸庞红肿，嘴角淌出殷殷鲜血。一群川军涌立院内，有的手里还倒提着擒获的鸡、鸭，一个连长模样的瘦高个子拉长嗓子吼叫道："格老子吃里扒外，出钱帮滇黔黄皮子打老子们川军，你龟儿活厌烦喽！"他指着被绑扎着的阮俊臣大哥："他们要两千，老子们要翻倍，明天交四千大洋来赎人，一个子儿不得少！超过时间，老子送他去黄土县当县长！"他伸出手比划出个扣枪姿势，随即一挥："走！"川军押着哥哥，撞开门边惊呆的阮俊臣，走出院门。

"不准带走人！"阮俊臣奋不顾身地抱住哥哥。"给老子爬开！"一个士兵一枪托把他打倒在地。"俊臣，起来！照顾好父母，家里交给你了！"哥哥挣扎着吩咐泪流满面的弟弟，随即被凶神恶煞的士兵押走。在刺刀的隔离下，阮俊臣只得扶着虚弱的父亲，泪眼巴巴地望着哥哥步履踉跄地远去。

田坝边缘，陡峭的悬崖下，湍急的江水撞击岩石，激起汹涌的浪涛，咆哮着奔泻而去。哥哥走到这里，知道家里凑不出这么多现大洋，咬紧牙关横下心来，干脆一了百了，只见他猛地朝前一蹿，一头扎下了悬崖。

"儿呀……"老父亲遥望到这一幕，一声悲愤的哽噎，昏倒在地。

"哥哥……"阮俊臣凄惨地呼喊着，向悬崖奔去……

家庭屡遭蹂躏，激起了他满腔仇恨。温文尔雅的阮俊臣从此迈向一条充满坎坷的人生道路。学习之余，他转而刻苦习武，以年轻而激愤的心态，幻想用侠士手段铲除人间不平。他拜了一位老武师为师父，在师父严厉的指导下，无论寒冬与酷暑，闻鸡起舞，苦练拳脚、刀剑、飞镖，甚至买回手枪，在地埂上标出小圈，手持双枪，顶烈日、披风雨地练习着……

随后他变卖田产，购买枪弹，组织起一支五六十人的队伍，专门惩治兵痞、贪官、恶霸。但因寡不敌众，屡遭失败。在川南当局的通缉下，阮俊臣带着铁杆弟兄黄于龙、孙绍青、康海平、王国全等二十多位不愿离开他的穷苦青年，辗转投入黔军之中立足谋生。后在滇黔两军的混战中负伤，回乡治疗。通过对多次征战的反思，他痛苦地意识到自己舍生忘死，充其量是在为军阀争地盘、扩充势力流血效劳而已。苦闷中他听信了天主教的宣传，渴望在平等、博爱、宽容中寻觅理想，但英国军舰炮轰万县的侵略罪行，又激起了他的愤怒。时逢上级巡视员到乡间视察，他挥毫写下了一副至今还有人背诵的对联贴于宅门。上联是：看这些，地方官，都是地匪地棍，掘地皮，挖地坑，把大好山河弄成地狱，还要抽地丁地税，地也无皮；下联是：说什么，天主教，妄称天兄天父，绝天理，灭天伦，把青天世界闹得天昏，有一日天诛天讨，天才有眼。深刻地抨击了时政，也表明了与虚无缥缈的"洋教"诀离的醒悟。

伤愈后经劝说归队，不久升任营长，驻扎古宋。此时的阮俊臣，已经在岁月的磨砺

乌蒙磅礴（节选） 罗建明 李东升

下，步入处世冷静成熟、稳重谦逊的年华。逐渐从家庭不幸的局部视野，进而观察到更大范围内百姓的痛苦，舍小吾而达大观。家庭的善良传统和不幸变故，促使他带兵宽厚而严谨，士兵都不敢随意侵犯百姓利益，再加上战时带头冲锋陷阵，平常和士兵同甘共苦，故深受驻地百姓和下属爱戴。中国革命的红色冲击波，使得长期在黑暗中徘徊、苦苦思索的他看到了希望。终日盼望着能有人引入共产党的阵营，舍身为穷苦百姓做些实事。恰在此时，共产党地下组织也正向他悄然接近。经人介绍，受中共四川省工委指派，打入黔军二旅任参谋，承担川南"军运"任务的共产党员刘斯真、彭云辉，有意识地结识了阮俊臣，很快成为挚友，并结拜为弟兄。他们动员阮俊臣投身革命的工作，也因此而直截了当地进行。

1933年秋，古宋县城。

望云楼雅座，身穿军服的三位把兄弟围桌而坐。刘斯真是旅部参谋，彭云辉是教官，阮俊臣是营长，军衔都是少校。亲切对饮中，阮俊臣手执酒壶，给刘斯真、彭云辉斟上酒说："刘兄、彭兄，俊臣从十六岁起，就在黑暗中摸索，幻想学成一身武艺，做行侠仗义的好汉，但岁月教人明道理啊！纵然武艺超群，又咋个能铲尽天下之不平？而今回想起来感觉好笑。"他自嘲地摇摇头："从你们给我的书上，我真正明白了穷人如何才能翻身的道理。来！敬二位，感谢对我的启迪！"

刘斯真干杯后朝阮俊臣亮亮杯子说："俊臣贤弟，明人不做暗事。我们的身份你已经知道了，但我跟你说，和我们打交道，有这种危险哈……"他比画了个杀头的手势。

阮俊臣坦然地一笑："石可碎，不夺其坚；丹可磨，不改其赤。纵然如此，岂不胜过苟且偷生！"

彭云辉望定阮俊臣："如此说来，愿与我等为谋？"

"固所愿矣！遗憾俊臣还不是你们党内之人。"

彭云辉真诚地说道："你的行为，上级早就知道了。早晚，我们会当你的介绍人！"

"太好了！"阮俊臣激动地给两人再斟上酒，"这一杯，敬两位良师益友！"

此次聚会后，刘斯真、彭云辉接到省委指示，应在短期内组织暴动，以川南的行动配合川北红军的斗争。而军营中发生的一件事，又促进了阮俊臣以及他率领的一营人投身革命的步伐。

2月底的一天，县城东皇庙驻军团部，张灯结彩，摆满了酒席桌。黔军二旅一团刘团长今天娶第七房姨太太。军官、绅士、帮会把头纷至沓来恭贺。一派喜庆中，突然闯进二营排长陈斌。他一进来就愤怒地骂道："刘胖子，我日你先人！强抢民女，当啥子铲铲的民国军官，土匪！放我妹子出来！"

膘肥油厚的团长刘胖子身穿长袍，上套酱色暗花马褂，胸前戴一朵绸扎大红花走出来："哟，舅爷！闹啥子嘛，快入座喝杯喜酒。"

"喝你妈的尿疤子！放我妹妹回家！"

刘胖子背着手绕陈斌转了一圈道："嗬，老子没发火，你他妈倒犯起浑来了！来人，给老子撵出去！"

"老子和你拼了！"陈斌掏出手枪，但立即被五六个卫兵制服了。

刘胖子恶狠狠地搓灭烟头："反了你！给老子吊起来狠狠打！再拉去毙了！"

陈斌被吊上大树，呼呼呼舞动的皮鞭，打得他遍体鳞伤。

得知情况的阮俊臣端起机枪，带着十多个弟兄荷枪实弹地冲进来。他高喊道："刘团长，手下留情！"

刘胖子把皮鞭递给士兵，转过身面对阮俊臣斥责道："都想造反了？来人，把枪下了！"一群士兵扑了上来，把阮俊臣等人团团围住，双方对峙着，冲突一触即发。阮俊臣此时反倒冷静下来。他从容地拨开胸膛前的枪支，走到刘胖子面前不卑不亢地说："刘团长，要来硬的？怕要不得哟！弟兄们是来要回陈排长，不想见血。要真动手，这机枪、冲锋枪分分钟可解决问题。但满院子的人，难免伤及无辜。事情闹大，哪个收场！"

刘胖子不依不饶地嚷道："好你个阮俊臣！他小子动枪要我的命，我还没追究你的管辖之罪，你反而带人造起反来了！脑壳要不要？"

阮俊臣不屑地一笑："要脑壳？好！但凡事该讲理。你可以强拉人家妹子做小，人家就不该发个脾气使个横？"

副团长等人赶忙圆场："算了算了，大喜日子何必剑拔弩张！俊臣，来了就是客，叫弟兄们都收起武器坐下来，喝杯喜酒。"

"李团副，酒就不喝了。只是这事你看如何摆平？"

刘胖子挥手："你们走！我刘某今天不和任何人计较。"

阮俊臣口气淡淡地说："不仅今天，随时恭候刘团长的赐教！我们走，他咋个办？"他指着吊在树上的陈斌。

"明目张胆行刺长官，交军法处严惩！"

阮俊臣转身走回刘胖子手下士兵围成的圈子中，大义凛然说："那就对不住了，我们和陈斌生是朋友死是鬼伴！"气氛又转紧张。

李团副赶紧向刘胖子耳语一会，然后走到阮俊臣面前："刘团长说了，君子不计小人之过。你把人领回去，不得再滋事了！"

"那好，把人放下来。"士兵解开绳索放下陈斌，阮俊臣把他背回军营，有意识地集合全营官兵，指着遍体鳞伤的陈斌，向大家陈述了事情的经过，趁机启迪全营官兵。从陈斌家庭、个人遭遇的不幸上，联系到生活中普遍的不平等现象，激发起大家对这社会的黑暗与丑恶的愤怒，有目的地预留下向往正义的伏笔。

乌蒙磅礴（节选） 罗建明 李东升

与此同时，古宋县委通过工作，策动了绿林武装首领石宝川投身革命。经上级批准，决定以阮俊臣的一个营，加上石宝川百余人的武装，于4月2日夜12时举行武装暴动。计划用石宝川队伍潜入县城，以突袭方式控制、强占城区要害；阮俊臣部负责歼灭城外驻军。两军会合后成立以古宋、兴文为中心，连接高、珙两县的红色苏区。在边缘地带掀起革命高潮，以配合川鄂边苏区的斗争，实现南、北联动，赤遍全川。

4月2日夜10时，阮俊臣部全副武装，群情激动，紧张而又肃穆地待命，准备秘密行进到城郊五里桥，于12时突然袭击防守驻军。正在大家心情忐忑地等待之时，城内突然提前响起枪声，紧接着手榴弹爆炸声又起，然后激烈、密集的枪弹声响彻夜空。陡然的变故，让阮俊臣部不知所措，到底该作何动作？正在这时，刘斯真、彭云辉以及县委三位同志满头大汗地赶来军营。原来石宝川部潜入城里的人员中，有几人被保安队发现，双方交起火来。刘胖子立即命令关闭城门，调集援军围歼。鉴于突发事变，打乱了计划，县委决定取消暴动。已经暴露身份的刘斯真、彭云辉等随阮俊臣部撤退到金鹅池山区。县委召开会议决定，彭云辉留在阮俊臣部协助工作，部队等候新命令再行动，刘斯真等人潜回成都汇报并听取指示。

初战失利，士气低落。上级指示阮俊臣、彭云辉，采取一次有效行动，打击敌人，挽回失败影响，振奋人心。经研究，行动目标原则上定为古宋县城，通过分析敌我力量，古宋城内外现有四营驻军、一个特务连、一个保安队外加警察局，而我方只有一个营兵力，方法上不可强攻只能智取，歼其一部后利索撤退。阮俊臣最后拍板，伤其十指不如断其一指，擒贼先擒王，端刘胖子的团部。经侦察得知，陈斌的妹妹因不堪忍受刘胖子的凌辱而撞墙身亡，他随即又强占了风月轩一风尘女子。这次嫁娶刘胖子不再大办酒宴，只是五月端阳那天邀两三桌军中同僚、驻地名流喝台酒，打个"响片"，让人知晓另娶姨太太一事。机不可失，行动时间定在端阳节午夜。

端午节的古宋县城，节日气氛较为隆重，茶馆、饭店、商号、寻常人家，门坊上均挂了碧绿而芬芳的菖蒲、艾蒿，房前屋后洒了雄黄酒，满街飘逸着粽子的清香。

夜晚，二团团部。院门前两个哨兵，游动中不时摸出小酒瓶匆忙地吞上一口，又伸长脖子向鼓锣喧闹的川戏院方向张望，竖起耳朵聆听那风中断续飘来的《白蛇传》唱腔。院内正房宽阔的过廊上，摆两桌酒席，廊坊上悬挂的灯笼，照映着席上丑态。醉醺醺的刘胖子在李团副的玩笑中，揽过身边浓妆艳抹的女子，那女子温顺地依偎在他怀中。刘胖子"滋儿"一声喝一杯酒含在口中，再嘴对嘴地喂进女子口里，顿时引起一阵掌声和淫邪的哄笑。一会，刘胖子挥挥手含糊糊地道："众位请、请便，我……支撑不、不起了。"他踉跄站起，让女子扶回屋内，主角离去，众人也随着散席。

午夜，一弯新月，贴在黛蓝色夜空。阮俊臣率黄于龙、孙绍青、陈斌等二十名战士，悄无声息地运动到团部院外。他指指门口哨兵，孙绍青带一人贴着墙壁悄然靠近，猛然扑了过去，勒住哨兵脖子一扭，干脆利索地排除了障碍，两人再捡起枪支站立哨位。黄于龙则在这时攀上耳墙，爬上房顶，架上机枪。阮俊臣率人扑进院子，战士们兵分两路控制左右厢房，他和陈斌向正房亮着灯光的屋子冲去。此刻，一名游动哨突然发现房上的黄于龙，端起枪扳枪栓，刹那间阮俊臣手一扬飞镖甩出，正中哨兵咽喉，使其咕噜着瘫软倒地。

正房刘胖子卧室外间，四个军官正在麻将桌上酣战，待枪口抵住脑袋才恍然醒悟，糊里糊涂被绑了起来。阮俊臣、陈斌踢开房门，趴在女人肚皮上的刘胖子懵懵懂懂地吼叫道："开啥玩笑，给老子爬出去！"待来人跃近床前，他才惊骇地发现不是玩笑，下意识地伸手往枕头下抓枪，但阮俊臣眼急手快地抢先把手枪截获在手："想不到吧刘胖子？陈斌，这龟儿交给你了，别伤那女人！"

刘胖子语无伦次地望着手持匕首的陈斌："你、你、你要干啥子……"

"干啥子？翻你龟儿肥肠！"陈斌手起刀落，一道刀光扎向刘胖子，一下、两下……

这次偷袭，干脆利索地解决了敌团部。除缴获了大批枪支弹药外，还搜出了两箱大洋共一万多块，解除了军费的后顾之忧。当大家从城墙缺口处吊下城外，走进夜幕中许久，才听到城里响起枪声。

部队单独活动一段时间后，上级指示阮俊臣、彭云辉率队并入刘复初领导的南六游击队。南六游击队在中央红军川南游击纵队减员后，奉命补充编入纵队。随纵队活动、训练了一段时间，已增补为特委委员的刘复初指示阮俊臣、彭云辉：为转移敌人对纵队的注意，策应和配合纵队的行动，开辟新的游击区，扩大队伍，特委决定派遣熟悉川滇黔边区情况的阮俊臣，率队到黔西北活动。并指示到贵州后，有党组织和他们联系。在贵州活动期间可接受当地党组织的领导。

分别之际阮俊臣搓着手，鼓足勇气向刘复初说："刘委员，我向党组织提出的入党申请……""哦，我知道！"刘复初拍着他的肩膀说，"你的入党申请，因战斗频繁而耽误了。"他转向彭云辉交待："记住了云辉，无论在贵州，或者回纵队，你都是俊臣的入党介绍人，有责任向党的组织提出报告！"

……

欧阳崇庭、姚显廷、文元贵、陈洪湖几人，静静地听取彭云辉的介绍，脸上的表情时而痛楚，时而激动，时而又钦佩。彭云辉介绍到这里，端起茶缸饮了一口，又继续说道："与省工委接上关系后，俊臣同志在党的领导下率队进行了长时间的艰苦斗争，为迎接主力开创黔西北苏区做出了贡献。现在，支队有了党的临时委员会，作为这支队伍的主官，他的入党问题不能再拖了。我今天慎重地向党组织介绍他入党，相信在增强党对支队的领导、建设和重大问题上党组织的集体决策等诸多方面，会有积极的作用。上

乌蒙磅礴（节选） 罗建明 李东升

述意见，请党委审议、批准！"

好一段极富传奇的革命经历，会场寂静。大家一时还未从彭云辉抑扬顿挫的叙述中脱离出来。稍后，欧阳崇庭感叹道："不容易啊！好一段感人的经历与人格的塑造。俊臣同志从家庭接二连三惨遭的祸事中，没有沉沦和被压倒，反之顽强地追寻反抗的路子，其实也是在追寻革命。在云辉等人的引导下投身革命后，按党的指示英勇战斗，使革命的武装从三百人不足，短期内发展壮大到上千人，成为根据地方军中的一个支队。敌强我弱的武装斗争时期，一人一枪都是可贵的贡献呀！同志们谈谈自己的意见吧。"

姚显廷紧接着说："在根据地建设中，第三支队首先给主力送来急需而又不易得到的物资，军团首长视为宝贝疙瘩，分配时还赞不绝口。其后的表现大家都看到了。加上云辉同志介绍的革命经历，我认为完全符合条件，我同意俊臣同志加入党的组织！"

文元贵说："比对革命的贡献，老实说我差俊臣同志多了。没说的，就两个字，同意！"

陈洪湖说："从俊臣同志的经历上，看出了他对革命的忠诚与执着，我同意！"

欧阳崇庭见同志们都表了态，总结道："我除了对俊臣同志的入党表示同意外，还提点希望，目前黔西北苏维埃根据地创建了，贵州抗日救国军组建了，但革命的路途还很漫长，斗争也会越来越艰苦。希望俊臣同志入党后，能一如既往地经受各种考验，为党的事业奋斗终身。宣誓吧！"他庄严地面对党旗站立，阮俊臣抑制住激动站立他身旁，其他几位同志也严肃地站立在他俩身后。欧阳崇庭举起右臂领诵誓词，阮俊臣一句句地跟随宣誓。他终于实现了多年的执着追求，人生目标升华到一个崭新的境界。宣誓完毕，欧阳崇庭转过身，紧握住阮俊臣的手："同志，祝贺你！"其他几只手也叠加过来，有劲地传递着祝贺与欢迎，阮俊臣儒雅而坚毅的脸上，流淌着幸福的泪水。

随后，欧阳崇庭宣布："同志们，从现在起，俊臣同志增补为支队临时党委委员，回毕节后再报请川滇黔省委，批准支队党委的正式组建。下面研究各大队指挥员的任命……"

清晨，朝阳洒满黄塘梁子。

草坝上，全支队战士在彭云辉高亢的口令下整队完毕，排出整齐的队列。彭云辉跑步到阮俊臣、欧阳崇庭面前立定，高声报告："支队长、政委，全支队集合完毕，请指示！"阮俊臣还了军礼，走近队列，他扫视着全队，洪亮地说道："同志们！贵州抗日救国军成立大会上，军团首长宣布了我和欧阳政委的任命。按首长指示，各大队领导由支队任命。经支队临时党委研究决定，我宣布：彭云辉同志任支队参谋长；姚显廷同志任作战参谋；文元贵任作训参谋；陈洪湖任宣传参谋；黄于龙任一大队队长，欧阳崇庭任指导员（兼）；康海平任二大队队长，姚显廷任指导员（兼）；路明宣任三大队队长，文元贵任指导员（兼）；孙绍青任手枪队队长，陈洪湖任指导员（兼）；胡昆任后勤处长，彭云辉任指导员（兼）；陈斌任侦察队队长，阮俊臣任指导员（兼）。现在，由欧阳政委指示！"

欧阳崇庭迈步到队伍前，抬手、敬礼，队列"刷"地一下立正。他发令道："稍息。同志们，刚才支队长宣布了支队调整后的组织序列以及领导任命，这是支队建设、战斗的需要。我相信从现在开始，支队更能结成钢铁的战斗板块！同志们，我们在等待纵队消息期间，有个相对空闲的阶段。这段时间怎么办？黄塘周围，支队过去和穷苦干人建立了良好的关系，现在应该巩固和加强这种鱼水情。根据地建设的任务，要解决土地是干人命根子的问题。应该打土豪分田地，把地主老财剥削、霸占的财物分还干人。支队决定组织小分队深入村寨开展工作。抗日救国军是一支新型的红军队伍，每个战士都肩负着崇高使命，我们也要抓紧进行纪律整顿，开展军事、文化、游击战的学习。同志们，反动势力不会让苏维埃根据地平静地发展，艰苦的斗争在等着我们，让我们抓紧战前的空隙，完成上述任务。大家有信心没有？"

"坚决完成任务！"上千人激昂的回答，震荡山谷，久久回荡。

黄塘沸腾了。

几个小分队在黄于龙、孙绍青、姚显廷、文元贵的带领下，走进深宅大院，把粮食、衣物分发给干人。搜查出的一沓沓地契，在烈火中化成灰烬。田野、山坡上，战士和老乡，拉着绳索丈量土地，分到土地的干人，欢快地钉着地界桩牌。一群群战士，帮老乡担来肥料，挖铲田地，准备春种……

营地草坪上，阮俊臣飞舞大刀，向战士们教练着，讲解着，示范着。他身后的队列，刀光在阳光下闪烁，光着臂膀的战士们，强健的肌肉上汗珠滚滚。

大树上，一块黑板上面楷书着"阶级压迫""阶级斗争"等词语，陈洪湖指着黑板，生动、浅显地给聚精会神的战士们讲解着新鲜、易懂的道理，使大家明白了为什么要扛枪打仗。

一队从毕节新入伍，分配到支队的男女学生兵，非常认真地端起枪练习射击、拼刺，欧阳崇庭耐心地给他们讲解要领、示范动作。

战斗空隙，全支队一派紧张、繁忙……

（节选自《乌蒙磅礴》，贵州人民出版社，2010年12月；获第三届乌江文学奖）

2011年

欧阳黔森

奢香夫人（节选）

第十一章

……………

霭翠病重的消息牵动着水西所有人的心，也使格宗看到了希望。在格宗家里，格宗、那珠正在和他们的亲信商议事情。

格宗开门见山道："今天把大家叫来，是有件非常重要的事想和大家商量商量。"所有的人都没有说话，全都望着他。

格宗继续道："大家都知道，现在，老爷的身体，已经是在一天天地熬时间，估计用不了多久他就要走了。大哥去了以后，水西该由谁来当家，这事大家心中要有数。"

格宗的亲信努著马上道："那肯定是该由二爷啊。"

另一个亲信老强也急忙附和："对啊，这不明摆着，还用问？"

那珠冷笑一声："笨猪，陇弟怎么办？他可是老爷唯一的儿子。"

格宗朗声道："那珠土司说得对，我们不能坏了规矩。大哥去了，理所当然由陇弟继位。可问题是，他只有三岁，必须有人摄政。这摄政的人，大家心中有数吗？"

努著急忙点头："我明白了！我们坚决拥戴二爷摄政。"

那珠又是一声冷笑："万一老爷选择了其他人呢？"

努著把衣袖一挽："其他人？哼，在我们水西，还有谁敢与我们二爷争位子？他吃了豹子胆！"

那珠高深莫测地道:"当然有。"

"谁?"

"奢香夫人!"

"她?她一个女人,有什么本事?"

那珠用手指指着他们道:"你们都忘了是不是?还记得前些日子吗,老爷什么事情可一直都听她的主意呢。"

老强道:"那珠土司说得对,不是没有这种可能。二爷,万一要真的是她,我们该怎么办?"

格宗道:"所以,我叫大家来就是商议这件事。老强,你鬼点子多,你说说,该怎么办?"

老强想了想:"要依我看,只有一个办法。"

格宗急忙问:"什么办法?"

"以静制动。"

"以静制动?"格宗疑惑地望望他,"你这话什么意思?你能不能说明白些?"

老强急忙笑道:"二爷别急,听小人慢慢说。这话的意思就是,如果别人不动,我们便不知他要干什么,就不好出招。只有他们动了,我们才知怎样出手。总之,二爷,小人认为,我们现在干什么都不太妥当,最好的办法,就是静观其变,才好商议对策。"

格宗想了想,点点头道:"你说得也有道理。不过,也不能什么准备也没有。不然,我们就会太被动。大家还是做好准备,万一事情真的迫在眉睫了,我们也好应付。"

众人齐声道:"到时候,我们一切听从二爷安排。"

其他人都走了,唯有那珠留了下来。那珠望着格宗,希望能听他说什么。可格宗一言不发,陷入了深深的思考。

那珠忧心地问:"你在想什么呀?"

格宗抬起头,对那珠道:"老强的话,以静制动虽是好,可我也担心人家先动手。要是让他们占了先,我们可就被动了。"

那珠点点头:"是啊,我也有这种担心。"

格宗突然一拍大腿道:"有了,我们就这么办。"

那珠急忙问:"你想到办法了?快告诉我。"

格宗压低声音道:"奢香摄政,她如果不在了,还摄什么政?"

那珠睁大了眼睛:"二哥,你的意思?"

格宗眼睛里闪出凶光:"你还不明白?事关重大,搞不好就鱼死网破了。让我也再想想。"

奢香夫人（节选） 欧阳黔森

格宗站了起来，在屋里走了几步，对那珠道："那珠，那个岩虎，还在原来的地方吗？"

"你怎么想起他来了？他不在那里能去什么地方？"

"你悄悄去一趟，把他给我叫来。"

那珠眼珠一转道："好，我这就去。"

没有多久，岩虎跟着那珠进来了。格宗挥挥手，叫那珠回避。那珠有些不太情愿。格宗看了她一眼，那珠撇着嘴巴走了。

岩虎点头哈腰道："二爷，你叫我？"

格宗坐在椅子上，端起茶喝了一口，然后不紧不慢地问道："岩虎，这两年来，你过得怎么样？"

岩虎急忙回答："回二爷，岩虎这些年天天过着神仙般的日子。"

格宗哈哈一笑："神仙日子？什么叫神仙日子？"

岩虎嘿嘿一笑："我不说假话。岩虎白天有肉吃，有酒喝，晚上呢，有女人陪着睡。这种生活，岩虎过去想都不敢想呢。"

格宗依旧是不紧不慢："那是你的命好。"

岩虎急忙跪下道："不，岩虎虽然是一介鲁夫，但岩虎心里清清楚楚，这些全是二爷您的恩赐。当年如果不是二爷您救了我，岩虎怕早就死在牢狱里了，还能够享受到这些？"

格宗向前倾倾身子："这么说，你对你现在的日子挺满足的？"

"岩虎非常知足。"

格宗往后一靠："可是，你这好日子啊，马上就要到头了。"

岩虎有些吃惊："二爷……"

格宗手一挥，打断他的话："别说是你，就是二爷我的好日子，也要到头了。"

岩虎向前跪行几步："二爷说笑吧，您老人家大福大贵，好日子还长着呢。"

格宗摇摇头："二爷没有心思跟你说笑话。你知道吗？现在，就有人在找二爷的麻烦。"

岩虎一下站起来："是谁？吃了豹子胆了！告诉我，我去废了他！"

格宗紧紧盯着岩虎："这么说，二爷有难，你愿意帮忙？"

"只要二爷一句话，我岩虎为二爷赴汤蹈火，心甘情愿。"

"好，你帮我去干件事。"

"二爷您说。"

格宗招招手，岩虎凑近脑袋，两人悄悄说起来。

格宗把岩虎的事情安排好了以后，坐在屋里想了一阵，就去了军帅部。

各位将领一见格宗到来,马上在大帐里站好。

格宗看了看众人,命令道:"马上传我的命令,火速调集普章、乌岭等两处的军马到宣慰城外待命。"

大将赫布马上出列问道:"二爷要调兵马?为什么?莫非要打仗?"

格宗看了他一眼:"老爷现在的情况不好,我担心有人会乘机捣乱,调兵是为了防止万一。"

赫布认真道:"可是,老爷交代过,宣慰府城的防卫由三爷负责,谁也不准插手。二爷,这事情是不是和三爷商量商量?"

格宗有些不耐烦了,手一挥:"三爷守的是城内,可是城外出了麻烦谁负责?照我的命令去办,休得多言!"

赫布还是不依不饶的:"老爷曾经说过,不能轻易调动部落的军队。"

格宗冒火了:"老爷把调兵信符交给我,就是让我统领军队。调兵信符在此,谁敢不服从命令?"

赫布上前一步:"可是……"

格宗桌子一拍:"废话少说,马上去!"

正在此时,果瓦和莫里急匆匆进来。格宗一看,急忙离座招呼。"哎呀,什么风把你们吹来了,二位请坐。"回头又对亲信道,"还不快去!"

果瓦一见那人手中拿着调兵信符,马上警觉,立刻问道:"你干什么去?"

那亲信看了看格宗,又看了看果瓦,胆怯地道:"二爷叫我去调兵。"

"调兵?"果瓦看了格宗一眼道,"现在又不打仗,调兵干什么?"

格宗急忙解释道:"果瓦,你误会了,我是看大哥身体不太好,担心有人会乘机捣乱,就想调兵来保护宣慰府的安全,以防不测。也没有其他什么原因。"

果瓦冷冷盯着格宗:"二爷,宣慰府有侍卫队呀。"

格宗有些紧张:"我是担心三弟的侍卫队……"

果瓦打断他的话:"不用了。老爷有新的命令。"

格宗急了:"什么命令?"

果瓦认真道:"任命莫里为水西兵马副总管,并执掌调兵信符。"

格宗一惊:"什么?要夺我的兵权?你们这样做,太过分了吧?"

"不是我们要这样做,我们也没有权利这样做。这是老爷的命令,你看看吧。"果瓦把命令递给格宗。

格宗接过命令一看,上面盖着宣慰府的大印。格宗怒目圆睁,对莫里道:"好啊,三弟,你现在翅膀硬了,敢在背后暗算你二哥了!"

莫里着急了,急忙分辩道:"二哥,你听我说……"

奢香夫人（节选） 欧阳黔森

格宗气急败坏："算了，不要在这里假惺惺装好人，你想领兵，你就领吧！我还落得清净。"说完，格宗双手一甩走了。

格宗的亲信无奈地把信符交给莫里，果瓦和莫里对视一眼，点了点头。

果瓦对众将领说道："没事了，你们散去吧。"

众人走了后，果瓦和莫里坐了下来，果瓦道："三爷，你看见没有，老爷是何等英明。"

"二哥他调兵马……也许真是为了宣慰府的安全。我们是不是多心了？"

"三爷，汉人有句话，叫作：害人之心不可有，防人之心不可无。"

莫里叹了口气，摇头道："大总管，有些事情，我不是不明白，我只是觉得，我们兄弟之间原来是那么地亲密，怎么为了这权力，变得如此生疏了？"

果瓦苦笑着，摇摇头，没有说话。

莫里继续道："我记得小时候，有一次去打猎，我遇到了一只金钱豹，生命危在旦夕，当时，二哥为了救我，硬是和那豹子拼命，全身被豹子的爪子抓得……"

莫里摇摇头，说不下去了。

果瓦意味深长道："三爷，你的心太善良了。你要知道，人的心，就像那山间的溪水，刚刚发源时，它是清澈透明、安稳宁静的。可流的路程长了以后，沿途的污浊不断掉进了这清澈的水里，这江水就变得浑浊，变得暴烈了。"

莫里神色暗淡道："大总管，这些道理我都懂。只不过……算了，不说了。"

果瓦拍了拍莫里的肩。"三爷，我还是那句话，害人之心不可有，防人之心不可无。"果瓦想想又说，"三爷，我想今天去一趟贵阳。"

"去贵阳？干什么？"

"我知道一个郎中，是我以前结交的朋友，很有本事。我去把他请来，给老爷好好看看。"

莫里担心道："派下人去请吧。这时候，你离开，我怕有事。"

"此乃名医，行为怪异，我不亲自去恐其不来。你兵权在握，不会有事的。"

"行，你快去快回吧。"

格宗气急败坏地离开帅部，骑在马上，在街上左冲右奔。有个彝民挡了道，他狠狠一马鞭，将那人抽倒在地。"你小子，走路有没有眼睛？"被打的彝民不敢吭声，旁边的人一个个也不敢出声。

格宗回到家中，心中越发冒火，大喊："拿酒来。"内侍端来酒壶，格宗一把夺过，大口大口地喝起来。

管家进来了，站在一旁轻声说："二爷，你这样，对身体不好。"

格宗一拍桌子："我真是瞎了眼，把他们都看错了。哼，为了水西，我风里来雨里去，立下了多少战功。这些年来，要不是有我，水西会这样安定吗？哼，夺我的兵权！他们不仁，那就休怪我不义了。"

管家劝道："二爷，你别激动，来日方长。"

格宗吼道："方长个屁！再这样下去，你们脑袋掉了还不知道是怎么回事。"格宗说着，又将一大口酒吞了下去。

"二爷。"

格宗手一挥："你立刻去对岩虎说，要他今晚就行动。"

管家疑虑道："二爷，那岩虎可是一个没脑筋的人，万一他把这件事情办砸了，露了出去……"

格宗盯着管家看了一阵："你说得也对。这样吧，你去盯着他，不管成与不成，都把岩虎这小子……"格宗做了一个割脖子的手势。

"好，二爷放心就是。"

晚上，奢香哼着小调哄陇弟睡觉。她抱着陇弟轻轻地摇动，陇弟终于闭上眼睛睡着了。

就在这时，一个黑影悄悄来到宣慰府外。这人蒙着面，手里拿着利刃。他左右看了看，跳过围墙，悄悄来到了奢香卧房的窗外。

房间内，奢香突然感觉一阵异样，她侧着耳朵，静听一会儿，把陇弟放在床上，放下蚊帐。然后走到墙壁边，拔出宝剑。

奢香持剑而立，站在床前。

黑影持剑破窗而入，对着床上就是一剑。奢香宝剑一横，大吼一声："你是什么人，敢来宣慰府行刺？"

黑影并不说话，和奢香打斗起来。

外面的护卫听见打斗声，大喊："夫人房间有刺客！"

朵妮冲了进来，持剑对刺客猛击。

莫里听见了喊声，急忙提着大刀冲了进来。蒙面人一见不好，跳窗逃走。

莫里大喊一声："朵妮，保护好夫人。"说完，提刀追了出去。

朵妮一边点灯一边道："夫人，陇弟没事吧？"

奢香收起宝剑，和朵妮拉开蚊帐。只见陇弟坐在床上一角，扑闪着一对大眼睛，好奇地望着她们。

奢香抱起陇弟："儿子不怕，阿妈和阿姨在练剑。"

陇弟天真道："阿妈，陇弟要练剑。"

奢香笑道："好，好，等我们的小陇弟长大了，也要练剑。"

奢香夫人（节选） 欧阳黔森

蒙面人一路狂奔，莫里紧追不舍，蒙面人在山上悬崖边停下。莫里追到，喝道："你是何人，为何刺杀夫人？"

蒙面人横剑道："她是我们水西的灾星，她早就该死了。"

莫里愤怒道："我看是你该死！"

莫里刀一横，两人拼杀起来。

二人正打得难分难解时，宣慰府的卫兵也追来了，他们把蒙面人围在中间。

莫里大声道："抓活的。"话音刚落，从暗处飞来一箭，正中蒙面人胸口。蒙面人惨叫一声，倒在了地上，死了。

莫里一把拉开蒙面人的面巾，是岩虎。莫里命令道："快，抓住那放暗箭的。"

卫兵们冲了过去。

格宗坐在家里，一边喝酒，一边等待着岩虎的消息。管家一身黑衣走了进来道："二爷，岩虎没得手。"

格宗一摔酒杯："这个笨蛋，这点事情都办不好，冤枉我养了他这几年。他呢？现在在什么地方？"

"我把他干掉了。"

"干得好，留着这个笨蛋也没用。"格宗想想又问道，"没人发现你吧？"

"没有。莫里的人，现在还在山上找呢。"

格宗担心道："他们会不会认出岩虎？"

管家自信道："认出来也没有关系，谁也不知道岩虎是你收留的。"

格宗点了点头："现在看来，已经打草惊蛇了。他们以后肯定会有警觉了，要想再行刺，恐怕不行了。"

"那下一步我们怎么办？"

格宗沉吟一会儿："再找机会吧。"

"二爷，我们可不能坐以待毙啊。"

"那你说，我们还有什么办法？现在我们暂时只能忍，你懂吗？我的调兵权没有了。如果轻率行动，会吃亏的。"

管家献媚道："二爷，有些事情，是不需要调动部队的。"

"什么意思？"

管家压低声音道："要动，就要从根本上下手。"

格宗喃喃道："根本上……有道理。"

刺客行刺夫人，使莫里警觉起来，从那天起，莫里就把陇弟带在身边，亲自保护着水西未来的小主人。

这天，莫里在自家后院里教陇弟练剑术。陇弟虽小，剑却舞得颇见章法。

就在这时，阿离走了进来。"三哥。"

莫里擦了一把汗："阿离，有事吗？"

"看你说的，没事就不能来看看你呀？哟，这是谁家的小孩子？好可爱呀。"阿离在陇弟面前蹲了下来。

"这就是陇弟。"

"这就是陇弟？"阿离一下子抱起陇弟，"好可爱的小弟弟，叫小姨。"

"小姨。"陇弟看来很喜欢阿离。

阿离笑着对莫里道："三哥，你看，阿离和陇弟是不是有缘分？"

莫里只是笑笑，并未说话。

卫士进来报告道："三爷，果瓦大总管回来了，请你马上去宣慰府。"

莫里收起宝剑："好，陇弟，我们回家去。"

陇弟不肯："不，我要和小姨一起玩。"

莫里道："陇弟，听话。"

陇弟紧紧抱着阿离的脖子不放："不嘛，我要和小姨玩。"

阿离道："三哥，你就让陇弟在这吧，你放心，我一定好好照顾他。"

莫里有些犹豫，阿离道："你去吧。我们等你回来。"

莫里想了想："好吧。阿离，记住，你们只能在府里玩，千万不要出去。"

莫里走出大门，想了想，对门口的卫士道："记住，在我未回来之前，不准任何人进去，也不准任何人出门。"

果瓦急急派人去叫莫里，是因为霭翠的病情又加重了。果瓦等人焦急地等待在霭翠的卧室外。没多久，果瓦亲自请来的郎中从屋里出来，果瓦把郎中拉到边上，问道："我们老爷怎么样？"

郎中摇摇头道："太晚了。"

果瓦急了："你一定要救救他！"

郎中道："大总管，我们是多年的老朋友。我不瞒你，你们老爷的病，就是神仙也回天乏术啊。"

"老爷……还有多久？"

郎中轻叹一声道："我给开两服药，也许，还能坚持一两天吧。"

果瓦正在悲伤时，莫里来了。莫里急切问道："大总管，郎中来了？"

"来了。"果瓦的脸色很不好看。

莫里看了看果瓦的脸色，很担心地问道："大总管，你怎么了？"

奢香夫人（节选） 欧阳黔森

果瓦急忙掩饰道："没什么。我听说，昨晚有人行刺夫人？"

"是的。"

"谁是主谋，查清了吗？"

"刺客已死，死无对证。是谁干的不清楚。"

"看来，现在是多事之秋呀。"

莫里问道："郎中给大哥看过了吗？"

果瓦点点头。

"怎么样？"

果瓦摇摇头。

莫里的眼睛红了，果瓦拍拍莫里的肩道："三爷，我们现在的任务，就是一定要尽全力保护好夫人和小主人。昨晚的事情证明，有人想趁机捣乱。我们只要有一点松懈，就会酿成大错。"

莫里点了点头。

果瓦突然问道："小主人呢？"

莫里道："在我府上。"

"在你府上？谁带着他？"

"阿离带着的，你就放心吧。"

"阿离？不行，你快去把陇弟带回来。"

莫里看着他："阿离带着怎么不行？"

果瓦跺脚道："这个时候不能有半点闪失，你快去！"

莫里见他满面严肃，急忙道："好吧，我这就去。"

阿离带着陇弟在后院玩耍。陇弟跳跳蹦蹦地在花丛里捉蝴蝶。

阿离从怀里掏出诺哲给她的那包毒药。陇弟跑回到阿离身边道："小姨，你拿的是什么啊？"

阿离急忙把毒药收起："那是小姨吃的药，小孩子不能玩。"

"小姨，我也要吃。"

"陇弟听话，小孩子吃了会死的。"

陇弟固执道："小姨骗我，我要吃。"

阿离耳边响起诺哲阿爸的话，一咬牙，把毒药取出来，她正要递给陇弟时，突然听到莫里的叫声："阿离，陇弟。"阿离慌了，急忙藏起毒药，拉着陇弟的手跑过去，边跑边回答道："我们在这儿。"

莫里一把抱过陇弟："怎么玩到这里来了？急坏我了。"

阿离在一旁笑着说："陇弟真可爱，我太喜欢他了。"

莫里盯着她："你真的喜欢他？"

"你看我像说假话吗？"

"那你起誓，一辈子要永远忠于陇弟。"

"我起誓？为什么？"

"陇弟就是我们水西将来的君长。"

"我起什么誓呢？"

"如果你不起誓，你以后就不能见他了。"

阿离无奈地道："好吧，我起誓！"

霭翠已经昏迷不醒了，果瓦久久地跪在霭翠床前，一动不动。

奢香在一旁轻声道："大总管，你坐坐吧。"

果瓦摇摇头，奢香叹了一口气。

霭翠渐渐醒了。

果瓦一见，急忙叫道："老爷。"

霭翠挣扎着要坐起来，果瓦急忙对他道："老爷，你可千万不要乱动。"

霭翠喘息了一阵，对果瓦说："你，你马上通知，四十八个部落的土司，全部到这……这里来。"

"是！我马上去通知。"果瓦说完出门去了。

霭翠又对奢香道："陇弟呢？"

奢香抚摸着霭翠的头，强笑道："三弟带着。"

霭翠大汗淋漓，脸色苍白，非常吃力地道："你去带他来，我有话要说。"

奢香看到霭翠这样，意识到最后的时刻已经要来临了。她急忙端起参汤，喂了霭翠一口道："我马上叫他来。"说完，急急忙忙而去。

奢香刚出门口，莫里正好抱着陇弟到来。奢香急切道："陇弟，快，跟阿妈去见阿爸。"莫里急忙把陇弟交给奢香，奢香拉着陇弟的手进门去了。

奢香领着陇弟，来到霭翠病榻前。霭翠见她母子俩进屋，使劲挣扎着坐了起来，颤巍巍地对陇弟说："陇弟，过来，让阿爸看看你。"

陇弟叫了声："阿爸。"

霭翠抚摸着陇弟的脸，轻声道："陇弟，今后，不管遇到什么事，都要听阿妈的话，知道吗？"

陇弟点点头。霭翠流出了眼泪。

奢香的眼泪也流了下来："老爷……"

霭翠拉着奢香的手道："夫人，你，你坐过来，我有非常重要的话，要对你交代。"

奢香在霭翠的床边坐了下来。

奢香夫人（节选） 欧阳黔森

霭翠喘息道："夫人，我本来想和你好好过日子，可是，命运无情，我要先走了。"

奢香哭了："老爷，你不会的，你不要这样说。"

霭翠微微一笑："别打断我的话，夫人，水西这一百多万人的命运，霭翠今后就拜托给你了。"

奢香急忙跪下："老爷，你不能这样，我不行啊。"

"你能行！我已经观察你好几年了。你比格宗、比莫里都强，甚至，你比我还强。"

"老爷，你千万别这样说，你会好起来的。"

霭翠摇摇头："我知道自己的身体，我已经看见阿爸阿妈了，我要去陪他们了。"

奢香眼泪滚滚而出："老爷，你可千万不要扔下我们母子不管呀！老爷，奢香离不开你呀！"

霭翠脸上露出严肃的表情："奢香，你是一个不平凡的女人，你记住，为了水西这四十八个部落的百万子民，也为了我们这个家族的荣誉，你今后一定要挑起这个重担。"

奢香含着泪点点头。

霭翠叹了口气："我也知道，我把水西交给你，会有很多人不服气。轻的，他们会说三道四，不服从你，不支持你。重的，他们会在你背后搞阴谋诡计，他们会想方设法夺你的权力，你难呀！"

"老爷，这我知道。"

"但我相信你能对付他们。记住，莫里是绝对忠于你的。果瓦虽然对你有些看法，但我保证，在大是大非面前，他也会支持你。你一定要善待他们。"

奢香点头道："奢香记住了。"

"夫人啊，你要记住，我们彝家虽然人少，但也有悠久的历史。我们和汉族一样古老、伟大。汉人在很多方面比我们强，这我知道，你学习他们的东西是对的，但我们绝不能因为学习他们而失去自己的东西。"

奢香道："我保证。"

霭翠脸上微微泛起红光，他挣扎着坐了起来对奢香道："好，吩咐下人，抬我到大厅。"

奢香一看，急了，连说："不行，不行。"

霭翠严厉地用无可置疑的口气对奢香道："听我的！"

奢香一看霭翠这样，只好照着霭翠的意思去办。

大厅里面，格宗、莫里、果瓦和四十八个部落的人都在等待着。他们个个满面肃穆。四个侍卫抬着霭翠出来，众人跪倒在地，齐喊："君长大人。"有人哭泣起来。

霭翠在奢香的帮助下坐了起来，他艰难地挥挥手，下面肃静了。霭翠用眼睛深情地扫过跪倒的部众，吃力地说道："大家起来吧。"

众人不起，哽咽着齐喊："老爷！"

霭翠含泪道："不许哭，彝家没有哭的男人。"

众人肃静。

霭翠吃力地取出一封奏折，递给果瓦。"大管家，请你把我给皇上的奏折念给大家听听。"

果瓦接过奏折，念道："臣贵州宣慰使霭翠跪拜。臣近日身染重病，已知去时不远，不能再为皇上分忧。臣恳请圣上应允犬子陇弟继任贵州宣慰使，统领水西、水东各部政事。因犬子年幼，恳请皇上恩准由其母奢香摄政。臣霭翠泣拜。叩祝吾皇万岁万岁万万岁！"

果瓦读完，所有的人都望着奢香，没有说话。

霭翠又招招手，侍卫将象征权力的权杖捧出，递给奢香。

霭翠严厉道："你们还不跪拜夫人？"

众人齐齐向奢香下跪。"愿拥戴夫人摄政！"

格宗很不情愿，但看到众人下跪，他只有跪了下去。

霭翠长舒一口气，看了奢香一眼，往后一仰，倒了下去。

第二十二章

马烨非常生气，觉得浑身上下有一股火气在攒动。乌撒和水西居然没有打起来！就是没打，也不至于和解呀？马烨实在是想不通，奢香竟会如此圆满地化解这一场看似箭在弦上的战争。现在看来，只有奢香，才是他实施谋略的最大障碍。他必须想法解决掉奢香。他在大厅里走来走去，激动地对军师道："奢香一日不除，本都督一日不安。"

军师摇摇头："大人，要想除掉奢香，实在是太难了。大人，你想想，奢香现在的名声如日中天，根本找不到她的一点破绽。"

马烨大吼一声："我就不相信，鸡蛋里尚能挑出骨头，她就没有一点破绽？"

"作为一个君长，奢香是有弱点。她的弱点就是有时候会心软。可是大人，你诛灭了几个蛮夷的部落，这样的事都没能刺激她，我就实在搞不懂，她还有什么弱点。"

马烨一拳砸在桌子上："难也要做。想想看，什么事情能够激怒奢香。"

军师莫测高深地说道："除非……"

马烨瞪了军师一眼，有些不耐烦。"说。"

奢香夫人（节选）欧阳黔森

军师犹豫了片刻，终于说道："大人当一次大贪官。"

马烨一愣，马上摇头："大贪官？不行。我马烨这一辈子效忠皇上。我干什么都可以，但绝不能当大贪官。"

"但除此之外，无法激怒奢香呀。"

"那，怎么当？"

"你就说你要修演兵场，向水西各部征派银两。这个银两又是各部很难承受的，这也许会引起各部的动荡，就可能会激怒奢香。"

马烨思考片刻，仰天道："也罢，也罢。为了我大明的千秋大业，我马烨甘愿背此骂名。"

巴根去世的消息终于传到了水西，陇弟派来的人把一个包裹和巴根的骨灰交到了朵妮手中。朵妮打开包裹一看，就昏了过去。

直到深夜，朵妮才苏醒过来，望着一直守在她床边的奢香，眼泪滚滚而出。

她突然拿过床边的剪子，绞去自己秀丽的长发。奢香想劝她，但她什么话也没有说出来。

朵妮手中握着那枚玉佩，倒在奢香怀里，失声痛哭。奢香流着眼泪，把巴根的那枚玉佩拿过来，仔细看了看，叹了一口气，又把它挂在朵妮的脖子上。

奢香有些心力交瘁。现在，莫里重伤在床，朵妮伤心欲绝，忽又传来了果瓦病重的消息。当奢香赶到果瓦的住处时，果瓦已经奄奄一息。奢香赶紧召集郎中给果瓦医治，经过十来天的治疗，果瓦的病有所好转。奢香诚恳地对果瓦道："大总管，这些年你受苦了，奢香照顾不周，对不起你啊。"

果瓦很感动："夫人，是果瓦对不起你。"

奢香道："大病初愈，还是要好好卧床休息。这次我是来接你回去的。"

果瓦摇摇手道："夫人，我一个人住惯了这里。再说，果瓦已经是一介老朽了，帮不上夫人什么忙了。"

说话间，朵妮走了进来。因为奢香很多天没有回宣慰府了，她有些担心。一打听，有人说奢香到大总管那里去了，她就顾不了那么多了，立刻赶了过来。

奢香见朵妮憔悴的样子，有些心痛，但她并未表露出来，而是高兴地对朵妮道："朵妮，快来看看果瓦大总管，大总管的病已经无恙了。"

见朵妮来了，果瓦也很高兴。他从床上一下子坐了起来，一本书从枕头里掉了下来。奢香捡起书一看，是《论语》。奢香合上书，把它放回果瓦的枕头下面。

朵妮眼尖，惊讶道："果瓦大总管也看汉人的书了？"

果瓦笑了笑，点了点头。

奢香站起来对朵妮道："你多陪大总管坐坐，我去看看药熬好了没有。"

奢香走后，果瓦激动地对朵妮道："朵妮，前些日子，我走了很多部落，变化真是大呀。我说过，奢香夫人要么是我们家的灾星，要么是我们家的救星。今天我要说，她是我们彝家的救星！"

朵妮笑了起来："那当然了。大总管，你现在不再恨汉人了？"

果瓦摇摇头，沉思了一会儿道："朵妮，有件事我隐瞒了几十年，我得告诉你们。我本来就是一个汉人。"

朵妮听了一惊，站起来道："大总管，你说什么？你是汉人？"

果瓦叹道："我是一个汉人，而且是一个官宦子弟。"

朵妮疑惑道："那你怎么成了我们彝家人，又成了水西的大总管呢？"

果瓦长叹一声道："我家曾经非常富足，就在我十二岁那年，我一个饱读诗书的二叔，居然为了贪图我们家的财产，丧尽天良，毒害了我们一家。我幸免于难，流浪到了水西。在一个大雪天里，我差一点被冻死，幸好被霭翠老爷救起。

"从此，我就成了彝家人。那以后，我就非常痛恨汉人的虚伪、狡诈，羡慕彝家人的淳朴、天然、直率。霭翠老爷对我恩重如山，又非常信任我，我当然不能让像我二叔那样的汉人来害我们彝家人。"

朵妮点点头道："怪不得呀，原来如此。"

果瓦也点了点头："现在想来，我是错了。汉人里也有好人，彝人里也有坏人。不管是什么人，都必须要有一颗仁爱的心，只有这样的人，才能赢得民心。夫人就是这样的人。"

奢香和朵妮回到了宣慰府，一份公文急件放在奢香桌上。奢香拆开一看，顿时火冒三丈。"岂有此理，这还叫老百姓活不活了？"

朵妮急问："夫人，发生什么事了？"

奢香把公文往桌上一扔说："马烨说他要修演兵场，每人必须出一两银子，要我们水西出一百万两。"

朵妮双目圆睁："什么？要一百万两？他就是修演兵场，也用不了这么多呀！我看，这个马烨是个大贪官！小姐，这怎么办？我们交不交？"

奢香愤然道："为什么交？朝廷每年的赋税我们都是交齐了的。这些苛捐杂税我们根本不理他！"

朵妮忧虑道："那马烨肯定要来找你的麻烦。"

奢香激动道："他找我？我先去找他！走，去都督府，我跟他说理去。"

马烨几天来心里七上八下的。他清楚，奢香是绝对不会缴纳那些银两的。这也正是他所希望的。只要奢香抗命不缴，他就有整治奢香的借口。当然，这样做无异于玩火，玩火就有风险，谁知道这火烧起来以后，会烧到谁呢？

就在他心事重重之时，侍卫来报："贵州宣慰使奢香求见。"

马烨顿时来了精神，刚才所有的焦虑荡然无存。他整了整衣衫，对侍卫道："让她进来。"

奢香带着朵妮进了都督府。马烨不等奢香坐下，开口就问："奢香，本都督给你的公文可否收阅？"

奢香想不到马烨如此急不可耐。"奢香正是为此事而来。"

马烨傲慢地说道："讲。"

奢香不卑不亢："请问马大人，我们水西每年的赋税缴齐了没有？"

马烨回头看了一眼军师，军师点头道："都缴齐了。"

奢香正色道："既然缴齐了，凭什么还要交这一百万两？"马烨紧盯着奢香："听你的口气，你不想缴是不是？"

奢香迎着马烨的目光，毫不示弱。"对。奢香认为，都督府要水西缴的那一百万银两纯属苛捐杂税。"

"你敢抗命？本都督要修演兵场，这是军机大事，你知不知道？"

奢香冷笑一声："你少拿军机大事吓唬人。一，贵阳已经有演兵场，可以操练。二，就是要修，也花不了一百万两。而且，据我所知，除水西外，水东、扒瓦、播勒、慕哺都是人均一两。请问，都督要这么多银两干什么？你要修什么样的演兵场？"

马烨一愣："那是本都督的事。"

"赋税不公不平，奢香当然要问。"

"这么说来，不但你不缴，还想鼓动其他地方也不缴？"

"对，奢香有此打算。"

"你这是抗命，你应该知道后果。"

"谅你也不敢把奢香怎么样。"

马烨气急败坏，大喝一声："来人，把这悍女给我拿下！"十几个侍卫冲进来，一下子围住了奢香，朵妮急忙拔剑，站在奢香前面。

奢香拉住朵妮："朵妮，休要鲁莽！"话未说完，侍卫上前，把朵妮扭架了起来，另外几个侍卫把奢香绑了起来。

马烨大吼道："剥去她的衣服，给我打四十鞭子。"

朵妮挣扎着大叫："小姐！"

马烨手一指朵妮："把她赶出去。"

朵妮被赶出都督府，赶紧朝宣慰府跑去。

在都督府院子中，侍卫们用剑划破奢香的上衣，露出了奢香的背。他们就在裸背上一鞭一鞭地抽，一鞭就是一道血痕。奢香咬牙忍受着，不吭一声。

大厅上，马烨和军师正在观看。军师担心道："大人，你如此羞辱奢香，万一她的部下起兵，如何是好？"

马烨得意大笑道："我就怕她不起兵，她只要一起兵就是谋反，我就有借口了。"

军师摇了摇头。

侍卫进来报告："都督，四十鞭已经打完。"

马烨挥手道："把她赶出都督府！"

赫布和朵妮带着一大群彝军急急忙忙来到都督府，正看见奢香浑身带血，被侍卫赶了出来。

赫布大叫："夫人！"

朵妮急忙上前，用衣服遮住奢香。

赫布双目喷火，喊道："弟兄们，冲进都督府，捉拿马烨那狗官！"彝军个个奋勇着高举刀枪，准备攻打都督府。都督府的侍卫见情况不妙，急忙关上大门。

奢香急忙大喊："不可！"

赫布一下子跪了下来："夫人！"

全体彝军全部跪下，大叫："夫人！"

奢香强压住心头火气："听我命令，全体回去，违令者，斩！"

奢香虽然用自己的威信暂时稳住了彝军，但是水西、水东群情激奋，各部头目已经自发集结军队，只等一声命令，即为奢香报仇。短短几天，贵阳周围已经集结了十万军。他们高呼："杀死马烨，为夫人报仇！"

消息立刻传到了马烨耳中。马烨大叫道："好，太好了！传我命令，全体将士做好作战准备！"

军师忧心忡忡道："大人，我们只有三万人马啊！"

马烨哈哈一笑："这三万人就是拿去送死的，知道吗？只有死了这三万人，皇上才会出兵。"

军师急忙问："那我们怎么办？坐在这里等死？"

马烨一挥手道："不，我们马上去京城。"

一连三天，各部落头目的军队陆续集结完毕，总数达二十万之众。头目们聚集在宣慰府门外，奢香正在疗伤，并不知外面的情况。赫布急急忙忙走进来道："夫人，我水西二十万人马已经全部聚集，请夫人发令，我们马上攻打都督府，活捉马烨！"

奢香夫人（节选） 欧阳黔森

奢香摇摇头，苦笑一声："谁叫你起兵的？"

赫布摇摇手道："夫人，这是头目们自行聚集的，现在四十八个部落的头目都在外面等候，请夫人下令吧！"

奢香挣扎着起来对朵妮道："扶我出去。"

奢香来到宣慰府门口，众头目一见奢香，全体下跪。"夫人，请下命令吧！"

奢香一抬手道："各位请起。奢香感谢你们的关心，可是，你们想过没有，马烨为什么会这样做？他这样羞辱我，就是想激起大家的愤怒。只要我们一起兵，他就会禀告皇上，说我们水西谋反。你们说，我们真的要中他的诡计吗？"

老望含着眼泪道："可是夫人，他如此羞辱你，就是羞辱我们水西百万子民，我们咽不下这口气！"

孟昆也是热泪盈眶。"对，为了夫人，我们反了就反了！"

奢香摆摆手道："你们真是糊涂！我们好不容易才得到和平安宁，好不容易才和乌撒部落讲和。为了这和平，二爷都献出了生命，你们难道还希望水西出现动乱，希望我华夏一统受到破坏？不能啊，各位老爷，奢香求你们了！"说着奢香向众人跪了下去。

众人大惊。"夫人！"

老望泪流满面："夫人，你为我们受苦受辱，我们心里难受啊！"

奢香劝慰大家道："我个人吃点苦不算什么，只要我们水西的百姓能过富足的日子，奢香就是死了也心甘情愿！"

正在这时，侍卫来报："夫人，据探，马烨那狗官已经跑了。"

众头目们七嘴八舌道："什么，他跑了？我们派人去追，捉他回来。"

奢香冷笑一声："不必，他肯定是去南京向皇上禀报，说我们水西谋反了。"

"那我们怎么办？"

奢香深深吸了一口气："我们只有等了。我就不相信，皇上会受他的蒙骗。"

官道上，马烨带着军师日夜兼程地奔向南京。马烨见军师一路默默无语，问道："军师在想什么？"

军师道："我在猜，奢香到底会不会起兵？"

马烨冷笑道："你放心，一个女人，裸背被打四十鞭，谁都受不了这口气。更不用说奢香是一方诸侯，她绝对忍不下这口气。说不定此刻水西和我们的军队正杀得难解难分呢。"

"大人，在下以为，你还是小看了奢香。"

"此话怎讲？"

军师无奈地摇摇头。此时，他已经隐约感到，自己跟着马烨不会有什么好前程了。他有一种不祥的预感，此番进京怕是凶多吉少。思忖片刻后，他回答道："我们已经看到，在奢香对乌撒的行动谋略中，她亲自涉险，挽千钧于一发之间，表现得有胆有识。如此气魄和胆略，就是男人也很难做到。"

"你这话也太过了吧？奢香算什么？哼，我略施一计，她就难逃厄运了。"

"恕小人直言，这一次进京吉凶难料呀。"军师暗暗打定主意，一到京城，就悄悄离开这个马烨。

对军师的话，马烨似乎毫不在意。"怕什么？只要到了皇上面前，什么样的责任都可以推给她。皇上只要一发兵，她奢香就是三头六臂也难逃一死！"

晚上，奢香躺在床上，朵妮就进来报告说，贵州宣慰同知刘淑珍求见。奢香急忙坐起来，让朵妮带她进来。

刘淑珍进来后，奢香在床上欠欠身子。"淑珍妹妹请坐，恕奢香有恙在身不能尽礼。"

刘淑珍急忙道："夫人，快躺下。"坐下后又道："我听部下说，宣慰使大人被马烨羞辱，鞭笞四十？"

奢香微微一笑："没有什么，那马烨无非是想激怒我，让我出兵，他就好有借口消灭我。我是不会上当的。"

刘淑珍愤愤道："马烨这样做也太卑鄙了。前些日子，有些小部落稍有不慎，他动不动就杀人，这还像我大明的臣子吗？夫人，你准备怎么办？"

奢香分析道："我在想，马烨这一去，肯定要在皇上面前说我们的坏话，但我想，皇上是不会轻易相信他的，必然要派使臣下来，到时，我们要据理力争。"

"可万一皇上要维护他这侄儿，我们怎么办？"

"皇上不是这种人。"奢香道，"他要是这种人，就不可能得天下。"

刘淑珍叹了口气："夫人，话虽这么说，可万一出现了意外，我们怎么办？"

"我理解妹妹的担心。妹妹是说，万一皇上轻信了马烨的鬼话，会出兵来剿灭我们？"

"对，我们必须有所准备。这个马烨，什么事情都做得出。扒瓦和播勒中的几个小部落不就被他剿灭了吗？"

奢香皱起眉头。"如果这样，那就是最可怕的。万一……"奢香摇头道，"那样的话，对整个国家，对我们水东水西，将是一场灾难啊。"

"依我看，如果皇上真的偏袒马烨，那我们就反了。我相信，只要我们一反，扒瓦、播勒、慕哺等各个部落都会起兵声援我们的。"

奢香夫人（节选） 欧阳黔森

奢香拉着刘淑珍的手道："妹妹啊，这可是我最不希望看到的。我相信，这也是皇上最不希望看到的。"

刘淑珍想了想说："夫人，要不这样，我带你进京去，面见皇上，把这件事情向皇上说清楚，并请求皇上严惩马烨。"

"你带我去？你对京城熟悉吗？"

"早年，我曾和霭翠老爷一起进过京。"

奢香思考片刻道："事已至此，我看也只有这个办法了。"

刘淑珍站了起来说："好，我回去做准备。我们明天就走。"

朱元璋早朝，太监高声喊道："文武百官，有事请上奏！"

兵部尚书出列道："皇上，贵州都督马烨昨夜回京，说有要事面见皇上。"

朱元璋愠怒道："朕没有召见他，他怎敢擅离职守私自回京？"

言官许文上前一步道："马烨私自进京，按律当斩。"

刑部尚书出列道："皇上，马烨职守处可能有重大变故，否则他不敢冒死进京。"

朱元璋有些吃惊："宣他进殿。"

太监高喊："宣贵州都督马烨进殿！"

马烨进殿刚一跪下，朱元璋便厉声问道："马烨，你不守贵州，跑到京城来干什么？你知罪吗？"

马烨泣道："皇上，臣好不容易才逃脱性命来见陛下呀。"

朱元璋吃了一惊："发生什么事了？"

马烨抬起头，满脸泪痕。"贵州宣慰使奢香反了，我朝廷三万将士为了朝廷，和水西军浴血奋战，几乎伤亡殆尽。马烨奋力拼杀，才逃脱性命回来报信。"

文武百官一听这话，个个吃惊，纷纷上奏道：

"皇上，这些彝民实在不服教化，不出兵不行呀。"

"皇上，对付这些蛮夷，只有晓之武力。"

"皇上，请速速发兵吧！"

马烨见百官如此，心中窃喜，继续道："陛下，那奢香一直对朝廷心怀叵测，说贵州本就是彝民的地方，不容汉人管辖。陛下，如果再不发兵，大明如何镇服天下？"

朱元璋有些迟疑。傅友德闻此，出列道："陛下，卑职认为此事有些蹊跷。"

朱元璋抬抬手问："爱卿有何疑问？"

傅友德转向马烨问道："请问马都督，奢香为何谋反？"

"她一直对朝廷心怀不满。"

傅友德继续问道："马大人，我问的是，奢香为什么事情谋反？"

马烨稍作犹豫："她借口说我大明的官员是贪官。"

傅友德双眼紧盯马烨："那你贪了没有？"

马烨大怒。"我马烨贪不贪，你傅大人应该知道，皇上更加知道。"又转向朱元璋，"皇上，马烨请求发兵。"

傅友德也跪下道："皇上，臣以为不能发兵。"

马烨哭泣道："陛下，臣恳请陛下速速发兵，这关系到我大明千秋基业。臣仔细思量，这西南之地，自古以来不服教化，关键原因在于他们一直实行土司制度。臣以为，要彻底解决西南的问题，就必须改土归流，尽灭诸罗，代以流官，实行郡县制。而要想实行郡县制，就必须先消灭他们的部落头目。陛下，眼下正是绝好的机会啊！"

队列中的焦光一听，明白了马烨的用心，急忙出列道："陛下，此举万万不可。"

马烨没想到这个焦光会多管闲事，有些冒火。"为何不可？"

焦光直言道："陛下，此时如废除土司制度，西南必反。倘若西南不稳，我大明不宁也。"

马烨哼了一声："他们要反怕什么？这不正好给了我们出兵的理由吗？"

焦光质问马烨道："如此说来，马大人在西南动辄剿灭彝人部落，就是为了逼反彝人，是吗？"

朱元璋闻此，心中明白了，他紧紧盯住马烨。马烨见事已至此，牙一咬，实话说出："话已至此，马烨也不想隐瞒。马烨所干的这些，就是为了逼反奢香，以便彻底消灭他们。"

傅友德摇摇头："我就不明白，马大人为何如此憎恨彝人？"

马烨大声道："傅大人只知道马烨憎恨彝人，可你知不知道彝人是怎样憎恨我们汉人的？"

傅友德道："友德知道有那么几个人，他们是憎恨汉人。但据下官看来，大多数彝人是拥戴我大明的。就以水西为例，他们不是帮助朝廷剿灭元贼了吗？"

马烨冷笑一声："那是在高压之下，他们不得不这么做。但我敢肯定，他们心里是不服我大明的。"

傅友德也冷笑一声道："所以，马大人无视法度，杀人如麻？"

马烨胸脯一挺："马烨是为了我大明！"

朱元璋终于完全明白了马烨的所作所为，气得大喝一声："马烨，朕初闻西南之地称你为'马阎王'，朕始觉不解。朕现在才明白，你是不拿彝民的生命当回事。朕一再言明，不管汉人彝人，都是我大明臣子，你如此戏弄法度，岂不是毁我江山，乱我华邦？"

马烨一惊，急忙分辩道："陛下，微臣一片苦心，望陛下明察。"

奢香夫人（节选） 欧阳黔森

朱元璋清楚，西南之事，如不当机立断，定会后患无穷，于是立刻下旨道："来人，将马烨打入死牢，交吏部审理。"

马烨顿时感到天旋地转，大呼道："陛下，臣冤枉啊！"

下午，刘伯温急步来到御书房。

朱元璋正在等着他，见他进来，开口就问："军师，马烨一案，你如何看？"

刘伯温思考片刻道："陛下，马烨所奏改土归流，依臣看来，确实是治理西南之地的好办法。但马烨的错误在于，他性子太急了。欲速则不达嘛。现在西南初定，和平安宁是我大明迫切需要的局面，如果动作过激，势必会影响我大明全局。"

"军师说得对。欲速则不达，马烨成事不足，败事有余，尽给朕添乱子。"

"作为一员战将，马烨或许是合格的。但作为一名封疆大吏，马烨还欠火候呀。"

朱元璋盯着刘伯温问："依军师看，马烨当不当斩？"

刘伯温跪拜在地道："马烨当不当斩，全凭皇上英明决断，伯温不敢妄加言语。"

朱元璋对刘伯温挥挥手，刘伯温退了下去。

朱元璋沉思起来。他在思考该不该斩马烨，以稳定西南局势。马皇后这时悄声走了进来，跪拜道："皇上，你真的要斩烨儿？"

朱元璋愤怒道："你自己说，马烨该不该斩？"

马皇后急了："可是，烨儿对大明一片忠心啊！"

"朕知道马烨是一位忠臣。但杀一儆百，朕不得不斩。"

"陛下，烨儿冤枉啊！"

朱元璋道："他是冤枉，朕何尝不知？杀一人而换取天下太平，朕不得不这样做。"

就在马皇后为马烨求情之时，刑部侍郎冯文也在审理马烨。

"马烨，你知不知罪？"

马烨把头一昂："马烨只知有功，不知有罪。"

冯文把桌子一拍："如此说来，皇上夺去你的官职，倒是错误？"

马烨一怔："那是皇上被一些小人蒙蔽。马烨相信，皇上一定能看清马烨是个大大的忠臣。"

"你是忠臣？我看你是大大的奸臣！"

"马烨驻守边关，夙兴夜寐，鞠躬尽瘁，问心无愧。试问，你说我是奸臣，有何证据？"

"好，那我就告诉你。你的罪责一，无视法度，杀人如同儿戏。二，你企图逼反彝人，乱我大明。其三……""住口！"马烨大喝一声，把衣服拉开，大叫道，"你睁开你的狗眼看看，我马烨这一身累累伤痕，哪一处不是为了我大明留下的？"

冯文摇摇头说："你到此境地，还那么傲慢无理。看来，我是无法审理马大人了。"

押回去，择日再审。"

马烨被押了出去。

旁边一官员问道："冯大人为何不审了？"

冯文无奈道："你们现在还不清楚吗？此案是一烫手山芋。"

"此话怎讲？"

冯文压低声音道："你们想想，马烨是马皇后的侄儿，军功甚巨，判死判活都不讨好。"

"大人话中有话呀。"

冯文站了起来，说道："我若判死，他也不一定死得了，如若今后翻身，我岂不是罪不容赦？我若判活，焉知皇上是怎么想的。总之啊，马烨的生死，只有皇上才能决定。"

马烨披枷带镣，被带回大牢，在大牢里大骂："你们这群狗官，睁开狗眼看看，我马烨是忠臣还是奸臣？你们如此冤枉马烨，我死不瞑目！"

第二天，朱元璋刚刚上朝，吏部尚书就奏道："贵州宣慰使奢香和贵州宣慰同知刘淑珍晋见。"

朱元璋挥挥手道："宣她二人进殿。"

跟着，众人见奢香手捧血状，赤裸后背，一步一步进殿，刘淑珍跟在后面。

众官员见奢香赤裸后背，背上鞭痕累累，大为不解。全场寂静无声。

奢香一步步到了御座前，跪下道："贵州宣慰使奢香叩见陛下。皇上，奢香冤枉啊！"说完，把血状举过头顶，泪如雨下。

朱元璋抬抬手道："奢香平身，爱卿有什么冤枉，尽管说来。"

奢香哭道："贵州都督马烨在贵州强取豪夺，盘剥百姓，奢香不服，与其论理，马烨居然剥去奢香衣服，鞭打奢香后背，尽极羞辱奢香。他意在激起我水西彝民愤怒，发兵攻打都督府，尔后好谎报陛下，消灭我水西彝民。"奢香一字一句，镇定清晰，又转过后背道："陛下请看奢香后背，尽是马都督鞭打之痕！"

朱元璋看罢，摇头道："马烨甚是无理。赐奢香夫人锦袍一件。"

太监拿来锦袍，给奢香披上。

奢香继续道："皇上，马烨借口修演兵场，要贵州百姓人均交一两银子，要我们水西交百万两银子。奢香不服，与他理论道，贵阳已有演兵场，就是要修，也用不了数百万两银子。马烨就说奢香抗命，命人剥去奢香衣裳，鞭笞侮辱奢香。"

朱元璋有些吃惊："人均一两？马烨要修什么演兵场？"

奢香从身上取出一纸公文道："皇上，这就是马都督催要我们水西征缴银两的公文，请皇上过目。"

奢香夫人（节选） 欧阳黔森

太监递上公文，朱元璋一看大怒："马烨如此行事，罪不容赦！"稍停，朱元璋又问道："奢香，如此看来，你并没有发兵攻打都督府？"

奢香再拜道："陛下，奢香虽是一介女流，但奢香明白，我大明需要安稳，只要奢香一发兵，就会中马烨的诡计。我想皇上不希望我西南动乱，奢香以及我百万子民也不希望动乱。故此，奢香宁受奇耻大辱，也未发一兵一卒。"

文武百官听罢，个个点头。朱元璋听罢叹道："奢香夫人，你为我大明基业，甘愿忍受这奇耻大辱，实在难得呀。"朱元璋环视百官，大声道："我大明王朝刚建立不久，正需要各地官员勤勉执政，清廉为官。可马烨屡屡作恶多端，不但豪取强夺，压榨百姓，更可恨的是，居然谎报军情，妄图挑起事端，破坏我大明王朝的和平。幸好，奢香顾大局，识大体，不然，我西南边陲的局面将不可收拾。马烨已是罪恶累牍，不惩不足以服天下。"

众人一齐跪拜："吾皇英明！"

朱元璋抬了抬手道："朕今日要大摆酒宴，为奢香夫人压惊！"

奢香跪叩喊道："谢皇上！吾皇万岁，万岁，万万岁！"

晚上，朱元璋在皇宫大摆酒宴，为奢香压惊。

朱元璋和马皇后上坐，并特许奢香夫人坐在他身旁。

朱元璋对群臣道："今日早朝之事，众爱卿已经看到，奢香夫人为我大明基业，甘受奇耻大辱，此等大仁大义之举，实为百官楷模。朕赐酒一杯。"

奢香接过太监端来的酒，一饮而尽，而后道："皇上如此赞誉，奢香愧不敢当。"

朱元璋又问道："奢香，朕为你除去马烨，你当何以为报？"

奢香跪拜道："奢香及水西将世代代忠于大明。"

朱元璋手一指奢香："尔乃贵州宣慰使，忠于朝廷是你的本分。"

奢香再次跪拜道："奢香将继续开辟九驿，使川、黔、滇驿道连成一体。"

朱元璋大喜道："爱卿平身，遍观我华夏历朝历代，西南边陲的安宁，历来最为朝廷关切，而今我朝有了奢香夫人这一良臣，胜过雄兵十万也！"

群臣山呼万岁。在"万岁"声中，奢香又跪了下去。

朱元璋有些吃惊地问道："爱卿还有何话要说？"

奢香抬起头道："马烨虽然罪大恶极，但他若能知罪认罪，奢香愿为他求情，求皇上饶他一命。"

朱元璋叹道："爱卿真是仁义之人，但马烨罪孽深重，如若不斩，朕将无颜以对天下。"

内阁大学士焦光遵旨匆匆来到御书房，朱元璋正在等他。

焦光进来跪拜："皇上。"

朱元璋叹了一口气道:"平身吧。"

焦光疑虑地看着朱元璋。

朱元璋缓缓道:"朕叫你来,只有一事。你去死牢,替朕看看马烨。"

焦光点点头道:"微臣明白。"

朱元璋抬了抬手道:"你告诉他……算了,你自己斟酌吧!"

一个时辰后,焦光来到死牢。

马烨一见焦光,有些激动地说道:"焦大人,你们总算有人来了。"

焦光加重语气道:"是皇上要焦光替他来看望大人的。"

马烨急切问道:"皇上?皇上圣旨为什么不来?"

焦光轻叹一口气。

看着焦光的神情,马烨立刻激动起来:"你去禀告皇上,我马烨是为了大明,问心无愧。马烨的一片赤胆忠心,可鉴日月,可慰忠臣,可列师表,可垂青史!"

焦光依旧无言,双眼直视马烨。

马烨明白了一切,大声道:"我马烨的这片忠心还不能被皇上理解,我马烨屈似海啊!"

焦光叹了一口气道:"皇上说,知道你是忠臣。"说完丢下马烨,从死牢离去。马烨望着焦光的背影,良久,突然狂笑不已。笑声中,他泪流满面……

奢香回到水西后,果不食其言,开通了九驿,兴办学堂,开创了水西、水东安定团结的局面。公元1396年,奢香因操劳过度,病逝于贵州宣慰使任上,年仅三十八岁。朱元璋颁发诏书,诰封奢香为"顺德夫人",称"奢香胜过十万雄兵"。

陇弟奉诏,回水西主政。为表彰水西霭翠家族维护国家统一的功绩,朱元璋特赐陇弟姓"安",以示西南边陲世代安宁之意。

(节选自《奢香夫人》,贵州人民出版社,2011年1月;获第五届贵州省政府文艺奖一等奖)

2011年

龚晓虹

鸽子花开（节选）

十、鸽子花呀满天飞

麦芽儿破出土面，纤细得像牛毛，毛茸茸地铺在土地上，跟一块绿毯子似的。在土地上忙碌了一年的农民，终于可以歇息一会儿了。郭郭家还在忙，在这方圆百十里地他们家硝的牛皮可是抢手货，所以他们家歇不下来。冉麻子交给他们大堆的事，给部队硝牛皮，做皮带、做公文包、做枪套。牛皮堆得像小山，凡是可用牛皮做的东西，冉麻子全都派到郭郭的头上来了。郭郭不用种地，他们家的地全是村里人帮着种，这叫换工。

郭郭是双胞胎两兄弟，长得一般高，个头只有二尺二寸，是一对短腿侏儒，人们分不清他俩谁是谁，老大老二随便叫，想叫老大叫老大，想叫老二叫老二，反正分不清。后来田家湾人干脆不分了，都统一称他们是郭郭。外人分不清也就罢了，连他们的媳妇都把他们搞混淆。女人开始还试着分清楚，免得混淆遭人说闲话。不分还好，这一分就更乱了。这个女人喊错了错了，那个女人也喊错了错了，搞得老大老二提着裤子东头西头不停地倒腾来倒腾去。黑灯瞎火地折腾一阵子，把老大老二都折腾得不见了。谁是老大谁又是老二，他们自己都迷糊了。东房女人叫老大，两人都往东房跑。西房女人叫老二，两人又往西房跑。东屋的女人说这不行，西屋的女人也说不行。她们在一起想过一个办法，在侏儒屁股上画记号，每次都点灯照照。前头一两回还管用。后来不行了，灯还没点上，事情就给办完了。办完事再点灯，那不是浪费灯油吗？

居家过日子哪来这么多麻烦事。郭郭被女人摆布得心焦，郭郭说算了算了，郭郭也说算了算了。女人见两个男人都说算了，犹豫一会儿，便点点头不吭声就是了。郭郭见女人脸上还留有犹豫的表情，便说，人来到世上只不过是走一趟路。郭郭接过郭郭的话头说，人都是混沌着过，要是像我们前一阵子想分清你我的话，这日子简直没法过。

郭郭生了七八个儿子都不是侏儒，人高马大的就不像是侏儒的种。他们知道娘，分不清楚爹，分不清楚爹都是爹。爹不过只有他们一小半高，爹同他们说话时就像对着儿子的大腿说事一样。

郭郭把硝好的牛皮一张张地切割成样，然后村里的妇女便过来缝制。冉麻子在妇女过来缝制皮革物件之前，把郭郭的家先给划分了。他说现在是苏维埃了，不兴过去那一套了，老婆只有一个，是谁就固定是谁了，不要跑过来搞搞，又跑过去搞搞。冉麻子在郭郭家院子里封道墙，左边一个郭郭，右边一个郭郭。别人分不清，你们自己该是分得左边和右边的。

这样一来，郭郭家便清静下来了。他们弟兄俩也不像以前那么忙乱了。倒是村里来做活的妇女来劲了，她们说冉麻子这方法好是好，就是一个院子劈成两半，做起活来不方便了。左院到右院取张皮子，要绕上一大圈子的路。郭郭呀，你们晚上睡觉还绕圈子不？

郭郭说他们不绕圈子，爬梯子翻墙头，老是待在一处不习惯。

村里的妇女干活有话题了。有妇女说郭郭享福哟，好坏尝过两个女人的。也有妇女说，郭郭再享福，也没有他们的女人享福。你们想想，在肚子上爬来爬去的不是一个人，那是啥感觉？郭郭的女人不愿意了，她俩说她们站着说话不腰痛，谁不想分个清白呀？可是分不清白，隔道墙都还犯迷糊呢。

妇女们都乐得哈哈笑，她们给她俩出主意，最好的办法是对暗号。晚上干完事后，就把第二天的暗号设计好，对不上暗号的，莫想上床来。

暗号忘记了怎么办？叫他们在院子里冻着。郭郭媳妇说，他们都冻过好几回了。

冉鸽花听着她们出的主意，心怦怦地跳着。生怕有人听过她曾发出的暗号。隔墙有耳，你敢保证暗号没有被人窃听过？如果没有被人窃听，这群妇女怎么会提到使用暗号的事上来呢？她咋听咋都像是影射自己的。冉鸽花是设计过暗号的。在苞谷地里是蛐蛐叫，在吴家门口是夜莺鸣，反正给王小山设计过五六套，全都不重样。她不想插话说这事，那等于是不打自招，此地无银。她要是为郭郭家媳妇设计一套暗号，保准灵验、奏效。但她不能，她挺着肚子不便去支招。根富没有了蛋子，她怎么会有肚子？这事她是在肚子挺起来的时候才懂得的。

根富她娘，还有金地花，都为她说话，八成是那碗鲤鱼汤惹的祸。算命先生都说是，全村的人也说是。到底是不是？她自己都没弄明白。她只是在心里惦记着小山哥。

鸽子花开（节选）龚晓虹

…………

王小山走了以后，花儿心里空落落的。许多村民站在麦地里，唠唠嘈嘈说着什么事。他们脸色青白，一副担惊受怕的表情。田大队长和冉主席领着一队人过来了，他们仍然保持着常态。田应武说，别瞎议论，不是还有黔东独立师在吗？敌人过不来。他让大家该干什么干什么去。

黔东独立师正在抵挡着数十倍的敌人。贵州军阀王家烈听说黔东红军主力走了，便下决心联合湘军、川军，发誓要赶走留守在黔东的小股红军，不让贵州成为江西第二。他这次是花血本了，派出了十个整编团。高大鼻子又来了，他这次是总指挥的参谋长。

高大鼻子算是同黔东结下仇恨了，好几次死里逃生，倒是把他教乖了。这次他游说川军、湘军，步步为营，紧逼跟进，把黔东独立师围困在狭窄的地域，然后一举歼灭。

他这一手还真狠毒。黔东独立师只好退守梵净山，以大山为依托，开展游击战。四面八方围过来的敌人太多了，打不完，吃不了。在一个多月的游击战中，黔东独立师伤亡大半，护国寺跟前那片开阔地上，躺倒一大片战士。

高大鼻子凶神恶煞，跟在他屁股后面的土豪劣绅，也组织起清乡团。他们像深林里受伤的野猪，疯狂到了极致。不仅在被捕的伤员身上发泄报复，就连死在地上的人，他们也要剁上两刀。被抓住的红军伤员，他们不是挖眼就是掏心，有的还被敲开头盖骨，灌上桐油，插上一束灯芯，用火点天灯。

没办法呀，这梵净山也待不住了。敌人的意图再明白不过了，他们妄图从四周围困住黔东独立师，把他们全部消灭掉。师长王光泽和政委段书权当机立断，在敌众我寡的危急时刻，实施突围，向东寻找主力部队。

黔东独立师三四百人的突围行动，被老奸巨猾的高大鼻子识破了。他立即调集手下人马，全力投入这场围剿。枪打得异常地密集，一片参天大树茂盛的树叶全部扫落，坚果黄梨掉在地上。深林里一群又一群猴子，被枪弹打得上蹿下跳，无处藏身。它们聚在一棵古老的山梨树上，树叶红得像火，树冠像一团火球。山梨黄了，它们啃着黄梨，拿尾巴把自己倒挂在树干上，战战兢兢地偷窥着地面上两条腿的怪物。

一只小母猴，披着一身金黄的毛皮，像缎子一般闪亮。不知它出于什么动机，从树上折下枝丫，扛着拖着，覆盖在小红军的尸体上。后来许多猴子从树上下来，大着胆子跟着学，把地上的尸体全用树枝掩盖起来。

高大鼻子被这群小猴惹恼了，他破口大骂，我日你妈，埋你祖宗呀！他吼着骂着，用盒子枪朝猴群叭叭叭点射起来，那只浑身披着缎子般金毛的小母猴，刚转过身来，便挨了一枪子，躺在地上不动弹了。

一群大猴飞快地从树上下来，携着小猴蹲到树端，小猴微笑着，安静地闭着双眼。大猴子狂躁起来，发出尖利的刺耳声，还用爪子不停地摇树枝，整个树林被它们搅得乱七八糟。这边叫，那边喊，好像树林里全是它们的家族似的。忽然间，猴群向高大鼻子他们发起了冲锋。大公猴抓烂了高大鼻子的脸，他手下的很多兵被抓瞎了眼，痛得在地上哭爹叫娘打着滚。

高大鼻子怕被猴群抓瞎眼睛，拿胳膊护着，扔出去一颗手榴弹。猴群里一声尖叫，它们敏捷地蹿到树上，从一棵树蹦到另一棵树，朝大青山方向拼命逃窜。

黔东独立师趁周围停了枪的机会，撤出了战斗。高大鼻子在他们身后穷追不舍。一路上不断有战士倒下。他们翻过梵净山，在下山的路上，遇见十几名游击队员。在当地游击队的带领下，黔东独立师二百来人的队伍，上了苗王山。

苗王山贫农协会组织起三四百人的赤卫队，他们誓死保卫自己的家园，保卫苏维埃政府分给自己的那块土地。龙贵把农民兄弟聚拢过来，他原想红军来了，穷人可以过上和平的日子了，于是他苗王山刀枪入库，马放南山。谁知道这太平日子不长，高大鼻子和逃亡的地主老财、土豪劣绅不让你安心过太平。那好吧，你们来吧。他把存放的枪支发放下去。同进犯的敌人来个鱼死网破。

老人和孩子，还有女人都进山了。苗王山上除了秀云和小虎，都清一色的男子汉。他们大碗喝酒，大块吃肉，就等着这一天呢。段苏权、王光泽他们在山上休息了一天，秀云为他们备上了干粮，换上了新草鞋。秀云说，王小山他们从这里一直朝东去了，你们快走吧。

龙贵也让他们快走，放心地朝东走。他说，高大鼻子过不了苗王山，要过也得等我的头落到地上，他们也得脱层皮。龙贵转头朝杨老七说，我看你还是为他们带带路吧，这苗王山你得活下去，还有那么多老人、孩子和女人，总得有人出来照料他们呀。

杨老七一直躲着龙贵，他怕龙贵把他支走。杨老七死活不答应。龙贵扑通一声，跪在地上，算大哥在九泉之下求你这回了。杨老七吓得也跪在地上，大哥，你这是干什么？杨老七呜呜大哭起来，我们就不能一块死一回啊。龙贵抱着杨老七的头，他说，你傻呀，你杨老七啥时候傻过呀？我们苗王山有千把个弟兄，他们死的死，走的走，留下孤儿寡母的，你不挑这个大梁，谁来挑啊，苗王山的家业你是知道的，全拜托你啦。他说着，掏出手枪顶在自己头上，如果你不答应，大哥马上死在你跟前。

杨老七嚯地站起来，他答应带独立师走一趟，要不了几天就回来。大哥呀，你千万要等着我呀。杨老七说着，转身走了。他头也没回，领着一队人朝东去的小路，钻进了树林子。

高大鼻子像一只野兽，他在扶阳地界上，走一路杀一路，走一程烧一片。在苗王山下，他派两个信使上来说，看在过去的情分上，闪开道来，我们只追红军，同苗王山没

鸽子花开（节选）　龚晓虹

有干系。龙贵二话没说，把两个信使的头给剁了，叫手下不怕死的弟兄送下山去。高大鼻子见两颗血淋淋的头，气得让手下也把苗王山送人头的人给砍了，没等他们动手，来人便拉响了身上绑着的手榴弹。

高大鼻子命令部队踏平苗王山，不留活口，看看到底谁硬梆。

敌人一个团，根本没把苗王山放在眼里。团长挥着枪说，一群泥腿子，又不是共党的正规军，怕什么呀，冲呀杀呀。敌人的枪打得急，他们一边开枪，一边朝山上爬，无非是给自己壮壮胆而已。龙贵却不理睬。

在苗王山的险要处，他们垒了一座石头山。按杨老七的说法，那叫岩鼓锤，曾经用它整治过高大鼻子的那个正规团。虽说这里不是老鹰岩，但下面那片开阔地，更让滚石能发挥作用。敌人蜂拥而上，这正是苗王山上愿意看见的。

敌人大约有百十人，冲到石头山跟前来了。突然他们面前的一座山倒塌了，巨大的滚石轰隆轰隆扑面滚过来，速度越滚越快，他们根本没时间叫爹喊娘，便被大石头砸碎了脑袋。滚石有一股子韧劲，砸了一个，弹跳起来又砸另一个。苗王山上传来一阵又一阵喝彩声，不费一枪一弹，就打死敌兵上百人。

敌团长砸死了，是营长跑下山报告的。高大鼻子举起望远镜，刚才那座石头山不在了，他知道是被人推塌下来了。高大鼻子笑了一下，脸上的伤口拽得他直咬牙。他用手捂着受伤的脸，让营长用望远镜看山上，他说，这下看他们还有什么招。你全营集团式冲锋，不把苗王山烧光杀尽，解不了我心头之恨。

敌营长立功心切，团长死了，这仗打好了，说不定下来可以当团长呢，高参谋长好像有这个意思。他命令督战队在身后，怕死者，退逃者，杀！高大鼻子满意地挥挥手。

敌人没有遇到抵抗，很顺利地来到刚才垒石头的险要处。路窄人多，他们推着挤着争抢着过隘口。龙贵在山上大笑，他挥了一下手，十几根引线嗖嗖地燃烧起来，轰隆隆一声巨响，整个山都被开山炮震动得颤抖起来，巨石泥沙掀翻半座山，哗哗啦啦的沙石，从天上铺到地面。高大鼻子从望远镜里看得清楚，地面上除有石头在滚动，再也看不见有什么东西还能动弹的了。他的脸吓得跟死人一样，白里透青，愣在原地半天没有挪动步子。

高大鼻子见苗王山的路炸塌了，正面是上不去了。他干脆趁此来个计谋，慌里慌张退兵，把退兵装得很像回事，有点仓皇失措的样子。其实就是他不装，他的部队也是这个熊样。但他这时就需要他的部队有这副吓坏的样子。高大鼻子有他自己的打算。

龙贵知道高大鼻子的德性，他是不会善罢甘休的。十几个团，损失大半个团，他是输得起的。不信瞧着，明天他还会来的。苗王山当务之急是爬下山去，把敌人丢弃的枪支弹药拾起来。他们扛上挖锄，在碎石泥土里刨枪弹，一筐一筐用绳索从山下吊上来。

高大鼻子会从什么地方来？龙贵端着酒碗问大伙。

大哥。有人从饭桌旁站身来说，明摆着的，只有后山那条路。秀云也说是，八成他们现在正绕道去了后山。龙贵说，我早看好地形了，吃了饭，喝了酒，我们就在后山给他们安排一下，你们看怎么样？大家都笑着说，行。反正明天有场恶仗打。可惜我们那么多弟兄跟红军走了，否则这仗打得更出彩。

龙贵摆手说，走了好，年轻后生走了，我们可放开手脚干。只要他们将来出息，过来给我们烧堆纸、上上香就行了。大家放心，杨老七会回来的。别人不来烧纸，这二当家的总会来的。秀云一把打在龙贵肩膀上，她说什么二当家的，还贫协主席呢？早就革命了。龙贵笑了，对，对，早就革命了。

苗王山的赤卫队员，在后山进寨来的路旁修了三座地堡，品字型摆放着。每个地堡挖下去一米多深，上面用花岗石砌上，架上两挺机关枪，再留几个射击口，五六个人在地堡里守着。三个地堡相互照应。地面上挖出壕沟，筑上工事，把所有的枪支弹药堆在工事里。

有人在两三里远的路上挂上了手榴弹，只要绊着弦，不管是人还是兽，都得炸个粉身碎骨。这样省得站岗放哨了。他们准备就绪后，天也快亮了。秀云把做好的干粮和水送来了，她让他们吃了抓紧睡一觉，说不定一天都合不上眼呢。

太阳升起来的时候，一声手榴弹的爆炸声响，把他们从睡梦中惊醒过来。来了，有人过来了。地堡里工事里的人伸着懒腰、打着哈欠说，睡得真香，日他妈，把老子的好梦给搅了。

小路上的手榴弹接二连三地爆炸着。有人从大树上溜下来，他说人来得不少，黑压压一大片。赤卫队员们把成堆的子弹，在岩石上一颗一颗打磨一遍，像在丛林里打野猪那样，把子弹转变成开花弹，钻进身子就是一个大窟窿。

敌人过来了，他们刚一露头，便被叭叭两枪全摆倒了。地堡里没有响枪，龙贵交代过，不是集团冲锋，机枪就不开火，只管用步枪打。这样不仅可以迷惑敌人，又不暴露自己。砰砰叭叭，打了一阵子，敌兵的尸体铺在山道上，有好几十具。敌人判断苗王山没有重武器，凭长枪点射阻挡不住两个团的进攻。高大鼻子让民团组织敢死队，打人海战，总有一批人能冲过去。于是，民团敢死队蜂拥而上，倒下去的是少部分，大多数人拥了上去，他们正好冲在三座地堡的中间位置。

地堡里六挺机关枪，哒哒哒地叫了起来，两三分钟的时间，冲上来的敢死队，没有一个活着逃掉的。高大鼻子他们没有找到火力点，他的望远镜在这树林里也不起作用了。为了侦察到火力点，他又组织了一批敢死队。直到第三批敢死队被打掉的时候，他们才发现有地堡。那时，大半个民团已经被报销死迷了。

鸽子花开（节选） 龚晓虹

高大鼻子让一个团的人马进树林，从侧面包抄过去。他带着半个民团在正面进攻，以吸引龙贵他们的注意力。龙贵事先想到了这一点，放了十几个人在树林里，当树林里的枪声响起时，他带人过去增援已经晚了。树林里十几个人抵挡不住一个团的进攻，他们像入无人之地，洪水般地涌了进来。村寨无险要可守，只好利用民房、巷道同敌人周旋。赤卫队员们很顽强，他们抱着战死的决心，每人腰上挂着一颗手榴弹，绝不被敌人活捉。

从巷战到肉搏，赤卫队员们拉响了身上的炸弹，与敌人同归于尽。龙贵见村寨的敌人太多，无险可守的苗王山寨处于绝对劣势，这场仗的结局已经注定。但是，敌人也赚不到便宜，他们不付出代价，想轻易得手那是做不到的，我苗王山的弟兄们不是任人宰杀的羔羊。

龙贵拉着秀云和小虎跑到林子边的一条密道上，他让她带着小虎走，去大青山或是梵净山深处，说不定还会遇见小虎他外公外婆。秀云不愿离开，她说要死要活，我就跟着你。龙贵急了，说这仗打得这么惨，哪有女人的事呀？为小虎这孩子，你就得走。秀云看了一眼小虎，心一下子软了下来。

她背上包袱，小虎也挎了一个包，秀云回头深情地看了一眼龙贵。龙贵笑着，朝他们点头，心里像是打翻了五味瓶，滋味很难受。这是一个好婆娘呀，如果人有来世，下辈子还娶她，生上一大窝虎崽子，全都像他爹，同这个邪恶的社会搏斗。

突然他身后有人把他抱住，龙贵摇了摇身子，没能把抱着他的人丢开。正面拥上来的人被他几枪放倒了，侧面又上来好几个，他们费了九牛二虎之力，把他摁倒在地上，想活捉苗王山上的这个大头领。龙贵意识到敌人的目的，便挣扎着拉响身上的两颗手榴弹。压在身体上的五六个敌兵，在一声巨响中被抛到空中。

高大鼻子缠在脸上的绷带脱落了，他拿手枪顶了顶自己的帽檐。他真没有想明白，四百来人的山民，竟用了两个团的兵力，自己还伤亡了一多半。这些人图个啥呀，竟然这般亡命。他将龙贵的头割下，挂在村寨的那棵山梨树上。

山梨树根下浸出一片鲜红的血水。一时狂风大作，电闪雷鸣，倾盆大雨从天而降。

王家烈的黔军占领了扶阳城，他们正在四处清乡，所到之处烧杀抢掠，血流成河。

高大鼻子不仅带了两个整编团，还抽调了两个民团。他说他这次要把田家湾的地皮全都过过刀，不把田师爷、田大队长他们的人头挂在城门楼子上，他就不是娘养的。

秋凉了，麦地里铺了一层白霜。从山脚下延绵过来的晨雾，在麦田上飘浮着。一条灰色的狼把一只野兔追赶到开阔的麦地。那野兔惊恐万状，在地里打了两个滚，爬起来改变一下方向，继续朝前逃窜。

根富一眼便认出了那条狼，那是他曾经在树林里遇见过的狼，腿还被它撕咬了一口。如今这条母狼比那时还健壮，肯定当娘了，它一定当娘了。根富来不及想这些，转身跑回家去拿他的竹镖，喊上大黄追进树林去了。

冉鸽花挺着肚子望着他的背影，家家户户都在坚壁清野，你还有心去套狼，真是的。张桂香说，随他去吧，反正家里的事料理得差不多了，冉鸽花呀，你怀着身子，倒要照顾好自己啊！冉鸽花手捂在肚子上，她说没事的。

敌人迟早要来这是明摆着的事。田大队长和冉主席在去扶阳的路上布置了三道防线，他们让郭郭领着大憨、杨二毛那队人，在山口用牛筋安飞镖，把飞镖的线绳拉在路中间，只要绊着拉线，树林里几百支飞镖就会刺杀敌兵。第二道防线是埋地雷，放开山炮，请几十位草鬼婆在道上放蛊，跳大神。在迷惑敌人的同时，开闸放水，让高山上水库的水全泻下来。

最后一道防线，那就是赤卫队、游击队员用钢炮、土炮阻击来犯之敌，用鲜血和生命保卫我们的家园。田大队长说，这次打来的浮财，我们决不能让他们再夺回去。土地是我们的命根子，没有土地我们活着也就没啥意思了。

田家湾的人都心疼他们的那片田土，要是能收能藏，他们恨不得把田土藏到森林里去。那土地多肥沃呀，今年的秋收谁都感受到了，黄金金的苞谷，沉甸甸的谷穗，真让他们心花怒放。老苏家的人说了，等夏麦收了，在苞谷地里套绿豆、黄豆；油菜割了，大田里还栽水稻。冉麻子说，在田里把沟挖深，还可以搞一下稻田养鱼。太好了，日子幸福啊。

田家湾的村民，想着这幸福的生活，脸上不仅喜悦，眼睛里还挂起了泪珠子，那是多好的生活啊，用不了几年，这田家湾还不变得跟扶阳城一样好。

田家湾是这一带的天然屏障，丢失了田家湾，周围的仡佬村、侗家寨、麻石坡想保想守都不成，所以，几个村寨的汉子全都过来了。他们在土地庙的坝子里开了大会。田应武腰束牛皮带，一把驳壳枪斜着插在腰间，枪柄上缀着红绸布。他叉着腰，在台子上张望，两千多苗家、土家、侗家的汉子，群情激愤。他们高呼着口号，钢枪、长矛、大刀、锄头、扁担挥舞在空中。

田大队长在台上高声喊着，脖子上的青筋隆了起来，他说，敌人来了，我们就拿枪打、用炮轰、舞刀砍、操锄头挖。两千多汉子哪怕用嘴撕牙咬，也要搞掉他身上的一坨肉。搞一个够本，搞两个赚一个。

台下人群震天高呼，声浪一波涌着一波，搞两个！搞两个！搞两个！他们一路这样高喊着，迈着步子开赴过去。

盘龙石放响山炮的时候，远在十几里外的根富，脚下也有了震感。他当时没往别处想，面对六七条恶狼，他真不敢有丝毫的分心。这条母狼果然有三只一岁大的狼崽了。

鸽子花开（节选） 龚晓虹

让根富意想不到的是，母狼很有几分姿艳，就像成熟的少妇，游刃在四条公狼之间。公狼都很强壮，正是好色的年龄。母狼要向根富发起攻击，求偶者理所当然地要做出表现。

母狼率先发起了进攻，它在所有公狼的前头，朝根富扑了过来。根富没有投镖，他把竹镖狠狠地插进母狼的喉咙。根富想快速抽出竹镖再插公狼，可是他来不及了。一条雄壮的公狼腾起身子，准确有力地咬住了他的脖子。另一条公狼把根富扑倒在地，一口咬掉他身下早已残废的阴茎。

大黄在一旁咬住扑在主人身上的公狼，它身后同时上来两条狼。狼很有经验，它们专咬脖子，用钳子般的嘴和利牙，切断你的喉管。根富就是这样断气的。而后，它们撕开柔软的肚子，把肠肝肚肺拉出来，美餐一顿。几条公狼嗅嗅母狼，母狼的身子没有了体温。狼很理智，再美丽的母狼，一旦没有了体温，它便不再是求偶追逐的对象。狼不奸尸。大黄的死尸也被狼撕扯得稀巴烂，它的生殖器被几条狼抢食着。在这一点上，狼跟人一样，喜欢吃狗鞭。狼用前爪擦擦嘴。

冉鸽花憋不住了，眼看就要打仗了，这根富像他爹，是个愣头青。她要去林子里找找，死活都得把他叫回来。全家人在一块放心，到万不得已的时候，也好有个照应。你一人跑到林子里去，这算哪回事呀！

她跟着根富去打过狼，这条道她去过。八成又去了那地方，冉鸽花挺着肚子在树林道上想。盘龙石的开山炮声传过来的时候，冉鸽花仿佛听见了狼嗥狗叫。她走不快，在路边捡拾一根木棍拄着。风吹来一股血腥气。

冉鸽花是在一块草坪上看见根富和大黄的，她哭着扑过去，到跟前时她被惊吓得朝后跑了几步。眼前一片惨不忍睹的场面。她远远地跪着，放声大哭，悲痛欲绝。

根富在另一个世界把冉鸽花的一举一动看得清清楚楚，他帮不了她。起初，根富见冉鸽花哭得死去活来的模样，他喊她，他拉她，全都枉然，爱莫能助。两个世界无法沟通。根富现在才明白，人活着很傻，傻得不知道死是怎么一回事。但此时的他，非常理解她。他活着的时候，也曾畏惧过死亡，只好跟着别人瞎嚷嚷。现在已经死亡了的根富，算是大彻大悟了这件曾经让他恐惧的事情。

他想把此时快乐的心情告诉冉鸽花，可是没有渠道。他和她之间被一道清晰透明的光阻隔着。冉鸽花啊，看你悲痛欲绝的样子，在为你着急的同时，又觉得十分搞笑。你是不知道呀，人为什么在日子里苦苦挣扎一辈子？就是为了摆脱人的那副躯壳，把自己从躯壳中解救出来，从而获得自由和幸福。你不记得了？我俩养桑蚕，蚕虫吐丝做茧，把身子放进去，等有朝一日，它们咬破躯壳，变成飞蛾，在天上自由自在地飞翔。有人曾经说过，生是短暂的，死是永恒的。也有人说，死是生的延续，是生的继续。这只不过是人在自己的躯壳里，对死的一种猜测而已。有躯壳就不可能对死作出正确的认识，只有脱离躯壳羁绊的生命,才能真正体验到生命的光彩。

我真不知道如何对你述说。根富在湛蓝湛蓝的天空中想道。

哭声招引来一大群猴子。冉鸽花哭着看了一眼猴群,她从金色的皮毛便知道,这是最通人性的黔金丝猴。它们似乎理解了冉鸽花的痛苦。从树上折下树枝,把躺在地上的两条腿的东西盖上,周围还摆放一堆野瓜果。一只挺着大肚子的母猴,摇摇摆摆,小心翼翼,同时又有些害怕地走过来,把猕猴桃、八月瓜、黄梨、核桃放在冉鸽花身旁,它们爬在树上,静静地陪伴着地上坐着的两条腿的怪物。

冉鸽花理了理散乱在脸庞上的头发,她对猴子说她不是怪物。她还很友好地朝它们招着手,一只大公猴也用手向她挥了挥。冉鸽花看见,那是一只货真价实的手,那是人的一只大手。还有一只大母猴的左腿生着一只脚,那是地地道道的女人脚。除了一只手和一只脚像人外,再就是它们的表情和微笑。她一下子同它们亲近起来,在冥冥之中有了一种亲情的感觉。

他们在地里为根富做了一个窝。根富在天上看见自己的窝,他的躯体在土窝窝里蜷曲着,一捧又一捧的泥土撒在身上,一直把他覆盖得不见天日。根富看在眼里,急在心头,你不是见不到我了吗?我的身体将融入大地。虽说我深深地爱着田家湾这片土地,我却离不开你呀,我的老婆。小坟头的土堆被什么拱翻起来,像喘着粗气的猪肚子,把湿漉漉的新坟土拱得一上一下的。

冉鸽花吓得坐在地上,她知道根富的灵魂来了。她也不忍心埋他啊,不埋不行呀,人的躯壳是会发臭的,还要生蛆,流脓水。她突然想起要为根富招魂,不招魂,他在天上过不了奈何桥,只有灵魂过了奈何桥,他才安宁得下来啊!冉鸽花朝大山喊着根富。

根富呀,根富。冉鸽花朝四下喊,招魂的声音在山谷里荡漾开来,凄凄惨惨,悲悲戚戚的,招得周边的那群猴子都哭了起来。猴子流出的泪水,把脸上的猴毛浸湿透了,还滴滴答答往下滴水珠。

冉鸽花从田家湾出来的时候,金地花炖的一锅鸡熟了。她舀上一大碗给冉鸽花送去,怀着个大肚子就得滋补。金地花不和她赌气,同孩子赌啥气嘛。她在心里很疼爱她。金地花在院门口喊了两声,没人回应她。这人呢?都跑哪里去了,树林里躲兵呀。她把大碗放在桌上,转身走了。

大憨啃着鸡大腿,满脸抹得都是油。金地花让他给他爹送过去,在湾里打仗,总不能净吃干粮吧。她拿大陶罐盛了一大罐子,大憨提着陶罐就往湾里跑。

高大鼻子被赤卫队、游击队堵在湾脚下。几千名赤卫队员架着三门大土炮,把湾口封得死死的。土炮发挥了作用。当年红号军起义的时候,苗族义军就用它打朝廷,一炮打出去五六十斤的铁蛋子,像砸冰雹一样。田应武赤着膊,他说不急,一炮一炮地来,

鸽子花开（节选） 龚晓虹

不可同时射。这炮打了那炮装，一定得接上趟。再配置钢枪、火枪用来阻击，他们过不来。

高大鼻子命令部队散开，不要堆在一起，让对方的土炮不起大作用。十几挺机枪架在山腰上，步兵越过山头，迂回进入田家湾。冉麻子隐蔽在一块大石后边，他朝敌人的机枪投掷手榴弹，老是投不到位置上。大憨过来，递给他一只鸡大腿，冉麻子以为是颗手榴弹，拿嘴拉上一口弦，扔了出去。大憨急了，他说，爹呀，那是金地花送你的鸡大腿。大憨想去捡回来，被他爹一把拽住，不要命了。冉麻子突然想到大憨能扔石头，急忙把一颗手榴弹的拉环套放在他手上，他说，看你能不能把这东西扔出去，砸那狗日的脑壳盖。

大憨看看爹指的方向，那里就有三个人，黑管子里面不停地吐着火，他二话没说，把手里的炸弹投了出去，炸死三人不说，机枪还被掀上了天。

冉麻子大叫着，好呀，砸得好啊！他让他接着来。大憨一连投出三颗手榴弹，全部命中目标。田应武看在眼里，把自己身上的手榴弹送过来。他让他炸那边的重机枪。大憨抬头看看，那地方远了些，他得起身助跑几步。

大憨举着炸弹，奋力助跑五六步，把弹投出去的同时，胸口上挨了三四枪。他咚地一下扑倒在大石头上，敌人的重机枪也被炸哑了。冉麻子和田应武都没注意到大憨中弹，他们笑着喊着说，好，再来。转头一看大憨瘫在了石头上。

冉麻子一把搂抱着大憨，呼天喊地地大声嚷着，泪水从他脸上不成串地淌下来。三门土炮全都剩下最后一发弹药。冉麻子也扒掉上衣，赤着膊搬动着炮身，轰隆——咚哐，轰隆——咚哐，轰隆——咚哐。他连开三炮，炸得敌兵鬼哭狼嚎，尸体在空中飞舞。

大批的官兵从后山下来了，他们把田家湾的赤卫队员围住了。田大队长率领全体队员朝村寨突围，他们同堵在路上的官兵展开了肉搏战，刀劈矛刺锄头挖。有人用长矛刺穿敌人的肚子，大笑着喊着，搞了一个，又搞一个。然后栽倒在地上。

田家湾的肉搏战惨不忍睹，悲壮得让人发寒发颤。两千多苗家、土家、侗寨、仡佬村的汉子，倒在血泊之中。在他们身旁几乎都有一个官兵陪着，他们撕抱在一块，咬鼻子，挖眼睛，掐脖子，五花八门的姿势，定格在这块土地上。

小武子被跟前的景象惊呆了，一双惊恐万状的眼睛木楚楚地望着灰色的天空。他万万没有想到，自己曾经的一件偶然的事情，会连累这么多无辜的性命，他们不该受惩罚啊！受惩罚的该是他自己。小武子两腿发软，扑通一下跪在地上，用手左一下右一下掴着自己的耳光，不停地嚎啕着。着什么魔吗？屁股开花就开花吧，还装神弄鬼的。一个凡人哪有管天的本事哟，狗屁师爷，师爷狗屁不如啊！小武子疯疯傻傻地忏悔着自己的内心，跪在地上呆若木鸡。

他腰里系着的瓦色陶罐和青花瓷罐掉在地上，碰撞成了好几瓣子，陶片散开的时候，罐里的那只肥婆娘蛐蛐儿，领着钢牙和花豹，在麦地里欢快着，它们仿佛从没有像今天这么自由过，在田野里撒着欢儿。钢牙和花豹，振动着羽翅，嗔嗔嗔地狂叫着，肥婆娘好像也温顺起来，它同钢牙、花豹亲密着。田应武看见它们一起钻进一处土窟窿里，他的心像是放下来了，反正比刚才踏实多了。

冉麻子浑身是血，他跑到吴家大院，金地花不在。他又转身朝自家的麦地跑，他想金地花可能在麦地，她说她要死，也得死在自家的土地里。冉麻子苍白着脸来到麦地的时候，小武子正跪着捆自己的脸。麦地里坐着许多老汉，他们在地里抽着烟袋，好像田家湾没有发生什么事，刚刚发生的事，只不过是自己做的梦而已。

有人叫他，老苏家的，今年这麦长势好啊。还有人让他过去坐坐，干了一年，也该抽袋烟了。金地花看见冉麻子，放下手里的锄头，把地上的旱烟袋拾起递给他。冉麻子没有抽，他拿烟杆敲打小武子的脑袋，软蛋了，不软蛋你站起来呀。冉麻子笑了，他指着小武子说，亲家哟，这辈子我看值啊。浮财我们打了，吴大头、陈黑子我们砍了，这田土也分到手了。你说还图啥呀？

金地花端碗鸡汤，她让张桂香喂喂田大队长。冉麻子看见鸡汤，想到大憨，他又伤心地掉着泪。他问张桂香说，根富和冉鸽花呢？张桂香说，到林子里打狼去了，他想给冉鸽花做一件皮坎肩。

麦地里的人悠闲地拉着家常，有人朝地里跑来。官兵在他们身后打机枪，机枪嗒嗒嗒地扫个不停。坐在麦地里抽烟说话的人，全都倒下了。高大鼻子连郭郭、驼子老狗、毛毛虫这些人都不放过，捆绑在树上，用刺刀捅肚子。

一群官兵把田应武、冉麻子他们围住，有民团的人指认他们，这是田师爷田大队长，这是他们的苏维埃主席。田应武在地上像个乖孩子，一动不动地跪着，冉麻子把烟袋在地上磕了磕，他重新装了一袋烟点上。

高大鼻子听说抓到了田师爷和冉主席，从村里跑来了。他笑着用脚踢踢田大队长，他说，不识相的家伙，这会儿咋装熊样了，有种起来再斗呀。高大鼻子说着便抽出马刀朝田师爷脖子上砍去，小武子很温顺地栽倒在地上，血淋淋的头在麦地上滚了一下，便在一处坑洼的地方停了下来。冉主席便纵身扑过去，他摁倒了高大鼻子。从腰里拔出了杀猪刀，在他拔刀的时候，背上连中数枪。他咬着牙，皱着满脸的麻窝窝，好像麻子窝窝里有释放不完的力量，他把刀刺进高大鼻子的心口里。高大鼻子胸腔的血呼地冲射出来，像猪一样嚎叫了一声。

周围的官兵慌忙起来，端着机枪把田应武他们打成了筛子，浑身全是冒血的窟窿眼子。

黔东革命根据地的最后一块土地遭到了敌人疯狂的报复。他们见东西就抢，见房屋

鸽子花开（节选） 龚晓虹

就烧，见男人就杀，见女人就搞。他们像野兽一般残忍，还分兵扑进森林，把躲藏在林子里的老人和孩子全都剿灭干净。

扶阳城东门楼子上，悬挂着田应武的人头，城墙垛子上挨着摆放着冉魁主席他们的四十八颗头颅，在他们的头顶上插上一炷香。城墙下面是高大鼻子他们军官的尸体，白布单子上粘满了绿头苍蝇。

敌人扑进森林那天，秀云牵着小虎远远地听到枪声。她正打算找一块安全的地方躲藏起来，却让身后一个男人的声音叫住了。秀云吓了一大跳，转过身来，站在大树身后的男人是她弟。她一眼就认出他来了，模样没变，只是长得壮实了，她说她是他姐。年轻汉子不敢认，只是拉着她朝林子深处走。

秀云问，这是去哪呀？年轻人不回头地说，五里雾。秀云停住脚步，她问，五里雾有没有一位柳老先生，女儿叫柳鸽花？年轻人站住了，他回头看看秀云，又低头瞧瞧小虎，他说有，花儿要生了。

秀云突然兴奋起来，她说花儿是她弟媳。年轻男人笑，他不信。花儿的心上人是王小山，在俺寨还住过一阵子。秀云说，你也认识王小山呀？那是孩子他小叔。秀云一把把小虎抱起来，快步朝着森林深处走去。

森林里的一大群猴子，没有秀云幸运。它们被枪弹撵得鸡飞狗跳，地上全是尸体，有人的也有猴的。大公猴率领家族在树上哗哗啦啦拼命朝没有枪声的方向跑，不一会儿便撵上秀云他们了。

猴群在一片珙桐树上歇息下来。这片林子不错，树木茂盛不说，还很宁静，野生瓜果满山遍野地生长着。母猴跃到一棵梨树上，公猴也跟着跃了过去。在树上，公猴想爬母猴。母猴知道公猴的意思，它不干，哧溜一下蹿到猕猴桃的藤子上，嘴里叫着，不做了，不做了。

公猴有些沮丧。它知道母猴跑得快，它有一只女人的脚，它撵不上它。公猴知趣，撵不上就不撵呗，但思想工作是要做的。于是，它跳到下面的藤条上，摘下一颗硕大的猕猴桃，扔给上面的母猴。不做哪成？不做那事活着多没意思。公猴想着心思，把剥皮的猕猴桃塞进嘴里。

母猴剥果皮的爪子，没有公猴那只手灵巧。母猴最羡慕公猴那只灵巧的手，做什么事都快。而它慢吞吞地剥着，绿色的果汁流淌得到处都是，它用嘴不停地吮着。母猴同意公猴的想法，那倒也是。想做就做吧，但是不能生。公猴见母猴吮吸果汁的样子，就发笑。要是都不生了，那家族不是要灭绝呀？几十年后这林子里不就没有猴子家族了。

母猴吓一跳，这当然不行，家族还是要保留下来的。它把嘴里的果肉咽下去，瞪着眼睛想了想，公猴说的也在理，那就少生些吧！什么东西都不能多，多了便会进化。到时候，进化成两条腿的怪物，那咋办呀？我是不忍心看着它们相互厮杀哟。

公猴笑了，它想母猴咋跟它想到一块儿去了呢，这真是夫唱妇随，好呀。公猴用爱慕的眼光赞许着母猴。母猴朝它示意了一下，它便跳到了它的身边。公猴很认真地为母猴理着毛皮，抓到一个跳蚤公猴舍不得自己吃，放进母猴的嘴里。牙一咬啵的一声，真香。公猴趁母猴满意的时候，爬了上去，它骑在它的身上叽叽歪歪地哼着唱着笑着做着。

两条腿的可恶啊！他们砍树毁林，连地上长着的草都不放过哟。他们用锄头挖着，把泥土翻过来，覆盖在青草的身上。这解不了他们的恨呀，还用冒烟的东西成片成片地烧呀，要把地上长的植被化为灰烬，世代灭绝他们才罢休呀。公猴母猴想着这些就义愤填膺。不管这么艰难，我们还得生存才是。远离这些怪物吧，过我们自己孤独的日子。

后来，这群猴子果然很少繁殖，维系着不大的种群。这就是黔东梵净山金丝猴的命运，原本它们可以进化成我们的同类。

冉鸽花在猴群的帮助下安葬了根富和大黄。在他们的坟头旁，还培植出一片木棉花。一只小猴不知从什么地方捞来了一棵山梨树。冉鸽花理解小猴的心思，那时它爪子上抓着吃剩的半个梨。大家都爱吃山梨。

太阳将要落山的时候，冉鸽花走出了森林。她那时心里很矛盾，这事不知如何告诉她爹和他爹。他们要是知道了这件事，还不得气死过去呀，特别是他娘。她想还是先不告诉娘，让爹去说事恐怕要好些。冉鸽花想着想着，便来到了村口的大湾里。

几具尸体横睡在大路上，她吓得不敢靠近，只好绕道走。她顺着山坡慢慢往回走，一片尸体又一次躺在她跟前，连个下脚的地方都没有。冉鸽花出了一身冷汗，两腿发抖。这时才觉得腿沉重得迈不动，膝盖发虚，一步一打闪。她望望四周，无路可绕啊。这下可把她急坏了，真想大哭一场，她拼命大喊着，没有回音。出事了，出大事了。冉鸽花不顾一切朝村里走，踩着死人的手，碰到死人的腿，嘴里爹呀娘呀地叫着，心都颤到喉咙眼上来了。村寨不在了，房屋不是倒塌就是被烧成灰烬。没有任何生息，宁静得让人感到恐怖，恐怖得让人窒息。

她一时半会儿没有找到家，要不是她亲手种下的那几棵珙桐树，在院里生机勃勃地挺立着，她真不敢把这片地方认作她的家。没有人头的尸体就在离她不远的地方，那是她爹冉主席，那也是她爹田大队长，还有她娘和金地花。冉鸽花双腿发软，扑通一声跪倒在地上，她的肚子一阵绞痛。冉鸽花挣扎着，伸手去扶身边的那棵树，借树干把自己支撑起来。她隐隐约约感到手上黏糊糊的，歪头一看，冉鸽花惊叫一声，滚倒在地上。她扶着的树干，是无头的郭郭。

没有人过来扶她一把。冉鸽花左手捂着肚子，右手拼着吃奶的力气把自己撑起

鸽子花开（节选） 龚晓虹

来。她又一次跪在地上，抬头望着麦地，田家湾的人像稻草个子，一个挨着一个躺在地上，脸上露出疲惫的神情。冉鸽花号啕大哭，耳边响起一阵嚓嚓的脚步声，她急忙擦抹脸上的泪水，是王小山他们吗？不像呀。她坚强地撑直腰来，黑压压的一片，从侗家寨、从麻石坡、从仡佬村朝这边涌了过来，像千军万马踏着铿锵的步伐，瞬间田家湾躺着的人被一层黄土覆盖住，慢慢地黄土越垒越高，变成了一座座小山样的坟头。她感动得直掉泪，磕头作揖感激着眼前的黑蚂蚁。蚂蚁不求谁的感激，它们仍然奋力地堆着土。

冉鸽花抬头从山一样高的坟头上望过去，远远的天边红得刺眼，天际下面的山和树被染得通红。缭绕在山头上的红云，在风的鼓动下，翻滚着波浪，像鲜红的血在流淌。她眼睛恍惚起来，低头一看，原来那红得刺眼的东西竟来自她的裤裆，一坨红色的肉团坠落下来。从胎衣里蠕动出一个毛茸茸的小家伙，金黄金黄的毛皮，像缎子一般闪亮。

哇——哇——哇——

哇——哇——哇——

婴儿的哭声，催开了珙桐树上的花苞，鸽子花开了。在动荡的天空中，鸽子花展开洁白的翅膀，扑扑腾腾地把天空铺得洁白如雪。

（节选自《鸽子花开》，人民文学出版社，2011年6月；获第三届乌江文学奖）

2011年

袁仁琮

庄 周（节选）

31

惠施做梦都没有想到这么快就再丢掉饭碗，有几分意外，也有几分丧气。好在他经常想起庄周的一些话，心胸比以前宽得多，才没有沮丧到极点，以至于一蹶不振。他当天回家，跟妻子说了已离开魏国这件事，妻子郑氏劝解说："夫君不是跟贱妾说庄周说过的很多话吗？贱妾以为他说得对，顺和不顺总是离不开的，人活着就好，别的都不重要，想开些吧。"

惠施很感激妻子，说："夫人到底比惠施看得开，是大丈夫心胸啊！"

郑氏剜惠施一眼，说："还夸哩，不说女人头发长见识短就好喽。"

惠施一家搬出官邸，在都城另找一处安顿家小，说："此地不留人，自有留人处，为夫此次离家，哪怕三年五载，也要寻得个职位方回。这几年积下的薪俸，我只带些做盘缠，其余全留下了。"

郑氏说："夫君放心，贱妾别的无能，料理孩子和家务是会的，只管放心去就是了。"

惠施从庄周那里知道，楚国令尹时建很器重庄周，凭他认识庄周这层关系，决定去楚国碰碰运气。

魏与楚临近，由鸿沟（汴河）登船，可直达都城郢。时建也很讲义气，听说是庄周的故旧，忙领进府第，问庄周近况如何。惠施把他知道的情况说了说，时建叹口气说："时建一心栽培他，哪曾料他有那么多古怪想法，一离开就杳无音讯，如果不是惠兄寻

庄周（节选） 袁仁琮

来，我还只当他不在人世了。"

惠施说："在下本来真心诚意请他出山，可是，和他长谈一夜，不得不放弃这样的想法。按他的说法，就算向魏惠王举荐，惠王也未必肯用；即便用了，也难长久。"

时建说："我那侄子智慧过人，也怪得非常人可比。"

惠施说："说怪也不算怪，他的不少说法和老聃极相似。"

时建摇摇头，说："不，他和老聃大不一样。"

惠施叹口气，说："人才难得，却不合时宜。"

话到这里，两人都为庄周惋惜，惠施换个话题，说："惠某虽然不是时大人故旧，却都是庄周的朋友，有话就直说了。"

时建早料到惠施有事相求，说："位低，惠兄不肯将就；位高，时某做不了主。惠兄既然来了，时某还是要面禀宣王，力荐惠兄的。"

时建安顿惠施在自己家里，自己整齐衣冠，进宫求见宣王。

时建两次领兵南征，百越多次抵抗，都吃了大亏之后，归顺了楚国，楚国一下扩大数倍于本土的地盘。这片土地，土肥水丰，地上水里要什么有什么，楚肃王不但重赏时建、简直、熊前等有功将领，加官晋爵，还特许这三位大功臣有事即可面禀，不必走那么多过场。

时建第二次南征归来，当面向柳后禀报佳音。柳后听说取得重大胜利，高兴得不能自持，大笑几声，仰靠在座位上，再也没有起来。没了祖母撑腰，肃王老觉得力不从心，让位给宣王。此时，大功臣时建年逾七旬，身体却还健壮。宣王秉承先王规矩，不仅仍命时建做令尹，操持全盘，还给了他许多便利。

时建当即进王宫，内侍禀报过，让时建进寝宫见面。此时，时建须发皆白，见宣王，要跪拜，宣王慌忙扶起，说："爱卿何必如此？有话就说吧。"

时建直截了当地说："老臣有个故旧，学富五车，是经国济世栋梁，大王爱贤用贤，投奔至此，是否见见？"

宣王年轻，远远不如时建老谋深算，看不准人，说："爱卿所见若何？"

时建照实说："比老臣稳当。"

宣王说："爱卿不妨明说。"

时建说："勇者打天下，稳者守家业，不知道吾王还要打天下，还是守家业？"

宣王闷一阵，说："眼前乱世，守是守不住的。这样吧，留下做个闲官吧，也不枉爱卿见孤一趟。"

时建知道由于惠施过于稳妥，不敢开拓，不敢进取，才被张仪挤出魏国。楚国人才济济，再不济也不可能要执掌大权，话不好直说。宣王既然这样说，他如实告诉惠施就是。

惠施不笨，见时建迟迟疑疑，便猜着了八九分，说："时兄，在下知道自己过于稳妥，不合时宜。惠施多有打搅，只待见时兄一面就告辞。"

时建说："大王还是很器重惠兄的，留惠兄做个闲官也是好意。"

惠施接过话说："惠施无能，却也不愿无功受禄。"

时建心里不好受，说："时势如此，宣王也是无奈，还望惠兄见谅。"

惠施知道自己虽然满肚子学问，也不乏治国良方，但最大的不足是谨小慎微，生怕出差错，坏了名声。眼下乱世，谁愿意要无用之人？他很坦然，说："在下明白，时兄不必过意不去。"

楚国北有韩、宋、齐，惠施对这些国家多少有些了解：韩侯懦弱，被并吞是早晚的事；宋也是小国，穷，他不可能在那里安家；齐国兵多将广，威王很刁钻，不是他特别看中的人才不要。惠施听说，好些能人求见，都碰了壁，只看中孙膑，孙膑偏不愿意离开鬼谷子先生。惠施在都城郢待了好几天，左思右想，拿不定主意是再去碰碰运气，还是回家再说。又待了两天，才毅然回到府第。郑氏见了丈夫，欢喜得什么似的，惠施说："惠施无用，去了这么久，空费盘缠，一无所获。"

郑氏说："回来就好，留得青山在，哪怕没柴烧？"

郑氏见惠施疲惫不堪，悉心照顾，惠施说："夫人这样，为夫没脸见人。为夫已无薪俸，一家人坐吃山空，不是办法，得学农事方可。"

惠施做官清廉，还常常周济别人，家里已不宽裕，但郑氏不说实情，只说："如夫君书读累了，帮帮贱妾，强壮筋骨，也是好事，只是不要太累了，坏了身子。"

惠施和郑氏自小厮混在一起，夫妻这许多年，很少过问妻子的冷暖。而今丢了职位，妻子竟这般体贴，惠施好生动情。想想庄周说的人不可能全顺，也不会全不顺，倒也心安不少。

日子在煎熬之中过了一天又一天，惠施所说的"学农事"，无非是替郑氏拿这拿那，烧烧火，拾拾柴，买买这卖卖那之类。对他来说，磨磨筋骨，饥渴寒热还在其次，最受不了的是人们的眼色和问话以及无穷无尽的搅扰。惠施以为离开都城雒阳，搬回家乡，能过清净日子，谁知烦心事更多。听说当大官的惠施衣锦还乡，连门槛都踏破了。亲友自不必说，来人不断；转弯抹角的亲戚也不断地有人寻来，借这借那，要钱要粮。只要有人说一句"那就是惠施"，从来不认识的人，也会围上来一堆人。后来渐渐发现，惠施并不像他们所想的那样，钱粮用马车装，堆在家里发霉，来要些拿些是帮他的忙，而是个穷官。清官怎么会丢了官？于是，风言风语跟着来了。贪赃啦，犯错啦……说什么话的都有。亲朋不来了，一些乡人见到他，怀疑、鄙夷的眼神让惠施没法忍受。惠施无奈，干脆闭门不出，或闷头读书，或操持家务。

庄周（节选）袁仁琮

一天，佣人来报，说有人要见他，惠施说："让夫人打发些吃的穿的就是了，我不见。一副倒霉样，谁也不见。"

没想到来人不买账，没有主人回话就径自进来，惠施好生不快，怒冲冲地走出，开口想骂"岂有此理"，但"岂有"二字尚未出口，噤声了。急忙往前跨几步，抓住来人胳膊，说："真想不到是先生，屈驾，屈驾！"

来者是庄周。见到惠施，庄周很高兴，说："草民还以为见不着惠大人呢。"

惠施说："怎么会呢？你来，求之不得。"

庄周故意挖苦惠施说："你坐在马车上，比草民高得多了。"

惠施解释说："那时候还不十分了解庄先生。"

庄周说："待惠大人了解草民的时候，草民就连个农夫都不如了。"

惠施衣服虽旧，却是好衣服；庄周衣着既旧且粗，看着确实穷极潦倒。只是双目依然犀利，像是要洞穿一切，在他面前，别想躲闪，别想隐藏，更别想装模作样，巧言令色蒙他。庄周说话从不直来直去，让人受不了，他幽默，诙谐，难免不挖苦，不刺痛。会想的人从中颖悟做人想事的道理，不会想的人总骂他尖酸刻薄，唇枪舌剑，置人于死地而后快。刚才几句话，把惠施弄得很不好受，却没法发火。要不是和庄周有那么一夜长谈，受这样的冷遇，不定气成什么样。

惠施家里没有当年那样阔绰、气派，简陋而粗糙，惠施打几个转身，都不知道请庄周坐哪里好，庄周倒不介意，随意坐在个草团上，说："惠大人，如何？不当官当百姓了，还在楚国碰了壁，长不少见识了吧？"

惠施吩咐郑氏弄些吃的，说："你庄周老忘不了挖苦惠某，就不能与人为善些吗？"

庄周说："你知道吗？古以石为针，病轻轻扎，病重重扎。"

惠施说："依你所言，惠施是该轻扎，还是该重扎？"

庄周不直截回答，说："你做了官，派头十足，是小病，可轻扎；你官迷心窍，两眼看的全是官，病入膏肓了，不重扎不行。"

惠施很沮丧，说："惠某已经很惨啦，难道还不够？"

庄周说："等你再也不着迷做官，贪图富贵，就差不多了。"

郑氏倾其所有，做了一餐饭菜招待庄周。饭菜上桌，郑氏进来说："请客人用餐。"惠施被庄周气坏了，闷头不说话。庄周一个人去了灶间，吃饱，也不跟惠施告辞，离开了。

32

庞涓急于建功，几次提出立即调兵攻打小国中的任何一个，树威风，以便在将来的某一天，一举攻下韩、宋、鲁、赵，成三国对峙，再各个击破，独掌天下大权。张仪觉得庞涓勇有余，谋不足，说："自周天下势力日衰，杀伐不断，已数百年，生灵涂炭。如果没有正当理由而兴师动众，必定民怨沸腾，弄不好会祸起萧墙，还是看机会行事。"

庞涓仗他是张仪同门弟子，说："想不到你也是个瞻前顾后的庸人。"

张仪说："国事繁多，惠王还无暇顾及此事。"

庞涓想想急不在一时，不再坚持。一日，惠王退朝，留下张仪，说："爱卿射箭如何？"

张仪立即明白年轻惠王的意思，说："微臣远不及庞涓，是否立即召进见？"

惠王说："难得朕有空闲，外出转转吧。"

惠王酷爱骑马，酷爱狩猎。武侯尚武，他健在的时候，常常带他和随从，在山野纵马奔突；或观武士角力，有时还亲自上阵，以壮士气。而今年过四十，兴趣依然不减。惠王说的"转转"，就是要骑马外出狩猎。惠王狩猎只带近臣和贴身护卫，不着官服，不许称呼"大王""王"之类，只许叫张二王五；不许带宫里任何物件，以防被歹人认出，发生不测。张仪按惯例做好准备，禀报问："是否许庞涓同往？"

惠王说："朕尚不知此人秉性，爱卿可要小心。"

张仪凭自己对庞涓的了解，说："臣愿以性命担保。"

张仪不放心，亲自登庞涓家门，见到庞涓，开口说："庞兄，你建功的时候到了。今日大王高兴，约你我外出狩猎，庞兄可趁机言及此事。只是对惠王必得忠心不二，这是张仪用头担保的。庞兄若做得到，即可通往，否则，庞兄必须立即离开魏地。"

庞涓随即抽出腰刀，割指发誓说："小人要是对魏王有二心，即死于刀下。"

张仪说："张某不过是提醒庞兄，不必如此。"

惠王命随从备一匹烈马侍候。惠王、张仪、庞涓和惠王随从全扮作猎手模样，骑马出郊。西面平坦，偶有山丘，出现在远处。满眼草丛、小树，不时有野物出没。惠王骑在马上，威风不减当年。张仪说："王兄如何玩法？"

惠王说："专打大兽。"

张仪问："大花兽打不打？那东西可是危险，弄不好反为所伤。"

惠王说："爹有训，干大事，一件算百件；干小事，百件还算不了一件。"

张仪说："明白。"

惠王又说："你不明白。"

张仪低头不语，惠王说："我用你干什么，用你来守这破家吗？你给我举荐庞涓干什么，是来陪我玩的吗？"

张仪说："小人早有打算，见王兄太忙，不敢冒昧进言。"

庄周（节选）袁仁琮

惠王说："我死了就不忙了。"

惠王和张仪并马前行，两人说什么，别人听不见。其实，惠王出游狩猎是假，问计张仪是真。这件事太重大了，耳目无孔不入，稍有不慎，走漏消息，后果不堪设想。张仪见惠王垂询，把谋划已久的计谋简要地说了出来，惠王听罢大笑，说："好你个张仪，难怪是从鬼谷子那里出来的，一肚子鬼主意，好，就照你计行事。"

张仪怕庞涓鲁莽，没有马上告诉他，而是装作无事的样子。庞涓自知不该和惠王走得太近，离开几十步，见惠王忽然兴高采烈，又听到个"好"字，猜想一定是张仪向惠王禀报了什么事，但不好问。他眼前的地位，还不允许直接和惠王说话，只能耐心等待张仪告诉他。

在长满草莽的野地里走马，小野物倒是不少，惠王没有兴趣，回头对张仪说："没意思，遛一趟马吧。"说罢，两腿一夹，马身子一耸，奔跑起来。马本来性烈，本来耐不住惠王慢吞吞地骑在背上，这下成了脱缰的马，狂奔起来。张仪吓坏了，要是不能很快制服烈马，惠王即便不摔死也会吓坏，他作为上卿，哪怕满身是嘴，也难以辩解。而自己骑术平平，要救惠王，弄不好把性命搭上。但若袖手旁观，也是死路一条。这么想，狠抽一鞭。

张仪骑的也是好马，但是，烈马到底先狂奔了几百步，要赶到前面去拦住烈马，谈何容易。就这时，一匹马飞一般冲了过去，等张仪回过神来，已不见惠王的影子。张仪心里直叫苦，拼命打马往前奔。翻过一座山丘，张仪闪眼看见惊人的一幕：庞涓坐骑赶上烈马，两匹马并头的一刹那，庞涓纵身跳上烈马马背，从惠王手里夺过缰绳，死死勒住，马挣扎一阵，老实了。

张仪赶到，惠王吓得面无人色，张仪慌忙扶惠王下马，说："张仪罪该万死。"

惠王好一阵才回过神来，说："如果没有这位壮士，不摔死也吓死。"

庞涓连忙跪拜，说："小人就是庞涓。"

惠王说："是干大事的人。"

第二天早晨，惠王命大小群臣列于阶下，惠王扫众人一眼，说："朕今有文盖华夏的张仪，武冠群雄的庞涓，又有众臣鼎力辅佐，是到建大功立大业的时候了。朕封张仪为丞相，处置国事；庞涓为大将军，统领将士。如有不妥，当面提出，朕当酌处。一旦号令，如阳奉阴违，或者公开违抗，定不轻饶！"

众臣虽不了解张仪、庞涓，却知道惠王说一不二，又说不上张、庞二人有什么不好，都说大王英明，山呼万岁。

庄周老丈人都尉镇守的边关，离睢阳也就三四天路程，庞涓命将士日夜兼程，攻打宋国。在庞涓看来，宋国屁大个地方，只消半个月，即可拿下睢阳，灭了宋国。但张仪不赞成灭宋，理由是灭了宋，就得派大批忠臣良将前往接替，国内空了，无力再行征讨。不如使宋子偃臣服纳贡，听凭调遣。惠王也觉得征一国，灭一国，占一国，力不从心，赞成张仪的主意。

虽然不能完全按自己主意行事，也还是有用武之地了。庞涓严令将士紧赶慢赶，三天赶到边关。庞涓命小校朝边关城楼发话说："宋君子偃杀兄夺位，神人共怒。而今我王行天道，兴师讨伐逆贼，懂事的，把那贼捆了，送到我军营里来，没事。否则，杀个片甲不留！"

城楼上军士吓坏了，忙报告都尉。都尉登上城楼，见不远处尽是气势汹汹的人马，为首一小校正在不干不净地辱骂。虽然都尉大大小小打过几仗，这样吓人的阵势却还是第一次见到。如果救兵不能很快到来，边关不保。失了边关，他这边关守将必死不说，宋国危在旦夕。宋国有探子在魏国四处密探，为何一点消息也没探到？难道是从天而降？

都尉一面命军士用大木头顶死城门，和边关共存亡；一面派快马赶往睢阳求救。都尉从庄周那里知道，魏惠王新用张仪、庞涓二人。张仪诡计多端，庞涓善兵法，勇猛异常。都师从过鬼谷子，鬼谷子和女婿有过交往，算有一面之交。如果舍这条老命，出关说服庞涓，再好没有；没法说服，拖拖时间，说不定救兵能赶到。

都尉派人悄悄出关，到庞涓营帐里，陈言利害，自己飞马来找妞儿。庄周到底学会做些家务，妞儿用瓦盆淘高粱，他管火。庄周火也没管好，弄得满屋子是烟，自己成了花脸。庄周和妞儿还不知大祸临头，见了都尉，妞儿忙请他坐。庄周趁机出来见老丈人，看都尉一眼，说："老丈人何事心神不宁？"

都尉做了必死的准备，倒也轻松，说："庞涓无故领兵来犯，我已派快马飞报康王。只怕救兵到来，城门已破。所以，只有本职冒死出关说服庞涓。能说服，万幸；说不服，也赢得了工夫。"

妞儿吓得脸都白了，说："爹，你千万去不得。"

都尉说："照理说，两军交战，不斩来使。如果庞涓讲道理，爹无事；如果庞涓不讲道理，爹就为宋国尽最后一点力了，和女儿爱婿就此一别。"想一想，说，"不管怎么说，本职跟惠大人还是有一面之交，找找惠大人，说不定能解围。"

庄周说："惠施早已被一脚踢开，无职无官，和愚婿一样是白丁。"

妞儿看着庄周，说："你枉自做个男人，也替爹出出主意呀。"

庄周不急不忙，说："不过，岳父倒是可以告诉庞涓，说庄周和你师父是好朋友，凡事不可做得太过了，免得自取其咎。"

都尉怎么听这话也像是在威胁人家，人家兵临城下，能说这样的话？但眼下不是跟女婿争执的时候。相机而行吧，到万不得已的时候再说。

庄周（节选）袁仁琮

  都尉从小门出关，往魏军营地走去，离营地还有几十步，就被喝住："别动，再动就射死你！"
  都尉没有动，跟着，两个手持兵器的军士出来，都尉大声说："我是边关守将，请你们大将军出来说话！"
  都尉被架到军营前，都尉又说："我要见你们大将军！"
  军士说："大将军是你说见就能见的吗？"
  都尉想起庄周说的话，说："你少耽误工夫，庞涓的师父和庄周是好朋友，庄周是本官女婿，懂事的快快传话，要不，要你好看！"
  这几句话果然生效，军士带都尉进了营帐，禀报说："大将军，此人要见你。"
  庞涓起身，见眼前站着的是个五十开外的男子，赤手空拳，他挥挥手，让押都尉的军士退下，问都尉说："你是什么人，敢闯我大军军营？"
  都尉直视对方眼睛，说："这话该问你才对，你为什么带领人马犯我边关？"
  庞涓说："这话本来没必要跟你说，不过，说说也好。你们宋国臣逐君，弟杀兄长，乱了国法，坏了天下规矩。你能把子偃捆来见魏王，听凭发落，没事；若要抗拒，定杀个片甲不留！"
  都尉冷笑一声，说："做了强盗当了贼，还要说别人该被抢，该被偷，亏你还有脸面领军打仗！"
  庞涓被激怒了，说："你敢在本大将军跟前胡言乱语，就不怕送你上西天！"
  都尉毫不畏惧，说："我知道你庞涓不仁不义，为个人升官发财，什么坏事都做得出来，来了我就不打算回去。不过，末将还是要劝你一句，你有多大本事你先生知道，你先生还尊重庄周几分。庄周是末将女婿，难道你就一句好话也听不进？如果是这样，必自取其咎！"
  庞涓笑笑，说："不要说得这么难听。如果不是为宋国安宁，为老百姓过好日子，魏王不会兴师动众，你女婿庄周和本将军师父既是好友，就应当支持这一义举。"
  庞涓心情不错，命看茶，说："庄先生智慧过人，应该大有一番作为才是，而今隐逸山野，实在可惜。"
  都尉无心听庞涓闲扯，说："末将还是劝将军早些收兵的好，免得大军到来，败在康王手下面子上不好看。"
  这时，忽然有军士入报，说："大将军，关已攻破。"
  庞涓立即起身，告诉都尉说："看看吧，魏军勇猛异常，不赶快看看，都城睢阳破了，就看不到了。"
  都尉冲出营帐，见宋国边关大城门已被大木头冲开，手持兵器的魏军潮水般涌入，都尉气得连吐几口血，倒下。无数骑马军士挥舞着长矛大刀，从都尉身上踩过，待人马过去，都尉已血肉模糊……

33

宋这样的诸侯国，地不大，人口不过数十万。从司城（司空）剔成逐宋文侯，到子偃杀剔成，自号康王，一直动荡不安。康王即位，清洗一大批人，忠臣良将杀的杀，流放的流放，连庄周这样与世无争的人都牵连了，被赶出漆园。大臣子奉劝谏说："得民心者得天下，失民心者失天下。即位不久，宜大赦天下，抚慰朝野臣民才是，如何可以再施暴政？"

康王醒悟，想召回被贬谪的大臣和将帅，但有的不愿回来，有的已投奔他国。庞涓看准这个机会，大举进攻。庞涓怕失去民心，不敢大肆掠杀，但毕竟是战争，所到之处，百姓逃之不及，没逃掉的，被拉去做苦役，妇女被糟蹋，难以尽计。

都尉派去送信的快马，第三天到达睢阳，见到康王的时候，说了个"庞"字就倒下了。左右从快马身上找出都尉的信，康王看罢，吓得浑身打颤，急召大臣子奉问计，子奉皱了半天眉头，说："如果不是急得火烧眉毛，倒是可以派使节前往鲁、齐求救，陈言利害，他们不会不出兵。只要他们出兵，宋危可解。"

康王说："魏军不日到达城下，远水还能救近火吗？"

子奉说："不如把施鹄大人请来，由他率军出城抵挡几天，一面派快马飞往鲁、齐求救。"

庞涓大军长驱直入的消息不知怎么很快传进宫里，皇亲国戚人心惶惶，康王爱妃胡氏惊惊乍乍，说："国舅都卷了细软，准备离开睢阳，我们也走吧，晚了就来不及了！"

康王火冒三丈，拔剑在手，发狠说："城亡我亡，城在我在，谁再说逃离，先杀了他！"

胡氏不敢再说，退下。施鹄进来，见康王这副模样，吓了一跳，说："大王，你这是……"

康王说："宋与魏素为盟好，今魏背信弃义，破关而入，孤命爱卿为大将军，率军出城，活捉那贼，以平孤心中愤恨！"

施鹄问："领兵是何人？"

康王说："庞涓。"

施鹄领兵打过无数仗，可说是沙场老将了，后来成了宋国大司马，没听说有个庞涓，是哪里来的蟊贼？他说："大王不必焦虑，谅他一个乳臭未干的小子，有何能耐，施鹄去把他擒来就是。"

康王见他轻敌，提醒说："老将军不可轻敌，他可是鬼谷子门人。"

庄周（节选）袁仁琮

施鹄说："鬼谷子不过是卖嘴皮子的人，怕他？"

康王立即传令，调集人马出城迎战。康王怎么也没有想到，仅仅三天，派往鲁、齐求救的快马还没有回来，已有快马传来令他心惊胆战的消息：宋军与魏军交战失利。康王急召子奉商量，子奉也想不出好办法，康王说："孤亲自督战，后退者斩！"

康王话音刚落，又有快马报，说："魏军到睢阳只有半天行程了。"

康王命左右说："备马！"

子奉和左右都苦苦相劝，子奉说："大王万万不可如此，你若无事，宋还有东山再起之日，万万不可造次。"

此时，又有探子报，说："魏军在城外五里处扎营。"

康王慌了，问子奉说："爱卿，如何是好？想不到宋相传七百多年，竟葬送在孤手里。"说罢，泪流满面。

子奉安慰说："魏王贪婪，大不了求和，割些地给他们，以保宋国。"

康王叹口气，说："看来只有这样了。"

施鹄匆忙中领兵出都城，在城西五里处和庞涓人马交战。施鹄英勇异常，庞涓没有占到便宜。施鹄还以为抵挡住了魏军，谁知道才过半天，探马报睢阳城告急，命他速回睢阳。施鹄哪承想庞涓一面作硬攻强占的架势，派兵和他周旋，一面暗地派精锐抄小道，神不知鬼不觉地前进。以至都城被围，康王还在梦中。

睢阳被魏军围得铁桶一般，庞涓亲自写信劝降，命弓箭手将写在绢上的信射进城里，扬言如果三天不出城投降，一旦攻破，老少、妇幼杀绝。第四天上午，康王只好写降书，派人送到庞涓营帐里。庞涓按魏惠王的意思回了信，说："你兄身为司空，逐君王文侯，大逆不道；你又杀兄夺位，神人共怒，魏王行天道，兴师讨伐。本要亲自擒斩子偃，以谢天下，但恐荼毒百姓，是以罢兵。但子偃必须臣服，岁岁纳贡，只要需要，魏军可随时入宋任何地方，不得阻拦。"

条件苛刻，但战败之师，无平等可言，康王只好忍辱签字。

都尉被人踩马踏，成了肉饼，妞儿是凭衣物认出爹的。都尉活着的时候，待人不错。守城军士见都尉死得这样英勇，很敬佩，把都尉抬到边关最高的山丘上掩埋，死后依然尽他守卫国门的天职。妞儿化过纸，呆呆地坐着。

庄周坐在一旁，望着远处，妞儿说："我爹惨死，你好像没这回事一样。"

庄周幽幽地说："是啊，还没有到生命终结的时候，就这样被夺去了，夺去这条生命的正是人自己，这就叫互相残杀。"

妞儿不高兴，说："又是你那谁都听不懂的一套。"

庄周说："这一套很要紧。"

妞儿说:"你那一套不能吃不能穿,我快要生了,你像没事人一样,我都愁死啦。"

庄周说:"多听听我这一套,少很多烦恼。"

妞儿不理他,起身往回走,庄周怕妞儿想多了,坏了身子,跟在后面念叨,说:"人是什么呢?最初的时候,是一股气,阴阳交合,这股气才变成胚胎,变成人,到一定年月,生命走到了尽头,又成了一股气……人有生必有死,没什么想不通的……"

妞儿说:"照你这样说,人都得一死,活着还有什么意思?"

庄周好像进入了另一种天地,在这个无比空灵的天地里,看透了人世间的一切,他说:"除了无边无缘、无来无去、无终无止的这个大世界,别的生灵都有生就必有死。正因为这样,每个生命都有自己生存的权利,都应该爱惜。要爱惜自己,也要爱惜别的生命,所以我说,打仗最无道,无道就在于为了私欲,私欲,万恶的私欲啊……"

妞儿越来越听不懂男人说的话了,她骂他疯子、癫狂,到骂也无用的时候,就不予理睬。这阵,越往回走肚子越疼得厉害,勉强走进自己的棚子里,不得不赶快躺下。就在掩埋都尉的这天,一个小生命降生,妞儿一看是男儿,说:"儿啊,你可不能学你爹模样,做个怪人。"

妞儿刚生孩子,肚子掏空了,整天叫肚饿。家里没什么可补身子,庄周想起自己还有钓鱼这点能耐,给妞儿备了吃的,说:"庄周没本事给夫人找好的吃,补补身子,钓鱼还是会的,为夫钓鱼去了。"

妞儿想想难得丈夫想到自己,说:"夫君什么都好,就是像匹没龙头的马,管不住自己。现在你我不是两个人,是三个人了,你得学着当家。"

庄周一下就想起孔丘"齐家治国平天下"的话来。想想这人很怪,明明知道娶妻就会生孩子,生了孩子就有了家,有了家就得像个家的样子,就得捆住手脚,为什么偏要走这条路呢?连自己这类最不能受约束的人也欣然走进这样的樊笼?这大概也是不能违抗的"道"吧?难怪孔氏如此津津乐道他那一套了。真还人人都离不开他那一套,只不过他太看不开了。都快要变成另外的东西了,还依依不舍,"甚矣吾衰也!久矣吾不复梦见周公",我没他老先生陷得深,少了许多烦恼。

庄周高高兴兴地拿了钓鱼竿。鱼竿很粗糙,一根长竹子,顶端系根细绳,再系上买来的鱼钩,成了。鱼篓也很不成样子,是妞儿教庄周编的,很蹩脚。庄周没忘记戴上那顶破斗笠,穿上旧草鞋,准备停当,跟妞儿说:"等着,庄周去去就来。"

妞儿打招呼说:"别马儿没缰绳似的,一出去就什么都忘了,钓得到钓不到都早些回来。"

庄周说:"夫人尽管放心。"

妞儿说:"你什么时候不让我操心就好了。"

庄周第一次没有到处看风景,没有要干的事,那么专心地钓鱼,钓上半篓,急忙赶回家。剖鱼，把火烧旺，煮熟，倒一碗，端给妞儿。妞儿接过碗，只是流泪，庄周说："好好的，怎么哭啦？"

不说还好，庄周一说，妞儿反倒抽泣起来，说："为妻高兴……"

庄周忽然说："我想好啦，我们搬家吧。"

妞儿问："为什么？"

庄周说："你爹死得很惨，住在这里，你我都会老想他，不如换个地方。"

妞儿想想也对，问："搬去哪里？"

庄周说："找好了就告诉你。"

其实，庄周已经物色了地方，只不过怕妞儿一时想不过来，没有马上说。

（节选自《庄周》，巴蜀书社，2011年10月）

2011年

肖江虹

向日葵（节选）

第二章

1

现在龙善奎算是明白了，这个世界上人和人可以不同，树和树可以不同，连每天的太阳都可以是不同的。但是，世界上所有的黑暗都是一样的，一样的颜色，一样的深不可测，一样的无边无际，伸手一捞就能攥一把黢黑在手里，连呼吸都是黑暗的气息。

龙二把灯点燃后就走了，油灯劈啪炸开一团火星，发出滋滋的声响。灯光有些灰暗，屋子里的气息就更哀伤了。龙善奎伸出手，两个指头将那如豆的火光夹住，合拢，滋的一声，有皮肉被烧焦的味道，然后黑暗在一瞬间侵占了所有的空间。

龙善奎坐在椅子上，他听见了龙二锁大门的声音。这个声音宣告着一种决裂，是义无反顾的决裂。龙善奎忽然想笑，他笑人的命运交替真是快得可以，快得你都没有时间去准备。就像眼前的这些颜色，在两个指头的伸展之间就来临了，来得迅雷不及掩耳。光明的退去和黑暗的光顾一样的迅捷。

墙角的蛐蛐开始活跃起来，它们的叫声像丝线一样的细微和绵长。在这样的暗夜里，它们的鸣叫显得是那样遥远，像从另一个世界过来的。也许，黑暗更适合它们，或许它们根本就是黑暗中的精灵，只有在这样的颜色中，它们的生命力才能被最大限度地彰显。

向日葵（节选） 肖江虹

龙善奎直了直腰，他就听见了自己骨头摩擦发出的声响，他的骨头老了，骨头老了就脆了，就不结实了。龙善奎这个时候才忽然觉得自己老了，他从来没有这样的感觉，他一直都认为自己是年轻的，精力是旺盛的。他还能主持这个家，龙家大院的大事小情他还能处理得滴水不漏。

现在龙家大院不需要他了。现在他龙善奎只是一个病人，一个得了麻风病的癞子。

龙善奎躺在床上，他的身体僵硬得像块石头。有吱吱的声音，一只老鼠爬到枕头边，在黑暗中窸窸窣窣地摸索，老鼠毛茸茸的身体拂着龙善奎的耳朵。龙善奎没有动，他想：来吧！来咬一口，咬成一只麻风老鼠，老子看你还咬不咬？老鼠没有咬他，摸索一阵子就走了。

天色微明，屋外的白桦树上有麻雀的叫声。

龙善奎从床上爬起来，昨晚龙醒荣送来的那碗饭还在桌子上，他肚子是有些饿了，他没有去端饭。龙善奎走到墙角那面铜镜边，他被自己吓了一跳，镜子里的人哪里还是龙家大院那个油光水滑的龙老爷子。一夜之间，龙善奎发现自己就成一截干枯的苞谷秆了，脆得一弯腰就会折断。

"咣当"，龙善奎操起椅子把铜镜砸成了一堆碎片，地上于是出现了若干个支离破碎的龙善奎，它们有的只有一张脸、一条腿，有的只有一个下巴、一缕胡须……龙善奎颓然坐在地上，泪流满面，然后孩子一样地呜呜哭开了。

晚饭是龙二送来的，龙二把饭放在窗台上喊了一声老爷，说饭来了。然后就走了。

龙善奎没有吃饭，他把饭倒在墙角喂老鼠。

龙善奎发现自己越来越喜欢黑夜了，每天他都等着黑夜的降临，天一亮龙善奎的心就像被鬼抠似的，毛焦火辣的。龙善奎觉得把自己泡在黑暗中原来是很舒服的事情，这种感受让他觉得安全，十分地安全。

龙善奎连吃饭的时间他都选择在黑暗中进行，每天他都会给那只老鼠分一些饭，然后在黑暗中和老鼠一起分享。老鼠每天晚上都会定时抵达龙善奎放饭的地方，龙善奎也习惯了和老鼠一起共进晚餐的作息规律。有时候老鼠会来得晚一些，龙善奎心里就七上八下的，心里头也空落落的，直到墙角有吱吱的声音传来，龙善奎的心就放下来了，然后屋子里就弥漫开一片欢快的吃饭声。

龙善奎想龙脉子了。

他每天都趴在大门后，盯着门缝一看就是一天，先是趴着，累了就换个姿势。每当龙脉子出现，他的心就提到嗓子眼了，嘴咧着，眼睛里布满了兴奋和激动，连脖子上的筋都变得粗大起来。

今天龙脉子又出来了。他从东厢房出来，在院子里左摇右晃地走了两圈，最后向西厢房的大门走过来。走到门前，龙脉子停了下来，他被大门上的两个门神画像吸引住了。

龙善奎趴在门后，他看见龙脉子的一对脚，好像又长大了不少。他想伸手去摸摸面前的这对脚，他最想摸的还是龙脉子的脸蛋，他还清楚地记得龙脉子的脸蛋玉滑滑的，摸起来像块温玉，舒服极了。

"龙脉子！"龙善奎的声音像蚊子。

龙脉子听见了龙善奎的喊声，他就把眼睛凑到门缝边，屋子里头很暗，龙脉子看不清楚，但他还是听出了龙善奎的声音。

"龙善奎！你死了吗？"龙脉子说，"他们说你死了呢！"

龙善奎的眼泪又下来了，还流了一些到嘴里，有些苦。

龙善奎没有说话，他贪婪地看着面前的龙脉子，龙脉子一只眼睛在门缝中忽闪忽闪的。忽然龙善奎发现龙脉子凭空长高了许多，飘走了，然后门缝里出现了刘氏的背影。

"龙脉子，再乱跑打你屁股！"刘氏夹着龙脉子往东厢房去了。

龙脉子在刘氏的腋下挣扎，手指着西厢房含混地说："龙善奎，龙善奎。"

"胡说，那里有鬼，再跑过去鬼要吃人的。"刘氏恐吓龙脉子。

龙脉子不说话了，他的眼睛大大地睁着，像天空一样清澈湛蓝。

龙善奎趴在地上，他的泪水在泥地上浇出了一个越来越大的圆圈。

2

龙善奎解下裤带，用力扯了扯，裤带很结实，足以拉动一头牛。他站在凳子上，把裤带丢过一根檩子，然后将垂下来的两端打了一个死结。

死之前，龙善奎最想做两件事：一是他想好好看看龙脉子，他想再听听龙脉子喊他龙善奎，骂他龙善奎大坏蛋。眼一闭，就再看不见龙脉子胖乎乎的小脸蛋和叉着两条肥嘟嘟的小腿跑来跑去的样子了。二就是他想吸一顿水烟，他很怀念烟雾在身体里奔走的感觉。龙善奎特别喜欢饥饿的时候吸水烟，两口下去，身体就飘浮起来了，神仙似的，再往龙口山上一站，就真的成神仙了。

龙善奎平躺在床上，死之前，他还要想想自己，想想龙家庄的每一张面孔，想想龙口山上的每一棵树，每一根草，甚至是龙口山风来时的方向。

但是龙善奎失败了，他想的东西在脑海里都是模糊的，弯曲的，变形的，他没法子把它们想清楚。所有的事物在他的脑海里，此刻形成了巨大的混沌，他无法把它们区分开来，最后他觉得这个混沌变成了一个黑洞，他正向这个黑洞的中央掉落。

龙善奎睁开眼，他看着檩子上的那根带子，带子垂成一个扁扁的椭圆，椭圆足够装下他的脑袋了。

向日葵（节选） 肖江虹

窗台上有碗饭，是龙二送来的。他记得龙二刚开始给他送饭的时候还叫声老爷，现在不叫了，掀开窗棂，把饭啪嗒地丢在窗台上就走了，像喂条狗似的。有时候半夜三更地溜进来给他倒粪便，进来出去都轻手轻脚的，怕被自己吃了一样。

龙善奎把饭端过来，他想死也得做个饱死鬼不是？以前他爹带他进城看过砍头，犯人死之前都得吃顿倒头饭呢！饭是冰凉的，上面还有几片肉。龙善奎把肉夹起来放到老鼠每晚用餐的地方，他想最后一次该给老鼠吃点好的，以后我龙善奎就不能再照看你了，就全靠你自己了。坐回椅子上，龙善奎往嘴里刨了一口饭，饭粒冰冷坚硬，像河滩上的沙子，剐得他喉咙生生地疼。

吃完饭，龙善奎站到窗子边，他已经半年没有走出这间屋子了。倒不是门被锁上了，其实他一点也不想出去，他发现这半年来自己的病情正在加重，手脚、肩、背、屁股，甚至连阴部的两个口袋上都出现了大大小小的结疤。身上开始泛着恶臭，加上不洗澡，不见阳光，恶臭更是厉害。

今天天气很好，阳光从窗格上钻进来，在地上铺开一片金黄。龙善奎走到窗户边，他居然看见了龙脉子。龙脉子在院子里追一只蜻蜓，蜻蜓忽高忽低地飞，龙脉子就撇着腿追，两只手在空中挥舞，眼神很专注，嘴里轻轻地念着：小蜻蜓，歇荫凉，谁要打你我帮你的忙；小蜻蜓，歇荫凉，谁要打你我帮你的忙。龙善奎眼窝一热，他想喊龙脉子，但他不敢喊，他以前也是这样喊过龙脉子，刚开口，就有人从屋子里跑出来把龙脉子抱走了，还会丢过来两个厌恶的眼神。

能在这样一个好天气看见龙脉子对龙善奎来说是很奢侈的待遇，他不愿意轻易丢掉这样的待遇，他只是想多看看龙脉子，只是看看就行，他还记得以前啃龙脉子的情景，啃西瓜似的，所有的爱都在那近乎疯狂的啃咬中了。现在是不能啃了，就是把龙脉子抱来给他他也不会啃的了。

蜻蜓在空中乱飞，时东时西，时上时下，最后飞到龙善奎的窗前，龙脉子就撇着腿追过来了。那蜻蜓居然停在了窗沿上，龙脉子就静悄悄地走过来，眼睛定定地盯着蜻蜓，屏住呼吸，手慢慢地向前伸展。

要够着蜻蜓的时候，龙脉子不动了，他看见了龙善奎。龙脉子的手僵直在半空，眼神全是恐惧。

啊！龙脉子惊叫一声，一屁股坐倒在地，就哇哇地哭开了。

蜻蜓扇动着翅膀飞走了，龙脉子也跑开了。

龙善奎背到墙后，两行泪从龙善奎的眼角滑落下来。一瞬间，他万念俱灰，悲凉正从心底源源不断地涌上来，他站上了凳子，把脑袋放进圆圈。

"龙善奎，你的头发长了，好难看的。"龙脉子的声音从窗外传来，有和阳光一样的味道。

龙善奎一顿，喉咙变得硬邦邦的，有种东西正撞击着他的胸膛，又有眼泪滚落下来，泪滴很烫，像沸腾的水。

把脑袋从圆圈里掏出来，龙善奎重新站在窗前。

院子里忽然多出了许多蜻蜓，在欢快地飞舞。

3

明天就是大年三十了。

往年的这个时候，龙家大院早就闹成一锅粥了。而今年的龙家大院却清净得连落叶的声音都能听见。花灯堂会当然是没有了，人声鼎沸的场面也没有了，对联也没有贴，甚至连灯笼都没有燃上。

龙善奎起得很早，站在窗口，龙善奎发现窗前的白桦树冒出了一些嫩芽，毛茸茸的。

春天来了。

龙善奎伸了一个懒腰，他好久没有这样透彻地伸懒腰了。

新年来了，该有点新气象才对，龙善奎想。

最近，龙善奎忽然对黑暗充满了恐惧，他更喜欢白天。昨天晚上，龙善奎特意从砸碎的镜子碎片中挑了一块最大的靠在桌子的水碗上，拿剪刀铰枯草一样的头发。龙善奎铰得很认真，很仔细，帽檐一圈的头发已经掉光了，但是顶上却枝繁叶茂地在疯长。头发铰短后，龙善奎从水碗里倒出一些水放进手心，把水拍在脸上，仔细搓洗了一遍，撩起衣角把脸擦干净，镜子里就依稀出现一些龙老爷子昔日的模样了。

龙善奎很满意，他还把狗窝一样的床铺清理了一遍。清理床铺的时候，龙善奎还有了意外的收获，他在床铺下发现了一叠长牌。长牌是龙二从省城给他买回来的，分天、地、人、和等级别，可惜龙家庄会打这种牌的人不多，所以这牌买回来不久就被塞床下了。

发现它的时候，龙善奎显得很兴奋。

夜晚来临，龙善奎把油灯点上，在幽幽的灯光下，他把长牌一张一张地展开，长牌上有图案，是《水浒》人物绣像，天牌上绘的是呼保义宋江，地牌是智多星吴用，人牌是玉麒麟卢俊义，和牌是小李广花荣，余下的长三牌、下四滥等等都是梁山级别较低的好汉绣像。

龙善奎把那张天牌高高地举起，玉冠博带的呼保义在灯光下显得很骄傲，仿佛正在水泊梁山的校场上点兵，傲视一切。一转眼，龙善奎就看见了镜子中的自己，以前那个站在龙口山上指点江山的龙善奎不见了，镜子里这个人不人、鬼不鬼的糟老头和龙家庄的龙老爷子已经没有任何关系了。就像牌上这个曾经的押司，在经历了人生的大起大落后，最后还是归于一把黄土。龙善奎把长牌整齐地排列在桌子上，他仔细地看着每一张面孔，在戏文里他听过他们的故事，知道他们的传奇，此刻龙善奎就看着他们，他们也在看着龙善奎，就这样在昏黄的灯光下互相打量着。看了好久，龙善奎把他们放到墙角架成一堆，一把火全烧掉了，那些纸牌在发出一些惨绿色的光焰后，最后成了一堆分不清彼此的灰烬。

中午的天气变坏了，早晨还阳光明媚的，到了中午就开始下雨，沥沥拉拉地下，下得有气无力的，不知道什么时候才是尽头。

龙二来送饭了，把窗棂抬起来，他看见了龙善奎的脸，龙善奎的脸很白，眼睛却红得耀眼，像兔子的眼睛。龙二脖子往后本能地一缩，眼神里尽是警惕。

龙善奎往后退了两步，说："明天要过年了，我想洗个澡。"

龙二没有说话，但还是机械地点了点头。

过一阵子，龙二回来了，抬起窗棂说恐怕不行，少爷和大奶奶都不同意。

"龙醒荣，你个王八操的！连洗个澡你都不干，老子是白养你了，你上省学学的那点东西都钻狗屁眼了，你狗日的过河倒在水里淹死，上山让狼咬死，爬坡让石头砸死，你……你……你不得好死！"龙善奎在屋子里跺着脚大骂。

骂了儿子龙醒荣，龙善奎又骂："小秀芝，你这个贱人，老子白疼你了，你屙不下娃娃了，老子也没有嫌弃你，现在老子得病了，你反倒嫌我了！就是做鬼，老子也要把你捎上。"

骂完了龙善奎像个孩子似的呜呜地哭，哭完了又骂，骂完了还哭，不屈不挠地折腾了一天。

东厢房里，龙醒荣静静地坐着，龙善奎的骂声在院子里回荡。龙醒荣的脸上没有一点表情，像截糟了心的烂木头，他坐得很端正，像在接受龙善奎的教诲。龙善奎骂过后有哭声传来，龙醒荣的脸部才出现一丝不易觉察的抽搐。

刘氏跪在神龛前，闭着眼，嘴里默默地诵着经。半晌她才睁开眼，盯着神龛上的菩萨叹了一口气，叹气声长得像井口的绞桶绳。她将了将额前的一缕头发，头发白的比黑的多。

"骂得好啊！让他骂吧！"刘氏说。

刘氏站起来，她的身体有些颤抖，坐在椅子上往西厢房望了好久才吐出一句话。

"只能对不住他了！"

这句话像是来自另外一个世界的声音。就像你夜晚在坟地里行走的时候，忽然从黑暗中传来的声音。

龙醒荣身体剧烈地抖动了一下，母亲这句话像往他的心里扔了一块满是棱角的大石头。

"把龙二给我叫来。"刘氏说完又闭上了眼睛。

4

除夕来了。

和往年一样,大年三十,龙家庄的太阳是要出来的。今年的龙家庄冷清了,一个庄子都被寒冷包裹得动弹不得,人们窝在家里做年夜饭。花灯堂会没有了,免费的三天大餐也没有了。如今的龙家大院在龙家庄人眼里,是一个堆积恐惧的地方,成了活地狱了。以前的仇恨、羡慕、嫉妒、不平,都被龙老爷子的麻风病洗刷得干干净净的,有的是庆幸,是暗喜。他们现在才发现,原来穷日子也是很幸福的。

是啊!谁会羡慕一个住着深宅大院,整日锦衣玉食的癞子呢!连穷得烧虱子吃的李老柱也不会的。起码他李老柱还能在村子里穷逛,没有人会打他,轰他。你让那个曾经一手遮天的龙老爷子出来在庄子里逛逛试试?暗处飞来的石头都能把他活埋喽!

除了阳光的颜色没有变,其他的好像都变了。

窗户里漏进来第一缕阳光的时候,龙善奎看见了站在窗口的龙二。龙二的笑容被罩在阴影里,看上去有些诡异。

"老爷!"

龙二的称谓让龙善奎觉得好遥远。龙善奎的嘴角抽动了一下,他已经不习惯这个称呼了。

"少爷吩咐了,请您先洗个澡,再好好吃顿年夜饭。"

龙善奎的眼泪下来了,他背过身点了点头。

水温很适合。龙善奎赤条条地躺在木盆里,他闭着眼睛,用手在胸脯上来回搓揉着,搓出来一条条粗大的细黑棍。他的身体变化很明显,小腿侧面的皮肤硬得像瓦片,还有像蛇蜕一样的花纹。也不爱出汗了,一些时候有个磕磕碰碰的也不觉得疼。龙善奎洗的时候很小心,他不愿意去摸那些发硬的部位,摸起来怪瘆人的。

洗了足足四桶水,总算洗出了龙善奎一些过去的风采。龙善奎把头发又铰了一次,他看上去精神多了,恐怖感也被清除了不少。龙善奎两手一推,大门发出长长的呻吟声,阳光就哗地倾泻了一地,龙善奎听见了阳光淌进来的声音,他用手遮着眼睛,阳光太丰沛了,一瞬间他还适应不过来这样奢侈地沐浴在阳光下。

一家人全都站在院子里,刘氏牵着龙脉子,龙脉子带着笑,笑容里尽是阳光的颜色。院子里摆着一张八仙桌,桌子上堆满了各式各样的菜肴,还腾腾地冒着热气。桌子的正位上摆了一把椅子。

"老爷,苦了你了!"刘氏的脸上带着菩萨才有的悲悯神情说。

向日葵（节选） 肖江虹

龙善奎撇撇嘴，他的委屈都在撇着的嘴唇里了。他站在屋子里，眼睛盯着门槛，门槛到他的膝处，不高不矮的。他的腿有些发麻，他没敢抬腿，怕自己迈不过这道门槛。

干咳一声，龙善奎还是跨了出来。站在门外的龙善奎才觉得天地真是太宽广了，他甚至发现龙家大院原来是这样大，连门口那棵白桦树好像都高了许多。

"爹，您坐吧！"龙醒荣扶了扶椅子说。

龙善奎一步一步地走过去，他的眼睛直勾勾地盯着龙脉子。龙脉子看着他一双潮红的眼睛，说："龙善奎，你变了，你……"刚开口，刘氏就捂住了龙脉子的嘴，后半句话就成了火上熬开的稀饭，在刘氏的手心里扑腾。

坐在椅子上，龙善奎说："你们呢？一起啊！"

龙醒荣说："爹你吃吧，这是专门为您准备的，以前我们……"

龙善奎摆了摆手，说："我有病我知道，撤些菜下去吧，我吃不了这么多。"

刘氏说："老爷您尽管吃吧，厨房还有，这些都是我亲自为您做的。"

龙善奎眼睛一潮。

龙二抱上来一坛酒，坛口还封着泥。

"老爷，您最喜欢的竹叶青，我从县上给您捎回来的。"

龙二往龙善奎面前的碗里倒了一大碗酒。

龙善奎端起碗，他看见一滴晶莹的东西滴落在酒碗里，激起一个小小的漩涡。

"龙二，去放串炮仗吧，大过年的！"龙醒荣说。

龙二将炮仗挂在那棵白桦树上，点上鞭炮。

劈啪劈啪的声响在龙家大院炸响。声响在冬日的天空下显得空旷而孤独，远处的龙口山沉闷地回应着。

喝了两碗，龙二还要倒，龙善奎挡住了，说够了够了。他是有些晕了，好久没喝酒了，他有些不胜酒力了。

"爹，我敬您一碗吧！"龙醒荣端起一碗酒说。

龙善奎看着龙醒荣，龙醒荣更瘦了，身上的黑衫显得宽袍大袖的，眼睛也凹进去了不少，一张脸全是骨头。龙善奎心疼了，他知道当好这个家不容易。"醒荣，要注意身子啊！你瘦多了。"龙善奎说。

"我喝！"龙善奎一仰脖子。

龙醒荣咬着牙把酒喝了下去，喝完眼泪就下来了，酒也被呛出来不少，他就蹲下身子咳嗽，脸呛得像扇新鲜的猪肝。

"老爷，我也敬您一杯！"刘氏也端起了一碗酒。

"秀枝，信神的不能喝酒呢！"龙善奎说。

"我求了菩萨的，她同意了的。"刘氏笑容很温暖。

龙善奎没说话，刘氏自从信神后，不要说烧酒，就是甜酒也绝对不会沾的。把酒喝完，龙善奎的脸和眼睛一样的红，龙家大院在他眼里开始摇晃起来，连面前的亲人们都虚幻了，成了一些晃动的幻影，他努力地想睁大眼睛仔细看看龙脉子，可是不行，龙脉子的脸都成了一坨慌乱的模糊。

他还看见他的三个偏房都过来给他敬酒，她们扭着蛇一样的腰身，说出来的话也含混不清，龙善奎摇摇晃晃地端起碗喝，喝了多少他记不住了。

咕咚，龙善奎像被雨水泡软的土墙，面塌塌地从椅子上垮倒了。

倒在地上，龙善奎的眼睛还大大地张着，他看见远处的墙根脚放着一口长方形的东西。

这次他看清楚了。

那是一口棺材。

5

大年初一，龙家庄像一条从冬眠里缓过来的蛇。

龙老爷去了！去了，就是死了，这种去不是走亲戚出远门的那种去，是很彻底的去，是永远都不会再回来的去。

龙家庄每个人的脸上都洋溢着节日的气息，这种喜悦比往年参加花灯堂会时还来得猛烈。听到这个消息的人都在心里长长地吁着气，像搬掉了压在身上的一块巨石，人就轻快起来，去给下一个人传达的时候脚步都变得异常地飘逸，像要飞起来似的。

庄子里的人赶到龙家大院的时候，灵堂已经搭好了。龙醒荣跪在大门口，给进来的人磕头。他看上去更瘦了，骷髅似的，头骨很夸张地撑起一张面皮，跪在门口缩成一团，寒风撩起他头上的孝布，像坟头上的一缕挂纸。

进来的人刚开始的时候还把喜悦藏着掖着，装得跟主人家一样痛心疾首，没多久喜悦还是从身体里拱了出来，并迅速在院子里蔓延开了。

灵堂很气派，一看就是大户人家的手笔。青松翠柏环绕着，一口周周正正的大梓木棺材霸气十足地摆放在灵堂正中间。

这是一场不折不扣的喜丧，连马占全杀猪的刀口上都洋溢着喜悦的光芒，洗菜的搓捏着喜悦，和煤的捶打着喜悦，连灵堂里的烛火都燃烧得欢欣鼓舞。

龙二在院子里宣布，老爷的丧事只有一天。

所有人都傻眼了。按照龙家的实力，以龙老爷子的身份，起码要开足七天的水陆道场。想当年龙善奎父亲仙去，足足折腾了十三天，当时正值三伏天，尸水都从棺材里淌出来了，龙家都咬牙切齿地坚持了下来。龙善奎运气好，赶上这样的好天气，就是摆上

向日葵（节选） 肖江虹

半个月龙老爷子也不会流水儿。

一天！连龙家庄的泥腿子们都不会这样糟践亲人，就是穷得上顿不接下顿，拉钱背账都要给死人最少敲三天的家伙。

话虽如此，主人家的决定是不会有人多嘴的。又不是自己的爹死，凭什么指手画脚。

超度也简单得要命，几个道士在灵堂里做了一个高度浓缩的道场，连道士的唱腔和锣鼓的节奏都比其他时候快了许多。

到黄昏的时候，龙老爷子就要上路了。棺材已经从灵堂移到了院子里，上面绑缚着几根粗大的棕索，有碗口大小的木棍从绳索中间穿过。

吃完饭，一群气饱力涨的年轻后生聚拢在棺材前，跃跃欲试。

龙二从大门口披着一身泥污进来告诉刘氏，丧井已经挖好了。

刘氏带着一家人跪在大门口，龙脉子跪在他父亲龙醒荣的身边，风从大门口灌进来，龙脉子人中处悬挂着两吊晶莹剔透的清鼻涕。眼看就要注入嘴里了，龙脉子面部一紧，呼啦一声，两条鼻涕就缩回了鼻腔。

"爹，龙善奎死了吗？"龙脉子问。

龙醒荣点点头。

"他还会回来吗？"

龙醒荣摇摇头。

龙脉子眼睛眨了两下，他好像明白过来了，哇地哭开了。龙脉子的哭声像导火索，很快点燃了跪倒在地的人们，院子里顿时被哭声淹没了。

人群里有对哭声研究得比较透彻的妇女，她们站在旁边观察着地上嚎哭的人群。每个人都哭得很认真，眼泪鼻涕都是出来了的，龙善奎的四个老婆哭的时候虽然用手帕蒙住了眼睛，但从她们身体摆动的幅度来看，还是相当悲伤的。

"龙老爷子真有福气！"一个身材像个萝卜的女人说。

"得这种病还能得个善终，少见哦！"另一个头上包块碎花布的女人酸溜溜地说。

龙醒荣是哭得最伤心的了。他凹陷的眼眶像庄子里那口永不枯竭的水井，眼泪从里面源源不断地涌出来。他大大地张着嘴，喉咙像一个深不见底的黑洞，黑洞里不时发出一些狼一样的嚎叫。他先是用手捶自己的脑袋，就发出敲西瓜一样的空响。但是这样好像还不能表达他的悲伤，他就用脑袋在地上的青石板上磕，磕出的声音更脆了，离他距离近的几个人都听见了像水瓢掉在地上的声响。

"这样下去怕是要开瓢了。"一个人跑过去把龙醒荣死死地搂住，龙醒荣就把脑袋歪向另一边，不依不饶地还要继续磕。搂他的人急了，说龙少爷你要保重啊，你现在是龙家的当家人了，你不挺起来不行的啊！龙醒荣这才没有继续去亲吻大地，于是才把心思放到认真嚎哭上来。

"起……"整齐的一声号子,棺材就起来了。

在炸耳的鞭炮声中,棺材向大门口缓缓地移了过来。

就在龙老爷子要出大门的时候,刘氏忽然从地上爬起来冲到棺材边,死死地拉住绑棺材的绳子,嘴里喊:"老爷啊!你就这样走了,丢下一大家子人,以后我们咋办啊?"

旁边几个庄上平时喜欢逛庙宇的妇女当即就哭了,感叹还是人家大奶奶修行到家啊!一个癞子死了都伤心成这样,菩萨看见了都是要感动的。

有人过去把刘氏拉开,龙善奎才算上了路。

棺材出了大门,一路往龙口山去了。

龙脉子站起来,跟着棺材一路追。

"龙善奎,你不要死,以后我不喊你龙善奎了,我喊你爷爷,你快回家来!"龙脉子哭着喊。追到送葬的人群后,龙脉子抱住后面抬丧人的大腿,说你们放下龙善奎,龙善奎没有死呢!没有人理他,抬丧人一抬腿,龙脉子跌倒在地上,他的小手向前伸着,像去够一个什么好东西似的。

"小少爷,老爷已经死了。"有人把龙脉子抱起来。

送葬的队伍像集体出来觅食的蚂蚁,被小路串成一串,正迤逦着往龙口山爬去。

太阳早就下去了,有一些乌云正聚集在龙家庄上空,黑夜提前上来了。

6

小三子一大早就撵着牛上山了。天刚亮,他爹朱老八就把他从床上提起来,说:"他妈太阳都晒屁丫叉了你还在挺尸,还不把牛撵出去晾一下。"小三子起来揉了揉眼睛说:"有逑的太阳,大初一的抱点谷草给它嚼不就行了。"朱老八的巴掌就在小三子的屁股上按出了五根香肠。

捡两个土豆揣在兜里,小三子把牛从圈里牵出来,翻身爬上牛背,一甩鞭子往龙口山去了。

龙口山在风口上,风呜拉呜拉地抽。小三子找了一个避风的山窝子,山窝子昨天刚安葬了龙家庄的龙老爷子,一块地都被踏平了。小三子捡来一些干柴,把火烧旺,从兜里拿出两个土豆放到火堆里,准备烧熟了当早饭。

小三子搬块石头坐在火边,四周很安静,只有风过来摇动树木的声响,天地被笼罩在一片雾蒙蒙中。"太阳?有鬼的太阳!"小三子对他父亲朱老八眍着眼睛说瞎话还耿耿于怀。

那头老牛慢腾腾地吃着草,转来转去最后转到了龙善奎的新坟边。龙家庄埋人是有

向日葵（节选） 肖江虹

规矩的，下葬时只能先捞些松土把棺材掩盖着，要等"烧七"（死人下葬后第七天）的日子才能正式垒坟。把身体蜷缩成一团的小三子忽然听到老牛发出一声长声遥遥的叫声。小三子跑过去，牛站在龙善奎的新坟边，显得焦躁不安。

新坟还只是一个坑，泥巴没有完全把棺材掩盖好，还有一些部分露在外面，那些露在外面的不规则的黑块是恐怖的颜色。

忽然，小三子看见棺材微微动了一下。小三子揉揉眼睛，死死地盯着棺材。

棺材好像又动了。小三子脸色刷地变得煞白，他弯腰从地上捡起一块石头扔进丧井里，石头落在棺材盖上发出咚的一声脆响。

呜啊！呜啊！棺材里发出一些古怪的声音，小三子的汗毛都竖起来了，他的腿肚子好像都抽筋了，全身筛糠一样地抖起来。棺材里的声音越来越大，棺材的抖动频率越来越高，小三子嘴张着，看样子他想喊，但是他没法子喊出来。

妈呀！小三子终于发出了一声凄厉的叫喊，旋即转身飞一般地跑了。一丈高的土坎他毫不犹豫就飞了下去，极度的恐惧把朱老八家的小子变成轻功高手了。

……

黑暗，好大一团黑暗。

龙善奎睁开眼睛，他的脑袋像灌了水银，沉重得像有好几十斤。这是阴间的颜色吗？龙善奎想。他的双手好像很规矩地放在胸前，他反过手来想摸摸自己的脸，手刚举起来，啪地打在了硬物上。屋顶变矮了？他又想。艰难地摸到了脸，是一手的冰凉，彻骨的冰凉。他拿手到处摸，最后他摸出了一个狭窄的长方体。这是什么呢？龙善奎搜索着记忆里的各种长方体的物什。挞谷子的"掼斗"？不是，掼斗是正方形的。粮屯子？也不是，粮屯子的顶子比这高。想了好久龙善奎都没有想出来这到底是什么东西。他又仔细地摸了一遍，摸着摸着冷汗就出来了。

是棺材。

自己被活埋了。

龙善奎想起了那顿年饭和龙二端上来的那坛酒，还有他醉酒倒地一瞬间看见放在墙角的那个漆黑的长方形。

龙善奎忽然之间明白了，一家人把他灌醉后活埋了。活埋自己的是自己最亲的人啊！那是曾经和他在一个锅里吃饭，在一张床上睡觉的人，就这样把他推向了另外一个世界。这一次龙善奎没有掉眼泪，他反而有一种从来没有过的轻松，他甚至开始理解这种绝情和残忍。

他反而想他们了。

他想起了龙醒荣小的时候，那时候龙醒荣和现在一样干瘦，平时话不多，请先生教他读《百家姓》，老是把"周吴郑王"的"吴"读成"陆"，挨了好多竹板子还是坚持念"陆"。念陆就念陆吧！龙善奎没招了，可没过几天，龙醒荣自己念"吴"了。真是他妈的天才啊！龙善奎逢人就吹。龙醒荣有一次打摆子，看着就不行了，龙善奎和管家龙二抱着他往郎中家跑，一路上龙善奎紧紧地抱着龙醒荣狂奔，龙二说老爷你歇一阵我来抱，龙善奎不答应，他怕儿子一离开他的怀抱就会远他而去。

　　他还想他的小秀芝，龙善奎和小秀芝从小到大几乎都挨在一起，小秀芝是姨妈家的三闺女，每年不是龙善奎过去，就是小秀芝过来。在龙善奎的记忆里，小时候的秀芝特别喜欢笑，那笑容能钻进人的心窝子里，让人生出许多的怜爱和遐想。那时候龙善奎经常看着小秀芝发呆，他想，自己将来一定要把这个笑容娶回家去，让她天天对着自己笑。

　　龙善奎在黑暗中想着想着就笑了，充满温情地笑了。

　　龙善奎不想死，他想出去，不能就这样死掉的。他还想看太阳，看月亮，看春天来临的时候草绿水涨的情形，看来来往往的路人，看和自己擦肩而过的每一张面孔。

　　他用脚蹬了蹬棺材盖子，纹丝不动，牢固得很，看来盖子被钉死了。要不是棺材有一些看不见的缝隙，龙善奎怕早就被活活憋死了。

　　用脚蹬，用手捶，用肩膀顶，能用的法子龙善奎都用了，他仍然蜷缩在黑暗中。最后龙善奎气馁了，他喘着粗气躺在棺材里，绝望在胸腔里左冲右突。

　　自从在西厢房把脑袋从那个裤带圈成的圆圈里拿出来的那一刻，龙善奎就不想死了。他还记得那些飞舞的蜻蜓，它们那样地渺小，都能自觉地活着，阳光下它们飞得是那样地欢快。它们肯定也有苦恼，也有病痛，也有绝望，但它们还在飞翔。

　　龙善奎哭了，他看不见这个世界了，他再也不能在地面上自由地行走了，他甚至不能再问别人一声好了。

　　他累了，最后他睡着了。在即将睡去的那一刻，他看见了一轮火红的太阳，就悬在他的头顶上。

　　龙善奎被一阵剧烈的震动惊醒过来，有人在撬棺材盖子。

　　终于看见光了，龙善奎又回到了这个世界。棺材盖子被彻底推开后，龙善奎看见了一张脸，朱老八的脸。

　　站在呼呼的寒风中，两个人都没有说话，朱老八把身上的破棉衣脱下来递给龙善奎。龙善奎接过棉衣，往西去了，走了几步，朱老八在后面问："去哪里？"龙善奎摇摇头。"去太阳坝吧！马癞子在那里。"朱老八说。龙善奎点点头，朱老八走过来递给他两个烧得黑乎乎的土豆，把土豆接过来又走出去几步，龙善奎猛回过身对着朱老八深深地鞠了一躬，朱老八挥挥手，龙善奎走了，他的脚板踩在大地上，很坚实。

　　朱老八在后面发出一声长叹，叹气声很快被风带走了。

（原载《钟山·长篇小说》2011年B卷）